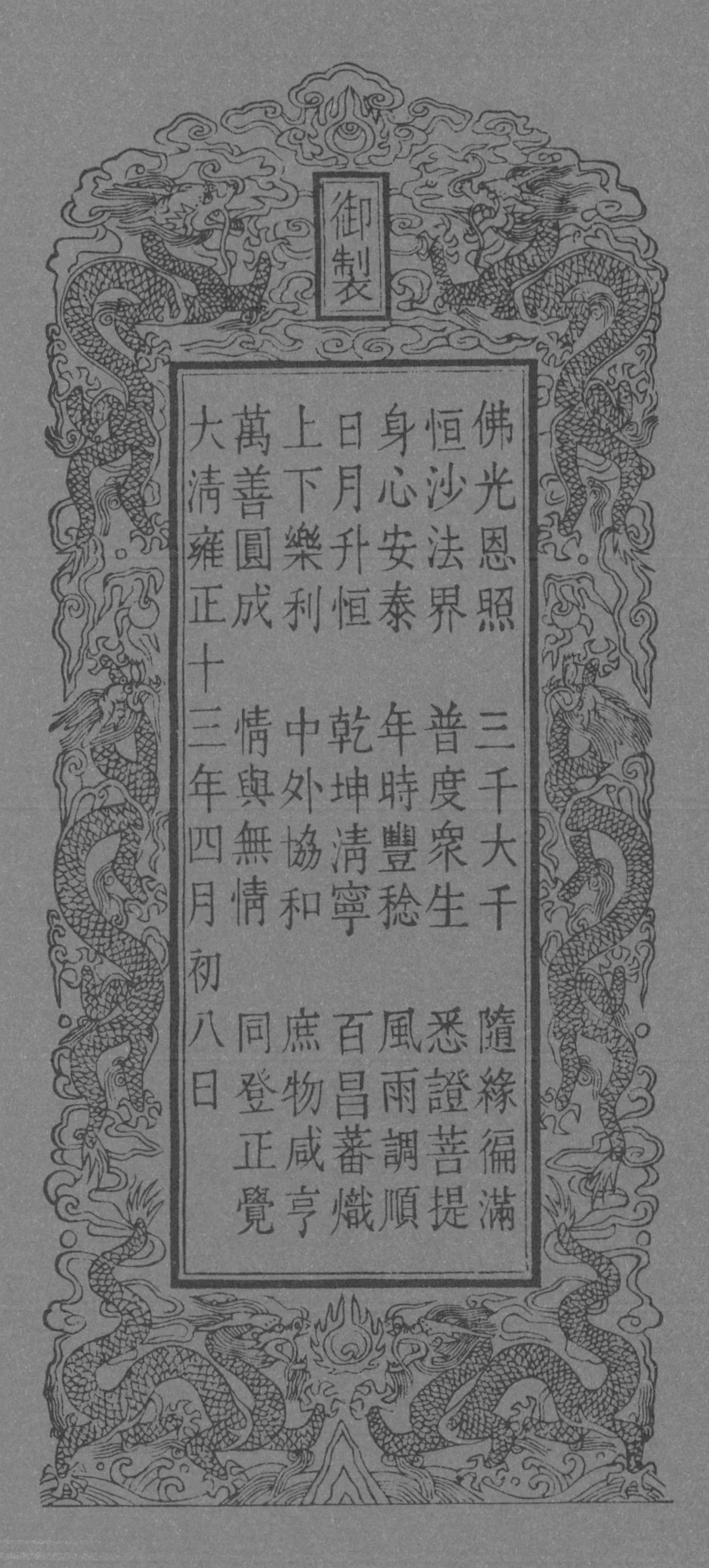

御製

佛光恩照　三千大千　隨緣徧滿

恒沙法界　普度衆生　悉證菩提

身心安泰　年時豐稔　風雨調順

日月升恒　乾坤清寧　百昌蕃熾

上下樂利　中外協和　庶物咸亨

萬善圓成　情與無情　同登正覺

大清雍正十三年四月初八日

第一五九册 此土著述（四九）

佛說梵網經直解 一〇卷（卷四至卷一〇） 姚秦三藏法師鳩摩羅什奉詔譯 明廣陵傳戒後學沙門寂光直解……一
毗尼止持會集 二〇卷 清金陵寶華山弘律沙門讀體集……二一五
曇無德部四分律刪補隨機羯磨（續釋） 二〇卷（卷一至卷四） 唐京兆崇義寺沙門道宣撰集 清金陵華山後學比丘讀體續釋……六六七

佛說梵網經直解
姚秦三藏法師 鳩摩羅什奉詔譯
明廣陵傳戒後學沙門 寂光直解

清刻龍藏佛說法變相圖

佛說梵網經直解卷第四

姚秦三藏法師鳩摩羅什奉 詔譯

明廣陵傳戒後學沙門寂光 直解

菩薩心地品之上

○四達心位

若佛子達照者忍順一切實性性無縛無解無礙法達義達辭達教化達三世因果衆生根行如如不合不散無實用無用無名用用一切空空空照達空名為通達一切法空空空如如相不可得

此釋達心迴向義也別經名為至一切處迴向謂以大願力入諸佛土供養一切佛故若佛子達照者標定忍順一切實性至教化達一節正明達照體用中道觀智迴向之義達即通達照即明照謂通達事理

照了無礙二義合言故云達照此即能證之智忍順一切實性者此即所證之理忍即忍可忍證也順即隨順無違也以是忍證法界之理順隨法界之性故能了達一切諸法之性皆即法界眞實之性故云忍順一切實性性性無縛無解三句承上既觀一切法性皆法界性即此一切法性之性本自如如本來無縛本來無解無縛即無生死無解即無涅槃經云一切衆生皆即涅槃本來自滅不復更滅以是情與無情一體無差本來清淨故云性性無縛無解無礙法達等者申明達照之義上明觀照諸法體性無差此明觀照諸法相用不異無礙二字貫下法達義達辭達教化達四種無礙智也法達者即法無礙智謂得此智即能通達世出世間一切諸法名字差别分别演說無滯礙故義達者即義無礙智謂得此智即能了知一切諸法差别名字義趣玅理隨順宣揚無滯礙故辭達者即辭無礙智謂得此智能於諸法名字義理隨順一切衆生種種根性殊方異語為其演說能令衆生各各得解辨說通達一切法性無滯礙故教化達者即樂說無礙智謂得此智即能隨順一切衆生種種根性所樂聞法而為說之通達圓融無滯礙故三世等者詳釋上義言三世因果者即釋上法達義謂此佛子於諸法中了達過現未來善惡之因即感過現未來苦樂之果是以三世因果相續無窮一一了故衆生根行者釋上辭達教化達二義謂諸

衆生根行有貪嗔癡等業繫苦衆生有戒定慧等解脱樂衆生而諸衆生有利根鈍根者有非鈍非利者有善性惡性者有非善非惡者種種根性種子差别而起種種現行差别菩薩觀根逗教一一通達方便說故如如不合不散此三句者總釋上三種義謂卽了達三世因果衆生根行世出世間生滅染淨一切諸法皆如如相本無三世因果本無衆生根行本來平等不合不散無生無滅不合即無生也不散即無滅也故名如如不合不散無實用等者展轉釋明無合無散之義謂既了達無合無散即一切法當體本空何有實用是故無實用也無用無名用用一切空者蓋謂實以名顯名得其用其名其用依實而立既無實體則無實用既無實用則無有名名實二用皆是假立各無自性各無自相一切皆空本自如如何有其名何有其用所以用用一切空也空空照達空者謂以所照諸法既無實體無有實名則此能照觀智亦無照無達也名為通達一切法空者以是空空照達空故是故名為通達一切法空經云若人通達無我法者如來說名眞是菩薩此也空空如如相不可得此二句者總結無相照達迴向之義空空即法界理如如即法界智以是如理如智之道離諸名字言說心緣等相故云空空如如相不可得

○五頂心位

若佛子頂者頂照取緣神我入無生智無明

神我空空中空空空理心在有在無而不壞道種子無漏中道一觀而教化一切十方衆生轉一切衆生皆薩婆若空亘亘性亘行於空三界生者結縛而不受

此釋亘心迴向義也別經名無盡功德藏迴向菩薩恒以常住大法授與前人故若佛子亘者標定亘照至無漏中道一觀一節正明亘心體用中道觀智迴向之義所言直者謂正直照物而無私曲之義菩薩證入中道法界理智而起觀照直照諸法自他體性一切平等無委曲相是為直者之直照也取緣神我入無生智此二句者釋上直照之義取緣神我即第六識分別之我以能取能緣故名取緣六識名神我者以二乘人不知有七八識依六根門頭六識三毒建立染淨根本所以名此六識為神我也以阿賴耶人所難測故耳言入無生智者謂此十向菩薩以法界智觀察無明煩惱體性本空將登地時已離分別我法二執故云入無生智無明神我空者即第七識俱生所執自内之我此繇無明熏習所起微細難知至七地後方捨諸外道執此第八藏識謂之自性冥諦二十五諦以此藏識為冥初諦故此識非諸凡夫所知亦非二乘智慧所覺謂依菩薩從初正信發心觀察若證法身得少分知乃至菩薩地盡不能盡知唯佛窮了是以三賢菩薩起真觀解深觀藏識緣起雖未頓破無明亦了緣起體空故云無明神我空空中空者此釋無明體本空義謂此般若真

空實相體中即無明空相尚不可得寧有無明相耶故云空中空也空空理心等者此釋照體不空之義謂上無明之空即空有也空中之空即空無也是空猶被有無可壞而此空空理心在有時不滯有不被有壞在無時不沉無不被無壞故云在有在無而不壞道種子道種子者乃即菩提道性金剛種子以此中道體性為成佛真種子常無變故無漏中道一觀至結縛而不受一節申明㝵心體用之功結顯中道觀智之益所言不壞道種子者謂以無漏中道平等一觀即以一觀圓照所以在有轉有在無轉無而能教化一切十方執有執無衆生離有無相皆轉一切衆生俱入薩婆若海平等大空無餘涅槃正直之道所以不被物壞而能壞物人不能轉而能轉人是菩薩皆以直性直行自成成人入薩婆若也於空等者釋直性直行義菩薩示現受生往來三界應緣而來應緣而去皆以直性而行直行不與法縛不求法脱不厭生死不受涅槃無所罣礙猶若虚空所謂不如三界見於三界故云於空三界生者結縛而不受也

○六不退心位

若佛子不退心者不入一切凡夫地不起新長養諸見亦復不起集因相似我人入三界業亦行空而不住退解脱於第一中道一合行故不行退本際無二故而不念退空生觀智如如相續乘乘心入不二常空生心一道一淨為不退一道一照

此釋不退心迴向義也别經名入一切平等善根迴向謂行無漏善善而不二故若佛子不退心者標定不入一切凡夫地至亦行空一節正明不退心體用中道觀智迴向之義不退心者謂不退入一切凡夫地故一切凡夫總舉三界衆生菩薩照破三界見思煩惱等惑將隣聖地故此不入既以不入一切凡夫地故則不起新長養外道諸見不但不起長養亦復不起集因所謂因窮而果喪也雖然示生三界實非業繫似有我人而三界業亦行空矣此上總明不退向下别明不退其義有三一位不退二行不退三念不退不住退解脱者即别明位不退不住之義謂此菩薩實位不同聲聞之位住著解脱涅槃故云不住解脱問何名不退答此菩薩於第一義諦中道理中一合行故得位不退也不行退者即别明行不退之義謂菩薩行不同四諦還滅之行有住有退此達根本菩提眞如實際智理一如無二之行故得行不退也而不念退者即别明念不退之義謂此菩薩之念不同念空無相無作有念無念分别取捨此以空生觀智照了諸法皆如如相是故無念而念念而無念以無念境是名念不退也相續乘乘心入不二此二句者承上謂乃不但行念不退且亦不住以能相續乘乘心入不二言相續乘乘者謂以行念不退毫無間斷故云相續乘乘言心入不二者謂境智如如故常空生心者釋上相續乘乘我空之義一道一淨等

者釋上心入不二法空之義一道即中觀一淨即空觀是以空而不空能爲不退一道一照也一道即中觀一照即假觀是以二邊不住中道不立直趨無餘不二大涅槃果海所謂應無所住而生其心如是住持如是行門如是念心是名佛子不退心回向之義也

○七大乘心位

若佛子獨大乘心者解解一空故一切行心名一乘乘一空智智乘行乘乘智心心任載任用任載任一切衆生度三界河結縛河生滅河行者坐乘任用載用智乘趣入佛海故一切衆生未得空智任用不名爲大乘但名乘得度苦海

此釋獨大乘心廻向之義也別經名等隨順一切衆生廻向謂觀一切善惡無二相故若佛子等二句標定解解一空故至智乘行乘一節正明獨大乘心體用中道觀智廻向之義所云獨大乘心者謂獨大無外也大即當體立名就義爲稱乘乃運載爲功廣博爲義揀非聲聞辟支佛乘亦非住行位乘乃廻向終心中道大乘也解解一空等者正釋獨大乘心之義上解即是能解法界之廣大智下解乃即所解法界廣大之理以智契理二俱平等了無能所故云解解一空故一切行心名一乘者謂即以此法界理智而起法界行心是故一切之行即法界行一切之心即法界心故云一切行心名一乘也乘一空智等者此釋智行雙運之義謂乘一乘之空智故而

顯乘一乘之空理也以一乘空理故而起一乘空行繇一乘空行故而運一乘空理若非乘一乘之空智斷然不能破衆生堅固之迷非乘一乘之空行則亦不能成衆生真實之德是故智起惑亡行與道成以是智行雙乘廣化衆生到涅槃城無諸難事如鳥二翼一舉萬里亦如目足相資直抵中堂故云乘一空智智乘行乘也乘智心心至趣入佛海故一節申明獨大乘義乘智心心任載任用此二句者承上繇乘大乘空智故能堪可心心大乘任載任用而任意運爲也云任載者謂任一切衆生度三界河并結縛河生滅河也一切衆生總舉凡聖權小而言言度三界河者度即度脱三界即欲界色界無色界河者漂流没溺之義以諸凡夫没溺愛河不得出離今令乘此大乘得出三界不致没溺故也結縛河者此度外道見使執縛以諸外道有種種邪見執縛是故不得出離生死苦海今令乘此大乘得觧脱故生滅河者此度二乘生滅知見以二乘人生滅知見未亡而使乘此大乘超變易生死故上明任載之義向下明任用義其任用者謂此行者坐乘大乘任用任意縱横自在無礙以是能載能用皆以一空智乘而趣入佛海故佛海即妙覺果海也一切衆生等者結顯獨大乘心之義揀别小乘不得至此何者謂以一切衆生未得一空智乘任載任用不得名爲大乘但名爲乘得度苦海安住化城自善而已所以菩薩不與權小人

同故名獨大乘心也
〇八無相心位
若佛子無相心者妄想觧脱照般若波羅蜜無二一切結業三世法如如一諦而行於無生空自知得成佛一切佛是我等師一切賢聖是我同學皆同無生空故名無相心
此釋無相心迴向之義也別經名眞如相迴向謂心得自在等三世佛常照有無故若佛子等二句標定妄想觧脱至如如一諦一節此正明無相心體用中道觀智迴向之義無相心者謂無妄想及與觧脱分別之心妄想是生死法觧脱是涅槃法生死即此岸道涅槃即彼岸道以諸凡夫妄想恒居生死此岸二乘已得觧脱住着涅槃彼岸菩薩以般若大智慧照了生死及與涅槃於此無相般若波羅蜜中實無二法故云照般若波羅蜜無二既了妄想觧脱無二法故則一切結業法三世因果等法皆即如如一諦無二理也而行於無生空至皆同無生空故一節此申明無相心觀照迴向之義謂上既了妄想解脱皆如如一諦是以不住生死此岸亦即不住涅槃彼岸以不住故而能常行於無生空以行無生空故自知决定信得當來成佛亦知一切諸佛是已成佛道者是我等本源師一切三賢十聖是未成佛道者是我等同學友何以故皆同無生空故所云皆同無生空者謂諸一切賢聖所修以修此無生空一切諸佛所證以證此無生空故云皆同無生空故所以結顯名爲無相心也

佛藏經云釋迦如來因地從過去遠劫時而以四事供養無量無邊一切諸佛及佛弟子無空過者而此諸佛皆不記我汝於來世當得作佛何以故以我有所得故乃至最後供養普明如來方始與我授記汝於來世當得作佛號釋迦牟尼何以故以我無所得故無所得者即常行於無生空無生空者即無相心也

〇九慧心位

若佛子如如慧者無量法界無集無受生生煩惱而不縛一切法門一切賢所行道一切聖所觀法所有亦如是一切佛教化方便法我皆集在心中外道一切論邪定功用幻化魔説佛説皆分別入二諦處非一非二非有陰界入是慧光明光明照性入一切法

此釋慧心迴向之義也別經名無縛無着解脱相迴向謂以般若照三世諸法是一合相故若佛子等二句標定無量法界至所有亦如是一節正明如如慧心體用中道觀智迴向之義所言如如慧者即眞如之理慧謂此菩薩將親見眞如之道眞如相現前其智慧心中明了十界依正等法互攝圓融自在無礙所謂眞得所如十方無礙所以得此如如慧者能於無量十法界中現身益物雖現身益物而無集因亦無受果無有生死無有煩惱如空谷以答響實無身心受彼生死故云無量法界無集無受生也生生煩惱而不縛者此二句義謂不止六凡法所不能縛即四聖界一切修證法門皆亦無着無縛言一切法門

者乃即一切三賢所修行菩提道一切十聖所觀證眞如法謂此所有賢聖法門悉皆如是不着不縛故云所有亦如是也一切佛教化方便法至非有陰界入一節申明如如慧心觀照之義既凡所有一切法門無着無縛故即能於一切諸佛教化開導方便法門菩薩亦皆集在如如慧心之中融通無礙豈但諸佛法門融通無二即入外道一切辯論一切邪定功用一切種種幻化若魔說若佛說若魔見若佛見我能融通如如慧心歷歷明明皆以分別入二諦處二諦即眞諦俗諦也於此二諦究竟無惑非一非二云何非一謂魔說非佛說佛說非魔說魔說者邪見也佛說者正見也故非一也云何非二魔說實非魔說佛說實非佛說是故魔說佛說實無二法魔見佛見實無二體故非二也非有陰界等者謂魔與佛既是非二何有陰界入耶所以觀五陰非五陰觀十八界非十八界觀十二入非十二入故也是慧光明三句結成如如慧心體用觀智廻向之義承上問既是諸法一切皆非是何境界答乃即如如智慧光明即此光明照法界性入一切法於本法界無二別故如是智慧如是觀照是名佛子如如慧心之廻向也

○十不壞心位

若佛子不壞心者入聖地智近解脫位得道正門明菩提心伏忍順空八魔不壞衆聖摩頂諸佛勸發入摩頂三昧放身光光照十方佛土入佛威神出沒自在動大千界與平等

地心無二無别而非中觀知道以三昧力故光中見佛無量國土現爲說法爾時即得頂三昧證虛空平等地總持法門聖行滿足心心行空空空慧中道無相照故一切相滅得金剛三昧門入一切行門入虛空平等地如

佛華經中廣說

此釋不壞心迴向之義也别經名入法界無量回向謂覺一切法中道無相故若佛子等二句標定入聖地智至下而非中觀知道一節此正明不壞心體用觀智迴向之義所言不壞心者其義有六故得不壞入聖地智近解脫位得道正門明菩提心伏忍順空八魔不壞有此六義故名不壞心也言入聖地智者謂住行向之三十心名賢地上菩薩名聖今玆十向終心所得智慧即登初地智慧故云入聖地智近解脫位者近者隣也三賢至此相隣初地將解脫分别二障故云近解脫位得道正門者道即諸佛達道此道不偏不邪曰正門者通也以初歡喜菩薩得正修行門路若到此門一超直入如來覺地所謂歡喜菩薩覺通如來盡佛境界今即十向終心將登初地故云得道正門明菩提心者明即了明菩提心者華言覺道亦云道心具大道心以成衆生明了此心故云明菩提心智度論云菩提心有五種一者十信菩薩名爲發菩提心謂此菩薩於無量生死中爲求阿耨多羅三藐三菩提故而乃發此大心故名發菩提心二者住行向諸菩薩名爲伏菩提心謂此菩薩折諸煩惱降伏

其心行諸波羅蜜行利益衆生故名伏菩提心三者初地至七地諸菩薩名爲明菩提心謂此菩薩觀三世法總相别相分别籌量得見諸法本末實相清淨明了與般若波羅蜜相應故名明菩提心四者八地九地十地三位菩薩名出到菩提心謂此菩薩於般若波羅蜜中得方便力亦不着於般若波羅蜜故能滅一切煩惱障故得見一切十方諸佛體性眞得無生法忍出離三界到薩婆若海故名出到菩提心五者等妙二地菩薩名爲證無上菩提心謂此菩薩坐於道場斷諸煩惱成就阿耨多羅三藐三菩提故是名證無上菩提心此五種中之第三也謂此十向終心將登聖地明眞見道究竟明了故曰明菩提心伏忍順空者忍有五忍三賢菩薩名伏忍位初地二地三地名信忍位四地五地六地名順忍位七地八地九地名無生忍十地等妙名寂滅忍此三賢位行滿居伏忍道極頂將登聖地一切異相無明現行不起亦能隨順於無生空故云伏忍順空八魔不壞者八魔一色魔二受魔三想魔四行魔五識魔六煩惱魔七死魔八天魔也五陰魔者亦名五蘊魔陰爲蓋覆蘊猶積聚以集五蘊生滅使修行人不能超脱名五陰魔煩惱魔者即三界中見思煩惱一切妄惑若修行人爲此妄惑惱亂心神不能成就阿耨菩提名煩惱魔言死魔者即身四大分散夭喪殞沒若修行人爲此夭喪不能續延慧命名爲死魔言天魔者乃即

欲界第六他化自在天魔若修行人勤修勝善欲超三界生死而此天魔爲作障礙發起種種擾亂之事令修行人不能成就世出世善樂因樂果故名天魔天魔一種是爲外魔前七種是内魔梵語魔羅華言奪命又云殺者謂奪智慧之命而殺世出世間一切善根故云魔也言不壞者緣是菩薩入聖地智近解脱位得道正門明菩提心伏忍順空達妄想即眞如了無明即佛性是故八魔不能壞也以是魔無能壞故感衆聖摩頂安慰其心諸佛勸發增進其行華嚴十迴向品中云十方諸佛各以右手摩金剛幢菩薩之頂加被爲説法主即此摩頂之義是故得入摩頂三昧即放身光而此身光光照十方國土即能入佛

威神形儀如佛於十方國土中若出若没或隱或顯自在無礙以是神變一時震動大千世界即與虚空平等地心無二無别而非中觀知道者謂此菩薩雖然如是神變而尚非歡喜地實證第一義諦中觀智道現百佛身百佛世界一一徧知無礙者也以三昧力至入虚空平等地一節中明加被之義承上所云既非初地中觀知道是何力也謂此菩薩雖非中觀知道而以諸佛三昧定水加被力故亦能於自身光中得見十方諸佛在無量國土中現爲衆生説諸妙法以是見佛得聞法故爾時即得證入頂三昧而能實證虚空平等初歡喜地總持門也總持門者謂總一切法持無量義瓔珞經云地名持即持一切百萬

阿僧祇功德智慧故所以證此地者一切如來聖行功德悉皆圓滿具足以是聖行悉滿足故而心心行空也言心心行空者即住行向之三十心心心分別我法二執之行至此悉空故云心心行空空慧中道者空空是即所證人空法空三空之理慧者即是能證二空之智以是如理如智不即不離不一不二名空空慧中道所謂二諦融通三昧印也無相照故等者釋空空慧中道之義謂以無相中道之智而照無相中道之理無理不顯無相不滅是故一切異生性障等相滅盡無餘所謂虛空平等之地性德眞如之理圓滿成就含攝周徧其量無外十界差別之相了不可得所以無相照故而一切相滅也以是障礙滅故即得金剛三昧正受法門一時現前繇現前故能入十地一切行門一時具足是名證入虛空平等地也此是略說如佛華經廣說其義

○四釋十地義三 初總標問詞 二別解文義 三結讚法門

○初總標問詞

盧舍那佛言千佛諦聽汝先問地者有何義

此能說報佛召告當機化佛誡聽牒前問詞解說十地菩薩理智觀行修證次第之法義也

○一別解文義十 初體性平等地二 初明斷證義 二正釋其義

○初明斷證義

華嚴疏云十地菩薩斷十種障證十眞如

眞如體性實無差別乃隨勝德假立十種雖初地中已達一切而所證如猶未圓滿令圓滿故後後建立又初地中雖離分別我法二執但能遠離六識粗惑猶有七識微細俱生我法二執尚未空盡第六分別二執自初信發心時修生空觀至七信位已斷分別我執而隨入法空觀歷三賢位至初地時分別法執亦即斷矣第七俱生二執自初地位恒住雙空觀中至第七地後心方捨藏識乃至八地初心即得無功用行是則俱生我執現行永伏俱生法執間起至等覺後心位金剛喻定現在前時一刹那間生相無明異熟種子方始斷盡而無餘也其云十地斷十種障證十眞如者何如初地斷一種異生性障此障乃從

凡夫分別我執現行所起故名異生性障並斷二種愚執一執着我法愚二惡趣雜染愚謂此三法能障初地斷此愚障方登初地此地菩薩自從賢位初證理性始獲法味證二空理今二空觀現前便能永斷愚障既斷能益自他生大歡喜名歡喜地其所證者名曰徧行眞如以能徧行染淨法故菩薩位寄轉輪聖王廣修慈悲等法而化導衆生故華嚴經云歡喜菩薩於十波羅蜜中檀波羅蜜最勝餘非不修但能隨力隨分下九度義倣此

〇二正釋其義

若佛子菩提薩埵入平等慧體性地眞實法化一切行華光滿足四天果乘用任化無方理化神通十力十號十八不共法住佛淨土

無量大願辯才無畏一切論一切行我皆得入

若佛子者標名菩提薩埵顯德入平等地舉德位也每一地有三心初加行心以勇悍力奮迅不怯深證眞如而趣入故中無間心以猛利行承事諸佛十方化導無間歇故後解脫心以無住行圓滿菩提歸無所得而解脫故自若佛子三句標名德位以明勝進心義菩提薩埵華言覺有情言有覺可求有生可度故入平等慧體性地者入即證入平等即法身理謂即證入眞如平等不增不減法身理故此是心佛衆生三無差別之理慧乃佛慧謂即證入諸佛平等之慧以故凡所作爲其慧平等故云入平等慧體性地別經名歡喜地菩薩智同佛智理齊佛理徹見大道盡佛境界而得法喜登於初地故名爲歡喜地眞實法化等者標所證之法也眞者無妄實者不虛法謂教法化謂攝化言即轉此所證眞實平等大法開化衆生而轉衆生成正覺故一切行華光滿足者行即六度四攝一切萬行華即因華光即智光菩薩至此一切皆得悉滿足故四天果乘用者四天即須彌山四洲謂歡喜地菩薩多作轉輪聖王掌護正法能大惠施周給孤露以法化世能令一切恒修善行諸所作業皆不離於念佛念法念僧統領閻浮提王七寶具足一日一夜游四天下故云四天果乘用任化無方者任意教化但隨機感無有方所故云任化無方理化神通者如理而

化是何等人說何等法皆與實相不相違背以神通力折伏驕慢使令信受所謂應折伏者而折伏之應攝受者而攝受之或慈或威咸令衆生離苦得樂故云理化神通十力等者謂不但得四天果德以行教化而且更得如來十種智力十種聖號十八不共等法恒常住佛淨土以能隨類現化淨土有四合爲三土此地菩薩乃住第二受用土中之他受用土也菩薩住此淨土廣發無邊弘誓大願以四無礙辯才說諸法門而無怖畏怖畏總有五種別有無量一切皆無故云無畏一切論者即是四明五明一切諸論一切行者即十地等妙諸大菩薩一切之聖行也我皆得入者此句總結上文如是種種法門此地菩薩無不通達故云我皆得入

生出佛家坐佛性地一切障礙凡夫因果畢竟不受大樂歡喜從一佛土入無量佛土從一刼入無量刼不可說法爲可說法反照見一切法逆順見一切法常入二諦而在第一義中以一智知十地次第一一事示衆生而常心心中道以一智知一切佛土殊品及佛所說法而身心不變以一智知十二因緣十惡種性而常住善道以一切智見有無二相以一智知入十禪支行三十七道而現一切色身六道以一切智知十方色色分分了起入受色報而心心無縛

此釋住無間心之義謂上繇得聖智入聖位證聖理成聖行是故生出佛家坐佛性地也言生出佛家者謂在佛家而生出也

如摩耶夫人凡有諸佛出世則爲其母羅睺羅則爲子故云生出佛家坐佛性地者謂此菩薩所證眞如境界與諸佛同平等無差所謂諸佛法身入我性我性同共如來合如世尊降生時一手指天一手指地目顧四方周行七步曰天上天下唯吾獨尊世出世間此法最勝故云坐佛性地一切障礙凡夫因果畢竟不受此三句者正明斷障之義既云生出佛家坐佛性地是則一切異生性障凡夫有漏因果俱已解脫故云畢竟不受大樂歡喜者既永離一切障礙即得出世間心未曾有法是故大樂歡喜所謂分別二障極喜無也從一佛土入無量佛土者此明身土圓融無礙之義菩薩既已離障得樂故能現百佛身百佛之土乃至百千億佛身百千億佛土於是一處出生十方齊現是以身不礙土土不礙身塵塵混入刹刹圓融故從一劫入無量劫者此明時劫圓融無礙之義謂既能現身現土是故能以短時而爲長時長時復爲短時如世尊一坐之中過六十小劫復以六十小劫如彈指頃乃至於一刹那際三時轉大法輪者是也不可說法爲可說法者此明說法圓融無礙之義以是眞如之法本無言說本無名相但隨衆生機宜巧設方便而於無名相法以名相說無語言法以語言說故反照見一切法者謂此菩薩證佛平等大慧以反照見從凡夫時反妄皈眞以始覺智而滅一切染法生一切淨法故逆順見一切法者即以平

等佛慧見本源自性清淨心因無明不覺一念妄動逆眞如理順無明流而滅一切淨法生一切染法故常入二諦而在第一義中者謂雖常照眞諦而不沉空照俗而不滯有二諦圓融了無二相而恒在第一義中不即不離故以一智至心心無縛一節廣明住無間心智體照用之義既上入剎入劫說法智照而恒在第一義中即以第一義諦中道理智而起六種玅智發明世出世間至善開示衆生令入佛地永離苦趣故六種玅智者何一者以此一智能入初地了知十地中次第斷障證眞事雖然位僅初地而十地中智理業已圓該故能以十地法門指示衆生而常心心中道也二者以此一智了知一切諸佛國土殊品染淨不一及知一切諸佛爲諸染淨國土衆生說諸染淨法門即如娑婆世界佛爲娑婆衆生說極樂世界佛爲極樂衆生說雖一一了知而身心未曾變動故三者以一智了知無明老死十二因緣生滅始終亦知一切衆生三業六根十惡種性差別現行而常住於善道四者以一切智了見外道執常之有相執斷之無相雖分內外而於眞如性體本無差別皆與實相不相違背同一法性不見有無二相故五者以此一智知入四禪天十禪支之觀行及權小助菩提三十七品之道法而現一切色身隨類現形入於六道使未種善根者令種已種善根者令其增長皆使入禪修道故六者以一切智了知十方法界依報

正報内色外色分分幻化了滅生起入受色報緣起差別開示衆生而心心之際了無着縛故

光光照一切是故無生信忍空慧常現在前從一地二地乃至佛界其中間一切法門一時而行故略出平等地功德海藏行願如海一滴毛頭許事

此結當地功德以明解脱心也光光照一切者如是六種智光其光普照一切世出世間所有染淨諸法當體皆如如相是故無生信忍無生空慧常現在前以是常在前故而得解脱繇解脱故從此一地二地乃至十地入佛境界於其中間一切聖行法門一時而能盡行故略出等者顯上所說未能盡言葢此平等地功德其海藏行願如海甚深無量無邊難可具說此所言者如大海之一滴毛頭許事至極至微故云略出耳

○二體性善慧地二 初明斷證義 二正解文義

○初明斷證義

此地菩薩斷一種邪行障此障即所知障中俱生一分法執誤犯三業所起故名之也并斷二種愚執一者微細誤犯愚二者種種業趣愚此之三法能障二地斷此愚障方登二地菩薩今得增上尸羅波羅蜜多性戒具足遠離誤犯愚障既斷故名離垢地以所證眞如名最勝眞如此眞如性具無邊德於一切法最爲殊勝故菩薩位寄忉利天王假修十善等法化導衆生於

十波羅蜜中尸羅波羅蜜最勝

○二正解文義

若佛子菩提薩埵善慧體性地清淨明達一切善根所謂慈悲喜捨慧一切功德本從觀入大空慧方便道智中見諸衆生無非苦諦皆有識心三惡道刀杖一切苦惱緣中生識名爲苦諦三苦相者如者如身初覺從刀杖身色陰二緣中生覺爲行苦緣次意地覺緣身覺所緣得刀杖及身瘡腫等法故覺苦苦緣重故苦苦次受行覺二心緣向身色陰壞瘡中生苦覺故名爲壞苦緣是以三覺次第生三心故爲苦苦苦

若佛子三句標顯名德位以明加行心之義善慧體性地者善者能也慧者明也謂此菩薩善修清淨法身平等大慧名善慧地別經名離垢地因中持戒梵行清白體離垢染名離垢地清淨明達即善慧離垢義正明所證所得體用清淨即所證法身理明達即能證菩提智一切善根乃智用也所謂等下出善根也何等善根所謂慈悲喜捨慧也慈者與衆生樂悲者能拔其苦喜者慶悅自他捨者自他解脱慧者鑒機説法一切功德本者如是五觀一切諸佛菩薩六度四攝三身四智無量恒沙稱性功德皆以四無量心慧五觀法門而爲根本故云一切功德本也從觀入大空慧者申明慈等五觀之義大空慧者是佛所證甚深無相大空般若智體圓照法界心佛衆生三無差別無苦無樂無生無滅一切衆生迷而不覺是故菩薩與慈運悲拔

苦與樂從此觀入大空慧體依體所起方便道智用中觀見三界二十五有四生六道十二類生迷本大空慧體認妄緣心起識分別造貪嗔癡殺盜婬等輕重善惡業輪墮在六道輪廻三有此等衆生未出三界火宅六道俱苦故云無非苦諦推其苦諦因緣皆由六識造業六識受報故云皆有識心六道之中三善且置就三惡道而言地獄餓鬼畜生舉受刀杖二境以例一切極苦逼惱緣中生識以識未空故名苦諦其苦無量總三苦攝行苦苦苦壞苦如是三苦相者互爲因緣由過去業感現五蘊有漏色身五陰遷流四相不停名爲行苦更加六塵苦境觸心苦受相應難堪難忍是名苦苦一期壽終四大將散難割難捨是名壞苦三苦展轉無有間斷非大智慧人不能了知此三苦相虛妄不實初發明行苦相如者指定之詞謂如身根初覺云何初覺從外刀杖境緣內具有情身根色陰於是根境二緣相觸其中觸令生覺此覺未別苦樂只有隨念而無計度但名爲行苦緣所以前五識心爲第六明了門第六識心爲前五分別依前五識若不熖境第六即無所緣第六若不續念前五唯是現量八識俱得解脫是故前五根塵識三總爲行苦緣也次意地覺者此明苦苦緣義謂第六識覺前五識所緣五塵影子一剎那間流入意地送入第八含藏頓起現行復緣前五身覺所緣得刀杖境加身及身受刀杖瘡腫等法故復覺其苦苦緣

苦中又苦故云重故苦苦次受行覺二心者此明壞苦緣義行覺二心一覺身受刀杖行苦覺心二覺刀杖加身之瘡腫等法苦苦覺心此又緣向身瘡色陰將欲壞時從壞瘡中生苦覺故是名爲壞苦緣是以三覺次第生三心故爲苦苦苦三覺三心一行苦覺生苦覺心二苦苦覺生覺瘡腫覺心三壞苦覺即生壞苦心三心心皆苦故爲苦苦苦若有靈根衆生了知三覺三苦妄身妄心如幻如化即不起惑造業當下永絶輪廻雖諸苦故而即轉成自覺覺他覺行圓滿即與諸佛菩薩無二無別上之三苦以明菩薩觀智悲心下之三苦乃明菩薩現身益物之義

一切有心衆生見是三苦起無量苦惱因緣

故我於是中入教化道三昧現一切色身於六道中十種辯才説諸法門謂苦識苦緣刀杖緣具苦識行身瘡腫發壞内外觸中或具不具具二緣中生識識作識受觸識名爲苦爲苦苦心緣識初在根覺緣名爲苦覺心作識行二緣故心心緣色心觸觸惱受煩毒時心受觸識覺觸未受煩毒時是名行苦逼迮生覺如斵石火於身心念念生滅身散壞轉變化識入壞緣緣集散心苦心惱受念後緣染着心心不捨是爲壞苦三界一切苦諦

此釋住無間心以顯悲心觀行益物之義

一切有心衆生即指四生六道十二類生揀非無情所謂但有心者皆當作佛此等衆生皆繇不能了達此苦幻妄非實見是三苦反起無量苦惱因緣造諸惡業以致

生生死死死死生生如旋火輪無有休息故此菩薩於諸衆生無量苦惱緣中興慈運悲起同事攝入教化道三昧示現一切色身於六道中以十種妙辯才說諸苦集滅道四諦法門先示以苦諦相欲令一切衆生始知是苦厭苦求樂斷集修道証滅諦也何等爲苦諦相耶謂苦識苦緣乃至瘡腫發壞等相也苦識即前五識爲第六受苦門户故云苦識苦緣即内五根身緣以身爲衆苦本故云苦緣刀杖緣者即外境緣以境有牵心業用故云刀杖緣具字貫上貫下貫上苦識根境貫下瘡腫發壞等言具苦識行者即行苦緣身瘡腫者即苦苦緣發壞二字即壞苦緣此總明三苦相此三苦相必具内外觸中内即根識外即境識内外衆緣和合觸中而成此苦故云内外觸中所謂眼識九緣生耳識唯從八鼻舌身三七後三五三四若加等無間從頭各增一以有爲法仗因托緣缺則不生即是此義是故或衆緣具而成此苦衆緣不具則此不成初明具二緣中生識雖緣即根境二此二和中前生五識此識雖生性非恒一有間斷故不造不受此苦唯是第六識造業還是六識受報故云識作識受向下展轉辨明造與不造問何故前五不造荅前五觸識觸令而生故云觸識此識無籌度心只名爲苦識行秪具根境二緣故不造不受也與上行苦緣照應心心緣色等者由六識心此心緣上色陰瘡腫等法緣一觸一心觸心惱此已深受煩

毒時二苦交煎故爲苦苦與上重故苦苦照應心緣識者此釋造受緣起謂六識心緣五識心初在五根覺緣刀杖加身一念未起分別故只名爲苦識由六識心不了目前虚幻妄境反被境風鼓蕩起心取着造作業苦心自領受故云心作心受言觸識覺觸者此言前五觸識唯覺觸境未曾深受煩苦毒時不造不受是只名爲行苦一種故云觸識覺觸逼迮生覺者此以法喻合明釋上心作心受言造業者爲第六心緣前五識緣現逆順影子一刹那間流入意地逼迮生覺心受煩毒譬如斲石中火旋斲旋出於身心中遷流不停念念生滅故云逼迮生覺已上明前五不造惟第六也身散壞者謂命盡時四大各離身色散壞轉變遷化故令阿賴耶識隨業牽引入於壞緣所謂因緣和合虚妄有生因緣別離虚妄名滅生從順習死從變流臨命終時未捨煖觸心苦心惱惟受最後一念染緣深染深着心心念念不能捨離是爲壞苦與上壞苦緣照應如此三苦爲衆苦本三界衆生俱未解脱故云三界一切苦諦此説苦諦法門向下明集道滅三諦法門也

復觀無明集無量心作一切業相續相連集因集因名爲集諦正見解脱空空智道心心名以智道道諦盡有果報盡有因清淨一照體性玅智寂滅一諦慧品具足名根一切慧性起空入觀是初善根

此推苦諦之因令其知苦斷集修道證滅

離苦得樂之義言復觀者返推其因言此等苦從何而有謂依無明幻妄所起故有此苦其無明者即不明也以是真如不守自性一念妄動生起三細不了前境增長六麤故曰無明因有無明遂集無量種種妄想攀緣之心造作一切諸惡業緣招引苦果相續相連過去之因感現在果現在之因招未來果如是集因集因以集三界因果名爲集諦言正見解脱者此説道諦法門也謂上既知諸苦繇依無明集諦招感所生必破無明斷集諦因方得解脱欲斷集因須修道品即以正知正見識得自己本元心地看破妄身妄心遠離邪念了達緣生空幻不起惑不造業則不感果而得解脱故云正見解脱解脱則空以是空空妙智修諸道品念念心心入於智道是名以修智道名爲道諦盡有果報等者此説滅諦法門也承上繇修道諦方能盡有果報盡有因也因果不忘爲有以欲色界及無色界見思等惑流轉三界不能出離一切諸苦故名爲有而以正知正見修行聖道不起貪瞋癡慢疑不起身邊諸邪見是以三界二十五有見惑思惑塵沙等惑苦果苦因悉皆空寂以空寂故清淨一照體性玅智體本清淨性離諸垢以此玅智照達一切因果皆空證空空寂滅之理名爲寂滅一諦以上四諦文竟下文總結悲觀以顯慧爲根本之義慧品具足名根者謂即大空慧品具足慈悲喜捨六度四攝無量功德方便行門皆依大空慧品爲其

根本故云慧品具足名根一切慧性起空入觀者此二句義謂上既即慈悲喜捨一切慧性皆依大空慧中起空入觀現身六道爲諸苦惱衆生説示四諦法門使諸衆生知苦斷集修道證滅是名初善根也

第二觀捨一切貪着行一切平等空捨無緣而觀諸法空際一相我觀一切十方地土皆吾昔身所用故土四大海水是吾故水一切劫火是吾昔身故所用火一切風輪是吾故所用氣我今入此地中法身滿足捨吾故身畢竟不受四大分段不淨故身是爲捨品具足

此釋捨觀法門也葢我爲汝所説四諦法門是我昔日知迷而捨故得解脱寂滅可證是故今以勸汝而亦隨修證也言所捨者是何物耶是捨無始已來爲凡夫時妄想所起一切種種貪愛執著諸惡行法以昔有貪愛故爲説修行解脱法門以貪愛與解脱俱屬對待不平等故今已一切捨去則一切法悉皆平等以平等故能捨所捨二緣性空故云捨無緣也繇是而觀染淨諸法空際一相平等理中無相可得所以我觀一切十方地土皆吾昔身所用故土四大海水是吾昔身所用故水一切劫火是吾昔身所用故火一切風輪是吾昔身所用故氣我今入此離垢地中法身滿足捨吾故身也言法身滿足者即此離垢地位所證最勝眞如法性之身三德圓滿三身具足故云法身滿足捨吾故身等者即此位中所斷邪行障也以斷障證眞故

所以畢竟不受四大分段不淨雜染故身故云捨吾故身以不受故是爲捨品具足此是第二觀捨善根義也

第三次觀於所化一切衆生與人天樂十地樂離十惡畏樂得玅華三昧樂乃至佛樂如是觀者慈品具足

此釋慈觀之義第三次觀等者葢謂諸佛菩薩說法利生必隨機宜而與之樂故次觀於所化一切衆生種種根性如求人天樂者則與三皈五戒十善令其得生人天道果受勝玅樂如求菩薩乘者則與六度四攝法等令其得證十地之樂離十惡畏樂者往昔以造三業不淨必墮三塗怖畏之中反此十惡令修十善得生人大受十善樂故云離十惡畏樂得玅華三昧樂者發菩薩心修菩薩道萬行因華三昧正定乘此智定證十地果故得玅華三昧之樂乃至令得佛果無餘涅槃究竟之樂如是觀者是爲慈品具足已上五段經文迭明住無間心觀行之義向下一節總結以顯解脫心義

菩薩爾時住是地中無癡無貪無瞋入平等一諦智一切行本遊佛一切世界現化無量法身如一切衆生天華品說

菩薩當爾之時住是第二地中慧品具足故無癡相捨品具足故無貪相慈悲喜品具足故無瞋相以無貪瞋癡故所以證入平等大空慧品一諦聖智是以平等一諦理智爲一切萬行根本以是智行雙運而能游佛一切世界承事諸佛亦能現化無

量法身攝受衆生也此處文義於大部中如一切衆生天華品廣説詳明

○三體性光明地二初明斷證義　二正釋文義

○初明斷證義

此地菩薩斷一種闇鈍障此即所知障中俱生法執一分闇鈍所起以聞思修總持眇慧令不現前故名之也並斷二種愚執一者欲貪愚二者陁羅尼愚此之三法能障三地斷此愚障方登三地令此菩薩以聞持陁羅尼三慧現前便能永斷愚障既斷故名發光地所證真如名勝流真如謂此真如令所流教法極爲最勝故菩薩寄位夜摩天王假修十善等法化導衆生於十波羅蜜中忍波羅蜜最勝

○二正釋文義

若佛子菩提薩埵光明體性地以三昧解了智知三世一切佛法門十二法品名味句重誦記别直語偈不請説律戒譬喻佛界昔事方正未曾有談説是法體性名一切義别是名味句中説一切有爲法分分受生初入識胎四大增長色心名六住於根中起實覺未别苦樂名觸識又覺苦樂識名三受連連覺着受無窮以欲我見戒取善惡有識初名生識終名死是十品現在苦因緣果觀是行相中道我人已離故無自體性

若佛子三句標顯名德位以明加行心之義光明體性地者謂此菩薩成就勝定大法總持能發無邊智慧光明故云體性光明地别經名發光地謂以因中修習一切

法界忍行之力果地開發大智慧光故名爲發光地以三昧解了智至分分受生一節正明光明體性地以顯所證所得體用觀照之義言以三昧解了智者三昧即那伽定之別名也謂從此勝定發起大智慧光能解了知三世十方一切諸佛化導法門此地菩薩一一通達故名解了智也十二法品等者釋上一切佛法門義十二數也法軌則也品類從也名即名身味即文身句即句身謂佛所說一切諸佛權實法門總三藏十二部半滿法品必有文以載義繇義以成文文義相成而爲經典其中名字義味音韻言句是中若事若理若因若果若權若實若顯若密以此十二部經盡其義也何名十二一曰重梵語秪夜華言應頌亦名重頌以是長行文義不盡欲被後來之機重宣義故二曰誦即修多羅華言契經上契諸佛之理下契衆生之機只有長行而無其偈如彌陀經心經等是三曰記別梵語和伽羅華言授記如來授記諸大菩薩聲聞弟子來世作佛劫國莊嚴等是四曰直語偈梵語伽陀華言諷誦亦名孤起不應長行直說偈句如金光明空品等是五曰不請說梵語優陀那華言自說無有人問如來以他心智觀衆生機而自宣說如佛頂經說五陰魔又彌陀經俱不待請自告弟子而說者是六曰律戒律戒多屬因緣梵語尼陀羅華言因緣如經中有人問故說是事如律中有持犯得失之事并制戒緣起事凡是如來所說一

切根本緣起善惡因緣果報等是七曰譬喻托言訓曉爲譬以淺况深爲喻如來爲鈍根者所設所謂諸有智者要以譬喻而得開解者是八曰佛界梵語闍羅伽華言本生謂如來説諸佛菩薩本因地中受生之事亦説自己本因地中受生之事如涅槃云比丘當知我於過去作獐作鹿作熊乃至作金輪王等是九曰昔事梵語伊帝目多伽華言本事如來説諸菩薩弟子因地爲求菩提道法所行苦行之事謂如採菓汲水拾薪設食布髮掩泥身爲牀座燃燈求偈割肉捨身乃至爲金輪王捨頭千顆等是十曰方正梵語毘佛略華言大方廣大即體大方即相大廣即用大謂諸如來所説大乘方等經典其意猶如虚空廣博包含無所不攝十一曰未曾有梵語阿浮達磨華言未曾有亦名希有謂佛初生之時目顧四方周行七步足跡所蹈皆有蓮華放大光明徧照十方而發是言我是度一切生老病死苦者大地震動天雨衆華樹出音聲作天鼓樂如是希有之事凡昔未聞見者皆名希有十二曰談説梵語優波提舍華言論議謂諸經中凡有問答辯論諸法義者皆名論議如法華經智積菩薩乃與文殊師利論説妙法等是已上廣明十二部經名相向下總出十二部經之義是法等者釋承上義謂是十二法品體性等同一味實無差别因衆生心有無量心是以法門亦有無量所謂我無一切心何用一切法因有一切心故有一切法

因有一切法故立一切名因有一切名故立一切義因立一切義發明一切法故云是法體性名一切義別也是名味句等者謂是十二法品名味句中差別無非發明一切衆生迷理成事迷智成識一切生滅有爲諸法分分受生捨生之義欲令衆生知眞本有識妄元無也初入識胎等者釋明分分受生義所言分分受生者謂初入識胎時乃是受生托質之始即行緣識分義此緣過去煩惱之惑覆於本心不了法界眞如之理名爲無明遂緣無明起諸妄心造作身口意等善不善行故名曰行以是無明與行二因所造惑業相牽因緣和合故令阿賴耶識投托母胎一刹那間染愛爲種納想成胎故名初入識胎四大增長色心者即識緣名色分義名即是心以心但有其名無形質故色即形質即內外色地水火風四大和合漸漸增長而成身形一七名凝滑二七名胞三七名爲軟肉四七名堅肉五七名爲形位生諸根形手足故名四大增長色心名六住者即名色緣六入分義謂從名色已後至六七日名髮毛爪齒位至七七日名爲具根形位謂以六根開張有入六塵之用乃妄心依止處故名六住於根中起實覺未別苦樂名觸識者即六入緣觸分義此即出胎已後乃至三四歲時六根對於六塵雖起覺知而未能別苦樂故名實覺因根境識三法和合相觸生覺故名觸識又覺苦樂識名三受者即觸緣受分義謂從五六歲至十

二三歲時因六塵境觸對六根即能領受如對苦境時即覺是苦是名苦受對樂境時即知是樂名爲樂受如苦樂不對時即覺不苦不樂是名平平之受雖云了別六塵粗境然未能起貪淫之心只名爲受故曰又覺苦樂識名三受也此上五支是現在果連連覺著受無窮者即受緣愛分義謂從十四五歲至十八九歲時連連起心貪着婬欲等境故云連連覺著受無窮以欲我見戒取者即愛緣取分義謂從二十歲後緣有諸欲助發愛性種種取捨執我執人深生貪取及信邪師而起邪見持邪見戒望取生天其中所該五鈍五利十使煩惱故名以欲我見戒取善惡有者即取緣有分義謂因六識馳求諸境起造善惡

引滿二業積集三有之因牽引阿賴耶識又受當生三有果報故名善惡有也此愛取有三支是現在因識初名生者即有緣生分義謂既現在所造善惡業因必受來世善惡業果故使賴耶隨善惡業六道受生此識最先投胎故云識初名生識終名死者即生緣老死分義謂從來世受生已後五蘊身相䘜已還壞一期壽命盡矣此識最後而捨故云識終名死此生死二法雖曰來世之果乃約現在之因而言實談三世生滅去來受生捨生之義所謂去後來先作主公也是十品現在苦因緣果者此句總結上文謂以無明與行是過去二支因緣過去因感現在果今只所言現在因果不言過去二因者何以果該因佛欲

現前諸人即識現前苦果苦因無使再造有漏苦因永滅當來苦果故也觀是行相中道我已久離者謂一切衆生雖有生滅去來不知如來藏中求於去來迷悟生死實不可得所以菩薩智慧觀察已證入法界中道理中無有生死無有去來故云我已久離無自體性

入光明神通總持辯才心心行空而十方佛土中現劫化轉化百劫千劫國土中養神通禮敬佛前諮受法言復現六道身一音中說無量法品而衆生各自分分得聞心所欲之法苦空無常無我一諦之音國土不同身心別化

此釋住無間心也所言現在十品苦因緣果我已久離故者今得證入光明體性地中具足游戲神通陀羅尼總持門無礙辯才大智慧門雖得如是境界而心心行空是以能於十方佛國土中現身現劫現化展轉變化促住則百劫住延則千劫住於國土中長養神通禮敬佛前諮受法言復能現六道身假同事法攝化衆生以一音中說無量法門品而隨衆生各自分分得聞心所欲法苦空無常無我一諦之音所謂圓音一演異類等解此也其苦等者此即身受心法四念處行苦者衆苦也即觀受是苦義衆生顛倒以苦爲樂故令衆生觀受是苦得寂滅樂也空者即觀身是空義謂内身外身皆攬父母不淨精血集聚四大而成其身從頭至足悉皆不淨衆生顛倒執之爲淨心生貪着故令衆生觀身

是空證清淨法身也無常者即觀心無常義心即第六識心謂此心性流動念念生滅皆悉無常衆生顛倒計以爲心故令衆生觀心無常證常住真心也無我者即觀法無我義謂一切法若善若惡衆生顛倒妄認一切諸法有我故令衆生觀法無我證無生我也故云苦空無常無我一諦之音者謂苦空等雖云四法實從一諦音中演出惟此一諦無二無三因衆生國土依正不同故此菩薩示現身心亦隨機差別而攝化之故云身心別化所謂佛身充滿於法界普現一切羣生前隨緣赴感靡不周而恒處此菩提座正合此意

是妙華光明地中畧開一毛頭許如法品解觀法門千三昧品說

此總結當地功德說不能盡以明解脫心也是妙華等者謂是妙華光明地中所有功德行願如海藏等不可言說此中但畧開一二如毛頭許相似若廣說者於大部内如法品中解觀法門千三昧品二文所說

佛說梵網經直解卷第四

事義

二十五諦一冥性二智大三我心四五唯量即色聲香味觸五塵也五五大即地水火風空也六五知根即眼耳鼻舌身也七五作業根即手足口大遺小遺也八心平等根即意根也九神我主諦合有二十五法　三淨土一常寂光土亦名法性土此即法身如來所依理土通爲諸土體故Δ二實報莊嚴土此即報身如來所受用土有二一者自受用土即以所修自利行滿從初成佛盡未來際變爲純淨佛土衆寳莊嚴者是二者他受用土即是所修化他行滿乃隨十地菩薩所宜居處或大或小或勝或劣變成淨土者是Δ三變化土亦名凡聖同居土即是應

身如來變化之土謂佛以不思議神力隨諸衆生善惡之業變現淨穢之土方便設化故

五怖畏

一不活畏謂諸初學菩薩雖行布施不能盡已所有即恐自已不能過活而生怖畏此即登地菩薩因深果勝於所受用不假營為自然周足但為利益衆生而行布施故無不活畏△二惡名畏初學菩薩雖欲與諸衆生同事而攝化之然入諸酒肆等恒懼譏謗不能安行自如而生怖畏登地菩薩為度有情以大悲心隨類受生饒益一切處天宮不為樂入地獄不為苦婬房酒肆去住無礙故無惡名畏△三怖死畏初學菩薩雖欲用廣大心內外俱施然有時以財施而於身命頗惜不能自捨而生怖畏登地菩薩成就法身慧命了無生死壽夭延萬劫不為長促一念不為短但為度脫有情隨機示現長短壽命之相心無罣礙故無怖死畏△四惡道畏初學菩薩懼生惡道於不善法分別對治令其不生常生怖畏登地菩薩或修禪觀之行或起利生之心雖有思惟離諸散亂隨順度生平等無礙故無惡道畏△五大衆威德畏初學菩薩或於王庭執理之處或於善辭法義人前申宗敵論惟恐有失而生怖畏登地菩薩具足一切悲智雙運或現神通或說妙法或入禪定或行苦行所作業行一切真實百萬人天縱任無礙故無大衆威德畏

四明

五明論

一聲明聲即聲教明即明了謂世間文章算數建立之法皆悉明了通達故二因明因即萬法生起之因謂世間種種言論及圖書印璽地水火風萬法之因皆悉明了通達故三醫方明即醫治之方法也謂世間種種病患或癲癇蠱毒四大不調鬼神咒咀寒熱諸病皆悉曉了其因通達對治故四工巧明即工業巧即巧妙謂世間文詞讚詠乃至營造城邑農田商賈種種音樂卜算天文地理一切工業巧妙皆悉明了通達故五內明內即佛法內教也謂以持戒治破戒禪定治散亂智慧治愚痴乃至種種染淨邪正生死涅槃對治之法皆悉明了通達故言四明者除內明也

二十五有

四部洲為四有及修羅地獄餓鬼畜生為八有並欲界四王忉利夜摩兜率化樂他化六天為十四加色界四禪為十八及摩醯首羅大梵王天與無想天並五那舍天為二十一合無色界四空天共成二十五有

見惑

分別曰見謂意識對法塵非理籌度起諸邪見如外道計斷計常乃至有無等見名見惑惑者迷惑也謂諸衆生於一切法不了自性本空妄生執著惑於正道流轉生死也此見惑開為八十八使以五利五鈍十惑於三界中以三四諦攝三苦下具有十惑成三十三集三滅下除身見邊見戒取各具餘七惑成四十二合前有七十二三道諦下除身見邊見各具餘八惑成二十四合前有九十六又於上二界四諦下各除瞋惑去此八瞋止有八十八也

思惑

俱生曰思為眼耳鼻舌身

意六根對於色聲香味觸法六塵貪愛染著迷而不覺是名思惑依法數中唯取五鈍使中貪嗔痴慢四惑於三界九地中欲界一地四惑全有上二界八地除瞋唯貪痴慢於此九地地地分為九品九九成八十一品思惑也

塵沙惑即界外四十二品無明分劑頭數又以理事論理惑即見思能障真諦之理故事惑即塵沙能障化導覆俗諦之法故

佛說梵網經直解卷第五

姚秦三藏法師鳩摩羅什奉　詔譯

明廣陵傳戒後學沙門寂光　直解

菩薩心地品之上

○四體性爾燄地 二初明斷證義　二正釋文義

○初明斷證義

此地菩薩斷一種微細煩惱現行障此即所知障中俱生一分微細無明之惑現起故名之也又斷二種愚執一者等至愛愚二者法愛愚斷此愚障方登燄慧地謂此菩薩初入證智善修三十七品菩提分法能起燄慧智火燒一切根本煩惱及隨煩惱之薪便能永斷愚障既斷智火最勝故名燄慧地所證眞如名無攝受眞如謂此眞如無我執等所依取故菩薩位寄兠率天王假修三乘等法化導衆生於十波羅蜜中精進波羅蜜最勝

○二正釋文義

若佛子菩提薩埵體性地中爾眞燄俗不斷不常即生即住即滅一世一時一有種異異現異故因緣中道非一非二非善非惡非凡非佛故佛界凡界一一是名爲世諦其智道觀無一無二玄道定品所謂說佛心行初覺定因信覺思覺靜覺上覺念覺慧覺觀覺猗覺樂覺捨覺是品品方便道心心入定果

若佛子三句標顯名德位以明加行心義菩薩因中修習無邊菩提分法大精進力故果地中雙照平等名體性爾燄地別經名燄慧地謂爲燄自在故爾真燄俗等者

正明爾燄地中體用觀照法門謂此地中燄慧增勝爲燄自在故能率爾照真了真照俗了俗照真了真故不斷照俗了俗故不常所謂般若無相二諦常然以其不斷不常故即生即住即滅以即生即住即滅故一世一時一有也一世者三相平等故一時者劫量平等故一有者諸法平等故種異異現異故者謂真性平等元無差別所以有差別者葢即能熏種子之異種子既異則所熏起現行亦異故也然種異現異但隨因緣和合而有因緣別離而無而本真如自性不屬因緣有無變易是因緣不遷不變之體名爲中道以是中道非一非二云何非一真如不變隨緣故非一也云何非二隨緣不變真如故非二也瓔珞經云二諦常爾故非一聖智照空故非二既真諦俗諦非一非二即善惡凡聖等果一切皆非故佛界凡界一一皆名爲世諦何故佛界亦名爲世諦謂對俗言真對惡言善對凡言聖俱屬對待故耳其智道觀無一無二者菩薩以智道觀之非一非二千臂經云菩薩如是觀照寂滅中道第一義諦之理本來無一無二是也上明智慧照用相義下明定品寂滅相義玄道定品所謂說佛心行者既云無一無二云何又有菩提道法賢聖差別葢以玄玅道法一切定品無非說佛因地心行佛心行者即菩提玅心中所起智行此乃三世諸佛一切菩薩本因地中發起始覺悟本玅覺最初入道一步下手工夫初覺本定爲因一

切凡夫俱迷此定無智慧覺諸佛菩薩今悟此定始覺有本故名初覺定因緣初一覺覺得自性本定實與三世諸佛等無差別一信永信永無退轉故次之曰信覺信者論云於實德能深忍樂欲心淨爲性對治不信樂善爲業如水清珠能清濁水所以信乃入道根本是故十覺支中信覺爲第一雖然所信本定若不思惟修行終成空信故次之曰思覺思者即令心造作爲性於善品等役心爲業謂取境正因等相驅役自心令造諸善然雖善思若無定力所持恐屬亂思故次之以靜覺靜即定也於所觀境專注不散爲性智依爲業然此定力印持以靜覺中若無精進之力恐墮無記故次之以上覺上覺者即精勤心於

善惡品修斷事中勇悍爲性對治懈怠滿善爲業然精勤不懈更當念茲在茲而不忘失故次之以念覺念者於曾習境令心明記爲性定依爲業然雖念心不忘必加慧心照境分明不惑故次之以慧覺慧者於所觀境揀擇爲性斷疑爲業然雖慧心了境無惑屬粗必須更加微細觀察故次之以觀覺觀者照察於所觀境諦審爲性入理爲業緣觀覺入理而身心輕安故次之以猗覺猗者即輕安也於所觀境遠離粗重調暢身心堪任爲性對治惛沉轉依爲業又曰離重名輕調暢名安以是輕安調適能令身心悅樂故次之以樂覺樂者即悅喜也以所證理不生顛倒爲性正智如如爲業以是悅樂不倒而得解脱故次

之以捨覺捨者即行藴中捨謂精進等諸根令心平等正直無功用住爲性對治掉舉靜住爲業此十覺支合言七覺合者以念覺合思覺以觀覺合慧覺以猗覺合靜覺此雖品品不同皆助修道法中前方便道能令行人心心念念證入定果也

是人住定中啖啖見法行空若起念定入生心定生愛順道法化生名法樂忍住忍證忍寂滅忍故諸佛於入光光華三昧中現無量佛以手摩頂一音説法百千起發而不出定住定味樂定著定貪定一劫千劫中住定見佛蓮華坐説百法門是人供養聽法一劫住定時諸佛光中摩頂發起定品出相進相去向相故不没不退不墮不住頂三昧法上樂忍永盡無餘

此廣明證入定果之義是人住定中者是人即當位人此人因修道品得住定中緜住定故即從定中發起智慧光啖啖照見諸法行相蕩然一空所謂無礙清淨慧皆依禪定生也若起念定入生心者謂若起念之時無非從定入中發生一念清淨慧照之心故云定入生心定生愛順者緜定發生慧照心故得覺法樂自在三昧於是定中貪愛逸順故云定生愛順道法化生等者謂修菩提道法故名道法化生於此道法忍可於心樂可於身故名法樂忍菩薩於此忍中安住不動深證不轉以是定愛及與法愛二愛難除此地雖證寂滅而于八地等無生寂滅二忍未獲是故諸佛大悲心念無緣慈力於入光光三昧中

現無量佛各以右手摩頂安慰而加被之一音說法百千方便勸發而是菩薩亦不出定何故以住定味定樂定着定貪定故也初住名住住已有滋名味定得味安然名樂定執樂爲實名著定著而固守名貪定於是乎根利者住定一劫障深者千劫中住定即定爲行定中發光光中見佛在寶蓮華上坐爲諸衆生說心地等百法明門是菩薩人與諸供養聽受玅法信念長遠一劫住定廣修福慧日深日厚得與諸佛心相體性入出無難時感諸佛復於光光華三昧中以手摩頂二番加勸方始發起利生定品於光光華三昧者以二光破二障以福花滅罪花以三昧安心摩頂安身於是身心安隱爾時菩薩受摩頂職得大解脫即時發起定品現身益物故有出相進相去向相也出即起定進即入定去即應現向即方所所謂東方入定西方起南方入定北方起童子身中入正定童女身中從定起乃至眼入耳出等是也故於此定知出而不没知進而不退知去而不墮知向而不住所以不住頂三昧即法上樂忍亦復不住如是定愛及與法愛二障俱離故曰永盡無餘

即入一切佛土中修行無量功德品行行皆光明入善權方便教化一切衆生能使得見佛體性常樂我淨

此釋住無間心義也承上繇不住定愛即能現身入一切佛國土中承事十方諸佛勇猛精進更加修行無量無邊一切功德

法品行行皆大光明行光明者即智行雙運也以不住法愛故即入種種善根方便教化一切衆生能使一切得見諸佛體性不止得見而已亦令證此如來真常真樂真我真淨之四德也

是人生住是地中行化法門漸漸深玅空華觀智入體性中道一切法門品滿足猶如金剛上日月道品已明斯義

此結當地功德智慧不可思議以明解脫心之義也是人生住等者言此菩薩既生是地亦住是中於此地中所證度生一切行化法門從此而去漸漸深玅難可測量菩薩所證空華觀智入諸佛體性中道一合而行所以一切諸佛法門品皆得圓滿具足也此處畧說大部内喻如金剛上日月道品中已更廣明斯義

○五體性慧照地二初明斷證義 二正釋文義

○初明斷證義

此地斷一種下乘涅槃障此即所知障中俱生一分厭生死苦趣涅槃樂依彼所起故名之也並斷二種愚執一純作意背生死愚二純作意向涅槃愚此之二法能障五地斷此愚障方登難勝地菩薩今修菩提分法二智圓通真俗無礙能合難合無差別道便能永斷愚障既斷故名難勝地所證真如名類無差別真如謂此真如於生死及涅槃其類平等無差别故菩薩位寄化樂天王假修三乘等法化導衆生於十波羅蜜中禪波羅蜜最勝

○二正釋文義

若佛子菩提薩埵慧照體性地法有十種力生品起一切功德行以一慧方便知善惡二業别行處力品善作惡作業智力品一切欲求願六道生生果欲力品六道性分别不同性力品一切善惡根一一不同根力品邪定正定不定是名定力品一切因果乘是因乘是果至果處乘因道是道力品五眼知一切法見一切受生故天眼力品百劫事一一知宿世力品於一切生煩惱滅一切受無明滅解脱力品是十力品智知自修因果亦知一切衆生因果分别

若佛子三句標顯名德位以明加行心之義慧照體性地者謂此菩薩因中修習不可言説深禪大定之力故果地中乃得諸諦相應之慧圓照法界故云慧照體性地别經名難勝地是以二諦難合此難合令其相應故名難勝地法有十種力生品者乃明所證之法謂此地中所證真如大法有十種力生品能起一切衆生世出世間無量功德行品皆以一慧方便所起上明所證十力之體向下釋明十力之用一知善惡二業别行處力品者謂此智力善能了知一切衆生作善作惡因緣果報差别處也所言差别處者謂作善業不得善報反招惡報及作惡業不得惡報反招善報問何修善者反招惡報答即如印經造像齋僧建會是修善也其中非是真實建立三寶乃是假公濟私誑因昧果故修善得不善報也所謂天堂未就地獄先成即

此云何作惡反招善報如除惡人惡獸破壞外道和合乃至殺一闡提是作惡也其中非是實爲惱害衆生乃是殺一救多除害興善正是菩薩大悲所爲如此作惡是故無惡報也所謂慈心殺人越多生者即此如是差别行處一一爲衆生說故云别行處力品也二知善作惡作業智力品者謂此智力能了知一切衆生三世所作善惡諸業諸受因果或受長壽報時而爲短壽或受短壽報時而爲長壽或富而貧或貧而富何也此業果報總在積因損因積德損德以轉變之所謂因德延壽損德而促壽也又般若云是人先世所造惡業餘業未盡命終應墮惡道以今持經功德先世罪業即爲消滅不但不墮惡道當得菩提此乃出世法力廣大因故所以不可不修世出世善因也如是定與不定一一爲衆生說故云業智力品三知一切衆生欲求願六道生生果欲力品者謂此智力能了知一切衆生心中所欲所求所願一切欲者即樂欲也謂或常欲供養三寶天地君王父母師長親近善友常報恩德或常欲念財色名食睡等一切求者即乞求也謂或樂求好師好友或求名聞利養或求功名富貴乃至求生好子孫等一切願者即願要也謂或願生西方成佛度生或願生天生人乃至願生地獄餓鬼畜生是名一切願求願六道生生果如是差别一一爲衆生說故云欲力品也四知六道性分别不同性力品者謂此智力善能了知一

切衆生性分不同或利或鈍得果大小上中下別一生二生三四五生當得菩提如是一一爲衆生說故云性力品也五知一切善惡根一一不同根力品者謂此智力能善了知一切衆生根界差別云何差別謂善種子起善現行不善種子即起不善現行此善惡根有輕有重輕者易受教化重者難受教化易受化者如善來諸比丘袈裟着身鬚髮自落等也難受化者如城東老母等如是根界差別一一爲衆生說故云根力品也六知邪定正定不定是名定力品者謂此智力善能了知一切外道邪定小乘偏定菩薩正定凡夫不定一一通達爲衆生說故云是名定力品也七知一切因果乘是因乘是果至果處乘因道

是道力品者言此智品了知六道乘有漏因至有漏果乘無漏因至無漏果以至果處而乘因道一一了達爲衆生說是名道力品八五眼知一切法見一切受生故天眼力品者其眼有五謂天眼通非礙肉眼闇非通法眼惟觀俗慧眼只緣空佛眼如千日照異體還同此舉天眼而言謂證知天眼徹見現前一切世間根塵染淨差別等法並見一切衆生以隨善惡業緣受報好醜生時死時一一示諸衆生故云天眼力品九知百劫事一一知宿世力品者言此智力了知一切衆生種種宿命百千萬億劫前死此生彼姓族名字苦樂壽命如實爲衆生說故云宿世力品十知於一切生煩惱滅一切受無明滅解脫力品者言

此智力了知於一切生煩惱因滅一切受無明果滅煩惱無明一切習氣因果滅盡如實爲衆生説故云解脱力品如是十力品智知自身修因果亦知一切衆生所修因果分別明了無差錯故此十種智前五了知衆生生滅因緣後五了知衆生還滅因緣

而身心口別用以淨國土爲惡國土以惡國土爲妙樂國土能轉善作惡轉惡作善色爲非色非色爲色以男爲女以女爲男以六道爲非六道非六道爲六道乃至地水火風非地水火風是人爾時以大方便力從一切衆生而見不可思議下地所不能知覺舉足下足事

此釋住無間心也以顯此地體用不可思議不但所得十力智品而已其身心口更有差別妙用不可測也而身心口別用等者以身能現通心能繫念口能説法此即三輪妙用之力故云而身心口別用以是三輪妙用力故能以常寂光淨土示爲五趣雜居地即能以五趣雜居土爲極樂國土以是國土本無差別但隨衆生一一變現故云以淨國土爲惡國土以惡國土爲淨妙國土法華三變淨土是也能轉善作惡者如無厭足王是能轉惡作善者如廣額屠兒是色爲非色非色爲色者如放光散花東涌西没西涌東没種種神變等是以男爲女者如舍利弗被天女一指轉爲女人相者是以女爲男者如法華龍女倏轉爲男於無垢世界成佛者是以六道爲

非六道非六道爲六道者六道即凡非六道即聖即如面然大士等是乃至地水火風非地水火風者其中足一句應云非地水火風爲地水火風如以十八神變身爲水火擔負乾草入中不燒等是已上善惡等性一一皆不可得若有定性則不能轉如是種種自在神用皆是菩薩大方便智力用所作任從一切衆生見之而皆使頓入不可思議也不但下凡衆生見而不可思議即前下地諸菩薩等皆所不能知覺菩薩舉足下足之事所謂初地不知二地事也

是人大明智漸漸進分分智光光無量無量不可説不可説法門現在前行

此結當地功德不可思議以明解脱心也

承上而言下地所不能知者何也謂此菩薩大明慧智漸漸深遠上進以能分分證入諸佛一切種智所證智光之光無量無量及一切不可説不可説種種法門如是一時一一現在前行是豈凡小心識所能思量言議者哉

○六體性華光地二　初明斷證義　二正釋文義

○初明斷證義

此地斷一種粗相現行障此即所知障中俱生一分執有染淨粗相現行所起故名之也並斷二種愚執一者現觀察行流轉愚二者相多現行愚此之三法能障現前地斷此愚障方登現前地令知一切法無有染淨住無相作意令真如圓滿便能永

斷愚障既斷般若現前故名現前地所證真如名無染淨真如謂此真如體性無染淨故菩薩位寄自在天王假修三乘等法化導衆生於十波羅蜜中般若波羅蜜最勝

○二正釋文義

若佛子菩提薩埵體性華光地能於一切世界中十神通明智品以示一切衆生種種變化以天眼明智知三世國土中微塵等一切色分分成六道衆生身一一身微塵細色成大色分分知以天耳智知十方三世六道衆生苦樂音聲非非音非非聲一切法聲以天身智知一切色色非色非男非女形於一念中徧十方三世國土劫量大小國土中微塵身以天他心智知三世衆生心中所行十方六道中一切衆生心心所念苦樂善惡等事以天人智知十方三世國土中一切衆生宿世苦樂受命一一知命續百劫

若佛子三句標顯名德位以明加行心之義體性華光地者謂此菩薩因中修習無量智慧故果地中得證諸佛般若波羅蜜多大智行華一時開敷故云體性華光地别經名現前地謂本一切功德智慧俱得現前故名現前地能於一切世界中至百千大願品具足一節此釋住無間心也菩薩住是地中能於十方一切世界之中而運十種神通大明智品以示一切衆生種種變化一切難可測量也何名十種明智品一以天眼明智者即天眼通謂此智品能了知十方三世國土中色微塵等分地

水火風一切四大幻色分分聚成六道衆生身相而其一一分段身中毛孔等色分際皆知是幾微塵細色而成一身形體大色如此分分色相一一了知而不錯故二以天耳智者即天耳通謂得此智能聞知十方三世六道衆生身心逼悅受苦受樂所出音聲非非受苦樂音非非受苦樂聲乃至一切江河湖海水流風動鐘鈴鑼鼓種種諸法音聲一一知故三以天身智者即色身通謂得此智能覺知一切色色非色言色色者即諸衆生依報國土境色正報身體根色如是根境諸内外色是名色色言非色者即佛所住真如法性土色及佛光明徧照清淨法性身色故云非色非男非女形者謂色既非色故男女等相一切皆非如是一切色色非色等形於一念中徧知及知十方三世國土劫量大小延促長短及國土中微塵等身四以天他心智者即他心通謂得此智能了知過現未來三世衆生心中所行及十方六道中一切衆生心心所念若念苦樂善惡等事五以天人智者即宿命通謂得此智即能了知十方三世國土之中一切衆生宿世善惡業因感現前苦樂受命果報能一一知及其受命長短相續百劫等事一一明了爲衆生説已上五智以知世諦緣起無有染相可得向下五智以知真諦解脱緣滅亦無淨相可得

以天解脱智知十方三世衆生解脱斷除一切煩惱若多若少從一地乃至十地滅滅皆

盡以天定心智知十方三世國土中衆生心定不定非定非不定起定方法有所攝受三昧百三昧以天覺智知一切衆生已成佛未成佛乃至六道一切人心心亦知十方佛心中所説之法以天念智知百劫千劫大小劫中一切衆生受命命久近以天願智知一切衆生賢聖十地三十心中一一行願若求苦樂若法非法一切求十願百千大願品具足

此釋後五品智也以下所言衆生皆指賢聖與上不同六以天解脱智者即滅盡通謂得此智了知十方三世衆生解脱隨其智量斷除一切煩惱若多若少其從一地乃至十地次第斷證以除一分無明惑障得證一分真如玅理終極金剛究竟滅滅皆盡無餘如是種種解脱一一知故七以天定心智者即神境通謂得此智了知十方三世國土中衆生其心定與不定非定非不定者及諸起定方法有所攝受三昧及百三昧一切禪定等法一一知故八以天覺智即言音通此智了知一切衆生已成佛者未成佛者乃至六道一切人之心心所念如法華云知諸衆生種相體性念何事思何事修何事等不但知諸衆生心心所念亦知十方諸佛心中隨爲衆生根行所説九以天念智即未來通此智了知百劫千劫大小劫中一切衆生受命命之久近劫量差别而此時劫本無延促但隨衆生煩惱輕重厚薄不一是故劫量亦有長短大小不等一切衆生受命亦有久近增減不一如是命劫一一徧知所謂一念

普觀無量劫也十以天願智即無作通此智了知一切賢聖衆生一一所修行門一一所發大願若求苦樂其求苦者即如藥王燒身燃臂不輕所受杖木打擲阿難五濁誓願先入等是其求樂者如常提希願生樂土法藏比丘誓願衆生咸生安養等是其求法者即以權實顯密正教等法其非法者即爲天魔外道邪教等法乃至願爲閻羅天子制諸罪人皆名非法者是一切求者總結上求下化無所不求十願如普賢願王與十無盡句乃至諸佛無量無邊百千大願品此地菩薩一一具足而悉知之

是人住地中十神通明中現無量身心口别用説地功德百千萬劫不可窮盡而爾所釋迦畧開神通明品如觀十二因緣品中説

此結當位智德以明解脱心也是人住地中者結本體性華光地名十神通明中等三句結上十種智品三輪差别玅用德也説地功德三句總結當地功德甚深無量無窮無盡不可説不可説百千萬億劫數説不能盡之義而爾所釋迦牟尼如來但以畧開此地神通明智品耳此處所説在大部内如觀十二因緣品中所説無有差别

○七體性滿足地二初明斷證義　二正釋文義

○初明斷證義

此地菩薩斷一種細相現行障此即所知障中俱生一分執有生滅細相現行所起

故名之也並斷二種愚執一者細相現行愚二者純作意求無相愚繇有此之三法能障遠行地斷此愚障方登第七地今遠三界近法王位行過二乘善修無相到無相邊功用至極望前過遠故名遠行地便能永斷愚障既斷所證真如名法無差別真如謂此真如能了種種教法皆同真如不無相故菩薩位寄初禪天王假修三乘等法化導衆生於十波羅蜜中方便波羅蜜最勝

〇二正釋文義

若佛子菩提薩埵滿足體性地入是法中十八聖人智品下地所不共所謂身無漏過口無語罪念無失念離八法一切法中捨常在三昧是入地六品具足復從是智生六足智

三界結習畢竟不受故欲具足一切功德一切法門所求滿故進心足一切法事一切劫事一切衆生事以一心中一時知故念心足是二諦相六道衆生一切法故智慧足知十法趣人乃至一切佛無結無習故解脱足見一切衆生知他人自我弟子無漏無諸煩惱習故以智知他身六通足是人入六滿足明智中便起智身隨六道衆生心行口辯説無量法門品示一切衆生故隨一切衆生心行常入三昧而十方大地動虚空化華故能令衆生心行以大明智具足見過去一切劫中佛出世亦是示一切衆生心以無着智見現在十方一切國土中一切佛一切衆生心心所行以神通道智見未來中一切劫一切佛出世一切衆生從是佛受道聽法故

若佛子三句標顯名德位以明加行心也滿足體性地者因中修方便度故果地中證得如來一切智行圓滿具足故名滿足體性地別經名遠行地此菩薩出三界河過二乘地到涅槃城近法王位故名遠行地入是法中等者標所證之法也謂入滿足體性法中已是如來十八聖人智品不與二乘權小所共不但不於此共即下地諸菩薩亦所不及故云十八不共何名十八聖智一身無漏過者亦名身無失謂此菩薩從無始來常以諸戒修其身心一切煩惱等障淨盡無餘以是身業清淨得大神通故云身無漏過也二口無語罪者亦名口無失謂此菩薩從無量劫常以五語隨諸衆生方便爲說種種玅法令得道果是以口業清淨故云口無語罪也三念無失念者亦名意無失謂此菩薩從無始來常修諸禪心無所着意無放逸但隨衆生機宜方便攝化是以意業清淨故云念無失念也四離八法者亦名無異想心謂此菩薩從因地來但於衆生方便教化已離凡夫及以二乘執有有相執無無相執常常見執斷斷見以是心無八種顛倒故云離八法也五一切法中捨者亦名無不知捨心謂此菩薩從無始來以大般若照察世出世間一切染淨諸法當體全空了不可得以是心無貪着故云一切法中捨也六常在三昧者亦名無不定心謂此菩薩從無始來常恒不離甚深大定但隨衆生隱顯攝化故云常在三昧也是入地六品

者結前六品智也復從是智等者起後六品智也謂緣具足六品智體復從是智生六滿足智用何名六智一欲具足者亦名欲無減謂此菩薩示生三界攝化衆生於三界結習煩惱畢竟不受故云欲具足也二進心足者亦名精進無減謂此菩薩於諸如來一切智慧諸功德藏一切化導方便法門所求圓滿具足故云進心足也三念心足者亦名念無減謂此菩薩能了達世出世間一切安立法事一切劫量長短大小延促等事一切衆生因緣果報受命長短苦樂等事一切衆生心念等事以一心中一時了知故云念心足也四智慧足者亦名智慧無減謂此菩薩能了達真俗二諦有無二相六道衆生一切心念因果等法一一爲衆生説故云智慧足也五解脱足者亦名解脱無減謂此菩薩能知十發趣人乃至一切諸佛斷除一切煩惱無明結習滅盡無餘故云解脱足也六六通足者亦名解脱知見無減謂此菩薩具足天眼天耳他心漏盡神境如意之六通故所以徹見一切賢聖六道衆生並能了知一切他人自我所化弟子無漏無諸煩惱習故緣是以智知他身相及自身相故云六神足也是人等下結前六足智也便起智身等者起後六智也是菩薩人不止已入六滿足明智中而已復更具足六種智用何爲六智一便起智身隨六道衆生心行者亦名身業隨智慧行謂此菩薩方便運起智身隨智而轉普爲六道衆生現神

變相調伏衆生種種心行令其各得見相解悟證入道果故云便起身等二口辯說無量法門品示一切衆生故隨一切衆生心行者亦名口業隨智慧行謂此菩薩能以清淨微妙語業隨智而轉隨順一切衆生心行善巧開導令得解悟證入道果故云口辯說等三隨一切衆生心行常入三昧者亦名意業隨智慧行謂此菩薩以清淨意業隨智而轉順一切衆生心行常入三昧觀根逗教而爲說法除滅衆生無明癡暗是以三輪業用定慧圓明是故十方大地六返震動虚空之中天雨四華能令衆生開悟心行故云隨一切衆生心行等四以大明智具足見過去一切劫中佛出世亦是示一切衆生心者亦名過去無礙

智謂此菩薩以大明智了見過去世時一切無量無邊說不可說劫中所有一切諸佛出世爲一切衆生說法是諸衆生從是諸佛受道聽法悉能徧知以此開示現前一切衆生心行令各各悟入故五以無著智見現在十方一切國土中一切佛一切衆生心心所行者亦名現在無礙智謂此菩薩以無著智見現在世十方所有一切國土之中一切諸佛出世爲一切衆生說種種法是諸衆生從佛聽法悉能受持心心所行亦示一切現前衆生令得開悟故六以神通道智見未來中一切劫一切佛出世一切衆生從是佛受道聽法者亦名未來無礙智謂此菩薩以神通道智照見未來世中一切劫等所有一切諸佛出世

爲一切衆生説種種法是諸衆生從是諸佛聽法受教亦示現前衆生令得心開以悟入故

住是十八聖人中心心三昧觀三界微塵等色是我故身一切衆生是我父母而今人是地中一切功德一切神光一切佛所行法乃至八地九地中一切法門品我皆已入故於一切佛國土中示現作佛成道轉法輪示入滅度轉化他方過去來今一切國土中

此明解脱心也住是十八聖人中者結前心心三昧者起後此菩薩住是十八聖人智中常以心心不離三昧正定於三昧中復觀三界微塵等色是我昔日爲凡夫時所受故身復觀一切十方衆生悉皆是我無量劫中禀受色身父母經云脱骨如須彌山所飲母乳如四大海水也如是脱骨之多飲乳之廣實非一生二生父母非百生千生父母乃至百千萬億不可説劫父母繇我累劫修行報答父母饒益衆生是故而今入是滿足體性地中具足慈悲喜捨六度萬行一切功德聚身此身能現化佛爲三資糧四加行諸菩薩説四諦等法故此地具足一切神通智慧光聚是名智光聚身此身能現報佛爲大菩薩説一乘法是地圓滿一切諸佛所修所證理果法身此身能爲諸佛衆生依正之體三身至此圓滿具足故云滿足體性地而今入是地中一切功德一切神光一切佛所行法乃至八地九地中一切法門品我皆已得證入也於一切國土等者申明所證三身

之義繇得分證三身能於一切國土中示現受生出家苦行成道作佛大轉法輪以度衆生於此應緣一期事畢乃復示現入於滅度又轉教化他方過去來今恒在一切國土之中種種示現不可思議

○入體性佛吼地二初明斷證義　二正釋文義

○初明斷證義

此地菩薩斷一種加行障此即所知障中俱生一分令無相觀不任運起故名之也並斷二種愚執一者無相作功用愚二者於相不自在愚此之三法能障八地斷此愚障方登不動地謂此菩薩今入無功用道得無分別智照任運相續報行純熟居無相觀不爲諸法煩惱所動便能永斷愚障既斷故名不動地所證真如名不增不減真如謂此真如住無相觀不隨染淨所增減故菩薩寄位二禪天王作小千世界主以一乘法化導衆生於十波羅蜜中願波羅蜜最勝

○二正釋文義

若佛子菩提薩埵佛吼體性地入法王位三昧其智如佛佛吼三昧故十品大明空門常現在前華光音入心三昧其空慧者謂內空慧門外空慧門有爲空慧門無爲空慧門性空慧門無始空慧門第一義空慧門空空慧門空空復空慧門空空復空空慧門如是十空門下地各所不知虗空平等地不可說不可說神通道智以一念智知一切法分分別異而入無量佛國土中一一佛前諮受法轉

法度與一切衆生而以法藥施一切衆生爲大法師爲大導師破壞四魔法身具足化化入佛界

若佛子三句標顯名德位以明勝進心也佛吼體性地者此菩薩説法無畏如大師吼等無差别故名佛吼體性地别經名不動地此菩薩與佛心菩提心涅槃心悉皆不起故云不動地入法王位三昧等者此顯所證法門也入即證入菩薩證入無上自覺聖智法王大樂三昧正受寶位於諸法中如法自在若出若没心常在定故云法王位三昧其智如佛者上入法王三昧即所證無上涅槃乃法身之理聚其智如佛是能證無上菩提乃報身之智聚佛吼三昧者即法報不分三身圓現起後得智説法利生乃功德聚之化身也十品大明空門常現在前者此菩薩得證如來三身圓明四智全彰十品大明空慧智門常現在前而不即不離也華光音入心三昧者申明佛吼之義華即行華成人之德光即智光破人之障音即法音開人之迷入心即以行智法音轉入衆生心中而成正覺故云華光音入心三昧其空慧者牒定所言十品大明空慧常現在前之義何謂十品一者内空慧門謂内空五藴之根識界衆生迷此慧門妄認四緣假合爲自身相妄認六塵緣影爲自心相爲生死結根門爲妄想煩惱門菩薩恒以智慧直照五藴身心當體全空皆如幻夢故得證入内空慧門也二者外空慧門謂外空山河國土

色等六塵諸法諸凡夫人不知皆是識心變現妄想取捨被境遷流爲名相門爲塵勞門菩薩恒以智慧照破六塵諸法皆無自性故得證入外空慧門也三者有爲空慧門謂即總空世諦諸有爲法内之根識外之世界皆屬有爲衆生不知幻化不實執我我所不得解脱爲生死流轉門菩薩恒以智慧照破内外諸法緣生如幻都無自性故得證入有爲空慧門也四者無爲空慧門即空真諦諸無爲法二乘之人不知即色即空即有即無而其色空有無皆屬對待爲狹劣門菩薩以深智慧照了無爲之法亦皆是空故得證入無爲空慧門也五者性空慧門總有爲無爲二性皆空謂即凡夫滯有如來説爲不有二乘沉空如來説爲不空以是不有而有是爲妙有不空而空是爲真空爲隨順門菩薩以是甚深般若智照法界圓融事理一切無礙二性空寂平等平等故得證入性空慧門也六者無始空慧門謂即無始無明住地煩惱本無有根以是無明不覺瞥然現起初發心諸菩薩皆不能了爲起滅門菩薩以大智慧光照一切諸法起無始相滅無終相起滅之際無法可得故得證入無始空慧門也七者第一義空慧門即中道理名第一義諦因對第二義假立名言爲勝義門菩薩以是如理智照勝義諦門悉同真性無相可得不居二邊不存中道故得證入第一義空慧門也八者空空慧門謂即空上第一義空之空爲重空門菩薩即

以空空智照此空亦復不存故得證入空空慧門也九者空空復空慧門謂即空上空第一義空之空爲重空重空門菩薩以是空空復空智照此空空亦復空故得證入空空復空慧門也十者空空復空空慧門謂即空上空空復空之空是名爲究竟一切空空復空空門此空亦復當空以是無空之空空無所空是則無所得空故得證入空空復空空慧門也如是十空慧門惟此八地所證下地諸菩薩等各所不知也言虚空平等地者此舉位分以顯德也蓋言下地各所不能知者謂此菩薩得證虚空平等地理智不但十空而已更有不可說不可說神通道智門而下地諸菩薩猶不能知也神謂神妙難則通謂變通無礙道即道理難窮智即智慧無量所謂佛真法身猶如虚空應物現形如水中月種種神通道智皆悉平等故能以一念智悉皆了知一切染净諸法分分別異隨根施攝而復能入無量佛國土中承事諸佛一一佛前諮受聽法勇猛精進復轉不退法輪度與一切衆生而以法藥施及一切衆生是故爲大法師爲大導師破壞四魔四魔既破法身具足以法身具足故而能展轉化化入於佛界

是諸佛數是諸九地十地數中長養法身百千陁羅尼門百千三昧門百千金剛門百千神通門百千解脱門如是百千虚空平等門中而大自在一念一時行劫說非劫非劫說劫非道說道道說非道非六道衆生說六道

衆生六道衆生說非六道衆生非佛說佛佛說非佛而入出諸佛體性三昧中反照順照逆照前照後照因照果照空照有照第一中道義諦照是智惟八地所證下地所不及不動不到不出不入不生不滅

此明住無間心也是諸佛數等者謂此菩薩即是諸佛之數即是九地十地數中長養法身即得百千陀羅尼總持門百千三昧正定門百千金剛不壞門百千神通變化門百千解脫方便門如是百千種種法門於虛空平等門中得大自在云何自在於一念一時皆能行故也仁王般若云不動菩薩二禪王得變易身常自在能於百萬微塵剎隨其形類化衆生悉知三世無量劫於第一義常不動是也劫說非劫等者申明自在之義言劫說非劫非劫說劫者梵語劫波羅此云時分言劫有大小長短時分不同如諸天有拂石劫地獄有芥城劫人間有轆轤劫菩薩修行究竟經過三大阿僧祇劫斷盡無明之時方得成佛是名爲劫如是等劫本非實有名爲非劫故云劫說非劫非劫說劫也非道說道道說非道者造諸惡邪見等業故云非道修十善菩提道法故云道也對非道而言正道因正道而言非道求其正道及與非道了不可得故曰非道說道道說非道也六道即凡非六道即聖因凡說聖因聖說凡如是究竟凡聖之相實不可得故曰非六道衆生說六道衆生六道衆生說非六道衆生也魔外即佛佛即魔外魔界佛界求

其異體亦不可得故曰非佛說佛佛說非佛也如是體性虛空地平等境界無有延促無有善惡無有聖凡無魔無佛一時俱是一時俱非逆行順行逆說順說無非方便無非佛事所謂或是或非人不識逆行順行天莫測也而入出諸佛體性三昧中者謂此菩薩若入若出或隱或現皆不離諸佛體性三昧中得大自在也以下十種智照發明出入諸佛體性三昧中不思議境界之義反照順照逆照者謂反照本來時云何順無明流逆真如理起一切染法復云何順真如理逆無明流起一切淨法故云反照等也前照後照因照果照者謂前照無始無明不覺之苦因後照生生死死業繫之苦果又前照始覺清淨之樂因後照本覺究竟之樂果故云前照等也空照有照第一中道義諦照者謂空照照真離一切相有照照俗即一切法是以照真非真照俗非俗二邊不住中道不立離即俱非故云第一中道義諦照也如是十種智照惟是八地所證其在下地菩薩各所不及何故謂此菩薩所證真如不動不到以離動到相故不出不入以離出入相故不生不滅以離生滅相故於此智定照與照者同時寂滅也

是地法門品無量無量不可說不可說今以略開地中百千分一毛頭許事羅漢品中已明

此總結顯所證一切功德以明解脫心也是地法門等者謂此菩薩所證一切法門

無量無量不可說不可說法品無有限量非言說所及者今略開地中功德百千萬億分中如一毛頭許事而已此處略說大部內羅漢品中已明斯義

○九體性華嚴地二初明斷證義　二正釋文義

○初明斷證義

此地菩薩斷一種不欲行障此即所知障中俱生法執一分利樂有情事中不欲勤行所起故名之也並斷二種愚執一者陁羅尼愚二者辯才自在愚此之三法能障九地斷此愚障方登善慧地謂此菩薩今得十種無礙智用現前于諸智中最爲殊勝繇此智用無礙便能永斷愚障既斷能轉清淨大法之輪是以善用其慧故名善慧地所證真如名智自在真如謂此真如智用自在以四無礙智所依止故菩薩寄位三禪天王作中千世界主以一乘法化導衆生於十波羅蜜中力波羅蜜最勝

○二正釋文義

若佛子菩提薩埵佛華嚴體性地以佛威儀如來三昧自在王王定出入無時於十方三千世界百億日月百億四天下一時成佛轉法輪乃至滅度一切佛事以一心中一時示現一切衆生一切色身八十種好三十二相自在樂虛空同無量大悲光明相好莊嚴非天非人非六道一切法外而常行六道現無量身無量口無量意說無量法門而能轉魔界入佛界佛界入魔界復轉一切見入佛見佛見入一切見佛性入衆生性衆生性入佛

性其地光光光照慧慧照明談明談無畏無量十力十八不共法解脫涅槃無爲一道清淨

若佛子三句標名德位以明勝進心也佛華嚴體性地者謂此菩薩所證境界與佛莊嚴等無差別華即行華嚴即佛果所謂修萬行因華莊嚴一乘佛果故別經名善慧地此菩薩善入諸佛種類善用諸佛平等大慧故名善慧地以佛威儀等者正明華嚴體性善慧之用此菩薩形儀如佛無二無別有威可畏降伏諸魔制諸外道此以折門化導衆生有儀可觀開化天人導引羣生此以攝門化導衆生以佛威儀是於動中化利衆生如來三昧自在王定是於靜中化利衆生如者即本覺義來者即始覺義以始本不二故又言來無所從去無所至無來無去故名如來自在王者以王即自在義王定出入無時者申明自在體用之義以顯法身能現報身境界此菩薩若動若靜若來若去若坐若臥四威儀中皆以如來三昧自在王定出入無時所謂默時說說時默大施門開無壅塞也于十方三千等者以顯報化二身不離法身境界良以法身遍一切處猶若虛空應物現形如水中月以是法身無形無相能現於色故於十方三千世界百億日月百億四天下中一時示現成佛一時示現轉正法輪一時示現度脫衆生乃至一時示現入於涅槃一切種種佛事皆以一念心中一時示現於一切衆生前不先不後所現

一切法身皆具八十種好三十二相自在大樂與虛空同具足無量大悲無量光明無量相好無量莊嚴非天非人亦非六道是何境界即一切法二諦界外不墮數量以是非天現天非人現人乃至非六道身而能常行六道但隨衆生所見所聞種種不同隨機示現無量身無量口無量意說無量法門品以是三輪玅用而能即轉魔界入於佛界或轉佛界入於魔界或轉一切諸見而入佛見或轉佛見入一切見轉衆生性而入佛性復轉佛性入衆生性如是種種轉變無有二相且又不止此等境界其地智光光光照慧慧照互察諸法而無窮盡光光照者即光與光相照以智能照境故慧慧照者即慧與慧相照以慧能了境故明燄明燄即智慧威猛相以破所知無迹象故無畏是智慧無障礙無量即智慧無間斷以此光不屬情境是本智慧光明所聚故云無畏無量也十力等者此推廣所言也謂此菩薩不但只得光明而已更得具足如來十力十八不共等法及證解脫涅槃無爲一道清淨之理所謂智光照無量方便無窮盡也

而以一切衆生作父母兄弟爲其說法盡一切劫得道果又現一切國土身爲一切衆生相視如父如母天魔外道相視如父如母

此明住無間心也以顯菩薩大慈大悲大誓大願力故而以十方四生六道一切衆生作父母報恩想作弟兄扶持想種種方便爲其說法盡一切劫必使俱得道果始

滿菩薩度生本願此即卑劣行門之遠因緣攝受中下衆生機宜故又現一切國土身相爲令一切衆生各各相視如父如母又令天魔外道相視如父如母此即尊勝行門之近因緣攝受上根衆生機宜故

住是地中從生死際起至金剛際以一念心中現如是事而能轉入無量衆生界如是無量畧説如海一滴

此明解脱心義以結當地功德不可思議也言住是地中者此舉人顯德也此菩薩住是地中從無明不覺生死輪際起至究竟本覺金剛輪際止於其中間所有凡聖迷悟染淨修斷因果一切差別法門而以一念心中如彈指頃示現如是等事而能轉入無量諸衆生界使解脱故如是無量無邊不可稱説功德之相畧而説之如大海水毛頭一滴相似

○十體性入佛界地二　初明斷證義　二正釋文義

○初明斷證義

此地菩薩斷一種未得自在障此即所知障中俱生法執一分法味自在所起能障大法智雲及所起事業不現在前故名之也並斷二種愚執一者現大神通愚二者微細秘密愚此之三法能障十地斷此愚障方登法雲地菩薩法身圓滿性智清淨空有兩忘極證中道之理便能斷盡愚障既斷故智慧雲彌滿法界雨大法雨充足一切枯槁衆生故名法雲地所證真如名業自在真如一切業惑悉得解脱與真如

理得相應故菩薩寄位四禪天王作大千世界主演一乘法教化衆生於十波羅蜜中智波羅蜜最勝餘諸波羅蜜一切功德至此倶得圓滿具足

○二正釋文義二　初明所證德　二結讃法門

○初明所證德

若佛子菩提薩埵入佛界體性地其大慧空空復空空復空如虛空性平等智有如來性十功德品具足空同一相體性無爲神虛體一法同法性故名如來應順四諦二諦盡生死輪際法養法身無二是名應供徧覆一切世界中一切事正智聖解脫智知一切法有無一切衆生根故是正徧知明明修行佛果時足故是明行足善逝三世佛法法同先佛法佛去時善善來時善善是名善善是人行是上德入世間中教化衆生使衆生解脫一切結縛故名世間解脫是人一切法上入佛威神形儀如佛大士行處爲世間解脫調順一切衆生名爲丈夫於天人中教化一切衆生諮受法言故是天人師玅本無二佛性立覺常常大滿一切衆生禮拜故尊敬故是佛世尊一切世人諮受奉教故是佛地是地中一切聖人之所入處故名佛界地

若佛子三句標顯名德位以明勝進心也入佛界體性地者此菩薩所證一切理智行願諸功德藏即與十方諸佛所證境界等無差別故名入佛界體性地別經名法雲地菩薩現無邊身雲說無邊法雨故名法雲地其大慧空等者申明入佛境界以

顯住無間心也其大慧空者即上空空復空空慧門其空既空空亦復空如是之空如虛空性等徧法界此即大圓無垢理聚圓極乃即法身境界法身無相十方平等故云其大慧空空亦復空空亦復空即如虛空性也平等智有如來性者此即平等性智智聚圓明乃即報身境界以是報身而證法身故云有如來性十功德品具足者此即成所作智而功德聚圓成乃即化身境界而此化身以修諸波羅蜜而成故云十功德品具足空同一相等者釋上十功德品以明菩薩三身圓顯十號齊彰不即不離之義何名十功德品一者如來空同一相體性無爲此二句者顯本法身以本法身如來無所從來亦無所去猶若虛空無有色相迭相見故以是體性本自無爲離於施作故云空同一相體性無爲是也神虛體一法同法性此二句者顯報身佛與應身佛以報化佛神妙不測虛徹靈通應遍沙界其體無殊而所現身即是法身是以心佛衆生平等平等所云神虛體一法同法性故名如來二者應供謂即應順四諦二諦供也四諦有四四諦一聲聞人乃應生滅四諦二緣覺人即應無作四諦三菩薩人以應無生四諦四如來者以應無量四諦二諦即是真諦俗諦以如來五住究盡二死永亡萬行圓成福慧具足圓應四諦二諦之供乃至盡生死輪真如實際即以四諦二諦之法滋養法身無有二相普現法界饒益衆生是名應供號也

三者正徧知其義有二一者徧知即以能證正智及本所證一切聖解脫智周徧普覆一切界中了知一切染淨諸法若有若無一切聖凡根性差別緣起之事無不明了是名徧知二者正知謂即了知一切諸法皆如實相無二法故是名正知二義合言是名正徧知也四者明行足明即三明行即萬行謂從因地發心以智慧覺明明修行萬行因華智慧光明至佛果時福慧二嚴圓滿具足所以稱兩足尊故云明行足也五者善逝謂善往返三界示現受生出家入山修行成道轉法以化衆生示現涅槃此乃三世諸佛道法佛佛道同古佛儀式法同先佛法也佛去時善善應緣而來示成正覺而來實無所從去來吉祥是名善善也六者世間解謂是地人能行諸佛善善上德以是現身入世間中廣設教乘開化衆生使諸衆生解脫結習業繫等縛名世間解脫也七者無上士謂是聖人能於一切法上入佛威神形儀如佛是以大士行處一切世中解脫無能過者名無上士也八者調御丈夫調謂調理如能醫者善調一切衆病御謂駕御如善御者善治象馬世尊乃是三界醫王四生慈父善能除諸衆生身心二病使諸衆生離苦得樂善調善御而恒順之名調御丈夫也九者天人師謂於天上人間四衆八部衆中教化一切衆生能使一一諮受法言深解獲益名天人師也十者佛世尊謂玅本無二者即性覺玅明本覺明玅以是性玅本

覺無二無相佛性玄覺充滿法界不即不離不隨不變常常大滿其中玅本無二即本法身佛性玄覺即是應身常常大滿乃即報身亦名自覺覺他覺行圓滿三身圓具三覺果滿乃名曰佛能使一切衆生禮拜故尊敬故乃名世尊二義合言故名佛世尊也上明十號之義下明入佛界地之義入者趨入也謂以一切世人諮受奉教一心皈命以有歸覺路故是爲佛地言此佛地能增長一切衆生法身慧命菩提稼苗故名佛地是物地中一切聖人之所入處故名佛地二義合言故首言入佛界地仁王般若經云十方法界一切如來皆依此門而得成佛若言越此得成佛者是爲諸魔所說非是佛說故云一切聖人之所入處也

○二結讚法門二　初本土主伴讚　二他方主伴讚

○初本土主伴讚二　初本土佛與記　二本土伴讚歎

○初本土佛與記

爾時坐寶蓮華上一切與授記歡喜法身手摩其頂

此明究竟圓滿證入玅覺果海以顯解脱心也言爾時坐寶蓮華上盧舍那佛及千華上千釋迦佛千百億釋迦佛乃至一切諸佛皆與此法雲地菩薩授記即當成佛劫國莊嚴等事歡喜踴躍同以法身清淨光明網相光手而摩其頂勸轉法輪也

○二本土伴讚歎

同見同學菩薩異口同音讚歎無二

同見同一見解謂即同見真如法身實相理也同學同一師學謂同學菩薩道同授灌頂職也以是同學菩薩皆悉異口同音讚歎無二也

○二他方主伴讚二 初請轉法輪 二讚勝功德

○初請轉法輪

又有百千億世界中一切佛一切菩薩一時雲集請轉不可說法輪虛空藏化導法門

上言授記此言佛及菩薩同時請轉法輪者正欲廣傳流通此道使天上人間化化不絕也華嚴十地品云此地菩薩以自願力起大悲雲現種種身周旋往返於一念頃普遍十方百億那繇他世界微塵國土演說大法請轉法輪與此義互相發明

○二讚勝功德

是他有不可說奇玅法門品奇玅三明三昧門陀羅尼門非下地凡夫心識所知唯佛佛無量身口心意可盡其源如光音天品中說十無畏與佛道同

此總結顯當地功德微玅難窮奇特殊勝也謂不但具足虛空藏化導法門而已更有不可心思言議奇玅廣大法門品奇玅三明智慧門奇玅三昧定力門奇玅陀羅尼總持門此諸法門非下地菩薩及凡夫心識所能知之唯佛與佛現無量身口心意乃可盡說其源所謂惟證乃知難可測也法華云唯佛與佛乃能究盡諸法實相義同此處文義如大部中光音天品所說

十無畏與佛道同而無差別也心地法門乃十方如來及大菩薩自住三摩地中受用境界凡我博地凡夫依文解義於教海中究其心源是則名爲因戒生定因定發慧如法修行同證如來三摩地中無二相矣

佛說梵網經直解卷第五

事義

轉善作惡華嚴經無厭足王隱菩薩相現王者身居多羅幢城示惡持威嚴刑酷法折伏剛強暴惡衆生可治者治可攝者攝罰其罪惡決其諍訟撫其孤弱皆令永斷殺盜邪婬此則名爲轉善作惡也

轉惡作善涅槃經波羅㮈國有屠兒名曰廣額日以殺羊爲事舍利弗往化之即回心受戒放下屠刀自言我是千佛中一數也

以男爲女維摩居士示疾佛敕文殊往問舍利弗隨之彼有天女妙入不思議境界舍利弗謂言汝何不轉女身天女曰我從十二年來求女人相了不可得當何所轉即時天女以神通力變舍利弗令如天女天自化身如舍利弗而問言何不轉女身舍利弗以天女相而答言我今不知何轉而變爲女身也

以女爲男法華經龍女獻寶珠世尊納受即往南方無垢世界成等正覺也

願生樂土佛世有王名頻婆娑羅其王夫人名韋提希其子阿闍世逆父禁母母在禁中一心遙想如來以求救拔果感如來爲說十六觀經今彼發願往生樂土

誓願度生彌陀因中爲法藏比丘廣發四十八願願我來世我國中無有地獄餓鬼禽畜以至蜎飛蝡動之類不得是願終不作佛如是願度生同歸安養也

願爲閻羅天子梁皇懺云昔毗沙門國王與韋陀始王共戰兵力不如因發誓願願我後生爲地獄主治此罪人十八大臣亦如是願後果如之閻羅天子即毘沙國王是十八大臣即十八獄王是也

八十種隨形好一無見頂相二鼻高孔不現三眉如初月四耳輪輻相埵成五身堅實如那羅延六骨際如鉤鎖七身一時迴如象王八行時足去地四寸印文現九爪如赤銅色十膝骨堅著圓好十一身清潔十二身柔軟十三身不曲十四指長纖圓十五指文覆藏十六脉深不現十七踝不現十八身潤澤十九身自持不逶迤二十身滿足廿一容儀備足廿二容儀滿足廿三住處安無能動者廿四威振一切廿五一切樂觀廿六面不長大廿七正容白不撓色廿八面具滿足廿九唇如頻婆果色

三十言深音遠三十一勝深圓好三十二毛右旋三十三手足滿三十四手足如意三十五手文明直三十六手文長三十七手文不斷三十八一切惡心衆生見者和悦三十九面廣姝好四十隨衆生意和悦與語四十一毛孔出香氣四十二口出無上香四十三威儀如師子四十四進止如象王四十五行法如鵞王四十六頭如摩陀那果四十七一切聲分具足四十八四牙白利四十九舌色赤五十舌薄廣五十一毛紅色五十二毛軟淨五十三廣長眼五十四孔門相具五十五手足赤白如蓮花色五十六臍不出五十七腹不現五十八細腹五十九身不傾動六十身持重六十一其身大六十二身長六十三手足軟滑六十四四邊光各一丈六十五光炤身而行六十六等視衆生六十七不輕衆生六十八隨衆生聲不增不減六十九說法不著七十隨衆生語言說法七十一發音報衆聲七十二次第有因緣說法七十三一切衆生不能盡觀相七十四觀無厭足七十五髮長好七十六髮不亂七十七髮旋好七十八髮色青珠七十九面淨如滿月八十手足有德相**三十二相**所謂足下平滿因持戒故△千輻輪相因修施故△足跟臃相不欺衆生故△指纖長相護正法故△指網縵相不壞他衆故△手足軟相施妙好服故△七處滿相施淨飲食故△鹿王腨相喜聞佛法故△馬陰藏相覆藏他過故△身如師王相廣修善法故△鉄骨平滿相善化衆生故△臂肘臃相救護怖畏故△手摩膝相見善樂助故△清淨身相常修十善故△食至喉現相常施病藥故△師子頰相莊嚴善法故△四十齒相心語平等故△齒四相和合諍訟故△齒齊相施珍寶故△四牙白相三業清淨故△廣長舌相護口過故△味中上味相成就功德故△梵音相常軟語故△紺色目相修慈心故△牛王睫相至心求道故△白毫光相讚他功德故△項肉髻相敬父母師故△身軟柔相樂說法故△身金光相施敷具故△孔毛生相離說世事故△身毛上靡相受師友教故△髮色金精相不惡加生故△得身如尼拘陀相常修三昧故△得那羅身相喜作佛像故

佛說梵網經直解卷第六

姚秦三藏法師鳩摩羅什奉　詔譯

明廣陵傳戒後學沙門寂光　直解

菩薩心地品之下

○二明心地戒三　初結顯法門　二付授勸轉　三受已轉化

○初結顯法門二　初結說心地　二顯說心地

○初結說心地

爾時盧舍那佛爲此大衆畧開百千恒河沙不可說法門中心地如毛頭許

此舉能說顯所說之法也爾時二字承上所說三十心十地已竟時也盧舍那佛即能說報佛也修因感報故名爲報然此報身有自有他自報即理智如如身他報即相好無盡身是此報身名爲盧舍那佛華嚴經中所說毘盧遮那佛即盧舍那佛梵語云盧舍那華言淨滿淨者五住究盡二死永亡以諸患淨盡故滿者三覺果滿萬行因圓以福慧具足故一切聲聞辟支佛等所不能知唯佛與佛乃能究盡諸法實相此也故華嚴中阿僧祇品心王菩薩問佛云何名阿僧祇乃至不可說不可說佛即爲說算數無窮無盡無量法門積成十種大數而破諸算量今于不可說法門中心地畧說開示如毛頭許法也

○二顯說心地二　初引他證已　二引已證信

○初引他證已

是過去一切佛已說未來佛當說現在佛今

說三世菩薩已學當學今學

是過去下此引果人同證同說以勸信也三世等者此引因人同修同學以勸受也言上所說心地法門雖如毛頭至微至細少許之法其力極大三世諸佛所證證此所說說此三世菩薩所修修此所學學此故大經云如有大經卷量等三千界在於一塵內若有聰慧人破塵出經卷利益一切人是故諸佛菩薩皆在一微塵許心地法門之中作大佛事故法華云過去諸佛出現世間皆以一大事因緣故出現於世開示悟入佛之知見使一切衆生悟佛知見入佛知見道故未來諸佛出現世間亦以一大事因緣故出現於世開示悟入佛之知見使一切衆生悟佛知見入佛知見道故現在諸佛出現世間亦以一大事因緣故出現於世開示悟入佛之知見使一切衆生悟佛知見入佛知見道故佛之知見即心地法門也所以過去一切佛已說未來一切佛當說現在一切佛今說三世一切菩薩已過去者已學已修當未來者當學當修今現在者今學今修佛佛祖祖無不以此心地法門光明金剛寶戒以心印心燈燈相續而無盡也

○二以已證信

我已百劫修行是心地號吾爲盧舍那

我已百劫修行是心地者此即舉因以明果也號吾爲盧舍那者此即舉果以明因也承上云一切諸佛三世菩薩所證所說所修所學既不異不虛者我今所修所學

所證所説豈復虚乎故云我巳百劫修等可見證果本非他因惟在此心地耳

○二付授勸轉二初總勸轉化　二别勸轉化

○初總勸轉化

汝諸佛子轉我所説與一切衆生開心地道

此乃舍那慈尊告勉千佛轉法化生之義承上我巳百劫修行是心地者可謂因深號吾爲盧舍那者是爲果極以是因深果極第一之道我今授汝汝當轉我爲汝所説心地法門説與一切衆生而爲一切衆生開心地道以諸衆生各各具足此心地道與佛無二故下文云是一切佛本源一切菩薩本源佛性種子一切衆生皆有佛性乃至當當常有因故當當常住法身也

云開心地道者此心地本來無垢無染無遮無障虚廓靈妙清淨自在何言開耶所謂開者對封而言以諸衆生皆爲識情所障迷背不覺非因智者指點開示終無得見諸佛體性猶如瞽者若非金鎞撥轉瞳神終無得見森羅萬象所謂千年暗室仗燈能破歷劫煩惱得智始除也

○二别勸轉化二初授勸轉化　二勸授有序

○初授勸轉化

時蓮華臺藏世界赫赫天光師子座上盧舍那佛放光光告千華上佛持我心地法門品而去復轉爲千百億釋迦及一切衆生

時蓮華下舉依報也赫赫天光等下舉正報也舍那放光顯能告勝光告等者顯所

告勝也持我等者正明所告之詞師子座者師子乃獸中王若哮吼時百獸聞之悉皆腦裂以表世尊無上法王所坐之座即無畏座所說之法即無畏法天魔外道若見若聞皆失心喪膽也言放光光告者此有二義一者即佛放光而於光中召告如楞嚴云爾時世尊頂放百寶無畏光明光中出生千葉寶蓮有佛化身結跏趺坐宣說神咒即此光中召告之義二者即所放光光亦能告謂不但正報身善能說法乃至依報蓮花光明亦悉能說法也所謂依報正報常宣妙法寶網雲臺水流風動皆演法音之義持我心地等者謂欲千佛轉相傳與一切衆生而千釋迦付授勸轉已畢復轉爲千百億釋迦付授勸轉而與一切衆生開心地道故云復轉爲千百億釋迦及一切衆生也

○二勸授有序

次第說我上心地法門品汝等受持讀誦一心而行

次第等者明非頓說汝等受下明漸中有頓也意謂心地法門位有四十諸衆生性根有大小利鈍不等生住異滅四十二品無明亦有輕重不一必須次第說我上心地法門品其次第者初說十住真空妙理次說十行實相妙行次說十向中道一諦次說十地所證真如此圓融中而說行布非若儱侗真如之所談也汝等受下是舍那佛囑授千佛千百億釋迦佛令轉囑授一切衆生故也領納曰受固守曰持對本

曰讀離本曰誦言一心者有五小乘教中假四諦理而説一心故得悟解始教約第八識心了一切緣生之法法法皆空各無自性而受異熟之果終教所言一切恒沙性淨功德具於如來藏心頓教即於一念不生之心無染無淨頓顯理性圓教主伴圓融法法無礙一即一切一切即一卷舒自在總該萬有此五總即不出發起究竟之心亦名一行三昧所謂攝心一處即是諸佛道場散亂片時乃即衆生境界受持讀誦一心而行是行布中説圓融法非若分别名相之類也

○三受已轉化二　初受已謝師　二各旋本界

○初受已謝師

爾時千華上佛千百億釋迦從蓮華藏世界赫赫師子座起各各辭退舉身放不可思議光光光皆化無量佛一時以無量青黄赤白花供養盧舍那佛受持上所説心地法門品竟

言爾時者即盧舍那勸授轉化時也舍那付授已畢時當機諸佛領旨各旋本迹世界説法利生應緣去也舉身等者表顯心地戒光出生無量無邊智慧佛凡此本佛迹佛迹迹之佛皆從心地戒光流出此光非可心思言議故云不可思議也光光等者即千釋迦及千百億釋迦所放不思議光復于光光中皆化無量不思議佛是以心地法門戒光無盡而即出生諸佛亦無盡故一時等者以行果同道故花表因行非

花無果非因萬行則無果佛世間花果從土地中生出世花果從心地中生故以妙花莊嚴妙果青花以表十住赤花以表十行黄花以表十向白花以表十地千臂經中乃廣明之故以心地因花還以供養心地果佛所謂諸供養中法供養最是也受持等者從供養中作一結語以起下文故云受持心地法門品竟

○二各旋本界二　初入定歸本　二出定說法

○初入定歸本

各各從此蓮華藏世界而沒沒已入體性虛空華光三昧還本源世界閻浮提菩提樹下

各各等者顯從本依世界而隱初隱爲沒終隱謂沒已入體性下正明所隱迹處即入本體法性三昧定也體性虛空華光三昧者此即法身本定之别號也言此法身常住本定體性在聖不增處凡不減是知心佛與諸衆生三無差别平等平等所謂諸佛心内衆生時時成道衆生心内諸佛念念證真衆生迷而不覺不自受用諸佛悟此出沒隱顯自在無礙猶如虛空其體本非色相而以色相顯發法身體性本非來往無形無相而以行花智光任運莊嚴用不離體照不離寂照寂平等理行無二故曰體性虛空華光三昧問此定與上舍那如來所現虛空體性本源成佛常住法身三昧定光有何差别答彼定乃爲發明因地之心修果地覺故云成佛常住法身三昧此定即爲發明果地之覺現身益物

故曰虛空華光三昧二定名異而體同也還本源世界者千釋迦佛千百億釋迦佛各各從彼本土放光示衆各各接生疑之衆俱往本師盧舍那佛所聽戒法令受戒竟故又各還應跡所依本源世界見隱顯不離當處故云還本源世界也閻浮提者即娑婆世界四洲之中南贍部洲也菩提華言覺道亦名道樹凡一切諸佛皆在此樹下示成無上覺道故也

○二出定說法 二 初明橫說法 二明豎說法

○初明橫說法 二 初出定相示 二正說法門

○初出定相示

從體性虛空華光三昧出出已

上既有入此必有出初現名出現畢名爲出已問諸佛法身充滿十方普現一切色身三昧何有入定出定相耶答畧有三義一者觀實相義本離名字言說等相所謂諸法寂滅相不可以言宣除佛方便說故有此出入相二者觀說法時有當說時不當說時之別所謂欲識佛性義當觀時節因緣故有此出入相三者觀衆生根以何等根說何等法所謂隨機演教應病與藥故有此出入相經云先說無量義經後入無量義定乃至出定揚德使彼根機純熟深心仰慕然後與說正合此義

○二正說法門 三 初次第所說 二圓頓所說 三例結所說

○初次第所說

方坐金剛千光王座及妙光堂說十世界法門海復從座起至帝釋宮說十住復從座起至燄天中說十行復從座起至第四天中說十迴向復從座起至化樂天說十禪定復從座起至他化天說十地復至一禪中說十金剛復至二禪中說十忍復至三禪中說十願此釋出定說法示迹之義方坐金剛等者此是初會說十信法門也方者正也金剛取至堅至利義千光取至明至照義王者至尊無對之義以顯此座乃是千佛所傳無動無壞無晦無蒙無有比對大寶華王座也初地菩薩功德積感承本願力寄位人乘作金轉輪王位修十善業以化衆生行檀度法而嚴妙果統攝四洲一切國土故佛始成正覺初轉法輪而於此處說十信法門也言十世界法門海者此即華藏莊嚴十世界海一真如心乃是十方三世一切諸佛自覺聖智受用境界諸佛乘此法門倒駕慈航一切菩薩皆修此門以至究竟果海一切衆生以迷此心流轉十方生死無盡故云十世界法門海又顯十方世界無盡諸佛無盡衆生無盡諸佛法門亦復無盡故也海喻深廣汪洋無所不藏無有窮盡之相此十世界法門海義甚深說不能盡大意欲令衆生即入圓信以起圓解乃得圓證之義若廣明者當閱華嚴十世界品毘盧遮那如來名號如來現相諸品一一發明此義復從座起至帝釋宮等者此第二處次第所說十住法門之義問舍那唯說三十心十地法門何故先說

十信次説十住荅以舍那佛對千佛説故頓説心地品以十住中具談十信非信無以有住故上所云堅信忍中十發趣心向果令明次第是故先説十信後説十住使已發大心衆生得入圓十信位方得圓十住也帝釋宫者即忉利天所住内庭也梵語釋提桓因華譯云能天主梵語忉利華言云三十三此天居須彌頂繇單修上品十善得生其中帝釋二字華梵合舉即離垢地菩薩修行功行多作忉利天王寄位天乘是故世尊次於此天説十住門爲令已入十信菩薩天王得入圓十住法門也至談天中等者此第三處所説十行法門義也談天即夜摩天華言時分謂時時快樂觀蓮花開合乃分晝夜此天依空而居

繇修上品十善兼坐未到定禪得生其中即發光菩薩修行功行多作夜摩天王寄位天乘是故世尊次於此處説十行法爲令已入十住菩薩天王得入圓十行法門也至第四天等者此第四處所説十迴向法門四天即兜率陁天華言知足謂於五欲知止足故此天依空而居所修同前即談慧地菩薩初斷俱生身見觀於道品同於初果預流位也是故世尊次於此處而説十迴向門使令已入十行菩薩天王得入圓十迴向法門也至化樂天等者此第五處所説十禪定法門言化樂者謂此自化五欲而娛樂故此天依空而居所修同前即難勝地菩薩修行功行多作化樂天王寄位阿羅漢乘觀四諦行既終同於四

果無學位也是故世尊次於此處而説十禪定門爲令已入十迴向位諸大菩薩天王得圓知諸佛禪定圓入諸佛刹土圓證法身境界也言禪定者梵語禪那此云寂靜此是諸佛自覺聖智境界故云禪定别經所云三賢行滿修四加行方登十地此也至他化自在等者此第六處所説十地法門他化自在天者此有二種一者正修上品十善兼坐未到定禪假此得成自然受樂二者偏修十善假他所化以成已樂即魔王天此二天王依空而居謂現前地菩薩修行功成多作自在天王統攝欲界寄緣覺乘謂此菩薩於修十二因緣觀行同於緣覺是故世尊次於此處而説十地爲令已入十禪菩薩天王得圓證十地法

門也已上所在四王忉利夜摩兜率化樂他化六天之中所説十信十住十行十向十禪十地門者正爲初地乃至六地菩薩寄位人乘天乘聲聞乘緣覺乘同彼凡夫天人三乘二乘斷惑是故世尊亦即在此六欲天中説十信三賢十禪十地令彼諸凡夫天人聲聞緣覺迴向大乘而證十地也下説十金剛十忍十願者以七地八地九地菩薩寄位一乘修菩薩行爲令已登七地諸菩薩等發起自在任運現身説法是故世尊在於初禪二禪三禪説十金剛十忍十願爲令永斷俱生二執生相無明得入如來妙覺果海復至一禪等者此第七處説十金剛法門初禪天王即離生喜樂地此天已離下界欲惡忻上妙定故云

離生喜樂即遠行地菩薩修行功行多作初禪天王寄菩薩乘以自證法攝化衆生是故世尊次於此處説十金剛爲令已登七地菩薩天王得證金剛觀智入妙覺果海也復至二禪等者此第八處説十忍法門二禪即定生喜樂地此天已離初禪之喜攝心在定淡然凝靜而生勝定故云定生喜樂即不動地菩薩修行功德多作二禪天王主小千界寄一乘位説自證門教化衆生是故世尊次於此處説十忍法令彼已得真無生忍菩薩天王修行十忍法門入妙覺果海也復至三禪等者此第九處説十願法門三禪即離喜妙樂地此天已離初禪二禪喜踴之動泯然入定而得勝妙之樂故云離喜妙樂地也即善慧地菩薩修行功德多作三禪天王主中千界寄一乘位以自法門爲諸衆生演説開示是故世尊次於此天説普賢十願法門令彼已證第九善慧菩薩天王更得十大願力得入如來妙覺果海也

○二頓圓所説

復至四禪中摩醯首羅天王宫説我本源蓮華藏世界盧舍那佛所説心地法門品

已上九處乃圓融中説行布此之一處是行布中説圓融也四禪即捨念清淨地此天即捨二禪之喜三禪之樂心無憎愛一念平等清淨無雜住於此禪空明寂靜萬象皆現故云捨念清淨即法雲菩薩修行功德多作四禪天王主大千界而位寄一佛乘於諸聲聞緣覺菩薩天王説自證法

門是故世尊次於此處頓説心地四十行位法門品令彼圓證十地菩薩入妙覺果海也

○三例結所説

其餘千百億釋迦亦復如是無二無別如賢劫品中説

此例釋迹迹佛説法之義謂千釋迦所説如是其餘千百億釋迦佛出定之後示轉法輪亦皆初從妙光堂中終至首羅宮中十處説法次第敷演漸説頓説與千釋迦所説亦復如是無二無別自爾時盧舍那至此所説乃是略言其義廣如賢劫品中已説也

○二明監説法二　初天上説道　二人間説戒

○初天上説道四　初示相成道　二成道説法　三説經繇致　四往返多遍

○初示相説道

爾時釋迦牟尼佛從初現蓮華藏世界東方來入天宮中説魔受化經已下生南閻浮提迦夷羅國母名摩耶父字白淨吾名悉達七歲出家三十成道號吾爲釋迦牟尼佛

已上明千釋迦及千百億釋迦皆於十方世界説心地法門品此下明一釋迦於一世界之中所説心地法門品也爾時等者示降生來源義爾時釋迦世尊自從初現華藏世界東方而來入此兜率天王宮中先在此天伏魔説魔受化經已次觀下界衆生有業覆障難解脱者有根純熟易解脱者故即從天王宮隱勝現劣下生南閻

浮提迦夷羅國淨梵王家爲太子也迦夷羅國此云赤澤或迦毘羅此云黃色黃即處中最爲安隱又古有黃色仙在此修道又古諸佛出現世間皆於此處示生有此多義故名黃色爾時如來將欲降神先現五瑞所謂從兜率天降皇宮者第一相也母名摩耶等者示生身父母之名德梵語摩耶此云大幻以大幻術幻出諸佛故凡十方諸佛示現受生皆其母也父字白淨者是此方譯語梵語鬱頭檀也世尊將欲受生之時觀淨梵王性行仁賢摩耶夫人五百世時曾爲菩薩之母應當往彼托胎所謂示入母胎住胎第二第三相也吾名悉達者示出生之名德也梵語悉達此云頓吉以太子初生時寶藏悉空空而復滿故名頓吉亦名一切義成即於世出世間一切諸法實相義成故於時太子從摩耶右脇出立蓮花上一手指天一手指地目顧四方周行七步曰天上天下唯吾獨尊世出世間此法第一所謂示現出胎誕生第四相也七歲出家者示離塵俗返妄歸真之義世尊初爲太子具大智慧成就捨心觀生老病死苦厭世五欲捨金輪位如棄涕唾心思出家往白父王父王不許故於二月七日身放光明普照四天王宮乃至淨居天宮諸天見已到太子所禮足白言菩薩無量劫來所修行滿今正成熟即於午夜逾城出家苦行林中剃除鬚髮所謂示現逾城出家苦行林中第五相也所言三十成道號吾爲釋迦牟尼佛者道即

道果世尊功行滿足道成德備三身圓現四魔潛消所證圓果德號亦以顯然燈佛授記不虛故號吾爲釋迦牟尼佛所謂示現而覩明星成道降魔第六相也此經言七歲出家三十成道諸說不一或云滕寫之訛或云八千返中之一或表圓教七信已上無退或七歲表七覺支三十表念處正勤神足根力八正道具三十七品助道法凡諸佛出世說法度生皆依此故今則不然七歲出家猶言出家七歲謂初出家時先學不用處定不久得證知非究竟次學非非想定不久得證知其亦非究竟次復遊行諸國凡經一年次更苦行六年至三十乃成正覺此按毘尼部中所釋也

○二成道說法

於寂滅道場坐金剛華光王座乃至摩醯首羅天王宮其中次第十住處所說

於寂滅道場者此示成道轉法輪相約事而言即是眞阿練若正修行處約理而言即是所證菩提涅槃無爲無相清淨寂滅之理所謂圓滿菩提歸無所得是故諸佛於無所得寂滅理中成等正覺於無所得寂滅理中坐大道場轉大法輪故云於寂滅道場也坐金剛下明轉法處既成道已當轉法輪度諸衆生爾時世尊即自思惟我得智慧無能信受若我住世於世無益不如入於涅槃爾時梵天而白佛言世尊今日法海已滿法幢已立潤濟開導今正是時云何欲捨一切衆生入於涅槃而不說法是時如來受梵天王請已雖知根鈍

且稱本懷是故雙垂兩相一處於鹿野苑爲憍陳如五比丘等轉四諦輪說小乘種種教法一處於菩提場演大華嚴并普光明殿中同說此經此佛與上千佛所說皆從初坐金剛千光王座終至首羅天宮其中次第所說住處共有十也葢上多佛所說一佛所說頓說漸說及諸住處皆亦無二無別華嚴七處九會所說此經十處十會所說二經大同小異所謂示現成道轉大法輪第七相也何無第八以未涅槃故也

○二說經緣致

時佛觀諸大梵天王網羅幢因爲說無量世界猶如網孔一一世界各各不同別異無量佛教門亦復如是

此釋心地戒品緣起之義及此梵網得名處也時者即於此梵天中說此心地法門之時爾時世尊在大梵天宮中觀彼網羅幢因爲喻爲說無量世界衆生心行依正差別猶如網孔一一世界各各不同別異無量故佛教門隨機施設亦復如是此義俱已解見題中今不繁釋

○四往返多遍

吾今來此世界八千返爲此娑婆世界坐金剛華光王座乃至摩醯首羅天王宮爲是中一切大衆略開心地法門竟

此是如來大慈悲心廣大誓願重來人間至八千返所謂佛慈無盡衆生無盡此雖來八千返若較華嚴經中如來出現名號品中看來其名其號其法其時又非可以

數目窮盡可歎我等癡迷至今還作衆生深負我佛大慈弘恩豈不慚愧爲此娑婆世界等者申明來此八千返義也坐金剛華光王座者金剛之座三世諸佛坐此成道無少變壞故乃至等者謂此説法道場共有十處超其中八故云乃至爲是等者明佛説法本懷之義謂我來此八千返者無非只爲此界人天一切大衆也略開二字明説未廣竟者言在天上説心地法門已畢也

○二人間説戒二 初聖凡本源 二總結戒相

○初聖凡本源三 初差别説戒 二頌前起後 三正結戒品

○初差别説戒

復從天王宮下至閻浮提菩提樹下爲此地上一切衆生凡夫癡暗之人説我本盧舍那佛心地中初發心中常所誦一戒光明金剛寶戒是一切佛本源一切菩薩本源佛性種子一切衆生皆有佛性一切意識色心是情是心皆入佛性戒中當當常有因故當當常住法身如是十波羅提木叉出於世界是法戒是三世一切衆生頂戴受持吾今當爲此大衆重説十無盡藏戒品是一切衆生戒本源自性清淨

前文自地上天觀梵網孔爲因詳説三十心十地中修斷法門品竟今從天上復下人間而詳舉心地中十重四十八輕戒行故云復從天王宮等爲此地上等者正明下至閻浮提義一切衆生總舉閻浮界内

諸衆生也凡夫癡暗人者未出三界俱名凡夫以凡夫煩惱覆心慧目不開故名癡暗之人如是之人必依何法而使障破慧開入聖超凡若非戒法攝心終於煩惱生死海中永無出離故爲此衆復下天宫説我本師盧舍那佛心地因中初發心中常所誦一戒此戒何名乃光明金剛寶戒也言説我盧舍那佛者舉法有所師也常所誦一戒者出戒本體此戒體華嚴所言一真法界大總相法門體如圓覺云神通大光明藏如楞嚴云即是常住真心性淨明體法華所云一乘實相佛知佛見在此名爲光明金剛寶戒言光明金剛寶戒者此出戒相名德也光明即智慧也金剛即堅利也實戒即具足衆善之法財也欲破煩

惱黑暗非大智慧光明不能欲碎根本無明非金剛堅利智不能欲以莊嚴法身果相非衆善寶戒法不能葢此一戒是諸佛與衆生平等具足無二體性諸佛衆生本無增減是故以此一戒爲一切佛果海本源爲一切諸菩薩因地本源不獨諸佛菩薩以此戒爲本源此一戒者是即一切衆生本有佛性種子既皆有佛性何不成佛道所以不得成佛道者葢用一切意識色心迷背佛性戒體故也意者思量曰意屬第七末那識名染污意亦即轉呼爲染淨依也識者分别曰識以計名相起惑造業即前六種轉識色者所緣曰色即五根六塵也心者集起名心即第八識名阿賴耶統收前七種識謂此心識以攝世出世間

染淨諸法有三藏義能藏所藏我愛執藏此識體性乃佛性種子本無遷改在衆生分中言名爲佛性在非衆生分中名爲法性今在因故名爲佛性若能具大智慧悟此體性即本是情是心皆入佛性戒中既云皆入佛性戒中應當發本有常具正因心也既發此正因心則當依此正因修行不墮邪因既不墮邪因當來决定證得常住清淨法身不生不滅之果而不爲幻身所染故云當當常有因故當當常住法身也如是十波羅提木叉等者出戒用也夫觀衆生皆有戒因以成戒果是則諸佛所悟凡夫所迷盡此一戒如是諸佛不忍見衆生於本有勝因勝果迷而不悟是故若不假此多種戒品一一攝持何以得令六根返妄歸眞所以又將此一戒方便開而爲十如是十波羅提木叉出於世界教誨諸人此十戒法諸佛本此執則成佛若人依此戒用體會修行必定成佛即是衆生成佛法則之戒故云是法戒也如起信云一者體大眞如平等不增減故即此一戒是二者相大謂如來藏具足無量性功德故即此光明金剛寶戒是三者用大能生世出世間善因果故即此十波羅提木叉是梵語波羅提木叉此云保解脫謂持此戒者保護三業六根得大解脫也三世一切等者舉人勸受持也言此十戒既爲法則成佛大用是則三世一切衆生應當頂禮佩戴時時尊尚不可輕褻領受執持刻刻體會不可忽忘故云頂戴受持吾今當

爲等者結顯戒法雖則無盡不離本體之義言爲此大衆者即爲此現受戒四衆八部之大衆也重説等者謂此戒體是一因諸衆生心念無盡故此戒法亦無有盡是故以此一戒演而爲十十戒復開爲四十八乃至三千八萬無窮無盡一切戒品無不攝歸於此十波羅提木义故云吾今當爲此大衆重説十無盡藏戒品也是一切衆生戒本源自性清淨此二句的指戒體原本一味平等以衆生心念無盡是故諸佛所説戒品亦無有盡惟恐衆生執此戒相不達戒性所以復言此無盡諸戒者即是一切衆生本源自性清淨戒體本無戒可持亦本無戒可説令此説者受者皆方便也

○二頌前起後

我今盧舍那方坐蓮華臺周帀千華上復現千釋迦一華百億國一國一釋迦各坐菩提樹一時成佛道如是千百億盧舍那本身十百億釋迦各接微塵衆俱來至我所聽我誦佛戒甘露門即開是時千百億還至本道場各坐菩提樹誦我本師戒十重四十八戒如明日月亦如瓔珞珠微塵菩薩衆繇是成正覺是盧舍那誦我亦如是誦汝新學菩薩頂戴受持戒受持是戒已轉授諸衆生諦聽我正誦佛法中戒藏波羅提木义大衆心諦信汝是當成佛我是已成佛常作如是信戒品已具足一切有心者皆應攝佛戒衆生受佛戒即入諸佛位位同大覺已真是諸佛子大衆皆恭敬至心聽我誦

此段總頌上下開説心地戒法結前起後讚歎勸受奉行大畧也我今盧舍那者此明本迹之佛聖人説法皆以無我破一切我今言我者非同凡夫我相之我亦非外道神我之我乃至亦非權乘假我之我是乃無我中我八自在我無生我也今者當説時也盧舍那佛即正報身毘盧遮那即正法身然佛法身乃有一身二身三身十身等別此佛圓攝一切故云我今盧舍那也方坐蓮華臺者此明本迹依報國土方者正也坐者安也以正心地法戒安住其身及安一切衆生身故蓮華總有二義一處泥恒淨二出水香潔喻顯心地戒體在凡夫中本無垢相在聖人中本無淨相所謂處生死流驪珠獨耀於滄海踞涅槃岸

桂輪孤朗於碧天也又蓮有開合義以表如來開權顯實會權歸實謂開一乘心地戒法之實演説十重四十八輕之權復會歸本源自性清淨心地戒體之實又表舍那一體化爲千釋迦佛復現千百億釋迦佛而此千釋迦佛千百億釋迦佛皆攝歸於盧舍那佛之本體也又因果齊彰義即因該果海果徹因源故臺者即高顯也以表舍那心地戒體無有及者無有逾者所謂一切衆律中戒經爲上最也又臺居中以中攝十方故即表舍那如來爲千佛主心地妙戒爲衆戒本也周帀千華上者明應迹依報土顯本迹依報周徧融通之義復現千釋迦者明應跡正報身顯本迹正報周徧融通之義謂千華上每一華中復

有一化佛身而坐其上即顯從一光明金剛寶戒中演出十波羅提木义之妙戒也一華百億國者明迹迹依報土顯迹佛依報周徧圓融之義謂千華朶各有百億葉瓣每一葉瓣爲一佛國土每一國土中有一化佛爲衆説法以表四十八輕乃至無量戒品亦皆從十戒中演出各坐菩提樹一時成佛道者申明應化同時體用不二表心地戒品數雖多同一梵行體也已上八句顯明從體起用如是千百億下顯明攝用歸體言千百億釋迦以千釋迦爲本千釋迦佛又以盧舍那佛爲本故也已上三節總頌大部前九品文正爲開説心地戒法緣起之義千臂經中説心地戒品前先取此義後説三賢十地法門文義錯綜

以今上卷文中亦有從本起迹攝迹歸本之義此似以後例前而爲發起之端向下正頌此品起發繇也千百億釋迦等五句此頌上卷自爾時釋迦佛身放慧光所照鼓動天人生疑立王集衆請問光相釋迦接衆至舍那所聽受心地戒藏一大段經文義問今只言千百億釋迦至舍那所不言千釋迦者何也既千百億釋迦皆各接微塵衆至舍那所聽受戒者則千釋迦亦各接微塵衆來聽受戒不待言矣問所言各接微塵衆是何處衆答是千釋迦千百億釋迦於應迹本源世界垂手接引不可説不可説生疑作念大根衆生至本師所聽受心地戒法正明小根機者未堪與也俱來至我所者謂能接佛所接衆生俱至

華藏故云俱來聽我誦佛戒者謂聽舍那所誦諸佛大戒以顯此心地大戒是諸佛共證也甘露門即開者讚戒德也謂此戒法如世甘露若得飲者便獲清涼不老不死若人能受淨戒當下即出三界生死熱惱喻甘露門開也是時千百億下四句頌上千釋迦佛與千百億釋迦領衆至舍那所聽受戒竟復即各還本源世界示現受生出家成道上升天宮十處説法化天已畢又復從天王宫下至閻浮界説本盧舍那佛初發心中常所誦一戒乃至本源自性清淨一段經文是時千百億者即舍那佛爲千釋迦傳授心地戒法授受時也還至本道場者謂千釋迦及千百億釋迦聽戒已畢復還本道場中説法利生以顯諸佛出定入定去來坐立皆不離本體故言坐菩提樹者顯諸佛成道轉法同一本覺無二道也誦我本師戒者顯戒授有師不忘根本心故已上頌前向下頌後十重四十八者出戒相也戒如明日月亦如瓔珞珠者讚戒功德謂若人能受持此戒能滅愚癡暗障即如日月能破昏暗又持戒人清淨六根於一切法常得解脱亦如日月朗照十方於空往來自在無礙又持戒者滅除罪垢即如杲日能消霜雪又持戒者能滅身心熱惱即如明月能清涼故亦如瓔珞珠者謂持戒人因戒生定因定發慧一切功德智慧法身悉繇戒度而成就故如瓔珞珠莊嚴身相圓滿好故微塵菩薩衆繇是成正覺者顯持戒者利益真實而

不虛故言微塵衆顯持戒者獲益衆多如是無量無邊微塵衆繇持十重四十八輕戒而得成佛以見與佛果者必當受持此戒也是盧舍那誦我亦如是誦者承上謂此諸戒繇我本師自誦我亦隨誦非自不誦教人誦也汝新學菩薩等四句勸自受以授人也上言微塵諸菩薩衆既繇茲戒而得成佛汝等新學菩薩應當一心頂戴受持是戒以受持是戒已更當轉授諸衆生也自利利人故稱菩薩摩訶薩也若不轉授衆生濫同聲聞人矣諦聽我正誦等三句此誡聽也諦者審也聽者領也我正誦者揀非外道二乘所誦偏邪戒也外道妄計前世從雞狗中來即持雞犬等戒獨立𠵼穢而行苦行望生天上名曰邪戒即是邪誦二乘持誦寂滅空戒名爲偏戒即是偏誦今誦大乘實相心地妙戒故名正誦此法既正若非審諦而聽終不得入一乘實相心地妙戒是故須當審諦聽也佛法中戒藏者佛所說法藏有三毗三藏中戒藏也戒藏即毘尼梵語毘尼華言性善謂性本自善故亦云善住能令佛法久住世故亦云善壽謂毘尼住世則佛法住世毘尼若滅則佛法速滅毘尼乃佛法中壽命故云佛法中戒藏也波羅提木叉者即戒果義持戒爲因解脫是果是故若人能持淨戒保衛得大解脫也大衆心諦信下四句勸諦信也謂聽而弗信則空聽無益故須當諦信茲戒爲成佛正因能如是奉持當來決定成佛無疑且我是已成佛繇

我信持如是心地戒品已得福慧具足又我是已成佛尚常作如是信況汝未成佛乎是故勸汝應諦信也一切有心等者六句此勸受也謂既信當受信而不受非真信也言一切有心者揀非木石無心也謂凡有心者皆當作佛豈小因小果故云一切有心者皆應攝佛戒也問上云是情是心皆入佛性戒中此云一切有心者皆應攝佛戒二義何别答上是從外而進故云皆入佛性戒中此是依内而納故云皆應攝佛戒又上是返妄歸真義故云皆入今是合覺背塵故名攝也言衆生受佛戒即入諸佛位者正明皆應攝佛戒義葢心外無佛心地外無佛地今則衆生既受諸佛心地法戒豈不即入諸佛位耶位同大覺已真是諸佛子者舉位讃奬勸進之義問上既云即入諸佛位此又云位同大覺已即當是佛何以僅名佛子答戒位雖同大覺而非實證大覺道果之位以因行未圓必經三大阿僧祇劫廣修六度一切萬行承事十方諸佛盡行諸佛道法行願滿足始紹佛位如灌頂王子必紹王位時爲儲君祇稱王子今受佛戒以修佛行故名佛子真是諸佛子者佛子有三一外佛子謂諸凡夫未曾入道未曾紹隆佛種故名外子二庶佛子謂二乘人但禀小乘教法生於法身不從如來大法中生名爲庶子三真佛子謂大乘菩薩禀受如來大乘戒法生於法身故稱真是諸佛子言大衆皆恭敬至心聽我誦者結勸誡聽之義大衆即

閻浮地上稟受佛戒國王王子百官宰相及比丘比丘尼優婆塞優婆夷乃至天龍八部聖凡同會清淨之衆也皆恭敬者恭就身言即身業處誠敬就心言即意業處誠外肅内虔内外精誠言語道斷心行處滅此攝口業處誠所謂制心一處無事不辦也此有二義一者謂舍那所傳心地戒法我尚自誦如對舍那佛面如聞舍那佛語況汝新學可不至心聽誦耶二者汝繇受持佛戒即入諸佛實位是汝出世大事因緣可不至心聽誦叮嚀付囑詞旨切矣

佛說梵網經直解卷第六

事義

十種大數 一者阿僧祇梵語阿僧祇華言無數謂從百洛叉爲一俱胝乃至千千萬萬俱胝等爲一阿僧祇△二者無量謂從阿僧祇阿僧祇爲一阿僧祇轉阿僧祇轉阿僧祇轉爲一無量△三者無邊謂從無量無量爲一無量轉無量轉無量轉爲一無邊△四者無等謂從無邊無邊爲一無邊轉無邊轉無邊轉爲一無等△五者不可數謂從無等無等爲一無等轉無等轉無等轉爲一不可數△六者不可稱謂從不可數不可數爲一不可數轉不可數轉不可數轉爲一不可稱△七者不可思謂從不可稱不可稱爲一不可稱轉不可稱轉不可稱轉爲一不可思△八者不可量謂從不可思不可思爲一不可思轉不可思轉不可思轉爲一不可量△九者不可說謂從不可量不可量爲一不可量轉不可量轉不可量轉爲一不可說△十者不可說不可說謂從不可說不可說爲一不可說轉不可說轉不可說轉爲一不可說不可說也此是不可言說法門

一行三昧 出文殊所說摩訶般若經梵語三昧華言調直定又云正定一行三昧者惟專一行修習正定也謂修行之人應處空閒捨諸亂意繫心實理想念一佛專稱名字隨佛方所端身正向能於一佛念念相續而不懈息於一念中即能得見十方諸佛獲大辯才也

十禪定 一普光明三昧謂身土重重相入周徧廣無限故△二妙光明三昧謂自他身心境界無礙故△三次第佛國土三昧謂以如幻智應物動寂依根本智恒無往來現延促故△四清淨身心行三昧謂過阿僧祇世界於諸佛所散花供養勤求法故

△五知過去莊嚴藏三昧謂知過去諸佛出現劫剎度生壽命之次第故△六智光明藏三昧謂未來劫中說佛已說法及未說法皆悉知故△七了知一切世界佛莊嚴三昧謂能徧入十方世界見一切佛化莊嚴故△八一切衆生差別身三昧謂人身入夜叉身出乃至剎那入三世起故△九法界自在三昧謂目身毛孔入三昧而作諸佛事得法界自在故△十無礙輪一眛謂任無礙三業徧入佛土成衆生智轉淨法輪紹佛種故

十金剛

華嚴經云△一者覺了諸法金剛心謂菩薩大願誓欲了知無量無邊不可窮盡一切法故△二者化度衆生金剛心謂菩薩以無上湼槃度脫無量無邊衆生出諸趣故△三者莊嚴世界菩薩金剛心謂十方世界無量無邊當以諸佛國土最上莊嚴之具而莊嚴故△四者善根迴向金剛心謂菩薩以種種善根皆悉迴向無上佛果菩提普及法界衆生故△五者奉事大師金剛心謂菩薩以善根功德供養無量無邊諸佛悉周徧故△六者實證諸佛金剛心謂菩薩於諸法實相之理非實非虛非有非無悉皆真實而證知故△七者廣行忍辱金剛心謂菩薩或被衆生訶罵楚撻或截手足或割耳鼻或挑其目或級其頭如是一切皆能忍受無嗔恨故△八者長時修行金剛心謂未來世劫無量無邊不可窮劫我當盡彼劫中行菩薩道教化衆生永無疲倦故△九者自行滿足金剛心謂菩薩建立妙行以清淨心爲本能滿一切功德善根具足無上菩提道故△十者令他願滿金剛心謂菩薩自行即滿慈悲之心轉更增上謂求解脫者說於湼槃爲求佛法者說於大乘之法悉皆令其心願滿故

十忍

華嚴經云△一音聲忍謂聞佛深教即能曉了忍可忍證無驚怖故△二順忍謂於理事悉能隨順諦審此法忍可忍證而無違故△三無生忍謂了達諸法本來無生亦無有滅諦審此法忍可忍證而妄念不起故△四如幻忍謂了達諸法皆從因緣和合而生如幻如化性本空寂諦審此法忍可忍證而無著故△五如燄忍謂了知一切境界悉如陽燄無有真實諦審此法忍可忍證而無執故△六如夢忍謂了諸妄心皆如夢境諦審此法忍可忍證而不執故△七如響忍謂了一切世間語言音聲皆由因緣和合而成猶如谷響無有真實諦審此法忍可忍證而不著故△八如影忍謂了達色身由五蘊積集而成本無實體諦審此法忍可忍證而無著故△九如化忍謂了達世間諸法無而忽有有即還無體非真實諦審此法忍可忍證而無著故△十如空忍謂了達世出世間種種諸法悉如虛空無有色相諦審此法忍可忍證而無著故

十身

法報化三合顯是爲一身開法報爲二身法報化爲三身兼隨應爲四身法身如虛空徧周滿法界無有障礙諸佛衆生平等具足唯一無二是爲圓身報身如日光徧普炤

法界不與二乘等共然報身有二種一自報身謂如來因地中修習無量福慧所起無邊真實功德恒自受用廣大法樂故二他報身謂如來平等智示現微妙清淨功德之身居純淨土爲住十地諸菩薩衆現神通力轉正法輪令彼受用大乘法樂故應身如日影遍謂如來身如日之影現於水中各隨人去如東行者見日東去如西行者見日西去謂諸如來不捨衆生如影隨形現同事攝故言五身者一者小教丈六金身謂以如來示現出家成道初於鹿野苑中轉四諦生滅法專化二乘而二乘人但見丈六金身故二者始教千百億化身謂如來次說大乘廣談實相而於千百億世界中示現種種色身正化菩薩兼化二乘以是衆生所見各各不同故三者終教丈六即是真身謂如來次說大乘終極理趣會一切法咸歸實相二乘闡提悉得成佛機緣既熟所見如來丈六金身即是真常不遷之身故四者頓教大乘丈六即是法身謂以如來不從漸次唯談圓頓妙理空有兩忘色心無礙大乘菩薩了一切法無非法身故五者圓教具足十身謂如來稱性宣揚圓融法界如理如智法法圓融塵塵無礙統諸教差別身全法界平等體一塵一切菩提願智等身無不具足

佛說梵網經直解卷第七

姚秦三藏法師鳩摩羅什奉　詔譯

明廣陵傳戒後學沙門寂光　直解

菩薩心地品之下

○三正結戒品二　初標叙結受　二說戒相貌

○初標叙結受二　初經家叙說　二佛自叙說

○初經家叙說

爾時釋迦牟尼佛初坐菩提樹下成無上覺初結菩薩波羅提木叉孝順父母師僧三寶孝順至道之法孝名爲戒亦名制止佛即口放無量光明是時百萬億大衆諸菩薩十八梵天六欲天子十六大國王合掌至心聽佛誦一切諸佛大乘戒

此總標顯結制心地戒法緣起也言爾時者即從天上復下人間示現出家成道時也釋迦牟尼佛者示生娑婆之佛號也初坐菩提樹下者即示始坐道場之處成無上覺者即正徧知覺是如來示現所證菩提涅槃二轉依號一切聲聞緣覺諸菩薩等無有等者無有逾者故云成無上覺初結菩薩波羅提木叉者示初轉法輪之急務也如來出世本懷原爲令諸衆生離苦得樂同佛菩提等無差別柰衆生不知其苦是故世尊思惟畢竟以何法門能令衆生離苦故演波羅提木叉保衛三業六根得大解脫衆生離苦佛願滿足故先結戒戒有大小乘分大乘戒藏被菩薩乘小乘戒藏被聲聞乘聲聞戒狹未稱究竟不言

即成佛道菩薩戒廣普被一切衆生受戒即入佛位離一切苦得究竟樂又聲聞戒常隨佛衆隨事而制菩薩修行六度化利衆生不常隨佛波羅提木叉戒乃即六度萬行元首故世尊最初成道始轉法輪即先頓敎結此菩薩戒藏也孝順父母師僧三寶顯菩薩戒行萬行因中最勝因也何者父母即生身父母以此世身繇本父母懷胎乳哺移乾就濕種種辛勤撫育而成師即本師和尚乃法身父母以我法身繇師誨戒之力而生又即師有三師七師皆有敎誨之恩僧有同學同見同行皆有成人之德三寶即佛法僧乃慧命父母也以我慧命賴三寶熏修之力而得如是諦思父母師僧三寶俱有深恩重德實難酬報當發孝心而順事之即此戒中便是孝順如不孝者禽獸之不如也故云孝順父母師僧三寶孝順至道之法此句承上謂波羅提木叉其義廣大無量無邊此孝順一法何以能盡佛戒之義曰此孝順深因乃趣無上佛果至道之法非同世間孝道秖得人天小果而已蘭盆疏云稽首三界主大孝釋迦尊累劫報親恩積因成正覺慈繇報親深因而成佛道極果不孝當致至極苦果所謂五刑之屬三千而罪莫大於不孝也是故世出世間善惡果報皆在孝與不孝儒典讚孝曰至德要道又謂聖人之德無以加於孝也故曰至道之法孝名爲戒亦名制止此二句者明波羅提木叉之名義也上以波羅提木叉爲戒今只言

孝順曰至道之法而不言戒品何耶葢孝順所在自然梵行具足因得戒名如法苑云戒即是孝衆生皆吾父母是故不殺不盜即守戒也皆吾父母即行孝也又下經云以常行放生業觀一切男子是我父一切女人是我母我生生無不從之受生故六道衆生皆是我父母而殺而食者即殺我父母有生無殺即孝即戒也故此經首尾貫徹十重四十八輕戒中皆云孝順心恭敬心慈悲心而恭敬心慈悲心者悉從孝順心中流出故云孝名爲戒亦名制止者此句再舉孝道名位正以盡戒義制者法制止者禁止以諸戒心修一切善即得阿耨菩提無善不修便是孝順心中之法制也以諸戒品滅一切惡便是孝順心中之禁止也故云制止所謂諸惡莫作衆善奉行自淨其心是諸佛戒此一法三聚足三身圓以是離一切苦得究竟樂此吾佛世尊始結波羅提木义正義也括而言之如來出世所說三藏十二部教所詮者戒定慧所修者六度行所證者無上道是以始成無上正覺初結菩薩波羅提木义戒終至涅槃會上云汝等諸比丘當尊重珍敬波羅提木义是汝大師如佛在世無有異也波羅提木义戒也是汝大師孝也是故始終所說一以孝名爲戒亦名制止總括收盡而已佛即口放無量光明者標心地戒法瑞應也此經放光共有六處一者釋迦身放慧光即果明因故二者玄王身放金剛白雲色光即因顯果故三者舍那

身放虛空光明因果不二故四者舍那付授放光光中召告即明佛佛受持皆此行故五者佛佛放光光化佛現花供佛以明必修本因方得果故今第六者口放無量光明說諸菩薩心地戒品正明佛佛親口宣傳畢竟要依心地戒光爲修行勝因然後得證心地戒光之勝果也是時百萬億大衆者總標戒光所攝人天凡聖有緣衆也諸菩薩者內凡外凡地上諸菩薩也十八梵天即色界中初禪三天二禪三天三禪三天四禪九天共十八位六欲天子即欲界中四王忉利夜摩兜率化樂他化之六天也十六大國王者西域大國共有十六既大國王秉受戒法其餘國王聽受戒法亦可知矣合掌至心二句明聽受戒法虔恭意合掌即身業誠至心即意業誠攝心諦聽言不亂發即口業誠以是三業虔誠於此心地戒光豁然通達

○二佛自叙說

佛告諸菩薩言我今半月半月自誦諸佛法戒汝等一切發心菩薩亦誦乃至十發趣十長養十金剛十地諸菩薩亦誦是故戒光從口出有緣非無因故光光非青黃赤白黑非色非心非有非無非因果法是諸佛之本源行菩薩道之根本是大衆諸佛子之根本是故大衆諸佛子應受持應讀誦應善學諸佛子諦聽若受佛戒者國王王子百官宰相比丘比丘尼十八梵天六欲天子庶民黃門婬男婬女奴婢八部鬼神金剛神畜生乃至變化人但解法師語盡受得戒皆名第一清淨

者

此段正明世尊結戒誦持之緣因也佛告諸菩薩言至十地諸菩薩亦誦數句乃以己勵人也謂我是已成佛今尚半月半月自誦諸佛法戒況汝等初發心菩薩乎半月半月者每月二次誦戒以十六日至三十日爲黑半月初一日至十五日爲白半月若逢月小即二十九日爲黑半月誦者謂誦十重四十八輕戒然此戒乃一切諸佛菩薩修證菩提涅槃之根本正因此是釋迦如來半月半月立誦諸佛所傳心地戒法萬古弘規誰敢違也言一切發心菩薩者此即圓詮十信乃是發大乘心諸菩薩也既初發心亦當如我誦也謂不但汝等初發心者當誦即入理證真十住十行十向十地位諸菩薩此諸菩薩戒心既固戒行已圓如是菩薩亦如是誦其初心誦戒尤可知也是故戒光等者此舉勝緣明勝因也謂從舍那自誦而即千佛隨誦以千佛自誦故乃至新學舊學菩薩亦如是誦是故戒光之緣親從諸佛口中流出既言光從口出是有緣矣既有是緣必有其因以致此緣故云有緣非無因故光光等者破執情也恐凡外小乘聞有緣有因遂生執著不達自家本有戒光向外馳求故云此光非屬青黄赤白黑之色塵法非屬四大幻色之妄身法非屬六塵緣影之妄心法非屬外道爲有爲無之斷常邪見法非屬二乘修證因果等戲論法此心地戒光者乃超情塵離有無見絶修證心不可

思議是一切佛所證無上菩提無餘涅槃本源之法是行菩薩道者之根本法既此戒光是一切根本法是故大衆諸佛子等應當受持應當讀誦應當善學善學者謂當於此心地戒光必能受持通達其義受而無受無受而受善用之也諸佛子諦聽者誠聽辭也謂此心地戒光實相大法若不息慮忘言默聽玄會則亦不能與之相應是故勸諦聽也若受佛戒等者舉能受之人也謂若國王王子百官宰相比丘比丘尼十八梵天六欲天子庶民黄門婬男婬女奴婢八部鬼神畜生乃至變化人如是等衆皆來受佛戒也國王等解見前言八部者即天龍夜叉乾闥婆阿修羅迦樓羅緊那羅摩睺羅伽之八部鬼神也金剛神者即護法大力士畜生即六畜等變化人者是即天龍鬼神禽畜等類有大神通力者故能化人形也言但解等者此明戒師不得揀擇義也形雖有别性本無殊無論貴賤人鬼但能解得法師説戒法語即不得揀擇一一盡得與他傳授菩薩心地戒法而去莫作分别而留難也皆名第一清淨者者字牒定謂諸衆生於諸佛淨戒未受之先背覺合塵染污梵行故不清淨今受戒時一切懺悔洗滌淨器返妄歸真梵行具足非同聲聞次第清淨故云皆名第一清淨者

〇二説戒相貌二初總説戒相　二别説戒相

〇初總説戒相

佛告諸佛子言有十重波羅提木义若受菩薩戒不誦此戒者非菩薩非佛種子我亦如是誦一切菩薩已學一切菩薩當學一切菩薩今學我已略說菩薩波羅提木义相貌應當學敬心奉持

此承上言既受佛戒爲成佛因地心當誦佛戒明佛戒行爲成佛果也佛告諸佛子者呼告能受人也有十重波羅提木义者明所受戒本法也若受菩薩戒不誦此戒者二句牒明違法之人非菩薩非佛種子二句斷定違法之過謂波羅提木义是菩薩本業今既不誦即棄本業本尚不得云何利益衆生而名菩薩故云非菩薩也此光明金剛寶戒是成佛之真種真種既失即佛果皆失矣故云非佛種子何以故以不肯誦佛戒不明戒性故也我亦如是誦者舉自果人以勸因人誦也一切菩薩等者舉同因人以勸誦也謂我乃果人尚如是誦況因人乎且過去一切菩薩已誦未來當誦現在今誦三世一切菩薩同修因人是已成熟菩薩亦如是誦況汝等新學而不誦乎是故勸汝亦當誦也我已略說菩薩波羅提木义相貌者謂聲聞戒執身以隨限量而菩薩戒持心離限量故今於無限量中表舉一二故云我已略說言相貌者謂波羅提木义戒體本無形相不妨有持戒者得持戒之相貌而毀戒者獲毀戒之相貌所謂心持咒印顧盻雄毅等是也應當學者勸習學也謂上既知戒有持毀相貌應當時時勤學不可怠也敬心奉

持者謂欲勸此戒當要尊重刻刻行持切勿忌失成佛種子故云敬心奉持

○二別説戒相二初説重戒相　二説輕戒相

○初説重戒相二初別説十重　二總結十重

○初別説十重十

○第一殺戒

佛言佛子若自殺敎人殺方便殺讃歎殺見作隨喜乃至呪殺殺因殺緣殺法殺業乃至一切有命者不得故殺是菩薩應起常住慈悲心孝順心方便救護一切衆生而返恣心快意殺生者是菩薩波羅夷罪

此釋第一殺戒相也聲聞四棄婬戒爲首聲聞志出三界無望成佛唯斷續生故以婬戒居首菩薩化利衆生以慈爲本是故一切衆生皆知貪生畏死若斷彼命便失本慈且令生啣苦怨恨不忘累生酬報無已是以殺戒在先故楞嚴經云佛告阿難又諸世界六道衆生其心不殺則不隨其生死相續汝修三昧本出塵勞殺心不除塵不可出縱有多智禪定現前如不斷殺必落神道故戒之也佛言佛子下正明殺事乃至一切下以輕況重例明不當殺也是菩薩下正明佛子戒所當持而反恣心下舉不持之過是菩薩下結不持之罪也佛言佛子者呼其人而告之言爲佛子受持佛戒當依戒修不可輕違佛制以下倣此言自殺者是自巳行殺乃身心所造殺業也敎人殺者雖不自巳行殺而使他行

殺者乃心口所造殺業也或不自殺亦不敎殺假以巧設方便令其致死是名方便殺乃意地所造殺業也讚歎殺者謂以唆踴語令彼殺者快意而行亦屬心口所造見作隨喜者謂見他行殺雖亦不敎不讚然其心念隨而喜之此屬意業乃至咒殺者謂殺法甚多不悉繁舉故超略之以西域有惡咒咒之令死亦屬心口所造以上所殺之相或只有殺因若殺縁不至則不成殺或因縁會合而前起殺念不復相續亦不成殺必因縁法三事成就方成殺業也言殺因者謂諸衆生從無始來具有貪等種子十惡業因初心菩薩見思等惑諸煩惱障未空殺等習氣不忘忽起一念現行故名殺因殺縁者謂所殺人畜等宿世怨家聚會爲縁殺法者謂刀杖網惡咒方便等斷彼命根爲法縁是三種和合任運成殺爲業以致當來互相殺害也菩薩紹隆佛種上弘下化求解脱道必以慈心爲六度本是故殺戒爲第一事又不但人與大身衆生而不得殺乃至一切凡有命者如草如木但有生長義者俱不得無故而加折損况生靈耶問菩薩冤親普度是殺皆遮但戒故殺似非等慈答一切遮者爲出家菩薩言也如國王宰官殺一救多興善滅惡正權乘菩薩大慈悲心故有遮有開但戒不得無故爲名爲利以私心成殺也是菩薩等者正明佛子所修之道而勸其當行也慈悲心者是菩薩根本心乃於此心應當常恒安住而莫忘失故云是菩

薩應起常住慈悲心常住二字貫下孝順心也以慈悲心愛衆生如赤子恒與之樂而拔其苦以孝順心敬衆生如父母不敢違忤而常恒奉事之方便救護一切衆生者此方便救護四字乃是慈悲心孝順心中救護衆生善巧學處使一切衆生安樂永離刀砧等苦而返恣心快意殺生者者字斷定非爲之詞謂修菩薩行者若見衆生有苦如不能救護者尚缺慈悲已乖本行況復恣縱其心快逞其意以殺衆生者乎其殘害已甚正所謂斷大慈悲心故當結罪是菩薩波羅夷波羅夷者華言極惡亦云棄罪謂犯此罪永棄佛海之外不得入於清淨衆中共同說戒羯磨一切僧事皆無有分故云棄罪當墮惡道故云極惡云是菩薩波羅夷罪者表其分位當然是自失其分位故曰是菩薩波羅夷罪也自從上若自殺下至不得故殺一節此即攝律儀戒謂無惡不止也從是菩薩下至救護一切衆生一節此即攝善法戒謂無善不修也既斷一切惡自不令其至於苦地既修一切善自然令其得至樂處是爲饒益衆生戒所謂無生不度也繇滅一切惡而惑盡障除以諸惡盡淨故名爲斷德因斷成功當來果上證法身佛繇修一切善而智顯慧開以諸善集聚故名爲智德因智成功當來果上證報身佛以斷惡修善饒益衆生故名爲恩德以恩成功當來果上證應身佛如是三德身相總在三業六根斷惡修善而得成就是名菩薩波羅提

木乂反此即波羅夷餘皆倣此

○第二盜戒

若佛子自盜教人盜方便盜咒盜盜因盜緣盜法盜業乃至鬼神有主物劫賊物一切財物一針一草不得故盜而菩薩應生佛性孝順心慈悲心常助一切人生福生樂而反更盜人財物者是菩薩波羅夷罪

此釋第二盜戒相也盜者謂不與者不得故取若強取者皆名偷盜所謂偷心不除塵不可出縱有多智禪定現前如不斷偷必落邪道故應戒也若佛子下至一針一草不得故盜一節此名攝律儀戒而菩薩下至生福生樂一節名攝善法戒以上斷惡修善即饒益有情戒也言自盜者謂親手竊取人之財物名爲自盜令人行竊名教他盜假設方便善巧而取使彼自然而與名方便盜念誦邪咒以幻術力令彼財物自然而來是名咒盜盜因者謂無始熏習賊貪種子爲因或暫起盜念也盜緣者謂金銀等寶現前助成盜心爲緣盜法者即設巧計盜人財物爲法盜業者謂因緣法三事俱備任運成盜以致當來爲畜爲奴世世償還苦報不但人民財物不得行盜乃至鬼神之物亦是有主如祠廟中供具等物亦不得盜也劫賊物者謂劫盜所得之物也一切財物下以輕例重明决不得盜也謂毋論貴賤輕重一切財物而不得強取即若至微至賤一針一草皆不得不與而取若取即犯盜戒故曰不得故盜而菩薩下勸其當行也而爲菩薩者應觀

一切衆生皆有佛性亦如父母是故當生孝順心供養如佛如父如母若盜彼物即名盜佛物也應生慈悲心者即菩薩本行心此心能與其樂能拔其苦當觀衆生如子如女不以忍心令其饑凍故云應生佛性慈悲心也常助一切等者承上既是恒具孝順慈悲之心是故應當常助一切人生彼身中之福生彼心中之樂可也而反更盜人財物者有是理乎是故結成不應之過是菩薩波羅夷罪

○第三婬戒

若佛子自婬教人婬乃至一切女人不得故婬婬因婬緣婬法婬業乃至畜生女諸天鬼神女及非道行婬而菩薩應生孝順心救度一切衆生淨法與人而反更起一切人婬不擇畜生乃至母女姊妹六親行婬無慈悲心者是菩薩波羅夷罪

此釋第三婬戒相也婬者謂與男女身心流逸污淨行故此即三界四生六道衆生輪迴生死根本法也婬根不斷永無得出生死輪迴所謂婬心不除塵不可出縱有多智禪定現前如不斷婬必落魔道故當戒也自婬者謂自身與男女作纏縛故教他婬者亦即使彼不解脱故乃至一切女人不得故婬者婬類甚多指一例餘示所戒也婬因等者謂成婬事单根不就獨境不成必具因緣法三故成婬也言婬因者無始貪婬習氣爲因婬緣者男女合會助成爲緣婬法者撫摩憐愛情術爲法以是因緣法三和合任運成婬爲業而感六道

輪迴不得解脫苦果等報也乃至畜下以異例常謂不但人女不得生染乃至畜生之女諸天鬼神之女亦皆不得婬也非道行婬者謂於妻妾正婬中犯其非道之處或非其時也於出家者一切全斷在家之人惟制外婬及與非道非時婬也已上所戒斷一切惡向下所勸修一切善其中斷修即恩及衆生也而菩薩應生孝順心者牒定爲菩薩者不同無智慧人應當觀察一切男子即是我父一切女人即是我母不敢犯之故云應生孝順心也救度一切衆生淨法與人者此是人已兩利謂以一已清淨之法而并與所不犯之人令斷愛欲根本救度一切衆生脫離三界纏縛方是菩薩慈悲教導淨法與人若不能生如是教益之心已非菩薩而反更起一切人婬不擇畜生乃至母女姊妹六親行婬而使一切衆生入愛見坑無慈悲心者是菩薩波羅夷罪

○第四妄語戒

若佛子自妄語教人妄語方便妄語妄語因妄語緣妄語法妄語業乃至不見言見見言不見身心妄語而菩薩常生正語亦生一切衆生正語正見而反更起一切衆生邪語邪見邪業者是菩薩波羅夷罪

此釋第四妄語戒也言妄語者即虛誑不實也乃即未得言得未證言證自非聖人而言我是聖人非實得上人法而言我得上人法欺誑愚夫亦是自欺若究其情是乃希求名聞貪圖利養此罪不善故戒之

也自妄語者即自己説我是聖人我已悟了道我是第幾祖故云自妄語教他妄語者或命弟子或使朋友互相傳言亦如我説故云教他妄語方便妄語者以巧語言合彼機宜自然而信故云方便妄語妄語因者謂無始誑貪種子虛妄習氣爲因妄語緣者謂有可欺之人現前助成爲緣妄語法者欲惑人心取信必有架言之法則也妄語業者以因緣法三事和合任運成妄爲業以致將來拔舌犂耕等苦果報也所謂大妄語成墮無間獄者此也乃至不見言下以輕明重言妄語者不但重者不得故犯乃至最輕者如不見言見見言不見皆不得也不見言見者謂本不曾見他作惡以順人意而言見故見言不見者謂實見他人行善以嫉妬心而言未見其善也身心妄語者謂上不見言見等已出於口口本屬身口不自言因心而發故云身心妄語已上所戒即攝律儀戒向下勸其當修即攝善法戒既言出真實即攝衆生戒也而菩薩常生下正明饒益衆生語也謂菩薩者凡所出言常生正語正見亦生一切衆生正見可也言正語者即語不偏邪故正見即見不顛倒故謂語正者而見自正繇是自己説誠實語方能取信於人是故亦使一切衆生而得正語正見皈依佛教爲正人也若爲菩薩自無正語正見已非菩薩智行况反更起一切衆生邪語邪見造邪業者其罪何辭是故菩薩得波羅夷罪惟除救人急難方便權巧凡有益

者不但無過更有功德

○第五酤酒戒

若佛子自酤酒教人酤酒酤酒因酤酒緣酤酒法酤酒業一切酒不得酤是酒起罪因緣而菩薩應生一切衆生明達之慧而反更生一切衆生顛倒之心者是菩薩波羅夷罪

此釋第五酤酒戒也言酤酒者謂釀酒賣人也以酒與人所害者廣能使飲者多起非心敗國亡家喪身失命種種過惡無所不至皆因飲酒故戒之也自酤酒者謂自貪利而貨賣也教人酤酒者其義有二一謂教人造作貿易之語二謂以本與他瓜分其利酤酒因者無始貪利之心爲因酤酒緣者米麥工人等具助成爲緣酤酒法者謂醞釀麴蘖等爲法酤酒業者以上三事和合營運成酤爲業致受當來癡熱無知果報等苦也一切酒不得酤者謂不但米麥等酒不可造乃至甘蔗蒲萄楊梅棗子等物一切俱不可造所以然者以一切酒皆起一切罪業因緣故也四分律云酒有三十六失始於不孝父母不敬三寶終於落水凍死熱亡又智度論云酒有三十五失始於現生虛乏終於來世愚癡真乃世間狂藥烈於砒鴆古有優婆塞以一飲酒諸戒俱破故云起罪因緣已上所戒斷一切惡下明佛子所行之正行即修一切善其中斷惡修善即饒益衆生戒也而爲菩薩行者應生一切衆生明達之慧可也明達即智慧照了義菩薩應依般若以大智慧光明自覺覺他曲盡方便開化衆生

必致發生各各本有大智慧明於諸事理了然通達如或不能猶失菩薩方便之行況反以酒酤賣與人發生一切衆生顛倒之心耶故結過云是菩薩波羅夷罪

○第六說四衆過戒

若佛子口自說出家在家菩薩比丘比丘尼罪過教人說罪過罪過因罪過緣罪過法罪過業而菩薩聞外道惡人及二乘惡人說佛法中非法非律常生慈心教化是惡人輩令生大乘善信而菩薩反更自說佛法中罪過者是菩薩波羅夷罪

此釋第六說四衆過戒也說者謂快心談說總有二種一者正理立量二者非理論量此是非理論量也說四衆過者謂妄議出家二衆在家二衆過失既爲菩薩於同行友無過不可謗訕設彼有過當以慈悲善言勸諭令彼知過必改懺悔爲門胡得向外人說自辱法門使聖道不行此罪非細故戒之也口自說者謂謗出自口也出家在家四衆乃是發大乘心禀受大乘戒者故云菩薩比丘比丘尼者别開出家二衆乃是内祕外現受聲聞戒人也教人說罪過者其義有二一者已有私忿令人宣說彼過以快自心二者他人之忿即令彼所忿者說之乃就中取事也言罪過者罪謂重垢輕垢等罪過謂七逆十惡等過以過定罪故云罪過如是緇白四衆俱是住持三寶弘通佛法之人爲佛子者不得口自宣說彼之罪過亦不得教他人說彼罪過應善護口其福無量罪過因者無始以

來惡口習氣爲因罪過緣者謂彼少有形迹可以藉口爲縁罪過法者粧點罪過巧說方便欲人取信爲法罪過業者三事和合巧運成說爲業致使當來受截舌地獄苦果等報也巳上所戒即斷一切惡而菩薩下即修一切善斷惡修善即攝衆生戒也聞外道惡人者謂外道顛倒惡見斷佛慧命使諸衆生墮坑落塹故名惡人二乘亦名惡人者以不能續佛慧命故亦名惡人也說佛法中非法非律者謂外道小乘不達大乘逆行順行境界見其所爲說言非法非律爲菩薩者聞此惡說應當生慈愍心教化是惡人輩使外道改惡從善反邪歸正令二乘捨小知見發起大乘善信可也如或不能如是開化尚缺慈悲豈有反更自說佛法中罪過者耶故結過云是菩薩波羅夷罪

○第七自讃毁他戒

若佛子口自讃毁他亦教人自讃毁他毁他因毁他縁毁他法毁他業而菩薩應代一切衆生受加毁辱惡事自向已好事與他人若自揚巳德隱他人好事令他人受毁者是菩薩波羅夷罪

此釋第七自讃毁他戒也口自讃毁他者謂讃自巳能行六度欲人恭敬供養而常毁訾他人令彼道法不能流通致使喪名失利此非佛子所爲故戒之也口自讃毁他者謂自口讃自巳之長而毁他人之短亦教人自讃毁他者謂教他人亦讃我有德而毁他無德也毁他因者謂無始來貪

嫉習氣常懷自讚毀他之心爲因毀他緣者謂欲毀人境現前爲緣毀他法者謂毀人善德令取信于人爲法毀他業者以此三事和合作運成毀爲業以致當來受苦果報也已上所戒即斷一切惡而菩薩應代下勸其當行即修一切善也既爲菩薩倘見他人有過尚應自代一切衆生受加毀辱以惡事自向已好事與他人以如是心行如是行如來方名此人爲真實菩薩若自揚已有德隱覆他人好事而反令他人受毀辱者此非佛子心行故結過云是菩薩波羅夷罪

○第八慳惜加毀戒

若佛子自慳教人慳慳因慳緣慳法慳業而菩薩見一切貧窮人來乞者隨前人所須一切給與而菩薩以惡心瞋心乃至不施一錢一針一草有求法者不爲説一句一偈一微塵許法而反更罵辱者是菩薩波羅夷罪

此釋第八慳惜加毀戒也謂慳悋財法見求不與反加打罵也慳惜屬貪分加毀屬瞋分貪瞋二法繇無智慧即癡分攝性貪墮餓鬼加毀墮地獄愚癡墮畜生三毒不善故戒之也自慳謂即自已悋惜財法不惠人也敎他慳者使他悋惜以遮自已慳貪心也慳因者以無始來常懷悋惜之心爲因慳緣者見求財法之人不相契合遮護爲緣慳法者以巧設種種遮護不施爲法三事和合作意成慳爲業致受當來餓鬼果報等苦也已上所戒即斷一切惡而菩薩下勸其所行即脩一切善也言爲菩

薩者若見一切貧窮之人無論遠近親怨來乞求者應當平等隨其前人一切所須悉給與之勿悋惜也貧窮人者有二種人一身貧窮謂乞衣即與之衣乞食即與之食如乞安身之所即施安身所也二心貧窮謂乞法即與法如大乘根即以大乘法施如小乘根即以小乘法施隨其所須一切不悋如是之施是名菩薩慈悲道行而爲菩薩若以惡心故自私自利以瞋心故猒人乞求不但不肯多施乃至一錢一針一草總不施與又或有求法者不爲説一句一偈一微塵許法如是之心尚失菩薩慈悲之道隨慳悋罪何况反更加辱駡乎是菩薩波羅夷罪律云見乞不施有二不犯一者如乞財作惡乃害人害生命不施不犯二者如乞法已還歸外道助外道法不説不犯即加訶責亦俱不犯

○第九瞋心不受悔戒

若佛子自瞋教人瞋瞋因瞋緣瞋法瞋業而菩薩應生一切衆生中善根無諍之事常生慈悲心孝順心而反更於一切衆生中乃至於非衆生中以惡口駡辱加以手打及以刀杖意猶不息前人求悔善言懺謝猶瞋不解者是菩薩波羅夷罪

此釋第九瞋心不受悔戒也瞋者謂含毒在心發於面目身心不寧之相前人偶爾相觸轉向求悔而不受其懺謝即上違佛教下乖接引中失本心以是根本煩惱有六後第六之惡見乃斷衆生慧命比慢疑二尤重前三中之瞋心即捨衆生悲仰比

貪癡二尤重所謂一念瞋心起八萬障門開障菩提心障菩提願乃至一切障礙無過於瞋故戒之也若佛子下明瞋事也言自瞋者自巳之恨發爲瞋怒教他瞋者有三義一者借他瞋彼以雪巳恨二者教他瞋彼於中取利三者是他人之所恨使其兩相瞋害於中取樂令二家不得解脱故也瞋因者謂無始來含恨習氣爲因瞋緣者所瞋人境現前爲緣瞋法者謂即心起計較令彼受辱爲法瞋業者以此三事和合造作成瞋爲業致受當來三塗果報等苦也經云不斷瞋心縱有福德多智禪定感修羅報如無福德智定之人即感虎狼蛇蠍等報以上所戒即斷一切惡而菩薩下即修一切善也而修菩薩行者應生一切衆生心地之中平等善根無所諍闘之事常生一種慈悲之心視諸衆生如子女等應撫育之以是不忍瞋也又當常生一種孝順之心亦觀衆生如父母等應奉事之以故不敢瞋也若具如是心者是真佛子平等觀門如或不能巳非佛子平等方便何况反更於一切衆生中乃至於非衆生中以惡口罵辱加以手打及以刀杖意猶不息者耶非衆生者即佛乃至聖賢或及變化人也以惡口罵辱者即口業不善也加以手打即身業不善也意猶不息即意業不善也以是三業齊犯罪爲自作或所瞋之前人來求悔過又以善言懺謝下氣解瞋猶然揚眉怒目瞋恨不解即非菩薩心行故當結過是菩薩波羅夷罪如不

犯者類無厭足王等具此三毒乃真菩薩行也

○第十謗三寶戒

若佛子自謗三寶教人謗三寶謗因謗緣謗法謗業而菩薩見外道及以惡人一言謗佛音聲如三百鉾刺心况口自謗不生信心孝順心而反更助惡人邪見人謗者是菩薩波羅夷罪

此釋第十謗三寶戒也謗者謂於理不明無有實見妄加非議也三寶乃是一切衆生良祐福田謗則自失菩薩善芽亦失彼衆生善芽其過非小故戒之也自謗三寶者謂自已未具正見未解深法或見外道典籍或聞外道人言或順有勢位人意即自口語亦隨而非議也教他謗者謂使他人謗訕欲同黨也謗因者謂無始來好邪論議習氣爲因謗緣者遇有空隙湊合其語爲緣謗法者謂以巧詞偽辯俾愚癡邪見取信爲法謗業者即此三事和合造作成謗爲業致使當來三惡道中不見三寶不聞三寶受惡苦果也已上所戒即斷一切惡而菩薩下勸其所行即修一切善也而爲菩薩道者若見外道及以惡人以一惡言謗佛音聲一入其耳即如三百鉾鎗攢刺心中其痛難忍等無有異所以者何以斷一切衆生佛種故一言如此何况多言耳聞如此何况自口而出謗言佛爲天人大師開我迷雲導出三界當生信敬而不生信敬心佛爲大慈悲父能拔我苦而與我樂正當孝順而不生孝順心如此已

非佛子而反更助惡人邪見之人謗毀三寶以滋快議此如獅子身中蟲自食獅子肉者是菩薩波羅夷罪

〇二總結十重

善學諸仁者是菩薩十波羅提木叉應當學於中不應一一犯如微塵許何况具足犯十戒若有犯者不得現身發菩提心亦失國王位轉輪王位亦失比丘比丘尼位亦失十發趣十長養十金剛十地佛性常住妙果一切皆失墮三惡道中二劫三劫不聞父母三寶名字以是不應一一犯汝等一切諸菩薩今學當學已學如是十戒應當學敬心奉持八萬威儀品當廣明

此段總結十戒得失之相奉勸堅持此戒法也善學下舉人讚德也是菩薩下舉法以明戒法當持不應毀也若有犯下明毀戒之過失汝等下勸生生學持不可忘也八萬下引廣以明畧言善學諸仁者是佛讚美詞也謂於此戒善能受持其人具足慈悲孝順之德故稱善學仁者既稱仁者於此十波羅提木叉清淨戒品應當勤學而於其中自不應一一犯如微塵許以微塵許尚不得犯何况具足犯十戒乎此决言不可犯也若有犯下假設斷定犯戒得失之相謂於十重戒中微塵不犯是能發菩提心可保固國王位轉輪聖王寶位比丘比丘尼位亦可保許進入三十心十地因位可許希兾佛性常住妙覺果位如或不然設若少有違犯是即不得現身發菩提心所以者何菩提心者即是清淨光明

金剛寶戒妙覺心也今既背覺合塵染汙梵行即失此心故云不得現身發菩提心此心乃是福慧二種根本今根本已失即佛花果從何而生故國王位轉輪王位亦失比丘比丘尼位亦失以國王位金輪王位是爲世間最勝福位比丘僧位比丘尼位爲出世間賢聖慧位今既世出世間福慧之位已失則十發趣十長養十金剛十地因位亦失也因位既失而於妙覺果位豈可得乎是以佛性常住妙覺果位亦皆失也戒如大地萬善從生今無其地則佛聖種無可安處佛種未植佛芽何生故云一切皆失問既福慧因果一切寶位皆失未審此人復居何地答墮三惡道中極苦處也言二劫三劫者示極苦處長遠時分也不聞父母三寶名字者此示地獄三途罪障深重不似人間受生福報與得受佛法處是故父母三寶名字皆不聞也以是當知不應一一犯此戒也向下結勸當持不當毀義若毀戒者失大利益得大苦趣以知十重戒中不應犯如微塵許法是故汝等一切三世菩薩於是十戒應當敬心奉持乃至終身不可忘也此處畧說若廣明者具大部八萬威儀品中已上十重戒中隨犯一戒即依本罪治之若犯七逆極重罪者報屬無間若犯餘輕罪者攝後四十八戒如是罪品但在人人念頭起處入重入輕故耳噫毫釐繫念三塗業因可不慎歟

佛說梵網經直解卷第七

事義

酒有三十六失四分律云飲酒犯三十六種失△不孝父母△輕慢師友△不敬三寶△不信經法△誹謗沙門△許露人罪△恒說長語△誣人惡事△傳言兩舌△惡口傷人△生病之根△鬭諍之本△惡名流布△人所憎嫌△排斥聖賢△怨黷天地△靡忘事業△破散家財△恒無慚愧△不知羞恥△無故捶打奴僕△橫殺衆生△姦婬他妻△偷人財物△疎遠善人△狎近惡友△常懷恚怒△日夜憂愁△牽東引西△持南著北△倒溝臥路△墮車墜馬△逢河落水△持燈失火△暑月熱亡△寒天凍炙

三十五失

現世財物虛竭△衆病之門△鬭諍之本△裸露無恥△醜名惡露△人所不敬△無復智慧△所應得不得已得物失散△伏匿之事盡向人說△種種事業廢不成辦△醉為愁本以多失故醒乃慚愧△身力轉少△色身敗壞△不知敬父△不知敬母△不敬師長△不敬婆羅門△不敬伯叔一切尊長△不尊敬佛△不敬法△不敬僧△結黨惡人△疎遠賢人△作破戒人△恒無慙愧△不守六情△縱色放逸△人所憎惡不喜見之△貴重親識共所擯棄△行不善法△棄捨善法△明人智者所不用信△遠離涅槃△狂癡因果△身壞命終墮三惡道△若得為人所生之處常愚癡暗鈍

諸戒

俱喪昔有優婆塞治田因渴誤飲於酒不覺酣醉忽隣家有鷄來其舍即殺而食之隣女往索又强與婬後理官復妄言不取只此一飲五戒俱喪

佛説梵網經直解卷第八

姚秦三藏法師鳩摩羅什奉　詔譯

明廣陵傳戒後學沙門寂光　直解

菩薩心地品之下

○二説輕戒相二　初結前起後　二别釋文義

○初結前起後

佛告諸菩薩言已説十波羅提木叉竟四十八輕今當説

此乃吾佛世尊召告現前在會三賢十聖等諸菩薩言也已説下結前十重已説竟也四十八輕起後輕戒今當説也

○二别釋文義四十八

○第一不敬師友戒

若佛子欲受國王位時受轉輪王位時百官受位時應先受菩薩戒一切鬼神救護王身百官之身諸佛歡喜既得戒已生孝順心恭敬心見上座和尚阿闍黎大德同學同見同行者應起承迎禮拜問訊而菩薩反生憍心慢心癡心瞋心不起承迎禮拜一一不如法供養以自賣身國城男女七寶百物而供給之若不爾者犯輕垢罪

此釋第一不敬師友戒也師以開導友以切磋世出世間法器全賴師友所當敬重倘存憍慢一生福慧消滅故戒之也若佛子下舉人以明其位應先受下乃明福慧二位基本既得戒下明受戒者染法獲益當酬恩也而菩薩下明背恩忘本者以結罪也國王乃各邦之仁君輪王有四金銀銅鐵四轉輪王統攝四三二一天下主也

百官是文武大臣也如是聖君賢臣欲受王位官位之時必應先受菩薩戒何也謂受菩薩戒人必以慈悲利濟孝順爲懐如爲君者受菩薩戒即爲仁德聖君爲臣者受菩薩戒即爲忠良賢臣感一切鬼神救護王身永保其位救護百官之身髙進其爵不但鬼神救護而已亦感十方諸佛歡喜護念何者護法金湯全賴之也金光明云若國王受菩薩戒廣行十善法教化衆生者身心快樂永無三災遠離八難國界安寧人民樂唱云云所以先受菩薩慧戒後受王臣福位獲鬼神救護諸佛歡喜如此利益若非師友教誡何繇能得是故應當知恩報德生孝順心敬重戒師如敬父母不敢少違生恭敬心而敬善友如敬兄長不敢有慢若具如是心者方名念戒入道人也見上座下正明孝順恭敬之義上座以對中下而言謂巳上無人故毘婆沙論云上座有三一者生年上座即尊長耆舊是二者世俗上座乃即知法大財大位大族大力大眷屬是三者法性上座即阿羅漢果位是也和尚唐言力生即受戒本師也阿闍黎者唐言軌範師也即羯磨教授依止尊證諸師是也言大德者謂此諸師居臘長德勝故亦貫下義同學同一師所學出世道故同見同一見解中道理故同行同一清白梵行門故如是師友若來毋論遠近應起承迎致敬禮拜復應問訊起居此謂孝順恭敬心也爲菩薩者應當起孝順心而反起瞋嫉心應當起恭敬心

而反起褻越心憍心亢已名位憍倨自尊故名憍心慢心藐視前人慢彼有德故名慢心癡心見賢不親見聖不敬而無智慧故名癡心瞋心恨彼師友嚴訓故名瞋心有此四種之心故見師友來而不迎至而不禮亦不問訊起居也憍心等四屬意業也不起承迎禮拜屬身業也亦不問訊起居屬口業也以是三業不善乃至飲食衣服臥具湯藥等物一一皆不如法供養也以自賣下緊承如法說來言既爲佛子應當重法輕身命財求出世道內而已身外而國城親切男女貴重七寶以及衆多百物一切可賣應如此供養也言賣身者如常啼賣心肝而學般若如世尊因地中爲半偈捨全身乃至身然千燈此亡身爲法樣子畧引一二乃爲有名位者報恩之盛節也不如是承迎禮拜供養諸師友者是菩薩犯輕垢罪此罪比前十重僅減一等非輕細之謂也

○第二飲酒戒

若佛子故飲酒而酒生過失無量若自身手過酒器與人飲酒者五百世無手何況自飲亦不得教一切人飲及一切衆生飲酒況自飲酒一切酒不得飲若故自飲教人飲者犯輕垢罪

此釋第二飲酒戒也言飲酒者非造酒也造酒賣者所害甚廣而飲酒者惟害已身故微分重輕耳律云飲酒之人墮燒煮地獄中五五百世初五百世在鹹糟地獄中二五百世在沸屎地獄中三五百世在曲

蛆地獄中四五百世在蠅蚋地獄中五五百世墮在癡熱無知地獄中業報如此故戒之也故飲酒者律中開有重患醫師言瘥以酒引藥權用不犯無故而飲或借病而飲者是爲故飲而酒生過失無量者辯明不得飲酒之義意謂酒乃米汁何故不得飲耶以飲酒者迷心亂性無量過失從飲酒故而生是以不得飲也不但自飲酒者得無量過失也且若自身手過酒器與他人飲酒者亦招感五百世中無手足報何況無故自飲自飲尚且不得豈得教人飲耶是故不得教一切人飲酒及教一切衆生飲酒教尚不得何況自飲是故凡一切酒不得飲也言一切酒者酒有多種楊梅棗子甘蔗葡萄等酒但能醉人并有酒氣酒味一切皆不得飲也已上明戒向下結罪若故自飲教人飲者是菩薩犯輕垢罪

○第三食肉戒

若佛子故食肉一切肉不得食夫食肉者斷大慈悲佛性種子一切衆生見而捨去是故一切菩薩不得食一切衆生肉食肉得無量罪若故食者犯輕垢罪

此釋第三食肉戒也一切衆生皆有靈覺之性俱有貪生畏死之心皆有恩愛情識之念與我不異所謂血氣之屬必有知凡有知者必同體柰何有一類人邪見覆心爲已口腹食彼衆生身肉强言只要明得大事因緣食肉無礙若大事已明則逈脱舌根味塵得言食肉無礙若其未明豈食

肉無礙耶子乃哂之曰如果大事已明食肉無礙則於鎔銅熱鐵亦當無礙能吞鎔銅熱鐵者自可食肉矣如宋濟顛募裝佛金盡以其貲食酒食肉向後從口吐金得裝佛相是真無閡誌公食鴿一日從口盡吐活鴿齊飛而去是真無礙若此未能則所謂明大事者何獨親於肉而喜近於口踈於鎔銅熱鐵而畏近於身也又豈得復云無礙耶楞嚴經云羊死爲人人死爲羊汝負我命我還汝債以是互相食噉不已故戒之也言若佛子故食肉者故字對權設而言昔佛在世時年逢饑饉草菜不生佛神力故以五指端化五淨肉實非生血一時權現安有實是衆生身肉名爲佛子而故食乎是故一切衆生身肉不得食也

夫食肉者斷大慈悲佛性種子斷大慈悲佛性種子者其義有二一者是斷菩薩大慈悲心佛性種子所以者何菩薩發菩提心願爲令諸衆生離苦得樂是爲成佛等一因行今無慈心食衆生肉是斷自已成佛因種因種既斷無上佛果安可希冀二者是斷衆生佛性種子謂諸衆生從無始來輪廻六道雖然改頭換面而彼貪生畏死之性即我所發慈悲佛性今欲食彼身肉令生恐怖見而捨去失彼受化緣因是斷大慈悲佛性種子也行願品云一切衆生而爲樹根諸佛菩薩而爲花果以大悲水饒益衆生則能成就諸佛菩薩智慧花果今佛樹根既失則佛花果又從何處生耶一切衆生見而捨去者殺氣相迎毒於

戎狄如鷗去海翁機鴿摇羅漢影也是故一切菩薩不得食一切衆生身肉若故食者得無量罪楞伽經云有無量因縁故不應食肉爲一切衆生從本以來常爲六親故不浄氣分所生長故衆生聞香悉生恐怖如栴陀羅及譚婆等狗見驚吠故令修行者慈悲不生故臭穢不浄無善名稱故令諸咒術不成就故諸天所棄故令口氣臭故夜多惡夢故乃至空閑林中虎狼聞香是故不應食衆生肉若故食者犯輕垢罪

〇第四食五辛戒

若佛子不得食五辛大蒜茖葱慈葱蘭葱興渠是五種一切食中不得食若故食者犯輕垢罪

此釋第四食五辛戒也五辛者即五葷非五腥也言五辛者一大蒜亦名葫即葫葱是二茖葱即他經云革葱乃薤菜是三慈葱即葱是四蘭葱即小蒜五興渠即蒠蕵所言不得食者以是五種熟食發婬生啖增恚更有五不應食一生過二天遠三鬼近四福消五魔集西域記云家有食辛之人驅令出郭是故不獨单食不可大凡一切食中相雜佐用亦不得食若謂無所殺害而故食五辛者犯輕垢罪

〇第五不教悔罪戒八戒五戒

若佛子見一切衆生犯八戒五戒十戒毁禁七逆八難一切犯戒罪應教懺悔而菩薩不教懺悔同住同僧利養而共布薩同一衆住説戒而不舉其罪不教悔過者犯輕垢罪

此釋第五不教懺罪戒也教即教誡悔即悔過罪即罪咎謂爲菩薩師者凡見人設有過須教令懺不教則得罪所以者何昔迦葉佛世時有一比丘多作三師多度弟子而不教誡其弟子者因不持戒死墮龍中龍法受罪七日一受時對火燒肉盡骨在尋後還復則復燒之不能堪苦龍具五通自思何罪所致觀知因本師不教多作非法遂恨其師欲加毒害後時有五百賈客入海採寶其師在內龍便出水捉船衆人大怖詰問龍故何以捉船龍曰今此船內比丘是我本師因不教誡於我今受苦痛故爾捉之汝等若將比丘下水便放其船衆人見事不止欲捉比丘而比丘便自投水身亡佛言以此驗之凡度弟子不可不教誡也若佛子下舉人以明犯相見一切衆生者總指在家出家大小七衆乃受持戒法之人犯謂干犯也八戒五戒即優婆塞優婆夷二衆之戒相也八戒但受一日一夜不同五戒終身守持十戒有二一沙彌沙彌尼十戒二菩薩十重戒毀者破壞也禁者止滅也如來所制比丘二百五十戒比丘尼三百四十八戒名爲禁戒如若受而不持持而不誦違背聖言越其所制故云毀禁七逆者弑父殺母殺和尚弑阿闍黎破羯磨轉法輪僧惡心出佛身血弑阿羅漢是也佛在世時出佛身血佛滅度後賣佛菩薩形像及賣佛經律名爲出佛身血弑比丘僧即名弑阿羅漢八難即下冐難遊行之八難也菩薩見此一切犯

戒之人當生慈悲心教其懺前愆尤悔後莫作是爲自利利人如不教懺悔者已得不教悔罪何況同住一處同僧利養而又同共布薩同一清淨和合僧衆安住其中而説佛戒竟不舉其犯戒罪過使其懺悔如是不教彼悔過者是菩薩師犯輕垢罪

○第六不供給請法戒

若佛子見大乘法師大乘同學同見同行來入僧坊舍宅城邑若百里千里來者即起迎來送去禮拜供養日日三時供養日食三兩金百味飲食牀座醫藥供事法師一切所須盡給與之常請法師三時説法日日三時禮拜不生瞋心患惱之心爲法滅身請法不懈若不爾者犯輕垢罪

此釋第六不供給請法戒也修菩薩行者凡見大乘法師應備香花諸供養具如供諸佛等無有異請轉法輪使其道法流通慧命不絕若不供給請説法者是菩薩人則墮慳貪我慢焦芽敗種等流有失大利故戒之也若佛子下標明可供之師友也言大乘法師者揀非小乘獨善乃是具大信解發大道心趨大道果智悲雙運自利利人之師故名大乘法師大乘同學下此舉友人亦大乘也同學謂同一師稟受大乘心地戒學同見同一見解究竟實相心地戒見同行同一菩薩心地戒法清白梵行若見如是師友行無緣慈來入僧坊舍宅城邑等處無論遠近若乃百里千里來者爲主菩薩應起致敬來即迎來去即送去其中禮拜供養之事俱必一一如法周

旋勿生懈怠如供養者應當日日三時不乏言三時者即初中後三時也何等供養每日所食用三兩金以作百味飲食供養又不止此更敷牀座而為安止廣備醫藥而爲調理將此四事以供法師凡此法師一切所須盡給與之當盡心如禮供養不應悋惜以上修福是滿檀波羅蜜常請等下乃即修慧是般若波羅蜜也常請等者承上所言日日三時恭敬禮拜供養之者非爲求人天小果福報而已正爲常請法師日日三時演説妙法以續一切衆生慧命故也此表能供請者口業虔誠義也日日三時禮拜者申請法威儀以表身業虔誠義也言不生瞋心者釋請法開示中不瞋師友規矩嚴訓尊高言不生恚惱之心者釋供養中不患我供養繁費此之二心總表意業虔誠義也爲法滅下總申上義以勸爲菩薩者應當如是爲法滅身其義有二一果真爲法者尚不惜此身命何況資具而不供養二果真爲求解脱道當捨不堅固身易金剛不壞身捨不眞實世命易法身智慧命如佛因中爲求大法身爲牀座布髮掩泥半偈然燈種種苦行皆是爲法滅身榜樣修菩薩行者亦應如是請法而勿懈怠可也若不爾者少有怠墮此句斷定若不如是供養心者犯輕垢罪

○第七懈怠不聽法戒

若佛子一切處有講法毘尼經律大宅舍中講法處是新學菩薩應持經律卷至法師所聽受諮問若山林樹下僧地房中一切説法

處悉至聽受若不至彼聽受者犯輕垢罪

此釋第七懈怠不聽法戒也此戒承前所言不但師來我所乃供養聽法但有說法處應當至彼聽受不可懈怠而不聽也懈怠即八大隨之一繇此懈怠即生放逸放逸即失念失念則多散亂散亂即不正知不正知則生愚癡造諸惡業所以始繇懈怠不聽終則無惡不造是故凡有講法之處宜應往彼聽受如不往聽即是慢法以慢法故福慧消滅罪惡增長所謂若非法味滋神終無解脱故戒之也言爲佛子必上求下化爲本因心廣學多聞爲勝方便若非廣學多聞豈堪住持三寶是故凡有一切講法處應往聽受言毘尼經律者正明滅惡生善之法寶也梵語毘尼此云調伏謂調三業治伏六根滅一切惡生一切善也亦云善壽謂此毘尼住世即佛法住世毘尼若滅佛法即滅故也又以經中攝律律中攝經又經詮性相理律止性業遮業二義俱含故云毘尼經律大宅舍中等者别明講法處也佛在世時諸比丘等常受王臣諸大檀越請在家中安居說法是爲大宅舍中講法處也是新學下誡應聽也謂凡所有一切講法毘尼經律處凡新學菩薩戒者應手持經律卷至法師所至心聽受如不解義須一一咨詢請問而決疑也若山林等者以遠況近言不但在居士家而常隨聽即若在山林下僧地房中乃至一切說法遠處悉應至彼而聽受也昔者童子南詢百郡衲僧徧歷千山乃至

投子三登洞山九上皆為大事不憚劬勞安得不往聽法律開有病年老足力難行或所說者是常所聞或自具大智慧具大辯才或修深禪大定或知彼所說者是外道法此不往聽俱爲不犯除此即於四十里内若不至彼聽受法者是新學菩薩犯輕垢罪

○第八背大向小戒

若佛子心背大乘常住經律言非佛說而受持二乘聲聞外道惡見一切禁戒邪見經律者犯輕垢罪

此釋第八背大向小戒也上謂凡一切處悉至聽受惟恐心背中道大乘之理而向偏小邪外之道此道乃是斷佛種性障菩提道因緣故戒之也若佛子下明背大義言非佛下明向小義所言心背大乘常住經律等者謂佛所說大乘道法其中所詮不生不滅常住實相心地法身體相之戒乃是諸佛所師菩薩之母故云常住經律於此心懷狐疑反言非佛所說而受持二乘聲聞權小之法反受外道惡見一切禁戒邪見經律故云向小以是背大向小之故犯輕垢罪昔天親菩薩造五百論讚小斥大後遇無著悔悟已過欲自截舌無著菩薩教令以舌還讚大乘天親受教尅心向大弘傳廣演卒成聖果改過不吝是爲菩薩

○第九不看病戒

若佛子見一切疾病人常應供養如佛無異八福田中看病福田第一福田若父母師僧

弟子病諸根不具百種病苦惱皆供養令差而菩薩以瞋恨心不看乃至僧房中城邑曠野山林道路中見病不救濟者犯輕垢罪

此釋第九不看病戒也衆生五藴身命皆屬四縁六塵妄想假合難免生老病死等患如來三界醫王四生慈父恒以大慈悲心善調衆生身心病惱既爲菩薩若見一切疾病之人不興大慈大悲心念縁念苦衆生者即是自失成佛根本故戒之也言見一切疾病人者上自父母師長下至子女徒衆中至兄弟六親外至寃家毋論一切常應供養也問不作救濟而言供養者何答具此供養心念自然看病心田得恒久也言如佛無異者申明供養義謂佛以衆生身爲身以衆生病爲病故凡見諸病人當視如佛也昔巖老躬處癘坊吮洗無忌寛公輿歸病者僧俗不分可謂供養如佛又供養如佛者蓋以八福田中看病福田爲第一也八福田者一諸佛二聖人三父四母五和尚六阿闍黎七衆僧八病人此八者中惟病爲患能救苦患之因自受安樂之果故看病者爲第一福田也若父母師僧及弟子病者槩及上下俱以平等心看言諸根不具者即六根殘缺也百種病苦惱者即風寒暑濕四百四病舉畧以該廣也如是殘苦皆應慈悲供養令瘥豈有爲菩薩者瞋恨不看之理言瞋恨不看者或若父母師長平時督誨或爲弟子平時忤慢或病中時煩瑣求等遂有瞋恨在心而不肯看乃至等者此即從踈况親不

但父母師長弟子等病而不看也乃至僧地房中城邑曠野山林道路之中一切病人應當盡心救濟何況父母師僧弟子等病而不看乎五百問云如行路時若見病人不往瞻視不作方便付囑所在而捨去者得罪是故若見病人不救濟而去者犯輕垢罪

○第十畜殺具戒

若佛子不得畜一切刀杖弓箭鉾斧鬬戰之具及惡羅網殺生之器一切不得畜而菩薩乃至殺父母尚不加報況殺一切衆生不得畜殺衆生具若故畜者犯輕垢罪

此釋第十畜殺具戒也殺具有二種一鬬戰具二取殺諸物具皆是害命傷慈殺心易起故戒之也爲佛弟子應行佛行應畜截魔斬愛大智慧刀勇猛杖大勢弓精進箭忍辱甲定力斧及張大法羅網以羅三界衆生拔出愛河如是具者可也又德山護生棒石鞏救死弓者正當畜也而不應畜一切刀杖弓箭鉾斧鬬戰凶殺之具不但此具不得畜也及惡羅網殺生器者以皆凶物易動殺機非佛子所宜有是故一切不得畜也而菩薩下申明不得畜義謂既爲菩薩雖或弑我父母尚不得加報此乃極言殺具決不可畜如寧有盗臣意又或不報此仇衆生承其攝受回心向化遂以得度正爲菩薩偶現之大權也此見必當殺者尚有不殺之時況無故而殺一切同生同命無仇無罪之衆生乎菩薩若故畜此鬬害衆生具者犯輕垢罪

如是十戒應當學敬心奉持

如是一句總結前十戒也應當二句總勸修學此戒應當頂戴敬心奉持勿忘失也

○第十一國使戒

佛言佛子不得爲利養惡心故通國使命軍陣合會與師相伐殺無量衆生而菩薩尚不得入軍中往來况故作國賊若故作者犯輕垢罪

此釋第十一國使戒也上言不應畜殺生具此言不得軍中往來總爲初心菩薩防難故耳言國使者謂於兩敵國中作其命使人也言爲佛子應作佛使傳佛心印與智慧師帥勇猛將殺煩惱賊當與諸魔共戰如鄧隱峯飛錫解鬭又陳尊者擲鞋解圍若果如此能爲衆生却寃敵止鬭諍息兵戈弘聖道正是菩薩應世大慈悲心所行若爲利名兩國作使賊害衆生故戒之也佛言佛子不得作者正明啚功受賞非爲傳法化導故言惡心者揀非善心解鬭即是主於興兵以殺人故通國等者釋明爲利養意通者傳事致彼此也言使命者謂作報戰日期及約結與國也軍陣等者軍約萬二千人爲軍師旅成列爲陣合者合其戰也會者會其兵也與師相伐等者申明惡心之意與者舉也師者衆也二千五百人爲師彼此征討名相伐也殺無量衆生者謂此兩國相争殺戮多故爲菩薩尚不得入軍中往來豈容作國使耶所言不得者正乃以迹况心謂此凶殺事處非佛弟子所宜身親何况故爲利養身作國

賊殺害衆生是故不得作也若故作者犯輕垢罪問作而不殺何犯答雖非自手殺人人皆緣我與舉而殺故獲罪也

第十二販賣戒

若佛子故販賣良人奴婢六畜市易棺材板木盛死之具尚不應自作况教人作若故自作教人作者犯輕垢罪

此釋第十二販賣戒也販賣非佛子職業也言既爲佛子當以慈悲而爲生涯孝順乃爲德業應觀一切衆生如已父母子女等親豈得無慈悲心販賣人畜使他分離受苦故戒之也若佛子下釋販賣之事也以賤爲貴曰販出物得財曰賣良人好人家子女也六畜即牛馬猪羊鷄犬也棺材板木盛死具也如販賣者亦是不仁之心其於慈悲心念有大乖損所以不得賣也尚不應等者防轉計也倘云自家不得教人市賣者或亦無妨不知自作乖乎一已教人作損及他人所以若故自作教人作者犯輕垢罪

○第十三謗毁戒

若佛子以惡心故無事謗他良人善人法師師僧國王貴人言犯七逆十重父母兄弟六親中應生孝順心慈悲心而返更加於逆害墮不如意處者犯輕垢罪

此釋第十三謗毁戒也無根訕説曰謗壞人名德曰毁其謗毁人罪過獲報不善故戒之也若佛子者標定其人以惡心故明謗根也謂謗雖出於口乃意地使然所以或忌或貪或瞋皆名惡心也無事謗下正

見惡心既彼無事即使耳有妄聞以口妄言惡名爲謗故名無事良人等者此明不當謗宜當敬重之人也良人即溫良人善人即善柔人法師即依教法自師爲人之師也師有三師七師僧者五德六和之僧國王貴人即是有名有位之人如是聖主賢臣好師好友不惟世人之所敬仰亦乃三寶藉以金湯而反無事作是謗言説犯七逆十重且夫師僧國王有父母義良人善人有兄弟義貴人有六親義如在上者應生孝順之心如在下者應生慈悲之心孝順慈悲必當成彼名德且亦自成現生名德及致當來受用無盡彼此一一如意而反逆情害意使彼壞名敗德墮不如意處者是故結過犯輕垢罪

○第十四放火焚燒戒

若佛子以惡心故放大火燒山林曠野四月乃至九月放火若燒他人家屋宅城邑僧房田木及鬼神官物一切有主物不得故燒若故燒者犯輕垢罪

此釋第十四放火焚燒戒也放火因緣不一罪同歸於損人害物故戒之也以惡心故等者正明放火念頭或屬忌瞋或逞情見不與仁慈愍物之心故名惡心放大火者以燒山林曠野故名大火以大火故多傷蟲類所以四月乃至九月不得故燒唯言此時不得燒者謂夏秋月間多諸蟲類故不得燒内開九月後或可燒者佛制臘月放火必率衆持呪遶山告報令蟲遠避然後縱火若不告報恐損蟲類故也若燒

他人等者以近况遠謂因放火以防惡獸不意延及城邑雖不損命尚不可爲何况損命是以屋宅城邑僧房田木鬼神官物凡一切有主物無論物命有損無損皆不得燒若故燒者犯輕垢罪

○第十五僻教戒

若佛子自佛弟子及外道惡人六親一切善知識應一一教受持大乘經律教解義理使發菩提心十發趣心十長養心十金剛心於三十心中一一解其次第法用而菩薩以惡心瞋心横教二乘聲聞經律外道邪見論等犯輕垢罪

此釋第十五僻教戒也僻者偏也謂不以大乘圓頓正法教人失彼大乘根性其過非細故戒之也自佛弟子是三寶内衆也及外道惡人者乃是心遊道外之邪見人此輩能令衆生入斷常坑故名惡人也六親即父母兄弟子女也一切善知識者是相知相識中有大乘根性之好友也如是若内若外一切親友應當一一皆以大乘經律教彼受持不但教之受持而已更令解其義趣甚深道理不但令彼知解而已又使從所教中發菩提心從菩提心中趣十發趣心起行修行入十長養心迴向十金剛心於此三十心中一一解其先後次第觀行法用如先修十信心以信決定於理無違次修十住真解信解成就於摩訶衍堪任不退故又次修十種妙行迴向中道以信解行三賢位滿萬行周圓即登十地證佛道果故名次第法用如是教誡是

名菩薩正教利己利人同歸至道是爲菩薩若以惡心嫉妬藐視他人不以大乘道法期許或以瞋心懷恨或以教之未從而生棄捨或以横教二乘聲聞經律一切外道邪見論等婉轉率意不用條理是以不當教小而教以小不當教邪而教以邪所謂良材匪匠美器惡用遺惧學人斷佛慧命如是横教實非大乘心行因斯結過犯輕垢罪

○第十六爲利倒説戒

若佛子應好心先學大乘威儀經律廣開解義味見後新學菩薩有從百里千里來求大乘經律應如法爲説一切苦行若燒身燒臂燒指若不燒身臂指供養諸佛非出家菩薩乃至餓虎狼獅子一切餓鬼悉應捨身肉手足而供養之然後一一次第爲説正法使心開意解而菩薩爲利養故爲名聞故應答不答倒説經律文字無前無後謗三寶説者犯輕垢罪

此釋第十六爲利倒説戒也爲利説法如來不聽何况倒説佛藏經云佛言我則不聽爲利説法我聽清淨持戒比丘高座説法是故凡對新學菩薩説法時必先堅其志願然後盡其宗旨此乃前後次第如法盡教之説如或不然則爲倒説謗説爲利養説得罪非細故戒之也言好心者謂以爲好心也先學等者明先自利堪利人也大乘正教清淨法行自利利人爲心故名大乘威儀經律揀非小乘毘尼教法乃是大乘菩薩戒藏嚴範身心之法故於此法

應先學也先學者行也廣開者解也行解雙備堪爲後昆師範此乃好心自利見後新學等者明利他也言我既爲先學當知後昆若遠若近百里千里爲求大乘經律而來我應如法先爲其人說大乘菩薩一切苦行其苦行者或若燒身燒臂燒指供養諸佛即如喜見菩薩然身藥王菩薩然臂乃至世尊然燈求偈悉皆可證若不燒身臂指以供養諸佛者即爲墮業著相凡夫身相未空人我宛然非出家菩薩解脫道行且不但燒身等供養諸佛所應力爲乃至見餓虎狼獅子一切餓鬼悉應捨此身肉手足而供養之何況供養諸佛又存我身相乎以此勘驗求法者心切與不切必其能依教受乃可傳道然後一一次第爲說大乘正法甚深理趣使彼心開而無所拘意解而無所縛如是爲說是名正說是名好心次第而說乃不負先學初心而菩薩若爲利養故爲名聞故或於名利無所得故於彼所求應答不答設或答之當順理說而反倒說經律文字或教以大乘而又不說苦行是爲無前又倒說經律文字而令義無所歸是爲無後如是說者上違佛慈下失悲仰中覆好心是即與佛共諍與法共諍與僧共諍此即名爲謗三寶說者犯輕垢罪

○第十七恃勢乞求戒

若佛子自爲飲食錢財利養名譽故親近國王王子大臣百官恃作形勢乞索打拍牵挽横取錢財一切求利名爲惡求多求教他人

求都無慈愍心無孝順心者犯輕垢罪

此釋第十七恃勢乞求戒也自爲等者有二義一者揀非爲衆故云自爲飲食錢財利養也二者揀非爲求護法故云自爲名譽也親近等者謂於國王王子大臣百官以爲親厚恃作形勢仗彼有力之勢以形無力之人所須財帛亦得容易或若乞索不得則行打拍揰撻打拍不得則乃牽引挽轉以相横逼取人錢財如是一切所求俱名不善是爲惡法求是爲多貪求不但自已不得若教他求亦都無慈愍心都無孝順心也都無慈愍心者謂爲菩薩者當一心觀衆生如巳兄弟六親眷屬一一使其衣食饒足安隱無畏而反以勢乞求以名利歸巳缺少卑微歸人故云都無慈愍心也都無孝順心者應觀衆生如巳父母一切師長應奉侍供養之而反以勢乞求使其窮苦怨恨不巳故云都無孝順心也者字斷定無慈缺孝犯輕垢罪

○第十八無解作師戒

若佛子應學十二部經誦戒日日六時持菩薩戒解其義理佛性之性而菩薩不解一偈及戒律因緣詐言能解者即爲自欺誑亦欺誑他人一一不解一切法不知而爲他人作師授戒者犯輕垢罪

此釋第十八無解作師戒也謂凡能作師者必自有智慧處世無礙方堪爲人師範豈有以巳昏昏而能使人昭昭者乎如庸醫不識病原不諳方脉妄醫人病亦如盲人引路俱有墮溺之患故戒之也既爲佛

子上弘下化必須先藉般若學解內具慧心外識機緣如是師者如來方許爲後昆模範也習學般若有三一者文字般若即十二部經是二者觀照般若即持菩薩戒是三者實相般若即解佛性之性是也此數句中攝盡如來所説大藏教義以諸聖師判門有四一教二理三行四果此中十二部經即教持菩薩戒即行佛性之性即理所以依實相理而建文字之教由文字教而起觀照行門因觀照行而入實相理果是故若非明了文字般若聖教云何能得觀照行解相應若非大乘行解相應何以得入實相理果是故初學般若菩薩必當先學十二部經而起解慧解慧雖起若無行資徒成狂解如拾他券於已何有是故應當誦戒以固定慧基本而其所誦之戒勿誦小乘必須日日六時持誦菩薩大戒修行菩薩行也言日日六時者恐持戒人少有怠墮即失菩提心也言解其義理佛性之性者謂受戒人雖然持誦大乘戒律若不明戒歸旨亦不能究竟無上佛果故當解其義理解其義者即解佛性之性言佛性者即覺性也即是一切衆生本覺自性此性在聖不增處凡不減在聖不淨居凡不垢明得此性本無垢淨增減即終日看經無經可看終日持戒無戒可持終日參禪究心無心可究如是看經如是持戒如是參禪其人方可爲人天師範也而菩薩以下釋明無解不堪爲師範也言不解一句一偈者即不知十二部經中之義

及戒因緣者是不知持菩薩心地戒中之義既已經義不通戒義不明性理不徹如是則自利未能應生慚愧況乃無知詐言能解豈不即是以已詐已者乎既自欺自誑復欺誑他人可謂冒昧無耻者也一一不解此即結上不解佛性二句一切法不知者結上不知十二部經二句以是不解不知妄爲他人作師授戒者犯輕垢罪

○第十九兩舌戒

若佛子以惡心故見持戒比丘手捉香爐行菩薩行而鬬搆兩頭謗欺賢人無惡不造者犯輕垢罪

此釋第十九兩舌戒也言兩舌者謂向彼說此向此說彼翻覆兩頭於中起事所以如來因地說誠實言乃感廣長舌相此之兩舌不善必招將來拔舌等報故戒之也以惡心故有二一者嫉忌心故見持戒者或與已異二者障礙心故或見他人稱讚供養故見持戒比丘鬬搆兩頭使彼此不安也持戒比丘揀非名字沙門乃是有德有行賢聖僧寶手捉香爐行菩薩行者正明賢聖僧也香爐乃十八種法器中一其義有二一者以表信根深入法界信爲首故二者以表淨行圓五分身皆繇行故言行菩薩行者揀非小乘之行既是行菩薩行即與已行合同而爲菩薩者正當成人之美共轉法化可也豈得鬬搆兩頭於中取樂或復取利是乃自家壞法門也鬬者交與惡也搆者引是非也兩頭即兩邊語以此鬬彼以彼鬬此搆使兩家成惡故也

言謗欺賢人者正出兩頭語義謂比丘本皆賢聖乃以妬忌之心而起無根之謗反説無惡不造以使彼此不安如是毁謗賢人犯輕垢罪

○第二十不行放救戒

若佛子以慈心故行放生業應作是念一切男子是我父一切女人是我母我生生無不從之受生故六道衆生皆是我父母而殺而食者即殺我父母亦殺我故身一切地水是我先身一切火風是我本體故常行放生業生生受生若見世人殺畜生時應方便救護解其苦難常教化講説菩薩戒救度衆生若父母兄弟死亡之日應請法師講菩薩戒經律福資亡者得見諸佛生人天上若不爾者犯輕垢罪

此釋第二十不行放救戒也放者釋放救者護救不行放救則失菩薩慈悲心行故戒之也以慈心故者謂修菩薩萬行以慈心爲根本所以恒用此心與衆生樂欲與其樂先拔其苦以離苦故方能受樂是故常行放生而爲業也應作是念等者承上所云既行放生爲業應當作觀堅其放生念頭作何等念應觀一切男子即是我父一切女人即是我母何以知然以我生生無不從之而受生故既生生從之受生一切男子女人豈不是我多生多劫之父母乎若推而廣之即六道衆生皆是我之父母今若殺而食者非即殺我多劫多生之父母乎言殺我故身者上即從疎至親此即從親至切而切不過已身亦是殺我故

身益以見放救之心當急急耳亦乃可見我與衆生同此一身無差别也一切地水是我先身者釋上殺我故身義謂昔投胎之始先以父母赤白二種水土和合凝結爲一以是妄識而生妄見觀見父母情愛不巳即投其中故云先身一切火風是我本體者火即煖風即息以是識息煖三而爲其體若非識息煖三連持赤白而此色身即時敗壞所以云本體也既是先身本體猶是切於父母所以作念常行放生爲業不但此生行放生業即生生受生若見世人殺畜生時皆應方便善巧救護解其苦難或假財寶或以好言種種轉彼行殺者意以解受殺者之苦也常教等者上明以財方便救度衆生此明以法方便救度衆生財之方便有限止救現前一生之苦法之方便無窮能救生者死者生生世世永脱輪迴多生之苦故也若父母下正明救度死後衆生苦也氣絶魂逝曰死于世無干曰亡謂於父母兄弟死亡日時果爲孝子賢弟應請大戒法師講菩薩戒經律以此福資亡者得見諸佛生人天上云何知之以大乘毘尼法有生善滅惡之功除罪獲福之德以此資亡使彼障開慧發得見諸佛罪滅福生脱三惡趣得生天上人間故也如是救護衆生是名菩薩報諸佛恩若不爾者犯輕垢罪

如是十戒應當學敬心奉持如滅罪品中廣明一一戒相

此總結勸之大畧也如是下結法也應當

下勸修也如滅下引廣也謂諸佛子如是十戒應當於此一一修學敬心奉持刻刻珍重勿使忘失懈怠始爲善戒法門中真子也以上十重二十輕戒乃出家菩薩全遮在家菩薩有開有遮凡爲師者當深研之以下二十八輕亦復如是

佛說梵網經直解卷第八

事義

爲半偈捨全身昔菩薩於雪山修道天帝釋往試之化爲夜叉曰說半偈云諸行無常是生滅法菩薩求說後之半偈夜叉曰我腹饑虛何暇爲說菩薩曰願爲說我則捨身供養即敷座請說夜叉曰生滅滅已寂滅爲樂菩薩聞已即以此偈遍書於山石樹木之間登樹捨身夜叉以手接之復其本形作禮而去

然千燈身報恩經云如來往昔爲轉輪王好行惠施時世饑荒王乃設大施會以五百象載上好飲食衣服七寶之具溥施一切衆生內使誤取毒井之水作食饑民食者毒發皆死王乃除毒填井念財施無益法施無窮錄是擊鼓宣令四方求法時有婆羅門知解佛法而謂曰不違供養當爲汝說王曰希何供耶答曰大王若能身割千瘡灌以膏油然燈供養應爾王遂捨諸國土城邑妻子臣妾命旃陀羅剜肉然燈婆羅門爲說半偈云夫生輒死此滅爲樂王大歡喜時天帝釋現身謂曰汝身然燈爲求生天耶魔王耶梵王耶王曰我求無上阿耨菩提我願不虛身瘡平復發是願已身即如故五百太子合國臣民見已歡喜皆發阿耨多羅三藐三菩提心

身爲牀座法華經提婆達多品佛於多劫常作國王委政太子宣令求法時有阿私仙來白王言我有大乘名妙法蓮華若不違我當爲宣說王聞仙言歡喜踊躍即隨仙人供給所須采果汲水拾薪設食乃至以身而爲牀座於時奉事經於千歲爲於法故精勤給侍令無所乏也

布髮掩泥昔如來因中行菩薩行值燈光佛於泥塗布髮掩泥以乘佛足次即記曰汝於來世當得作佛號釋迦牟尼

常啼賣心肝常啼即薩陀波崙菩薩爲求般若深法賣心肝以與供養入城聲價諸魔隱蔽令衆不聞有長者女獨聞其聲召曰願隨所須以助供養錄是菩薩得近善知識開解妙法得證甚深般若波羅蜜門

鷗去海翁機列子云海上之人好鷗者每旦之海上從鷗鳥遊鷗之至者百數不止其父曰吾聞鷗鳥皆從汝遊可取來與吾玩之明日之海上鷗鳥舞而不下

鴿搖羅

漢影

昔有鴿爲鷹所逐趨避於舍利弗之影猶戰慄不已還於佛影方乃釋然錄羅漢尚有殺之習氣未能如佛之大慈悲也

旃陀羅

梵語旃陀羅此云屠者四姓之中唯此爲惡行則搖鈴爲號人聞聲者即遠避之

譚婆

梵語譚婆此云食狗肉人每於路行狗見而嗔吠之

童子南詢

華嚴經善財童子展轉南行經歷一百一十城參五十三善知識各獲三昧解脫門

衲僧徧歷

千山

唐大隨法真禪師有僧問劫火洞然這箇壞與不壞答云壞僧云恁麼則隨他去也答云隨他去其僧疑之尋師參叩適歷千山至於萬里古所謂一句隨他語千山走衲僧是也

投子三登洞山九上

雪峰在禪師爲大事不明三登投子九上洞山

巖老

唐智巖於石頭城置癘人坊爲其說法吮膿洗纖無不曲盡永徹中終于癘所顏色不變異香經句

寬公

唐智寬性慈好惠瞻病人不計道俗及路遠近無人治者即輿來房中躬自經理有患癰膿不能出口爲吮之遂獲痊可

飛錫止鬪

鄧隱峯禪師詣五臺路淮西屬吳元濟阻兵拒命官軍與賊交鋒未決勝負師乃擲錫空中飛身而過兩軍將士仰視空中鬪心頓息

擲鞋解圍

睦州陳尊宿時遇賊兵圍城人民荒亂師作大草鞋一隻命懸城上賊兵見之共相告曰此有至人居爲乃抽兵而去

佛說梵網經直解卷第九

姚秦三藏法師鳩摩羅什奉　詔譯

明廣陵傳戒後學沙門寂光　直解

菩薩心地品之下

○第二十一瞋打報仇戒

佛言佛子不得以瞋報瞋以打報打若殺父母兄弟六親不得加報若國主爲他人殺者亦不得加報殺生報生不順孝道尚不畜奴婢打拍罵辱日日起三業口罪無量况故作七逆之罪而出家菩薩無慈心報仇乃至六親中故作報者犯輕垢罪

此釋瞋打報仇戒也此戒緣上以慈心故行放生業而來以彼文中觀一切男子是我父一切女人是我母即今瞋打我者亦皆是我父母既作是觀寧有其子以嗔打報父母者乎且瞋乃根本煩惱中最重之一此法增恚爲性長惡爲業于慈愍中乖菩提道而修菩薩行者發弘誓願以度衆生故當以慈心爲本若乃起一嗔心則違本願即捨衆生而失本慈故戒之也佛言佛子者標名以勸不得以嗔報嗔以打報打正欲菩薩心空境寂人我雙忘不得懷不仁心以瞋打報仇也若殺父母等者以重況輕之意謂不但彼嗔打已身不得懷報即若殺我父母兄弟六親之親亦不得加報又國主設爲他人殺者即亦不得加報夫以不共戴天之仇義當反報而諸佛皆戒不得加報是爲何義葢爲菩薩化導衆生斷除煩惱結縛出離三界輪迴令其永絶生死得大解脱何得殺一生而報一

生使諸衆生生生世世互殺不已上云一切男子女人是我父母今若殺生報生是殺多生父母以報今生父母豈孝順之道耶是故殺生報生不順孝道也又不特此且修道人尚不得畜奴婢打拍駡辱日日所起打拍身業駡辱口業嗔怒意業此三業中口業罪過尚得無量何况故作殺父母以報父母不順孝道之七逆罪耶是故不得嗔打報仇也而出家下辯明不得報仇意所言不得報者唯謂出家菩薩正當寃親平等人我兩忘何得懷報似俗人之怨害相尋者乎問設我不報豈不縱彼行殺耶荅我念既不加報人亦不起害心故此兩得解脱若在家菩薩有位行權或報可也而出家菩薩無有慈心爲巳嗔打報仇乃至爲六親中故爾報仇者犯輕垢罪

○第二十二憍慢不請法戒

若佛子初始出家未有所解而自恃聰明有智或恃高貴年宿或恃大姓高門大解大富饒財七寶以此憍慢而不諮受先學法師經律其法師者或小姓年少卑門貧窮下賤諸根不具而實有德一切經律盡解而新學菩薩不得觀法師種姓而不來諮受法師第一義諦者犯輕垢罪

此釋憍慢不請法戒也憍者謂於巳盛事深生染著醉傲爲性能障不憍染依爲業益憍醉者生長一切襍染法故此貪分攝謂不憍者即無貪也即二十隨煩惱中之一慢者謂恃巳於他高舉爲性能障不慢生苦爲業益爲慢於有德心不謙下繇此

生死輪轉無窮受諸苦故卽六根本煩惱中之一此二煩惱能障諸修行人一切功德不得成就故戒之也若佛子下標明憍慢根本言此佛子自初發心出家離塵脫俗之時始而見識未廣學力未深於第一義諦無我法中甚深理趣毫未有所得解而自恃聰明有智不知此等聰明乃世諦中能所知見非出世法中正知見也或恃名位高貴或恃身當年宿或恃其家大姓高門與夫學問大解資産大富饒財七寳如是所有皆世俗中所最尚者俱非出世尊重之道而初出家佛子以恃此憍慢故而不虛心諮問領受先學法師所說經律所謂旣飲毒藥眞藥現前則不能下此也此上皆能恃憍慢之心其法師下明所恃憍慢之境其法師者或小姓年少者對上自恃大姓年宿或卑門貧窮下賤者對上自恃高門高貴大富或諸根不具者對上自恃聰明有智而實有下正明不得以迹取人所謂依德不依人也如是法師雖然對世間法一一不如而於出世品位實爲有德又彼學識廣大一切經律盡能通解堪爲後昆模範而諸新學菩薩不得觀法師種姓優劣妄生憍慢應當未聞求聞未解請解如以出處自相高下恃慢於心而竟不來諮受法師所演第一義諦者犯輕垢罪

○第二十三憍慢僻說戒

若佛子佛滅度後欲以好心受菩薩戒時於佛菩薩形像前自誓受戒當七日佛前懺悔

得見好相便得戒若不得好相時應二七三七乃至一年要得好相得好相已便得佛菩薩形像前受戒若不得好相雖佛像前受戒不得戒若現前先受菩薩戒法師前受戒時不須要見好相何以故是法師師師相授故不須好相是以法師前受戒卽得戒以生至重心故便得戒若千里內無能授戒師得佛菩薩形像前自誓授戒而要見好相若法師自倚解經律大乘學戒與國王太子百官以爲善友而新學菩薩來問若經義律義輕心惡心慢心不一一好荅問者犯輕垢罪

此釋憍慢僻說戒也憍慢之義解前僻者卽偏見也以見不正必墮外道邪魔故戒之也詳此文勢其義有二一若佛子下至便得戒一節明弟子心無憍慢僻受師長心無憍慢僻說之義二若法師下至不一一好荅問者一節正明師恃憍慢僻說弟子無憍慢僻受之義受戒法儀有三一者佛在世時親從佛前而授受者得上品戒二者佛滅度後於先受菩薩戒法師前如法受者得中品戒三者若千里內無能授戒法師於佛菩薩形像前自立誓願而稟受佛戒者必定要見好相若見好相得下品戒所言佛滅度者揀佛在世以佛爲師今乃佛滅度後卽以戒法爲師以戒師爲佛也欲以好心等者此正明無憍慢僻受之義於佛菩薩形像前者正謂佛不在世現前無師欲以好心秉受菩薩戒時只得於佛菩薩形像之前而自立諸誓願受戒願云我某甲等發十四種大願復立十三

種誓發誓願已更當七日佛前懇懃懺悔一切罪障罪障消滅得見好相卽便自知已得戒矣設若一七日中不得好相者應當二七三七乃至一年之久而必要得好相若果得好相已便許此人向佛菩薩形像位前自誓受戒方証得戒勝緣若不得好相雖佛像前受戒不名得戒徒有受戒之名而無其實一生虛妄體是白衣若是佛滅度後現前有先受菩薩戒法師者當卽於是師前精誠求戒不須要見好相所以者何以是說者受者二俱現前則非遥受代受及於像前求受故也言先受者揀非新戒無德臘者可能師也而曰菩薩戒法師者則是智行雙運之師此師堪爲師範如是師前秉受戒時是故不須要見好相所以者何此有二義一者法師得戒本從師師相授而來此具戒師卽是過去諸佛住世一般是以法師前受戒時卽得具戒故也二者求戒弟子於本說戒師前生至重心觀戒師爲諸佛是故從是師前受戒卽便得戒所以自無憍慢僻受師無憍慢僻說一一皆如法也然師前求受甚易像前求受甚難何故不從師而從像前受也若千里之內無能授戒師者始得於佛菩薩形像座前自誓受戒若於像前求戒必定要見好相方成得戒之信若是千里之内有能授戒師而不從是師前秉受必於像前而受戒者此人不但不得戒而且反招憍慢僻受罪也若法師者内自倚恃能解經律秉受大乘學戒外又倚恃所交

國王太子百官以爲善好之友而見新學菩薩遠來請問經義律義時乃以所交自恃倚者而生輕心藐視惡心嫉妬慢心忽略不一一好荅來求問法之人是法師得憍慢僻説之過犯輕垢罪

○第二十四不習學佛戒

若佛子有佛經律大乘法正見正性正法身而不能勤學修習而捨七寶反學邪見二乘外道俗典阿毘曇襍論一切書記是斷佛性障道因緣非行菩薩道者若故作者犯輕垢罪

此釋不習學佛戒也謂諸佛經律藏乃是超生死越苦海之寶筏若無此筏永無得出三界愛河茲有佛法而不習學自甘沉溺故戒之也言有佛經律者既爲佛子有佛可歸是吾本師有法可崇是吾本法既是本師本法應當時時親近而習學也經卽修多羅律卽毘奈耶經律所云大乘法者謂佛所説經律有菩薩藏有聲聞藏此是菩薩藏故云大乘法也既本大乘法藏則所詮理趣乃是正知正見正性正法身也不偏不邪曰正緣是正知正見明了不生不滅不遷不變正因佛性爲因地心卽證本有不生不滅不遷不變正法身果天有佛可皈有法可崇不能一意皈崇勤敏習學捨諸佛覺道七種最上至極之寶反學邪見二乘外道俗典及阿毘曇雜論一切書記是斷佛性障道因緣非行菩薩道者既非菩薩之道豈當學耶邪見等者解見上文言俗典者四韋陀典外道書也阿

毘曇者此云無畏又名曰分别慧𧝎論即凡論有論無小乘外道等論一切書記乃詩詞歌賦醫卜陰陽術數等也是斷佛性等者出所習之過也承上如是邪見二乘等人俱不當親而反親之外道俗典等教俱不當習而反習之自迷迷人所謂二乘枯寂焦菩提芽外道斷常剗正覺種是斷佛性也又此邪見等法内惑正解知見外亂正修行門實障菩提道因緣惡法非行菩薩大乘之正法也若故背其當學而習不當學者犯輕垢罪問治世語言資生業等皆順正法何故於俗典等學而犯罪答以新學者智弱識強恐棄本逐末故若地上大菩薩爲利生故習學無礙

○第二十五不善知衆戒

若佛子佛滅度後爲說法主爲僧房主爲教化主坐禪主行來主應生慈心善和鬭諍善守三寶物莫無度用如自巳有而反亂衆鬭諍恣心用三寶物者犯輕垢罪

此釋不善知衆戒也謂佛弟子乃是住持三寶弘通法人應知巳識人設或亂衆鬭諍乃至三寶財物不善守護即非佛子故戒之也言佛滅度後者舉末世而言也佛在世時佛爲一切大衆主中之主諸弟子中自無恣亂今佛滅度後則諸弟子各爲其主故云佛滅後也言爲說法主者於佛所說三藏教法善能主持使其流通不致斷絶爲僧房主者謂善主持上中下座僧衆安居揵度等事有調理故教化主者謂能主持方便化導因緣次第等事不使錯

謬故坐禪主者謂能主持修禪定中魔境現前等事方便制伏故行來主者謂善主持遠近賔客迎送禮節等事不致疎慢故既爲如是衆中之主應生慈心善和鬭諍善守三寶財物莫無度用也言應生慈心者訓勉之詞謂生慈心能與一切衆生安樂故善和鬭諍者謂諍事如未起時即令不起已起即令息滅故善守三寶物者謂於三寶常住財物不使交互侵損漏失故莫無度用正明善守義所言三寶財物使用有節其義有三一者係佛物元即佛事中用法物法事中用僧物僧事中用當用則用不可無度放意而用二者此是三寶財物應善守護莫作自已所有任意而用三者謂守三寶物者即如守護自已法財莫使惑業侵毁破壞故云莫無度用如是慈心和衆善守方是佛子行門若乃不能善和而反亂衆鬭諍應善守護而反恣心雜用三寶物者犯輕垢罪

◎第二十六獨受利養戒

若佛子先在僧坊中住若見客菩薩比丘來入僧坊舍宅城邑若國王宅舍中乃至夏坐安居處及大會中先住僧應迎來送去飲食供養房舍卧具繩牀木牀事事給與若無物應賣自身及男女身應割自身肉賣供給所需悉以與之若有檀越來請衆僧客僧有利養分僧坊主應次第差客僧受請而先住僧獨受請而不差客僧者僧坊主得無量罪畜生無異非沙門非釋種姓犯輕垢罪

此釋獨受利養戒也僧具六和之德謂戒

和同修見和同解身和同居言和無諍意和無嗔利和同均若内一和有虧六和全費故戒之也言先在僧坊中住者自然是主既已爲主必盡主道若見客菩薩比丘來入僧坊住處或入居士宅舍住處或入城邑住處或入國王舍宅之中乃至夏坐安居之處及大會中如是住處凡先住僧所盡主道當異尋常見來則盡迎來之禮臨去則盡送往之禮終始如一不可失節其中供養如以飲食房舍卧具繩牀木牀凡諸物類事事給與不得悋惜一物俱如法供養何也始爲尊重法門克盡爲主之道問設若我自無物云何供養荅若果爲求菩薩道者應賣自身及賣男女身而爲供養且又不獨賣身而已應割自身肉賣供給所須悉以與之如是推之何況所有身外之物而反慳悋不供給耶若有檀越下申明不得獨受請義既言主人無物尚自賣身割肉而爲供養豈有檀越請齋而不次第差客僧受請者無是理也是故若有檀越來請衆僧齋者客僧俱當有利養分而僧坊主應當一一次第差客僧受請方具沙門六和之德若先住僧獨自受請不讓客僧受請僧坊主得無量罪五百問云衆僧食已分盡食他分一飽者犯波羅夷不飽犯墮得無量罪準例可知如是比丘下不合人情便非人類與畜生無異中不合僧禮全無六和故非沙門上不合佛心不知重道則非釋迦種姓應當同受而反獨入已者犯輕垢罪

○第二十七受別請戒

若佛子一切不得受別請利養入已而此利養屬十方僧而別受請即取十方僧物入已八福田中諸佛聖人一一師僧父母病人物自已用故犯輕垢罪

此釋受別請戒也此戒承前爲佛弟子不但不得獨受利養而已乃更一切不得受人別請利養入已若別受請利養而不分與衆者亦非沙門非佛種子故戒之也一切不得受別請利養入已者謂凡道俗一切諸檀越等請僧齋者應與衆同受請不得私受人請應衆中同利養故而此利下釋上不得受別請義問別請供物應受入已何故不得荅謂此利養屬十方僧一切有分而若別受請者即取十方僧物私入一已是故不得受別請也八福等者釋上義謂不但不得私取十方僧物入已乃至八福田中一切財物亦不得私用入已若取私用亦是取十方僧公物入已故也八福田者一諸佛二聖人三和尚四闍黎五衆僧六父七母八病人也言諸佛者即果人也言聖人者即因人也一一師者即本和尚闍黎尊証之十師也僧者即大衆也父母即生身二親也病人者但凡一切親悆眷屬之中有苦患人也已上自諸佛菩薩乃至父母七位名爲敬田病人一種名爲悲田此八總皆植福修慧良勝田也此一切物若公用即獲福私用即得罪今別受請即取八福田中物直爲自已用故而不給與衆者犯輕垢罪

○第二十八別請僧戒

若佛子有出家菩薩在家菩薩及一切檀越請僧福田求願之時應入僧坊問知事人今欲請僧求願知事報言次第請者卽得十方賢聖僧而世人別請五百羅漢菩薩僧不如僧次一凡夫僧若別請僧者是外道法七佛無別請法不順孝道若故別請僧者犯輕垢罪

此釋別請僧戒也此戒亦從上受別請而來謂受請者旣不別受則請僧者亦不應別請也般若經云不住相布施其福德等於虛空住相布施則獲福有限故戒之也若佛子下標明求願種福之人出家菩薩剃髮染衣受大戒人在家菩薩是受六重二十八輕之優婆塞戒人也及一切檀越者承上謂不止此二種菩薩并凡作福一切檀越梵語檀那此云好施以好行檀波羅蜜法是則超越世間貪悋之士故得美稱也如是正信檀衆請僧福田求願之時或有發願度生或有祈禱常情或爲聽聞道法或願生天生人乃至願生西方如來所求所願必當於三寶中求三寶卽一切衆生植福良田也三寶住世全賴衆僧是故請僧福田求願之時應入僧坊問知事人曰我某甲今欲請僧求願彼知事人應當報言汝欲請僧合遵次第請儀所以者何以聖凡難辯不可擇故所以次第請者卽得十方賢聖僧也若以分別心必請五百羅漢菩薩聖僧如是揀名別請不如隨於衆僧中次第所請一凡夫僧功德所以

者何以有住相心故若是別請僧者且是外道之法我佛法中無揀擇心以不著相求故又即上推七佛以來亦無別請之法七佛者毘婆尸佛尸棄佛毘舍浮佛此三如來是過去莊嚴刦中已成正覺者拘留孫佛拘那含牟尼佛迦葉佛釋迦牟尼佛此四如來是現在賢劫中今成正覺者以是七佛作證不應別請僧明矣葢別請求願者即是不行孝道何者謂上違七佛教誡之道中乖菩薩平等之心下失衆生利益之德所以若故別請僧者結過犯輕垢罪

○第二十九邪命自活戒

若佛子以惡心故爲利養販賣男女色自手作食自磨自舂占相男女解夢吉凶是男是女呪術工巧調鷹方法和合百種毒藥千種毒藥蛇毒生金銀毒蠱毒都無慈愍心無孝順心若故作者犯輕垢罪

此釋邪命自活戒也邪命揀非正命自活揀非爲人既爲佛子菩薩比丘當以乞法乞食而爲生活乞法謂乞實相一乘之法珍重守護以證法身乞食謂乞檀越一餐之供清淨自活以資色身如是利已利人以爲德業利已者不墮非佛子故利人以續彼善根故若以邪命邪求不但釋子不得作爲亦非清淨信士所宜故戒之也以惡心故者揀非善心爲道故爲利養者亦非爲求救濟衆生苦故邪命事別開無量總則八種法一者販賣男女色此事離他骨肉玷人門風不顧羞恥道俗共制二者

自手作食自磨自舂佛制比丘食法尚以淨人授受方食豈聽沙門作生活計既失威儀亦長貪心此事惟制出家三者占相男女占則斷人禍福相則判人窮通亦非沙門所爲四者解夢吉凶解人夢中所見夢事斷其吉凶也五者是男是女此卽妄定六甲所生是男是女六者咒術工巧咒爲諸咒咒以驅神遣將攝人魂魄術爲幻術種種幻事以幻惑人工爲精工巧爲巧匠皆世人所作巳上俱非釋子所宜爲也七者調鷹方法調謂善調鷹犬能使疾便以取物命道俗共戒八者和合百種毒藥千種毒藥毒藥有百千種畧出一二一者和合蛇毒害人并害生命故二者和合生金銀毒謂生金生銀性最毒以此毒人害物和合諸蟲蠱毒毒人及毒生靈故以上道俗共制違而作者都無慈愍心都無孝順心也都無慈愍心者全無一念視人如子女故都無孝順心者全無一念視人如父母故如是邪命爲利而故作者犯輕垢罪

○第三十不敬好時戒

若佛子以惡心故自身謗三寶詐現親附口便說空行在有中爲白衣通致男女交會婬色作諸縛著於六齋日年三長齋月作殺生劫盜破齋犯戒者犯輕垢罪

此釋不敬好時戒也言不敬好時者謂於天王巡狩年月日期不修福慧無敬畏心有失大利故戒之也若佛子下至親附四句明不敬好時之心口便說空至犯戒者

一節詳不敬好時之事言以惡心故者揀非修出世善心故自身謗三寶者揀非但以口謗三寶故謂心若不正則身自不端身不端則百事皆不實故詐現親附者釋不實義謂本非與人親厚而現親厚之相以圖依附口便説空者見其心詐行在有中者見其身謗爲白衣等者申明自身謗三寶行在有中之義爲白衣者乃爲世諦中人經理也通致男女者通謂通達致謂致意以女意達於男以男意達於女凡私通婚嫁之事作諸縛著全不解脱今舉一事以戒餘耳於六齋日等者此句正明不敬好時戒也月六齋日年三齋月俱是鬼神得力善月日也亦乃天神巡狩人間考較善惡之期於此月日持戒作福福勝餘時月六齋者初八二十三乃是毘沙門天王分鎮南洲之日十四二十九如月小二十八乃是天王太子十五與三十乃天王自身也年三長齋月者每年正五九此三月者名三善月是帝釋天巡狩之月此天殿中有大寶鏡從年正月則照南贍部洲二月則照西牛賀洲三月則照北具盧洲四月則照東勝神洲五月復照南贍部洲如是三番照察人間善惡凡人舉心動念自然鏡中顯現分明是故爲佛弟子於此月日宜當勸人齋戒放生作諸福德而反於此時中反作殺生劫盜破齋犯戒損人功德滅人法財自害害人結過犯輕垢罪

如是十戒應當學敬心奉持制戒品中廣明

如是一句總結前十戒之文應當下二句

以勸修行時時刻刻心心念念修學此戒不可忘失意也制戒品一句引大部中別品廣明此義

○第三十一不行救贖戒

佛言佛子佛滅度後於惡世中若見外道一切惡人刼賊賣佛菩薩父母形像及賣經律販賣比丘比丘尼亦賣發心菩薩道人或爲官使與一切人作奴婢者而菩薩見是事已應生慈悲心方便救護處處敎化取物贖佛菩薩形像及比丘比丘尼一切經律若不贖者犯輕垢罪

此釋不行救贖戒也救卽救護贖卽取贖菩薩護持三寶有理有事以理持事以事持理互相顯發若見三寶破壞不急救贖三寶從此斷滅人間慧命福田亦無地矣故戒之也佛言佛子下舉時分也意謂佛在世時無此等事佛滅度後於惡世中或有此事耳惡世卽五濁惡世時也於此時中多諸外道惡人言外道者不達自心多執異見外于正道故名外道斷佛慧命故名惡人如是之人常與佛法共諍與僧共諍刼三寶財盜賣佛菩薩像或賣父母形容且佛爲大慈父菩薩爲大悲母能與衆生樂能拔衆生苦皈敬供養得福無量豈可賣乎賣則破滅佛寶獲罪無量也及賣經律者經以開心見性而證真常律制三業六根清淨解脱豈可賣乎賣則破滅法寶販賣比丘比丘尼者謂比丘僧尼是人間福田住世僧寶賣則破滅僧寶于三寶中罪皆無量亦賣發心菩薩道人者此廣

兼道俗四衆謂凡發大乘心修大乘行者俱是有道之士故稱道人如是比丘道人等或被劫擄盜去賣爲官使與一切人作奴婢者菩薩見有如是苦難事已應生拔苦與樂之心假諸善巧設多種方便門急急救護處處教化檀越取彼財物贖佛菩薩形像如法供養俾見相皈依獲福滅罪及贖比丘比丘尼令離苦難安隱修道并贖一切經律使法輪常轉用開迷途是名佛子住持三寶行菩薩道倘見此事不救贖而坐視者犯輕垢罪

○第三十二損害衆生戒

若佛子不得畜刀杖弓箭販賣輕秤小斗因官形勢取人財物害心繫縛破壞成功長養猫狸猪狗若故養者犯輕垢罪

此釋損害衆生戒也爲菩薩者當以慈悲喜捨爲根本心六度萬行爲方便門若害物傷慈非是大士心行故戒之也若佛子下總標損害衆生事言不得畜刀杖弓箭者謂此惡器損害衆生身命惡心易起是故不得畜也不得二字貫下不得販賣輕秤小斗明瞞暗騙損害衆生交易不得因官形勢取人財物倚威挾勢非善法求損害衆生名利不得所求不遂復假官威害心繫縛損彼衆生形體不得求財不遂勒彼變賣兒女産業破壞成功骨肉不得長養猫狸猪狗捕鼠害物爲利販賣以恩結仇已上諸戒不得有作向下結過若故養者犯輕垢罪問文中所言不得畜賣害心長養有多種事結文只言若故養者犯罪

何也答養尚不得豈許畜賣故一戒一切戒也

○第三十三邪業覺觀戒

若佛子以惡心故觀一切男女等鬪軍陣兵將刼賊等鬪亦不得聽吹貝鼓角琴瑟箏笛箜篌歌叫妓樂之聲不得樗蒱圍棋波羅塞戲彈棊六博拍毱擲石投壺牽道八道行城爪鏡蓍草楊枝鉢盂髑髏而作卜筮不得作盜賊使命一一不得作若故作者犯輕垢罪

此釋邪業覺觀戒也邪業揀非正業覺即覺照觀即觀察覺體本無邪正全在照察若被物轉即名邪業覺觀若能轉物即名正業覺觀此恐初心菩薩心念不純觀照不熟故戒之也若佛子下總標邪業覺觀根本之義言以惡心故者揀非屬行道中隱顯攝化遊戲善念明是逐情流轉故名惡心觀一切男女等鬪者正明邪業覺觀之事相也觀即能觀之心一切等者即所觀之境也此有二事一者謂即一切男女戲舞之事二者或乃因忿相諍鬪毆之事故云一切男女等鬪軍陣兵將等鬪者即兩國敵殺以各啚封䕃故刼賊等鬪者此即盜賊刼掠鬪殺之事以上鬪事不一俱係眼觀使心流逸此戒眼觀即是戒心切勿被爭鬪境所轉欲令眼根得其清淨心亦清淨所謂一根清淨而多根清淨也是故應效諸大菩薩常與五陰等魔共戰可也亦不得聽吹等者承上不但眼家不得邪觀耳家亦不得邪聽是則清淨耳根不被物奪即旋轉聞機故貝即螺貝南蠻國

人吹以節樂鼓即杖鼓斫木爲匡以革蒙兩面可擊者也角即犀角羌胡吹之以驚中國之馬琴即雅琴古制五絃今制七絃瑟者有五十絃庖犧所作虞舜改爲二十五絃箏十三絃蒙恬所作笛有七孔以竹爲之箜篌者有二十四絃師延所作已上皆是樂器之類歌叫妓樂之聲者即人樂之聲也雖則人樂有異一入耳根使心流蕩亦不得聽也不得樗蒱等者亦令身根清淨樗蒱即賭博是圍棋即奕碁是波羅塞戲即象碁是彈碁即漢時粧奩戲六博即雙陸是拍毱即蹴圓是擲石即今投壺古以石投今以矢投牽道即走馬賣械之類行城即城垛上行走或牽道八道行城碁是雖則事有各別皆賭博之類也爪鏡用藥塗指上咒之則有光明如鏡炤人斷人吉凶著草出文王墓百莖一叢上有青雲覆蓋下有靈龜伏氣長大截取以筮斷人休咎楊枝即樟柳神附人耳邊報人禍福者是鉢盂即今炤水盌是以水注盂用以刀咒攪之令定以斷人是非故髑髏取新屍首咒之自靈能說人禍福故而作卜筮者此總收上幾種而言不得作盜賊使命者意謂設遇盜賊擄去乃至畢命必不可爲彼作使命也一一不得作者此句總結是佛叮嚀勸誡之言謂上諸邪事業俱非佛子所爲故一一不得作若故作者犯輕垢罪經中音樂博筮之具多同此方故引釋之

○第三十四蹔念小乘戒

若佛子護持禁戒行住坐卧日夜六時讀誦是戒猶如金剛如帶持浮囊欲渡大海如草繫比丘常生大乘善信自知我是未成之佛諸佛是已成之佛發菩提心念念不去心若起一念二乘外道心者犯輕垢罪

此釋蹔念小乘戒也蹔即頃刻也念即作意也言小乘戒揀非大乘昔舍利弗行菩薩行遇婆羅門乞眼舍利弗言眼在我身有用爾用何爲婆羅門言汝修菩薩行者隨乞即與莫管有用無用時舍利弗即取眼與彼得在手以鼻嗅之曰腥臊臭物用他作麼唾踏而去舍利弗言菩薩行難只一念中捨戒退墮聲聞二十小劫故戒之也若佛子下此總標明行菩薩行時分言護持禁戒者護即防護使魔無能侵故持謂堅持使心無有退故禁即約束五根不動戒即止滅意地不起所謂精進持淨戒猶如護明珠也行住坐卧即四儀處日夜六時晝六夜六之十二時也於此時分護持佛戒不被境風耗蕩是則戒堅得定定澄發慧三學具足三身圓滿也讀誦是戒申明護持方便言護持是戒者云何護持即當熟讀是戒對本尋文知戒輕重開遮誦以離本究心明其指歸保持是戒猶如金剛以金剛智能碎一切妄想顛倒嚴護戒品亦如帶持浮囊得渡苦海浮囊渡海器也昔有商人持囊渡海海中羅刹從乞浮囊其人不與乃乞一半亦不聽許至乞一絲亦不從願何故命在囊故浮囊若破則於海岸終不能到以喻持戒之人欲渡

生死苦海設遇愛染羅刹假求一願亦終不從何故命在戒故戒若有破則溺生死苦海永無出期是故護戒若此如草繫比丘者此喻持戒悲心不傷物故昔有比丘被賊所抄恐追趕至故將比丘以草繫縛比丘奉佛禁戒不拔生草不敢動移時遇王過得以釋脱此小乘法何以引喻大乘意謂小乘無望成佛尚於此戒如是堅持况大乘人兼利自他豈可於是戒中而生放逸是故菩薩持戒亦當如此常生大乘善信者正謂小乘之人不信自心是佛兹者大乘新學雖生是信恐遇二境則退故勉於此大乘常生善信恒無間斷應信自心是佛自心作佛以决定信信得我是因中一尊未成之佛但未即得果地莊嚴以我行願未圓惑障未空故也諸佛是已成之佛者意謂諸佛已得三身圓滿萬德具足五住究竟二死永亡是故我能如是修因必然如是證果若少有怠惰即失當來莊嚴之果佛也上護持禁戒者行也常生善信者信也自知我是未成之佛諸佛是已成者解也發菩提心者此心乃是信解行中本覺智體信解行三雖具若證佛果必於所發大乘菩提正心念兹在兹永無忘失以是念念不去于心乃是菩薩純熟戒行佛果可期若於所信所解所行所發之中但起一念二乘外道心者犯輕垢罪問只此一念何云犯罪答雖云蹔念佛種有傷失菩提心即爲魔業豈不致退墮二十小劫乎故此得罪

○第三十五不發願戒

若佛子常應發一切願孝順父母師僧願得好師同學善知識常教我大乘經律十發趣十長養十金剛十地使我開解如法修行堅持佛戒寧捨身命念念不去心若一切菩薩不發是願者犯輕垢罪

此釋不發願戒也承上護戒發心已起大乘信解又必發願勤求師友發明理趣於理不明猶恐錯念濫同小乘外道故戒之也若佛子下總標明發諸大願也言常應者謂發願不難惟恐不恒所以常應發願以是大願無盡一切皆發衆生無盡而煩惱障業障報障一切無盡故菩薩之願心亦無有盡故云當應發一切願也孝順父母師僧等者此別開願心也願雖無量十願總攝一願孝順父母二願求好師三願求同學四願求大法五願求十發趣六願求十長養七願求十金剛八願求十地九願求開解佛乘十願堅持佛戒也一願孝順父母問曰父母有生育之恩師僧有教誨之德自然不敢忤違何假發願孝順謂小乘戒中比丘爲道若父母不能繩線比丘乞食與半雖孝不大今於大乘戒中以觀一切衆生如已父母若不發願孝順恐同小乘見解其心不普不恒故當發願如此二願得好師者謂師有大乘小乘正見邪見有解無行有行無解之別今所求者願求正知正見解行具足之師問上云發願孝順師僧此又揀擇願得好師者何也上在供養承事邊說此在求道邊說故當

願求好師非同我慢之心也三願同學善知識者雖逢聖師指點更須賢朋資輔即如臨濟激發於首座昌黎發悟於三平所以求師爲最訪友第一是故求同學者必真善知識也四願常教我大乘經律者擇非小乘法也承上求師擇友爲欲常常教我大乘經律使我頓圓佛慧故也所以圓覺五性差別乃在遇師遇教是故願求大乘法也五願修十發趣者即十住位以發真源修空觀理故六願修十長養者即十行位長養菩提脩假觀行故七願脩十金剛者即十向位智悲雙運修中道觀故八願修十地者即十聖位以圓修三觀圓證三身故九願使我開解者謂上教以大乘經律非但只教熟讀而已更欲於大乘經律中所詮三賢十聖修證菩提道法一切行門使我一一開解得以如法修行而速證佛果也十願堅持佛戒者謂雖求大乘智悲雙運若不堅持佛戒聖賢道果一切皆失所謂若犯如微塵許現身不得發菩提心乃至佛性常住妙果一切皆失云云是故發願堅持佛戒設遇惡緣寧捨身命念念不敢捨去堅持佛戒之心如是發願如是持戒是真佛子決定成佛而無疑也

若一切菩薩不發是願者犯輕垢罪

○第三十六不發誓戒

若佛子發十大願已持佛禁戒作是願言寧以此身投熾然猛火大坑刀山終不毀犯三世諸佛經律與一切女人作不淨行復作是願寧以熱鐵羅綱千重周帀纏身終不以此

破戒之身受於信心檀越一切衣服復作是願寧以此口吞熱鐵丸及大流猛火經百千劫終不以此破戒之口食於信心檀越百味飲食復作是願寧以此身卧大猛火羅網熱鐵地上終不以此破戒之身受於信心檀越百種床座復作是願寧以此身受三百鉾刺身經一劫二劫終不以此破戒之身受於信心檀越百味醫藥復作是願寧以此身投熱鐵鑊經百千劫終不以此破戒之身受於信心檀越千種房舍屋宅園林田地復作是願寧以鐵鎚打碎此身從頭至足令如微塵終不以此破戒之身受於信心檀越恭敬禮拜復作是願寧以百千熱鐵刀鉾挑其兩目終不以此破戒之心視他好色復作是願寧以百千鐵錐劖刺耳根經一劫二劫終不以此破戒之心聽好音聲復作是願寧以百千刃刀割去其鼻終不以此破戒之心貪齅諸香復作是願寧以百千刃刀割斷其舌終不以此破戒之心食人百味淨食復作是願寧以利斧斬斫其身終不以此破戒之心貪著好觸復作是願願一切衆生成佛菩薩若不發是願者犯輕垢罪

此釋不發誓戒也前爲發願此乃發誓以先願後誓者猶馬雖有轡勒更加鞭策期其必至欲期大果若無決定大誓願力恐遇順境不能打過則所願必虛故戒之也發十大願已者牒前持佛禁戒起後言堅持佛戒者上云寧捨身命念念不去于心我發願已更立誓以堅之也立誓總有四段一者不作非梵行誓二者不虛受供養

誓三者不染汚六根誓四者本爲化衆生誓初明不作非梵行者設若吾人欲念起時誓曰寧將此身投熾然猛火中受焦爛苦墮大坑塹受陷墜苦入刀山上受割截苦如是諸極苦處寧當現世一生忍受不以爲患終決不敢毀犯三世諸佛所説清淨決定禁戒經律與一切女人作不淨行也二明不虚受供養誓此誓復開六種一者不虚受衣服誓復作誓願如遇寒時寧以熱鐵羅網千重周帀纏身皮焦肉潰不以爲苦而終不敢以此破戒之身受於信心檀越一切衣服二者不虚受飲食誓復作誓願如遇饑時寧以此口吞熱鐵丸渴時及飲大流猛火以受焦腸爛肺之苦終不以此破戒之口食於信心檀越百味飲

食三者不虚受卧具誓復作誓願如身體疲倦時寧以此身卧大猛火羅網熱鐵地上以受肉盡骨燋之苦終不以此破戒之身受於信心檀越百種床座四者不虚受醫藥誓復作誓願如患病時寧以此身受三百鉾刺身縱經一劫二劫鉾刺之苦終不以此破戒之身受於信心檀越百味醫藥五者不虚受田舍誓復作誓願如居止時寧以此身投熱鐵鑊經百千劫誓當忍受終不以此破戒之身受於信心檀越千種房舍屋宅園林田地六者不虚受禮拜誓復作誓願如自尊自重時寧以鐵鎚打碎此身從頭至足令如微塵終不以此破戒之身受於信心檀越恭敬禮拜三者不染汚六根誓此誓復開五種初淨眼根之

誓復作誓願如眼對色之時寧以熱鐵刀鉾挑其兩目壞此肉眼終不以此破戒之心視他好色以壞清淨法眼問清淨眼根豈能壞乎所言壞者非是爛壞之壞是令清淨眼根不得通徹無碍故耳二者淨耳根誓復作誓願如耳對音聲時寧以百千鐵錐劖刺耳根縱經一劫二劫如是至常至極之苦寧當忍受終不以此破戒之心聽好音聲以壞清淨法耳三者淨鼻根誓復作誓願如鼻對諸香時寧以百千刄刀割去其鼻亦可忍受終不以此破戒之心貪齅諸香以壞清淨鼻根四者淨舌根誓復作誓願如舌取飲食時寧以百千刄刀割斷其舌亦當受之終不以此破戒之心食人百味飲食以壞清淨舌根五者淨身根誓復作誓願如身對好觸時寧以利斧斬斫其身當忍受之終不以此破戒之心貪著好觸以壞清淨法身已上三科十二誓願是自利行下一誓願乃利他行四者本爲化衆生誓復作願云我今發願立誓非獨自爲一已清淨解脱而已本爲普化法界一切衆生悉皆成佛故也如是立誓發願是名菩薩若不發此四科十三種誓願者犯輕垢罪

○第三十七冐難遊行戒

若佛子常應二時頭陀冬夏坐禪結夏安居常用楊枝澡豆三衣缾鉢坐具錫杖香爐漉水囊手巾刀子火燧鑷子繩牀經律佛像菩薩形像而菩薩行頭陀時及遊方時行來百里千里此十八種物常隨其身頭陀者從正

月十五日至三月十五日八月十五日至十月十五日是二時中十八種物常隨其身如鳥二翼若布薩日新學菩薩半月半月布薩誦十重四十八輕若誦戒時於諸佛菩薩形像前誦一人布薩卽一人誦若二及三人至百千人亦一人誦誦者高座聽者下座各各披九條七條五條袈裟結夏安居一一如法若頭陀時莫入難處若國難惡王土地高下草木深邃獅子虎狼水火風劫賊道路毒蛇一切難處悉不得入若頭陀行道乃至夏坐安居是諸難處亦不得入若故入者犯輕垢罪

此釋冐難遊行戒也前言發誓度生雖慈悲廣大恐初心菩薩道力未充不能一切無礙凡遇難處不可輕遊故戒之也若佛子下標明菩薩遊行時也常應二時者每年春秋二時也是時溫和氣象萬物方長成熟時分堪當遊行是故常應此時化衆生也頭陀者此云抖擻抖去客塵煩惱以求無上道法故冬夏坐禪結夏安居者謂冬時隆寒夏時酷暑當習靜坐禪離昏散心清寒暑患是故結冬休夏而精勤佛道也常用楊枝等者釋安居事謂凡結冬休夏之時須常用楊枝等十八種物爲法器也楊枝常用有五種利益一固齒二明目三清心四消風五除垢是故凡受食後宜用楊枝如或不用五百問云犯墮罪澡豆卽皂角凡出厠畢以淨身手便可禮佛持咒誦經三衣卽五衣七衣大衣也其大衣中亦有上中下三品三三共九品俱以蔽

形除貪超俗服故鉢者梵語鉢多羅此云應量器大者斗五中者七升小者隨量比丘食法以一鉢資身斷邪命邪求故缾卽軍持以注法水滋益衆生滌除塵垢故卧具梵語尼師壇此云敷具亦名隨足衣敷之坐禪以建五分法身如塔之有基故錫杖梵語隙棄羅此云錫杖亦名智杖亦名德杖表樹法幢顯聖人智故香爐表信斷法界疑入佛道故漉水囊者用密絹成漉水護生顯慈心故手巾拭面便浴以潔垢故刀子古以戒刀降魔今用剃除鬚髮以斷愛根别俗相故火燧卽取火以資明破暗表有慧故鑷子古頭陀跣足行恐刺傷足用以拔之表盡煩惱諸毒刺故繩牀用繩串成表脱頁高不生放逸故亦不受地

濕故言經律者經以開心見性成佛果故律乃嚴護身口意令解脱故佛菩薩形像者佛是本師良導菩薩乃同學善友所謂生我者父母成我者師友何敢時刻忘之又佛是果人菩薩是因人未成佛者觀巳成佛我必如是證觀未成佛我必如是修正爲安居行道榜樣所以當供其妙像也而菩薩行頭陀等者釋上常應二時頭陀遊行事毋暫離也謂不但冬夏安居用之卽菩薩行頭陀時及遊方時無論行來百里千里若遠若近此十八種物亦常隨身皆不可離也巳上總明安居遊行常用法器事竟向下申釋遊行時分及常用法器之義言二時頭陀者在於何時謂從正月十五日至三月十五日是春分之時從八

月十五日至十月十五日是秋分之時是二時中此十八種物常隨其身何也如鳥之二翼翼若有失則鳥難飛騰法器若缺則僧難遊行所以常隨身也若布薩日等者此明遊行懺悔之法梵語布薩此云作法辦事亦云我對說又名相向說罪以有過失相向對佛像前說悔罪過也新學菩薩等者揀非久修性地位也新學智劣識強於戒品中勉力堅持若不謹束身心恐墮放逸故半月半月作布薩法從此十重四十八輕之戒相諦審有犯無犯各爲懺悔也於諸佛菩薩形像前誦者佛在世時對佛親誦佛滅度後得于像前爲作證明而誦非敢自專此十八種物中所以有經律及佛菩薩形像故也一人布薩下等者

明誦戒儀式若誦戒時一人布薩卽一人誦若二及三人至百千人布薩亦是一人誦戒不可普誦以致淆訛其誦戒儀誦者高座聽者下坐而此誦者聽者各各披九條七條五條袈裟毋得著俗服以乖僧體此之布薩法儀不但頭陀行道時爲然凡結夏安居時一一如此法則不可違也已上總明安居遊行法事竟下明一切難處不可安居遊行也先明頭陀遊行時莫入難處何等難處謂若國難別本云惡國界以此國中廣行殺法及饑饉等時難非宜遊行故不可往也言惡王者謂國中主不信三寶不修福慧是爲惡王土地高下高則坑下則濕遊行險隘之難草木深邃多諸惡獸出入往返驚怖之難水火風災俱

不可往恐有漂焚鼓拆驚恐之難劫賊道路處所恐有遺悮罔害之難道路貫下毒蛇橫道處所恐有途路螫害之難有如是難皆不得往也一切難處等者謂不止此難處而已凡一切難處悉不得入也若頭陀行道等者莫入難處不但頭陀遊行難處不可得入乃至夏坐安居是諸難處亦不得入此總誡安居遊行之當慎也若乃自恃有德無妨諸怖違佛言教強入險處遊行者犯輕垢罪

○第三十八乖尊卑次序戒

若佛子應如法次第坐先受戒者在前坐後受戒者在後坐不問老少比丘比丘尼貴人國王王子乃至黄門奴婢皆應先受戒者在前坐後受戒者次第而坐莫如外道癡人若老若少無前無後坐無次第如兵奴之法我佛法中先者先坐後者後坐而菩薩一一不如法次第坐者犯輕垢罪

此釋乖尊卑次序戒也此戒繇上布薩誦戒而來謂誦戒者高座聽者下坐以下聽衆亦有高下次序以凡一切坐衆不可紊亂有乖佛制故戒之也若佛子下此總標明坐序法也先受下別釋也謂若佛子坐法應如法次第坐言如法者謂依佛訓而坐也謂先受戒者應在前坐後受戒者應在後坐不問老少生年但依受戒次第而坐如比丘比丘一類比丘尼比丘尼一類貴人貴人一類國王國王一類王子王子一類乃至黄門奴婢各自一類而分先後非是無問僧俗貴賤而混然論先後次序

坐也若是不但不順世法且亦不通佛法以佛法中即百歲比丘尼禮三歲沙彌足百歲三歲乃是受戒三年百年非世諦生年也以百年者戒長臘深三年戒晚臘淺若一槩而論受戒先後應三歲沙彌禮百歲尼足何百歲尼而禮三歲足乎是知論戒各自爲一類以序先後且又以比丘爲宗主也莫如外道等者外道無有智慧無論若老若少無前無後坐無次第乃如兵奴之法一般而我佛正法中必以先者先坐後者後坐是名行菩薩道建立法門謙恭遜讓之義也而菩薩下結成違戒得罪所言爲菩薩者若不一一如法次第坐者犯輕垢罪此罪若不犯者如普照三昧云阿闍世王請文殊齋文殊尊讓迦葉前行曰大迦葉久爲沙門世間所有羅漢皆從仁後仁當前行迦葉答云計於法律不以年歲爲尊法律所載智慧爲尊神智聖達乃爲可尊博聞辯才乃爲可尊諸根明徹乃爲可尊文殊乃前行也問據此豈不乖尊甲次第耶答闍王之請意在文殊不在迦葉如天帝釋請華嚴師置座五百應真之上即其類也文殊始讓迦葉不敢違古佛之恒規迦葉終遜文殊所以順請主之本意此二大士正破我慢貢高之弊

○第三十九不修福慧戒

若佛子常應教化一切衆生建立僧房山林園田立作佛塔冬夏安居坐禪處所一切行道處皆應立之而菩薩應爲一切衆生講説大乘經律若疾病國難賊難父母兄弟和尚

阿闍黎亡滅之日及三七日四五七日乃至七七日亦應講大乘經律一切齋會求福行來治生大火大水焚漂黑風所吹船舫江河大海羅刹之難亦讀誦講說此經律乃至一切罪報三惡八難七逆杻械枷鎖繫縛其身多淫多瞋多愚癡多疾病皆應講此經律而新學菩薩若不爾者犯輕垢罪

此釋不修福慧戒也此戒要令一切衆生植福植慧以成佛故若無福慧二種莊嚴則佛果菩提安可希冀故戒之也若佛子下標顯常心廣大心也謂能教者應常敎化一切衆生建立三寶而亦常自修福修慧也建立等下正明勸修福慧之事建立僧房山林園田二句卽是興隆僧寶以修福也立作佛塔者卽興隆佛寶以修福也

冬夏坐禪至皆應立之者卽興隆法寶以修福也天台疏中修福總有七事一建僧坊以爲衆僧棲息修道處故二治山林便衆經行兼以足材薪故三治園圃園以種植果蔬供佛僧故四治田地田以播谷地以種粟而備久遠資糧使得僧衆安心辦道故五建佛塔莊佛相好嚴淨國界遠近瞻依增福慧故六治安居坐禪處所以爲息定有所歸止易得定故七治一切所行道處皆應立者如行準提咒者應爲立準提堂乃至觀音勢至文殊普賢藥師彌陀等行隨一切行人所行一切行門皆應爲立一切處所令彼道人處處得以安隱而行道故上爲修福若乃非理募化自附營修以公濟私誤因昧果所謂天堂未就

地獄先成如是修福不如避罪若果真爲興隆三寶因果分明纖毫無差復能無我人相了達三輪體空如是修福是爲真行菩薩道者上修福德以滿自他檀波羅蜜下修慧德以圓自他般若波羅蜜故其慧有聲聞慧有菩薩慧菩薩智慧應爲一切衆生講説大乘經律以大乘經律者乃有滅惡生善之功除罪護福之益是故令修大乘之智慧也若疾病下正明令修菩薩智慧之德相也若疾病時應講此經律者以得除滅一切諸苦令安樂故若國有難而講此經律者以得滅除刀兵饑饉令諸國土得豐泰故若遇賊難而講此經律者以得解脱一切劫殺得無擾故若父母兄弟和尚阿闍黎亾滅之日及三七日四五七日乃至七七日亦應講此大乘經律者以得解脱一切幽冥之苦得見佛聞妙法故若是一切齋會求福亦應誦此經律者以得圓滿一切衆生所有心願令成就故行來治生講誦此經律者以具足一切如意法財周濟世間無乏少故若爲大火所燒而誦此經律者以能使解脱一切熱惱令清凉故若爲大水所漂而誦此經律者以能令超脱一切愛河到彼岸故若遇黑風所吹船舫而誦此經律者以得解脱一切無明穩駕法船度衆生故若遇江河大海羅刹之難而誦此經律者以能令害心頓歇鬼氣潛消俱解脱故不但此也乃至一切罪報三惡八難七逆杻械枷鎖繫縛其身若講此經律者謂此經律爲大赦書

俱令身心速解脱故多淫多嗔多愚癡多疾病如是等報皆應講此經律者謂此經律具足一切戒定慧樂能滅一切貪嗔癡苦能除身心病患令證五分法身故也如是若依修福修慧方名自利利他而諸新學菩薩若不如是修福慧者犯輕垢罪

如是九戒應當學敬心奉持梵壇品當説

如是一句總結前九戒也應當一句結勸自利應當學也敬心一句結勸奉持當流通也梵壇一句乃引大部别品廣明其義顯此處所説者尚爲畧也

佛説梵網經直解卷第九

事義

十四種大願一者常能念佛親近善知識二者常能捨離諸惡知識三者乃至失命因緣不犯佛戒四者常能讀誦大乘經律問甚深義如法修學五者常能於無上菩提而生信心六者若見衆生有苦惱時常能救護七者常能隨力供養三寶八者常能孝順父母敬事師長不敢違忤九者常能捨諸懈怠勤求佛道十者於五塵上諸煩惱生時能制伏其心十一者衆生無邊誓願度十二者煩惱無盡誓願斷十三者法門無量誓願學十四者佛道無上誓願成

六重戒一殺生二偷盜三虛説四邪婬五宣説四衆過罪六酤酒

二十八輕一不能供養父母師長二躭樂飲酒三惡心不能瞻視病苦四有乞者不能多少分與遣空還五見四衆不能承迎禮拜問訊六見四衆毀所受戒心生憍慢七月六齋日不受八戒供三寶八四十里中有講法處不能往聽九受招提僧臥具床坐十疑水有蟲故便飲之十一險難之處無伴獨行十二獨宿尼寺十三爲於財命打罵奴婢僮僕外人十四以殘食施四衆十五畜猫貍十六畜養象馬牛羊駝驢一切禽獸十七不儲畜僧伽黎衣鉢錫杖十八若須田作不求淨水及陸種處十九物説價巳捨賤趐貴斗秤量物不令平用二十於非處非時行欲二十一隱瞞官稅二十二犯國制二十三得新穀果蓏菜茹不先供奉三寶先自受二十四僧若不聽説法讚歎輒自作二十五道路若在比丘沙彌前行二十六僧中付食若偏爲師選擇美好過分與二十七養蠶二十八路過病者不能瞻視爲作方便付囑所在

五性一凡夫性謂於事理

二障未得斷滅名未成佛二小乘性謂諸衆生永捨貪欲先除事障未斷理障但能悟入聲聞緣覺未能顯住菩薩境界三菩薩性謂諸末世一切衆生欲泛如來大圓覺海先當發願勤斷二障二障已伏即能悟入菩薩境界若事理障已永斷滅即入如來微妙圓覺滿足菩提及大涅槃四不定性謂諸衆生皆證圓覺逢善知識依彼所作因地法行爾時修習便有頓漸若遇如來無上菩提正修行路根無大小皆成佛果五外道性謂諸衆生雖求善友遇邪見者未得正悟是則名爲外道種性邪師過謬非衆生咎是名圓覺五性差別

五濁

一劫濁約四濁立此假名四濁增劇聚在此時二煩惱濁五鈍使爲體三災爲相故三衆生濁謂見慢果報立此假名惡名穢稱爲相故四見濁五利使爲體諸見轉增爲相故五命濁連持色心爲體摧年減壽爲相故

臨濟發悟

臨濟義玄禪師初在黃蘗會中時睦州爲首座乃問臨濟上座在此多少時曰三年州曰曾參問否曰不曾問不知問個甚麼州曰何不問如何是佛法的的大意明日蘗上堂師依教而問三度被打後辭去參大愚於言下大悟愚令嗣黃蘗焉

昌黎發悟

韓文公問大顛曰弟子軍州事繁佛法有要處乞師一語師良久公罔措時三平爲侍者乃敲禪床三下師曰作麼平曰先以定動後以智拔公乃曰和尚門風高峻弟子於侍者邊得箇入處

佛説梵網經直解卷第十

姚秦三藏法師鳩摩羅什奉　詔譯

明廣陵傳戒後學沙門寂光　直解

菩薩心地品之下

○第四十揀擇授戒戒

佛言佛子與人授戒時不得揀擇一切國王王子大臣百官比丘比丘尼信男信女婬男婬女十八梵天六欲天子無根二根黄門奴婢一切鬼神盡得受戒應教身所著袈裟皆使壞色與道相應皆染使青黄赤黑紫色一切染衣乃至卧具盡以壞色身所著衣一切染色若一切國土中國人所著衣服比丘皆應與其俗服有異若欲受戒時應問言現身不作七逆罪耶菩薩法師不得與七逆人現身受戒七逆者出佛身血殺父殺母殺和尚殺阿闍黎破羯磨轉法輪僧殺聖人若具七逆卽現身不得戒餘一切人盡得受戒出家人法不向國王禮拜不向父母禮拜六親不敬鬼神不禮但解法師語有百里千里來求法者而菩薩法師以惡心嗔心而不卽與授一切衆生戒者犯輕垢罪

此釋揀擇授戒戒也謂佛戒法平等一切皆應得受若分貴賤高下應受不授不應受而授者先巳得罪豈可爲師故戒之也

佛言佛子者呼名而告旣爲佛子必當上弘下化爲授戒師凡與人授戒時應當平等施與不得揀擇也不揀有二一授戒法不揀二授衣法不揀先明不揀授戒無論一切國王王子大臣百官比丘比丘尼信男信女婬男婬女十八梵天六欲天子無

根二根黄門奴婢一切鬼神盡得受戒不應揀也何以故謂但凡有心者皆當作佛豈不盡得受戒是故不應擇也應教身下次明授衣亦不揀也言應教身所著袈裟等者上與授戒是令心體如法此與授衣乃令身相亦如法也謂但凡受戒者若心體如法身相不如法者不能令人深起敬信若是身相如法心體不清淨者諸天神明未必歡喜必也内具戒心外具法服表裏如一即獲天龍恭敬戒神護持所以凡授衣者亦不揀也袈裟解前言皆使壞色者謂離外染心故與道相應者謂於内受道法正相應故皆染使下中明壞色也謂皆一一染之而似青黄赤黑紫色故也彌沙塞云思入玄妙究暢幽密應著青色摩訶僧祇律云勤學衆經宣說真義應著黄色曇無德云通達理味開導利益應著赤色薩婆多云博通敏達導以法化應著黑色迦葉遺云精勤勇猛快攝衆生應著木蘭色也此五部中皆用五種壞色非正五色言應著木蘭者如木蘭葉之背似紫而非紫故又律部中所言青色之下有非青等二字可證五色非五正色一切染衣等者謂不但袈裟者皆以染壞但凡一切染衣乃至卧具盡皆以壞色也已上二種應不揀竟向下應揀亦有二法先明衣中有揀謂凡比丘身所著衣一切皆以染色雖云不揀平等與之内有不當同者應别之也何者如若一切國土之中國人所著衣服爲比丘者皆當與其俗服有異故不同

耳次明戒中有揀謂若欲受戒時戒師應于求受戒者問言汝今現身不作七逆罪耶問定有無無則應與授戒有則不應與授何故謂七逆罪障深重故是以菩薩法師不得與七逆人現身授戒何名七逆一出佛身血二殺父三殺母四殺和尚五殺阿闍黎六破羯磨轉法輪僧七殺聖人若具此七逆者卽現身不得戒所以應揀餘一切人盡得受戒所以不得揀也出家人法等者此明僧俗受戒禮義之不同也優婆塞戒經云若優婆塞優婆夷等欲受二皈五戒之法必先禀禮君親眷屬家廟祖先然後方可求受戒法若出家人受戒之法不同優婆塞等受戒之法謂始出家之時先曾禀禮君親過巳故出家後以道自重不務世禮所以不向國王禮拜不向父母禮拜六親不敬離愛念故鬼神不禮離諂媚故如是一切放下但只解得法師說戒之語便得受菩薩戒故也有百里下正明惡心揀擇之義上云但能解法師語盡得與他授戒設若百里千里以至誠心而來法師座前求授戒者而爲菩薩法師卽當以慈悲心平等與之授戒是名菩薩設若反以惡心嫉妬瞋心惱恨而不卽與授一切衆生戒者犯輕垢罪

◎第四十一爲利作師戒

若佛子教化人起信心時菩薩與他人作教誡法師者見欲受戒人應教請二師和尚阿闍黎二師應問言汝有七遮罪否若現身有七遮罪者師不應與授戒若無七遮者得與

授戒若有犯十重戒者教懺悔在佛菩薩形像前日夜六時誦十重四十八輕戒苦到禮三世千佛得見好相者若一七日二三七日乃至一年要見好相好相者佛來摩頂見光華種種異相便得滅罪若無好相雖懺無益是人現身亦不得戒而得增長受戒益若犯四十八輕戒者對首懺悔罪便得滅不同七遮而教誡師於是法中一一好解若不解大乘經律若輕若重是非之相不解第一義諦習種性長養性性種性不可壞性道種性正覺性其中多少觀行出入十禪支一切行法一一不得此法中意而菩薩爲利養爲名聞故惡求多求貪利弟子而詐現解一切經律爲供養故是自欺詐亦欺詐他人故與人授戒者犯輕垢罪

此釋爲利作師戒也此戒承前所云不犯七逆罪者盡與受戒如受戒後設有犯戒其爲師者云何教令懺悔設於懺悔之法不解而爲利作師者得何等罪故戒之也若佛子下舉能教顯所教有根性義菩薩與他人下明教誡師不得自專以授戒時必同二師授也二師應問言下審明無遮難者方堪與授戒也若有犯下明受戒後懺悔之法若不解下明不解者不堪爲師而菩薩下明無解作師之罪也教化人起信心時者謂此菩薩善爲人作教誡法師教人發起大乘信心授戒之時不得專自一已爲人授戒應教受戒之人請和尚闍黎二師二師應問受戒者言汝有七遮罪否否者問定有無之詞若現身有七遮罪

者師不應與授戒若無七遮者得與授戒是故二師應先審問遮難遮難若無方許授戒若有犯下此是世尊大慈大悲之心爲後末世一種癡迷衆生恐遇逆順境緣不能排遣犯此十重戒者開此一種懺悔法門方便濟拔若不勤求懺悔必陷三塗永無出期是故若有犯此十重戒者應教急急懺悔其懺悔法應教在佛菩薩形像前日夜六時以至誠心誦此十重四十八輕戒相知所犯戒深生慚愧觀罪性空慇懃悔過苦到稱禮三世千佛言苦到者如若到來時節如救頭然之急相也是故禮拜稱揚過去未來現在三千諸佛萬德洪名如是禮拜哀求得見好相罪便得滅若無好相立一七日二三七日乃至一年必

竟要見好相言好相者或坐禪中或禮拜中或睡卧中或經行中或見佛來摩頂或見光見華見種種異相以此證知便得滅罪許可復戒若無此好相罪不得滅如悔心未切雖懺無益是人現身亦不能得復戒但得增長未來受戒益耳犯十重罪必要好相若犯四十八輕戒者對首懺悔罪便得滅准地持經第四卷方便處品羯磨文云菩薩一切所犯突吉羅攝當向大小乘人有力解語能受懺者如法懺悔如比丘犯突吉羅罪懺悔法説以其不同七遮十重戒故而教誡下正爲作教誡師者勉之於是懺悔法中一一好解不可忽畧也言好解者乃善解也謂於大乘經律輕重開遮是非之相一一明徹不得以輕作重

以重作輕應當懺者教令懺悔應復戒者卽與復戒毋得以是爲非以非爲是有悞人也若乃不解大乘經律於中若輕若重是罪非罪之相不解第一義諦實相之理不解習種性長養性性種性不可壞性道種性正覺性於是三賢十聖法門其中多少觀行出入乃至十禪支一切行法一一不得此法中意是卽不堪爲人師範應生慚愧也習種性等已解上卷文中言其中多少觀行者如十住中空觀多假觀少十行位中假觀多空觀少十向位中中道觀多空假觀少十地菩薩位中自初地後至六地前無相觀少有相觀多五地已後七地已前有相觀少無相觀多至七地後純無相觀故云多少觀行言出入者卽三昧

中出定入定之方便法十禪支者解前卽四禪中所修觀法一切行法結上觀行法門一一不得此法中意總結上文而言謂此大乘一切修斷觀行法門甚深微妙若是一一不得此法中意自利尚難況利人乎如盲人引路彼此俱有陷墜之患可不愼哉而菩薩爲利養等者謂自無所解但貪利名故而强爲人師也矯飾威儀廣陳因果取信愚夫於中獲利如斯求名爲利俱非是善故名惡求多求也貪利弟子等者因師貪利名於前弟子亦效行之於後互相讃嘆誑妄欺人本自不解一切經律而詐現能解一切經律究其所以實爲求供養故如是之人是名自欺自詐亦欺詐他人是故與人作師授戒者犯輕垢罪

○第四十二爲惡人説戒戒

若佛子不得爲利養故於未受菩薩戒者前若外道惡人前説此千佛大戒邪見人前亦不得説除國王餘一切不得説是惡人輩不受佛戒名爲畜生生生不見三寶如木石無心名爲外道邪見人輩木頭無異而菩薩於是惡人前説七佛教戒者犯輕垢罪

此釋爲惡人説戒戒也惡人有多種但不受菩薩戒及不信敬三寶毀謗戒者俱名惡人倘與彼前稱説而反增彼毀謗罪過故戒之也言不得爲利養故者前云不解經律不得爲利妄説是戒此言能解法者卽亦不得貪利而濫説也渴而與飲則水之味甘暗而思明則燈之用大也是以未受大戒人前及外道惡人前皆不得説此千佛大戒不但未受大戒人前及外道惡人前不可説卽邪見人前亦不可説也邪見人者乃隨外道唱和易生反復人也除國王者謂諸國王乃域中之主故如來滅度之時以佛法僧付囑國王宰臣掌護俾令三寶得以住世又大國王卽人中天願人改過遷善自不宣人長短故凡所行佛事不宜隱諱況興滅亦係焉是故唯除國王餘一切人不得説也言餘不得説者是惡人輩貪嗔障心婬殺覆體而好宣人長短過失於是佛性戒中有耳不聞有鼻不齅有舌不餐有身不觸有心不知雖在人類名爲人中畜生縱三寶在前彼若罔見以是生生不見三寶且畜生中尚有報障輕者或時一聞佛言卽得解脱如龍聽法

而卽悟道蝌蚪幟法而卽生天今人不受佛戒尚不如畜生乎然而形雖若人實同木石無心況木石之爲物亦有感應道交之時生公説法頑石點頭今人不受佛戒頑石之不若矣如是之人名爲外道名爲邪見人輩雖曰有情實與木頭無異木頭本無知覺焉知有佛戒耶所以不得向彼説也而此菩薩若乃爲利養故於是惡人之前説此七佛教誡法者是爲裨販之流是故結過犯輕垢罪言七佛教誡今舉七佛以該三千謂此戒者乃是三千諸佛共護故不可褻説也

○第四十三無慚受施戒

若佛子信心出家受佛正戒故起心毁犯聖戒者不得受一切檀越供養亦不得國王地上行不得飲國王水五千大鬼常遮其前鬼言大賊入房舍城邑宅中鬼復常掃其脚跡一切世人皆駡言佛法中賊一切衆生眼不欲見犯戒之人畜生無異木頭無異若故毁正戒者犯輕垢罪

此釋無慚受施戒也慚愧之水能滌罪垢若無慚愧則其罪垢日日深厚以是帶罪受供真可憐愍故戒之也若佛子下總明先後二心初明先心謂此佛子初發信心出家而受佛正戒者是名好心爲道堪爲福田應當受供養故下明後心上言好心受戒堪當受供若乃故變所信之心反起不信之心而毁犯聖戒者卽失福田不堪受供問前云正戒後云聖戒何也正謂此戒離偏邪故聖謂此戒諸佛共證説故故

毀此戒即不得受一切信心檀越供養不但不得受供而已即亦不得於國王地上行不得飲國王水所以者何以是水土皆屬國王惟有道行者可以飲履無戒德者於四事中俱爲無分故佛藏云佛言我聽持戒比丘而受供養破戒比丘我則不聽受一飲水又俱舍云犯根本戒於大衆食及僧住處佛不許此噉一叚食踐一脚跟之地即此義也五千大鬼等者謂持戒者天龍八部諸戒神王恒相衛護毀戒之輩五千大鬼常遮其前善惡分感理應然也鬼言大賊者世間劫盜於佛法中尚有所畏敬今此破戒之人不敬佛法不畏因果凡受檀越所施皆爲竊用内無慚愧外無怕怖非賊之大者乎如是之賊凡入房舍城邑宅中護戒鬼神不惟呵罵大賊而已復常掃其脚跡何者葢以如來行處皆有足輪人天供養增益福慧今此破戒比丘遊行脚跡有穢清淨伽藍是故鬼復常掃其脚跡也一切世人皆罵言者兼未發心童稚之流謂不但鬼神嗔責即一切世間人見破戒者咸皆罵言此破戒比丘者乃是佛法中賊佛藏經云破戒比丘竊入我法此人著衣食飯皆是盜得又佛所言我滅度後持戒比丘能令佛法久住破戒比丘能令佛法速滅是知破戒者乃佛法中賊也又且靡獨世人罵言而已凡若一切有眼衆生皆不欲見何故謂是犯戒之人乃非人類與畜生無識者無異與木頭無知者無異故如是觀之諸佛聖戒不可毀

犯明矣若故毁佛正戒無慚受施者犯輕垢罪

○第四十四不供養經典戒

若佛子常應一心受持讀誦大乘經律剝皮爲紙刺血爲墨以髓爲水析骨爲筆書寫佛戒木皮穀紙絹素竹帛亦應悉書持常以七寶無價香華一切雜寶爲箱囊盛經律卷若不如法供養者犯輕垢罪

此釋不供養經典戒也承上言毁戒者人鬼俱呵持戒者天龍悉護如是皆繇受戒功德之力是故應當供養流通戒法不然使佛慧命不復相續即爲背恩又爲自棄故戒之也若佛子下舉能信之心所信之法言常應一心者即是一念無間之心向何法上用心惟有受持讀誦大乘經律甚深微妙法也剝皮爲下乃明尊重供養流通之義流通佛法法師有六種一受持二讀誦三書寫四禮拜五講演六供養此中有五以供養中具禮拜也又流通佛法有事有理以事雖多不出二種一捨身命二捨財寶捨身命者即剝皮爲紙刺血爲墨以髓爲水析骨爲筆如是捨不堅固世間身命書寫佛戒流通常住法寶智慧身命二捨財寶者有二一捨輕財即以木皮穀紙絹素竹帛亦應悉書持故二捨重財常以七寶無價香花一切雜寶爲箱爲囊盛經律卷以捨此不堅固之世寶財流通常住出世之法寶財如是供養是名佛子一心受持行菩薩道弘護三寶之功德也若不如法供養惜其世財而捨法身慧命財

者犯輕垢罪

○第四十五不化衆生戒

若佛子常起大悲心若入一切城邑舍宅見一切衆生應唱言汝等衆生盡應受三皈十戒若見牛馬猪羊一切畜生應心念口言汝是畜生發菩提心而菩薩入一切處山林川野皆使一切衆生發菩提心是菩薩若不教化衆生者犯輕垢罪

此釋不化衆生戒也此戒繇前捨身命財流通戒法若不廣化衆生受持佛戒仍是法教之不普耳故戒之也若佛子下標明行菩薩道本因心也常起大悲心者菩薩以度盡衆生爲願故見衆生在世苦不能離如切膚痛故發拔苦之大悲心所以恒常起也若入一切等者正明大悲心行所入之處謂諸衆生無盡世界無盡故菩薩大悲心亦無有盡是以凡入一切城邑舍宅之處見諸衆生應當唱言汝等衆生各各具有佛戒之性繇汝無始至於今生背覺合塵而以五戒不持人天路絶今當覺知前念起惡捨此惡心盡應受持三皈十戒能止後念令其不起此之三皈十戒乃是一切衆生所歸覺路成佛之正因心所謂衆生受佛戒卽入諸佛位也菩薩戒本經云若人聞三寶名則不墮三惡道何況至心皈依三寶又戒壇云皈依佛者求離地獄皈依法者求離餓鬼皈依僧者求離傍生所以三寶爲大舟航爲大慈父能保衆生不墮苦處出生死之苦海到菩提之覺岸者也十戒卽菩薩十無盡波羅提木

义戒非沙彌之十戒若見牛馬等者推廣以明度生之普上言入城見生乃指人類而言此下見生即指畜類而言設見牛馬豬羊一切畜生云何教化應當心中作念口中發言汝是畜生亦具有知覺者即是戒性本覺之心因爾衆生迷此本覺真心而爲無明之妄心也只令返妄便可皈真是故教令發菩提始覺心翻破無明之不覺心求離畜生道苦毋使再迷此心可也而菩薩入一切等者言不但城邑舍宅人類畜生二種衆生當施教化乃至一切所至山林川野凡見一切禽獸衆生亦皆如是使發菩提心也如是方便如是教化名爲菩薩大悲之心若不如是教化諸衆生者犯輕垢罪

○第四十六説法不如法戒

若佛子常行教化起大悲心入檀越貴人家一切衆中不得立爲白衣説法應在白衣衆前高座上坐法師比丘不得地立爲四衆白衣説法若説法時法師高座香花供養四衆聽者下座如孝順父母敬順師教如事火婆羅門其説法者若不如法説犯輕垢罪

此釋説法不如法戒也上文所云若入城邑曠野凡見一切衆生皆普教化使發菩提之心然此不過一兩言句以故隨便爲説若爲人衆分析説法之時又即不可輕褻而説褻則得罪故戒之也若佛子下標明菩薩本行心也言常行教化者謂諸菩薩行門無量無非以教化衆生爲事又則所貴惟在恒心故言常行教化所謂無間

歇也又起心度生者有二此所起者卽大悲心此心乃卽一切衆生離苦得樂之最勝心故起此悲心也入檀越下正明所用悲心之處檀越卽好施之美稱貴人家者卽是國王太子宰官爲人中尊故云貴人家也一切衆中卽該四衆八部等衆不得立爲白衣說法云何而說應在白衣衆前高座上坐而說此乃尊人以尊法也是故法師比丘不得地立而爲四衆白衣說法四衆卽比丘等白衣乃未受戒人等若爲說法之時爲法師者理宜高座而坐座前當以香花供養以展請法至誠法師乃可代佛應機而說法也四衆聽者各分其類次第下坐以受法者當如是也上明說法如法下明聽法如法如孝順父母等者謂聽法者敬師如孝順父母不敢少怠慢故如是說者聽者人已兩利功德不可思議其說法師若不如法高座香花供養而爲說者犯輕垢罪

○第四十七非法制限戒

若佛子皆以信心受戒者若國王太子百官四部弟子自恃高貴破滅佛法戒律明作制法制我四部弟子不聽出家行道亦復不聽造立形像佛塔經律立統制衆安籍記僧菩薩比丘地立白衣高座廣行非法如兵奴事主而菩薩應受一切人供養而反爲官走使非法非律若國王百官好心受佛戒者莫作是破三寶之罪而故作破法者犯輕垢罪

此釋非法制限戒也上言必應高座上坐如法爲說惟恐聽受法者自恃尊位必不

如法從聽反起傲慢惡心而作破法罪業致戒之也若佛子下標明道俗尊卑一切佛子皆以信心受持佛戒同立護法之心爲佛四衆弟子非局外之人也若國王下別開非法制限之人四部弟子乃即在家出家四衆問其中亦有無位云何能破法耶謂假他人威勢亦作破法事耳故統論之自恃高貴破滅佛法戒律者有三義或者身雖受戒高心未除見僧高座上坐輒生我慢故起破法之心或見師友說過舉罪不肯降心受誨而欲掩恥故起破法之心或初本是信心身在法中後來見有壞法不肖之流遂於三寶不生信敬故起破法之心故云自恃高貴破滅佛法戒律明作制等四句申明破法之事明謂彰明作謂作用制謂制限法謂法度以此法度曉諭該管制我四部弟子云何而制不聽出家行道言不聽出家者不許新增即破僧寶亦復不聽造立形像佛塔者即破佛寶不聽貫下不聽造印經律即破法寶如是皆明破滅三寶之事故云明作制法等也立統制衆二句申明制限之事既巳不許新增出家於舊出家僧人又乃別立統屬禁止於衆安其簿籍記僧名字以令照世應役與民無異故云立統制衆安籍記僧也制限如此尚何敬重三寶之有哉寶積第四卷云爲子出家父母障止即其父母乃感七世貧婆之報況壞佛法之報應乎菩薩等下申明非法之法謂此菩薩比丘乃修道人是爲僧寶如來佛法流通於世

衆生慧命不致斷絶全賴是人宜當尊重敬以高座而反令之地立白衣未受戒人求解脱道敬事三寶當宜地立而反高座廣行非法使諸菩薩比丘如兵奴之事主而菩薩下勸明不可破義然而爲菩薩者應受一切天人供養乃名福田之身而反爲官家之走使如此非法而制非律而限豈是靈山付囑而來者哉亦非初以信心受佛戒者之所爲也若國王百官等既是初以好心受佛戒者原爲求出離道卽當體佛深慈奠以高貴自恃作是破滅三寶之罪又藏經云國王長者從體事三寶中來豈可昧其來因而不爲善反爲惡乎是乃自失將來福慧之因反招惡業之果若故作破法者犯輕垢罪

○第四十八破法戒

若佛子以好心出家而爲名聞利養於國王百官前説佛戒者橫與比丘比丘尼菩薩戒弟子作繫縛事如獄囚法兵奴之法如獅子身中蟲自食獅子肉非餘外蟲如是佛子自破佛法非外道天魔能破若受佛戒者應護佛戒如念一子如事父母不可毁破而菩薩聞外道惡人以惡言謗佛戒之聲如三百鉾刺心千刀萬杖打拍其身等無有異寧自入地獄經於百劫而不聞一惡言破佛戒之聲況自破佛戒教人破法因緣亦無孝順之心若故作者犯輕垢罪

此釋破法戒也上爲在家菩薩破佛法戒此乃出家菩薩自破法戒以破法罪不善故戒之也若佛子下標明出家之因心也

以好心出家者謂出家之因緣有多種不同或因恐怖或因逼迫或因氣惱或爲名聞或爲利養或爲生死言好心者正明爲生死發心出家者也而爲名下此明道心之不恒也謂始發心出家原爲生死後來或與貪名好利者同事漸相染習故亦轉成爲名爲利人也別本所云不以好心出家亦可何也爲名聞利養故也佛藏經云佛告舍利弗昔迦葉佛預記我言釋迦牟尼佛法中多受供養故法當疾滅舍利弗我法實以多受供養故法當疾滅是故貪名好利而出家者俱非好心而反破滅佛法故耳於國王下此申明爲名利之事言爲名利故者揀非爲求護法故也是言爲成名利若乃不與國王太子百官交友則名不弘其利不大故與國王太子百官交友便於彼前說佛戒者其義有三一者尊貴之人素所崇敬故在彼前而說佛戒令彼信受增長善根得以護法注念三寳故二者尊貴之人威力自在仗彼威力壓巳同行橫與比丘比丘尼及菩薩戒弟子作繫縛事如獄囚法令不出離如兵奴法使聽其命以辱同類故三者因自不能守戒見持戒者反加毀謗故於尊貴人前說佛戒者所言佛戒乃本無持無犯以持犯者但束身耳是橫與比丘比丘尼及菩薩戒弟子作繫縛事安居等事卽如獄囚之法以是自纏自縛不得解脫事上座等亦似兵奴之法自拘自束不敢放逸以是謗言使彼隨而和之以令佛戒不致流通衆生

慧命不致相續已上三者前之一法是好心出家者後之二法是乃不以好心出家此之三解隨人識取如獅子下引喻以明破法之相如是破佛戒者卽如獅子身中之蟲自食獅子之肉非餘外蟲能也獅子乃獸中王何蟲敢近食獅子肉惟是獅子自身中蟲方能食獅子肉非餘外蟲敢食也如是等者合上之喻言如是佛子者乃法內相關人應護佛法今反自破佛法非是外道天魔不相關切之人而能破之豈非自殘自毀者哉故云如是佛子自破佛法也若以初來好心受戒論之凡受佛大戒者應護佛戒如念一子佛戒卽汝當身一件要緊大事譬如一子若失則終身無倚戒法若破佛果三身終無所獲是故保戒護戒如念一子又若護佛戒者當如奉事父母佛爲慈父而受戒諸佛子同氣連枝念其共受之戒爲此身所從出之父母也所謂諸佛阿耨多羅三藐三菩提法皆從此經出也是乃尊親之至愛惜之深不可毀破細而推之而菩薩聞外道惡人以惡言謗佛戒之聲如三百鉾刺心痛不可忍亦如千刀萬杖打拍其身痛難可受聞謗之痛與傷身心之痛等無有異又非止此一生而已寧當自入地獄經於百劫千劫長遠之時受如是苦不以爲患而不忍聞一惡人言破佛戒之聲也夫聽他人之謗聲尚不忍聞如此况自家破佛戒而又忍心敎有勢力之人廣作破法罪業因緣反橫加刑於諸佛子者乎夫此全不念同

條共本之源毫無一念孝順之心是以佛子滅佛子者豈是實爲生死好心出家而來受佛戒者之所爲耶若故作破法者犯輕垢罪

如是九戒應當學敬心奉持

如是二字總結上九戒法應當一句以勸修學敬心一句以勸奉持此戒勿忘失也以上五番總結乃隨别釋小科而結之也向下總結四十八輕收上五番總勸修學而奉持也

○二總結戒相

諸佛子是四十八輕戒汝等受持過去諸菩薩已誦未來諸菩薩當誦現在諸菩薩今誦

諸佛子一句結告其人是四十八一句舉法勸受持也過去下等數句引同行者以勸誦也謂四十八輕戒非我獨勸汝等新學持誦乃是過去諸菩薩已誦未來諸菩薩當誦則汝等現在諸菩薩今誦已上正宗分文義竟

○三明流通分三　初流通本戒　二總結本品　三總讚流通

○初流通本戒

諸佛子聽十重四十八輕戒三世諸佛已誦當誦今誦我今亦如是誦汝等一切大衆若國王王子百官比丘比丘尼信男信女受持菩薩戒者應受持讀誦解説書寫佛性常住戒卷流通三世一切衆生化化不絶得見千佛佛佛授手世世不墮惡道八難常生人道天中我今在此樹下略開七佛法戒汝等大衆當一心學波羅提木乂歡喜奉行如無相

天王品勸學中一一廣明三千學士時坐聽者聞佛自誦心心頂戴喜躍受持

此乃釋結流通本戒也諸佛子下誡聽本受戒法三世諸下引證以勸誦也言諸佛子汝等聽我所説十重四十八輕戒法實三世諸佛相傳而誦過去諸佛已誦未來諸佛當誦現在諸佛今誦我今亦隨諸佛如是而誦是故汝等一切大衆若國王王子之仁君文武百官之良臣此皆居塵不染尊重佛法之佛弟子比丘比丘尼乃是出家受法弟子信男信女乃即在家淨信弟子既皆受持菩薩戒者悉應受持讀誦解説書寫此本佛性常住戒卷流通三世一切衆生展轉流布化化不絶爲急務也得見千佛等者正明流通戒法之益所言展轉流布化化不絶者是何利益蓋謂得見千佛佛佛授受以佛佛授受故乃得生生世世不墮惡道八難苦處此上滅罪之益向下獲福之益問既不墮諸難處當生何處答常生在人道天中乘願力而修道也我今等者此下舉法結勸謂我釋迦如來今在此道樹下示現成道示轉法輪初結波羅提木叉十重四十八輕戒者乃是略開過去七佛所説一切衆生修因證果心地法戒汝等大衆應當一心學此十重波羅提木叉戒以是勸汝歡喜奉行勿自怠耳此是略言如大部内之無相天王品勸學文中則一一廣明也三千學士即在會諸菩薩總該天龍八部道俗貴賤而言時坐聽者聞佛自誦十重四十八輕戒法

悉皆心心頂戴其言喜躍受持不敢忘失佛性種子也

○二總結本品

爾時釋迦牟尼佛說上華蓮臺藏世界盧舍那佛心地法門品中十無盡戒法品竟千百億釋迦亦如是說從摩醯首羅天王宮至此道樹下住處說法品爲一切菩薩不可說大衆受持讀誦解說其義亦如是千百億世界蓮華藏世界微塵世界一切佛心藏地藏戒藏無量行願藏因果佛性常住藏如是一切佛說無量一切法藏竟千百億世界中一切衆生受持歡喜奉行若廣開心地相相如佛華光王七行品中說

此總結顯一佛多佛本佛迹佛所說心地戒法以勸流通大畧之義爾時釋迦至法品竟一節乃結此界一佛所說法也言爾時者卽上囑付大衆聽受心地戒法之好時也釋迦牟尼佛者乃我娑婆教主化身如來說上蓮華臺藏世界盧舍那佛所傳心地法門品中十無盡戒法品如是行布圓融一一事理已說究竟而千百億釋迦亦悉如此娑婆教主所說不異皆從摩醯首羅天王宮中至此菩提樹下及諸住處所說法品亦無有異而爲一切菩薩不可說之大衆如是大衆各各受持讀誦書寫解說其義亦如娑婆大衆受持不二不但此也如千百億世界中佛乃至微塵世界中佛是一切世界内本佛迹佛及迹迹佛此之一切諸佛所說之三十心心藏十地地藏十重四十八輕光明金剛寶戒戒藏

三賢十聖所起無量一切妙行行藏所發無量無邊百千大願願藏百劫修行勝因因藏成等正覺佛果果藏一切衆生本覺佛性之常住藏如是心地戒行願因果七種爲別佛性一種是總常住二字即是讃詞讃此佛性雖隨緣立名而性無邊改如在心言名爲不生不滅清淨本心在地名爲眞如平等理地在戒名爲光明金剛寶戒在行名爲普賢萬行在願名爲諸大願王在因名爲本源自性深因在果名爲究竟無上菩提涅槃妙果故言佛性常住俱言藏者謂此八種廣博包含圓融徧攝具足一切無有窮盡如是上言一切諸佛所説此心地等無量一切法藏究竟而千百億世界之中一切衆生受持歡喜一一奉行亦如此界衆生等無有異如是本佛迹佛迹迹之佛説法度生大略如此若乃廣開心地相相之義則又在大部之中如佛華光王七行品中詳其所説重言相相依一心地相廣開無量相也

○二總讃流通三　初讃持戒益　二勸觀戒體

○三勸護回向

○初讃持戒益

明人忍慧強能持如是法未成佛道閒安獲五種利一者十方佛愍念常守護二者命終時正見心歡喜三者生生處爲諸菩薩友四者功德聚戒度悉成就五者今後世性戒福慧滿此是諸佛子智者善思量

此乃讃奬持戒利益之義言明人者乃即

超越愚夫之類者也忍慧二字即顯明人能護持戒之體用也謂此明人能具忍慧二強之德以有忍強力故則不被物轉也有慧強力故則能轉於物也如是之人能持心地戒法此人決定當來成佛無疑且未成佛道間先已安然自獲五種殊勝利益何名五益一者佛護益謂持戒人現前即感十方諸佛俯加慈念常爲守護使其進道無魔得以紹隆佛種故二者善終益此人繇持佛戒臨命終時乃得正見心生歡喜遠離顛倒夢想無惡境現前故三者好侶益此人生生世世在在處處同行同住爲諸菩薩道友以無惡黨混同故四者德備益此人無量功德品聚繇持十重四十八輕光明金剛戒度悉能成就無一法不足故五者道成益此人從今向後自性戒體福慧圓滿得名稱兩足尊故前四種益是因後一種益是果此五種利是持戒諸佛子所得明智之人當於此實相心地戒法思量體會而修行也

○二勸觀戒體

計我著相者不能信是法滅壽取證者亦非下種處欲長菩提苗光明照世間應當淨觀察諸法真實相不生亦不滅不常復不斷不一亦不異不來亦不去如是一心中方便勤莊嚴菩薩所應作應當次第學於學於無學勿生分別想是名第一道亦名摩訶衍一切戲論惡悉從是處滅諸佛薩婆若悉由是處出

此乃觀察實相戒體之義承上既是智者

當於此戒體性善爲思量勿使錯亂而修所以者何若計我之外道著相之凡夫如是等人俱爲根塵所縛不能信是無受而受無持而持清淨之戒法也何故以著我取相者不能善思量故不但凡外不能縱使躭空守寂滅壽取證聲聞二乘之人亦非是下菩提種處所謂焦芽敗種之流也然佛戒平等豈偏絶彼柰彼等人不善思量故皆無分設凡夫外道欲長此菩提心苗使智慧光明能照察世間者應當於此心地戒中發起無礙清淨之慧静觀静察諸法之中真而無妄實相之理即本吾人圓滿清淨戒體此法不屬緣生亦復不屬緣滅以是一切諸法緣會而生此之真而無妄實相戒體本來無動一切諸法緣盡而滅此之真而無妄實相戒體本來無倒故云不生亦不滅不同凡夫之生滅也此戒體性不但不屬凡夫生滅亦即不屬外道斷常以本刹那無住而不屬常萬古恒如而不屬斷故云不常復不斷也又不但不屬凡夫生滅外道斷常等法即二乘修證等法總不相關所謂類殊難合而本不一同體難分而本不異迎之莫知所至而本不來追之莫知所從而本不去故云不一亦不異不來亦不去也如是之法既不屬生滅斷常一異去來是何法耶惟在此一心中當方便勤莊嚴一心即毘盧法界寂滅心所謂寂滅者名爲一心以先悟此心爲本因地復依此心而起方便道勤修種種行門以此莊嚴無上菩提如是慧解

如是妙行實非凡外小乘思量所能作者乃是發大乘心受大乘戒之諸菩薩所應作也雖然名大非是一口説了就是必須次第如法善學始得相應云何次第學也即於研真斷惑之有學處真窮惑盡之無學處於此勿生分別有無想相以不生分别處是名不落二乘之第一道亦名摩訶衍之大乘法也第一道即上一心摩訶衍即上方便所以修如是道則此凡外小乘一切戲論惡法悉從是大道處而滅盡無餘諸佛智慧神通三昧薩婆若之妙果悉繇是處而得顯出無少欠也此之不可思議心地戒法豈非善思觀察而能獲滅罪生善之益哉

○三勸護回向

是故諸佛子宜發大勇猛於諸佛淨戒護持如明珠過去諸菩薩已於是中學未來者當學現在者今學此是佛行處聖主所稱歎我已隨順説福德無量聚回以施衆生共向一切智願聞是法者疾得成佛道

所謂一切惡從此滅一切善從此生實非小根小莖一朝一夕可能到者是故受戒諸佛子當發大勇猛心於諸佛淨戒必護持如明珠不令一毫損染方是佛子持心地中光明金剛寶戒也過去下引證結勸回向流通之義謂我勸汝等於此戒法勇猛護持者非無證據也此大戒經乃過去諸菩薩既證果者已於是中學而未來證果者當於是中學此現在證果者今於是中學實三世諸佛本因地中所經行處亦

卽我本師聖主舍那常所稱揚而讚歎也我亦下舉自證以勸謂我釋迦如來已隨諸佛所説稱揚讚歎況汝等新學倍當勇猛護持也回以下四句總結説心地戒本意益我與諸佛如是所説心地戒中廣大無量無邊福德之聚爲隨順實相因此以施衆生俾各各皆以此戒爲因地心不同凡夫不類二乘共向一切諸佛種智又願凡聞是心地戒法者不待來世方證無上菩提當下疾得圓成佛果也上云衆生受佛戒卽入諸佛位豈虚言哉則所現千釋迦千百億釋迦光光所化無量無邊微塵釋迦於此會歸自心舍那之本佛千世界千百億世界微塵世界於此會歸自體華藏之本境所説或重或輕無量無邊戒法於此會歸自性尸羅之法門所度若僧若俗若貴若賤無量無邊一切衆生於此會歸自性有情之衆生如是心地妙戒甚深法門不可思議不可思議普願法界一切有情世世生生同發金剛不壞之心常隨諸佛修學共證無上菩提妙果可也直解義唯備自觀若大智者應閲雲棲大師戒疏發隱

佛説梵網經直解卷第十

事義

十無盡句　所謂衆生不可盡我願不可盡世界不可盡我願不可盡虚空不可盡我願不可盡法性不可盡我願不可盡涅槃不可盡我願不可盡佛出世不可盡我願不可盡諸佛智慧不可盡我願不可盡心緣不可盡我願不可盡起智不可盡我願不可盡世間道種法道種智慧道種不可盡我願不可盡若十種可盡我願乃可盡是則又爲十無盡願也

梵網經直解跋並頌

潤自戊辰歲求戒楚沔廣長社得讀和尚所註梵網經略疏遂歷寒暑日夜繼之僅於菩薩心地品分知上卷所詮智理觀行修證階級下卷所詮輕重開遮止持作犯之名言而已嗣後自臺山侍巾瓶之神京每伺揮麈之暇跽陳秉筆請發略疏之覆既旋維揚石墖一日緝編告成焚香展讀不數紙即了舍那光釋迦光玄主光光無二致報佛説化佛説和尚説説本同源開圓頓之門於現前徹名言之岐於當下允矣和尚天性江漢濯來粉飾文章不添隻字直就本文掀翻佛意因以直解名焉然而楚沔刺略疏維揚刺直解精神何所致耶今年庚辰閏正月來復加覃思研覈精微壽棗華山遠流佛化此其四無量心再三爲人故若是矣吁攝授一切衆生但解法師語盡受得戒即入諸佛位者其爲梵網圓頓歟直令上中下機一值此經即真佛位於自心者其爲直解詳明歟而今後讀之者不必言和尚報身之今説即舍那報身之重説但惟信現前仁者之今學即過去菩薩之再學則與千百億釋迦同一鼻孔出氣矣夫其摩醯首羅天王宫是誰指之而入哉潤不能效藥王神光之爲而不禁篤信申吐數語不稱跋不稱頌聊誌廣長法乳源遠而流長云爾頌曰如來心藏及戒藏因果佛性常住藏我今字字從師授慈悲喜捨四無量流通天上與人間觀察諸法真實相百億諸佛一毛端時時

常把光明放善哉直解絶支離入梵網門爲最上普願人人如我心二利福德盡回向四恩三有證菩提蓮華端坐無虛誑旹

崇禎庚辰歲二月十九日楚峽州律弟子戒潤和南拜題

毘尼止持會集

清金陵寶華山弘律沙門讀體集

清刻龍藏佛說法變相圖

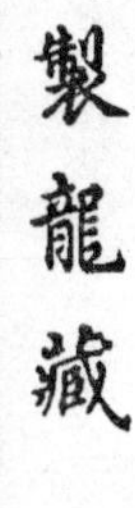

序

夫毘尼是正法之壽命者葢由戒淨僧眞性遮之業而無染覆道弘德備權實之教而克闡揚自行利他越苦海而登彼岸紹先啓後續慧命以振玄猷故曰毘尼住則正法住也不然則五邪罔禁八穢殉身虧僧寶之尊稱失福田之淨德上無模楷下闕規繩縱能聚衆匡徒悉屬附法魔外欲令正法久住豈可得乎體範繁荒隈學斷往哲謬承先囑力樹戒幢因念律海汪洋學人難討爰搜諸部之精要詳明止持之大成雖未盡源庶幾便覽所冀同志諸賢須遵七聚嚴護以防非當欽四依知足而進道則五濁世戒香芬馥於大地六和衆法雨霈澤於人間所謂毘尼住世則正法住世不亦然乎

時

順治已丑年前安居日滇南鷄足苾芻讀體

識於寶華山之觀西軒

毘尼止持會集

凡例

一律分衆部起自異執哲人弘範理合融收按舍利弗問經中舍利弗言如來正法云何少時分散如是既失本味云何奉持少時者謂佛滅度三四百年中佛言摩訶僧祇其味純正其餘部中如被添甘露諸天飲之但飲甘露棄於水去人間飲之水露俱進或時消疾或時結病其讀誦者亦復如是多智慧人能取能捨諸愚癡人不能分別文是知諸部之分出乎異見取捨之法讖自聖言故茲集雖以曇無德部為宗然於他部互有發明者悉採用之此亦南山律祖集大成之式也問既云摩訶僧祇其味純正何不宗之反宗四分豈非飲添水之甘露耶答茲藏中四十卷之僧祇者上古諸師皆判為略本故所不宗益文少義闕而又不合二百五十戒數故也今宗曇無德四分律者蓋是南山聖師之所宗故自唐以降皆弘通故二百五十戒相悉具足故犍度有歸無紊亂故余今宗之復何疑焉

一律制嚴詳譯文重沓初機簡閱不無浩繁之歎今為便覽故節要文然於義理并無增損

一戒因事制有緣方興故於條下先出犯緣須知栴檀林中曾無散木靈山會上豈有凡夫斯皆大權示現密護僧倫請佛制戒助揚法化如閱讀者當生欽信

愼勿眇視以取慢尤故善見毘婆沙律云若長老聞此不淨行愼勿驚怪何以故如來憐愍我輩為結戒故說此惡言若不說者云何得知波羅夷偷蘭遮突吉羅若法師為人講聽者愼勿露齒笑若有笑者驅出何以故佛憐愍衆生金口所說汝等應生慚愧心聽何以笑

一諸部飜譯音雖不同義實無別由其五天各異語有重輕今皆倣古所述或註文下或贅卷末以省檢討

一五篇戒相各有根本等流性罪遮罪並所起煩惱性謂本性是罪遮謂因制方犯又性罪惟染心中作若遮罪通染不染惟薩婆多論明其本流獨善見律判其性遮據律攝中出其煩惱今於每戒下有無咸依藏錄一無私增若准義推例亦可曉

一每戒之下約有八科一制戒緣起二依律釋文三結罪重輕四兼制餘衆五應機隨開六會採諸部七經論引證八附事便考然此八科有無不定臨文自見至於戒條正文書皆頂格餘者俱下一字若用本部但標律云或第幾分等字若用他部則別標名以識之便於稽考藏函

一律有止作二持止持惟顯開遮之法作持方攝誦戒之規有依佛陀耶舍所譯說戒別本而成集者斯乃用別集廣止作不分今此集專覈止持一門故但明二百五十戒相所以卷首不錄布薩偈

文和白等法至於作持說戒篇中自當錄附釋之庶無糅於止作也

一經通餘說律唯佛制等覺已下猶非所堪況諸小聖輒敢措詞良以如來行果極圓窮盡衆生輕重業性是故毘尼唯佛制立自餘下位但可依承不同經論許容他說故余欽此無敢穿鑿釋義出事皆如律藏成文重治輕開咸遵金口所說

綱要

一經教利生普被諸有或在天上龍宮或居祇園鷲嶺或在王臣舍宅或於曠野林泉惟觀根器應緣化導凡從聽者曾無遮揀律則不爾若於他處有犯必在僧中結戒縱尼有漏制亦凴僧一則令諸比丘慚愧欽遵謹護無作次則遮障外人恐生譏嫌不敬僧倫是故毘尼乃佛內制獨大僧持猶如國王秘藏匪許外臣所知若白衣沙彌設先覽者後欲登壇不聽進具由犯賊住是名重難所以戒因緣經序云天竺持律不都通視唯諸十二法人堅明之士乃開緘縢而共相授耶舍見囑見誨諄諄人可使由之不可使知其言至切乃自是也文邇來義學兼講僧律不揀白衣沙彌槩容坐聽雖云法施實為犯法欺侮嚴制罪將焉逃所冀凡為師承及居上座若睹白衣沙彌翻閱律部並此集者當慈語教誡使勿披覽此則自他俱利法道可昌

一戒德難思功逾衆行初因極果以為元基淨邦樂報以為根本險途示迷此為良導苦海得濟此為舟航由是賢聖所修諸佛所證乃至人天暫樂惡道永離無越乎戒故我釋迦世尊始自鹿苑終於鶴樹五時所演一大藏教多讃戒法不特一佛推重毘尼即十方三世一切如來出現利生說法皆然若離戒修行冀超三界猶無足欲行無翅欲飛無船欲渡詎可得也

一戒有三種果因互成論得不同據用則共謂第一波羅提木叉戒即律儀戒第二禪戒即定共戒定是靜攝入定之時自然三業調善諸惡不起第三無漏戒即道共戒道是能通發眞以後自無毀犯如初果耕地蟲離四寸是道共力此二戒法既是心上勝用力能發戒道定與律儀並起故稱為共今毘尼藏正詮律儀亦攝定道由持淨戒禪定智慧功德發生則律儀為因定道為果由禪無漏力性業遮業悉得清淨則木叉為果定道為緣故律中令諸比丘增心增慧薩婆多論云此波羅提木叉戒若佛出世則有佛不出世則無禪無漏戒一切時有波羅提木叉戒從教而得禪無漏戒不從教得又波羅提木叉戒但佛弟子有禪戒外道俱有夫能維持佛法有七衆在世間三乘道果相續不斷盡以波羅提木叉而為根本禪無漏戒不爾是故於三戒中最為殊勝

一持律者須知輕重開遮決斷疑悔始令正法久住不斷故第四分云有五法名為持律一知犯二知不犯三知輕四知重五廣誦二部戒又五法四如前五廣誦毘尼又五法四如前五謂住毘尼而不動又五法四如前五諍事起善能滅除又善見律云律師有三法一本毘尼藏謂為律師者必本於毘尼諷誦通利句義辯習文字不忘然後可以教授於人所以稱之為律師也二堅持不雜謂為律師者當懷慚愧堅持法律於毘尼藏所有文句義疏悉皆通達若有問者次第而答不相雜亂所以稱之為律師也三受持不忘謂為律師者於毘尼藏所傳之師須知次第授受之由若佛授優波離如是次第師師相承乃至於今其名字或能盡知或知一二而不忘失所以稱為律師也

一比丘戒相雖曰小乘然學大乘者未有不遵故南海寄歸云大乘小乘律檢不殊齊制五篇通修四諦若禮菩薩讀大乘經名之為大不行斯事號之為小所云大乘無過二種一則中觀二乃瑜伽中觀則俗有眞空體虛如幻瑜伽則外無內有事皆唯識斯並咸遵聖教孰是孰非同契涅槃何眞何偽意在斷煩惑濟衆生豈欲廣致紛紜重增冗結依行則俱昇彼岸棄違則並溺生津西國雙行理無乖競又云浮囊不洩乃是菩薩本心勿輕小愆還成最後之唱理合大

小雙修方順慈尊之訓防小罪觀大空
攝物澄心何過之有或恐自迷誤衆唯
教聊陳一隅空法信是非虛律典何因
見慢

一今所集卷專爲初學若爲師者切莫樂
簡厭繁謹閱斯帙爲盈須覽全藏博究

二持庶可高樹戒幢大振法鐸苟未徹
諳急欲師人多乖聖制律有大呵

毘尼止持會集卷第一

清金陵寳華山弘律沙門讀體集

將明斯律依賢首宗畧開七門一教起因緣二藏乘所攝三教義通局四辨定宗趣五教所被機六總釋題目七別解戒相所言門者收攝無壅名之為門俾依門入解通達無滯凡所釋義則有所宗歸也

初教起因緣者有通有別所言通者謂如來惟為一大事因緣出現於世則一代時教總其大意惟欲衆生開示悟入佛之知見令此律者欲令衆生以波羅提木叉戒入佛知見故故謂之通

別則專就此律復有十義為教起所因一攝取於僧二令僧歡喜三令僧安樂四未信者令信五已信者令增長六難調者令調順七慚愧者得安樂八斷現在有漏九斷未來有漏十正法得久住

一攝取於僧者謂於世人衆姓之內若有篤信男女等入正法中深生敬信樂為苾芻以成僧衆令取僧寳果故

二令僧歡喜者（律攝云為僧伽極善）謂既入善說法律之中而知僧尊堅固道志暢悅持戒蕩滌凡情能令善法極增勝故

三令僧安樂者謂依禁戒清淨活命三慧自淑五邪不干以七法財還信施債德業漸增不為施所墮故

四未信者令信者謂持禁戒性遮清淨四儀整肅譏誚不與令未信者知歸佛道使邪見輩正信發生故

五已信者令增長者謂嚴淨律儀梵行可

執如教化利慈威可欽能令久淹佛法者景仰歸從愈增淨信故

六難調者令調順者律攝云為折伏惡人謂有一類名字比丘及一類雖具信心煩惱業習强者令以輕重律儀諫治調伏令知非自責隨順衆僧故

七慚愧者得安樂者謂清淨律儀調難調者令知足慚愧樂持戒僧一界六和身心無擾得適悅進道故

八斷現在有漏者謂諸惡發業皆由潤生令以淨戒防止功用能違現行乾枯業種不起煩惱斷除苦因故

九斷未來有漏者謂依淨戒定慧發生心無染汚永斷漏種不受後有得證僧寶果故

十令正法久住者謂令清淨僧寶種性相續不息如法宣說廣利人天展轉相教正法得以久住故以上別中十義皆准律攝釋者是為此教結制之因薩婆多云如來以此十義結戒者順此十利功德得此十利功德若持一戒將來得一戒果報兼得十利果報如是一切戒當分別而非一切通得此十利功德也初明教起因緣竟

二藏乘所攝者已知此戒有如是因未審藏乘之中各何屬攝先明藏攝次明乘攝先明藏攝者有二一三藏二二藏且初三藏者

一修多羅或云修妬路亦名素呾纜此翻契經契者契理契機經者以貫攝為義貫謂貫穿所應知義攝謂攝持所化之機故

此教於三學中所詮定學　二毘奈耶此飜調伏謂調練三業治伏過非亦名鼻奈耶鼻飜去奈耶飜眞去若干非而就眞故曰眞也降伏此心息此心忍不起故曰眞也降伏戒也息定也忍智也亦名毘尼飜滅又云調御使心行調善也此教於三學中所詮戒學　三阿毘達磨舊云阿毘曇訛也阿毘是對義達磨法義合言對法謂能對者是妙慧通漏無漏所對者是法通世出世法此慧對向涅槃法復能對觀了四諦法法之所對故名對法此教於三學中所詮慧學梵語比吒此云藏即包含攝持之義非藏無以積錢財非藏無以蘊文義故上三典皆名曰藏今此戒者正屬毘奈耶藏非如他經分攝故

二藏者一菩薩藏二聲聞藏不列緣覺者攝歸聲聞故今此戒者正屬聲聞藏亦分攝菩薩藏葢聲聞人未發大心容可不學菩薩戒而菩薩人未有不學聲聞戒故

次明乘攝者乘有五乘一人二天三聲聞四緣覺五菩薩乘者運載為義通教理行果謂依教解理依理起行依行證果行果正運教理助運五皆名乘由力有大小載有遠近故分為五　一人乘者涅槃經云多思慮故名人雜心論云意寂静故名人謂受三皈五戒修下品十善運載衆生越於三途生於人道其猶小艇纔過溪澗二天乘者俱舍論云光潔自在神用名天謂受持三皈五戒修中品十善非定相應運載衆生越於四洲生欲界天與四禪定

相應生色界天與四空定相應生無色界天猶如小船越於江河　三聲聞乘者聲謂佛音聲聞謂耳根發識聽聞佛聲四諦之法故名聲聞　四緣覺乘者以慧覺了十二因緣之法亦名獨覺謂出無佛世雖不稟至教自悟無生故名獨覺修四諦十二因緣法門皆能運載衆生越於三界到有餘涅槃成阿羅漢及辟支佛皆如大船越大江河　五菩薩乘者梵語具云菩提薩埵菩提覺義薩埵有情義合言覺有情以悲智為本修六度法門運載衆生越於三界三乘之境至無上菩提大般涅槃之彼岸如乘大舶越於大海今此戒者正攝聲聞乘非餘乘所攝二明藏乘所攝竟三教義通局者已知藏乘所攝如是未審教

義當復云何其中分二初約教局論次推義通論

初約教局論者世尊一大時教有稱性隨機權實開會方便演說義各淺深今依賢首所判不出五教　一小教此教以隨機故但說人空不說法空縱說法空亦不明了但依六識三毒建立染淨根本唯論聲聞乘故名為小教　二始教由第二時但明於空未盡大乘法理故名之為始第三時定說三乘不言定性聲聞無性闡提成佛故亦名分教於中廣說法相少說法性所說法性亦是相數是大乘之初門故曰始教　三終教言定性聲聞無性闡提悉當成佛方盡大乘至極之說名之為終以稱實理亦名為實於中少說法相多說法

性雖說法相亦會歸性是大乘終極名為終教　四頓教此教明一念不生即名為佛不依地位漸次而說名之為頓於中不說法相唯明真性一切所有唯是妄想一切法界唯是絕言名為頓教　五圓教此教所說唯是無盡法界性海圓融剎塵無礙即華嚴所談名為圓教今此戒相正為眾生癡所覆故遂起貪瞋邪見十使縈纏汩沒四流昇沉九地是以六識三毒為染根本故如來愍此為制毘尼令治伏三毒防護七支修生空觀斷分別俱生二種我執超越三界證阿羅漢果是為六識反染而為淨根本義屬小教正阿含攝非餘四教故曰局也

次推義通論者謂此戒相雖曰小教若以義推則通乎圓故法華玄義云開麤者毘尼學即大乘學式叉式叉即大乘第一義光非青黃赤白三歸五戒十善二百五十皆是摩訶衍豈有麤戒隔於妙戒戒既即妙人亦復然汝實我子即此義也（文）蓋圓人受法無法不圓一色一香無非中道低頭合掌悉是道場孰曰戒相而非圓頓且如來化緣事畢仍遺教云汝諸比丘於我滅後當尊重珍敬波羅提木叉如闇遇明貧人得寶當知此戒則是汝等大師若我住世無異此也斯乃開顯之後顧命之言必局小教豈其然乎三明教義通局竟

四辯定宗趣者已知教義通局如斯未審宗趣當何所取宗者言之所尚曰宗趣者宗之所歸曰趣亦有總別

總則此毘尼教以反染成淨止作為宗以盡諸有漏解脫為趣按薩婆多論云比丘二百五十戒一切衆生上各得七戒以義分別有二十一戒如一衆生上起身口七惡凡起此惡以三因緣一以貪故起二以瞋故起三以癡故起此三惡三七二十一惡反惡心得戒一衆生上得二十一戒色一切衆生亦復如是有五種子中破一粒麥損一粒粟斷一根果摘一枝葉隨所斷所破各得一罪隨得罪處反罪得戒得爾所戒本受戒時不殺一切草木一切草木上盡得戒色如不掘地一微塵上得一戒色三千大千世界下至金剛地際一一微塵上得一戒色如是二百五十戒中若衆生非衆生類上得戒多少以義而推可以類解文若非遵制防止則不能增定慧淨諸有漏若非如律作辦則不能反惡業而成淨戒故漏盡解脫即獲果證是故反染止作漏盡解脫正是令教中所崇所尊所主之宗趣也

別則互舉若舉法為宗令得人為趣謂律藏所詮雖意皆明了須待比丘信敬躬行以辯深義是其所趣若舉人為宗令知法為趣謂具信登壇雖名為僧寶須當精窮五篇徹究二持知其所歸四辯定宗趣竟五教所被機者宗趣既辯已知所歸未審此教所被何機是故再明教所被機教乃聖人被下之言機是依教修行之士教分有五准前所明機別有三謂上中下而於教中復分為二一是化教二是制教化教

者謂開化指示權實性相善惡因果化導之機通在家出家今此毘尼非彼化教唯是制教制約行業制善令行制惡令斷示持犯相明諸學處所被之機不通在家獨制僧徒正被中下之機亦可兼於上者故今分三一正被二隨被三漸被　一正被者毘尼總收二部一制比丘僧二制比丘尼僧比丘僧始自須提那子以降具足二百五十禁犂比丘尼僧緣從憍曇彌八敬以來三百四十八戒漸備其僧部中攝尼而尼部中攝僧間有同制别學同制同學葢由僧尼性習各殊故佛於正被中復異也　二隨被者式义摩那沙彌沙彌尼此三雖曰小衆居必依隨二僧食隨僧分法隨僧學是故二僧戒内於後俱隨有制但令知惡莫作是制當遵若犯輕重條章通云一突吉羅仍有擯懺故悮不同名之小三衆隨律威儀所謂兼制令故為隨被也

三漸被者漸謂漸次若有上根禀戒機非中下本為志求佛果不似耽樂寂滅由遵聖制楷定律規不躐僧寶以故先秉息慈次入僧數然後方圓菩薩三聚淨戒是知聲聞身戒即菩薩心戒之基菩薩心戒即聲聞身戒之本未有身戒不淨而欲心戒清淨者也所以圓通會上波離尊者云我以執身身得自在次第執心心得通達然後身心一切通達得證圓通故今以上根次第禀戒而攝漸被中也五明教所被機竟

六總釋題目者前五義門已知今當釋題

就中分四初出律藏源流二明五部所弘三釋四分戒本四釋止持會集也

初出律藏源流者審夫娑羅唱滅之後豐德結集之初五百漏盡比丘僧同於畢鉢羅窟内大迦葉白僧問法優波羅依制讀宣誦如來言詞滿八十因而號曰八十誦律原無衆部之殊其分張衆部者葢自惡王滅法之後復有善王重興佛教羣黨互爭故分二部從二部中復分十八以後流傳惟餘五部此則八十誦律是為鼻祖二部為支分十八五部是其派衍也按舍利弗問經云云何世尊為諸比丘所說戒律或開或遮後世比丘比丘尼等云何奉持佛言如我言者是名隨時在此時中應行此語在彼時中應行彼語我尋泥洹大迦葉等當為分別為比丘比丘尼等大作依止如我無異（此懸記迦葉五百結集也）又云後有孔雀輸柯王孫名弗沙蜜多羅滅我法教害我僧徒彌勒菩薩以神通力接我經律上兜率天得蟲行神捧山壓王及四兵衆王種四兵一時滅盡後有王出性甚良善彌勒菩薩化作三百童子下於人間以求佛道從五百羅漢諮受法教羅漢上天接取經律還於人間國土男女復共出家比丘比丘尼還復滋繁時諸比丘好於名聞極力諍論抄治我律開張增廣互相是非求王判決王集二部行黑白籌（此乃息諍之法）若要舊者可取黑籌若要新者可取白籌時取黑者多白者少王以皆是佛說好樂不同不得共處學舊者多從以為名為摩訶僧祇

也學新者少而是上座從上座為名為他俾羅也(此懸記律分二部也)又文殊問經云世尊入涅槃後未來弟子云何諸部分別云何根本部佛言未來我弟子有二十部能令諸法住二十部者並得四果三藏平等無下中上譬如海水味無有異如人有二十子眞實如來所說文殊師利根本二部從大乘出從般若波羅蜜出初二部者一摩訶僧祇(此言大衆老少同會共集律部也)二體毘履(此言老宿雅老宿人同會共出律部也)我入涅槃後一百歲此二部當起從摩訶僧祇出七部於此百歲內出一部名執一語言(所執與僧祇同故云一也)於百歲內從執一語言部復出一部名出世間語言(稱讚辭也)於百歲內從出世間語言出一部名高拘梨柯(是出律主也)於百歲內從高拘梨柯出一部名多聞(出律主有多聞智也)於百歲內從多聞出一部名只底舸(此山名出律主居之)於百歲內從只底舸出一部名東山(亦律主居也)於百歲內從東山出一部名北山(亦律主居也)此謂從摩訶僧祇部出於七部及本僧祇是為八部於百歲內從體毘履部出十一部於百歲內出一部名一切語言(律主執三世有故一切可厝語言也此卽五部中之薩婆多部)於百歲內從一切語言出一部名雪山(亦律主居也)於百歲內從雪山出一部名犢子(律主姓也此卽五部中之婆蹉富羅部)於百歲內從犢子出一部名法勝(律主名也)於百歲內從法勝出一部名賢(律主名也)於百歲內從賢部出一部名一切所貴(律主為通人所重也)於百歲內從一切所貴出一部名芿山(律主居也)於百歲內從芿山出一部名大不可棄(律主初生母棄)

之於井父追尋之雖墜不死故云不可棄又名能射此即五部中之彌沙塞部於百歲內從大不可棄出一部名法護律主名也此即五部中之曇無德部於百歲內從法護出一部名迦葉比律主姓也此即五部中之迦葉維部於百歲內從迦葉比出一部名修妬路句律主執修妬路義也此謂體毘履部出十一部及體毘履成十二部佛說此祇夜摩訶僧祇部分別出有七體毘履十一是謂二十部十八及本二悉從大乘出無是亦無非我說未來起此上經文乃懸記從二部中復分十八部也偈中言無是亦無非者惟華嚴會玄記云謂以隨情執故無是四諦等更無異說故無非或但各自言是豈名實是故云無是各互非他豈名實非故云無非又既皆從大乘出何有是非或可依之修行無不獲益故云無是亦無非也　又南海寄歸傳云諸部流派生起不同西國相承大綱唯四一聖大衆部分出七部二聖上座部分出三部三聖根本說一切有部分出四部四聖正量部分出四部亦是從本分出十八部也其間離分出沒部別名字事非一致此不繁述　又俱舍論云過去迦葉佛時佛父訖栗枳王夢見一衣堅而且廣有十八人各執少分四向爭挽衣猶不破因問彼佛佛言此表當來釋迦如來弟子分佛正法成十八部雖有異執而真法尚在依之修行皆得解脫文是知部雖多分義皆可取若欲細覈各所宗執當閱十八部論部執異論異部宗輪論此三論出北藏席字函

二明五部所弘者諸部流分雖有十八其可從行不過五部按翻譯名義集云世尊成道三十八年赴王舍城國王食訖令羅云洗鉢失手摞鉢以為五片諸比丘白佛

佛言鉢破五片表我滅後毘尼分為五部也又舍利弗問經佛言部分如是衆多久後流傳唯餘五部各舉所長名其服色摩訶僧祇部勤學衆經宣講眞義以處本居中應着黃衣(今律四十卷是其支分也)曇無屈多迦(卽曇無德)通達理味開導利益表法殊勝應着赤色衣薩婆多部(此云一切有)博通敏達以導法化應着皂衣(有十誦律六十卷其根本說一切有部皆此部攝)迦葉維部(此云重空觀)精勤勇猛攝護衆生應着木蘭衣(律止有解脫戒本一卷或云全部未至或云未曾翻譯)彌沙塞部(此云不着有無觀)禪思入微究暢幽密應着青衣(有五分律三十卷)據此經文卽此五部若准他經凡列五部皆無摩訶僧祇部却有婆蹉富羅部(此云犢子上古有仙染犢生子自後種姓皆名犢子其彼部律未至)如賢首疏云總別六部僧祇是總五部是別此摩訶僧祇部行解虛通不生偏執徧順五見以通故故知摩訶僧祇是總五部是別通則六部也今此方唯存四部缺迦葉維及犢子部其餘善見毘尼母薩婆多論摩得勒伽優波離問經等俱是諸部支屬皆可覽也然斯五部旣佛預記無勞致疑有所是非譬如一燈出百千燈雖燈隨物異而光照無殊至於破闇除冥功用則一是故五天諸國隨宗一律各競進業皆獲道果東夏傳來四部俱行精持戒軌咸躋聖域自非聖化通立何以使之然乎故別舉五部明其所弘也

三釋四分戒本者已知部彙固多行唯五部未審今者所弘何部故次明之中復分四一出宗主二釋四分三釋律義四出譯

時
一出宗主者此四分宗主名曇無德此翻法藏又云法密由師含容正法如藏之密故又云法護護者防護即密藏義也師乃采菽氏之裔體毘履之支
二釋四分者此律全部有六十卷分為四大分自首卷至二十一卷止名第一分其中所明比丘二百五十戒法自二十二卷至三十六卷止名第二分前之九卷乃明比丘尼三百四十八戒法後六卷明受戒犍度說戒犍度梵語犍度此翻法聚以相類之法聚而歸一也自三十七卷至四十九卷止名第三分其中所明安居自恣皮革衣藥迦絺那衣拘睒彌瞻波訶責人覆藏遮破僧滅諍比丘尼法法共十六犍度自五十卷至六十卷終名第四分其中所明房舍雜法五百結集七百結集調部毘尼毘尼增一共六犍度今於四分之中單明第一分比丘戒法也
三釋律義者一大制教通名毘尼五部所出通名曰律梵語毘尼此翻滅然滅有三義一滅業非(謂不殺盗等故律中有犯毘尼有諍毘尼)二滅煩惱(煩惱是發業之本故律云調伏貪等令盡是故如來制增上戒學)三得滅果(故經云戒淨有智慧便得第一道)南山云毘尼翻調伏及滅者是從功用為名非正譯也正翻云律律者法也從教為名斷割重輕開遮持犯非法不定俗有九流法流居一故世律法皆約刑科道與俗違刑名乃異至於處斷必依常法故翻毘尼為律也
四出譯時者此四分律乃姚秦時北天竺

罽賓國佛陀耶舍尊者共竺佛念所譯緣佛陀耶舍先於本國誦四分律不賷梵本而來秦司隸校尉姚爽欲請尊者譯出姚主以其無梵本難可證信衆僧多有不同故未許之羅什法師勸曰耶舍甚有記功數聞誦習未曾脫誤於是姚主即以藥方一卷民籍一卷並可四十紙許令其誦之一日便集僧執文覆之乃至銖錙人數年紀不謬一字是時衆咸信伏由是耶舍口誦梵音佛念筆受成文即以弘始十二年譯出為四十五卷又云四十四卷今分為六十卷若支法領所譯者止有三十卷然今已失矣據唐圓照律師傳則弘始五年壬寅歲耶舍譯出成四十五卷至十一年歲次戊申支法領又從西國將梵本來於長安中寺重讐校殆十四年辛亥譯畢成六十二卷

四釋止持會集者宣祖云持戒之心要唯二轍止持則戒本最為標首作持則羯磨結其大科後進前修妙宗斯法故今統閱諸部撮畧正文會集止持用益將來共扶頹幢以樹正法也六總釋題目竟

毗尼止持會集卷第一

音義

序

匏繫 上音庖瓠屬盎匏味苦瓠味甘也言匏繫者孔子曰吾豈匏瓜也哉繫之而不食大約今人用匏繫皆取無用之義也 荒隈 下音威隈內曰隩隈外曰隈荒隈者謂居於荒山也 亙猷 下音由道也 五邪 一詐現異相謂諸比丘違佛正教於世俗人前詐現奇特之相令其心生敬仰而求利養二自說功德謂諸比丘以辯口利詞抑人揚己自逞功能令所見者心生敬信而求利養三占

相吉凶謂諸比丘攻學異術卜命相形講談吉凶而求利養 四高聲現威謂諸比丘大語高聲詐現威儀令人畏敬而求利養 五說所得利以動人心謂諸比丘於彼得利於此稱說於此得利於彼稱說令人動心而求利養如是五種令人邪命

八穢 一置買田宅謂比丘當依眾居止勤修出世清淨無為之道若私置田宅以圖自足是為不淨 二種植根栽比丘當勤修道業於世間資生之事不生貪著若不為眾私自種植田園內妨行業是為不淨 三貯聚穀粟謂比丘當乞食資身清淨活命若不為眾私自藏貯穀粟米麥是為不淨 四畜養奴婢謂比丘當閑居靜處修攝其心行安樂行若不為眾畜養奴婢驅使作務是為不淨 五畜養羣畜謂比丘當持禁戒慈心不殺若畜牛馬等畜生之類以污梵行是為不淨 六藏積金銀錢寶謂比丘當以清雅為高安貧樂道身無長物若貪積世間所重金銀資財等物資生求利計筭出納有乖道行是為不淨 七藏積象牙剌鏤等物謂比丘當奉佛戒志尚儉素於諸玩好心不貪戀布衣草座常懷知足若貪世間稀有雕飾之物是為不淨 八藏積銅鐵釜鑊以自煑爨謂比丘於眾居止當與眾同爨或乞食自活勵精梵行成就道業若藏積釜鑊以自煑爨背眾而食是為不淨

殉 音旬隨也

福田淨德 一發心離俗謂出家之人發勇猛心脫離凡俗習佛菩提而能懷佩妙道為世福田是為初淨德也 二毀其形好謂出家之人剃除鬚髮毀壞相好去世俗之塵衣着如來之法服具佛威儀為世福田是為第二淨德也 三永割親愛謂投佛出家割絕父母親愛之情一心精勤修道以報父母生成之德兼能為世福田是為第三淨德也 四委棄軀命謂出家之人能委棄身命無所顧惜惟務一心求證佛道兼能為世福田是為第四淨德也 五志求大乘謂出家之人常懷濟物之心專志勤求大乘之法度脫一切有情為世福田是為第五淨德也

模楷 模木生於周公塚上其葉春青夏赤秋白冬黑以色得其正也楷木生孔子塚上其餘枝疎而不屈以貿得其直也此二字取義若正與直可為法則

苾芻 此香草也出於雪山具有五德以喻比丘一體性柔軟以喻比丘能折伏身語意業之麤也 二引蔓旁布以喻比丘傳法度人延綿不絕也 三馨香遠聞以喻比丘戒德芬馥為眾所聞也 四能療疼痛以喻比丘能斷煩惱毒害之痛也 五不背日光以喻比丘正見思惟常向佛日而不背也

凡例

經通餘說 大智論云一佛說謂如來金口所宣二弟子說謂諸聲聞緣覺菩薩承佛神力加被所說三仙說謂佛會中諸大仙人從佛入道誓弘佛化宣揚正

法四諸天說謂帝釋每於善法堂上為忉利天人演說般若五化人說謂三乘聖人隨機現化如羅睺羅化作金輪王而度域東老母先讚福果因緣後說大乘妙法**等覺已下**等覺者一生補處菩薩之名如今彌勒菩薩是也下地望之雖與佛等然有極細一品無明未盡故猶稱菩薩言下者指下位九地三賢**措**粗去聲安着也

綱要

十二法人即頭陀十二行也又名杜多此翻抖擻亦翻修治亦翻淘汰十二法者一住阿蘭若處二常乞食三次第乞食四受一食法五節量食六中後不飲果漿蜜漿七着糞掃衣八但三衣九塚間住十樹下止十一露地坐十二但坐不卧**緘縢**上音兼下音騰繩也謂束篋之緘縢也**人可使由之不可使知**此出論語今借用之謂初受戒人但可使其依律行持未可使閱律藏知其所從結戒之由蓋六羣比丘等皆是大權示現曲為末世而示犯緣誠恐愚者不達認為實事反生放縱**義學**演教之師深入義海故稱義學**險途**險者險阻途者途路此喻三途惡道也**鹿苑**鹿苑去波羅奈國十餘里是如來昔與提婆達多俱為鹿王住處各統羣鹿五百餘時國王畋遊原澤菩薩鹿王前詣王曰大王校獵中原縱燎飛矢凡我徒屬命在茲晨不日應臭無所充膳欲次差日輸一鹿王有割鮮之膳我延旦夕之命王善其言而囬駕兩羣之鹿更次輸命提婆羣中有懷孕鹿次當就死白其主曰身雖應死子未次也鹿王怒曰誰不保命雌鹿歎曰吾主不仁死無日矣乃告急菩薩鹿王王曰悲哉慈母之心恩及未形吾今代汝遂至王門國王問由鹿具答情王聞歎曰我人身鹿也汝鹿身人也於是悉放諸鹿不復輸命即以其林為諸鹿藪因而號曰鹿苑**鶴樹**亦云鶴林如來出世說法利生化緣事訖於娑羅雙樹間二月十五日入涅槃雙樹皆悉變白猶如鶴色故名鶴樹**波羅提木叉**此翻別解脫律攝云別解脫者由依別解脫經如說修行於下下等九品諸惑漸次斷除永不退故於諸煩惱而得解脫名別解脫又見修煩惱其類各多於別別品而能捨離名別解脫由惑漂沒三界有情為此先因勤求別別解脫經又云隨順解脫此據果立名隨順有為無為二種果故又云保解脫謂戒淨有智慧故如來保任必證涅槃故**一則中觀二乃瑜伽**中觀即龍樹宗世稱法性宗瑜伽即護法宗世稱法相宗以瑜伽師地論為宗故名伽此翻相應也**冗結**冗者雜也結者不解也**浮囊不洩**浮囊渡海器也昔有商人持囊渡海海中羅剎從乞浮囊其人不與乃乞一半亦不聽許至乞

一線亦不從願何故命在囊故浮囊若破則於海岸終不能到以諭持戒之人欲渡生死苦海設遇愛染羅刹假求一願亦終不從何故命在戒故戒若有破則溺生死若海永無出期是故護戒若此 **勿輕小愆還成最後之唱** 如來涅槃令諸比丘以戒為師依戒而住故云最後之唱若輕細過放蕩無拘是違遺教非佛弟子故云勿輕也 **聊陳一隅** 謂物有四隅舉一隅則以三隅反也 **摩夷** 具云摩得勒伽此翻智母以其能生智故

卷一

僧寶果 即漏盡阿羅漢也 **三慧自淑** 淑者善也和也清湛也三慧者一聞慧由從善知識處得聞經律論以因聞故能生無漏聖慧二思慧由能思惟經律論及從善知識所聞法義皆能生於無漏聖慧三修慧謂既已聞法思惟義趣即當隨順修習因此修習能生無漏聖慧 **七法財** 財者謂信等七種出世法財也若一切眾生行此七法資成道果故謂之財 一信財謂信能決定受持正法以為佛道之糧 二進財謂未能見真諦理而一心精進求出世道以為成佛之資 三戒財謂戒為解脫之本能止防身口意之惡非以為成佛之資 四慚愧財慚者慚天愧者愧人謂既能慚愧則不造諸惡業以為成佛之資 五聞財聞為三慧之首聞必能思思必能修若能聞佛聲教則開發妙解如說而行以為成佛之資 六捨財捨即捨施謂若能運平等心無憎愛想身命資財隨求給施無所悋惜以為成佛之資 七定慧財定慧即止觀也定則攝心不散止諸妄念慧則照了諸法破諸邪見以為成佛之資 **不為施所墮** 昆尼母云若不坐禪誦經營三寶事及不持戒受人信施則為施所墮 **有漏** 昆婆沙論云有者若業能令後生續生是名有義漏者是留住義謂令有情留住欲界色界無色界故涅槃經云有漏法有二種一因二果有漏果者是則名若有漏因者是名為集 **艇** 庭上聲小船也二百斛以上曰艇其船小而長 **舶** 音白海中大船也 **十使** 一貪使二瞋使三癡使四慢使五疑使六身見使七邊見使八邪見使九見取使十戒取使此十皆名使者謂能驅役行者心神流轉三界生死也 **四流** 一見流即三界見惑謂意根對於法塵起分別見也 二欲流即欲界思惑謂五根貪愛五塵故名為思惑即貪瞋慢也 三有流因果不亡為有即色無色界思惑貪慢是也 四無明流無所明了故曰無明即三界思惑中之癡惑也此四皆名流者謂眾生由三惑之所流轉漂泊三界而不能返於涅槃彼岸也 **九地** 一五趣雜居地二離生喜樂地三定生喜樂地四離喜妙樂地五捨念清淨地六空無邊處地七識無邊處地

八無所有處地九非非想處地

生空 亦曰人空即我空也謂凡夫妄計五蘊是我強立主宰引生煩惱造種種業佛為破此計故說五蘊無我二乘悟之入無我理是名生空

二我執 一俱生我執謂於五陰等法中強立主宰妄執為我與身俱生是名俱生我執　二分別我執謂於計我法中分別我能行善行惡等事而起執着是名分別我執

式叉 此翻云學

蹴 燕入聲踰跨也儒云學不蹴等

鼻祖 人之懷胎鼻先受形然後諸根漸具故稱始祖為鼻祖而波離結集八十誦律為諸部之始祖故曰鼻祖也

芿 音成舊草不芟新草又生曰芿

五通 一足不履地謂身能飛行履空如地　二知人心命謂能知他人之心行善行惡生善處惡處　三回眼千里謂天下衆生之類若好若醜城郭屋舍山巖樹木回眼之時無有遠近皆悉能見　四呼名即至謂於天下男女及象馬巨細等聲無不能聞若有呼其名者或遠或近隨即而至　五石壁無礙謂於天下周旋往來山河石壁無所障礙

裔 音曳後嗣也

九流 一儒流祖述堯舜憲章文武宗師仲尼者也本出司徒　二道流絕禮樂去仁義獨任清虛者也本出史官　三陰陽流敬順昊天曆象日月本出羲和之官　四法流信任賞罰以輔禮制者也本出理官　五名流名仕不同禮亦異數出於禮官　六墨流推兼愛之意出清廟之官　七縱橫流言其當制宜受命而不受詞者也出於行人之官　八雜流兼儒墨合名法出於議官　九農流播百穀勸耕桑者也出於農稷之官　**關** 會要也

附譯人傳畧

佛陀耶舍師罽賓國人婆羅門種也年十三出家嘗與其師遠行曠野逢虎其師欲走避師曰此虎已飽必不侵人俄而虎去前行果有噉嚼餘蹟其師畧異之年十五日誦經二三萬言有羅漢重其聰明恒乞食供之嗣從舅氏習五明諸論世間法術靡不綜閑後受沙勒國太子供養待遇隆厚乃辭去東適龜茲尋羅什葢什曾在沙勒國受學於師而師甚重之也時師被符堅執羈虜姑臧遣信要師師為國人留欲行不克因命弟子取淨水咒藥洗足乘夜而發走數百里始旦問弟子何所覺耶曰

惟聞疾風耳國人追不及方至姑臧而羅什又入長安長安乃秦主姚興也興聞師名即盛禮聘之師不受笑曰明旨既降便應載馳然檀越待士既厚脫如羅什見處則不敢聞命葢興嘗媵妾逼什故也使還覆興歎其幾慎重信敦諭師方允至長安日興自出候延於逍遥園中遂與羅什出十住經并四分律長阿含等經也師儀容端雅而髭赤色尤善毘婆沙時人號赤髭毘婆沙既為什之師亦稱大毘婆沙後還外國不知所終。媵音胤送女從嫁也凡送皆曰媵

竺佛念師涼州人弱年出家志業清堅外和内朗有過敏之鑒少好游方備貫風俗華梵音義莫不兼通故義學之譽雖闕洽聞之聲甚著符氏建元年入長安與僧伽跋陀曇摩難提等翻譯諸經質斷疑字音義自世高支讖以後莫踰也故在姚苻二代為譯人之宗關中名德咸嘉推焉後復自出菩薩瓔珞十住斷結及曜胎中陰等經始就治定意多未盡遂爾遘疾卒于長安

毘尼止持會集卷第二

清金陵寶華山弘律沙門讀體集

七別解戒相者盖前五門是推演教義第六門是分別題目教義題目既已朗然則當正解戒相凡諸沙彌受持十戒以為具戒之基本已登壇近圓時重在白四羯磨感發戒體次乃為說戒相保護其體故今將釋戒相明持先出無作戒體無作者天台大師云戒體者不起而已起則性無作假色磬公釋云謂此戒體不起則已起則全性而性修交成必有無作假色無作一發任運止惡任運行善一作之後不俟再作故云無作文言無作假色者十一色法各有假實就法處所攝色中唯定果色名為實色表無表色並名假色善惡二戒各有表及無表表即名作無表即名無作今且釋善戒互跪翹勤名為身表三說乞戒名為語表衆僧和合同集戒場亦名身表白四羯磨亦名語表由此作法受得清淨戒體成比丘性為意家所緣任運恒得止行二善故云一作之後不俟再作名為無作假色也此無作戒體從第三羯磨畢時便得於一切男女邊得不婬色於一切情非情邊得不盜色於一切有情邊得不殺色於一切有情邊得不欺誑色乃至於一切地得不掘色於一切草木得不壞色於一切酒得不飲色如是二百五十戒法一一各周法界故出家功德經明一日一夜持戒功德不可窮盡正由此妙善戒法徧以法界為所緣故是則無作戒體是法處

色是無漏色有漏五蘊色身為依無漏五蘊戒身為依有漏色身從父精母血和合而生是色處假色無漏戒身從三師七證羯磨而得是法處假色所以和尚名為力生正從能生戒身以得名耳得此戒身便同僧寶能使天龍尊奉神鬼欽承遍來授受體則迷而莫知相則晦而罔諳欲企道基堅固梵行精瑩何可得焉故今先出戒體而令授受不虛保護清淨也

次正解戒相准律分八初波羅夷法二僧伽婆尸沙法三不定法四尼薩耆波逸提法五波逸提法六波羅提提舍尼法七衆學戒法八滅諍法

初波羅夷法共有四條僧祇律云波羅夷者義當極惡謂更無事重於此者總以三義釋之一退沒由犯此戒道果無分故二不共住非但失道果而已不得於說戒羯磨二種僧中住故三墮落捨此身已墮阿鼻地獄故

律云犯波羅夷者譬如有人截其頭終不能還活斷多羅樹心終不復更生長如針鼻缺不堪復用如大石破為二分終不可還合（多羅此云岸形直而且高葉可書經此樹若斷其心即便枯死永不發生）

根本律云波羅市迦者是極重罪極可厭惡嫌棄不可愛若苾芻亦纔犯時即非沙門非釋迦子失苾芻性乖涅槃性墮落崩倒被他所勝不可救濟如截多羅樹頭更不復生不能欝茂增長廣大故名波羅市迦

律攝云波羅市迦者是極惡義是他勝義

纔犯之時被梵行者所欺勝出家近圓為除煩惱今破禁戒反被降伏又能害善品使消滅故又復能生惡趣之罪故名波羅市迦又被非法軍而來降法王之子受敗於他既失所尊故名他勝（近圓者圓謂涅槃受比丘戒則能親近涅槃故名近圓）

薩婆多論云波羅夷者名墮不如意處如二人共鬭一勝一負犯此戒者不聽懺悔畢竟永墮負處又如焦穀種雖種良田勤加溉灌不生苗實犯戒亦爾雖勤加精進終不能生道果苗實故

佛說犯罪輕重經云犯波羅夷罪如他化自在天壽十六千歲墮泥犁中（按論云人間一千六百年為彼天一晝夜）於人間數九十二萬一千六百萬年（此年數必譯悞音義中辨）此泥犁即熖熱地獄謂獄卒置罪人鐵城中火然燋爛燒炙衆生故此但名其有間若謗三寶五逆等罪壽一大劫墮八無間獄也

第一婬戒

婬者污穢交遘鄙陋不堪之事名非梵行亦名不净行准善見云此是性罪不受佛戒世間法爾有罪以犯佛戒則重犯國禁則輕輕者國制強奸者斬和奸者笞婬男者杖重者佛制不論男女等一有樂欲心行婬則墮三塗窮劫極苦非同世刑不可言喻

若比丘共比丘同戒若不還戒戒羸不自悔犯不净行乃至共畜生是比丘波羅夷不共住

【緣起】蓋心隨境轉戒依事制若境幻心空

則情忘理顯所以戒結五篇皆由有漏生起而大聖乘時制為學處故善見律云未有漏者如來結戒衆生生誹謗想云何瞿曇沙門如諸聲聞弟子悉是貴姓或是王位捨於財物宮殿妻子眷屬不惜身命皆是知足無所希求云何瞿曇反以波羅提木义繫之是瞿曇未善別世人故言如此若結戒者世人亦不生敬重之心譬如醫師未善治病見人始欲生癰未大成就輙為破之破已血出受大苦痛以藥塗之瘡即還復醫謂曰我為汝治病當與我直病人答曰此癡醫師若是我病可為我治我本無病强為破肉令血流出生大苦痛反責我直詎非誑耶聲聞弟子亦復如是若先結戒而生誹謗我自無罪强為結戒是故如來不先結戒若有漏者是時如來當為諸弟子結戒文以是義故每戒之下先出緣起又制戒之後復有緣起而加制者亦有緣起而開制者故五篇之內有一制數制之不同今此婬戒有三制律云佛在毘舍離時迦蘭陀村須提那子持信堅固出家為道時世穀貴乞食難得須提那子將諸比丘詣迦蘭陀村乞食母聞子歸往勸捨道還家再三不允乃令與婦安子使種不斷便捉婦臂將至園中三行不淨時須提那子行不淨已常懷愁憂同學問知其故具白世尊世尊集諸比丘以無數方便訶責言汝所為非非威儀非沙門非淨行非隨順行所不應為汝須提那云何於此清淨法中乃至愛盡涅槃與故二行不

淨耶告諸比丘寧以男根著毒蛇口中不持著女根中何以故不以此緣墮於惡道若犯女人身壞命終墮三惡道何以故我無數方便說斷欲法斷於欲想滅欲念除散欲熱越度愛結我說欲如火如把草炬亦如樹果又如假借猶如枯骨亦如段肉如夢所見如履鋒刃如新瓦器盛水著於日中如毒蛇頭如轉輪刀如在尖標如利戟刺甚可穢惡佛訶責已與諸比丘結戒集十句義一攝取於僧二令僧歡喜三令僧安樂四令未信者信五已信者令增長六難調者令調順七慚愧者得安樂八斷現在有漏九斷未來有漏十正法久住若說戒者當如是說若比丘犯不淨行行婬欲法是比丘波羅夷不共住此是創制也如是結戒已時有跋闍子比丘愁憂不樂淨行即還家共故二行不淨行諸比丘白佛佛集僧訶責云汝癡人犯波羅夷不共住若有餘比丘不樂淨行聽捨戒還家若欲復出家於佛法中修淨行應度令出家受大戒由此更結不還戒羸不悔之語此是第二制也後復有一乞食比丘依林中住與雌獼猴共行不淨按行比丘見已白佛如上集僧訶責乃更結共畜生之文此是第三制也　准僧祇律云佛成道五年冬分第五半月十二日中食後因須提那子制此婬戒（按西域分三際從十二月十六日至四月十五日為春際從四月十六日至八月十五日為夏際從八月十六日至十二月十五日為冬際一際四月每四月有八箇半月今准此方正當十月二十七日也）　律攝云由癡故因婬煩惱及婬事故制斯學處

然以一切煩惱皆依無明不覺故生無明即癡也所以一一戒中佛莫不訶云汝癡人所為非而癡實是犯戒之根源也　又結戒必要集僧者准薩婆多論有五義一佛現不自專輒二佛不集衆籌量輕重而後結戒但共衆和合令罪者心伏三如國王持國雖得自在凡有國事與諸忠臣議之國得久住佛法王亦爾雖於法自在為持佛法故凡有法事集衆共知法得久住四以為肅現在當來弟子凡是僧事不問有力無力要問衆詳宜不得專獨五諸佛法爾不獨一佛　又集僧已佛知而故問知時而問知而故問者一以佛常法二以佛無事不知欲令前人伏罪順自言治法三以為安衆生故佛無事不知無事不見若不問前人自以知見說罪過則衆生常懷怖懼不能自安非是集衆安衆生法四若以逆察人心非大人聖主儀體知時而問者要在比丘衆中問沙彌白衣前不問一以令是結戒時　又云一切善法不言結何以但言結戒然戒是萬善之本但結戒即結一切善法也

【釋義】文分三節若比丘是泛指受持具戒之人（下皆准此）共比丘下正明所犯之事是比丘下結成所犯之罪（按智度論云比丘義含有三一破惡義如初得戒即言比丘以三羯磨發善律儀破惡律儀故言破惡若通就行解戒防形非定除心亂慧悟想虛能破見思之惡二怖魔義既能破惡魔羅念言此人非但出我界域或有傳燈化我眷屬空我宮殿故生驚怖通而言之三魔亦怖三乞士義乞是乞求之名士是清雅之稱出家之人內脩清雅之德必須遠離四邪淨命自居福利衆生破憍慢心謙下自卑告求資身以成清雅之德）律明八種比丘

謂名字比丘謂世間人有立名字喚為比丘或是比丘種族非出家法衆也相似比丘謂有人剃除鬚髮不受佛戒形貌類僧沙彌雖未稟具亦入比丘數故名曰相似非法衆也自稱比丘謂自剃鬚髮披著袈裟在僧中自稱言我是比丘此名賊住又犯重比丘不共僧住仍稱比丘善來比丘此謂有具信白衣來詣佛所欲求出家佛觀根性成熟堪可度者便喚言善來比丘於我法中快自娛樂可脩梵行得盡苦源佛語未竟鬚髮自落衣鉢具足如百臘比丘威儀庠序得具足戒如陳如等諸大弟子是乞求比丘謂不受請食盡形乞食資身是名乞求比丘也著割截衣比丘謂衣價貴重比丘得已便割截而着壞衣價直針綫剌納毀其細輭用樹皮壞其本色便是故衣能着是衣者名着割截衣比丘也破結使比丘一切煩惱名為結使謂能結縛衆生驅使流轉三界故若人出家或滿二十或不滿二十能破斷此煩惱證阿羅漢即名得具足戒受大戒白四羯磨如法成就得處所比丘謂有善男子希求具戒於三師七僧前三乞乃為作一白三羯磨於所作如法成就究竟圓滿成比丘性故名受大戒白四羯磨如法成就得處所比丘也是中比丘若受大戒白四羯磨如法成就得處所住比丘法中是謂比丘義謂令結戒本為白四羯磨受大戒比丘故其善來破結有自然之戒永離破禁過患煩惱已盡梵行已立前之三種但名相同是非法衆故不在禁限也於後諸戒凡云若比丘義皆准此共比丘者如餘比丘受大戒白四羯磨如法成就得處所住比丘法中是為共比丘義云何名為同戒我為諸弟子結戒已寧死不犯是中共餘比丘一戒戒體無二同戒戒相無別等戒戒行俱等是名同戒根本律云若有先受圓具已經百歲所應學事與新受者等無有異若新受圓具所應學事與百歲受圓具者事亦不殊所謂尸羅學處持犯軌儀咸皆相似而得故云共戒同戒也云何還戒還還戒者捨戒也如律云若比丘不樂修梵行欲得還家厭比丘法常懷慚愧貪樂在家貪樂優婆塞或念沙門外道外道弟子非沙彌非釋子等法便作如是語我捨佛捨法捨比丘僧捨和尚阿闍黎捨

同和尚同阿闍黎同和尚者謂彼比丘或同已之和尚或同一師受戒或同戒臘也同阿闍黎亦爾　捨諸梵行捨律捨學事受居家法我作淨人我作優婆塞我作沙彌我作外道我作外道弟子我非沙門非釋種子若復作如是語我止不須佛佛於我何益離於佛所如是乃至學事亦如是若復作餘語毀佛法僧乃至學事便讚歎家業乃至非沙門非釋子以如是語了了說者是名捨戒若不作是了了語者是名不還戒　若顛狂捨戒心亂捨戒痛惱捨戒戲笑捨戒皆不名捨戒若顛狂心亂痛惱瘂聾人前捨戒中國人邊地人前捨戒邊地人中國人前捨戒若天龍鬼神睡眠人死人無知人前捨戒若自不語若語前人不解如是等皆不名捨戒　戒羸者律云若比丘愁憂不樂梵行欲得還家厭比丘法意在家乃至樂欲作非沙門非釋子法便作是言我念父母兄弟姊妹婦兒村落城邑田園浴池我欲捨佛法僧乃至學事我欲受持家業乃至非沙門非釋子法是謂戒羸　不自悔者謂於如來戒法無力能持內懷愁憂而不悔說是為不自悔　若作如是思惟我欲捨戒便捨戒是謂戒羸而捨戒　不淨行者是婬欲法律攝云行謂聖道淨謂涅槃由八正行方能證會作不淨行正違彼故　下至畜生者可行婬處是也薩婆多論云與女人交會受欲具足與畜生女交會樂欲情薄是故言下至畜生三惡道是五道之邊下故言下至畜生　云何名波羅夷譬如斷人頭不可復起比丘亦復如是犯此法者不復成比丘故名波羅夷廣釋准前　云何名不共住有二共住同一羯磨同一說戒不得於是二事中

住故名不共住

[結罪]是中犯者若於人婦非人婦畜生婦若於人女非人女畜生女若於人二形非人二形畜生二形三處作不淨行大便道小便道及口中

若於人黄門非人黄門畜生黄門若於人男非人男畜生男二處行不淨行大便道及口中如是比丘有婬欲心初入盡波羅夷方便而不入盡偷蘭遮

若如上所堪行婬境有隔有隔有隔無隔無隔有隔無隔無隔（有隔謂以物衆而入）盡波羅夷

若比丘婬意向人睡眠婦女若死形未壞多未壞大便道小便道及口若初入皆得波羅夷如是非人婦乃至畜生男亦如是

若爲怨家强捉比丘或自（謂令己婬他）或他（謂他來婬己）行不淨行於初入入已出三時中隨有一時生受樂心即得波羅夷（受樂者如饑得食如渴得飲不受樂者如好淨人以種種死屍繫其頸上）

若骨間若死屍半壞若地孔若摶泥孔若君持口中行不淨行皆偷蘭遮（君持此云瓶）

若道作道想道作道疑道作非道想皆波羅夷　若非道道想非道疑皆偷蘭遮（非道者謂除三道其餘䏶下脓間軍持泥團地空等是也）

若比丘教比丘行不淨行若作教者偷蘭遮若不作教者突吉羅　若准義犯此戒要具四緣方成本罪一有婬欲心二全情境三入道四受樂若不具如律有開

偷蘭遮者准善見律云偷蘭名大遮言障善道後墮惡道體是鄙穢從不善體以立名者由能成初二兩篇之罪故也　明了

論解偷蘭爲麤遮即爲過麤有二種一是重罪方便二能斷善根所言過者不依佛立戒而行故言過也然中復分從生獨頭十誦律云從初篇生重應一切僧中悔若初篇生輕二篇生重應界外四比丘衆中悔若僧殘生輕一比丘前悔今且就從生而論其獨頭三品並懺悔法詳明於作持中　經云犯偷蘭遮如兜率陀天壽四千歲墮泥犁中（人間四百年彼天一晝夜）於人間數五萬七千六百萬年此泥犁即嘷叫地獄謂獄卒捉罪人擲鐵鑊中嘷咷大叫故此偷蘭遮若開聚則別列第三如歸篇則總攝前二

【兼制】比丘尼波羅夷（此是同制同學戒）式叉摩那沙彌沙彌尼突吉羅滅擯（小三衆犯婬殺盜妄四性重罪者雖無波羅夷之罪名則滅擯已是棄義不得與餘清淨沙彌同事同學不得如餘清淨沙彌與諸比丘得共二宿三宿雖云突吉羅罪實不通懺悔）若比丘尼教比丘行不淨行若作教者偷蘭遮若不作教者突吉羅若式叉摩那沙彌沙彌尼教比丘作與不作教者盡突吉羅

【隨開】不犯者若睡眠無所覺知不受樂一切無有婬意及最初未制戒癡狂心亂痛惱所纏（善見律云見火而捉如金無異見屎而捉如栴檀無異是名癡狂心亂痛惱所纏　又十誦律云有五相名狂人親里死盡故狂財物失盡故狂田業人民失盡故狂或四大錯亂故狂或先世業報故狂　有五種因緣令心散亂為非人所打故心散亂或非人令心散亂或非人食心精氣故心散亂或四大錯故心散亂或先世業報故心散亂　有五種病壞心或風發故病壞心或熱發故病壞心或冷發故病壞心或三病俱發故病壞心或時氣發故病壞心若雖有如是癡狂散亂病壞心若自覺是比丘作婬欲得波羅夷若不自知不犯於下諸戒皆有三病不犯准此可知不更釋）

【會採】僧祇律云：若向五衆及白衣言我捨佛法僧捨共住等，皆名捨戒。又云：若言捨過去未來佛捨過未經論捨過未僧捨多比丘，皆不名捨戒，得偷蘭遮罪。若言捨過去未來法捨此經論，是名捨戒。又外道亦各言有佛法，若實欲捨佛法，假言捨外道佛捨外道法，不名捨戒，得偷蘭遮罪。若言捨過未多比丘捨一比丘，越毘尼罪。若言捨過未一比丘，越毘尼心悔。若言捨阿闍黎，不名捨戒，得偷蘭遮罪。律本言捨阿闍黎亦成捨者，以原受戒時十僧不滿不得戒故，若欲還戒，但捨十中一人皆可。此中雖言捨和尚方成捨者，以本得戒時依和尚而生戒身，是從根本所生處捨也。須知和尚在前，當依僧祇；若和尚遠處異方，應依本部法。雖兩殊，開遮隨時。若作是念我不如捨佛法僧作外道，彼心念口言未決定向他人說，是名戒羸。若說戒羸事者，語語偷蘭遮罪。復作是心念口言我捨佛者勝乃至我習本俗人者勝，是名說戒羸事，語語偷蘭遮罪。

五分律云：若言我當行外道儀法，語語偷蘭遮；若言我當行白衣儀法，突吉羅，是不名捨戒。若口言我捨戒，是名捨戒。

薩婆多論云：受戒時須三師七僧，捨戒於一人前便捨者，謂求增上法故，則須多緣多力；捨戒如從高墜下，故不須多也。又受戒如得財寶，捨戒如失財寶。譬如入海採寶，無數方便然後得之；及其失時，賊盜水火須臾散滅，捨戒亦爾。

又僧祇律云：若比丘行婬，若買得，若傭得，若恩義得，知識得，調戲得，試弄得，未更事得，如是一切得而婬者，波羅夷。比丘以

染污心欲看女人得越毘尼心悔若眼見若聞聲犯越毘尼罪相觸得偷蘭遮罪乃至入如胡麻波羅夷　若身大雖入不觸其邊者得偷蘭遮罪　若女人身裂為二分就二分行婬者偷蘭遮罪繫縛令合行婬者波羅夷　若欲心隨女人後行步步越毘尼罪欲心與女人隔壁語語語越毘尼罪

又五分律云若比丘行婬外方便内出不浄内方便外出不浄波羅夷

薩婆多論云方便偷蘭遮有輕有重輕偷蘭者欲作重婬謂所起婬煩惱猛勝也若起還坐輕偷蘭　發足趣女未捉已還及捉已失精乃至嗚抱皆輕偷蘭　男形垂入女形已來未失精亦輕偷蘭若失精得重偷蘭若男形觸女形及半珠已還不問失精不失盡重偷蘭　生女死女非處行婬腋下股間得重偷蘭　生女死女若壞墮蟲食於中行婬俱得重偷蘭　若非人畜生男及黄門欲作婬偷蘭輕重亦爾

此戒大乘同制大乘雖許懺悔如梵網須見好相或復得遇佛菩薩等為説深法頓發大心如浄業障經維摩詰經然必具大慚愧生大厭離絶不覆藏篤切悔過者乃可承當此事則與此中比丘學悔原相似也若無恐怖心決斷心雖是大乘豈容輙通懺悔若夫見機得作止謂在家菩薩非謂比丘菩薩戒本具有明文請詳觀之

引證　首楞嚴經云若諸世間六道衆生其心不婬則不隨其生死相續婬心不除塵

不可出縱有多智禪定現前如不斷婬必落魔道上品魔王中品魔民下品魔女梵網經云寧以此身投熾然猛火大坑刀山終不毀犯三世諸佛經律與一切女人作不淨行　又云故起心毀犯聖戒者不得受一切檀越供養亦不得國王地上行不得飲國王水五千大鬼常遮其前鬼言大賊入房舍城邑宅中鬼復常掃其脚跡一切世人皆罵言佛法中賊一切衆生眼不欲見犯戒之人畜生無異木頭無異薩婆多論云寧以身分內毒蛇口中毒有三事害人有見而害人有觸而害人有吞噉害人女人亦爾有三種害人善法若見女人心發欲想滅人善法若觸女人犯僧殘罪滅人善法若共交會犯波羅夷滅人善法若為毒蛇所害害此一身若為女人所害害無數身二者毒蛇所害害報得無記身女人所害害善法身三者毒蛇所害害五識身女人所害害六識身四者毒蛇所害故得與行籌說戒得在十四人數一切羯磨女人所害不與僧同此事五者毒蛇所害得生天上人中值遇賢聖女人所害入三惡道六者毒蛇所害故得沙門四果女人所害正使八正道水滿於世間猶如大海於此無益七者毒蛇所害人則慈念而救護之女人所害衆共棄捨無心喜樂天龍善神一切遠離諸賢聖人之所訶責以如是因緣故寧以身分內毒蛇口中終不以此觸彼女人

附考律云若比丘比丘尼若犯波羅夷已

都無覆藏心當如法懺悔與學戒羯磨奪三十五事盡形行之若衆僧説戒羯磨時來與不來無犯若更犯重應滅擯　毘尼母論云此比丘從今羯磨已名為清淨持戒者但此一身不得超生離死證於四果亦不得無漏功德然障不入地獄耳（此與學悔羯磨必須稱量觀機於作持中詳明）

第二盜戒

盜者偷竊有主財物奪人外命最不端之媿事此是性罪縱不受佛戒世間法爾有罪第違國禁則輕國制刼盜者流配竊盜者發配犯佛戒則重報墮三塗苦畢仍償

若比丘若在村落若閑靜處不與盜心取隨不與取法若為王王大臣所捉若殺若縛若驅出國汝是賊汝癡汝無所知是比丘波羅夷不共住

【緣起】佛遊羅閱城耆闍崛山中時城中有陶師子比丘字檀尼迦在静處止一草屋彼入村乞食後有取薪人破屋持歸乃和泥作全成瓦屋取柴薪牛屎燒之屋成色赤如火佛制不得作全成瓦屋作者突吉羅敕諸比丘往詣打破檀尼迦乃詐摩竭國守材人取瓶沙王所留要材持去大臣白王王念不應以少材而斷出家人命但訶責放去彼諸臣不伏居士譏嫌有少欲比丘白佛世尊集僧以無數方便訶責已知而故問迦樓比丘王法盜幾許應死迦樓答云五錢應死世尊為諸比丘隨王法盜五錢應死集十句義結戒　僧祇律云佛成道六年冬分第二半月十日食後為

瓦師子達膩迦制此戒達膩迦即檀尼迦乃梵音輕重耳西域冬分第二半月十日准此方正當九月初十日也律攝云此由癡故因畜積事畜積煩惱制斯學處

釋義文分二節若在村落下正明所犯之事是比丘下結成所犯之罪律云比丘義如上村落者有四種村一者周帀垣牆二者柵籬三者籬牆不周四者四周屋亦名聚落謂人所聚居有巷陌之處閒靜處者村外靜地是靜地即空地也僧祇律云空地者垣牆院外除聚落界盡名空地聚落界者去籬不遠多人所行蹤跡到處盡名聚落界五分律云聚落外畫一箭道有慚愧人所便利處是名聚落所行處所行處即界也不與者物主不捨盜者以偷盜心取隨不與取法者若五錢若直五錢王舍城國法盜五錢已即入死罪佛依此法總制瞻部洲內現有佛法處限五錢得重罪若國不用錢准直五錢物成罪十誦律云一銅錢直十六小銅錢此是羅什法師翻譯十誦時以西域一銅錢准此方十六小錢大錢五箇共該八十小錢根本律云五磨灑者一磨灑有八十貝齒然律言磨灑者是數名以一磨灑有八十箇貝齒五磨灑有四百貝齒貝齒一名貝子本草云生東海池澤亦產海涯大貝如酒盃出日南國小貝乃貝齒也背紫黑腹潔白近似魚齒小兒常帶壓驚俗呼為壓驚螺又呼珠貝螺以上古珍之為寶貨故凡屬貨者字皆從貝至秦乃廢貝行錢今雲南猶作錢用而呼為海巴以一百二十八箇海巴作銀一分一千二百八十箇作銀一錢如是則四百箇貝齒作銀三分一釐二毫王者得自在不屬人薩遮經云王者民之父母以法攝護衆生安樂故大臣者種種大臣輔佐於王捉者謂捉持之殺者謂以刀杖斷其命根縛者謂杻械枷鎖等驅出國者謂擯出國界賊者謂離善及無記心持惡念貪竊他物癡無所知者癡乃根本煩惱即無名也由愚癡無智故能造一切惡業一切犯緣皆依癡故起是比丘波羅夷不共住如上此不與取律有多種今略之不出七法若自手取若看取若遣使取有主有主想取非暫用取非同意取若重物盜心取舉離本處　處者若地處謂

地中伏藏未發出七寶金銀眞珠瑠璃璧玉硨磲碼碯生像金銀及衣服等物若復餘地中所須之物有主　若地上處謂七寶乃至衣服等不埋若復有餘地上所須之物有主　若乘處謂象乘及馬車步四種若復有餘乘如是等乘上若有七寶乃至衣服等若復有餘所須之物有主盜取若取乘從道至道（從路至路）從道至非道（路至非路）從非道至道從坑中至岸上從岸上至坑中　若擔處謂頭擔肩擔背擔若抱若復餘擔此諸擔上有七寶乃至衣服等所須之物有主盜取若復取擔（同上取乘作五句）　若虛空處謂若風吹毳若劫貝乃至麻緜等輕物及諸鳥若復有餘所須之物有主　若上處謂樹上牆籬上及衣架繩牀褥枕地敷上有金銀七寶乃至衣被等若復有餘所須之物有主　若村處四種村如上若村中有金銀七寶乃至衣被等及餘所須之物有主盜取若以機關攻擊破村若作水澆或依親厚强力或以言辭辯說誑惑得物　若阿蘭若處謂村外有主空地彼處有金銀七寶乃至衣被等及餘有所須之物有主盜取若以方便壞他空地若作水澆或依親厚强力或以言辭辯說誑惑得物　若田處謂稻田麥田甘蔗田若復有餘田彼田中有金銀七寶乃至衣被等及餘所須之物有主盜取若以方便壞他田若以水澆或依親厚强力或以言辭辯說誑惑得物　若處所謂家處所若市肆處所若果園菜園及池若庭前舍後若

復有餘處彼有金銀七寶乃至衣被等並餘所須之物有主盜取若壞他處所若依親厚强力或以言辭辯說誑惑得物　若船處謂一切小大等船船上有金銀七寶乃至衣被等及餘所須之物有主盜取若將船從此岸至彼岸若逆流若順流若沉著水中若移岸上　若水處謂藏金銀七寶及諸衣被等沉著水中若魚鼈乃至蓮華及餘水中所須之物有主　若不輸稅謂比丘無輸稅法若白衣應輸稅物比丘以盜心為他過物若擲過關外若以言辭辯說誑惑若以咒術過　若他寄物謂比丘受他寄持信物去作盜心取若頭上移著肩上肩上移著頭上左右肩上如是移著若抱中　若水處謂一切大小甕及餘種種水器若衆香水若藥水　楊枝者若一若兩若衆多若一把一束一抱一擔若盜心取　若園處謂一切草木叢林華果無足衆生者蛇魚及餘無足衆生　若二足衆生謂人非人鳥及餘二足衆生若四足衆生謂象馬牛駝驢鹿羊及餘四足衆生　若多足衆生謂蜂蜈蚣若餘多足衆生　若同財謂同事業所得財物當共　若共要謂共他作要教言某時去某時來若穿牆取物若道路劫取若燒從彼得財物來共　若伺候謂我當往觀彼村若城邑若船度若山谷若人所居處於彼所得物一切共　若守護謂從外得財來我當守護若所得物一切共　若看道謂我當看道若有王者軍來若賊軍來若長

者軍來當相告語若有所得財物一切共根本律云物有四種不同一體重價重謂末尼真珠吠瑠璃珂貝璧玉珊瑚金銀碼碯硨磲赤珠等是二體輕價重謂綃縑絲羅及欝金香等是三體重價輕謂鐵錫等是四體輕價輕謂毛麻木綿劫貝絮等是

【結罪】是中犯者如上等處所有一切物凡屬有主他所守護者若以盜心取五錢取直五錢離本處波羅夷方便欲舉而不舉偷蘭遮方便即種種盜法也

方便求過五錢得過五錢波羅夷過五錢謂五錢以上或六七八九不足十錢若足十錢得二波羅夷乃至得二三四五十錢一一准錢得若干波羅夷窮劫難出地獄矣方便求過五錢得五錢波羅夷　方便求過五錢得減五錢偷蘭遮　方便求過五錢不得偷蘭遮

方便求五錢得過五錢波羅夷　方便求五錢得五錢波羅夷　方便求五錢得減五錢偷蘭遮　方便求五錢不得偷蘭遮

方便求減五錢得過五錢波羅夷　求減五錢得五錢波羅夷　求減五錢得減五錢偷蘭遮　求減五錢不得突吉羅

教人方便求過五錢得過五錢二俱波羅夷所教之人是比丘也教人求過五錢得五錢二俱波羅夷　教人方便求過五錢得減五錢二俱偷蘭遮　教人求過五錢不得二俱偷蘭遮

若教人求五錢得過五錢得五錢得減五錢不得二俱得罪如上

教人方便求減五錢得五錢得過五錢教者偷蘭遮取者波羅夷　教人求減五錢得減五錢二俱偷蘭遮　教人求減五錢不得二俱突吉羅

教人方便求五錢若過五錢受教者取異物若異處取物取者波羅夷教者偷蘭遮若方便教人求五錢若過五錢受教者謂使取物無盜心而取得五錢若過五錢教者波羅夷受使者無犯　若教人取物受教者謂教盜取若取得直五錢若過五錢受教者波羅夷教者無犯

若有主物作有主想不與取五錢五錢以上波羅夷減五錢偷蘭遮　有主疑五錢過五錢偷蘭遮減五錢突吉羅　若無主作有主想若無主疑取五錢減五錢犯並同上

第四分云衆多比丘遣一人取他物得五錢若五錢以上共分雖各得減五錢盡波羅夷以所起盜心時各各本為方便求五錢取他物離本處時已滿五錢故同犯重　於彼處得直五錢物到此處直減五錢波羅夷　於彼處直減五錢到此處直過五錢偷蘭遮　知前人以盜心使我取物先可之後悔不往突吉羅　欲盜他衣錯取已衣偷蘭遮此處是同居住　他盜取物而奪取彼盜者波羅夷　前後取滿五錢者波羅夷取物雖有前後由盜心相續故犯本罪　此戒具足五緣方成本罪一有主物二有主想三直五錢四盜心取五離本處若一不具律制開輕

【兼制】比丘尼波羅夷此同制同學戒　式叉摩那沙彌沙彌尼突吉羅減擯是為犯

【隨開】不犯者與想已有想糞掃想親厚想及最初未制戒癡狂心亂痛惱所纏已想者善見律云謂於他物中生自己想　糞掃想者第三分云有十種糞掃衣牛嚼衣鼠嚙衣火燒衣月水衣產婦衣神廟中衣若鳥銜風吹離處者得取冢間衣求願衣受王

職衣往還衣是謂十種糞掃衣　親厚想者第三分云有七法是親友利益慈愍故一難與能與二難作能作三難忍能忍四密事相告五不相發露六遭苦不捨七貧賤不輕　又如第四分云畢陵伽婆蹉檀越有二小兒黠了不畏人尊者至時便抱脚婉轉戲後為賊偷去父母向尊者涕泣尊者還寺以天眼見二小兒在賊船中即以神足持還父母諸比丘嫌責白佛佛問云汝以何心取答言以慈心取無有盜意佛言無犯

〔會〕採僧祇律云若比丘在道行為賊所劫或賊少比丘多或賊藏物已更往餘處是比丘若未作失想（此為存有復得之念）還奪還取無罪若已作失想還奪還取便為賊復劫賊罪（此中亦應計錢得罪）又或賊順道去漸近聚落持物將分比丘還從乞得無罪（比丘雖已作失想而賊為施主事同新得故）若以勢力恐怖令還無罪若告聚落主方便慰喻令還無罪（此皆以慈心而言護法名及告村長令還為憐愍偷人免墮惡趣故）若知令彼或殺或縛則不應告　若摩摩帝（此云寺主）墖無物眾僧有物便作是念天人所以供養眾僧者皆蒙佛恩供養佛者便為供養眾僧即持眾僧物修治墖者此摩摩帝得波羅夷　若墖有物眾僧無物便作是念供養僧者佛亦在中便持墖物供養眾僧摩摩帝用者得波羅夷　若墖無物僧有物者得如法貸用但分明疏記言某時貸用某時得當還　若僧無物墖有物亦如是若交代時應僧中讀疏分明付授若不讀疏越毘尼罪　若有二比丘共財物應分一比丘盜心獨取除自分他分滿五錢波羅夷若同意取

無罪　若共作制限得物共分既得物便言各任其相祿是中半分滿者波羅夷（相謂相應祿謂福祿意謂任隨各人相應之福若汝得者汝自取若我得者我自取如是則有違本約而為貪盜故犯重）置物施主家作是語者偷蘭遮若知有施主作是語者越毘尼罪

二糞掃衣比丘相約亦如是　若僧物有損應與有益應與云何損者若有賊詣寺索種種飲食若不與或能燒劫寺內雖不應與畏作損事故隨多少與云何益者若治衆僧房舍工匠及料理僧物事者應與前食後食及塗身油非時漿等若王及諸大勢力者應與飲食　有比丘失衣鉢若未作捨想後知處應從彼索（前云未作失想許令奪取還得是從賊劫論此從自失言）若已作捨想後知處從索越毘尼罪若先作念言後若知處當從索取得無罪

根本律云起盜心與方便得惡作罪（即突吉羅）觸彼物窣吐羅底（即偷蘭遮）舉離處滿五錢波羅市迦不滿麤罪（亦即偷蘭遮）　若是畜生邊物觸彼物惡作罪舉離處滿五錢麤罪不滿惡作罪　苾芻得地遺物應可持付知僧事人（即維那也）其知僧事人得此物已於數日中應可再三以物白衆本主索者可即將還若無認者入四方僧隨衆受用若異此者得越毘尼罪

律攝云盜事畧有五種一對面强取二竊盜取三調弄取四因寄取五與已更奪取此之五種咸是盜取　若是人物旁生所偷人想取之亦得本罪若旁生想得突吉羅　若遭旱時決彼堤水將入已田令他

不𣪺至實成就准價得罪又或時遭滂泄水下流損他苗亦計直成罪　獵師逐鹿走入寺中隨傷不傷不還無罪若鹿被箭入便死者應還獵師不應留礙　若他田地及園店等意為僧伽意謂眾僧罪歸於己非理言競官斷與時彼心未捨得窣吐羅心若捨時即得本罪官不斷與得窣吐羅若就王斷斷得便重由斷事中王為上故若餘斷官待他心息方犯　若與賊同心示彼舍處後時受彼分隨得招罪此與教人取不同若以盜心教他取則物一離本處罪已在我今示賊彼舍處則賊劫時未必與是故須從受分時結罪然雖不受分事非比丘所為亦得方便偷蘭遮罪　若後生悔向彼物家報遣防護勿令失脫設彼賊偷皆方便罪後雖受分亦窣吐羅　若與賊同行欲為盜事中路而退但得惡作由怖為伴無心共彼雖偷得苾芻非犯　若比丘持物至稅處實是己財決心廻與父母兄弟等告掌稅者此非我物不與汝稅或乘空去或口含或衣裹或避路並得麤罪本律為他持物過稅犯重由利歸己此中決心廻施無利可歸是以結輕須知事一心異有別　若為父母及三寶事持過稅處應為稅官種種說法稱讚三寶說父母恩彼不取稅直者無犯若猶索直者應與　若三寶財持過稅所應取一分酬彼稅直後當均分勿令偏少　若夫實不言苾芻妄說從彼妻索隨得物時犯罪輕重　有施物來知非己分言我合得者窣吐羅罪若受其分准數成犯物有現前十方及安居物不同故成犯　不請食輒去食者得惡作罪　本師有緣須向餘處為受利者非犯謂和尚有緣他出弟子可以為師取然取分時

須告他知勿不爲言輒取他分若為他將物擬濟病人聞彼身亡物還本主若及命在後方死者此成亡物　若掌庫人自為賊意盜取他物施與苾芻施想受者無犯此但受者無罪然掌庫人自得盜罪　若賊盜他物為恐怖故持施苾芻不應受若作還彼主心受之無犯　若知是賊首領者隨意應受既受得已刀割染壞方便畜持本主來索者應還　若盜故廢錢貝及破闕假偽者皆准當時價直成犯　若與方便欲盜他財觸著之後便從主乞彼與時得前麤罪　若初為貸借後欲不還決絕之時便得本罪　若偷弊服內有貴衣後撿見時准物得罪　若鼠盜已物見時應取若是鼠物則不應收鼠若持來便成施主為彼物想應為受之　若營事人為衆舉貸若其身死以衆物償他舉物時他指餘人也報諸耆宿苾芻明書券契方可與也　若苾芻被他盜時不應倉卒輒為捨意後見應取　若見賊來應現喚相恐喝令去捉得賊者不應付官先為說法從乞其物若不肯與當酬半價或復全還已成衣鉢卒難得故　凡受事人閉寺門時有其五別謂上下轉鳴鎖并副鎖門關及扂不閉賊偷准事酬直若闕一者應還一分乃至若總不著即應全償　若施主本心造立房寺於此寺住者與其供養苾芻輒將餘食計直全還　若為病人欲覓藥者應問病人何處求藥如所教處覓之根本目得迦云凡主人見客來至先應問彼是汝伴否若索衣鉢與否若言莫與而將

與者應酬彼價若言與者失不須酬 凡客苾芻至他房内應問主人若有人來索衣鉢者可與否若言莫與而與者計直酬價若言與者失不須酬

五分律云若比丘非同意人輒作同意取其衣食突吉羅

十誦律云若水中浮物來比丘以偷奪心選擇時偷蘭遮若捉留住後水到前或沉著水底或舉離水直五錢以上波羅夷 若盜佛舍利偷蘭遮（此是逆罪偷蘭遮） 若尊敬清淨心取無罪 盜經卷隨計直犯 盜塲寺精舍中供養具若有守護隨計直犯 取西拘耶尼人物隨計彼物價犯弗于逮亦爾取欝單越物無犯 檀越請僧食次未至自言我應去波逸提得食時隨計直犯（此為請僧而强去食者由不禁貪故犯） 破鳥巢取鳥巢皆突吉羅 憐愍心解放他人畜生突吉羅 奪神像物偷蘭遮 一切捕獵物以快心壞偷蘭遮憐愍壞突吉羅

善見律云若受人寄物物主還取答言我不受汝寄突吉羅令物主狐疑偷蘭遮（此是妄語應得波逸提為是盜方便故結二方便罪） 物主言我不得此物波羅夷（主作失物心比丘得本罪） 若偷人取物比丘以偷心奪取物離偷人身分若此人健又奪物去比丘雖不得物亦波羅夷以決定得偷心離本處故 若檀越施衆僧果樹或擬衣服或擬湯藥衆僧不得分食若以果樹爲四事布施比丘以盜心過分食隨直多少結罪 若為作房舍施衆僧迴食得偷蘭遮應還直 若為衣施應作衣若

饑儉時衆僧作白羯磨爲飲食難衆僧三衣已足今且廻以食用令衆僧得安樂若衆僧和合用食無罪　若以衣施作房舍若以房舍施作飲食亦如是和白食用無罪　又寺中房舍多無人修治敗壞應留好者餘粗敗壞得賣為食用爲護住處

薩婆多論云若自取欲盜五錢已上或欲盜一錢乃至四錢從始發足步步輕偷蘭乃至選撿取三錢已還得輕偷蘭四錢成重偷蘭　若遣使取他物當教時得輕偷蘭　若教取金乃取銀此比丘不得波羅夷以異教故得重偷蘭以先方便故　若受使人不隨教從此至彼受使比丘步步輕偷蘭教他比丘無罪　若盜僧物五錢已上得重偷蘭四錢以下得輕偷蘭而報罪甚深若曳不離僧地得輕偷蘭　若舍屬一主物不異主若不離地未出家界步步輕偷蘭遮　取非人五錢已上重偷蘭遮若四錢以下輕偷蘭遮非人者天與畜生盡名非人

此戒大乘同制三賢以捨心為首六度以檀度為先其為菩薩者於已身命財尚行捨施以濟衆生豈可反盜他物而為已有若有犯此懺悔如上

引證　首楞嚴經云世界六道衆生其心不偷則不隨其生死相續偷心不除塵不可出縱有多智禪定現前如不斷偷必落邪道上品精靈中品妖魅下品邪人

附考　善見律云婆帝利王時供養大墖有比丘從南方來彼有七肘黄衣置在肩上

入寺作禮是時王與大衆入寺驅逐諸人諸人衆多併叠一邊大衆鬪亂遂失衣不見而出比丘作捨心已後有比丘來見此衣作盜心取取已而生悔心我非沙門失我戒也時有律師名周羅須摩那善解律相最為第一彼往至所師知此罪可救向罪比丘言汝能得物主來不我當安置汝罪答言云何能得律師言可次第寺寺而問彼受教已遂逢物主將至律師所問言此汝衣不答言是問何處失彼依事答問汝捨心不答已作捨心又問罪比丘汝何處取答某時某處律師言汝若無盜心取便無罪汝惡心作取得突吉羅罪語物主言汝已捨心以衣與此比丘答言善師又曰如是名為觀時觀處時者取時此衣有時輕有時重若取輕即以輕時價直得罪若取重即以重時價直得罪又曰此語難解我今取人為證於海中間有一比丘得椰子殼端正具足得已刻如螺盤無異令人心戀比丘常以飲水以椰子盤置海中寺時有一比丘往海中寺而見椰殼盤以盜心取己復往支帝耶山用盤食粥盤主見已而問咄長老從何處得此盤也此非汝物是我許汝偷取也即捉到僧前衆中有一論師名瞿檀多極知方便問此比丘於何處取椰子盤答云海中間取又問云彼價直幾答言彼土噉此椰子餘殼棄破或然作薪都無價直問物主言作此椰子盤堪幾直答云削治作器堪一摩娑迦論師言若如是者不滿五摩娑迦不犯重罪

然雖不滿五分但直一錢者應作突吉懺悔所以判斷盜戒時先應問明物之本處復問盜物之時然後定罪方得宜也

毘尼止持會集卷第二

音義

阿鼻地獄 阿鼻此云無間觀佛三昧經云阿言無鼻言救成論明五無間一趣果無間捨身生報故二受苦無間中無樂故三時無間定一劫故四命無間中不絕故五形無間如阿鼻縱廣八萬由旬一人多人皆徧滿故此五無間乃造五逆業者報之乃有婆沙論云贍部洲下過五百踰繕那有其獄然此地獄有大有小大獄有八一活二黑繩三合會四叫喚五大叫喚六熱七大熱八阿鼻獄如是八大地獄各有十六小地獄為眷屬八寒水八炎火八炎火者一炭坑二沸屎三燒林四劍林五刀道六鐵刺七鹹河八銅橛八寒氷者一小多有孔二無孔三阿羅羅寒顫聲四阿婆婆患寒聲五睺睺亦患寒聲六漚波羅外這作青蓮華色七波頭摩紅蓮華色八摩訶波頭摩

煩惱 即百八煩惱也昏煩之法惱亂心神故名煩惱謂眼耳鼻舌身意六根對色聲香味觸法六塵各有好惡平三種起苦受樂受不苦不樂受復成十八煩惱共成三十六種更約過去未來現在三世各有三十六種總成百八煩惱也

他化自在天 謂假他所化以成己樂故此天依空而居即魔王天按論云人間一千六百年為此天一晝夜則人間五十七萬六千年方為此天一年若此天壽十六千歲則訣人間九百二十一億六百萬年矣

泥犁 即地獄也秦言無有無有喜樂無氣味無歡無利故云無有

三魔 一煩惱魔謂三界中一切妄惑也修行之人為此妄惑惱亂心神不能成就菩提是名煩惱魔而五蘊魔亦攝其中二天魔此魔即欲界第六天攝也若人勤修勝善欲超越三界生死而此天魔為作障礙發起種種擾亂之事令行人不得成就出世善根是名天魔三死魔謂四大分散夭喪殞歿也行人為此夭喪不能續延慧命是名死魔

兜率天 兜率此翻知足謂於五欲境知止足故此天依空而居按論云人間四百年為此天一晝夜則人間四十四萬四千年方為此天一年若此天壽四千歲則訣人間五十七億六百萬年矣

故二 故若舊也梵語褒羅那地耶此云舊第二或云本二謂捨俗出家無復妻名以其本在俗時妻次故因名之為故二也

如夢所見 凡所有相皆如夢幻不實

釋子 增一阿含經云佛告諸比丘有四姓出家者無復本姓但言沙門釋子所以然者生由我生成由法成其猶四大河皆從阿耨達池出此方東晉安法師受業佛圖澄乃謂師莫過佛宜通稱釋氏後斯經來

懸合聖意而道安法師乃印手菩薩一轉也復有四句分別一是釋子非沙門乃王種也二是沙門非釋子婆羅門也三是沙門是釋子比丘也四非沙門非釋子二賤姓也

惡律儀

謂法所不應作名曰惡律儀有十二種一屠羊屠者殺也謂人或以自食而常宰殺或因取利販賣而常宰殺　二養雞謂因嗜其肉味以克口體常自畜養意圖烹殺　三養豬謂或因自欲克於口腹或因販賣求利以資其生而畜養之　四捕鳥謂以殺心故網捕禽鳥或食或賣傷害生命　五捕魚謂以殺心故而用網罟取捕諸魚或食或賣傷害物命　六獵師謂以殺心獵捕一切禽獸或食或賣傷害物命　七作賊謂見一切物常懷劫盜之心不思物各有主妄行據竊賊害於人　八魁膾乃為官操刀行刑之人謂人本同類彼雖犯法理固當死然習為操刃之業以害其生實為惡行　九守獄謂為獄吏守其牢獄以杻械枷鎖非理陵虐罪囚無慈善心　十咒龍謂習諸邪法咒術咒於龍蛇以為戲樂　十一屠犬謂殺犬以資利養　十二伺獵謂作獵主伺捕禽獸以利其生而自積罪業

黃門

梵語般吒阿毘曇譯為閹人以無男根故律有五種黃門謂生黃門形殘黃門妒黃門變黃門半月黃門僧祇律云是不能男有於六種一生謂從生不能男二捺破謂妻妾生兒共相妒嫉小時捺破三割卻謂若王若大臣取人割卻男根以備門閹四因他謂因前人觸故身根生起五姤謂因見他人行婬然後身根生起六半月謂半月男半月不能男是謂六根

閹 音淹

噏 同咬

陶師

陶師乃作瓦之家經音義云按西域地卑濕不得為窑但累坏器露地燒

檀尼迦

或云檀贓迦或云但尼迦或云達贓迦或云陀尼迦善見律云檀尼迦是名此比丘是瓦作家子善能和泥作屋窗牖戶扃悉是泥作唯戶扇是木取柴薪牛屎及草以赤土汚塗外燒之勢已赤色如火打之鳴喚狀如鈴聲風吹窗牖猶如樂音

摩竭國

亦云摩竭提或云摩竭陀或云摩伽陀此翻善勝或有譯云摩者不也竭提至也將誅兵勇鄰敵不能侵至也又有云摩遍也竭提聰慧也言聰慧之人遍其國內又有云摩者大也竭提體也謂五印度中此國最大統攝諸國故名大體又云摩者無也竭提害也言此國法不行刑戮其有犯死罪者送至寒林耳又有釋云此言無惱又言不害皆謂劫初已來無刑害故至瓶沙王截指為刑後自齧指痛復息此邪佛當生其地故吉兆預彰所以先置不害之名也

瓶沙王

此翻模實身模充實故又翻形牢亦云影堅影謂形影亦云形勝又名頻婆娑羅此云顏色端正皆取本分強壯姝好為義其形長大性行雄猛常自躬為征戰

居士

楞嚴云愛談名言清淨自居什師曰外國白衣多財富樂者名為居士普門疏云以多積財貨居業

豐盈謂之居士鄭康成曰道藝處士也

迦樓 或作迦留或作迦羅迦羅秦言黑此比丘是瓶沙王舊大臣善知世法故佛問之然後隨國法結戒

甕 翁去聲汲水餅

市肆 古今注云肆陳也店置也肆所以陳貨鬻之物也店所以置貨鬻之物也肆亦列也謂列其貨賄於市也

長者 謂年耆德艾事長於人又厚德自居曰長者有十德一姓貴二位高三大富四威猛五智深六年耆七行淨八禮備九上歎十下歸

旁生 梵語帝利耶瞿榆泥伽此云旁行此道衆生多覆身行婆沙論云其形旁故其行亦旁又云因行不正受果報旁負天而行故云旁行

畢陵伽婆蹉 此云餘習每於恒河欲過即呼龍王云小婢斷流水即兩分尊者過已水復合之如是頻頻渡河常呼龍王為小婢龍以所輕往白世尊佛敕尊者與龍求悔後勿輕呼至於正求悔時仍呼龍云小婢我與求悔佛語龍云此非輕爾彼八十億劫常為尊上今以餘習未盡故如是實非為有意輕汝龍王聞佛所說由是無瞋

黠了 音瞎黠慧能明了事

天眼 能見六道衆生死此生彼苦樂之相及見一切世間內種種形色無有障礙故名天眼通非礙

窣 孫入聲

毘尼止持會集卷第三

清金陵寶華山弘律沙門讀體集

第三殺戒

殺者㱚已本慈斷他命根最惡不良之事此是性罪縱未受佛戒世間法爾有罪國制殺人會須償命若犯佛戒必墮三塗苦嬰長劫非山非海中脫之不受報

若比丘故自手斷人命持刀與人歎譽死快勸死咄男子用此惡活爲寧死不生作如是心思惟種種方便歎譽死快勸死是比丘波羅夷不共住

緣起　佛遊毘舍離獼猴江邊講堂中說不淨觀歎不淨觀歎思惟不淨觀（不淨觀亦名九想觀此九種不淨觀法想念純熟心不分散若得三昧成就自然貪欲殄除惑業消滅得證道果此之九想雖是假想作觀然用之能成大事譬如大海中死屍溺人附之即得渡也　一胮脹想謂修行之人心想死屍見其胮脹如韋盛風異於本相是爲胮脹想　二青瘀想既觀胮脹已復觀死屍風吹日曝皮肉黃赤瘀黑青黤是爲青瘀想　三壞想既觀青瘀已復觀死屍風日所變皮肉裂壞六分破碎五臟腐敗臭穢流溢是爲壞想　四血塗漫想既觀壞已復觀死屍從頭至足遍身膿血流溢污穢塗漫是爲血塗漫想　五膿爛想既觀塗漫已復觀死屍身上九孔蟲膿流出皮肉壞爛狼藉在地臭氣轉增是爲膿爛想　六蟲噉想既觀膿爛已復觀死屍蟲蛆唼食鳥獸咀嚼殘缺剝落是爲蟲噉想　七散想既觀蟲噉已復觀死屍爲禽獸所食分裂破散筋斷骨離頭足交橫是爲散想　八骨想既觀散已復觀死屍形骸暴露皮肉已盡但見白骨狼藉如貝如珂是爲骨想　九燒想既觀骨已復觀死屍爲火所燒爆裂烟臭白骨俱然薪盡火滅同於灰土是爲燒想）比丘聞已習不淨觀厭患身命求刀欲自殺時有比丘字勿力伽難提是沙門種出家（言沙門種是姓）手執利刀入婆裘園有一比丘語言大德斷我命來我以衣鉢與汝即受僱斷其命詣江洗刀尋生悔恨時有天魔立水勸讚善

哉善男子汝今獲大功德度不度者時勿力伽難提悔心即滅復入園中殺諸比丘至六十人園中死屍狼藉居士驚怪譏嫌時佛觀衆減少知而故問阿難具白上事佛乃集衆告諸比丘有阿那般那三昧寂然快樂諸不善法即能滅之永使不生

（阿那般那此翻遣來遣去即十六特勝法門也法界次第初門云一知息入二知息出三知息長短四知息徧身五除諸身行並屬身念處觀六受喜七受樂八受諸心行此三屬受念處觀九心作喜十心作攝十一心作解脫此三屬心念處觀十二觀無常十三觀出散十四觀離欲十五觀滅十六觀棄捨此五并屬法念處觀又知入知出正依隨息爲門得麤細住及欲界定則知長短入未到地則知徧身得初禪則除身行受喜受樂受諸心行得二禪則心作喜作攝得三禪則心作解脫得四禪則觀無常得空處則觀出散得識處則觀離欲得無所有時則能觀滅得非有想非無想時則觀棄捨此與根本四禪四定一往雖同觀行有別行人若於地地修觀照了則地地之中顛倒不起心不染著隨其因緣會處即於是地發真無漏證三乘果）

說是三昧已與諸比丘集十句義結戒（凡爲）殺者並由癡故於事不忍內懷瞋恨斷他命根制斯學處

僧祇律云佛成道六年冬分第三半月九日食前爲勿力伽難提制此戒（准此方正當九月二十四日也）

善見律云如來以天眼觀往昔有五百獵師共入阿蘭若處殺諸羣鹿以此爲業墮三惡道受諸苦惱經久得出昔有微福得生人間出家爲道宿殃未盡於半月中更相殺害諸佛所不能救於此五百人中有四果聖衆生死有際有餘凡人輪轉無際是故爲說不淨觀欲得生天上本不教死但不可以神力救護是故爲說不淨觀已半月入於靜室唯聽一人送食勿使諸人

作如是言佛是一切智而不能斷諸弟子相殺以世尊入定無人得往說如此事耳薩婆多毘婆沙云佛一切智何故教諸比丘令得如是衰惱若不知者不名一切智答曰佛一切等教爾時不但六十人受不淨觀佛教法無有偏但受得利有多有少佛深知衆生根業始終必以此法因緣後得大利六十比丘迦葉佛所受不淨觀法不能專修多犯惡行命終入地獄中今佛出世罪畢得生人間墮下賤家出家入道以本緣故應受此法既命終已得生天上於天下來從佛聽法得獲道迹以是因緣佛無偏也

釋義文分二節故自手斷人命下正明所犯之事是比丘下結成所犯之罪律云人者初識至後識而斷其命此識即第八阿賴耶識名曰藏識以其無法不含無事不攝故又名持業識能持一切善惡種子故瑜伽云此識最初於母腹托胎之時如磁石吸鐵是名初識乃至命將終時冷觸漸起唯有此識能執持身此識若捨四大分散是名命終識所謂去後來先作主也是名後識　又一切衆生皆以受煖識三色心相連不斷名爲命根今使彼色心不相續名爲命斷薩婆多論云人中有三飯五戒波羅提木叉戒故又沙門四果多在人中得佛與辟支佛必在人中得漏盡故也是以害人得波羅夷餘道不得　又則故字應貫下數勸此正是作業之心顯非誤錯也咄者是警策令知男子者是呼召之言殺者若自殺謂若以手若瓦石刀杖及餘物而自殺　若教殺謂殺時自看殺前人擲水火中若山上推著谷底若使惡獸噉或使蛇螫及餘種種教殺　若遣使殺謂比丘遣使斷某甲命隨語往斷　若往來使者比丘遣使斷某甲命隨語往欲殺未得殺便還即承前教復往殺　若重使殺謂比

丘遣使汝去斷某甲命續復遣使乃至四五彼使即往殺　若展轉遣使殺謂比丘遣使汝斷某甲命彼使復轉遣使若百若千往斷其命　若求男子殺謂是中誰知有如是人能用刀有方便久習學不恐怖不退能斷某甲命彼使即往斷其命　若教求男子殺亦如上教人求　若求持刀人殺謂自求誰勇健能持刀斷某甲命彼即往殺　若教求持刀人殺亦如上教人求　若身現相謂身作相殺令墮水火中從山上墮谷底令象蹋殺令惡獸毒蛇噉螫彼因此現身故自殺　若口說（即正制中數譽死快勸死也）或作是說汝所作惡無仁慈懷毒意不作眾善行汝不作救護汝生便受罪多不如死（此以作惡業多而歎勸死）若復作如是語汝不作惡暴有仁慈不懷毒意汝已作眾善行汝已作功德汝已作救護汝生便受眾苦若死當生天因此言故便自殺（此以作善業多而歎勸死）身口現相者亦如是　若遣書殺謂執書言汝所作善惡如是廣說如上　遣使書殺者亦如上說　若坑陷謂審知彼所行道必從是來往當於道中鑿深坑著火若刀若毒蛇若尖杙若以毒塗刺令墮坑中死　若倚發謂知彼人必當倚發彼處若樹若牆若柵於彼外若著火若刀若杙若毒蛇若毒塗刺機發使墮中死　若與藥謂知彼人病與非藥或雜毒或過限與種種藥使死　若安殺具謂先知彼人本來厭患身命惡賤此身即持刀毒若繩及餘死具置之於前若彼用一一物自殺

即正制中持刀與人

結罪是中犯者若作如是自殺乃至安殺具及餘方便殺人死者一切波羅夷　方便不死一切偷蘭遮

若天龍八部鬼神及與畜生中有智解人語者若復有能變形者方便求殺死者盡偷蘭遮　方便不死盡突吉羅

畜生不能變形若殺波逸提　方便不死突吉羅實人人想殺波羅夷人疑殺偷蘭遮　非人非人想非人人想非人疑皆偷蘭遮

第四分云若衆多比丘遣一人斷他命一切波羅夷　若比丘咒藥咒華鬘咒熏香衣服咒死盡波羅夷　方便墮他胎波羅夷母死兒活無犯但得偷蘭遮所起殺心不由其母本在其兒兒活得偷蘭遮母死無犯

此戒具足四緣方成本罪一是人二是人想三有殺害心四令命斷如緣闕一律制有開

兼制比丘尼波羅夷此同制同學戒式叉摩那沙彌沙彌尼突吉羅滅擯是爲犯

隨開不犯者若擲刀杖瓦石誤著彼身死若營事作房誤墮墼石材木椽柱殺人若重病人扶起若扶臥浴時服藥時從涼處至熱處熱處至涼處出入房向廁往返一切無惡心而死及最初未制戒癡狂心亂痛惱所纏是爲不犯

會採僧祇律云用刀治愛處偷蘭遮愛處者離殺道各四指　若比丘在道經行有先怨嫌人來問道便作念我今得是人便當示指令死使無一活便指示惡道若王難若師子

虎狼毒螫等惡道指示時得越毘尼罪若受苦痛時得偷蘭遮罪若死波羅夷

五分律云入母胎後四十九日名爲似人過此盡名爲人若似人若人殺者盡波羅夷似人者謂托母胎初得二根始處緣時父母精合自識處中得身命二根過七七日六根具足成人形相故曰似人若作書令彼殺字字偷蘭遮書至彼彼因是死波羅夷　若作相似語教人殺彼因此死波羅夷　凡發殺心時突吉羅作方便時偷蘭遮死者波羅夷　有二比丘相瞋後共道行於路相打一人遂死佛言無殺心不犯重瞋打比丘波逸提從今不聽相瞋未悔者共道行犯者突吉羅　欲殺彼而悞殺此偷蘭遮

十誦律云若爲人作坑栫弶羅等人因是死波羅夷若不即死後因是死亦波羅夷後不因死偷蘭遮　若爲非人作非人死者偷蘭遮人死畜生死皆突吉羅此因殺心結罪初舉念不在人畜故若爲畜生作畜生死者波逸提人非人死皆突吉羅此突吉羅罪此從殺心作坑而得非因人非人而得也若不定一事作諸有來者皆令死人死波羅夷非人死偷蘭遮畜生死波逸提都無死一偷蘭遮二突吉羅　自斷陰偷蘭遮自斷指突吉羅　殺化人偷蘭遮　殺心打人不死偷蘭遮　看病久生厭心置令死偷蘭遮　令趣得藥食便服死者偷蘭遮　破未熟癰瘡死者偷蘭遮破熟癰無罪

摩得勒伽云欲殺凡人誤殺羅漢欲殺羅漢誤殺凡人欲殺父誤殺母欲殺母誤殺父皆偷蘭遮不得逆重殺盜二戒論心成罪不論事重今於

所欲殺者事猶未遂故結方便然所誤殺者實無殺心故不得重罪若先作殺母方便已而自後死母先死重逆自先死後母死偷蘭遮父羅漢亦如是

律攝云若方便遣殺他人後起悔心不欲其死前人雖死但得窣吐羅　或於寒夜露地令凍人女人男作有命想因茲致死他勝罪　看病比丘情生勞倦或作惡念望彼資財或出忿言任汝死去我不能看因致死者得麤罪現有宜食與不宜者看病之人亦得麤罪　見他苾芻病將欲死自己衣鉢更不修治彼若身亡所有衣資我當合得此乃旃荼羅意得越法罪　若口疾行刀刺者窣吐羅罪無醫可求刺之無犯　若患痔之人不應割截應將藥呪方便蠲除　若見有情或被水漂或時渴逼不手接不與水見其欲死有餘方便堪得相濟而不救者或雖不顧死作捨受心彼若終並得麤罪　苾芻自打生支佛言理應打此翻更打餘無智比丘是得惡作罪

薩婆多論云若教一人殺彼人而受使者更使異人如是展轉乃至十人最後人殺時盡得波羅夷　若比丘善知星曆陰陽龜易解國興衰軍馬形勢若以比丘語故征統異國有所殺害兼得財寶皆得殺盜二波羅夷　若以刀杖欲殺故或杖打刀刺不尋手死十日應死後更異人打即尋杖死打死比丘得波羅夷先打比丘得重偷蘭遮

善見律云若比丘有殺心掘地作坑令某

甲墮中死初掘出地得突吉羅罪若墮坑受苦得偷蘭遮罪若死得波羅夷罪若餘人墮死者比丘無罪以作坑時唯在某甲行殺而爲雖是同倫墮中皆掛誤傷故開　若爲一切作坑人墮死波羅夷　若父母墮死波羅夷逆罪　若坑深有人擔食糧落坑中不即死後噉食盡必定死無有出期初落坑作坑者已得波羅夷　若作坑本擬殺人人不來而自誤墮坑死初作坑時得突吉羅罪　若供養時有怨家比丘在衆中坐爲闇所蔽而不知來作是言此某甲賊何不殺之毒蛇何不螫之人何不毒藥之我意極樂彼人死作如是咒悉得突吉羅罪　若知來坐去已作如是咒亦得突吉羅罪

此戒大乘同制菩薩四弘度生爲首大乘木叉殺戒居先應起常住慈悲心方便利濟非若聲聞自利是以尤當更嚴犯懺如上

【引證】首楞嚴經云又諸世界六道衆生其心不殺則不隨其生死相續殺心不除塵不可出縱有多智禪定現前如不斷殺必落神道上品之人爲大力鬼中品則爲飛行夜叉

善見律云比丘病極困諸比丘見彼病重以慈悲心而唱言長老長老持戒具足因畏死故而受今苦長老若死可必定生天病比丘聞語而念言諸比丘皆讚我持戒具足死必生天而不食取死讚者得波羅夷是故有智慧比丘往看病人慎勿讚死正可說言長老持戒具足莫戀著住處及

諸衣物知識但存念三寶及念身不淨三界中慎莫懈怠隨壽命長短若此病比丘因語而死如是因說法死無罪或說苦空無常不淨觀人聞此而自取死不犯

第四妄語戒

妄語者斯乃大妄未證謂證未得謂得心行不真欺貪利養修行分中最不善事此是性業設使不受佛戒詐僞謀財世間法爾有罪但犯佛戒妄言證聖墮三惡道

若比丘實無所知自稱言我得上人法我已入聖智勝法我知是我見是彼於異時若問若不問欲自清淨故作是說我實不知不見言知言見虛誑妄語除增上慢是比丘波羅夷不共住

緣起此戒有二制時佛遊廣嚴城獼猴江邊重閣講堂時世穀貴人民饑餓乞食難得世尊告諸比丘汝等有同和尚同師隨親厚知識各共於此毘舍離左右隨所宜安居我亦當於此處安居何以故飲食難得念衆疲苦時諸比丘如佛教命各散隨宜有婆裘河邊僧伽藍中安居者向諸居士自說我得上人法並讚歎彼某甲比丘亦得上人法而諸居士信其言說即以飲食供養不爲飲食所苦安居既竟往見世尊佛慰問已具以上事白佛佛言汝等癡人有實尚不應向人說況復無實而向人說世尊告諸比丘世有二賊一者實非淨行自稱淨行二者爲口腹故不真實非已有在大衆中故作妄說自稱言得上人法是中第二是最上大賊何以故以盜受人

飲食故以無數方便訶責已與諸比丘集十句義結戒此初制也此由癡故因求利養事及求利養煩惱制斯學處　爾時有一增上慢比丘語人言我得道彼於異時精進不懈勤求方便證最上勝法聞佛結戒已自疑有犯語諸比丘白佛佛言除增上慢者不犯是第二制僧祇律云佛成道六年冬分第四半月十三日食後制戒此方正當十月十二日也

釋義文分四節實無所知下正明所犯之事彼於異時下是欲清淨發露之訶除增上慢是無罪開條是比丘下結成所犯之罪律云不知不見者實無所知自稱者自稱說有戒施聞智慧辯才人法者人陰五陰人入六入人界十八界上人法者諸法能出要成就自言念在身自言正憶念自言持戒自言有欲自言不放逸自言精進自言得定自言得正受自言有道自言修自言有慧自言見自言得果　自言念在身者有念能令人出離狎習親附此法修習增廣如調伏乘守護觀察善得平等已得決定無復艱難而得自在　自言正憶念者有念能令人出離等如上說是爲自言正憶念　自言持戒自言有欲自言不放逸自言精進亦如上說　自言得定得正受者有覺有觀三昧無覺有觀三昧無覺無觀三昧空無相無作三昧狎習親附思惟此定正受餘如上說　自言有道者從一支道乃至十一支道狎習親附思惟此道餘如上說　自言修者修戒定慧解脫狎習

親附餘如上說　自言有智者法智比智等智他心智狎習親附思惟此智餘如上說　自言見者見苦集滅道若復作如是言天眼清淨觀諸衆生生者死者善趣惡趣知有好醜貴賤隨衆生業報如實知之狎習等如上說　自言得者得須陀洹斯陀含阿那含向狎習親附餘如上說　自言果者須陀洹乃至阿羅漢果狎習等如上說故云我已入聖智勝法我知是我見是也彼於異時若問若不問等者律攝云異時等言但令犯戒設不自說已得本罪餘人於彼但可生疑未得即作不共住事是故須有異時等言若問者被他清淨有智比丘而來檢問汝言得上人法已入聖智勝法已知見者汝以何法得從誰得於何處得得時爲云何如是檢問方答云我實不知不見而言知見是虛誑妄語若不問自生慚愧欲求清淨亦如是說除增上慢者由其原無虛誑之心是故不攝妄語罪彼因在阿練若修習止觀暫得成就降伏煩惱自謂永斷後遊人間不攝諸根煩惱更起大生慚愧勤求方便精進不怠證阿羅漢果斯時稱有如是增上慢者

結罪是中犯者若比丘如是虛而不實不知不見向人說言我得上人法前人知者波羅夷　說而不知者偷蘭遮

若遣手印若遣使若書若作知相他若知者盡波羅夷若不知者盡偷蘭遮

若自在靜處作不靜想若不靜處作靜想口自說我得上人法偷蘭遮

向天龍神鬼及能變形有智畜生說得上人法偷蘭遮說而不知者突吉羅　畜生不能變形者向說得上人法突吉羅

若人實得道向不同意大比丘說得上人法突吉羅　若爲人說根力覺意解脫三昧正受我得是波羅夷

人作人想說本罪人疑人非人想非人人想非人疑盡偷蘭遮　此戒具足六緣方成本罪一實無所知二所說是上人法三有故妄語心四所對是人五是人想六前人領解若緣不具律制有開

【兼制】比丘尼波羅夷（此同制同學戒）式叉摩那沙彌沙彌尼突吉羅滅擯是爲犯

【隨開】不犯者向同意比丘說上人法若向人說根力覺意解脫三昧正受不自稱言我得若戲笑說或疾疾說屏處獨說夢中說欲說此錯說彼及最初未制戒癡狂心亂痛惱所纏是爲不犯

【會採】僧祇律云若說義不說味得偷蘭遮謂自稱說我不稱羅漢　若說味不說義得越毘尼罪謂稱說羅漢不自稱說我若說義說味得波羅夷謂自稱說我是阿羅漢　若不說義不說味得越毘尼罪謂作阿羅漢相或合眼以手指語前人言汝愚癡人不知其尊譬如優曇鉢華時一出而不知貴

五分律云有八種得波羅夷罪一者先作是念我當虛妄說過人法（過人即十人也）二者當說時作是念我今虛妄說得過人法三者作是念我已虛妄說得過人法四者異見說得過人法（異即不見也）五者異想說得過人法六者異忍說得過人法（異忍即未證也）七者異樂說得過人法（異樂謂未得真法樂言得）八者不隨問答說得過人法（即自說也）皆得波羅夷　又云寧噉燒石吞烊銅不以虛妄食人信施世間有五大賊一者作百人千人主破城聚

落害人取物二者有惡比丘將諸比丘遊行人間邪命說法三者有惡比丘於佛所說法自稱是我所造四者有惡比丘不修梵行自言我修梵行五者有惡比丘爲利養故空無過人法自稱我得此第五賊名爲一切世間天人魔梵沙門婆羅門中之最大賊　又云爲利養故種種讚歎他戒定慧解脫解脫知見成就而容以自美偷蘭遮　爲利養故坐起行立言語安庠以此現得道相欲令人知偷蘭遮

十誦律云有人問比丘言汝是阿羅漢不若默然者偷蘭遮應言我非阿羅漢

薩婆多毘婆沙云自言持戒清淨婬欲不起若不實者偷蘭遮　無所誦習而言我有誦習悉偷蘭遮（誦習者非經律論師自言經律論師非坐禪住阿蘭若自言是）

摩得勒伽云若言我不墮三塗偷蘭遮言我已離結使煩惱波羅夷　向聾人瘂人入定人說偷蘭遮　若問得果不答言得而示以手中果偷蘭遮

律攝云苾芻顯勝法在已云有苾芻得如是等勝妙之事然不自言是我者並窣吐羅罪

善見律云我欲入聚落乞食著衣持鉢現聖利相乃至食竟悉突吉羅罪若得利養若不得利養悉突吉羅罪　若有阿練若比丘立制坐此樹下此處經行者得阿羅漢我等應以香華供養有惡比丘欲得此供養往坐行者犯波羅夷　若有白衣作寺入我寺者是阿羅漢有惡比丘入此寺

者犯波羅夷　若衆僧立制於夏三月中莫語莫眠莫受檀越供養如是非法制不從不犯

此戒大乘同制菩薩以直心是道場不妄不誑真語實語若有利益善巧攝生方便有開設因利養有犯懺悔如上

引證根本律云芭蕉若結子竹葦生其實如騾懷妊時斯皆還自害利養及名譽愚人所愛樂能壞衆善法如劍斬人頭

首楞嚴經云如是世界六道衆生雖則身心無殺盜婬三行已圓若大妄語即三摩提不得清淨成愛見魔失如來種所謂未得謂得未證言證或求世間尊勝第一謂前人言我今已得須陀洹果乃至羅漢道辟支佛乘十地地前諸位菩薩求彼禮懺貪其供養是一顛迦銷滅佛種如人以刀斷多羅木永殞善根無復知見沈三苦海不成三昧

涅槃經云一切衆生雖有佛性要因持戒然後乃見因見佛性得成阿耨多羅三藐三菩提若有說言佛說一切衆生悉有佛性煩惱覆故不知不見是故應當勤修方便斷壞煩惱作是說者當知不犯四重若有說言我已成就阿耨多羅三藐三菩提何以故以有佛性故有佛性者必定成阿耨多羅三藐三菩提以是因緣我今已得成就菩提當知是人犯波羅夷何以故雖有佛性以未修習諸善方便是故未見以未見故不能得成菩提

第四分云死人有五不好一不淨二臭三

有恐畏四令人恐畏惡鬼得便五惡獸非人所住處犯戒人亦如是一身口意業不淨二惡聲流布三諸善比丘畏避四諸善比丘見之生惡心言我云何乃見如是惡人五與不善人共住　又破戒有五過失一自害二爲智者所訶三惡名流布四臨終時生悔五死墮惡道　復有五事一先所未得物不能得二既得不護三隨所在衆中有愧恥四無數由旬內人稱說其惡五死墮惡道　有五法名爲大賊長壽作大罪不被繫縛何等五若住無定處有好伴若多刀杖若大富多財寶有捉者賂之若有大人親友或依止王及大臣有捉者護之若於遠處作賊而還破戒比丘亦有五法多作衆罪不速爲他所舉若住無定處有伴黨若多聞能憶持初中下言悉善有文有義具說淨行而不能善心思惟深入正見若能得四事供養有舉者賂之若有大人爲親厚或上座及次座有舉者護之若在空野中住來至大家求覓利養是爲五法同彼大賊

善見律云一切作諸惡法無人不知初作者護身神見次知他心天人知如此之人天神俱見是故大叫喚展轉相承傳至梵天置無色界餘者悉聞優婆塞五戒相經云佛告比丘吾有二身生身戒身若善男子爲吾生身起七寶墖至於梵天若人虧之其罪尚有可悔虧吾戒身其罪無量

附考律攝云何故初三他勝先婬後殺逆次而說不如餘處殺盜婬妄而爲次第此

依犯緣前後而説又依由前引生後故由不淨行便行偷盜既行盜已遂殺怨家殺已問時便作妄語又復煩惱最强盛者在前而制此四他勝其相云何謂無厭離不忍不證然無厭離最强盛者立爲初二一於婬欲二於資財不忍故行殺不證故妄語

薩婆多毘婆沙云初破一戒已毀破受道器名波羅夷後更殺人得突吉羅實罪雖重無波羅夷名以更無道器可破故（初四波羅夷法竟）

二僧伽婆尸沙法

共有十三條十誦律云僧伽婆尸沙者是罪屬僧僧中有殘因衆僧前悔過得滅是名僧伽婆尸沙

根本律云僧伽者若犯此罪應依僧伽而行其法及依僧伽而得出罪伐尸沙者是餘殘義若於四事隨犯其一無有餘殘不得共住此十三法有餘殘可治故名僧殘

毘尼母云僧殘者如人爲他所斫殘有咽喉名之爲殘如二人共入陣鬪一爲他所害命絶二爲他所害命根少在不斷若得好醫良藥可得除瘥若無者不可瘥也犯僧殘者亦復如是有少可懺悔之理若得清淨大衆爲如法説懺悔除罪之法此罪可除若無清淨大衆不可除滅是名僧殘

經云犯僧伽婆尸沙如化樂天壽八千歲墮泥犁中（人間八百年爲天一晝夜）於人間數二十三萬零四百萬年此泥犁即大叫喚地獄謂獄卒置罪人鐵鑊中號咷大叫故

第一故弄失精戒

若比丘故弄陰失精除夢中僧伽婆尸沙

【緣起】此戒有二制時佛遊舍衛城迦留陀夷欲意熾盛顏色憔悴身體損瘦隨念憶想弄失不淨諸根悅豫顏色光澤親友比丘問知其故具白世尊世尊以此因緣集僧訶責迦留云何於我清淨法中出家作穢汚行汝愚　舒手受人信施復以此手弄陰出精與諸比丘集十句義結戒一攝取於僧乃至第十令正法久住此是初制也時佛結戒已有一比丘亂意睡眠於夢中失精有憶念覺已疑犯因是白佛佛言亂意睡眠有五過失一惡夢二諸天不護三心不入法四不思惟明相五於夢中失精善意睡眠有五功德反上可知故有除夢中無犯第二結戒也由癡無智故依婬事及婬煩惱制斯學處乃初篇婬根本種類

【釋義】文分三節故弄等正明所犯之事除夢中是開條僧伽等結成所犯之罪律云故弄者實心故作精者有七種青色者轉輪聖王精黃色者輪王太子精赤色者犯女色多精白色者負重人精黑色者輪王第一大臣精酪色者須陀洹人精酪漿色者斯陀含人精若爲樂故出精爲自試故出爲福德故出自試者試探已精七種之色福德者爲求福德故而弄出精也爲祭祀故出爲生天故出爲布施故出爾時一婆羅門居閑靜處誦持外道咒術彼經所記若故墮精者命終生天彼欲求天道常弄陰失精時有一婆羅門出家爲道者聞如是說即更弄失佛知故制有此祭祀生天布施三種之說爲種子故爲自憍恣故爲顏色和悅故出精善見云精離本處本處者以腰爲處又云不然

擧體有精唯除髮爪及燥乃無精若精離本處至道不至道及出乃至飽一蠅即犯除夢中者善見律云惟除夢中者佛結戒制身業不制意業是以夢中無罪　僧祇律云夢者虛妄不實若夢真實於我法中修梵行者無有解脫以一切夢皆不真實是故諸修行者於我法中得盡苦際

結罪是中犯者若爲樂故爲自試故乃至爲自憍恣故爲顏色和悅故如是一切方便弄失者盡僧殘　不失者盡偷蘭遮　若比丘教比丘方便弄失者偷蘭遮　不失突吉羅　若教餘人弄失不失一切突吉羅

第四分云若女人捉比丘前彼動身失不淨僧殘不動身失不淨突吉羅捉後亦如是捉足禮亦如是　若以男根逆水順水或水灑或逆風順風或口噓或空中想身動失不淨皆僧殘　此戒具四緣方成本罪　一於九種發心中必有其一　二要不作道想　三於六種境隨用其一　故弄四於七種精中隨失一種　若四闕一律有開條

兼制比丘尼波逸提式叉摩那沙彌沙彌尼突吉羅薩婆多論云比丘尼犯波逸提者一爲令二衆有差別故又女人煩惱深重難拘難制若與制重則罪惱衆生又女人要在私屛多緣多力苦乃出精不同男子隨事能出故所同制不同學也若比丘尼教比丘尼失者偷蘭遮　不失突吉羅是爲犯

隨開不犯者夢中失覺已恐汚身汚衣牀褥若以弊物盛棄若以手捺棄若欲想出不淨若見好色不觸失不淨若行時自觸兩髀若衣觸若大便時若冷水煖水洗浴若浴室中指摩若大啼哭用力時一切不作失不淨想及最初未制戒等是爲不犯

會採僧祇律云若於諸煖處煖具身觸若向火向日欲令出者僧殘　若道中行婬心自起而失不淨者是應責心行時故作方便令出出者僧殘如行住坐卧亦如是　若在空閑處住見有禽獸交會見已欲心起失不淨者是應責心若復爲受樂故更方便逐看欲令出出者僧殘　若見男女裸形欲心起失不淨者是應責心若爲樂故逐看令出出者僧殘

根本律云若苾芻量生支作心受樂因而泄精者得窣吐羅底　若不泄者得惡作罪　寧以手執可畏黑蛇不以染心捉生支　若以染心觀視生支得惡作罪

五分律云眠時出不淨覺時發心身動偷蘭遮　眠時身動覺時發出不淨突吉羅　散亂心眠突吉羅　憶行婬事突吉羅

律攝云覺爲方便夢中流泄或復翻此作心受樂或前與方便後乃息心或作方便其精欲動即便攝念皆得麤罪

此戒大乘同制梵網經云寧以利斧斬斫其身終不以此破戒之心貪著好觸菩薩戒本經云起五蓋心不開覺者是名爲犯衆多犯是犯染污起也

引證大涅槃經云應於婬欲生臭穢想乃至不生一念淨想若夢行婬寤應生悔

善見律云亂意睡眠者以不定意故若白日眠先念某時某時當起如修多羅中說佛告諸比丘若汝洗浴竟欲眠當作是念我髮未燥當起若如是眠善若夜亦應知時月至某處當起若無月星至某處當起

當念佛爲初（此謂六念法今但言佛餘五攝中）十善法中一一法中隨心所念然後眠

【附考】根本律云非離欲人有五因緣令生支起謂大小便逼或風所動或爲嗢徵加蟲所齧或由染污心若離欲人但有其四無後應知

第二女身相觸戒

若比丘婬欲意與女人身相觸若捉手若捉髮若觸一一身分者僧伽婆尸沙

【緣起】佛在舍衛國迦留陀夷因聞佛制戒不弄陰墮精便伺婦女至房捫摸嗚口其樂者笑彼所作其不樂者瞋恚罵詈諸比丘白佛佛乃結戒由癡覆故因婬煩惱制斯學處乃初篇婬根本種類

【釋義】文分二節婬欲意下明所犯之事若觸一一身分下結成所犯之罪律云婬欲意者愛染污心（根本律云有是染心而非纏心有是纏而非染或俱有或俱無　云何是染非纏謂有染心非極染心現在前時　云何是纏非染謂心緣外境有所繫著未起染心　云何染纏俱有謂有染心極染心貪求前境心有繫著　云何染纏俱無謂除前相故）女人者堪行欲境身者從髮至足身相觸者摩身前後若牽近於前若推却於後若從下至上逆摩若從上至下順摩若坐捉舉於上若立捉令下坐若捉前後及捉乳捉髀若摩捺前後及乳髀等

【結罪】是中犯者若比丘與女人身相觸欲心染着受觸樂一觸一僧殘隨觸多少皆僧殘　女作女想以身相觸欲心染着不受樂動身　若染着受樂不動身皆偷蘭遮（此皆無衣隔相觸也）若女作女想以身觸彼衣具

欲心染着受樂　若染着不受樂皆偷蘭遮　若以身觸女衣具欲心染着動身不受樂若欲染不動身受樂皆偷蘭遮此比丘無衣隔女有衣隔也

若女作女想以身衣觸彼身衣欲心染着受觸樂若不受樂　若不受樂動身若受樂不動身　若不受樂不動身但有欲心染着一切突吉羅此比丘與女皆有衣隔也

若女作女想女人捫摸比丘身身相觸欲意染着受觸樂乃至捉捺一一皆僧殘

若女作女想女人以身衣具觸比丘身欲心染着受樂不受樂動身不動身等得罪一一如上

若天龍鬼神女及畜生女能變形者身相觸偷蘭遮　畜生不能變形者身相觸突吉羅若男子身相觸突吉羅　若二形身相觸偷蘭遮

若女人作禮捉足覺觸樂不動身突吉羅西域凡篤信男女若禮佛及僧皆以雙手捉摩其足以表至敬東土此禮少行若比丘有欲心觸衣鉢尼師壇鍼筒草秸乃至自觸身一切突吉羅若女人女人想僧殘　人女疑　人女非人女想　非人女作人女想　非人女生疑皆偷蘭遮

第四分云若作女想與男身相觸作男想與女人身相觸皆偷蘭遮　此女餘女想餘女此女想身相觸皆僧殘　隨女人所倚處比丘以欲心動之皆偷蘭遮　此戒具五緣方成本罪一起欲心染着二是人中婦女三人婦女想四須觸摩受樂五必二俱無衣若緣少一罪結方便

【兼制】比丘尼波羅夷（此是同制別學比丘尼本戒攝八波羅夷之第五戒也）式叉摩那沙彌沙彌尼突吉羅

【隨開】不犯者若有所取與相觸若相解時相觸及最初未制戒等是爲不犯

【會採】僧祇律云若女人急捉比丘者比丘正念住若心有異合麤厚衣捉者偷蘭遮　若輭薄衣被合捉者僧殘　若比丘入城時若王出若大會日多人出入比丘當住伺人小稀然後乃入若隨多人男女共入者非威儀乃至有欲心觸僧殘　若比丘乞食時有端正女人持食與比丘比丘見女人起欲想者應放鉢著地令餘人受　若女人持食與比丘若女人一手過食一手承鉢底者非威儀若有欲心乃至觸僧殘　若比丘狹道巷中與女人相逢比丘應住待女人過若競行者非威儀若有欲心乃至觸僧殘　若女人落水求救者作地想捉出不犯若竹木繩牽出不犯若言知汝雖苦當任宿命者無犯

十誦律云女人爲水所漂應救雖婬心起但捉一處莫故到岸不應更觸更觸得罪

若繡畫女木女故觸突吉羅（僧祇制嚴爲息世俗譏嫌今瞻末運宜當遵奉十誦雖開由其慈悲濟物果能憐愍可以依行事一心殊在人自量）

善見律云女人打比丘比丘以欲心喜受突吉羅　若有力女人捉比丘若衆多女人共捉不受樂無犯（此是梵行難也）

律攝云若母來抱若女坐懷中若於迮路口觸女唇皆無犯　五種旁生可憑渡河象馬特牛水牛犛牛若牸牛旁生不應憑

渡
此戒大乘同制如上
【引證】戒因緣經云阿難爲摩鄧伽咒所惑不犯謂邪咒所迷心無欲染阿含經云時佛在人間遊行見火聚熾然告諸比丘若使有人捉彼火捫摸嗚之即燒其皮肉筋骨消盡若復有人捉四姓之女捫摸嗚之此二事何者爲善諸比丘言捉彼等女嗚之是事爲善若捉火即燒爛皮骨消盡得大苦痛不可堪耐佛言寧捉火嗚乃至筋骨消盡何以故不以此因緣墮三惡道若非沙門自言沙門乃至覆處作罪內空腐爛外現完淨不消信施墮三惡道長夜受苦是故當持淨戒受人信施一切所須能令施主得大果報所爲出家作沙門亦得成就
【附考】僧祇律云若比丘坐時女人來禮足若起欲心當正身住應語言小遠住禮若女人篤信卒來接足者應自齧舌令痛不令覺女人細滑又云若女人索水者不應自捉罐澆女手應以器盛與若無器令淨人與若無淨人應持罐著牀几上令其自取

毘尼止持會集卷第三

音義

獼猴江梵語摩迦吒此云獼猴賀邏馱此云池而云江乃譯人義立耳此池在毘舍離宮城外約五六里菴羅女園側是昔獼猴羣集爲佛穿作此池也

婆裘河或云婆裘沫河或云跋求河又云跋求摩河正梵音名跋窶末底此翻勝慧河

勿力伽難提應云審利伽羅此云鹿難提亦云喜總言之名鹿喜善見律云鹿杖沙門鹿杖其名也沙門者如沙門形剃頭留少許周羅髮著壞色衣

一以覆身一以置肩上入寺依止比丘拾取殘食以自活命因此諸比丘僱彼行殺

螫音釋蟲行毒也**蹹**音踏踐蹹也**杙**音亦櫼也櫼也左傳藏堅以杙抉其傷而死**倚發**倚者依也謂依機發舉也**桁**音衛屋横木也**弶**強去聲設罟於道以掩鳥獸也**龜易**龜謂灼龜易謂卜易皆趨吉避凶之法**栴荼羅**此翻屠者乃西域最鄙賤之流不與四姓同居唯彼黨類共住凡入城邑手持竹杖挂以赤幟而別其鄙賤也**狎**音洽親近也玩熟也習也**辯才**即四無礙辯才亦名四無礙智由其智慧明了通達無滯故一義無礙辯才謂了知一切諸法義理故　二法無礙辯才謂通達諸法名字分別無滯故　三辭無礙辯才謂於諸法名字義理隨順一切衆生殊方異語爲其演說能令各各得解辯說無滯故　四樂說無礙辯才謂隨順一切衆生根性所樂聞法而爲說之圓融無滯故**五陰**陰者蓋覆義又名五蘊蘊者積聚義謂積聚有爲蓋覆真性故衆生由此五法積聚成身復因此身積聚有爲煩惱等法能受無量生死一色陰色即質礙之義眼耳等六根和合積聚故名爲色　二受陰受即領納之義謂六識與六塵相應而有六受積聚故名受陰　三想陰想即思想之義謂六識與六塵相應而成六想和合積聚故名想陰　四行陰行即還流造作之義謂因六識思想諸塵造作善惡諸行和合積聚故名行陰　五識陰識即了別之義謂以眼耳等六種之識於諸塵境上照了分別和合積聚故名識陰**六入**入即趣入之義謂眼耳鼻舌身意六根爲眼耳等六識所依能入色聲香味觸法六種塵故名六入**十八界**界即界分爲衆生心色俱迷故開色爲十一界謂五根六塵開心爲七界謂眼等六識及意根皆屬於心故開之謂七**得定**即指三三昧三解脫門也**有覺有觀三昧**謂初心在禪曰覺細心分別禪味曰觀以空無相無作相應心入於初禪則一切覺觀皆悉正直故名有覺有觀三昧**無覺有觀三昧**謂以空無相無作相應心將入二禪之時覺知之心已亡分別禪味之念循在一切定觀皆悉正直故名無覺有觀三昧**無覺無觀三昧**謂以空無相無作相應心入於二禪乃至滅受想定覺知之心分別禪味之念俱亡故名無覺無觀三昧**空無相無作**即三解脫門也謂觀一切法皆從因緣而生自性本空無我我所若能如是通達則於諸法而得自在故名空解脫門既知一切法空故觀男女一乘等相實不可得若能知是通達諸法無相即得自在故名無相解脫門若一切法無相則於三界無所願求若無願求則不造作生死之業即無果報之苦而得自在故名無作解脫門亦名無願解脫門**正受**離邪倒想領納所緣名爲正受又云

不受諸受名爲正受**法智**法智者知現在法是名法智現在法謂五陰等各別自相**比智**比智者知餘殘法名曰比智餘謂過去未來諸法次現在法後知故名比智所以者何先現知已然後比知**等智**等智者亦名世俗智知諸有情修行差別及知諸法名字等異故名等智**他心智**他心智者知諸衆生心心所法無所滯礙故名他心智**苦集滅道**乃四諦法法界次第云此四通言諦者諦以審實爲義此四諦法正爲聲聞人說欲從聞生解故必須藉教顯理入明教理不虛故云審實若由因感果則應先因而後果今悉先果而後因者教門引物爲便故皆先果而後因前二諦是世間之法令知苦以斷集故先果而次因後二諦是出世間之法使爲滅以修道故亦先果而次因也　苦諦者苦以痛惱爲義一切有爲心行常爲無常患累之所逼惱故名爲苦大論云無量衆生有三種身苦老病死三種心苦貪瞋癡三種後世苦地獄餓鬼畜生總而言之有三苦八苦等皆三界生死之患諦審生死實是苦者故名苦諦也三苦謂苦苦壞苦行苦八苦可知　集諦者集以招聚爲義若心與結業相應未來定能招聚生死之苦故名爲集審一切煩惱惑業於未來實能招集三界生死苦果故名集諦也　盡諦者亦名滅諦滅即寂滅滅以滅無爲義結業既盡則無生死之患累故名爲滅以諸煩惱結使滅故三界業亦滅若三界業煩惱滅者即是滅諦有餘涅槃因滅故果滅捨此報身時後世苦果永不相續名入無餘涅槃諦審涅槃實爲寂滅故名滅諦也　道諦者道以能通爲義正道及助道是二相扶能至涅槃故名爲道諦審此二道相扶實能通至涅槃不虛故名道諦也正道者實觀三十七品三解脫門緣理慧行名爲正道助道者得解觀中種種諸對治法及諸禪定是名助道**手印**古人多作印於指環上亦如今人繫圖章於扇柄上取其便用故也按根本雜事佛聽比丘畜印以爲記驗但不聽着指環及寶莊飾許用鍮石赤銅白銅牙角五種物作又印有二種一是大衆二是私物若大衆印可刻轉法輪像兩邊安鹿伏跪而住其下應書元本造寺施主名字若私印刻作骨鎖像或作髑髏形欲令見時生厭離故凡律中言手印指印皆准此**顛迦**此翻極惡又名畢竟以畢竟無涅槃性即無性闡提**芭蕉結子四句**芭蕉生華狀如蓮瓣中有甘露甜如蜜若生此華則此枝便壞竹葦開華結子則竹枯隨敗騾不自生皆驢共馬交遘而生騾若懷妊必傷其母**化樂天**謂自化五塵之欲而娛樂故此天依空而居按論云人間八百年爲此天一晝夜則人間二十八萬八千年方爲此天一年若此天壽八千歲則當人間二百三十億零四百萬年矣**迦留陀夷**亦名烏陀夷此翻黒光又名麤

黑由其面黑眼赤故乃婆羅門種與佛同日而生本是王大臣因世尊出家成道父王思見遂命黑光往迎既至佛所佛爲說法喚善來比丘鬚髮自落成比丘性而情多欲後於舍衛國有婆羅門女逼行非法而尊者不從其事彼懷瞋忿自破身形反誣尊者以告其父父集五百婆羅門衆共曳尊者然尊者力大乃至不能移足時佛觀知此是最後教誡烏陀夷事佛衰其力時衆共打幾死將曳王所王雖審知事虛猶三反訶責尊者極生慚愧遂至舍利弗所頂禮具陳上事舍利弗與其說法教誡發勇猛心結惑皆除證羅漢果既得果已念報佛恩而行教化佛言我聲聞弟子中教化有情令得聖果者迦留陀夷而爲第一如是尊者於舍衛國教化十八億家令得聖果後爲暴惡女兒婦通賊斷尊者命將屍棄糞聚中此是尊者先所作業果熟當酬佛於十五日布薩不見尊者而知其死佛與大衆圍遶夜至城門放大光明徧滿城邑其門自開王及夫人臣民婦女驚覺奔馳隨佛往至糞聚處所出尊者屍香湯洗浴乘於寶轝至一勝處香木焚之收取舍利於四衢道側建塔供養爲人天福田令所廣引者俾知尊者爲建法門以現犯緣也**轉輪聖王**金轉輪王成就七寶具足四德王四天下七寶者一金輪寶二白象寶三紺馬寶四神珠寶五玉女寶六典財寶七主兵寶四德者一長壽不夭二身强無患三容顏端正四寶藏

盈滿以十善法勸化衆生統攝四大部洲**外道呪術**外道者學乖諦理隨自妄情不返內覺稱爲外道其種別有經書世世相承以道學爲業或在家或出家多恃已道術我慢人也類分九十六種**胜**皮上聲胜胜胃脘也**當念佛爲初**此謂六念也一念佛慈悲導師二念法三世佛母三念僧人天福田四念戒清淨身心五念施普濟貪窮六念天常受安樂**捫摸**捫音門撫持也摸音莫按捫也謂以兩手捫摸**髀**音彼股骨也**草秸**秸音甲與稭同稭禾稾去其皮以爲席**擪**葉入聲持也也按也**特牛**乃三歲之牛也**犛**音離郭璞曰犛牛黑曰犛牛黑色出西南徼外**牸**音字牝牛即**摩鄧伽**亦云摩登伽此云本性乃大幻術婬女也當以呪術迷惑阿難幸如來神咒往護惡咒始滅復預楞嚴獲證三果

毘尼止持會集卷第四

清金陵寶華山弘律沙門讀體集

第三麤惡語戒

若比丘婬欲意與女人麤惡婬欲語隨所説麤惡婬欲語僧伽婆尸沙

【緣起】迦留陀夷聞佛制戒不得弄失不得觸摩復伺女人至房説麤惡語其樂者笑彼所説不樂者瞋罵愁惱諸比丘以此因緣白佛佛訶責已爲僧結戒此是性罪由癡障故依婬煩惱制斯學處乃初篇婬根本種類

【釋義】文分二節婬欲意下正明所犯之事隨所説下結成所犯之罪律云婬欲意如上女人者於善惡言能領解麤惡者非梵行（根本律云鄙惡語有二一是波羅市迦因起一是僧殘因起有自性鄙故有因起鄙故自性謂本性婬習深厚强勝因起謂新熏外緣强勝）婬欲語者稱説彼二道好惡若自求若教求若問若答若解若説若教若罵若自求者言與我二道作如是如是事　若教求者謂天神祐助我共汝作如是如是事　若問者謂汝二道何似云何與夫主及外人共事　若答者謂汝二道如是汝與夫主外人共通如是若解若説亦如是　若教者謂我教汝如是治二道令夫主及外人愛敬　若罵者言汝破壞腐爛燒燋墮落共畜作如是事若復作餘語罵

【結罪】是中犯者若比丘與女人一反作麤惡語一僧殘　隨麤惡語多少説而了了者一一僧殘　説不了了者一一偷蘭遮　若與指印書遣使作相令彼女人知者僧

殘　不知者偷蘭遮　除此大小便道說餘處好惡偷蘭遮

向天龍鬼神女畜生女能變形者及黄門二形說麤惡語彼知者偷蘭遮　不知者突吉羅　向不能變形畜生女及男子說突吉羅若婬欲意麤惡語麤惡語想僧殘麤惡語生疑　非麤惡語麤惡語想非麤惡語疑皆偷蘭遮

人女人女想僧殘　人女疑　人女非人女想　非人女人女想　非人女疑皆偷蘭遮

第四分云女作男想男作女想麤惡語偷蘭遮　此女作餘女想餘女作此女想僧殘　性好麤惡語非欲心突吉羅　此戒具六緣方成本罪一有婬欲心二須是人婦女三人婦女想四所說麤惡語五必麤惡語想六說聽了了若緣不具罪結方便

兼制比丘尼偷蘭遮同制同學　不式叉摩那沙彌沙彌尼突吉羅是爲犯

隨開不犯者若爲女人說九漏不淨觀若說毘尼言次及此乃至夢中語若錯說及最初未制戒等是爲不犯

會採十誦律云若女人在比丘前反問言汝於三瘡門中不如是作耶乃至百語比丘隨順其心多少語出隨一一語僧殘

善見律云若比丘以欲心方便欲樂此事假說旁事若女人解此語突吉羅

此戒大乘同制准上可知

第四歎身索欲戒

若比丘婬欲意於女人前自歎身言大妹我

修梵行持戒精進修集善法可持是婬欲法供養我如是供養第一最僧伽婆尸沙

【緣起】亦起自前人因佛結上三戒已復行歎身索欲故結此戒由癡無正智因婬煩惱制斯學處乃初篇婬根本種類

【釋義】文分二節婬欲意下正明所犯之事僧伽等結成所犯之罪律云婬欲意如上女人如上自歎身者歎身端正好顏色我是剎帝利長者居士婆羅門種（大妹乃稱呼之詞以女弟後生曰妹）梵行者勤修離穢濁持戒者不缺不穿漏無染污精進修習善法者樂閑靜處時到乞食糞掃衣作餘食法不食一坐食一摶食塚間坐露坐樹下坐常坐隨坐持三衣唄匿多聞能說法坐禪

【結罪】是中犯者若比丘作如是自歎譽已供養我來不說婬欲者偷蘭遮　若說婬欲隨自歎身多少了了者一一僧殘　不了了者皆偷蘭遮

若手印若書信若遣使若現知相令彼知者僧殘　不知者偷蘭遮　除二道更爲索餘處供養偷蘭遮

向天龍鬼神女畜生女能變形者自歎譽身說而了了者偷蘭遮　不了了者突吉羅　向不能變形畜生女自歎譽突吉羅

向男子歎突吉羅　人女人女想僧殘　人女疑　人女非人女想　非人女人女想　非人女疑皆偷蘭遮　此戒具五緣方成本罪一有婬欲心二是人婦女三人婦女想四必說婬第一最五說聽了了緣若闕一罪制方便

【兼制】比丘尼偷蘭遮（同制）不同學　式叉摩那沙彌沙彌尼突吉羅是爲犯

【隨開】不犯者若比丘語女人言此處妙尊最上（此處指如來清淨法門而言）此比丘精進持戒修善法汝等應以身口意業慈供養若爲說毘尼時言說相似者若夢中語若錯說及最初未制戒等是爲不犯

此戒大乘同制如上

【引證】已上四戒皆由尊者迦留陀夷發起因緣准薩婆多論中問云若欲心多者何不作大事破戒答云此人根熟應得漏盡故又應度此舍衛城中具足千家大作利益正少一人是故不作大事迦留陀夷功德智慧當得漏盡莫見小因緣故自失敬信也

律攝云苾芻修行之時有二種煩惱或容生起由忘正念便憶曾經遠境起染愛心造衆過失復由現前近境起染愛心而犯衆罪了知起犯緣已即於此事生對治心令其除滅若染緣强勝不能除遣應就尊宿及閑三藏有德行者請受教誡作意蠲除若仍不息當勤晝夜讀誦聞思簡擇深義於三寶所至誠供養師長等處忘自劬勞盡心供給或遊方時或復減食或住屍林獨居阿蘭若修不淨觀等或爲四念住或作無常死想冀令煩惱除滅若仍不除應生慚愧作如是念我所爲非戒不清淨而復受他信心重施四事供養又復諸佛及有天眼同梵行者并諸善神悉觀見我爲此不應造衆罪業當自尅責如救頭然

於清淨境說除其罪勿致後悔若作如前對治行時性多煩惱未能殄息應審自觀察或應捨戒而爲白衣勿令有罪受他信施因受用時更造衆多罪惡之業定感當來苦異熟果如經廣說應善修持

第五媒嫁戒

若比丘往來彼此媒嫁持男意語女持女意語男若爲成婦事若爲私通乃至須臾頃僧伽婆尸沙

緣起　佛在王舍城靈鷲山中時迦羅比丘本是王大臣善知俗法作是媒嫁時諸男女婚娶適意者供養讚歎不適意者怨詈譏毀時諸比丘白佛如來爲僧結戒此是遮罪由癡覆故因鄙惡事及鄙業煩惱制斯學處乃初篇婬根本種類

釋義　文分二節往來彼此下正明所犯之事若爲成婦事等下結成所犯之罪律云往來者使所應可和合者是（媒者謀也嫁者送女歸夫曰嫁持男意語女持女意語男正顯往來媒說通知其事）女人有二十種護若母所保護（謂保守愛護也）若父所保護　若父母所保護　或兄所保護　或姊所保護　若兄姊所保護　若自護謂身得自在　若法護謂修行梵行（若有女人受持居家五支學處戒行氷霜以法守護是名法護）若姓護謂不與卑下姓　若爲宗親所保護　若自樂爲他作婢　若與衣爲價作婢　若與財作婢乃至一錢爲價　若同共作業爲婢　若未成夫婦水所漂者水中救得爲婢　若不取輸稅爲婢　若放去婢謂買得及家生　若客作婢僱錢使作　如家使人　若他護

婢受他華鬘爲要　若邊方得婢謂抄劫得是爲二十種男有二十種亦如是母護男母護女遣比丘爲使語彼言汝爲我作婦謂終身爲婦也若與我私通謂非終身婦也若須臾間一日夜共有三十須臾若一念頃僧祇律云二十念爲一瞬二十瞬名一彈指乃言時之極少也

結罪是中犯者若比丘自受語自往語彼受彼語還報　自受語自往語彼遣使持報語還　自受語遣使語彼自持報語還

自受語共遣使語彼遣使持報語還

若比丘自受語自作書持往彼自持報書還　自受語自作書持至彼遣使持報書還　自受語遣使持書至彼自持報書還

自受語遣使持書至彼遣使持報書還

若比丘自受書持至彼自持報書還　自受書持至彼遣使持報書還　自受書遣使持至彼自持報書還　自受書遣使持書至彼遣使持報書還如是隨媒嫁多少說而了了還報者一一皆僧殘　說不了了者一一偷蘭遮

若比丘受語往彼語不還報　不受語往彼說還報皆偷蘭遮

若比丘受語不往彼說不還報　不受語往彼說不還報皆突吉羅

若媒嫁天龍鬼神女畜生能變形者及黃門二根說而了了者偷蘭遮　說而不了了突吉羅　若不能變形畜生媒嫁突吉羅　媒嫁男突吉羅其中媒嫁黃門二根及男者咸攝私通事

若往來媒嫁作媒嫁想僧殘　媒嫁疑媒嫁作不媒想　不媒嫁作媒嫁想　不

媒嫁疑皆偷蘭遮

若人女人女想媒嫁者僧殘　人女疑　人女非人女想　非人女人女想　非人女疑皆偷蘭遮

若比丘持他書往不看者突吉羅　若爲白衣作餘使突吉羅　此戒具六緣方成本罪一必受他媒嫁囑二必自作媒嫁想三須是人婦女四作人婦女想五爲通說得可六必還報了了若闕一緣本罪不成

【兼制】比丘尼僧殘同制　式叉摩那沙彌沙彌尼突吉羅是爲不犯同學

【隨開】不犯者若男女先已通而後離别還和合若爲父母病若繫閉在獄若爲信心優婆塞病及繫閉在獄若爲三寶爲病比丘等看書持往并最初未制戒等是爲不犯

【會採】僧祇律云若男子有衆多婦有念者有不念者比丘語言當等視務令均平答言當如師教比丘爾時得偷蘭遮　若夫婦鬬諍比丘便勸喻和合得偷蘭遮　若彼夫婦不和或於佛事僧事有闕爲佛事故勸令和合無罪　若有婦女還家勸早還夫舍得偷蘭遮　有人多畜馬而無好種生者倩比丘某家有生馬爲我求之比丘爲求得偷蘭遮　有二比丘一有女者語其女言此是汝婿一有兒者語其兒言此是汝婦作是語時俱得僧殘罪　十誦律云若夫婦相瞋夫未唱非我婦和合者偷蘭遮　已唱非我婦和合者僧殘　若受語解意旨僧殘　受意旨不受語

偷蘭遮　但受語不解意旨者無犯　若媒事已成比丘後來佐助偷蘭遮

根本律云門師苾芻至施主家作如是語此女長成何不出適此男既大何不娶妻若言此女何不往夫家此男何不向婦舍皆惡作罪

律攝云以三處定成媒嫁罪一主定以男意語女以女意語男二事定謂於男女婦及私通事三時定乃至須臾頃　凡為媒處人有尊有卑尊謂家長取言為定翻此成卑若受言往問及以還報二處皆尊即犯本罪　若將卑語報彼尊人得惡作罪

有其三事雖不報言亦成返報一期處二定時三現相若見我在某處住時則知事合是謂期處若某時見我則表事成是謂定時若見我持鉢或著新衣則知事合是謂現相作斯三事他解之時便成還報

若指腹媒嫁若生男女若俱男俱女若半擇迦（謂半月變形也）窣吐羅　若告云彼家有女何不求之意為媒合便得麤罪　但有片言與媒事相應皆惡作罪　若弟子語師我欲為他作媒事師聞此語默而許者得窣吐羅（師秉律制不善誨徒故招斯罪若明毘尼則即訶止是為良導）

戒因緣經云解放畜生合其牝牡僧殘（本律媒嫁畜生但預囑比丘未知有不故結突吉羅僧祇為求生馬雖明示其處而婬機尚遠事非目覩故結偷蘭遮若解放令合則眼視非法心生隨喜不無欲染故犯本罪推遠及近制意存焉）

此戒大乘同制梵網經云菩薩應救度一切衆生淨法與人而返助人行婬是無慈心也

第六私房過量戒

若比丘自求作屋無主自爲已當應量作是中量者長佛十二磔手内廣七磔手當將比丘指授處所彼比丘當指示處所無難處無妨處若比丘有難處妨處自求作屋無主自爲已不將比丘指授處所若過量作者僧伽婆尸沙

緣起 佛在王舍城靈鷲山中聽諸比丘作私房舍時有曠野國比丘聞佛聽許即私作大房功力繁多常行求索居士厭避復有一比丘欲起房舍自斫樹樹神作念欲打比丘恐違道理乃往白佛佛讚慰之示別所棲時大迦葉至曠野城居士遙見各自避去迦葉問知其故具陳白佛佛集僧而爲結戒由依住處事諍恨住處鄙業煩惱制斯學處乃初篇盜根本種類

釋義 文分二節自求作屋下明其正制若比丘有難處妨處下結顯違犯律云自求者彼處處乞索無主者彼無有若一若兩若衆多施主自爲已者自求索自爲作也當應量作者是中量長佛十二磔手廣七磔手（磔手者張指一跨也長者縱量乃房之深處廣者橫量乃房之寬處佛身長大六一磔手准今小尺一尺六寸則深有一丈九尺二寸寬有一丈一尺二寸若太大則煩勞太小則過狹令離二過故制此量也）難處者有虎狼師子惡獸下至蟻子若不爲此諸蟲獸所惱應修治平地若有石樹荊棘當使人掘出若有陷溝坑陂池處當使人填滿若畏水淹漬當豫設隄防若地爲人所認當共斷無使他有語是名難處妨處者不通草車迴轉是防處（僧祇律云非妨處者四邊各容十二桄梯桄間各一

（拳肘令作事者周帀來往塗治覆苫以二尺爲一拳肘）彼作屋比丘看無難無妨已到僧中具儀三乞爾時衆僧當觀察此比丘爲可信不可信若可信即當聽使作若不可信一切僧應到彼處看若衆僧不去遣僧中可信者往看若彼處有難有妨若無難有妨若有難無妨皆不應與處分若無難處無妨處應與處分白二羯磨（此羯磨法於作持中明）故云彼比丘當指授處所無難處無妨處既與羯磨已彼作房時應知初安若石若土墼泥團乃至治訖斯爲如法

結罪　是中犯者若僧不處分一僧殘　過量作一僧殘　有難處一突吉羅　有妨處一突吉羅　若無難處是有妨處一突吉羅　若有難處是無妨處一突吉羅

若僧不處分一僧殘不過量作無犯　有難有妨　無難有妨　有難無妨皆如上

若僧已處分無犯過量作一僧殘　有難有妨　無難有妨　有難無妨皆如上

若僧已處分不過量作皆無犯　若有難有妨　無難有妨　有難無妨得罪如上

若作而不成僧不處分及過量作各得一偷蘭遮　有難有妨　無難有妨　有難無妨得罪如上

若使他作屋成僧不處分及過量作　若僧已處分過量作　若僧不處分不過量作得僧殘皆如上　有難有妨　無難有妨　有難無妨得罪如上

若爲他作屋成僧不處分過量作　僧已處分過量作　僧不處分不過量作皆得

偷蘭遮　有難有妨　無難有妨　有難無妨得突吉羅如上　若作而不成僧不處分及過量作有難有妨處一一皆犯突吉羅

若作屋以繩拼地應量作者過量作者犯　若教人案繩墨作彼受教者言如法作而過量彼受教者犯　彼教人案繩墨作即如法作不還報作者犯　若教人案繩墨作即如法作教者不問如法作否教者犯

若僧不處分作不處分想僧殘　不處分疑不處分作處分想處分作不處分想處分疑皆偷蘭遮　若過量想疑亦如是　若難有難想難疑有難無難想無難有難想並疑皆突吉羅　若妨處想疑亦爾

此戒具六緣方成本罪一無主自作私房二不求衆僧處分三作不處分想四違制過量五過量想六房已作成若緣有闕罪結方便

兼制　比丘尼偷蘭遮同制別學比丘尼因蘭若事起故不聽住阿若式叉摩那沙彌沙彌尼突吉羅是爲犯

隨開　不犯者如量作減量作僧處分作無難無妨處作如法拼作若爲僧作爲佛圖講堂草庵葉庵小容身屋及未制戒等是爲不犯

會採　僧祇律云作房時若授磚泥團及壘磚等盡越毘尼罪　若戶牖已成時偷蘭遮　乃至作成時僧殘　若房主比丘不捨戒不死不與僧若比丘於此房中若熏鉢若讀誦若思惟謂修定坐禪也一切受用得越

毘尼罪

十誦律云若比丘語餘比丘爲我作舍語已便去後作未成行還自成是舍不如法作犯（當仍請指授與量相應無諸難妨斯則何咎由依前人違制規模故爾成犯）若得先成舍無犯

根本律云若於不淨處有諍競處無進趣處自作使人作小房時於此三中隨有過皆得窣吐羅一不淨處者若有蛇蠍蟲蟻窟穴是二諍競處者若近王宮及以天祠或長者宅外道家苾芻尼寺或有好樹須伐是三無進趣處者若有河井或臨崖坎是

摩得勒伽云乞房已不作偷蘭遮　物不現前而作房偷蘭遮

善見律云若長中減一磔手廣中益一磔手若減廣益長亦不得何況長廣俱過量　若二三人共作屋若一比丘一沙彌悉不犯何以故人無一屋分故若段段分人得一屋分得僧殘罪

此戒大乘同制梵網經所謂惡求多求菩薩戒本經所謂多欲不知足也

引證　佛因比丘自求作屋故種種訶責已告諸比丘往昔此恒水側有一螺髻梵志常居此水邊顏貌憔悴形體羸瘦時我詣彼與共相見而問其故彼報我言此水中有一龍王名曰摩尼犍大自出其宮來至我所以身遶我頭覆我上時我作念龍性暴急恐害其命以此憂患致使形容如是耳時我語梵志言汝欲使此龍常在水中不出至汝所不彼答我云實欲使此龍不

來至我所我即問梵志彼龍有瓔珞不答言龍頸之下有好瓔珞佛語梵志言若此龍出水來至汝所時當起迎語言龍王且止持汝頸下瓔珞與我來并爲說偈云我今須如此頸下好瓔珞汝以信樂心施我嚴好珠時彼梵志受我語已後時龍王從水中出梵志遥見往迎而爲說偈爾時龍王復以偈報梵志云我所致財寶緣由此珠故汝是乞求人不復來相見端正好淨潔索珠以驚我不復來相見何爲與汝珠於是龍王即時還宫更不復出爾時世尊即說偈言多求人不愛過求致怨憎梵志求龍珠便不復相見　又一比丘所住林間於半夜後衆鳥悲鳴相呼而亂定意我教彼比丘語衆鳥云我今急須汝兩翅與我來時羣鳥出林更不復還汝等比丘當知乃至龍畜飛鳥尚不喜人乞索而況人乎多求無厭豈不怨憎

第七大房不處分戒

若比丘欲作大房有主爲已作當將餘比丘往指授處所彼比丘應指授處所無難處無妨處若比丘有難處妨處作大房有主爲已作不將餘比丘往看指授處所僧伽婆尸沙

緣起佛在拘睒彌國瞿師羅園中時優填王與尊者闡陀爲親友知識語言隨意任作房舍時近城有尼拘律神樹人馬往來多止息其下闡陀伐之而作大屋居士譏嫌諸比丘白佛故結此戒　因起違諍爲防譏過制斯學處乃初篇盜根本種類唯除過量無罪其餘所犯同上立緣用四准

知不繫

此戒大乘同制梵網經云頭陀行道乃至夏坐安居是諸難處皆不得入也

第八無根謗戒

若比丘瞋恚所覆故非波羅夷比丘以無根波羅夷法謗欲壞彼清淨行若於異時若問若不問知此事無根說我瞋恚故作是語若比丘作是語者僧伽婆尸沙

[緣起]佛在靈鷲山中時尊者沓婆摩羅子得阿羅漢果已自念我宜以力供養衆僧遂往白佛佛令諸比丘白二羯磨差沓婆摩羅分僧卧具及差次受請飯食時有慈地比丘是衆中下座隨次得惡房卧具便生瞋恚言沓婆摩羅有愛喜者與好不喜者與惡衆僧云何差如是人次日差僧受請慈地比丘被差次至檀越家檀越聞慈地比丘次來受食便於門外敷弊坐具施設惡食慈地倍瞋遂使其妹慈地比丘尼於佛僧會時誣謗尊者言沓婆摩羅來犯我世尊知而故問尊者尊者答言生來夢中尚無況覺時有佛告諸比丘有二種人一向入地獄何者爲二若非梵行自稱梵行若眞梵行以無根非梵行謗之是名爲二如來種種訶責慈地比丘已與諸比丘結戒此是性罪由誣梵行事及不忍煩惱制斯學處乃初篇妄根本種類

[釋義]文分三節瞋恚所覆下明誣謗之由若於異時下明覺悔發露若比丘作是語下結成所犯之罪律云瞋恚者有十惡法因緣故瞋十事中以一一生瞋法數云謂恚恨讒誰

嬌忿怒慳癡妬於此十事而生瞋僧祇律云九惱及非處起瞋第十恨者凡夫及學人有不喜者乃至阿羅漢有瞋恚者由忿心而起忿恨忿他爲瞋自忿爲恚南山鈔云比丘以六和表用以慈心爲體今云瞋恚所覆正覆此體違背六和致興毀謗大經云一念瞋心起八萬障門開　根者有三種根一見根二聞根三疑根見根者實見犯梵行見偷五錢過五錢見斷人命若他見者從彼聞是謂見根　聞根者若聞犯梵行聞偷五錢過五錢聞斷人命聞自歎譽得上人法若彼說從彼聞是謂聞根　疑根者有二種生疑從見生疑者若見與婦女入林出林無衣裸形不淨污身手捉刀血污與惡知識伴是謂從見生疑　從聞生疑者若在暗地若聞牀聲若聞草蓐轉側聲若聞身動聲若聞共語聲若聞交會聲若聞我犯梵行聲聞言偷五錢過五錢若聞言我殺人若聞言我得上人法是謂從聞生疑除此三根已更以餘法謗者是謂無根欲壞彼清淨行者欲壞彼人清淨之名不得與僧共同法事故　若於異時等者若問者被他如法比丘而來詰問僧祇律云若檢校者問言汝見何事婬耶盜五錢耶殺人耶稱過人法耶云何見因何見何處見是名檢校不如是問是名不檢校若不問者是瞋恚人過後覺悟希求清淨自已發露無根毀謗之事縱雖過後覺悔其罪於一生謗說時已成豈容露而獲免

【結罪】是中犯者若不見聞疑言見聞疑不論前人清淨不清淨以波羅夷法謗說而了了僧殘　說而不了了偷蘭遮此中互明恐昧正制故下一一列次俾知所犯也

不見聞疑生見聞疑想後忘想言見聞疑以波羅夷法謗亦如上

不見聞疑彼有疑後言無疑我見聞疑以波羅夷法謗亦如上

不見聞疑生疑後忘疑言見聞疑以波羅夷法謗亦如上

不見聞疑是中無疑言有疑見聞疑以波羅夷法謗亦如上

不見聞疑是中無疑後忘無疑言我見聞疑以波羅夷法謗亦如上

不見有見想後忘想言聞疑以波羅夷法謗亦如上

不見有疑言無疑有聞疑以波羅夷法謗亦如上

不見有疑後忘疑言聞疑以波羅夷法謗亦如上

不見無疑言聞疑以波羅夷法謗亦如上

不見無疑後忘無疑言聞疑以波羅夷法謗亦如上　聞疑亦如是

除四波羅夷不論前人清淨不清淨更以餘非比丘法謗言犯邊罪犯比丘尼賊心受戒破內外道犯五逆非人畜生黃門二根說而了了僧殘　說不了了偷蘭遮　若指印書遣使作知相以無根四棄及十三種非比丘法謗知而了了者僧殘　不了了者偷蘭遮　若以八波羅夷法一婬二盜三殺四妄五染心觸摩六染心八事七覆他重罪八順從作舉是爲尼八棄也及犯邊罪乃至二根非比丘尼法謗比丘尼亦如上

除比丘及尼以無根罪謗餘人者突吉羅餘人即小三衆及優婆塞優婆夷也　此戒以五緣成犯一有瞋心二無三根三是四棄非比丘法四謗受具人五說明了若緣一闕罪結方便

兼制比丘尼僧殘同制同學式叉摩那沙彌沙

彌尼突吉羅是爲犯

【隨開】不犯者見聞疑有根實說戲說疾疾說獨說夢中說若欲說此錯說彼及最初未制戒等是爲不犯

【會採】僧祇律云若於波羅夷中一一語謗僧殘　十三事中一一法謗犯波逸提　以三十事及九十中一一法謗得越毘尼罪　於四可呵及衆學法中一一謗者犯越毘尼心悔　比丘尼八波羅夷十九僧殘若一一謗波逸提　若以三十事及百四十一波逸提一一謗犯越毘尼罪　以八可呵及衆學法一一謗犯越毘尼心悔　式叉摩那十八事若一一謗言更當與學戒犯偷蘭遮（十八事者一不分別衣二離衣宿三觸火四足食五害生種六青草上棄不淨七輒上高八觸寶九殘宿食十壞地十一不受食十二損生苗反本所受學六法一染心相觸二盜減五錢三斷畜生命四小妄語五非時食六飲酒是名十八事）沙彌沙彌尼十戒若一一謗言當更與出家犯越毘尼罪　下至俗人五戒一一謗犯越毘尼心悔　律攝云若鄔波索迦（即優婆塞）謗苾芻者應與作覆鉢羯磨（此法於作持中明）此戒大乘同制若向外人說犯重若向同法說犯輕

【引證】十誦律云夫人處世間斧在口中生以是自斬身斯由作惡言

毘尼止持會集卷第四

【音義】

唄匿（此翻爲靜又翻止斷又云止息由是外緣已止已斷爾時寂靜任爲法事也法苑云尋西方之有唄猶東國之有讚讚者從文以結章唄者短偈以流頌比其事義名異實同毘尼母云佛告諸比丘聽汝等唄唄者言說之辭聽引十二部經中）

要言妙辭直顯其義故曰唄匿

閑三藏 閑謂善習精學也三藏教理深玄奧義無不通達

異熟果 異熟果者謂果報異時成熟即第八識也以此識能含藏一切諸法種子而成熟諸根識之果也如眼等諸根由昔作善惡之因今報得苦樂之果若今作善惡之因亦感當來苦樂之果故名異熟果也

迦羅比丘 十誦律云鹿子長者兒名曰迦羅聽智利根衆人所問常爲斷疑他事忽務若人有女妹妹有來求者往問迦羅應與不應若人爲自求婦若爲兒求亦往問可取不可取迦羅後時出家爲僧猶如本法

門師 門即三寶真淨濟世之法門若居家善信男女歸依三寶所拜之師稱曰門師也

牝牡 牝者母畜也飛曰雌雄走曰牝牡

曠野國 根本律云時摩竭陀憍薩羅二國中間大曠野處有五百羣賊殺害商旅由斯兩界人行路絕時影勝王聞知已命大將往彼屛除羣賊其將至彼方便降伏羣賊求古請活大將愍之慈心向彼即於二界中間築一新城總集諸人共住於此從斯已後名曠野城

螺髻梵志 西天外道或以螺爲髮或以髮遶髻如螺也梵志是一切出家外道通稱若有承用其法者亦名梵志

摩尼犍大龍王 摩尼正言末尼即如意珠也此云離垢謂龍王腦中有此珠若人得之毒不能害火不能燒犍大正言犍遶此云香梵語那伽此云龍王也

佛圖 即浮圖是佛塔廟也

拼 音崩

拘睒彌國 西域記云憍賞彌國舊曰拘睒彌國訛也中印度境周六千餘里國大都城周三十里土稱沃壤地利豊植氣序暑熱風俗剛強好學典藝崇樹福善

瞿師羅國 此是長者名也此翻美音由過去世作狗子時以聲吠請辟支佛至家供食故生生中報得好音是長者身長三尺佛亦化身爲三尺以化彼令歸正法西域記云具史羅舊云瞿師羅訛也城東南不遠有故伽藍其史羅長者舊園中有窣堵波無憂王之所建立高二百餘尺如來於此數年說法其側則有過去四佛座及經行遺迹復有如來髮爪塔長者因緣根本律廣明

優填王 或云憂陀延又云優陀延那唐言出愛佛初降誕時大地震動普放光明時憍閃毘國百軍大王初誕一子見此光明便作念云我子福力有大光明如日初現普照世間宜與名曰光明若詳其王功德於賓頭盧經廣明

闡陀 按薩婆多論云又名闡那是佛異母弟優填王妹兒生大豪族出家爲道多住拘睒彌國性憍自用作種種過惡多在此國又云此國是闡那所生處白淨王安一宮室闡那母常在此中有一妹亦適此國以是因緣多住此國又以此中利益衆生

尼拘律樹 又云尼拘盧陀此云無節又云縱廣阿含云其身圓正其葉青滑長廣子似枇杷子承蒂如柿然其種類耐老諸樹中最能

高大者

佛磔手　磔音窄。磔者張也。律攝云：佛張手者，中人三張手。謂佛一張手當一肘半也。五分律云：修伽陀磔手者，方二尺。修伽陀此云善逝，是佛十號之一號也。尺者度也。周制寸尺，唐即於周一寸上增二分，一尺上增二寸。蓋周尺一尺，唐是八寸五分。言二尺，即唐尺一尺六寸方，與中人三張手相當也。

沓婆摩羅子　沓婆或作達婆，或作陀婆，又曰陀驃。陀驃翻云主。摩羅此云力士，或云壯士。根本律云：波波國中有一壯士大臣，名勝軍，大富多財，受用豐足，所有貲產如毘沙門王。雖非王種，時諸壯士作灌頂法，扶以為王。後生一兒，色相端美，天然淨潔。彼國之法，若天然淨潔者名實，此兒亦爾淨潔過人，復是壯士大王之子，應與立字，名實力子。善見律云：沓婆是比丘名，摩羅是王名，此王子出家，故名沓婆摩羅子。此大德年七歲出家，鬚髮落地即成羅漢，得三達智，具六神通，以本願故，為僧差使。

慈地比丘　是六羣比丘中第一惡者，於生生中與摩羅子常為怨惡。

檀越　或云檀那。寄歸傳云：梵云陀那鉢底，譯為施主。陀那是施，鉢底是主。略去那字，取上陀音，轉名為檀，更加越字，意道由行檀捨，自可越度貧窮。

毘尼止持會集卷第五

清金陵寶華山弘律沙門讀體集

第九取片謗戒

若比丘以瞋恚故於異分事中取片非波羅夷比丘以無根波羅夷法謗欲壞彼清淨行彼於異時若問若不問知是異分事中取片是比丘自言我瞋恚故作是語作是語者僧伽婆尸沙

緣起佛在羅閱城耆闍崛山中時慈地比丘從耆闍崛山下見大羝羊共母羊行婬便以羝羊比尊者沓婆母羊比慈地尼往語諸比丘言前以無根法謗今親自眼見時諸比丘詰問乃自謂沓婆無此事是清淨人我向者從靈山下見羝母羊行婬以相似事比類而說諸比丘聞知白佛結戒此是性罪由誣梵行事及不忍煩惱制斯學處乃初篇妄根本種類

釋義文分三節如上瞋恚如上十誦律云異分者四波羅夷是是中若犯一一事非沙門非釋子失比丘法故名異分片者諸威儀事善見律云餘分者沓婆慈地尼是人羊是非人以羊當人故名餘分餘分即異分也餘義同前釋

結罪是中犯者若不清淨人與不清淨人相似名同姓同相同以此人事謗彼

若不清淨人與清淨人相似名姓相同以此人事謗彼

若清淨人與不清淨人相似名姓相同以此人事謗彼

若清淨人與清淨人相似名姓相同以此人事謗彼

若見本在家時犯婬盜五錢若過五錢若殺人便語人言我見比丘犯婬盜殺（此謂見居家受持優婆塞戒時所作非出家受具後事）若聞本在家時犯婬盜殺及聞自稱說上人法便言我聞比丘犯婬盜殺妄語

若比丘如是以異分無根四事法謗比丘說而了了者皆僧殘　說而不了了者皆偷蘭遮　其餘所犯輕重及不犯等並大乘同制一一如前

第十不捨壞僧法戒

若比丘欲壞和合僧方便受壞和合僧法堅持不捨彼比丘應諫是比丘大德莫壞和合僧莫方便壞和合僧莫受壞僧法堅持不捨大德應與僧和合與僧和合歡喜不諍同一師學如水乳合於佛法中有增益安樂住是比丘如是諫時堅持不捨彼比丘應三諫捨此事故乃至三諫捨者善不捨者僧伽婆尸沙

【緣起】佛在靈鷲山時提婆達多爲利養故學得神通化太子阿闍世令生信樂大得供養唯不如佛心生嫉妬即失神通欲畜徒衆伺候佛大衆會時往至佛所求佛付囑云世尊年已老邁壽過於人學道亦久宜居閑靜默然自守世尊是諸法之王宜可以僧付囑我我當將護世尊訶責言我尚不以僧付舍利弗目揵連況汝癡人涕唾之身豈可付囑時提婆達多即生不忍心便教阿闍世害父遣人害佛不遂自往靈鷲山頂執石遥擲世尊由是惡名流布

利養斷絕乃通已五人家家乞食通已五人者有四伴故一名三聞達多此人智慧高才故居其首二名騫荼達婆是調達親友三名拘婆離是調達弟子四名迦留羅提舍是人有姊妹七人皆爲比丘尼有大勢力佛制不聽別衆食彼即作是念未曾有瞿曇乃斷人口食我寧可破彼僧倫我身滅後可得名稱言瞿曇有大神力智慧無礙而調達能破即共四比丘爲伴以五法教諸比丘言如來常稱說頭陀少欲知足樂出離者我今有五法亦是頭陀勝法少欲知足樂出離者一盡形壽乞食二盡形壽著糞掃衣三盡形壽露地坐四盡形壽不食酥鹽五盡形壽不食魚肉可共行之令其新學無智比丘信樂諸比丘聞已白佛佛告諸比丘提婆達多今日欲斷四聖種即衣食卧具醫藥四依法也世尊以無數方便訶責提婆達多汝莫斷四聖種汝莫以五法教諸比丘汝今莫方便受破和合僧法堅持不捨汝當與僧和合當知破和合僧甚惡得大重罪在地獄中一劫受罪不可救療世尊以種種方便令提婆達多破僧心暫息令僧與提婆達多作訶諫白四羯磨若餘比丘方便欲破和合僧者亦當以此白四羯磨訶諫乃爲諸比丘結戒此由僧伽事及邪智煩惱制斯學處乃初篇妄根本種類

【釋義】文分四節若比丘欲壞和合僧下明舉破僧之人法彼比丘應諫是比丘下明如法諫捨之詞是比丘如是諫時下明訶諫白四羯磨若不捨者下結成違諫之罪律云和合者同一羯磨同一說戒僧者四

比丘若五若十乃至無數破者即壞也破有十八事法非法律非律犯非犯若輕若重有殘無殘麤惡非麤惡常所行非常所行事十誦律云常所行事者若白一白二白四布薩自恣立十四人羯磨制非制說非說住破僧法者即住此十八事住即堅持不捨律攝云既思衆破壞化門徒自守邪宗多求惡黨是以堅執不捨下數句皆准律攝義釋之彼比丘應諫是比丘者諫謂以直言悟人也此諫乃別諫非僧中羯磨雖無羯磨但以言遏令除惡見大德莫壞和合僧等者此三句爲之訶誡意謂和合衆不可破若破定墮地獄受若一劫不能拔療大德應與僧和合等者此是勸諭之詞以顯不破和合僧豈但無地獄苦抑且有大利益故歡喜者謂善增益各各情悅故無諍者謂彼此見同共相受樂無諍訟故同一師學者謂於一如來大師教中修學不生異見以如來教法雖分十二體無別故如水乳合者謂以水乳和合即同一相一味無別色味喻四姓異數出家入如來法中同名釋子同修解脫行與理順一相無別故於佛法中有增益安樂住者謂既同一學行理無違於三毒煩惱善能調伏令善法衆增益安樂如來聖教得以流通久住世間故是比丘如是諫時堅持不捨彼比丘應三諫等者僧祇律云三諫者屏處三諫多人中三諫衆中三諫非謂但三諫而已

第三分云有二事破僧妄語相似語相似語者謂彷佛聖語相似律制實非法非律律攝云調達以愚癡故心生異見壞破僧伽於形相等改佛正則自制五事謗三淨教勸諸愚小習行五法言五事者一不食乳酪犢子饑困故二不食魚肉由斯殺生故三不噉於鹽多有塵土故四不截衣縷廢損織功故五不住蘭若受房生福故衣服飲食牀共醫藥婆沙論云醫藥攝三中第四出樂斷樂修聖種故云四聖種復有二事破僧作羯磨取籌若一比丘乃至二人三人雖求方便亦不能破僧亦非比丘尼等能破僧若此衆四人若過彼衆四人若過行破僧籌作羯磨是爲破和合僧泥犂中受罪一劫不療能和合者得梵天福一劫受樂

結罪是中犯者若比丘方便欲破和合僧受破僧法堅持不捨彼比丘當諫此比丘言大德莫方便欲破和合僧莫受破僧法堅持不捨大德當與僧和合歡喜不諍同一水乳於佛法中有增益安樂住大德可捨此事莫令僧作訶諫而犯重罪若用語者善用語者是納諫言以捨其事而云善者謂免本罪但犯方便輕罪也此即僧祇云屛處三諫也若不用語者若復令比丘比丘尼優婆塞優婆夷若王若大臣種種異道沙門婆羅門求異道沙門即諸出家外道也而云求者謂求聽也名比丘如律如法諫人者先當語彼人云大德我今欲諫汝汝當納聽我言彼人應答云我與汝諫若餘方比丘聞知其人信用言者應求若用言者善而言他方比丘者乃彼破僧者親友所以彼此相信其說此即僧祇云多人中三諫也

若不用言者應作白作白已應更求大德我已白竟餘有羯磨在汝今可捨此事莫令僧爲汝作羯磨更犯重罪若用語者善若不用語者應作初羯磨作初羯磨已應更求大德我已白作初羯磨竟餘有二羯磨在汝可捨此事莫令僧更爲汝作羯磨而犯重罪若用語者善若不用語者應作第二羯磨作第二羯磨已應更求大德我已作白二羯磨竟餘有一羯磨在汝可捨此事莫令僧更爲汝作羯磨而犯重罪若能捨者善

若不捨者與說第三羯磨此即僧祇云眾中三諫也第三羯磨竟不捨僧殘　作白二羯磨竟捨者三偷蘭遮　作白一羯磨竟捨者二偷蘭遮　若白竟捨者一偷蘭遮　若初白

未竟捨者突吉羅

若一切未白方便欲破和合僧受破和合僧法堅持不捨一切突吉羅（一切未白謂衆僧未曾與作一白三羯磨前若屏處三諫若多人中三諫不捨之時一一皆突吉羅今但明諫詞及訶諫語共羯磨法俱載作持中若不如律制諫者緫諫不成下三戒亦爾）若僧爲破僧人作訶諫羯磨時有比丘教言莫捨此比丘偷蘭遮　若不訶諫教言莫捨突吉羅　若比丘尼教言莫捨尼偷蘭遮　若不訶諫尼教莫捨突吉羅　除比丘比丘尼更有餘人教莫捨盡突吉羅（餘人謂小三衆）　此戒以五緣方成本罪一要有破僧心二同黨滿衆三屢諫不捨四羯磨如法五三番白竟若緣有闕犯則開輕

【兼制】比丘尼僧殘（同制同學）式叉摩那沙彌沙彌尼突吉羅是爲犯

【隨開】不犯者初諫便捨若非法別衆作訶諫非法和合衆作訶諫法別衆法相似別衆法相似和合衆非法非律非佛所教若一切未作訶諫若破惡友破惡知識若破方便欲破僧者遮令不破若破方便助破僧者二人三人羯磨若欲作非法非毘尼羯磨若爲僧爲塔爲和尚阿闍黎同和尚阿闍黎爲知識作損減作無住處者及最初未制戒等如是皆無有犯

【會採】僧祇律云若知是欲破僧人者諸比丘應語長老莫破僧破僧罪重墮惡道入泥犂我當與汝衣鉢授經讀經問事教誡若故不止者應語有力勢優婆塞言長壽此人欲破僧當往諫曉語令止優婆塞應語尊者莫破僧破僧罪重墮惡道入泥犂

我當與尊者衣鉢病瘦湯藥若不樂修梵行者可還俗我當與汝婦供給所須若故不止者應拔籌驅出出已應唱言諸大德有破僧人來宜當自知若如是備猶故破僧者是名破僧

五分律云我不見餘法壞人道意如名聞利養者調達所以破僧爲利養故調達成就八非法故破僧利不利稱無稱敬不敬樂惡隨惡知識有四事名破僧說五法自行籌捉籌於界内别行僧事復次若王若大臣若餘六衆七衆除比丘也令僧不和合而非破若一比丘乃至七比丘不和合亦非破若不問上座而行僧事是即不和亦非僧破若不共同食於食時異坐鬬諍駡詈亦不名破要於界内八比丘以上分作二部别行僧事乃名爲破是中作主者一劫墮大地獄不可救　彼比丘欲破僧餘僧見聞知差一與親厚比丘往諫若捨者應一突吉羅悔過　若不捨應遣衆多比丘往諫若捨者應二突吉羅悔過　若復不捨應僧往諫若捨者應三突吉羅悔過　若不捨復應白四羯磨諫之白已捨者應三突吉羅一偷蘭遮　若白初羯磨已捨者三突吉羅二偷蘭遮　若白二羯磨已捨者三突吉羅三偷蘭遮　若白三羯磨未竟捨者三突吉羅三偷蘭遮三羯磨竟捨不捨皆僧殘罪

十誦律云破僧有二種破羯磨破法輪破羯磨者一界内别作布薩羯磨破法輪者輪名八聖道分令人捨八聖道入邪道中

若如法如律如佛教三約敕竟不捨者僧殘是比丘應即時入僧中自唱言諸長老我某甲比丘得僧殘罪若即說者善若不即說者從是時來名覆藏日數　又云不先輭語約敕便白四羯磨約敕作羯磨人得突吉羅未白四羯磨便擯出去作羯磨人得突吉羅未作三語約敕於界內別請人作羯磨得偷蘭遮破僧因緣故若衆僧知衆僧得罪

善見律云餘戒最初不犯此戒提婆達多最初犯以其僧三諫不捨故

薩婆多論云破僧輪犯逆罪偷蘭遮不可悔破羯磨僧犯非逆罪可懺偷蘭遮破僧輪下至九人一人自稱佛破羯磨僧下至八人不自稱作佛破僧輪界內界外盡破破羯磨僧要在界內別作羯磨破僧輪必比丘破羯磨僧比丘尼亦能破僧輪破俗諦僧破羯磨僧亦破第一義僧破僧輪但南洲（諸佛皆出現南閻浮提故）破羯磨僧通三天下（唯除北洲僧衆少居故但言三天下）

此戒大乘同制若僧輪未破即是惡心瞋心僻教戒攝僧輪若破則成逆不通懺悔

附考　僧祇律云破僧者若於中布施故名良福田於中受具足故名受具足若覺已應去若不去者是名破僧伴是破僧伴黨盡壽不應共語共住共食不共三寶事不共布薩安居自恣不共羯磨得與餘外道出家人有牀座欲坐便坐不得與彼令坐（准律所言破僧之人猶名福田猶名善受具者以破僧罪是偷蘭遮不同犯四棄失本戒體故云猶是福田如金杖雖斷兩處皆金既不失戒仍是僧伽而令篤信平等

行施初出家時未嘗覺知但以好心從之受具受具心真豈不得戒如後覺知理無共住安有甘心作破僧伴黨是以應去也

第十一不捨惡黨破僧戒

若比丘伴黨若一若二若三乃至無數彼比丘語是比丘言大德莫諫此比丘此比丘是法語比丘律語比丘此比丘所說我等喜樂此比丘所說我等忍可彼比丘言大德莫作是說言此比丘是法語比丘律語比丘此比丘所說我等喜樂此比丘所說我等忍可然此比丘非法語比丘非律語比丘大德莫欲破壞和合僧汝等當樂欲和合僧大德與僧和合歡喜不諍同一師學如水乳合於佛法中有增益安樂住是比丘如是諫時堅持不捨彼比丘應三諫捨此事故乃至三諫捨者善不捨者僧伽婆尸沙

緣起佛在王舍城靈鷲山中時調達伴黨方便助破和合僧語諸比丘言汝莫訶調達所說調達是法語比丘律語比丘調達所說我等忍可諸比丘以此白佛佛種種訶責調達伴黨已令僧作訶諫白四羯磨若有如是伴黨相助壞和合僧者亦當作如是訶諫白四羯磨乃與諸比丘結戒此戒所由之事及起煩惱並根本種類皆同於上

釋義文分四節若比丘伴黨下是助破僧者返遮如法進諫彼比丘言大德莫作是說下明諫彼非法伴黨是比丘如是諫下明訶諫白四羯磨若不捨者下結成違諫之罪律云順從者有二順從順從謂同邪違正依隨而住即助破伴黨也一法順從以法教授增戒增心

增慧諷誦承受二衣食順從給與衣被飲食牀座卧具病瘦醫藥法語律語者律攝云語詞圓足曰法語合理無差曰律語又能引實義名法語出柔輭言名律語我等喜樂者彼所作事咸稱我心我等忍可者彼有所說咸願受持大德莫作是說等者勸其依隨正部捨背邪黨餘如上釋

【結罪】是中犯者若比丘作非法羣黨語諸比丘言大德汝莫諫此比丘此比丘是法語比丘律語比丘此比丘所說我等忍可應諫此羣黨比丘云大德莫作是語此比丘是法語比丘律語比丘此比丘所說我等忍可而此比丘非法語比丘非律語比丘汝等莫壞和合僧當助和合僧大德與僧和合歡喜不諍同一水乳於佛法中有增益安樂住可捨此事勿爲僧所訶更犯重罪若隨語者善　若不隨語者僧當作白乃至三羯磨訶諫捨不捨所犯輕重悉皆同前　犯緣同前

【兼制】比丘尼僧殘同制同學式叉摩那沙彌沙彌尼突吉羅是爲犯

【隨開】此中不犯者同前准本律所明自此下三戒無有令四衆若王大臣等及餘方比丘信語者復求諫捨之法唯比丘屏處別諫屏諫不捨僧即應作白三羯磨訶諫之所以有異上者上乃自立邪宗爲主破僧是故聖慈愈切展轉多方

【會採】十誦律云若一比丘被擯四比丘隨之名爲破僧若多知多識多聞大德明解三藏義人不應與作不見擯得偷蘭遮近破僧故所言擯者擯有能擯所擯之人法有是法非法之別若能擯者如法如律則罪屬所擯及隨擯人若能擯者非法非律則罪屬能擯者及僧然如法比丘雖枉受擯決不在界內別行僧事而破僧也　若多知多識等不應與作不見擯者非謂彼等有過怖愛容恕不治由恐擯彼一人多人隨之必致破僧分部但須善權

勸誘令其見罪是以不得輒作羯磨若輒作者反獲其罪不善稱量而無方便容護僧倫也

律攝云若他諫時心同惡黨設令不語亦犯衆教（即僧殘）有言不同而心樂破犯窣吐羅　尼衆若破不應教授應告彼曰姊妹應先和合方求教授　若苾芻尼衆不諧稟苾芻輒自擅意别爲軌則聚徒衆者得窣吐羅罪　諸有被責求寂等若餘苾芻輒供衣食而攝養者破他門徒得窣吐羅罪若作好心欲令調伏權時攝誘者無犯

比戒大乘同制如上

第十二被擯不服戒

若比丘依聚落若城邑住汚他家行惡行汚他家亦見亦聞行惡行亦見亦聞諸比丘當語是比丘言大德汚他家行惡行汚他家亦見亦聞行惡行亦見亦聞大德汝汚他家行惡行今可遠此聚落去不須住此是比丘語彼比丘作是語大德諸比丘有愛有恚有怖有癡有如是同罪比丘有驅者有不驅者諸比丘報言大德莫作是語有愛有恚有怖有癡有如是同罪比丘有驅者有不驅者而諸比丘不愛不恚不怖不癡大德汚他家行惡行汚他家亦見亦聞行惡行亦見亦聞是比丘如是諫時堅持不捨者彼比丘應三諫捨此事故乃至三諫捨者善不捨者僧伽婆尸沙

【緣起】佛在舍衛國時羇連邑有二比丘一名馬師二名滿宿作非法行自種華樹自溉灌自摘華自作鬘自持鬘與人亦教他如是作若彼村落中有婦女共同一牀坐

起同一器飲食語言戲笑或自歌舞倡伎或教他作已唱和或俳說鼓簧吹貝受僱戲笑等時有衆多比丘至羇連乞食法服齊整行步庠序低目直前不左右顧視諸居士見反以爲非不施飲食諸比丘詢知其故具以白佛佛勅舍利弗目犍連往作驅擯白四羯磨二尊者受勅往彼集僧已爲彼二人作舉作憶念與罪羯磨時彼二人言衆僧有愛恚怖癡更有餘同罪比丘有驅者有不驅者而獨驅我二尊者還舍衛以此白佛佛令僧與作訶諫白四羯磨爲諸比丘結戒此由受用鄙事故而行污家由家慳惱制斯學處乃初篇殺根本種類若謗僧愛恚怖癡乃妄根本種類

【釋義】文分六節若比丘依聚落下明舉所爲之非諸比丘當語是比丘等下明驅擯之法是比丘語彼比丘作是語下是非法人反謗如法僧諸比丘報言下明諫捨謗擯是比丘如法諫時下乃訶諫白四羯磨不捨者下結成違諫之罪律云村者有四種如上（村即聚落也）城邑者屬王（城者以城盛民也邑者都邑也周禮以四縣爲都四井爲邑）家者有男有女（是俗居之宅）污他家有四種事一依家污家若比丘從一家得物與一家所得物處聞之不喜所與物處思當報恩即作是言若有與我者我當報之若不與我者我何故與是爲依家污家　二依利養污家若比丘如法得利乃至鉢中之餘或與一居士不與一居士彼得者即生是念當報其恩其有與我者我當報之若不與我我何故與是爲依

利養污家　三依親友污家若比丘依王若大臣或爲一居士或不爲一居士所爲者即思當報恩其爲我者我當供養不爲我者我不供養是爲依親友污家　四依僧伽藍污家若比丘取僧華果與一居士不與一居士得者作念其有與我者我當供養不與我者我不供養是爲依僧伽藍污家　行惡行者自種華樹教人種華樹乃至受僱戲笑如上所說亦見亦聞者（此顯見聞疑性性者實也）今可遠此聚落去不須住此者（此乃驅擯之語）是比丘語彼比丘作是語大德諸比丘有愛等者（因如法驅擯反生謗語有愛謂愛念之者當驅而不驅有恚謂瞋恚之者不當驅而即驅有怖謂於迯去者不敢治罰有癡謂無有智慧有污家輩不善分別可擯不可擯者）

結罪　是中犯者若比丘依聚落住污他家行惡行污他家亦見亦聞行惡行亦見亦聞如法比丘應諫此污家惡行比丘言大德污他家亦見亦聞行惡行亦見亦聞大德污他家行惡行可捨此事莫爲僧所訶更犯重罪若隨語者善

若不隨語者僧應作白乃至三羯磨捨不捨所犯輕重皆同於上唯異未白前反謗僧言有愛恚怖癡一切突吉羅　此戒以四緣成罪一親近白衣住二作污家行三心有貪瞋四謗諫不捨若緣不具唯治方便

兼制　比丘尼僧殘（同制同學）式叉摩那沙彌沙彌尼突吉羅是爲犯

隨開　不犯者若初語時捨若非法別衆乃至一切未作訶諫前（不捨不犯本罪）若與父母病

人小兒姙身婦女牢獄繫人寺中客作（不犯
汙他家）若爲三寶種華樹摘取貫華作鬘自
持供養教人爲供三寶種華等若走避恐
難跳躑坑渠若同伴行在後還顧不見嘯
喚（不犯行惡行）及最初未制戒等是爲不犯

【會採】十誦律云若言諸比丘隨愛瞋怖癡
行得四偷蘭遮　若言有驅者有不驅者
呵罵僧故得波逸提　若未作驅出羯磨
時言諸比丘隨愛瞋怖癡行突吉羅是不
應約敕（言不應約敕者非謂棄而不諫應當集僧作白三羯磨呵諫也）
薩婆多毘婆沙云凡出家人無爲無欲清
淨自守以修道爲心若與俗人信使往來
廢亂正業非出家所宜　又復若以信物
贈遺白衣則破前人平等好心於得物者
歡喜愛敬不得物者縱使賢聖無愛敬心
失他前人深厚福利　又復倒亂佛法凡
在家人應以飲食衣服供養出家人而出
家反供養白衣仰失聖心　又亂正法凡
在家人常於三寶求清淨福田割損身肉
以種善根以出家人信物贈遺因緣故反
於出家人生希望心破他前人於三寶中
清淨信敬　又失一切出家人種種利養
若以少物贈遺白衣縱使起七寶塔種
種莊嚴不如靜坐清淨持戒即是供養如
來真實法身　若以少物贈遺白衣正使
得立精舍猶祇桓不如靜坐清淨持戒即
是清淨供養三寶　若以少物贈遺白衣
縱令四事供滿閻浮提一切賢聖不如靜
坐清淨持戒即是清淨供養一切賢聖
若有強力欲破塔壞像若以贈遺得全濟

者當賣墖地華果若墖有錢若餘緣得物隨宜消息　若有强力欲於僧祇作破亂折滅若僧祇中隨有何物賣以作錢隨緣消息　若僧常臘若面門臘若有强力欲作折滅隨此地中所可出物以消息之（僧常臘即常住僧物面門臘即現前僧物毘婆沙中并自恣物佛墖物通稱爲臘未詳何義或取以時受用意）父母是福田則聽供養　若僧祇人以爲僧祇役故此則應與　一切孤窮乞丐憐愍心故應與

第三分云比丘不應爲白衣剃髮除欲出家者（僧畜剃髮刀名曰戒刀若非出家求度豈可泛用今時不禁由不知律故也）

第四分云比丘不應禮白衣及白衣墖廟不應故左遶行（白衣墖廟即在家人之墳墓祠堂也故左遶者謂有心故慢而左逆遶之西域凡作禮時皆從右遶爲順以表恭敬也）不應與人卜占亦不應從人卜占不應事餘種種外道法　不應誦外道安置宅舍吉凶符書呪術　不應自作伎樂若吹貝供養墖聽令白衣作　不應畜鸚鵡等鳥不應畜狗（律攝云爲防守故隨意養狗）不應乘象馬車乘輦輿（即輦輿也）若男捉持刀劍老病者聽乘步挽車（即輦輿也）若男乘（男畜也）避難聽乘象馬　於聖法律中歌戲猶如哭儛如狂者戲笑似小兒　不應向暮至白衣家除爲三寶事病比丘事或檀越相喚　常喜往返白衣家有五過一數見女人二漸相附近三轉親厚四生欲意五或犯死罪（犯四棄不可救故名死罪）若次死罪（若犯僧殘前四並初二兩篇從生偷蘭還可救故云次死）

五分律云不應以僧果餉白衣若乞應與

十誦律云比丘有五不應行處童女寡婦

婦婬女比丘尼　又有五不應行處賊家旃陀羅家酤酒家婬女家屠兒家

根本雜事云五非處不應住立唱令家（即優俳戲樂之家婬聲美色能惑人道意也）婬女家酤酒家王家旃陀羅家

善見律云檀越請比丘送喪不得去　若比丘自念我往看葬作無常觀因此故我或得道果如是去無罪

根本尼陀那云苾芻不應賣藥若善醫方者起慈愍心應病與藥不得受他價直諸雜類人既出家已不應輒顯昔時伎業亦不得畜工巧器具　若先是醫人聽畜針筩及盛刀子袋　若先書生聽畜墨瓶

此戒大乘同制污他家即因利求利經理白衣等戒行惡行即邪業覺觀邪命自活等戒言僧有愛恚怖癡即謗僧戒所攝

【引證】緇門警訓云但以邪心有涉貪染爲利賣法禮佛讀經斷食諸業所獲贓賄皆曰邪命物正乖佛化（斷食者或一七乃至七七日禁咽絕餐或唯飲水或用粮麨縱然忘身爲衆自無所求尚非正行何況存貪顯異而云苦修此則正乖佛制也）

戒疏發隱云有四正命一深山草果二常行乞食三檀越送供四隨大衆食以此四法清淨活命無所染污

佛藏經云或有比丘因以我法出家受戒於此法中勤修精進雖諸天神諸人不念但能一心勤行道者終不念衣食所須所以者何如來福藏難盡如來滅後白毫相中百千億分其中一分供養舍利及諸弟子設使一切世間人皆共出家隨順法行

於白毫相百千億分不盡其一

第十三不捨惡性戒

若比丘惡性不受人語於戒法中諸比丘如法諫已自身不受諫語言諸大德莫向我說若好若惡我亦不向諸大德說若好若惡諸大德且止莫諫我彼比丘諫是比丘言大德莫自身不受諫語大德自身當受諫語大德如法諫諸比丘諸比丘亦如法諫大德如是佛弟子衆得增益展轉相諫展轉相教展轉懺悔是比丘如是諫時堅持不捨彼比丘應三諫捨此事故乃至三諫捨者善不捨者僧伽婆尸沙

[緣起]佛在拘睒彌國美音長者園中時尊者闡陀惡性不受人語語諸比丘言汝莫語我好惡且止莫有所說何用教我爲我應教諸大德何以故我聖主得正覺故（而云我聖主者自謂佛是我家之佛也）譬如大水初來漂諸草木積在一處亦如大風吹諸草木集於一處諸大德亦如是種種姓種種名種種家出家集在一處是故諸大德不應教我我應教諸大德我聖主得正覺故諸比丘具陳白佛佛令僧與彼作訶諫白四羯磨爲諸比丘結戒此由惡性故遂生惱恨自損損他制斯學處乃初篇妄根本種類

[釋義]文分四節若比丘下明惡性違教彼比丘諫是比丘下明諫捨惡性是比丘如是諫時下明作白羯磨訶諫不捨者下結成犯罪律云惡性不受語者不忍不受人教誨以戒法中如法諫者有七犯聚波羅夷僧殘波逸提波羅提提舍尼偷蘭遮突

吉羅惡說諸部不言七聚惟本律明之於突吉羅中開出惡說自身不受諫語者得如法諫誨之時仍守惡性自用戾情不納他言乃作不共語也諸大德莫向我說若好若惡者謂利益事不須勸諭非利事勿相遮止此以慠慢不忍善言我亦不向諸大德說若好若惡者此欲彰已無事及人而人亦勿以事及我皆是遮他諫語且止莫諫我者是預為遮止他人未出之言勿令說也愈顯自心不忍不納莫自身不受諫語者是教誡之詞自身當受諫語者是教授之言大德如法諫諸比丘諸比丘亦如法諫大德如是佛弟子衆得增益等者此是勸諭獲益之語由互相諫故佛弟子衆得善法增長熾盛由熾盛故正法得以久住世間由正法久住故能使聖種不斷諫謂遮無利益教謂令獲善利懺悔謂改往修來

結罪 是中犯者若比丘惡性不受人語餘言如上比丘應諫此比丘言大德莫自作不可共語當作可共語大德如法諫諸比丘諸比丘亦當如法諫大德如是佛弟子衆得增益展轉相教展轉相諫展轉懺悔大德可捨此事莫為僧作訶諫更犯重罪若隨語者善

不隨語者僧應作白乃至三羯磨訶諫捨不捨犯罪輕重皆同於上 此戒以四緣具足成犯一稟性麤獷二無慚慠慢三不忍違諫四羯磨已成若緣有闕但結方便

兼制 比丘尼僧殘同制同學式叉摩那沙彌沙彌尼突吉羅是為犯

隨開 不犯者初語時捨非法別衆乃至若一切未作訶諫前若無智人訶諫時語彼如是言汝和尚阿闍黎所行亦如是汝可更學問誦經若戲語疾疾語獨語夢中語欲說此錯說彼及最初未制戒等是為不

犯

會採十誦律云若諸比丘不舉不憶念自身作不共語突吉羅是不應約敕　舉者比丘應語長老汝作某罪當發露莫覆藏當如法除滅　憶念者比丘應語長老汝憶念某時某處作如是罪不

此戒大乘同制若惡性戾情則遠捨利生自障本慧

引證第四分云佛告諸比丘我爲汝等說八種惡馬及八種惡人或有惡馬授勒與鞭欲令其去而更觸蹭不去一或反倚傍兩轅而不前進二或顛蹷倒地既傷其膝又折轅輞三或更卻行不進四或更趣非道破輪折軸五或不畏御者亦不畏鞭方便咋銜奔突不可禁制六或雙脚人立吐沫七或反蹲臥八是爲八種惡馬

或有比丘舉彼見聞疑罪便言我不憶我不憶一或不言犯不言不犯默然而住二或言長老亦自犯罪云何能除他罪三或言長老自癡猶須人教而欲教我四或說餘事答反生瞋恚五或不畏衆僧亦不畏犯不受舉罪者語便捉坐具置肩而出不可訶制六或左抄衣在衆中舉手大語乃令汝等教授我耶七或言長老亦不與我衣鉢臥具醫藥何故教我彼即捨戒取於下道至比丘所作如是言我已休道於意快耶八是爲八種惡人如彼惡馬無異佛所慈愍

附考薩婆多論云經中說但自觀身行諦視善不善而律云展轉相教者佛因時制

教言乖趣合不相違背佛以前人心有愛憎發言有損若鈍無智若少聞少見出言無補若爲利養名聞有所言說者是故但自觀身行　若爲慈心有利益若聽智利根發言有補若廣聞博見有所弘益若爲利益衆生闡揚佛法者則應展轉相教又爲新出家愛戀父母兄弟妻子是故言但自觀身行若久染佛法力能兼人者則應展轉相教

然此十三僧殘罪雖有救制悔不易例前以輕准後極重其間有覆無覆與夫更與本日治或三增四五或二復加三乃至重重稱量展轉治法皆於作持中詳明十二

三僧殘法竟

毘尼止持會集卷第五

音義

羝 音低牡羊三歲曰羝性善抵觸 **提婆達多** 畧言調達或云提波達兜提婆翻名天達多此云授亦云與亦云施三義皆一謂父母從天乞子天授與之故名天授或翻天熱以其生時人天等衆心皆驚熱是佛堂弟阿難親兄也或云是佛從兄身有三十相出家誦通六萬法聚學滿十二章陀典十二遊經云調達四月七日食時生身長一丈五尺四寸 **阿闍世** 此翻未生怨母懷之日已有惡心於瓶沙王未生已惡故因爲名舊翻無指生時相者云凶王令升樓撲之不死但損一指故爲名也內人將護呼爲善見涅槃經云提婆達多語善見太子言國人罵汝爲未生怨善見言何故名我爲未生怨誰作此名達多言汝未生時一切相師占言是兒生已必殺其父是故外人悉號汝爲未生怨一切內人護汝心故謂善見普超經云阿闍世從文殊懺悔得柔順忍命終入賓吒羅地獄即入即出生上方佛土得無生忍彌勒出時復來此界名不動菩薩後當作佛號淨界如來 **涕吐之身** 提婆達往至阿闍世太子所以神通力飛在空中或現身或隱身或現半身等說法或身出烟出火或變身作嬰孩身著瓔珞在太子抱上轉側欬太子指時太子阿闍世見此變恐懼提婆達知太子恐懼即語言勿懷恐懼太子問曰汝是何人答言是

提婆達太子言汝實是提婆達者還復汝身尋復其身見巳即增信樂太子日日將從五百乘車朝暮門訊并增供五百釜飲食諸比丘以此因緣白佛佛告諸比丘汝等各自攝心莫生貪著提婆達利養也何以故正使太子日日如是問訊供養唯增益提婆達惡心譬如男子打惡狗鼻而令彼狗更增兇惡此亦如是故佛訶責云渧吐之身也

四聖種 一衣服知足聖種二飲食知足聖種三臥具知足聖種四醫藥知足聖種婆沙論以醫藥攝前三中第四云樂斷樂修聖種即住阿蘭若也聖者佛獨覺聲聞波從此生相續不斷故名聖種也又正法名聖此能住持令久相續故名聖種

立十四種人羯磨 即是立人作寺主作知庫分衣乃至分粥等白二羯磨差使也

不截衣繢 繢音衛織餘曰繢即機頭繢者

馬師滿宿 馬師梵語阿濕婆滿宿云富羅婆娑善見律云馬師滿宿於六羣比丘中最是上座本是田夫同作田辛苦共相論言我等作田辛苦可共出家於佛法中衣食自然一是舍利弗弟子一是目揵連弟子出家受具足已誦戒竟五臘滿二人共議意共同好種華等事即往豈熟處住婆沙論云馬宿井宿恒造惡行佛常教化都不信受佛記二人命終生龍趣中彼亦自見於十指端有十道水將欲流出便作是念我等決定當生龍中佛後記彼二人巳種獨覺菩提於當來世定成獨覺

俳說 上音牌戲也又俳優雜戲也又俳者樂人所為戲笑以自怡悅也漢書云詼笑類俳倡詼音奎嘲調也

倡妓 倡者俳也妓者女樂也

鼓簧吹貝 簧者乃笙竽管中金葉也然笙竽皆以竹管植於匏中而竅其管底之側以薄金葉障之吹則鼓之而出聲所謂簧也故笙竽皆謂之簧小笙十三簧大笙十九簧竽二十六簧長四尺二寸貝乃海中螺貝也

受僱 傭賃也

嘯喚 上音笑戲口而吹聲也

贓賄 金玉曰貨布帛曰賄凡非理所得財賄皆曰贓

餐 燦平聲熟食也一曰吞食

闡陀 此云車匿薩婆多論又云闡那是佛與母弟優填王妹兒生大豪族出家為道多住拘睒彌國性悷自用因惡性不捨眾僧作梵罰雜阿含經云佛般泥洹未久闡陀詣鹿野苑中諸比丘所而請教授諸比丘為說五蘊無常彼未解後於阿難所請教阿難為說法要得聞悟證果

躓 音至頓足不前進也

蹷 音厥跳走也

轅 音袁車前曲木上鉤衡者

𨍏 音隅車軸也

咋銜 上音責嚙也下音鹹馬口中勘也

毗尼止持會集卷第六

清金陵寶華山弘律沙門讀體集

【三不定法】此不定有二條律攝云不定法者言此罪體無定相故容有多罪不可定言

薩婆多毘婆沙云佛坐道場時已決定五篇戒輕重通塞無法不定此所以言不定者直以可信人不識罪相輕重亦不識罪名字設見共女人一處坐不知爲作何事爲共行婬爲作觸摩爲作惡語爲過五六語故言不定(文)然中犯相若以五篇收之則前攝初二後准單墮所起煩惱及歸根本種類皆屬婬故其泥犁受報歲月極苦一一准罪可知

初三不定法

若比丘共女人獨在屏(覆處障處)可作婬處坐說非法語有住信優婆私於三法中一一法說若波羅夷若僧伽婆尸沙若波夜提是坐比丘自言我犯是罪於三法中應一一治若波羅夷若僧伽婆尸沙若波夜提如住信優婆私所說應如法治是比丘是名不定法

【緣起】佛在舍衛國祇樹精舍迦留陀夷未出家時有親友婦名齋優婆私顏貌端正迦留陀夷亦顏貌端正互相繫意於乞食時往詣其家在屏覆處與共獨坐說非法語時毘舍佉母有小緣事往彼毘舍佉母遙聞迦留陀夷語聲意爲說法信樂心生即就壁聽闚其所以往禮世尊具白上事佛知訶責迦留陀夷已集十句義與諸比丘結戒此是性罪由婬煩惱制初不定

薩婆多論問云毘舍佉聽明利根大德重人知比丘與女人屏處坐何故往答是人已入道跡（已得阿那含道）深樂佛法佛常自說聽法有五事一得聞未曾聞法二已曾聞清淨堅固三除邪見四得正見五解甚深法是以毘舍佉樂法情深不以嫌疑自礙佛說種種法者出家人未入道亦多為說布施功德出家人已入道跡多為說持戒功德與諸比丘結此戒者一為止誹謗故二為除鬪諍故三為增上法故比丘出家迹絕俗穢為人天所宗以道化物而與女人屏處私曲鄙碎上遠聖意下失人天宗尚信敬四為斷惡業次第法故初既屏處漸染纏緜無所不至是以防之

【釋義】文分三節共女人獨在屏覆處下明所犯之境有住信優婆私下明見聞有根是坐比丘下正明所犯律云女人者人女有智未命終獨者一比丘一女人屏覆二種一者見屏覆若塵若霧若黑暗中不相見二者聞屏覆乃至常語不聞聲處障處者若樹若牆壁若籬若衣及餘物障可作婬處者謂其處堪作不淨事坐者（謂身所居若牀若坐乃至地數得容二身）說非法語者說婬欲法住信優婆私者信佛法僧歸依三寶受持五戒善憶持事不錯不妄（薩婆多論云可信優婆夷者若人語言汝若妄語不害汝命若不妄語當害汝命即思我不妄語害此肉身滅此一身若妄語者滅無量身兼害法身誓不妄語又復語言汝若妄語活汝父母兄弟姊妹一切親族若不妄語一切殺之尋思我不妄語害此一世生死親族我若妄語流轉三惡永失人天累世親族眷屬又失出世賢聖眷屬誓不妄語又復語言汝若妄語與汝珍寶種種財利若不妄語即不與汝即思我不妄語失此俗財我若妄語失聖法財誓

不妄語異名可信優婆夷僧祇律云成就十六法名可信優婆夷歸佛歸法歸僧於佛不壞淨於法不壞淨於僧不壞淨僧未得利能令得已得利能令增僧未有名稱能令名聞遠著僧有惡名能令速滅不隨愛瞋怖癡離欲向成就聖果於三法中一一法說等者謂於四棄十三僧殘九十墮中隨一一法而陳說也三法皆云若者若乃不定之義是坐比丘自言我犯是罪等者謂以所為之事據實自說即如其言治之若其言與優婆私語不相當即應如優婆私言而治之

律攝云此中不定法由事由處由情由證以爲其體若復苾芻獨與一女人者是事在屏障者是處堪行婬者是情若有正信鄔波斯迦即優婆夷也隨一而說者是證　又說是異生有忠信者言行無濫亦依其語異生者以人倫異於非人畜類故名異生則知一切人凡正直不妄之言皆可准信

【結罪】是中犯者若比丘自言所趣向處自言所到處自言坐自言臥自言作即應如比丘所語治

若比丘自言所趣向處自言所到處自言坐自言臥不自言作應如優婆私所說治

若自言所趣向處自言所到處自言坐不自言臥不自言作應如優婆私所說治

若自言所趣向處自言所到處不自言坐不自言臥不自言作應如優婆私所說治

若自言所趣向處不自言所到處不自言坐不自言臥不自言作應如優婆私所說治

若不自言所趣向處不自言所到處不自言坐不自言臥不自言作應如優婆私所說治

【會採】十誦律云隨優婆夷所說事應善急問善謂稱量前境急問謂據證速究是比丘善急問已若

言我不往無有是罪應隨可信優婆夷語故與是比丘作實覓白四羯磨作羯磨已應隨順行不與他受大戒乃至心常行恭敬禮拜即奪三十五事也若不如法行者盡形壽不得出是羯磨

薩婆多論云若比丘初言爾後言不爾或言我不往不作是罪應隨可信人語與實覓毗尼所以爾者欲令罪人折伏惡心又令苦惱不覆藏罪又令梵行者得安樂住又肅將來令惡法不起與作羯磨已若說先罪應解羯磨隨事輕重治若不說者盡形壽不解羯磨此實覓羯磨與夫解法俱於作持中明

次二不定法

若比丘共女人在露現處不可作婬處坐作麤惡語有住信優婆私於二法中一一法說若僧伽婆尸沙若波逸提是坐比丘自言我犯是罪於二法中應一一法治若僧伽婆尸沙若波逸提如住信優婆私所說應如法治是比丘是名不定法

緣起此戒發起亦由前人其間別者前據三事是在屏處堪作婬處坐此以二事謂在露現不堪作婬處坐其波羅夷罪無由生故以彼共在露處或身相觸或說非法麤惡語或說索供等語故得僧殘罪若獨與女人露地坐或過語說法或向說實得上人法或說他麤罪等故得波逸提罪此戒犯者唯除共作爲異餘言趣向所到坐臥悉同於前與實覓羯磨奪三十五事若說先罪與解羯磨亦爾比丘尼無此二不定法三不定法竟

四尼薩耆波逸提法 此波逸提法比丘共有一百二十條於中揀三十條因財事生犯貪慢心强制捨入僧中名曰尼薩耆波逸提餘有九十事無財可捨但名波逸提

出要律儀云尼薩耆舊翻捨墮　聲論云尼翻爲盡薩耆翻捨波逸提翻墮

十誦律云墮在燒煑覆障地獄八熱通爲燒煑八寒黑暗等通爲覆障

經云犯波逸提如夜摩天壽二千歲墮泥犁中（人間二百年彼天一晝夜）於人間數一萬四千四百萬年此泥犁即衆合地獄謂以衆多苦具熾然猛熱合來逼惱故

第一衣過十日戒

若比丘衣已竟迦絺那衣已出畜長衣（長去聲餘也）經十日不淨施得畜若過十日尼薩耆波逸提

緣起 此戒有二制時佛在舍衞國聽諸比丘持三衣不得長六羣畜長衣或早起衣或中時衣或晡時衣如來知已訶責六羣不聽畜長衣集十句義與諸比丘結戒也時阿難得一貴價糞掃衣欲以奉大迦葉大迦葉常行頭陀樂著糞掃衣故而迦葉不在畏犯畜長衣乃往白佛佛問迦葉何時當還報言卻後十日因是開聽畜長衣經十日不淨施得畜故有第二結戒也此是遮罪由長衣事多貪煩惱制斯學處

衣犍度云佛見諸比丘在路行多擔衣物作是念可爲諸比丘制衣多少不得過畜時佛初夜在露地坐著一衣至中夜覺身寒即著第二衣至後夜覺身寒復著第三

衣便安隱住時佛念言當來世善男子不忍寒者聽畜三衣不得過　又云若作新衣一重安陀會一重鬱多羅僧二重僧伽黎若故衣聽二重安陀會二重鬱多羅僧四重僧伽黎糞掃衣隨意多少重數

僧祇律云我諸弟子齊是三衣足遮大寒大熱防蠅蚊蝱覆障慚愧不壞聖種若性不堪寒者聽故弊衣隨意重納

律攝云應知三衣受用各別若作務時或道行時及在寺內常用五條若行禮敬及食噉時應披七條爲遮寒入聚落乞食噉食禮制底應著大衣後二衣割截作若是貧人後必須截爲入聚落故何故不割截衣不入聚落然苾芻衣有其二種與俗不同謂彩色形狀俗人純白不截苾芻壞色而截若是貧人後必須截者謂僧伽黎必須割截衣持也以三衣大衣在後故日後必須截

釋義文分三節衣已竟下明其創制畜長衣下明其隨開若過十日下結成所犯律云衣竟者三衣迦絺那衣已出僧祇律云比丘三衣竟已成是名衣竟不受迦絺那衣亦名衣竟已捨迦絺那衣亦名衣竟洗染衣訖亦名衣竟迦絺那衣此翻云功德衣爲坐夏有功五利賞德賞前安居人後安居人不得此衣於七月十六日受同衆僧受已若畜長衣離衣宿受別請展轉食前食後食不囑餘比丘入聚落此五戒聽開不犯至臘月十五日僧集羯磨捨迦絺那衣已若畜長衣等五事則犯捨即出也後安居人雖不得受衣其五事亦開聽一月此法於作持中明衣者有十種憍賒耶衣此翻云野蠶衣如此方細綾絹帛之類劫貝衣此翻云木綿衣如此方細布之類欽婆羅衣此翻云細毛衣西域王臣長者多以上好極細羊毛織成其財名曰上妙氈也如此方絨褐之類芻摩衣此翻云麻衣乃似麻之類亦名芻摩翻云細輭衣讖摩衣此翻云麤布衣扇那衣或云奢那衣乃樹名也比樹皮

似麻取以織衣體如麤布此方無有麻衣西域麻有多種自然青黃赤色不以染成識夷羅衣鳩夷羅衣識羅半尼衣此三無翻譯雖聽十種衣者非謂比丘畜十衣也以世人所著之衣財不出此十若有施此十種衣財者比丘皆可納取染成壞色割截縫作三衣受持衣揵度云佛在鹿野苑時憍陳如五比丘須禮白佛言我等當持何等衣佛言聽持糞掃衣及十種衣應作袈裟色持斯乃創制後因無悲愍心起世譏嫌如下第十一戒中憍賒耶衣不聽著用長衣者若長如來八指若廣四指是佛一指有二寸則長一尺六寸闊八寸僂可作大衣條隔用也除三衣及百一衣物外餘者皆名長衣摩得勒伽論云何得長衣謂若入手若在膝上肩上作想此是我衣

不淨施者衣揵度云淨施有二一真實淨施謂真實施與一比丘也二展轉淨施謂對一比丘作法已然後畜也異此二種故名不淨施此法於作持中明

結罪是中犯者若比丘一日得衣畜二日得衣畜乃至十日得衣畜至十一日明相出一切尼薩耆波逸提言一日者即以從他得衣入手之日名爲一日非謂月之初一日也此乃十日中日日相續得衣皆犯故云一切

若於十日內或間日得衣或唯一日得衣至十一日明相出隨所得衣盡捨墮

若比丘一日得衣不淨施二日得衣淨施三日得衣乃至十日得衣不淨施至十一日明相出九日中所得衣盡捨墮此十日中所得衣唯除第二日得者已作淨施故不犯其餘九日不作淨施者盡犯

若於十日內或間日得衣或唯一日得衣至十一日明相出隨所得衣若作淨施者不犯若不淨施者盡捨墮

若十日內或日日得衣或間日得衣或唯一日得衣至十一日明相出若不遣與人若不失衣若不故壞若不作非衣若不作親厚意取若不忘去盡捨墮遣與人即送與人也失衣謂被他盜去及離衣宿等故壞謂鼠咬蟲殘水漬火燒等作非衣謂別作餘用作親厚意取謂作一往久相知親友取去忘去謂有緣事他往忘其作淨施

若捨墮衣不捨持更貿餘衣一捨墮一突吉羅此捨墮衣應捨與僧（僧者謂若四若五若十二十乃至數百比丘）若衆多人（謂若二若三比丘）若一人不得別衆捨若捨不成捨突吉羅

是比丘捨衣竟不還者突吉羅　若還時有人言莫還者突吉羅　若作淨施若遣與人若持作三衣若作波利迦羅衣（善見律云朱羅波利迦羅衣漢言雜碎衣也）若故壞若燒若作非衣（謂作餘用）若數數著壞者盡突吉羅（已上突吉羅皆反治能作法者由不遵聖制違越毘尼故）

此戒捨懺還衣等法於作持中一一詳明

此戒必具四緣方成本罪一時非開聽二有貪慢心三畜三衣及衣財四過十日不受持不說淨

【兼制】比丘尼捨墮（同制同學）式叉摩那沙彌沙彌尼突吉羅是爲犯

【隨開】不犯者齊十日內若轉淨施若遣與人若賊奪想若失想若燒想若漂想不淨施不遣與人若奪衣失衣燒衣漂衣取著若他與著若他與作彼不犯　若彼受付囑衣者若命終若爲賊盜惡獸水火等難不作淨施不遣與人及最初未制戒等是爲不犯

【會採】僧祇律云一日得衣即日作淨乃至十日得衣十日作淨十一日得衣十一日作淨犯越毘尼罪以無間故　間者一日得衣得更停九日二日得衣更停八日三日得衣更停七日乃至九日得衣更停一日十日得衣即十日作淨十一日得衣不應受是名間也　若二比丘共物未分過

十日不犯　若居士舍請僧食并施衣物有病比丘囑人取衣分是比丘持衣分雖久未與不犯　若師若弟子送衣與未得雖久不犯　若令織師織衣衣竟雖久不犯　若比丘買衣雖價決了未得衣不犯　若爲佛爲僧供養故求物集在一處雖久未用不犯　若路行恐畏處藏衣而去過十日取者犯若人取來與者亦犯　若爲賊逐便捨衣走過十日已有人持來還者無犯　於佛生處得道處轉法輪處阿難設會處羅云設會處五歲會處大得布施諸衣物是物入僧未分者雖久不犯是物已分多人共得一分中有善毘尼人能爲衆人同意作淨無犯（此方雖無如是聖迹凡遇諸佛菩薩勝會道場所有施物如法分已准斯例行可謂持律）

律攝云若爲三寶畜衣非犯　或施主作如是言此是我物仁當受用雖不分別（即說淨也）用之無犯

或是已物寄他或作未得想斯皆無犯

根本律云若犯捨墮不捨或雖捨不說悔或雖說悔不經宿（謂間也）隨有所得並成捨墮由前染故

若捨衣說悔經宿已得皆無犯

五分律云不得捨與餘人及非人（餘人謂下三衆與夫近事男女）捨已然後悔過若不捨而悔者罪益深除長三衣若長餘衣乃至手巾過十日皆突吉羅若淨施不犯（此謂十三資具守持用者一僧伽胝二嗢呾羅僧伽三安呾婆娑四尼師但那五裙六副裙七僧脚崎八副僧脚崎九拭身巾十拭面巾十一剃髮衣十二覆瘡衣十三藥直衣言藥直衣者於所得衣中取一貴價者以預備爲藥直）

薩婆多毘婆沙云若初日得衣二日捨（此中凡言捨即作淨也）如是乃至九日得衣十日捨十日所得衣若不捨不受持不作淨至十一日地了時捨墮謂前九日所得衣盡捨作淨但十日所得一衣以前次續因緣故得捨墮罪　若初日得衣初日捨二日得衣以相續故此二日衣次第更得十日　若初日得衣二日捨二日更不得衣三日得衣此三日次第得至十日以不相續故此中衣以日次第相續　若初日得衣即不見擯不作擯（此乃犯罪不懺悔僧爲作舉白四羯磨擯治也）惡邪不除擯若狂心亂心病壞心若不解擯不得本心乃至命終不犯此戒後解擯得本心還計日成罪　若初日得衣上天宮北至鬱單越住彼至命終不犯此戒後歸本處計日成罪　若初日得衣至五日不見擯不作擯惡邪不除擯若狂亂病壞心上天宮北至鬱單越後還解擯若得本心若歸本處取前五日數後五日然後成犯

又云九十六種無淨施法佛大慈悲方便力故敎令淨施令諸弟子得畜長財而不犯戒問曰佛何不直聽畜長財而强與結戒設此方便答曰佛法以少欲爲本是故結戒不畜長財而衆生根性不同或有多預畜積而後行道得證聖法是故如來先爲結戒而後設方便於法無礙衆生有益此戒大乘同學菩薩六度以檀施爲首利濟衆生雖許畜者亦須如法說淨

【引證】緇門警訓云地持論言菩薩先於一切所畜資具爲非淨故以清淨心捨與十

方諸佛菩薩如比丘將現前衣物捨與和尚阿闍黎等涅槃經云雖聽受畜要須淨施篤信檀越是也今時講學專務利名不耻五邪多畜八穢但隨浮俗豈念聖言自下壇場經多夏臘至於淨法一未霑身寧知日用所資無非穢物箱囊所積並是犯財慢法欺心自貽伊戚學律者知而故犯餘宗者固不足言誰知報逐心成豈信果由因結現前袈裟離體當來鐵葉纏身爲人則生處貧窮衣裳垢穢爲畜則墮於不淨毛羽腥臊況大小兩乘通名淨法儻懷深信豈憚奉行

第二離衣異宿戒

若比丘衣已竟迦絺那衣已出三衣中離一一衣異處宿除僧羯磨尼薩耆波逸提

緣起此戒有二制佛在舍衛國給孤獨園時六羣比丘持衣付囑親友比丘往人間遊行受付囑比丘得此衣數數在日中曬諸比丘見已問知白佛此乃初結戒也後時一乾痟病比丘有糞掃僧伽黎患重因逢緣事遠行不堪隨持啓白世尊除僧羯磨乃第二結戒也此是遮罪由不善護身離衣故及慢教煩惱制斯學處

釋義文分三節衣已竟下明其創制三衣中下顯所遠犯除僧下明其隨開律云衣已竟迦絺那衣已出如上三衣者一安陀會（此云下著衣）二鬱多羅僧（此云上著衣）三僧伽黎（此云重複衣又云大衣然此三衣西國總名支伐羅以色稱之並名袈裟所以作此三名者欲顯未曾有法以異外道故爲少欲知足故以三衣不多不少足得資身行道大寒亦可以尊之故制三衣）衣有十種（如上）離者（謂衣不隨身也）

一一衣者（謂守持三衣中隨離一衣也）異處宿者（謂異界而宿）不失衣者僧伽藍裏有一界樹有一界（謂樹與人等足陰覆跏趺坐）塲有一界（謂於中治五穀處）車有一界（謂若車迴轉處）船有一界（謂船迴轉處）村有一界（村有四種如上）舍有一界堂有一界（堂舍謂多敞露）庫有一界（庫謂儲積諸物）倉有一界（倉謂儲積五穀）失衣者則僧伽藍裏有若干界乃至倉有若干界而此僧伽藍界非彼僧伽藍界乃至非彼倉界　又此僧伽藍界非彼樹界乃至非彼倉界　又此樹界非彼僧伽藍界乃至非彼倉界　又此塲界非彼僧伽藍界乃至非彼倉界（謂界互非作句亦爾）在僧伽藍邊以中人若用石若甎擲所及處是名爲界乃至倉界亦如是（而人言中者以顯氣力不太大其所擲之甎石亦去不太遠也）

[結罪]是中犯者若比丘置衣在僧伽藍内在樹下宿至明相未出若不捨衣若不手捉衣若不至擲石所及處明相出隨所離衣捨墮　除三衣若離餘衣突吉羅（若明相未出可以得入界至衣處者須以手捉衣若衣界寛恐明相未出行不到衣處者但至擲石所及處立即名不離衣已到衣界故若不能捉衣又不能至擲石所及處立須趂明相未出時且遠遠作心念法捨所離之衣寧于壞威儀之突吉羅作對首懺悔逃其離衣之捨墮免勞衆中羯磨）若比丘留衣樹下往塲處乃至往倉處僧伽藍處宿亦如是　若阿蘭若處無界八樹中間一樹間七弓遮摩梨國作弓法長中人四肘（弓肘之數明於卷末）若比丘留衣著此八樹間異處宿明相未出若不捨衣若不手捉衣若不至擲石所及處明相出捨墮

除三衣若離餘衣突吉羅（餘衣即臥具等）

此捨墮衣應捨與僧若衆多人若一人不

得別衆捨若捨不成捨突吉羅　若還時若僧中捨衣竟不還者突吉羅　若轉作淨施若有人言莫還者突吉羅　若轉作淨施若遣與人若持作三衣作若波利迦羅衣若故壞若燒若作非衣若數數著壞者盡突吉羅　此戒捨懺還衣等法於作持中詳明

此戒具六緣方成本罪一心不敬敎二所離是受持三衣三時非開聽四非羯磨聽許五不作心念法捨六已經明相未至衣所

兼制比丘尼捨墮同制式叉摩那沙彌沙彌尼突吉羅是爲犯同學

隨開不犯者僧與作羯磨明相未出手捉衣若捨衣若至擲石所及處若劫奪失燒漂壞如是等想若水道斷路險難若賊惡獸渠水漲强力者所執若繫縛或梵行難若不捨衣不手捉衣不至擲石所及處及最初未制戒等是爲不犯

會採善見律云羯磨者隨病未瘥得離宿若僧爲羯磨已離衣往餘方病瘥欲還道路險難不得還恒作還意雖病瘥不失衣若決作不還意失衣過十日犯長衣罪若往餘方病瘥還至衣所病復發更欲往餘方承先羯磨不須更羯磨

律攝云有三種離衣一舉處離謂在障難處而舉其衣不得重覲或因失落二失念離於安衣處更不重憶三受用離謂暫安衣即遇緣隔不得受用雖復離衣若明相未出還得者無犯

根本雜事云若暫向餘處即擬還者任不

將去復有暫出擬還至彼日暮即侵夜歸被蟲賊害當於彼宿不應夜行所守持衣應心念捨可於同梵行邊借餘三衣守持充事

薩婆多論云若重縫三衣設有因緣撻分持行名不離衣

第三分云汝諸比丘隨所住處常俱三衣持鉢乞食譬如鳥之兩翼恒與身俱汝等捨本族姓以信出家應當如是所到之處法衣隨身不應離宿

此戒大乘同制梵網經云而菩薩行頭陀時及遊方時行來百里千里此十八種物常隨其身故知衣鉢鳥翼兩乘同也

附考緇門警訓引事鈔云諸部並制隨身今時但護離宿不應教矣　又會正記云今時希有護宿何況常隨多有畢生身無法服是則末世護宿猶爲勝矣但內無淨信慢法輕衣真出家兒願遵聖制　業疏云所以衣鉢常隨身者由出家人虛懷爲本無有住著有益便停故制隨身若任留者更增餘習於彼道分曾無思擇故有由也唐無著禪師遊五臺因往金剛窟隨喜遇文殊化爲老翁引入般若寺寺地盡是瑠璃堂舍皆輝金色翁居白牙牀指金墩令著坐之對談著欲求寓一宿翁曰持三衣不答曰受戒已來持之翁曰此是封執處著曰亦有聖教在若許住宿心念捨之或有強緣佛故聽許翁曰無難不得捨衣宜從急護噫今人不以離衣宿爲咎者覩此可自思之

第三衣過一月戒

若比丘衣已竟迦絺那衣已出若比丘得非時衣欲須便受受已疾疾成衣若足者善若不足者得畜一月爲滿足故若過畜尼薩耆波逸提

【緣起】佛在舍衛國有比丘僧伽梨弊壞十日中更不能辦恐犯畜長衣戒彼同伴者爲白世尊因聽畜長衣乃至滿足故時六羣比丘聞開聽畜長衣乃至滿足彼有糞掃衣及餘種衣同者不足取中糞掃衣浣染四角頭點作淨持寄親友比丘已人間遊行受寄者以其行久不還便出曬之諸比丘問知白佛結戒此由廢修正業制斯學處

【釋義】文分三節衣已竟下明其創制得非時衣下明其隨開若過畜下結成所犯律云衣已竟迦絺那衣已出如上時者無迦絺那衣自恣後一月若有迦絺那衣自恣後五月非時者若過此限（此謂後安居人無功德衣者從七月十六日至八月十五日於此一月畜長等五事開聽前安居人有功德衣者從七月十六日至臘月十五日於此五月五利許開若過其一月五月皆非畜長之時凡所得衣名曰非時衣也）衣有十種如上欲須便受者（欲須謂希樂得衣便受謂合畜也）受已疾疾成衣者（謂既得衣財於三衣中隨所闕壞者當速造成如法受持）若足者善（謂同樣衣財量已滿足堪成一衣而不缺少）若不足者聽畜一月（謂同樣衣財或欠少不能作一衣是以開聽如僧祇律云阿那律得一小段衣與諸比丘河邊灑水引令長廣佛至河邊知而故問彼答云爲衣財不足是以灑水引令長廣佛言汝頗有更得衣望處不答云有佛問何時可得答言一月佛言從今聽不足衣有望處者停一月爲滿足故）

【結罪】是中犯者若十日同衣足者應裁割

若線拼若縫作衣若作淨施若遣與人若不裁割若不線拼若不作衣不淨施不遣與人十一日明相出隨衣多少捨墮

若同衣不足至十一日同衣足即十一日應裁割縫作衣若線拼若不裁割縫作衣若不線拼若不淨施不遣與人至十二日明相出隨衣多少盡捨墮乃至二十九日同衣足亦如是

若同衣不足三十日若足若不足若同衣若不同衣應即日裁割縫作衣乃至遣與人若不裁割乃至若不遣與人至三十一日明相出捨墮　此捨墮衣應捨與僧若衆多人若一人不應別衆捨若捨不成捨突吉羅

若僧中捨衣竟不還還時若有人敎莫還若不還轉作淨施若遣與人若持作三衣若作波利迦羅衣若故壞若燒若作非衣若數數著壞者盡突吉羅　此戒捨懺還衣等法於作持中詳明　此戒具四緣方成本罪一心存貪慢二衣財滿足三時非開聽四不縫受持及不淨施而過期

兼制比丘尼捨墮（同制同學）式叉摩那沙彌沙彌尼突吉羅是爲犯

隨開不犯者若十日內同衣足若裁割若線拼若縫作衣若同衣不足至十一日足應裁割等乃至二十九日亦如是至三十日若足不足若同不同即日應裁割等若奪衣失衣燒衣漂衣而取著若他與著若作彼若受寄衣比丘命終或遠行若有難緣若不裁割等及最初未制戒等是爲不

犯

【會採】十誦律云若比丘得不足衣停更望多衣故即得衣日不得所望亦不斷望非望而許復勤求所望是望亦斷非望更得是衣十日應作衣若足者善不足者留乃至三十日亦復如是

善見律云若二十九日得所望衣細先衣麤先衣說淨新得衣復得一月爲望同故若望得衣麤復得停一月如是展轉隨意所樂爲欲同故莫過一月

此戒大乘爲利益衆生故不禁畜持若自爲已畜不惠施他者亦犯慳貪多積之咎

第四從尼取衣戒

若比丘從非親里比丘尼取衣除貿易尼薩耆波逸提

【緣起】此戒有三制佛在王舍城耆闍崛山中有一比丘著弊故補衲僧伽黎蓮華色比丘尼見已發慈愍心即脫身所著貴價僧伽黎與之易彼弊故僧伽黎自著異時往禮世尊世尊知而故問汝所著衣何以弊故彼以因緣白佛佛言不應如是聽汝畜持五衣完堅者餘衣隨意淨施若與人何以故婦人著上衣服猶尚不好何况弊衣乃集衆僧初爲結戒也於後諸比丘皆畏慎不敢從親里比丘尼取衣佛言若非親里亦不能籌量知其可取不可取若好惡新舊若是親里籌量知其有無可取不可取好惡舊新故聽從親里尼取衣是第二結戒也又祇桓中二部僧得施衣其分時比丘錯得尼衣尼錯得比丘衣尼持衣

至僧伽藍中相易比丘更白世尊故聽貿易乃第三結戒也此是遮罪由貪著心制斯學處

【釋義】文分二節從非親里下明其所犯除貿易明其隨開律云非親里者非父母親里乃至七世非親也親里者父母親里乃至七世有親（里者五家爲鄰五鄰爲里又云里者止也五十家共居止也父有六親謂伯叔兄弟子孫母有六親謂姑姨兄弟兒孫七世者謂高曾祖父子孫玄孫也）衣有十種如上貿易者以衣貿衣以衣易非衣或以非衣貿衣或以鍼或鍼筒刀綫小段物乃至一丸藥等貿衣

【結罪】是中犯者除貿易若比丘取非親里比丘尼衣捨墮

此戒捨懺還衣等法於作持中明若捨衣竟不還等得罪如上　此戒具五緣方成本罪一有貪好慢教心二是非親里比丘尼三作非親里比丘尼想四物非貿易五衣財應量

【兼制】比丘尼突吉羅（同制不同學）式叉摩那沙彌沙彌尼突吉羅是爲犯

【隨開】不犯者從親里尼邊取衣若貿易爲僧爲佛圖者及最初未制戒等是爲不犯

【會採】僧祇律云若比丘從非親里比丘尼取衣許貿易自不與不教他人與不自語尼言後爾許時當與汝衣不教人如是語尼若還尼先衣是不應與應與餘衣截本衣還是不名貿（謂將尼衣割截已仍復還之）得彼全衣已與減少衣是不名與應與全足衣取彼衣已與鉢若小鉢若鍵鎡若以飲食及餘物與是不名貿應與衣也　若比丘

取非親里比丘尼衣已不與直不教與不自語不教人語捨去離見聞處波逸提罪　若取衣已不與直乃至不教人語若坐若臥若入定皆波夜提罪　若非親里比丘尼與知識沙彌衣作是言沙彌我與汝是衣汝持是衣與某甲比丘可得福德比丘取者無罪　如是與知識沙彌尼式叉尼優婆塞優婆夷言我與汝此衣汝持此衣施與尊者某甲比丘可得功德比丘取者無罪

五分律云從非親里式叉摩那沙彌尼取衣突吉羅　若親里犯戒邪見從取衣突吉羅

根本律云非親里親里想非親里非親里疑皆捨墮　親里非親里想親里非親里疑得惡作罪　若尼將衣施僧或爲說法或爲受具時施或見被賊故施或尼多獲利養持衣物到苾芻所置地求受棄之而去取亦無犯

薩婆多論云取應量衣捨墮　不應量衣物等突吉羅

此戒大乘不論親里非親里但觀可取不可取然在末世慎護法門尤宜避其嫌疑

第五使尼浣衣戒

若比丘令非親里比丘尼浣故衣若染若打尼薩耆波逸提

緣起此戒有二制佛在舍衛國時尊者迦留陀夷與偷蘭難陀比丘尼露形而坐彼此欲心相視尊者尋失不淨污安陀會尼請浣之得此衣已即於屏處以爪搯取不

淨著口中及小便道中後遂有娠諸尼詰知其故白諸比丘轉白世尊訶責黑光此初結戒也於是諸比丘各各畏慎不敢令親里尼浣染打故衣佛慈開聽更增非親里之言是第二結戒也由除婬染煩惱制斯學處乃初篇婬根本種類

【釋義】律云非親里如上故衣者乃至一經身著（五分律云經體有垢膩名故衣）衣有十種如上（善見律云得使出家女乃至孫女浣不得使出家婦兒婦浣非親故）浣染打者（律攝云浣者下至以水一浸即名爲浣染者乃至一入染汁打者下至將手一打一拍）

【結罪】是中犯者若比丘令非親里比丘尼浣故衣若染若打三捨墮　彼浣染不打二捨墮一突吉羅　彼浣不染而打二捨墮一突吉羅　彼不浣而染打二捨墮一突吉羅　彼不浣染打三突吉羅（衣但一捨即淨墮罪隨有三二須悔）若使非親里尼浣染打新衣突吉羅

此戒捨懺還衣等法於作持中明若捨衣竟不還等得罪如上　此戒具四緣方成本罪一是非親里尼二有欲染心三是已故衣四浣染打竟

【兼制】比丘尼突吉羅（同制不同學）式叉摩那沙彌沙彌尼突吉羅是爲犯

【隨開】不犯者與親里尼故衣浣染打若病浣染打若爲僧爲佛圖浣染打若借他衣浣染打及最初未制戒等是爲不犯

【會採】五分律云若令非親里浣染打而親里浣染打　若令非親里浣染打而親里非親里共浣染打　若令親里非親里共浣染打而親里浣染打　若令親里非親

里共浣染打而非親里浣染打　若令親里非親里共浣染打而親里非親里共浣染打皆犯捨墮　若衣未可浣染打而令非親里浣染打突吉羅　若令親里浣染打而非親里浣染打不犯

根本律云若非親族尼作非親族想令浣染打犯捨墮　若非親族尼疑亦捨墮　若是親族尼作非親族想若是親族尼而起疑心皆得惡作罪

僧祇律云若爲和尚阿闍黎持衣使尼浣越毗尼罪

十誦律云先自小浣更令浣染打皆突吉羅

薩婆多論云此戒應量不應量衣一切犯

摩得勒伽云使非親里尼浣尼師壇捨墮浣褥枕等突吉羅

律攝云若是老病無力或苾芻尼恭敬尊重情樂爲浣及是門徒悉皆無犯

此戒大乘同學內護僧制外息世譏

附考律攝云若衣須洗者或時自洗或遣門徒勿不用心令衣有損凡洗浣衣有五種利除臭穢氣蟣虱不生身無瘙癢能受染色堪久受用不洗衣者翻成五失　著染色衣亦有五利順聖形儀故令離傲慢故不受塵垢故不生蟣虱故觸時柔輭易將護故　過分浣衣有五種失能令疾破故不堪苦用故受用勞心故無益煩勞故障諸善品故　著好染色衣亦有五失自長驕恣生他嫉心故令他知是冶容好色故能令求時多勞苦故能障善品事故過

染損衣用不牢故過打亦有五失同此又難陀苾芻過打衣故佛言受用衣者不應打不極打若於施主得極打衣(謂細心搥打必致光亮)有好光色搡壞而用或置露中摩使光失或可以水灑浸而用故知遮其過打(過打即極打)不遮其打

第六非親乞衣戒

若比丘從非親里居士若居士婦乞衣除餘時尼薩耆波逸提餘時者若比丘奪衣失衣燒衣漂衣是謂餘時

緣起　此戒有六制佛在舍衛國城中有長者晨朝詣園遊觀已廻車詣祇桓精舍見跋難陀釋子禮敬聽法跋難陀說法開化勸令歡喜長者問云欲何所須願見告語報言無所須長者固問若有所須莫有疑難報言止止即使我有所須不能見與長者復請乃言汝所著者可與我長者身著貴價廣長白氎衣長者報言明日來至我家中我當相與跋難陀言我先語汝正使所須汝俱不能與我今果如是長者云非為不與但明日來若與此衣或更好者若即脫此衣與汝我不能無衣入城難陀固求不止長者不悅脫衣與之乘車著一衣入城守門者疑被賊劫長者具說其由居士譏嫌謂檀越雖施無厭而受者應知足佛知故制不得從居士索衣此初結戒也於是諸比丘畏慎不敢從親里居士索衣世尊復聽從乞是第二結戒也後有衆多比丘在拘薩羅國安居竟持衣鉢往世尊所晝日熱不可行夜行遂失正道為賊所

劫露形立祇桓門外諸比丘疑爲尼犍子報優波離問知其故即借衣著見佛佛慰問已具白因緣佛乃制裸形而行者突吉羅若爾時當以軟草若樹葉覆形應往寺邊若先有長衣應取著若無者諸知友比丘有長衣應取著若知友無衣應問僧中有何等衣可分若有者當與若無者應問有臥具不若有者當與若不與應自開庫看若有褥若地敷若氈若被應撻解取裁作衣以自覆形出外乞衣時諸比丘不敢持此處物往彼處佛言聽時諸比丘奪衣失衣燒衣漂衣畏慎不敢著僧衣佛言聽著彼得衣已僧衣不還本處佛言不應爾若得衣已應浣染縫治安本處若不爾如法治時有比丘奪衣失衣燒衣漂衣皆畏慎不敢從非親里居士居士婦乞衣佛言聽乞故有除餘時等緣是故此戒初則創制遂復隨開共有六翻結戒也由生煩惱令他不樂長自貪求因譏嫌事制斯學處

【釋義】文分二節從非親里下明其所犯除餘時下明其緣開律云親里非親里如上居士如上乞者（謂從彼乞求而得前第四戒制不從出家人乞出家人中唯取尼結戒此戒制不從在家人乞其在家人中無論男女凡是非親里者悉皆不聽）衣有十種如上除餘時者（謂在難緣聽允從乞）奪衣者（僧祇律云若王奪若賊奪若女人起欲心奪若父母親里欲令罷道故奪）失衣者（謂自失落或自藏衣後忘憶處所或歲久朽壞不可被著）燒衣者（謂被火焚燒）漂衣者（謂被水漂也）

【結罪】是中犯者比丘捨墮此戒捨懺還衣等法於作持中明若捨衣竟不還等得罪如上　此戒具五緣方成

本罪一貪好慢教二無難乞求三主非親里四價色量如巳所囑五衣巳入手

兼制比丘尼捨墮（同制同學）式叉摩那沙彌沙彌尼突吉羅是爲犯

【隨開】不犯者奪衣失衣燒衣漂衣得從非親里居士若居士婦乞若從親里乞若從同出家人乞（言同出家者揀非異道出家）或爲他乞他爲巳乞不求而得及最初未制戒等是爲不犯

【會採】僧祇律云若比丘從非親里乞衣若身往乞若遣人往乞若作寒熱相乞云何寒相若比丘冬分（夜爾）雪時（而云夜者西域時分不以日言但以夜論其時分也）著弊故衣詣檀越家現寒顫相爾時檀越禮足問言阿闍黎無有時衣耶何以寒凍報言無有汝父母在時恒爲我作時衣今汝父母去世誰當爲我作者非但汝父母死亦是我父母無常檀越即言莫怨恨我當爲作時衣是名寒相乞若得衣者捨墮　云何熱相若比丘五六月大熱時著厚衲衣流汗詣檀越家現熱相亦如上言若得衣者捨墮　若說法乞云何說法是比丘爲衣故與檀越說偈言得生最勝處若人以衣施以樂布施者人天受福報生天得好色天寶冠莊嚴衣施比丘故生生自然衣是名說法乞若得者捨墮若乞漉水囊若小補衣物若繫頭物若裹瘡物若衣𧞤若衣中一條皆不犯　若爲和尚乞爲阿闍黎乞越毘尼罪　若爲塔僧不犯

十誦律云犯有三種謂價色量價者若比

丘語居士與我好價衣若得衣者捨墮不得突吉羅乃至直二百三百錢價衣犯亦如是（此以西域大錢而言如前盜戒中說）色者若比丘語居士與我青色衣若黃赤白黑衣乃至劫貝等衣犯亦如是　量者若比丘語居士與我四肘衣五肘六肘乃至十八肘衣犯亦如是　如是色量衣若索此得彼皆突吉羅

根本律云乞時得惡作罪所得衣物若價若色若量與所乞相應者捨墮不相應者無犯

毘婆沙論云二人共乞一衣突吉羅　從親里貧乏者索突吉羅與少更索多突吉羅　若非親里先請與衣（言請者謂不從乞而彼自發心）後貧乏從索突吉羅與少更索多突吉羅爲他索亦突吉羅（本律若爲他求不犯原出自心不受他囑若准薩婆多皆突吉羅由見他貧乏不生慈愍欲他爲我而作方便所謂聖制從緣推因開進）

此戒大乘爲衆生故雖不同學然須籌量施主堪與不堪與可受不可受善護他心增長淨信可也

附考僧祇律云若比丘三由延內有衣者若失僧伽黎鬱多羅僧在不應乞若失僧伽黎鬱多羅僧安陀會在不應乞若失三衣若覆瘡衣在不應乞若失三衣覆瘡衣若雨浴衣在不應乞若失三衣覆瘡衣雨浴衣若覆臥褥具在不應乞若失三衣乃至褥具若任衣在（任衣謂堪造衣之餘財也）長兩肘廣一肘不應乞何以故是比丘應著是下衣往三由延受先衣若道中有諸難事不得

徃趣衣者得乞無罪

毘尼止持會集卷第六

音義

夜摩天 夜摩此翻善時亦名時分謂其時時唱快樂故以蓮花開合分其晝夜此天依空而居按論云人間二百年爲此天一晝夜則人間七萬二千年方爲此天一年若此天壽二千歲則當人間一十四億四百萬年矣

屏覆 屏者所以蔽也覆者蓋也

齋優婆私 齋者是其名也或是受八戒齋者優婆私或作優婆斯即優婆夷也奘師云鄔波斯迦唐言近事女謂親近承事佛法僧故若是在家女人受三皈五戒已則能親事佛法比丘尼衆也舊云優婆斯優婆夷皆譌也有云受八戒者名近住女爲近阿羅漢住也涅槃疏云一日一夜受八戒者名爲善宿女是人善心離破戒宿故

毘舍佉母 或作吹舍佉此譯爲別枝即是氐宿以生日所值宿爲名也五分律云毘舍佉塔名鹿子鹿子敬毘舍佉猶敬母時人遂名爲毘舍佉鹿子母賢愚經云此是波斯匿王弟毘曇摩訶羨女也羨昔因罪逃奔得又尸利國便於彼土安家納娶而生此女此女辯才智慧後嫁舍衛國梨耆彌大臣第七兒爲婦波斯匿王聞其智辯即拜爲王妹後生三十二卵卵各出一兒顏貌端嚴勇健無雙一人之力能敵千夫時毘舍佉信心開解請佛及僧佛爲說法合家得須陀洹道佛後爲說法即得阿那含道於優婆夷中智慧辯才於爲第一

闚 音恢傾頭門中邪視也

明相 梵語阿樓那善見律云阿留那漢言明相明了論云東方已赤通慧指歸云此方約日未出前二刻爲睒此爲明相也又以觀見掌文爲限也十誦律名地了時謂見地色明了故也　復此閻浮提地北有大樹王名閻浮檀金若日照彼樹則有黑色若照彼樹葉則有青色若過樹照閻浮界則有白色於三色中白色爲正也

自貽伊戚 謂憂戚皆自造而成非關他事猶云自作孽不可活之謂也

六羣比丘 或云六衆謂聚集成衆作諸非威儀事羣出隊入故也一難陀二跋難陀三迦留陀夷四闡陀五馬宿六滿宿此之六人無法不曉通達三藏內教精諳五明百藝之術難陀跋難陀二人多貪亦云多瞋善解筭數陰陽變運說法論議　迦留陀夷多欲深通射道善解阿毘曇後得漏盡證阿羅漢果　闡陀多瞋亦云多癡亦通射道解阿毘曇後得漏盡成阿羅漢　馬宿滿宿多癡亦云多瞋善於音樂種種戲笑事事皆能亦巧說法論議亦解阿毘曇此六人俱是豪族共相影響契交爲友宣通佛教內爲法門之棟梁外作佛教之大護所謂大權示現也人各弟子九人共爲六十故號六羣比丘也

乾痟 謂渴病也又云

乾枯病以其肌膚痟瘦故僧祇律云消盡病正法念經云有虫名咬脂住在身中脂脉之内若食有過若多睡眠此虫則瞋不消飲食或生疥瘙或乾痟等病

八樹中間 西域種樹之法相間七弓方植一樹八樹但有七間七七該四十九弓以中人四肘爲一弓一尺八寸爲一肘七尺二寸爲一弓七七四十九弓總該三十五丈二尺八寸若無界蘭若周圓四十九丈一尺二十是爲界也根本部以中人二十四指爲一肘此當芴尺一尺五寸爲一肘七弓之量准數可知肘者從臂卽至指端

蓮華色比丘尼 根本律云得叉尸羅城有一長者娶妻未久便生一女身有三德如青嗢鉢羅華一者身黃金色潤如華鬘二者目紺青色猶如華葉三者香氣氛馥猶如華香因此立字名青蓮華婆沙論云容貌端正色作優鉢羅華色此人前世久遠劫時作婆羅門女父母家人入海採寶是女在後不能自活便與諸婬女共住一處貨色自供此女色貌不豐無人往來常自咎責何以獨爾時世有辟支佛一切敬仰有人語言汝能供養辟支佛者隨心所欲世世如願因辦美好飲食以優鉢羅華覆上奉辟支佛即發願言令我世世常得女人端正無雙爲人所敬又願得如沙門所得功德令我得之是故今世作女顏貌第一以本願故今得漏盡佛所稱讚於比丘尼中有大神通力最爲第一也

畜持五衣 比丘尼五衣者

准根本律云一僧伽胝即僧伽黎二嗢怛羅僧伽即鬱多羅僧三安怛婆娑即安陀會四厥蘇洛迦即僧祇支下裙也五僧脚踦即覆肩衣名掩腋襯衣

會正記 乃唐允堪律師所著而緇門警訓常引其文然今本未見想已失矣

偷蘭難陀比丘尼 亦云偷羅難陀或云吐羅難陀按偷蘭是大亦名麤麤即大義難陀此云歡喜是比丘尼解通三藏善閑說法六羣比丘尼中之最者是種種女分別功德經云是阿難妹也

爪抓 抓音甲謂以爪抓括取不淨也

娠 婦懷孕也

祇桓精舍 祇桓者即祇陀之訛也此翻勝精舍者釋迦譜云息心所棲故曰精舍又云非麤暴者所居故云精舍藝文類云非由其舍精妙良由精練行者所居故云精舍按感通記云祇桓寺之基址有八十頃地一百二十院准約東西近有十里南北七百餘步祇陀須達二人共造涅槃經云須達取金隨集布地一日之中唯五百步金未周祇陀即語須達餘未徧者不復須金請以見與我自爲佛造立門樓常使如來經由出入祇陀長者自造門樓須達長者七日之中成立大房足三百口禪坊靜處六十三所冬室夏堂各各別異凡所應用無不備足法顯傳云出舍衛城南門千二百步道西長者須達起精舍處也

拘薩羅國 大論云憍薩羅國是佛生地如佛答頻婆娑羅王偈云有妙好國土在於雪山邊豐樂多異實名曰

憍薩羅日種釋諸子我在是中生心厭老病死出家求佛道諸經中說佛生迦毘羅國何以論云生於憍薩羅國然憍薩羅是都城也以彼此相鄰同是中印土境

尼揵子 尼揵此翻離繫是外道之都名也或云尼乾或云尼乾陀應云泥健連他而譯爲不繫也其外道拔髮露形無所貯畜以手乞食隨得即噉者也

由延 亦云由旬亦云踰繕那天竺里數名也大論云由旬三別大者八十里中者六十里下者四十里梵本羯磨註曰言踰繕那者既無正翻義當東夏一驛可三十餘里舊云由旬者訛也若准西域俗法四俱盧舍爲一踰繕那計一俱盧舍可有八里四共三十二里故今作一驛之程庶無遠滯業疏云此無正翻乃是輪王巡狩一停之舍如此方館驛也

冶 音野漿飾也

毘尼止持會集卷第七

清金陵寶華山弘律沙門讀體集

第七知足受衣戒

若比丘失衣奪衣燒衣漂衣若非親里居士居士婦自恣請多與衣是比丘當知足受衣若過者尼薩耆波逸提

【緣起】佛在舍衛國時有衆多比丘遇賊失衣來到祇桓精舍有優婆塞聞知多持好衣隨諸比丘意取比丘報言止止便爲供養已我等自有三衣不須也六羣比丘語云諸大德三衣足者何不取與我等若與餘人耶諸比丘遂取與之時諸少欲比丘白佛結戒此是遮罪由從索衣因生煩惱令他不樂長自貪求因譏嫌事制斯學處

【釋義】文分三節失衣等下明其難緣若非親里居士下明其隨開若過者下結成所犯律云非親里及衣有十種如上若失一衣不應取若失二衣餘一衣或二重三重四重應摘作一一衣若三衣都失彼比丘應知足受知足有二種一者在家人知足隨白衣所與衣受之（根本律云俗人上衣長十一肘闊三肘下衣長七肘闊二肘不得過數乞此約在家人所用衣財隨其長短持施比丘不應更多求索古用周尺一尺八寸爲一肘）二者出家人知足三衣也（根本律云苾芻上衣若是新衣兩重作僧伽胝豎三肘横五肘即僧伽黎也若泥婆珊又名厥蘇洛迦豎二肘横五肘即下裙也餘二衣量如上所明此約出家人造衣財量不得更多求索）若居士自恣請多與衣（謂檀越多持衣施請諸比丘隨意而取非是夏滿自恣也）若衣細若薄若不牢應取作若二重三重四重當安緣當肩上貼障垢膩處應安鉤紐若有餘殘語居士言此餘殘衣裁作何等若檀越言我不

以失衣故與我自與大德耳（謂不以失衣來化而與比是我自發心供養所餘衣財何須語我但任大德隨便別用）

【結罪】是中犯者若比丘過知足受衣捨墮此戒捨懺還衣等法於作持中明若捨竟不還等得罪如上　此戒具三緣方成本罪一是自恣請二見境起貪三不知足受

【兼制】比丘尼捨墮（同制同學）式叉摩那沙彌沙彌尼突吉羅是爲犯

【隨開】不犯者若知足取若減知足取若居士多與衣若細薄不牢若二三四重作衣安緣貼障垢膩處安鉤紐若有餘殘語居士言此作何等及最初未制戒等是爲不犯

【會採】根本律云若苾芻從他乞俗人上下衣時依量而得若更乞時得惡作罪得便捨墮　若乞苾芻上下衣時事亦同此

律攝云若乞俗人上下衣縱少不足不應更乞若更乞者得罪（謂乞時惡作罪得衣捨墮罪）若有盈長不須還主　若乞苾芻上下衣不足者應須更乞若長應還　若不還者得捨墮罪有云苾芻上衣者謂三衣也下者謂裙也

善見律云若比丘尼失五衣得受二衣若失四衣得受一衣若失三衣不得受若親友若檀越自恣請若自己物隨意受

此戒大乘爲衆生故一切所施隨請應受然避譏生信不可無也

【引證】律攝云若三衣有上垢膩污者於著肩處應以物替（代也）長一肘半廣一張手（一張手即佛一磔手也此則長有二尺七寸廣一尺六寸）四邊縫著污即

拆洗三千威儀今帖四角今時作三衣者皆取一小方片帖於肩上障垢膩處之外謂云須彌山復於兩畔更加兩小片謂云日月四角貼者謂云四天王如斯之謬出何律典

第八貪好乞求戒

若比丘居士居士婦爲比丘辦衣價買如是衣與某甲比丘是比丘先不受自恣請到居士家如是說善哉居士爲我買如是如是衣與我爲好故若得衣者尼薩耆波逸提

緣起 此戒有二制佛在舍衛國有一比丘入城乞食聞居士夫婦共議辦價買衣與跋難陀還以報之跋難陀問知其家明日即往語云若欲與我衣者當如是廣大作新好堅緻中我受持居士譏嫌諸比丘聞知白佛此初結戒也是後居士自恣請比丘問言大德須何等衣時比丘意疑不敢答復有居士欲爲比丘作貴價衣是比丘少欲知足不須大價衣欲須不如者亦意疑不敢隨意索佛言若居士恣比丘所索應答自今聽諸比丘少欲知足索不如者故加先不受自恣之語是第二結戒也由強索好衣因相觸惱制斯學處乃初篇妄根本種類

釋義 文分三節居士下明私議辦衣是比丘下明自往爲好若得衣下結成所犯律云居士居士婦如上此是夫婦篤信同心共議以植福也衣價者若金銀七寶等衣價而言辦者辦謂備辦預爲貯畜之衣有十種如上求者有二種一求價檀越與作大價衣乃至增一錢十六分之一分

西域一錢此方準十六小錢今云一分者即一小錢也二求衣語居士言作如是廣長衣乃至增一線善哉居士者此是讚勸之詞欲令彼所施者愈更加其精妙如是如是衣者謂廣大新好堅緻之衣也堅謂堅固緻謂緻密厚實為好故者此顯貪求無厭正是作業之因心

結罪是中犯者若比丘先不受自恣請而往求貴價廣大衣若得者捨墮　不得突吉羅

此戒捨懺還衣等法於作持中明若捨竟不還等得罪如上　此戒具三緣方成本罪一有貪好心二自往求索三所求已得

兼制比丘尼捨墮同制同學式叉摩那沙彌沙彌尼突吉羅是為犯

隨開不犯者先受自恣請而往求索若知足減少求若從親里求從出家人求或為他求或他為已求或不求自得及最初未制戒等是為不犯

會採僧祇律云為好者好有三種一知足好若與細衣時便言我須麤者是名知足好得者捨墮　二不知足好若與麤衣時便云若與我麤衣者不中觸我是貴人應與我好衣是名不知足好得者捨墮　三麤知足好若與細衣時便言我不用是好衣我是阿練若如鹿在林中住空地若與麤者足障寒熱風雨是名麤知足好若得捨墮本律知足須不如者聽其隨索僧祇與細索麤亦犯然聽者在檀越先自恣請時索其衣尚未造其犯者在檀越衣已成時更索麤故恐施主俛仰情不得已雖復與之施心不喜而律開遮一令息貪制內而殄惡一令息譏毀外而增信不無深意也

五分律云從親里索好者惡作罪

薩婆多論云若遣使書信印信突吉羅若親里豐財多貲從索無過若貧者突吉羅　若先請檀越豐有財物勸令好作無過若貧乏者突吉羅

律攝云未近圓時已與方便近圓之後方始獲財若過價色量求時惡作入手捨墮若從天等乞或乞縷纑及小帛片等無犯

此戒大乘同制即是惡求多求不慈愍衆生

第九貪好共索戒

若比丘二居士居士婦與比丘辦衣價持如是衣價買如是衣與某甲比丘是比丘先不受居士自恣請到二居士家作如是言善哉辦如是如是衣價與我共作一衣爲好故若得衣者尼薩耆波逸提

【釋義】此戒緣起亦由前人其中所犯輕重及捨懺還衣與夫不犯等悉皆同前但於二居士家勸令合作一衣使得精好爲異

第十索衣過六反戒

若比丘若王若大臣若婆羅門若居士若居士婦遣使爲比丘送衣價持如是衣價與某甲比丘彼使人至比丘所語比丘言大德今爲汝故送是衣價受取是比丘應語彼使如是言我不應受此衣價我若須衣合時清淨當受彼使語比丘言大德有執事人不須衣比丘應語言有若僧伽藍民若優婆塞此是比丘執事人常爲諸比丘執事時彼使往至執事人所與衣價已還比丘所如是言大德所示某甲執事人我已與衣價大德知時往

彼當得衣須衣比丘當往執事人所若二反三反爲作憶念應語言我須衣若二反三反爲作憶念若得衣者善若不得衣四反五反六反在前默然立若四反五反六反在前默然住得衣者善若不得衣過是求得衣者尼薩耆波逸提若不得衣從所得衣價處若自往若遣使往語言汝先遣使持衣價與某甲比丘是比丘竟不得衣汝還取莫使失此是時

緣起佛在舍衛國給孤獨園城中有一大臣與跋難陀親友遣使送衣價與之跋難陀即將使入城持衣價與親舊長者掌之異時大臣問使人云我前遣持衣價與跋難陀作衣爲我著不報言不著大臣便使索還衣價跋難陀聞已即疾疾至彼長者家索衣時城中諸長者集會先有制不至者罰錢五百我今暫往赴之大德小待勿令我輸錢跋難陀言不得爾先持衣價與我作衣長者爲作衣竟會坐已罷輸錢五百時彼長者及諸居士盡共譏嫌佛知爲僧結戒此是遮罪由取不淨財不護他意致生惱亂制斯學處

釋義文分六節若王若大臣乃至今爲汝送衣價受取等明檀越遣使以送信施是比丘應語彼使如是言乃至常爲諸比丘執事等明比丘持戒不受錢寶彼使至執事人所乃至往彼當得衣等明付囑還報知時須衣須衣比丘當往執事人所乃至四反五反六反在前默然住得衣者善等明依制索衣護他淨信若不得衣過是求

等明遠制過索犯本戒體若不得衣從所
得衣價處乃至此是時等明不失信施告
主知取律云王大臣如上婆羅門者有生
婆羅門生者謂是梵天苗裔乃五天竺國之貴姓餘國所無是故五印土皆
號曰天方也居士者除國王大臣在家貴人是遣使爲比丘
送衣價者謂遣男女及黃門等爲使衣價謂持金銀七寶貝齒等以爲
衣直持如是衣價與某甲比丘者乃價越示其使者自
樂敬供之人與即施也我不應受此衣價者律攝云苾芻法
不受畜金銀寶等及穀粟米豆村園奴婢牛羊車乘此金銀寶等僧伽應受若田地
閑圃亦合衆畜應與寺家淨人及餘俗人計分徵課以供僧伽我若須衣
合時清淨當受者合時謂合比丘須用衣時或佛開許比丘聽畜
之時清淨謂不遠世尊禁制及無諸障難若堪可受時我當納取以成衣守持也
若僧伽藍民若優婆塞此是比丘執事人
常爲比丘執事者謂伽藍民即寺家淨人緣從波斯匿王所施不
應王差常爲僧伽執作衆務給事比丘者優婆塞此云近事男謂皈依三寶受持

五禁堪能親近承事衆僧願爲比丘執事人者彼使往至執事人
所者謂彼使往至如比丘所示人處以衣價付之囑令合時當買清淨衣與彼
比丘著持也大德知時往彼當得衣者謂彼使付衣價
已還比丘所報言大德自知須用衣時往彼某甲執事人所當得如法淨衣也須
衣比丘當往執事人所者謂此比丘欲須衣時當徐徐至
彼所付衣價人所若二反三反爲作憶念應語言
我須衣者謂二三往返出言令彼執事人自憶念憶念者約於某月日方
爲作衣也彼執事人若在家若在市買賣之所曰市若
在作處謂作衆務等處語言我今須衣與我作衣
是爲作憶念釋文之巧畧其初反但云二三若二反三反
爲作憶念若得衣者善者謂稱自求心令他悅辦不假餘
索也若不得衣四反五反六反在前默然立
者彼執事人若在家若在市若在作處至
彼前默然而住若彼執事人問言汝何在
此立比丘報言汝自知之若執事人言我

不知若有餘人知者當語言彼人知之（所言餘人知者凡比丘若以物委寄他人或同行者借衣著用時必語一人知之於後索取有證免致鬭諍是佛慈訓）若比丘作一語破二反黙然作二語破四反黙然作三語破六反黙然（三反憶念之後復聽六反黙然索衣若作一反語索則准二反黙然乃至三反語索則准六反黙然更不得再黙索衣言破者謂壞世尊六黙之正制也）

【結罪】是中犯者若比丘過三反語索過六反黙然立得衣者捨墮

此戒捨懺還衣等法於作持中明若捨衣竟不還等得罪如上　此戒具四緣方成本罪一心存貪取二不護他心三違制過索四衣已入手

【兼制】比丘尼捨墮（同制同學）式叉摩那沙彌沙彌尼突吉羅是爲犯

【隨開】不犯者三反語索得衣六反黙然立得衣若不得衣從所得衣價處若自往若遣使往語言汝先遣使與某甲比丘衣是比丘竟不得可還取莫使失若言我不須即相布施是比丘應以時輭語方便索衣若爲作波利迦羅故與（謂彼人故意作碎雜衲衣而與之）方便索得者及最初未制戒等是爲不犯

【會採】僧祇律云三反往索六反黙住時或緩期或急期云何緩急若比丘至檀越所索衣時語言長壽與我衣直（西域凡諸比丘稱呼檀越皆云長壽）答言尊者更一月來比丘滿一月往索若檀越復言更一月來比丘仍滿一月復往索若復言更一月來比丘又滿一月復往索過三月已不得復索　若言半月來過三半月不得復索　若言十日若言五日四日三日二日一日乃至須臾（此謂急期）

也
若過三半月乃至三須臾不得復索
六反往默時檀越言我知尊者往意更一
月來滿一月復往默然住如是滿六月往
默然已不得復往　若言半月若言十日
乃至須臾若滿六半月乃至六須臾已不
得復往默然齊幾名默然住時如人入庫
取物著店上頃又如裹襆物頃即應去
若比丘方便現行相持衣鉢錫杖水瓶過
寄物人前若彼人問言尊者欲那去答言
欲去先送物主邊語令自知此物莫使失
受寄者言父已辦物不須復往即時與物
比丘取者捨墮　若不作方便道由彼前
彼人如上問比丘如上答與物取者無罪
若受寄者言任意去設能破我如破多
羅樹亦不與汝一錢此樹斷即死顯死也不與比丘爾

時應到物主邊語令自知此物莫使失若
是物主言我先施比丘隨方便更索比丘
爾時得如前三反語索六反默然住
十誦律云若六反默立不得衣是比丘語
衣主已有餘因緣到執事人處若問何故
來答言我有餘事故來若言持是衣去答
言我已語衣主汝自往共分了若言但持
衣去我自解語衣主爾時受衣持去無犯
善見律云若不口語索得十二默然求若
一語索破二默然二語索破四默然乃至
六語索破十二默然　若使者付執事人
衣直已不報比丘比丘不得就執事人求
索衣若得衣突吉羅
根本律云若苾芻遣使報已彼執事人來
作是語聖者可受此衣價苾芻應報言此

衣價我已捨訖汝當還彼送衣來處如是報者善若取衣者捨墮　若執事人言聖者可受此衣價彼之施主我共平章令其心喜若如是者取衣無犯

此戒大乘同學以護譏嫌增他淨信

第十一乞綿作具戒

若比丘雜野蠶綿作新臥具尼薩耆波逸提

【緣起】佛在曠野國時六羣比丘作新野蠶綿臥具彼索未成綿或索已成綿或索已染或索未染或新或故者至養蠶家語言我等須綿報言小待須蠶蘱時來六羣比丘在邊住待看彼曝繭時蠶蛹作聲居士譏嫌諸比丘聞知白佛結戒此是性罪由殺諸生命增長貪求廢自善品損他正信制斯學處乃初篇殺根本種類

【釋義】律云雜者若劫貝若拘遮羅乳葉草若芻摩若麻野蠶綿者（僧祇律云憍奢耶有二種一者生細綵也二者作紡綵也）作新臥具者（根本律云新有二種一謂新造二謂新得此中取新造卧具者氈褥也此有二種一者貯褥二者衦成皆不聽用　薩婆多論云以綿作衣此有二種一擘綿布貯如作氈法二以綿作縷織以成衣作此二衣名作敷具敷具者非獨卧具乃衣之都名也）

【結罪】是中犯者若比丘自用雜野蠶綿作新臥具成者捨墮　作而不成者突吉羅　若語他人作成者捨墮　作而不成突吉羅　若爲他作成不成盡突吉羅

此應捨是中捨者若以斤斧細斬和泥若塗壁若塗墇　此戒具三緣方成本罪一情存貪愛二心無慈愍三臥具已成

【兼制】比丘尼突吉羅（同制不同學）式叉摩那沙彌沙彌尼突吉羅是爲犯

【隨開】不犯者若得已成若以斧剉斬和泥塗壁堙及最初未制戒等是爲不犯

【會採】僧祇律云若作三衣若經若緯若中若邊若間紃若緣若襟若補作成捨墮受用越毘尼罪　應僧中捨僧不應還亦不得餘用正得敷地及作遮向簾帳幔

五分律云應捨與僧不得捨與餘人僧以敷地或敷牀座除捨褥比丘餘一切僧隨次坐臥雖不使人作他施而受亦捨墮

此戒本律制嚴而無僧中捨法名曰自壞捨自壞捨者以斧斬壞卧具之時貪愛業心隨斧下斷令永不復興故名自壞捨僧祇雖許捨入僧中聽衆畜用然用中之別未顯五分唯除捨褥人餘隨坐卧則剪除貪愛惜護檀施事義了然故今捨法宜准五分南山云犯過衣財如律所斷或永棄捨或永入僧蓋斯之謂於作持中明

此戒大乘爲利攝衆生故聽得畜但不得自用當護慈體廣運悲心

【引證】緇門警訓引央掘經云繒綿皮物若展轉來離殺者手施持戒人不應受者是比丘法若受者非悲不破戒

涅槃經云皮革履屣憍奢耶衣如是衣服悉皆不畜是正經律

楞嚴經云若諸比丘不服東方絲綿絹帛及此土靴履裘毳乳酪醍醐如是比丘於世真脫酬還宿債不遊三界何以故服其身分皆爲彼緣

【附考】資持記云已前律制但據蠶家大教轉來不許受用乃知聲聞行劣但取離非

菩薩慈深遠推來處離殺者手無非殺來足踏（坐具也）身披（三衣也）皆霑業分非大士可忍豈比丘所宜請考經文少懷信仰廣敘利害見章服儀離殺手者非蠶家故不受者應法大小俱順故受者非悲遠大順小故小從大出望制雖順約義還違故知持戒行慈方符聖旨縱情受用全乖道儀故章服儀云且自非悲之語終爲永斷之言據此爲論頗彰深切次引涅槃乃終窮囑累決了正教明文制斷何得遲疑據僧傳中所叙南嶽道休二師不衣綿帛並服艾絮故南山律師云佛法東漸幾六百載唯斯衡嶽慈行可歸

第十二黑毛作具戒

若比丘以新純黑羺羊毛作新卧具者尼薩耆波逸提

【緣起】佛在毘舍離城獼猴江側樓閣講堂諸離車子多行邪婬以純黑羊毛作氈被體夜行使人不見時六羣比丘效而作之諸離車語言我等爲婬欲故作汝等作此何爲耶諸比丘聞已白佛佛故爲僧結戒由愛上色復求細軟廢業長貪遮無利益故制斯學處

【釋義】律云純黑者或生黑或染黑羺羊毛者（羺耨平聲羺羖乃胡羊之名其毛最輭極細如此方羔羊之絨毛也羖音僞）薩婆多論云此國黑羊毛貴故不聽黑羊毛作衣法亦有二種一以黑羊毛擣治布貯作細氈二作縷織成作衣此二種衣盡名敷具此羊毛得作三衣盡中受持

【結罪】是中犯者若比丘自以純黑羺羊毛作新卧具成者捨墮　作而不成者突吉羅　若教他人作成者捨墮　作而不成

突吉羅　若爲他作成不成皆突吉羅

此戒捨懺還卧具等法作持中明於僧中捨卧具竟若不還若敎莫還若作淨施若遺與人若數數數壞者盡突吉羅　此戒具三緣方成本罪一有貪慢心二是純黑羺毛三作具已成

【兼制】比丘尼突吉羅（同制不同學）式叉摩那沙彌沙彌尼突吉羅是爲犯

【隨開】不犯者若得已成者若割截壞若細薄揲作兩重若以作褥若作枕若作方小坐具若作卧氈或作襯鉢內氈或作剃刀囊或作帽或作襪及最初未制戒等是爲不犯

會採根本律云苾芻擦理羊毛時若於一片若於小園若大聚或披或擘或以弓弾而作敷具作時惡作罪竟時得捨墮

薩婆多論云若以駝毛羖羊毛牛毛若芻麻衣劫貝衣褐衣欽婆羅衣合作者皆突吉羅作衣下至四肘捨墮

十誦律云若爲墖作爲僧作不犯

此戒大乘同學義如野蠶卧具

第十三減分作具戒

若比丘作新卧具應用二分純黑羊毛三分白四分牻若比丘不用二分黑三分白四分牻作新卧具者尼薩耆波逸提

【緣起】佛在舍衞國祇園精舍時六羣比丘以純白羊毛作新卧具諸居士皆譏嫌謂沙門釋子似王若大臣（西域國風唯王及大臣長者着上好貴價細白氎衣以表尊貴餘無敢着）諸比丘聞知白佛結戒

亦同前由愛上色等制斯學處

【釋義】文分二節作新臥具下明其正制若比丘不用下結成違犯律云白者或生白或染令白牻色者頭上毛耳毛脚毛若餘牻色毛（牻音尨雜毛也律攝云頭足腹毛由頭足腹是行動處毛麤惡故）若作四十鉢羅臥具者二十鉢羅純黑十鉢羅白十鉢羅牻（十誦律云一鉢羅四兩立世毘曇論云一波羅一兩或稱之大小故譯不同今准十誦則四十鉢羅重十斤應用五斤黑二斤半白二斤半牻）若作三十鉢羅二十鉢羅臥具者准此斤兩以黑色兩分白牻各一分（此據黑者難得白者次難牻者易求故又黑白是細軟貴物長自恣情牻者麤原非貴價不增己欲也）結罪是中犯者若不以二分黑三分白四分牻自作新臥具成者捨墮　作不成突吉羅　若使他人作成捨墮　作不成突吉羅　若為他人作成不成皆突吉羅

此戒捨懺還臥具等法於作持中明若捨竟不還等得罪如上　此戒具三緣方成本罪一有愛好心二分兩違教三作具已成

【兼制】比丘尼突吉羅（同制不同學）式叉摩那沙彌沙彌尼突吉羅是為犯

【隨開】不犯者若依制作若白不足以牻足之若作純牻者若得已成者若割截若作壞色若作枕氈褥及最初未制戒等是為不犯

【會採】僧祇律云多用黑毛而作等想等用作減想而更益若自作若使人作成者捨墮受用越毘尼罪　多用白毛而作等想等用作減想而更益得罪亦爾　少用下毛（即牻毛也）而作等想得罪亦爾

十誦律云用黑者乃至多一兩捨墮用白者乃至多一兩突吉羅　用牻者乃至減一兩捨墮

律攝云或黑者易得餘色難求斤数減增並成無犯（此約地土所産觀境隨開）

此戒大乘同學外息世譏内護僧制故

第十四減年作具戒

若比丘作新卧具持至六年若減六年不捨故更作新者除僧羯磨尼薩耆波逸提

【緣起】此戒有二制佛在舍衛國時六羣比丘嫌卧具或重或輕或薄或厚不捨故更作新者彼如是常營求卧具藏積衆多知足比丘白佛此初結戒也後時一比丘得乾痟病爲小因緣欲遊人間彼思世尊結戒卧具持至六年若減六年不捨故更作新即犯戒我有糞掃卧具重不堪持行當云何諸比丘白佛佛聽僧與彼白二羯磨作新卧具故加除僧羯磨之語此第二結戒也爲遮不樂用故愛新好者制斯學處

【釋義】文分三節作新卧具持至六年此明創制若減六年不捨故更作新者結成所犯除僧羯磨此明隨開減六年者（僧祇律云不滿六夏也　根本律云雖情不樂應持滿六年）

【結罪】是中犯者若比丘減六年不捨故更作新卧具成者捨墮　作而不成突吉羅　若使他人作成者捨墮　作而不成突吉羅　若爲他人作成不成皆突吉羅

此戒捨懺還卧具及與羯磨作具等法於作持中明若捨卧具竟不還等得罪如上

此戒具足四緣方成本罪一有貪畜心

二持不滿年三非羯磨聽許四作已成

【兼制】比丘尼突吉羅（同制不同學）式叉摩那沙彌沙彌尼突吉羅是爲犯

【隨開】不犯者僧聽及滿六年減六年捨故作新者若復無更自作（謂無故者或失或壞等緣）若他作與若得已成者及最初未制戒等是爲不犯

【會採】僧祇律云故氈現前若捨更作犯（氈即臥具）故氈現前不捨作亦犯　故氈不現前若捨作亦犯　故氈不現前不捨作新成皆捨墮受用越毘尼罪

根本律云若苾芻於此年中作新敷具即於此歲更復造餘造第二時得惡作罪成犯捨墮初造者無犯　雖非同年於第二歲更作餘褥如是三四乃至五年更造新者得罪同前　若於此年中造新敷具未了更復造餘若俱了時云我持前捨棄於後或可持後捨棄於前後犯捨墮先造無犯　若初作未了於第二年乃至三四五年若俱了時捨持前後得罪亦如是

善見律云除僧羯磨者若病未差得隨意作若病差已更發不須更羯磨得用先羯磨

僧祇律云是老病比丘僧羯磨已應當自疏記失受持故氈年月日數病差已還受持此故氈從前滿六年若是比丘病差不還補六年捨墮

此戒大乘同學愛惜信施降伏貪愛故

【附考】根本律云佛在曠野林住處（即曠野國）是時嚴風勁急苾芻患寒知事諸人所有敷

具皆六年持由制戒故不敢造新由忍寒故所有營作悉皆停息佛知已告阿難言凡諸知事營作苾芻畜其敷具雖未滿六年不免寒者彼苾芻應從僧伽乞六年內更作敷具聽僧伽與彼白二羯磨若其僧伽體知彼人是可信者即與其法或令持舊敷具來至僧中若太長者即應截却若太短者以毛添之太寬太狹准事撩理若有破處應將毛補若皆破碎不堪修補者僧應與法作白羯磨

第十五不貼作具戒

若比丘作新坐具當取故者縱廣一磔手貼著新者上壞色故若作新坐具不取故者縱廣一磔手貼著新者上用壞色故尼薩耆波逸提

緣起佛在舍衛國給孤獨園時世尊遣人請食諸佛常法諸比丘受請後徧行諸房見故坐具處處狼籍無人取攝乃令諸比丘作新坐具取故者縱廣一磔手貼著新者上以壞色故六羣比丘不依佛敎世尊種種呵責已與僧結戒爲欲遮其輕賤心故制斯學處

根本律云世尊有因緣不赴請處遣人請食一爲宴默而居二爲諸天說法三爲觀察病者四爲看諸卧具五爲苾芻制戒

僧祇律云世尊以五事利益故五日一按行僧房一者聲聞弟子不著有爲事不二者不著世俗言論不三者不著睡眠妨行道不四者觀病比丘不五者爲年少出家比丘見如來威儀庠序起歡喜心

釋義文分二節若作新坐具當取故者下明其正制若作新坐具不取故者下結成所犯律云作新坐具時若故坐具未壞未有穿孔當取浣染治牽挽令舒裁割取縱廣一磔手帖新者上若貼邊若中央壞色故根本律云爲壞色者欲令受用時得具堅牢故坐具者謂坐時或卧時敷以坐卧亦云隨坐衣爲護身護衣護卧具故聽畜之梵語謂之尼師壇亦云尼師但那也

結罪是中犯者不取故者帖新者上用壞色故而更作新坐具成者捨墮　作而不成突吉羅　若令他作成捨墮　作不成突吉羅　若爲他作成不成皆突吉羅

此戒捨懺還坐具等法於作持中明若捨竟不還等得罪如上　此戒具三緣方成本罪一恣縱貪愛二違制不貼三作新已成

兼制比丘尼突吉羅同制不同學式叉摩那沙彌沙彌尼突吉羅是爲犯

隨開不犯者裁取故者帖新者上壞色故若彼自無得更作新者若他爲作若得已成者若純故者作及最初未制戒等是爲不犯

會採根本律云若以故者徧覆新者若總破碎不堪補貼新者無犯　時諸苾芻不將坐具向餘處宿謂犯離衣佛言我制苾芻不應輒離三衣而宿非謂坐具然諸苾芻不應故心而不持去忘念者無犯　苾芻不應無坐具輒出外行遠者越毘尼罪

十誦律云不應受單尼師壇單作則不堪久用以減施福故不應離尼師壇宿

勒伽論云若離宿不須捨但作突吉羅悔過

律攝云尼師但那應兩重作疊爲三分應截斷作葉與三衣葉同

此戒大乘同學

【引證】善見律云故者下至一經坐是名故也四邊隨取一邊或方或圓取帖新者上若不能帖細擗雜新者上亦得

戒因緣經云取故者緣四邊以亂其色

薩婆多論云取故敷具最長者廣中取一磔手長裂隨廣狹分作緣周帀緣之

五分律云取故者貼新坐具四角

【附考】詳稽諸部作尼師壇令以故者緣於四邊帖於四角蓋爲壞色去好故堅牢久用故爲護身衣卧具故爲止貪重惜信施故今時作具皆取雜色新財緣貼四邊四角者愈增貪好之心過費信施之物况復妄謂四角而爲四天王耶

南海寄歸内法傳云禮拜敷具五天所不見行然律制所須者但擬眠卧之時護他氊席若用他物新故並須安替（代也）如其已物故則不須勿令汚染虧損信施非爲禮拜南海諸僧人持一布長三五尺疊若食巾禮拜用替膝頭行時搭在肩上西國苾芻來見咸皆莞爾而笑也（文）准寄歸所論疑是五竺邊僧昔時先入華夏訛規遺效久習成風倘入叢林不免隨衆要知展具禮拜非律正制若作敬重法衣想庶宥遣敎之愆原夫禮拜意在自卑以表至敬理無敷具盛體而自重也然更有無慚之輩

揀好紬綾配色衒美而令侍者展敷撩衣以禮大聖若此乃慢上惑愚其罪何以迯之

第十六遠持羊毛戒

若比丘道路行得羊毛若無人持得自持乃至三由旬若無人持自持過三由旬尼薩耆波逸提

【緣起】佛在舍衛國給孤獨園時跋難陀道路行多得羊毛貫杖頭上擔行諸居士見皆共嫌責言沙門釋子云何販賣羊毛諸比丘聞已白佛結戒因譏嫌故制斯學處

【釋義】文分二節在道路行得羊毛下明其止制若無人持自持過三由旬下結成所犯律云若在道路行若在住處得羊毛須者應取（或他施得或糞掃得）若無人持（謂無淨人及餘白衣）得自持乃至三由旬（大約百里之途）若有人持應語彼人言我有此物當助我持乃至彼比丘於中間不得助持（謂既有淨人爲持比丘自不得於中路復助彼持而輕僧體）

結罪是中犯者若比丘自持過三由旬捨墮令餘人持若於中間助持突吉羅　若令比丘尼持過三由旬突吉羅　若令式叉摩那沙彌沙彌尼持過三由旬突吉羅　除羊毛若持一切草葉麻等過三由旬突吉羅　若復擔餘物著杖頭行者突吉羅

此戒捨懺還羊毛等法於作持中明若捨竟不還等得罪如上　此戒具三緣方成本罪一是羊毛二自持過制三心有貪著

【兼制】比丘尼突吉羅（同制不同學）式叉摩那沙

彌沙彌尼突吉羅是爲犯

【隨開】不犯者若持至三由旬若減三由旬若有人與持中間更不助擔若使比丘尼及下三衆擔三由旬若擔毳裝（獸毛褥細者）毳繩若擔頭項脚毛若作帽若作裹革屣及最初未制戒等是爲不犯

【會採】僧祇律云若比丘持羊毛著道行至一由延有所忘還取取已還至本處即滿三由延不得復過過者捨墮　若一由延半忘物得還還已不得復去去者捨墮若直行齊三由延過一脚越毘尼罪過兩脚捨墮　若二人各有擔齊三由延已轉易各復得三由延三人九由延四人十二由延若如是衆多人隨人爲限唯不得更重擔

五分律云得使淨人擔若無人乃聽自持不得擔擔頭戴背負犯者突吉羅

此戒大乘同學

第十七使尼染羊毛戒

若比丘使非親里比丘尼浣染擘羊毛者尼薩耆波逸提

【緣起】此戒有二制佛在釋翅搜迦維羅衛尼拘律園時六羣比丘作新卧具使大愛道比丘尼浣染擘羊毛染色汚手往禮世尊世尊見已問知其故訶責六羣此初爲僧結戒也是後諸比丘各自有疑不敢使親里尼浣染擘羊毛佛更開之故有第二結戒也由自貪愛廢他正修制斯學處乃初篇婬根本種類

【釋義】律云非親里如上浣者下至一入水

染者乃至一入染汁擘者下至以手擘一片（擘音伯撝也分擘也謂分析揀理）

【結罪】是中犯者若使非親里尼浣染擘羊毛各一捨墮　若彼浣染而不擘二捨墮一突吉羅　若浣不染而擘二捨墮一突吉羅　若不浣而染擘二捨墮一突吉羅　若彼不浣染擘三突吉羅　使非親里沙彌尼式叉摩那浣染擘突吉羅

此戒捨懺還羊毛等法於作持中明若捨竟不還等得罪如上　此戒具三緣方成本罪一是羊毛二是非親里尼三如語作竟

【兼制】比丘尼突吉羅（同制不同學）式叉摩那沙彌沙彌尼突吉羅是爲犯

【隨開】不犯者使親里比丘尼浣染擘若爲病人浣染擘若爲衆僧爲佛爲塔浣染擘及最初未制戒等是爲不犯

【會採】根本律云若於尼作非親想或復生疑令作三事揀理羊毛並得惡作

此戒大乘同學

【附考】薩婆多論云與諸比丘結戒者爲增上法故若諸尼衆執作浣染廢息正業則無威德破增上法又爲止惡法次第因緣又爲二部衆各有淨法

第十八受金銀戒

若比丘自手捉錢若金銀若教人捉若置地受者尼薩耆波逸提

【緣起】佛在羅閱城靈鷲山中時城中有一大臣與跋難陀親舊知識彼於異時大得猪肉即敕其婦留分與之時城中節會日

作衆伎樂竟夜不眠時大臣兒亦在其中竟夜不眠饑乏問母有殘肉不母言肉盡唯有跋難陀分在兒即取五錢與母言持此錢更市肉與之此肉與我晨朝跋難陀著持衣鉢詣大臣家就座而坐時大臣婦語其故跋難陀言若爲我故可與我錢不須肉彼即置錢於地與時跋難陀持錢寄市肆而去王臣居士皆共譏嫌言沙門釋子不捨金銀錢寶時有珠髻大臣而具威勢善能解釋令諸人衆殄息譏嫌歡喜信解即往禮佛以此因緣啓白佛告大臣如汝所說於正法中多有所益無有遺失何以故沙門釋子捨離珍寶不著飾好若應捉金銀錢寶則應受五欲若受五欲非沙門釋子法若見沙門釋子以我爲師而捉金銀錢寶則決定知非沙門釋子當知日月有四患不明不淨不能有所照亦無威神云何爲四阿修羅烟雲塵霧是日月大患沙門婆羅門亦有四患不明不淨不能有所照亦無威神云何爲四不捨飲酒不捨婬欲不捨手捉持金銀不捨邪命自活諸比丘聞其中有少欲知足者嫌責跋難陀已白佛結戒此是遮罪爲止誹謗故爲滅鬪諍故爲成聖種故制斯學處乃初篇盜根本種類

【釋義】律云錢者上有文象（其錢外圓象天內方象地以國王之號居中以象天地生人也）金銀者（薩婆多論云重寶金銀牟尼真珠珊瑚硨磲碼瑙此諸寶等若作若不作若相若不相作者以寶作諸器物不作者但是寶不作器物相者作器寶或作字相或作印相不相者不作器寶不作字相不作印相）教人捉者（教人爲已捉）置地受者（不從他手授而得他）

置地特受取雖非自捉亦非教人捉他置地而受皆由貪畜心故是以俱制

結罪是中犯者若比丘自手捉金銀若錢若教人捉者若置地受皆捨墮

此應捨是中捨者若彼有信樂守園人或優婆塞當語言此是我所不應汝當知之此是對俗捨寶法對彼俗人如是捨已其墮罪對一淨比丘說悔於作持中明若彼人取還與比丘者比丘當爲彼人物故受敎淨人使掌之若得淨衣鉢尼師壇鍼筒應持貿易受持之此作他物想毫無自畜心縱得衣物名曰爲淨仍須持向同梵行者是何物應換何物受持而令淨之更淨者蓋爲蕩盡貪愛之念不存金銀之想也若彼優婆塞取已與比丘淨衣鉢尼師壇鍼筒應取持之此是俗還寶法由彼淨人知法取已見比丘所闕衣具即爲造送比丘得之不必貿易此乃合特清淨即便受持若彼取已不還者令餘比丘語言佛有敎爲淨故與汝應還彼比丘物此是俗不還寶法言佛有敎者謂是佛制而令比丘方便淨寶之法非實與汝爾若餘比丘不語者當自往語言佛有敎爲淨故與汝汝今可與僧與塔與和尚與同和尚與阿闍黎與同阿闍黎與諸同學親舊知識若還本主何以故不欲使失彼信施故若不語彼人知是看是者突吉羅知是看是即說淨法

此戒具三緣方成本罪一有貪慢心二是金銀錢寶三非淨語受持

兼制比丘尼捨墮同制同學式叉摩那沙彌沙彌尼突吉羅是爲犯

隨開不犯者若語言知是見是若彼有信樂守園人乃至不欲令失彼信施即上捨中全文及最初未制戒等是爲不犯

第三分云有比丘在塚間得錢自持來佛言不應取彼比丘須銅佛言打破壞相然

後得自持去

會採僧祇律云病人得使淨人畜莫貪著若犯捨墮物僧中捨已不得還彼比丘僧亦不應分若多者應著無盡物中無盡物即四方招提物也所生息利得作房舍中衣即僧房卧具帳幔不得食用　比丘凡得錢及安居訖衣直不應自取當使淨人知若無淨人指脚邊地語言是中知著地已自用草葉塼瓦等遮擲覆上待淨人來令知　隨國土中所用若銅錢鐵錢胡膠錢皮錢竹籌悉不應捉　或有國土所用相不成就或相成就國土不用捉者皆越毘尼罪　國所不用相不成就作銅鐵捉無罪

五分律云僧應白二羯磨差一比丘作棄金銀及錢人彼比丘應棄此物著坑中火中流水中曠野中不應誌處若捉著餘處不得更捉彼比丘不應問僧此物當云何僧亦不應教作是作是　若不棄不問而使淨人貿僧衣食與僧僧得受若分者唯犯罪人不得受分　不犯者雖施比丘比丘不知淨人受之爲買淨物　有諸比丘欲遠行從長者索道糧彼即使人賫金銀錢物送之既至所在所長甚多使還白主主言我已爲施不應還取汝可持至僧房施僧佛言聽淨人爲僧受之以易僧所須物諸比丘不應知事

十誦律云自手取寶若少應棄若多設得同心淨人應語言我以不淨故不應取汝應取淨人取已語比丘言此物與比丘比丘言此是不淨物若淨當受　若不得同

心淨人應作四方僧卧具應入僧中言諸大德我自手取寶得波逸提罪我今發露不敢覆藏悔過僧應問汝捨是寶不答言已捨僧應問汝見罪不答言見罪僧應語言後莫復作　若言未捨僧應約敕令捨若不約敕一切僧得突吉羅罪　若約敕而不捨是比丘突吉羅

根本律云若爲修營房舍等事應求草木車乘人工不應求金銀錢等　若捉方國共所用錢犯捨墮　若捉非方國所用錢得惡作罪　若捉赤銅鍮石銅鐵鉛錫者不犯　若有他施衣價欲須便受受已即作彼人物心而持畜之應委寄淨人使持不應自捉　若無淨人持物對一苾芻作如是語具壽存念我某甲得此不淨物我當持此不淨之物換取淨財如是三說隨情受用勿致疑心　若復僧寺有賊驚怖所有墖僧金銀錢寶應牢藏舉方可移去若無深信淨人居士應使求寂求寂亦無比丘自手穿坑藏舉如我爲難所開事者難去之後則不應行

律攝云若他物自他物得墮無捨（自他物謂共他人者）　若夏坐時安居施主持衣價與苾芻衆即作委寄此施主心而受取之諸苾芻應求敬信人若寺家淨人若鄔波索迦爲淨施主（此乃請金寶穀米淨施主法於作持中明）　苾芻若得金寶等物時作施主物想執捉無犯擬相去遠得不淨物遥作施主物心持之乃至施主命存已來並皆無犯　若無施主可得者應持金銀等物對一苾芻言具壽存念我

苾芻某甲得此不淨財當持此不淨財換取淨財如是三說應自持舉或令餘人舉之按懷素師所集四分僧羯磨中亦采取此法今在東震末世誠爲易行方便是故作持之中遵奉此也若苾芻於行路中得金銀等爲道糧故應自持去或令淨人等及求寂持去應知求寂於金銀等但制自畜不遮執捉

此戒大乘爲衆生故聽受然須淨人掌舉設無淨人者必也心無染著存施兩田自捉可爾若貪心自畜不行利濟即是多欲不知足名染汚犯

【引證】緇門警訓引鈔云一田宅園林二種植生種三貯畜穀帛四畜養人僕五養繫禽獸六錢寶貴物七氈褥釜鑊八象金飾牀及諸重物此之八名經論及律盛列通數顯過不應又律經言若有畜者非我弟子五分亦云必定不信我之法律由此八種皆長貪壞道汚染梵行有得穢果故名不淨也乃至云律中在事小機意狹故多開畜涅槃經云若諸弟子無人供須時世饑饉飲食難得爲欲護持建立正法我聽弟子受畜金銀車乘田宅穀米貿易所須雖聽受畜如是等物要須淨施篤信檀越會正記云上明大乘機教俱急下明小乘機教俱緩律在事者違事故輕則顯經宗於理違理故重小機意狹不堪故開反上大乘堪任故重世人反謂小乘須戒大教通方幾許誤哉

【附考】善見律云受施用有四種法一者盗用若比丘無戒依僧次受施飲食是名盗

用二者負債用若比丘受人飲食衣服房舍牀席卧具若有聰明智慧信心出家者至受食時口口作念乃至受用卧具亦應作念若鈍根者未食時作一念受用衣時應朝先作一念若不爲障寒障熱障慚耻而用衣若不爲饑渴病疾而受飲食湯藥是名負債用若受飲食衣服不先作念突吉羅三者親友用謂七學人受用施物如子受父物無異是名親友用四者主用謂真人羅漢受用施物於四種受用中盜用最惡

復有四種受用一者有慚愧用謂無慚愧人親近有慚愧人受用無罪二者無慚愧用謂有慚愧人親近無慚愧人是名無慚愧受用得罪有慚愧人親近無慚愧人後必隨其作惡故名無慚愧人無慚愧人親近有慚愧人必當改惡修善是名有慚愧人三者有法用謂有慚愧人依法而得四者無法用謂無慚愧人不依法得如得此物如得毒藥無異

僧祇律云有一比丘将一沙彌歸看親里路經曠野中有非人化作龍形右遶沙彌散華讚言善哉大得善利捨家出家比丘到親里家問訊已欲還時親里婦言汝今還去道過多乏可持是錢市易所須沙彌受取繫著衣頭中道非人復化作龍左遶沙彌以土坌上說如是言汝失善利出家修道而捉錢行沙彌便啼比丘顧問其故答言我不憶有過無故得惱師言汝有所捉耶答言持是錢來師令棄巳非人復來

如前供養比丘以是因緣白佛佛言從今不聽沙彌持金銀錢若比丘使沙彌最初捉金銀錢者越毘尼罪若見沙彌先已捉後使捉者無罪

毘尼止持會集卷第七

音義

舍衛城 或云舍婆提此翻聞物謂寶物多出此城又翻豐德天台云舍衛城又名舍婆提者昔有二仙弟名舍婆此云幼小兒名阿跋提此云不可害合此二人以名城也善見律云舍衛者見道士名也昔有道士居住此地往古有王見此地好就道士乞爲立國以道七名號爲舍衛又名多有謂諸國珍寶及雜異物歸聚此國故名多有西域記云室羅伐悉底國舊云舍衛國譌也中印土境周六千餘里宮城周二十餘里穀稼豐氣序和風俗淳質篤學好福是勝軍大王所治國都也

跋難陀 此翻賢喜或云優波難陀或云鄔波難陀此翻近喜於六羣中最爲貪者

緻 音智

近圓 即受具足戒也圓謂涅槃若能受持二百五十淨戒爲因不毀則近於湼槃果

襆物頊 上音僕帊也帛三幅曰帊頊乃俄頊謂似以帊裹物之少頊也

蠶蛹 蠶絲蟲也三俯三起二十七日而老黃帝元妃西陵氏始養蠶爲絲下音勇繭蟲也蠶化爲蛹蛹化爲蛾

拘遮羅 未見翻譯恐即具薛摩此云華

閒絅 間去聲絅音巡紡縷也

南岳道休二師 南岳慧思禅師少以慈恕聞於閭里常夢梵僧勸出俗乃辭親入道及稟具常習坐禪得宿命通後悟法華三昧最上乘門於陳光大六年將四十僧徑趨南岳乃告曰吾寄此山止期十載必事遠遊師習慈忍奉菩薩三聚戒衣服率布寒則加之以艾　釋道休恒以頭陀爲業住雍州新豐福緣寺南巖山幽谷結草爲庵一坐七日乃出其定出山乞食施說禁戒誨人慈善如是積四十年貞觀三年夏內依期不出端拱而卒然休師出家已來常但三衣不服縟纊以傷生也所著布衣積有年稔塵朽零破見者心寒南山宣律師云余曾參翻譯親問西域諸僧皆以布氈而爲袈裟都無縟絹者縱用以爲餘衣不得加受持也其龜茲於遺諸國見今養蠶唯擬取綿亦不殺害故知休之慈救與衛岳同風

離車子 善見律云往昔波羅奈國王夫人懷姙月滿生一肉段無有手足恐王見知必生惡賤即取盛貯器中打金作薄以朱砂書題云是波羅柰國王夫人所生蓋覆器頂以王印印之使人送放江中棄江流巳諸鬼神營護使無風浪飄沒爾時有一道士依止牧牛人住於江邊道士清朝往江邊澡

面遙見此器洗已而取又見金薄朱字復見王印印之便開器看唯見一肉段而作念云若是死肉久應爛臭必有異相取將歸住安於好處過半月已而成兩片復經半月二片各有五胞又却後半月一片成男如黃金色一片成女如白銀色道士見如是瑞相已心生愛重如自生子以慈心力故兩手母指自然出乳一指飲男一指飲女乳入子腹譬清水入摩尼珠內外明徹道士號兒名離車子此翻皮薄亦名同皮後時放牛人來乞道士迎此二子供養年十六歲又見地平博處縱廣一百由旬起立舍宅以男立爲王女爲夫人於後女人生兒王子漸多復各開立舍宅造諸園池故號毘離城爲離車子所居而離車是其種姓正音應云栗呫婆此云仙施王種也

狼藉 狼乃獸名似犬銳頭白頰高前廣後其性多貪故曰貪狼踐穢其草使之雜亂故曰狼藉

釋翅搜迦維羅衛尼拘律園 釋翅搜此云能也迦維羅衛此云赤澤總謂能仁住處赤澤城也鼻奈耶云釋翅搜者釋種也伽維羅衛亦云迦毘羅衛又翻赤澤又翻黃頭尼拘律如大房戒釋此園在赤澤城南三四里是釋迦如來成等正覺巳還國見父王爲說法處時淨飯王知佛不住王宮即於此園造大寺院如祇陀林等無有異迎佛歸國於此而住佛即於此度八王子及五百釋種出家入道八王子者除第九優婆離是也

珠髻大臣 或云寶髻或云如意頂髮其義一也梵語摩尼此云如意珠摩尼是寶之總名此大臣是王舍城聚落主

日月四患 謂阿修羅烟雲塵霧四種也或爲五患以烟雲分爲二患如毘婆沙論云日月輪五翳所翳不明不照不廣不淨一雲如盛夏時有少雲起須臾增長徧覆虛空障日月輪俱令不現二烟如林野中焚燒草木卒爾烟徧覆虛空障日月輪俱令不現三塵如亢旱時大風旋擊叢塵卒起徧覆虛空障日月輪俱令不現四霧如秋冬時山河霧起又聞外國雨初晴時日照川原地氣騰湧霧霏布散徧覆虛空障日月輪俱令不現五阿修羅與天鬬時天用日月以爲旗幟由日月威天常勝彼時阿修羅常心忿日月欲摧滅之由諸有情業增上力盡其智術不能摧壞遂以手遮令暫隱沒亦名曷邏呼阿索洛曷邏呼是阿修羅名也

鍮石 銅似金也

鉛 青金也有銀處有之

七學人 謂四向及初二三果人三界煩惱未斷盡故名七學人

毘尼止持會集卷第八

清金陵寶華山弘律沙門讀體集

第十九賣買寶物戒

若比丘種種賣買寶物者尼薩耆波逸提

【緣起】佛在王舍城耆闍崛山時跋難陀往市肆上以錢易錢將去諸居士見已皆譏嫌有少欲比丘聞知白佛結戒由貪慢煩惱制斯學處乃初篇盜根本種類

【釋義】律云種種賣買者以成金未成金成銀未成銀（根本律云成者謂金銀等器未成者謂金銀鋌及碎金銀）及錢錢有八種金錢銀錢鐵錢銅錢白鑞錢鉛錫錢木錢胡膠錢

【結罪】是中犯者若比丘種種賣買寶物以成金易成金乃至易錢捨墮

此應捨是中捨者准上捉寶戒無異（三十尼薩耆波逸提唯有二十七種還法其第十一雜野蠶綿作卧具第十八自捉寶並此戒無還法於作持中明）此戒具三緣方成本罪一有貪慢心二畜寶轉易三轉易已成

【兼制】比丘尼捨墮（同制同學）式叉摩那沙彌沙彌尼突吉羅是為犯

【隨開】不犯者若語彼人言看是知是乃至若還與本主何以故不欲令失信施故（與上戒文同故不全錄）若以錢貿瓔珞具若以瓔珞具易錢為佛法僧及最初未制戒等是為不犯

此戒大乘同制

【引證】律攝云若為三寶出納若施主作無盡藏設有馳求並成非犯然此等物出利之時應一倍納質求好保證明作契書年終之日應告上座及授事人皆使同知或

復告彼信心鄔波索迦

根本律云時諸苾芻得無盡物置房庫中時施主來問言聖者何意毘訶羅（此云寺）仍不修補報言為無錢物主曰我豈不施無盡物耶報言其無盡物我豈食之安僧庫中今現在主曰其無盡物不合如是我之家中豈無安處何不廻易求生利耶時諸苾芻以此因緣白佛佛言若信心居士等為佛法僧故施無盡物此三寶物應廻轉求利所得還於三寶而作供養時諸苾芻即與彼原施主索利之時多與諍競便作是語豈我已物生鬬諍耶又共富貴者而為出息索物之時恃官勢故不肯相還復共貧人而為出息索時無物佛言不應共施主富貴人貧人而交易若與物時應可分明兩倍納質書其券契并立保證記其年月安上座名及授事人字假令信心鄔波索迦受五學處亦應兩倍而納其質（根本令兩倍納質律攝云一倍納質二律皆義淨師所譯事豈弗同恐後人傳寫之誤二倍想是一倍將豈當准律攝也）

薩婆多毘婆沙云此戒體正應言種種用寶不得言種種賣買此戒亘往成罪不同販賣戒販賣戒為利故買已還賣成罪

第二十販賣戒

若比丘種種販賣尼薩耆波逸提

緣起　佛在舍衛國給孤獨園時跋難陀在拘薩羅國道行往一無住處村（謂此村無有僧伽藍）至村中已持生薑易食而去時舍利弗亦遊行至此乞食至賣飯家彼即索價報言居士勿作此言我等所不應時彼人言向

者跋難陀以生薑易食而去云何不應又舍衛城中有一外道得一貴價衣持至僧伽藍貿易跋難陀言明日來彼善能治衣即其夜浣故衣擣治光澤如新晨朝易之外道得衣還所止園中示諸外道中有智慧者語言汝為彼所欺汝是新衣廣大堅緻此是故衣但擣治光澤如新耳此外道即持衣欲相還跋難陀不允外道譏嫌諸比丘聞知白佛結戒由非法貪制斯學處乃初篇盜根本種類

【釋義】律云種種販賣者（賤買貴賣曰販）以時易時以時易非時易七日易盡形壽易波利迦羅以非時易非時易七日盡形壽及時等乃至以波利迦羅易時非時等賣者價直一錢數數上下增言直三錢五錢買亦如是

【結罪】是中犯者若比丘種種販賣得者捨墮　不得突吉羅

此戒捨懺還物等法於作持中明若捨竟不還等得罪如上　此戒具三緣方成本罪一有貪利心二是販賣三販賣已成

【兼制】比丘尼捨墮（同制同學）式叉摩那沙彌沙彌尼突吉羅是為犯

【隨開】不犯者與五眾出家人貿易自審定不相高下如市易法不與餘人貿易（餘人謂外道及在家白衣等）若使淨人貿易若悔者應還若以酥易油以油易酥及最初未制戒等是為不犯

【會採】僧祇律云若自問價若教人問價若自上價若使人上價若自下價若使人下

價作不淨語時越毘尼罪得時捨墮　若肆上物先有定價比丘持直來買置地時應語物主言此直知是物若不語默持去越毘尼罪　若彼物應直五十而索百錢比丘言我以五十知是如是求者不名為下　若知前人欲買物不得抄買買者越毘尼罪　若見賣鉢時作是念此鉢好至某方當得利買時越毘尼罪若作是念我有是物無有淨人此是淨物得買去無罪到某方或和尚阿闍黎所須或自為病或作功德買去本不為利臨時得貴價賣無罪　若比丘糴穀時作是念此後當貴糶時越毘尼罪糶時捨墮若恐某時穀貴我今糴此穀當依是得誦經坐禪行道到時穀大貴若食長與和尚阿闍黎若作功德餘者糶得利無罪　若營事比丘雇一切作人賃車馬人船等作不淨語者皆越毘尼罪　若比丘為僧直月行市買酥油糴米豆麥求一切物時作不淨語越毘尼罪若自為買如是等一切不作淨語捨墮

若比丘市買時得呵嫌說實前人物此好此惡若麤若細斗秤大小香臭等無罪有檀越為比丘故與店上錢語言若某甲比丘日日來有所索從意與彼比丘後來索時作淨不淨語無犯

五分律云若欲貿易應使淨人語言為我以此物易彼物又應心念寧使彼得我利我不得彼利　若自貿易應於五衆中若與白衣貿易突吉羅

根本律云若為利買不為利賣買時惡作

賣時無犯　若不為利買為利賣買時無犯賣時捨墮　若向餘方買物而去元不為利到彼賣時雖得利無犯

律攝云若買賣時不依實說或以偽濫斗稱欺誑於他得妄語罪獲物之時便犯盜罪凡持財物欲買賣時先須定意無求利心隨處獲利悉皆無犯　設為三衣不應規利而作販賣　若現前衆物欲賣之時上座應先為作本價不可因斯唱斷應取末後價極高者方可與之　若實不欲買妄增他價得惡作罪　唱得衣時未還價直便著者得惡作罪

尼陀那云苾芻不應為俗人斷價不應酬價高下若無俗人代酬應可二三得自酬價過此得惡作罪

十誦律云以此不淨物買食口口突吉羅　買衣著隨著波逸提　若共貿物前人心悔應還若過七日　應還　若以減價索他貴衣突吉羅　若必須是物三索不肯者應覓淨人使買

此戒大乘同制

引證薩婆多毘婆沙云此販賣罪於一切波逸提中最是重者寧作屠兒不為販賣何以故屠兒正害畜生販賣一切欺害不問道俗賢愚持戒毀戒無往不欺又常懷惡心設若居穀心恒希望使天下荒餓霜雹災害若居鹽貯積物意常企望四遠反亂王路隔塞夫販賣者有如是惡此販賣物設與衆僧作食衆僧不應食若作四方僧房不應住中若作塔作像不應向禮又

云但佛作意禮凡持戒比丘不應受用此物若此比丘死此物衆僧應羯磨分問曰不死時不受用此物何以死便羯磨答曰此販賣業罪過深重若生在時衆僧食用此物者雖復犯戒有罪僧福田中故與受用以受用故續作不斷是僧福田中不聽受用今世無福後得重罪以此因緣不敢更行比丘既死更無販賣因故是故聽羯磨取

第二十一畜長鉢戒

若比丘畜長鉢不淨施得齊十日過者尼薩耆波逸提

【緣起】此戒有二制佛在舍衛國給孤獨園時六羣比丘畜鉢好者持不好者置如是常覓好鉢遂畜甚多衆居士詣房觀見譏嫌如陶師賣鉢肆諸知足比丘聞已白佛此初結戒也時阿難得蘇摩國貴價鉢（此國之鉢色青好如閻浮樹）意欲與大迦葉而迦葉不在畏犯畜長鉢往白世尊佛問迦葉更幾日當還報言却後十日當還由是聽畜齊十日此第二結戒也由情貪積聚增長煩惱妨修正業為遮斷故制斯學處

【釋義】律云鉢有六種鐵鉢蘇摩國鉢烏伽羅國鉢優伽賒國鉢黑鉢赤鉢大要有二種鐵鉢泥鉢大者受三斗小者受一斗此是鉢量（梵語波呾囉或云鉢多羅此翻為鉢也義翻應器謂體色量三皆須應法也體者泥及鐵也色者熏作黑赤色或孔雀咽色或鴿色也量者如律所分大小也）薩婆多論云諸論師有種種異說然以一義為正鉢者三種上者受三鉢他飯一鉢

他羹餘可食物半羹 下者受一鉢他飯半鉢他羹餘可食物半羹上下兩間是名中鉢 梵語鉢他此翻云升三鉢他飯可秦升二升秦升止有今之七合一鉢他羹餘可食物半羹者是一鉢他半也受食之時留鉢上空處不得太滿須令指不觸食為善

【結罪】是中犯者若比丘一日得鉢二日三日四日乃至十日得鉢畜至十一日明相出十日中所得鉢盡捨墮

若十日內超間得或但一日得若不作淨施若不遣與人若不失若不故壞若不作非鉢（謂棄捨之不作受持應用）如長衣戒中所明皆犯捨墮

此戒捨懺還鉢等法於作持中明若捨竟不還等得罪如上 此戒具三緣方成本罪一是長鉢二有貪畜心三過十日

【兼制】比丘尼捨墮（同制同學）式叉摩那沙彌沙彌尼突吉羅是為犯

【隨開】不犯者十日內若淨施若遣與人若劫奪想失破漂等想若失鉢燒鉢取用（謂熏時火性燒壞）若與他用若受寄鉢比丘死若遠行若休道若被賊獸水漂等難不遣與人及最初未制戒等是為不犯

第三分云鍵鎡小鉢次鉢聽不淨畜

第四分云比丘不應畜木鉢此是外道鉢若畜如法治（越毗尼罪也）不應畜石鉢此是如來法鉢若畜得偷蘭遮 不應畜金銀雜寶香鉢是白衣法若畜得突吉羅 聽受鐵鉢如法熏治

【會採】僧祇律云不聽鉢中安隔若以餅隔及飯隔者無犯

十誦律云鉢是恒沙諸佛幖幟比丘不得盛不淨物

五分律云持鉢應如法不得除糞掃盛殘食盛過中飲盛香及藥當淨舉謹護如眼過中不得用鉢飲聽飲器用銅鐵瓦聽別作歠粥器　若得二鉢應問和尚阿闍黎此二鉢何者勝若二師不善分別應各五日用自勝者受持不如者與人

善見律云若買他鉢未還直不得受持若鉢主言但用然後還直鉢主雖作此語亦不得受持還直然後受持（此謂市易之人恐言不定價有增添凡比丘與俗交易必先决斷分明免致譏諍）若買鉢已度直竟鉢主為熏竟報比丘比丘不往取過十日犯捨墮　若鉢主熏竟他人知傳向比丘道比丘雖聞過十日不犯

摩得勒伽云若比丘有一鉢不受持犯捨墮

律攝云若減量若過量若擬與人出家近圓濟其所用雖不分別無犯（不分別謂滿十日不滿也）若貯羹菜或飲水畜二小鉢及安鹽盤子並匙悉皆無犯　又於大鉢之中隨容小鉢若順所須多畜非犯　應更畜一大鉢防闕事故此異外道縫葉為器或於手內立拱而食難養難供非福田相世尊許一非多非少善順中道資身修業

薩婆多論云若畜白鐵鉢瓦鉢未燒一切不應量鉢突吉羅（律攝云若順所須多畜非犯乃必用之具縱多亦有分限故開此中若畜白鐵等鉢結成所犯者既非堪用之物而仍積畜則慳貪）

至極故爾治之然犯實在於心非在於物也

此戒大乘為衆生故不同學

【會採】第四分云不應鉢中畫蒲萄蓮華像及作卍字作已名字　不應纏鉢四邊若口不應都縵纏鉢應縵兩分留一分若有星孔應盡縵食入孔中隨可擿出便擿出餘者不可出無犯　聽作囊盛作帶絡肩挾鉢腋下令口向外因比丘挾鉢腋下鉢口向脇道行遇兩脚跌倒地鉢隱脇遂成患故制口向外今時謂入里乞食則口向外若受食已則口向脇斷乃謬傳無本可據鉢破聽補綴　若作鉢者出家聽為諸比丘作鉢聽畜作具聽熏鉢應作熏爐若釜若瓨種種泥塗以杏子麻子泥裏以灰平地作熏鉢場安支以鉢置上鉢爐覆上以灰壅四邊手按令堅若新牛糞壅四邊燒之當作如是熏

薩婆多論云佛初出世衆僧無鉢佛敕釋提桓因令天巧工作十萬鉢在於世間肆上　梵語鍵鎡母論譯為淺鐵鉢十誦律云鉢半大鍵鎡小鍵鎡本律云鍵鎡入小鉢小鉢入次鉢次鉢入大鉢據鍵鎡乃四鉢中之最小者一往律家云一鉢三鐼稽考諸部曾無此說其鐼字海篇音墳鐵也又音餙也又音奔平聲木器也雖字彙音訓亦鐵屬也

第二十二畜鉢求好戒

若比丘畜鉢減五綴不漏更求新鉢為好故尼薩耆波逸提彼比丘應往僧中捨展轉取最下鉢與之令持乃至破應持此是時

【緣起】佛在舍衛國給孤獨園時跋難陀鉢破入舍衛城向居士求鉢時居士即市鉢

與復至諸居士家亦如是求破一鉢得衆多鉢異時諸居士於一處集各各自言得福無量以市鉢與跋難陀故由是諸居士皆共譏嫌無有慚愧破一鉢而得多鉢畜雖施者無厭而受者知足諸比丘聞知白佛結戒由情貪好故增長煩惱招世譏嫌制斯學處

【釋義】文分三節若比丘下明故犯結罪彼比丘下明僧中捨法乃至下明守護綴鉢法律云五綴者相去兩指間一綴（綴者聯綴之謂）（合著連補減五綴不漏者謂現前守持之鉢雖破補綴尚未滿五盛貯羹飯不漏仍堪受用行持而為貪新好勝妙故更從他人乞求第二鉢也）

【結罪】是中犯者若比丘鉢破減五綴不漏更求新鉢捨墮　若滿五綴不漏更求新鉢者突吉羅　此應捨是中捨者彼比丘應於此住處僧中捨（揀非餘住處）捨已懺悔竟僧應羯磨與鉢此比丘鉢若貴價好者應留置取最下不如者白二羯磨與之白二羯磨已彼比丘鉢應作白次第問僧當持與上座若上座欲取此鉢與之應取上座鉢與次座若與彼比丘彼比丘應取不應護衆僧故不取（謂應取即取不必廻護衆僧）亦不應以此因緣受持最下鉢若受突吉羅（此謂衆僧不應以此行有犯鉢因緣而故受持最下鉢來集欲換彼好鉢若受來者先存貪好之心豈為清淨衆所以治罪此於根本律中顯本部文畧義隱）若第二上座取此鉢應取第二上座鉢與第三上座若與彼比丘彼比丘應受不應護衆僧故不受不應以此因緣受持最下鉢若受突吉羅　如是展轉乃至下座若持此比丘鉢還此比丘若持最下座鉢與之

此戒捨懺及還鉢行鉢付鉢單白白二羯磨等法於作持中明（准根本律差一五德人行鉢有白衆法亦補作持內）彼比丘守護此鉢不得著瓦石落處不得著倚杖下及著倚刀下不得著懸物下不得著道中不得著石上不得著果樹下不得著不平地比丘不得一手捉兩鉢除指隔中央不得一手捉兩鉢開戶除用心不得著戶閫內戶扉下不得持鉢著繩牀木牀下除暫著不得著繩牀木牀間不得著繩牀木牀角頭除暫著不得立蕩鉢乃至足令鉢破比丘不得故壞鉢不應故令失若故壞不應作非鉢若捨竟不還等得罪如上　此戒具三緣方成本罪一有貪積心二受持鉢減綴不漏三乞求好鉢已得

【兼制】比丘尼捨墮（同制同學）式叉摩那沙彌沙彌尼突吉羅是為犯

【隨開】不犯者五綴漏若減五綴漏更求新鉢若從親里索若從出家人索若為他索他為已索若不求而得若施僧得鉢時當次得若自有價買畜及最初未制戒等是為不犯

【會採】根本律云若苾芻鉢破堪為一綴雖未安綴尚得受用更求餘鉢者求時犯惡作　得便犯捨墮

律攝云非好好想但得惡作　好與不好作不好想無犯

僧祇律云是持綴鉢比丘若故打破犯波逸提　若和尚阿闍黎及知識等憫其洗鉢妨道藏去不見已更乞無罪　乞得一

鉢應受持若得兩鉢一鉢入僧淨厨乃至得十鉢九鉢入僧淨厨（僧淨厨乃白羯磨所結淨地非今之厨也）如得鉢亘亦如是

薩婆多摩得勒伽云若乞得衆多鉢應捨一意所貪樂者餘者應與同意

此戒大乘同學

附考　律攝云有五種鎔瀉物不應用綴鉢謂黑糖黃蠟鉛錫紫礦（根本律云此五種著熱物時便脫落）有五種綴鐵鉢法一以細釘塞孔二安小鐵片打入令堅三如魚齒四邊鉸破內外相夾四以鐵片掩孔周圓釘之五用屑末此有二種一銼鐵末二磨石末初補鐵鉢次補瓦鉢用末綴時以油和末於鐵鉢中用鐵鎚熱研方用塞孔即以微火燒之使硬若麤澀者更以油塗依法熏之若瓦鉢有孔隙者用沙糖和泥塞之以火乾炙若疊破者刻作鼓腰以鐵鼓填之上以泥塗火熏應用泛論鉢者有四圓滿一體圓滿謂是鐵也二相圓滿謂堅牢無穴無綴不受垢膩三量圓滿謂是大鉢四得處圓滿謂衆中分得或施主處得

第二十三非親織衣戒

若比丘自乞縷線使非親里織師織作三衣者尼薩耆波逸提

緣起　佛在舍衛國祇桓園中時跋難陀欲縫僧伽黎入城至諸居士家處處求線乞得線多遂持與織師使織作三衣彼自手作維自看織居士見而譏嫌諸比丘聞知白佛結戒由惱物生譏制斯學處乃初篇盗根本種類

【釋義】律云自乞者在在處處自行求乞縷線者有十種如上十種衣線也織師非親里與線者非親里織師非親里與線者親里織師是親里與線者非親里但非親里制遮不聽

【結罪】是中犯者若織師非親里與線者非親里捨墮　若自看織若自織若作維盡突吉羅罪　此戒捨懺還衣等法於作持中明若捨竟不還等得罪如上　此戒具三緣方成本罪一貪求慢教二從非親乞縷三不與價而使非親里織衣

【兼制】比丘尼捨墮同制　同學式叉摩那沙彌沙彌尼突吉羅是為犯

【隨開】不犯者織師是親里與線者是親里若自織作鉢囊革屣囊鍼氈禪帶若作腰帶若作帽若作襪及最初未制戒等是為不犯

【會採】僧祇律云自行乞縷越毘尼心悔得者越毘尼罪　織成者捨墮

十誦律云若自織若令五衆織突吉羅

律攝云若彼施主自有信心令彼為織或以價酬織者無犯　若虛誑心陳已勝德乞得物時惡作他勝一時俱得他勝謂實棄罪也　有德者得惡作墮罪　雖親織師不知時故令他生惱或現異相皆得惡作

薩婆多論云少衣正應乞衣不應乞縷作衣須縷縫衣作帶無犯

摩得勒伽云為僧乞不犯

此戒大乘為衆生故不同學

第二十四勸織好衣戒

若比丘居士居士婦使織師為比丘織作衣彼比丘先不受自恣請便往織師所語言此衣為我作與我極好織令廣大堅緻我當少多與汝價是比丘與價乃至一食直若得衣尼薩耆波逸提

緣起　此戒有二制佛在舍衞國給孤獨園時城中有一居士出好綫令織師為跋難陀織衣織師詣寺語跋難陀彼即遣織廣大堅緻者織師言線少跋難陀至居士家更乞線居士婦出線箱即恣意擇取好者持與織師織師言價少即更許與價居士從他處還問婦言前所織衣今成未婦報已成持衣與看居士言此非我先所織衣婦即具說因緣居士便生譏嫌諸比丘聞知白佛此初結戒也如是結戒已諸居士自恣請與比丘衣諸比丘疑不敢答又有居士欲與比丘貴價衣然比丘少欲知足欲得不如者疑不敢答佛言若先自恣請及索不如者隨意答故更加先不受自恣請之語此第二結戒也由招世譏嫌制斯學處乃初篇盜根本種類

釋義　文分二節居士居士婦使織師下明貪求之事是比丘與價下結成所犯律云居士居士婦如上衣有十種如上（與我極好織者　謂令精妙也亦是令衣廣大堅緻之義廣者令足竪量大者令足橫量堅者謂牢固緻者謂細密　乃至一食直者　謂下至極少與一餐之工價也）

結罪　是中犯者若比丘先不受自恣請便往求衣若得者捨墮　不得突吉羅此戒捨懺還衣等法於作持中明若捨竟不還等得罪如上　此戒具五緣方成本

罪一貪慢求好二先未受請三往囑織者四許增價直五衣成取獲

【兼制】比丘尼捨墮（同制）式叉摩那沙彌沙彌尼突吉羅（同學）是為犯

【隨開】不犯者先受自恣請往求知足減少求若從親里索或為他或他為已或不索而得者及最初未制戒等是為不犯

【會採】僧祇律云若語織師言與我好織堅織緻打得越毘尼罪　織師下手打織時下下波逸提　作是得者捨墮　若但往勸不許價得衣者越毘尼罪

根本律云為求衣故從座而起整理衣服持二五食等至織師所而授與之勸令好織皆得惡作罪

薩婆多論云此衣不問應量不應量盡皆得罪　若為織師說法令好織不與食具食直得好衣突吉羅　若遣使書信印信許與食具食直得好衣捨墮　若自有縷令織師織無罪　此戒大乘同制（即是惡求多求）

第二十五與衣瞋奪戒

若比丘先與比丘衣後瞋恚若自奪若教人奪取還我衣來不與汝若比丘還衣彼取衣尼薩耆波逸提

【緣起】佛在舍衛國給孤獨園難陀弟子善能勸化跋難陀語言與我共行人間當與汝衣跋難陀與衣已餘比丘語言汝以何事共跋難陀行彼癡人不知誦戒不知說戒布薩羯磨後彼比丘即不隨行跋難陀乃索前衣比丘不還即瞋恚強奪比丘高聲言莫爾莫爾比丘房諸比丘聞聲盡來集

衆問知其故白佛結戒因取衣事不忍廢闕譏嫌煩惱制斯學處乃初篇盜根本種類

【釋義】文分三節先與比丘衣者明其自樂施後瞋恚下明其瞋奪取若比丘還衣下結成所犯律云衣有十種如上（律攝云與衣者是句縱嘿若與衣時告言汝可與我作使若不為我作使奪衣後瞋恚者後是別時瞋者以身業現惱相故恚者謂於內心結忿恚致奪者據本心有所希望情既不遂所以仍返奪之）

結罪是中犯者若比丘先與比丘衣後瞋恚若自奪若教人奪取藏舉者捨墮　若奪而不藏舉者突吉羅

若著樹上牆上籬上乃至衣架牀褥上若取離處捨墮　取不離處突吉羅

此戒捨懺還衣等法於作持中明若捨竟不還等得罪如上　此戒具四緣方成本罪一先本與他二人是清淨比丘三因瞋復奪四離處藏舉

【兼制】比丘尼捨墮（同制同學）式叉摩那沙彌沙彌尼突吉羅是為犯

【隨開】不犯者不瞋恚言我悔不與汝衣還我來若彼人亦知其人心悔即還衣若餘人語言此比丘欲悔還他衣若借他衣著他著無道理奪取若恐失衣若恐壞若彼人破戒破見破威儀若被舉若滅擯若應滅擯若為命難梵行難如是一切奪取不藏舉及最初未制戒等是為不犯

會採僧祇律云或合與別奪或別與合奪或合與合奪或別與別奪合奪者得一波逸提別奪者得衆多波逸提　若與衣時

作是言住我邊者與不住者奪或言汝適我意者與不適意還奪或為受經故與不受經還奪一切無罪　或責衣未取直直未畢仍取衣無罪　或弟子不可教誡為折伏故奪後折伏已還與無罪

根本律云若教比丘奪彼衣時衣未離身二俱惡作　若離身者俱得波逸底迦罪主有捨過（罪主即先與衣者捨過謂得尼薩耆波逸提罪）

薩婆多論云奪比丘尼式叉摩那沙彌沙彌尼衣突吉羅　若奪得戒沙彌行波利婆沙摩那啞盲瞎聾瘂不見擯惡邪不除擯盡突吉羅　若奪狂心亂心病壞心犯四重五逆人五法人衣盡突吉羅　若比丘尼奪比丘尼衣奪得戒沙彌尼乃至五逆五法人衣盡捨墮奪比丘衣突吉羅

若先根本與他衣（根本與謂是實意與他而衣已屬彼彼為主故）後為惱故暫還奪取捨墮衣捨他波逸提懺（衣捨他者謂仍與彼人）　若先根本與他衣後根本奪應計錢成罪（以直五錢犯重故）　若先暫與他衣後便奪取以忿恚欲令彼惱突吉羅　若為折伏令離惡法暫奪無罪（本律奪破戒見等衣不犯者先為持戒與衣後因犯戒等故奪此是折伏心所以不犯薩婆多制奪得戒沙彌乃至被舉人衣盡犯捨墮由其本是與學被舉人先以憐愍與後以瞋恚奪則是喜怒不恒恣任情見所以結過也）

此戒大乘同學

第二十六過七日藥戒

若比丘有病殘藥酥油生酥蜜石蜜齊七日得服若過七日服者尼薩耆波逸提

緣起佛在舍衛國時諸比丘秋月風病動形體枯燥又生惡瘡佛聽時非時有病服

五種藥畢陵伽婆蹉在羅閱城多有所識亦多徒衆大得酥油生酥蜜石蜜五種藥諸弟子積聚藏舉處處流漫房舍臭穢時諸長者見如是儲積狼籍皆共譏嫌謂如瓶沙王庫藏有知足比丘聞已白佛結戒此是遮罪因病藥事貪煩惱故制斯學處

【釋義】文分二節有病下明聽服藥若過下結成所犯律云病者醫教服爾所種藥也藥者酥油生酥蜜石蜜（根本律云病有二種一飢渴為主病二四百四病為客病諸病緣不出三種謂風熱痰癊此三種病以三藥能除由除風氣酥與石蜜除黃熱病蜜及陳砂糖能除痰癊雜病者應盡用上藥可治僧祇律云四百四病者風病一百一火病一百一水病一百一雜病一百一）

【結罪】是中犯者若比丘一日得藥畜二日三日四日乃至七日得藥畜八日明相出七日所得藥盡捨墮（言一日者如畜長衣戒中所明）

若七日中或間日得藥或唯一日得藥至八日明相出盡捨墮

若七日內所得藥不淨施不遺與人若不失不故壞不作非藥（作非藥者若是酥及由用然燈或塗脚或塗戶嚮若是蜜及石蜜施與寺中淨人）若不作親厚意取不忘去至八日明相出盡捨墮

若犯捨墮藥不捨更貿易餘藥一捨墮一突吉羅　此戒受諸藥法及捨懺還藥等法於作持中明若捨竟不還等得罪如上

此戒具三緣方成本罪一是七日藥二有貪畜心三過七日已

【兼制】比丘尼捨墮（同制同學）式叉摩那沙彌沙彌尼突吉羅是為犯

【隨開】不犯者若彼過七日藥若酥油塗戶嚮若蜜石蜜與守園人若至七日所捨與

比丘食之若未滿七日還彼比丘彼當用塗脚若然燈及最初未制戒等是為不犯

（會採）律攝云若七日滿作滿想並疑捨墮不滿作滿想並疑得惡作罪　若為好容儀或著滋味或求肥盛或詐偽心服食諸藥皆惡作罪　受七日藥正服之時應告同梵行者作如是語我巳一日服藥訖餘有六日在我當服之乃至七日准知

十誦律云若重病不犯食是四舍消時應作是念我以治病故舍不為美味四舍消即酥油蜜石蜜也石蜜非時不聽輙噉有五種人得非時食謂遠行人病人不得食人少食人若施水處和水得飲邇来或有講演禮懺謂米糖及陳皮橘餅可充藥食於非時輙噉不禁者斯皆師心自許致令後學傚効研窮五部律章未見如是開

此戒大乘同學

毘尼止持會集卷第八

音義

糴糶　上音狄買穀也下音跳賣米也

白鑞　音拉錫鑞也

規利　規謂規求計也左傳云規求無度

蘇摩國本　蘇摩此翻云月按第四分云佛在此國人間遊行彼國有一信樂陶師佛一一指授教令作鉢彼如教隨作即成特異好蘇摩鉢與諸比丘不敢受佛聽以畜　五分律云佛於蘇摩國自作鉢坯以為後式令陶師燒陶師便多作合燒開竈視之皆成金色鉢怖懼言此是大沙門神力若王聞者必當謂我多有金寶便舉埋藏佛復作令燒皆成銀鉢亦怖懼埋藏佛復作令燒乃成銅鉢色青好如閻浮樹與諸比丘不敢受佛聽受畜

烏伽羅國鉢　或作鬱伽羅又名云優伽羅總是一號時諸比丘得此國貴好瓦鉢不受佛聽受畜

優伽賒國鉢　或云憂伽賒或云烏伽賒皆一也諸比丘得此國貴好瓦鉢不敢受佛聽受畜

黑鉢　此是毘舍離城上好黑色貴瓦鉢諸比丘得不敢受佛聽受畜

赤鉢　此是舍衛國上貴赤色瓦鉢諸比丘不敢受佛聽受用

瓨　與釭同

歠　穿入聲大飲也

舋　許慎切欣去聲凡瓦器裂皆曰舋

緇音粹織緇說文云著絲於箄車箄音夫織緯者**二五食**一者蒲闍尼翻云噉食此有五種謂飯麨乾飯魚肉二者佉闍尼翻云嚼食此有五種謂枝葉華果細末食**難陀弟子**此難陀是跋難陀之兄非佛弟難陀也根本律云難陀有一共住弟子名達磨常懷慚恥追悔為心於諸學處愛樂尊重彼未曾知難陀惡行與之共住既知行跡即便捨之與善苾芻而為同住除三時禮餘三時禮者律制弟子日三時中若不禮拜和尚者得越法罪**得戒沙彌**此是比丘犯重即時發露無覆藏心眾僧白四羯磨與學戒法既非比丘又不捨離袈裟仍同人僧共住故名**五法人**受提婆達多破僧五法者**酥**是牛羊等乳鑽抨成之或以莫桀藥而成之所謂從牛出乳從乳出酥從酪出生酥從生酥出熟酥從熟酥出醍醐而醍醐最為上藥抨音并大論云牛乳驢乳其乳雖同牛乳抨則成酥驢乳抨則成糞**油**律攝云油謂苣藤蔓菁及木蜜等并五種脂如法澄濾苣藤即胡麻也蔓菁即蕪菁也其根莖葉可為菜食子可壓油也**蜜**謂蜂蜜也蜂有黄黑蜜分厚薄**石蜜**是其蔗糖所成者善見律云其蔗糖堅强如石是名石蜜然有黑白二種白者味純其黑者味帶苦本草云一名乳糖又名白雪糖即白糖出益州及西戎用水牛乳汁米粉和沙糖煎煉作餅塊黄白色而堅重川淅者佳主心腹熱脹潤肺氣助五臟津治目中熱膜口乾渴可止目昏闇能明按根本律有糖無石蜜律攝云糖攝石蜜也

毘尼止持會集卷第九

清金陵寶華山弘律沙門讀體集

第二十七雨衣求用非時戒

若比丘春殘一月在當求雨浴衣半月應用浴若比丘過一月前求雨浴衣過半月前用浴尼薩耆波逸提

【緣起】佛在舍衛國給孤獨園毘舍佉母請佛及僧明日食時天大雨佛言此雨是最後雨四天下亦如是令諸比丘盡出在雨中浴婢來白食時到遥見比丘皆裸形浴疑是外道還白主母重敕往請佛至其舍既受供訖毘舍佉母從佛請求八願願與客比丘食為諸客比丘遠來不知所趣願與遠行比丘食為或以食故不及伴願與病比丘食為若不得隨病食便命終若得隨病食便除差願與病比丘藥為若不得隨病藥便命終若得隨病藥便得差願與瞻病人食為彼自求故闕看病願供給比丘粥我晨朝遣婢至僧伽藍請僧白時到諸比丘盡露形雨中浴願供給比丘比丘尼雨浴衣如是八願盡形供給佛皆聽之時六羣比丘聞佛聽畜雨浴衣即一切時春夏冬常求雨浴衣不捨雨衣便持餘用現有雨衣猶裸形浴諸比丘白佛結戒因貪慢煩惱制斯學處

【釋義】文分二節春殘一月下明制求用若比丘過一月下結成所犯律云雨浴衣者有十種如上彼比丘三月十六日應求雨浴衣四月一日應用（此准四月為一際從臘月十六日至四月十五日為春際也今云春殘一月在當求雨浴衣者謂春際三月已過唯殘一月在

即三月十六日至四月十五日也即於此一月中應求至四月初一日應用其量長短於單墮中第八十九戒明之然此衣以防其倉卒難辦雨時將至安居日近故聽其夏前一月預求不應更此時復不聽夏中求以安居時宜當修道為本不應經營求覓恐妨廢正業故

【結罪】是中犯者若比丘三月十六日前求衣四月一日前用捨墮　此戒捨懺還衣等法於作持中明若捨竟不還等得罪如上　此戒具三緣方成本罪一無敬教心二過一月前求得衣三過半月前受用

【兼制】比丘尼突吉羅（同制不同學）式叉摩那沙彌沙彌尼突吉羅是為犯

【隨開】不犯者三月十六日求四月一日用若捨雨衣已乃更作餘用若著浴衣浴若無雨衣若作浴衣及最初未制戒等是為不犯

【會採】根本律云若苾芻欲作前安居即於春殘一月求雨浴衣　若苾芻欲作後安居者便作是念彼尚求衣我何不求若求得者犯捨墮　若苾芻作後安居彼持雨浴衣至八月盡仍尚持衣若前安居人作如是念彼尚持衣至八月盡我何不持若持者得捨墮　若苾芻各依自夏求衣持衣者無罪（安居雖分前後期限各滿九旬不可前後為例）

僧祇律云此衣不得受當三衣不得作淨施　不得著雨衣入河中池中浴不得小小雨時著浴亦不得裸身浴當著舍勒（內短小褌也）若餘故衣　不得著雨衣種種作事常須大雨時被浴　若雨卒止垢液者得著入餘水中浴無罪　若比丘食時欲以

油塗身若病時若多人行處得縈兩頭作障 此雨浴衣得四月半受用(謂春殘半月夏際四月也)至八月十五日當捨一比丘僧中唱大德僧聽今日僧捨雨浴衣如是三說若至十六日捨者越毘尼罪 捨已得用作三衣亦得知識比丘邊作淨亦得入餘水中浴種種著作無罪

薩婆多論云尼得畜浴衣不得畜雨浴衣

比丘畜雨浴衣凡有二事一雨時障四邊於中浴天熱時亦以自障於中浴二以夏月多雨常裹三衣擔持行來 若閏三月不應前三月求比丘不畜雨浴衣無罪

此戒大乘同學

第二十八過時畜急施戒

若比丘十日未竟夏三月諸比丘得急施衣比丘知是急施衣當受受已乃至衣時應畜若過畜者尼薩耆波逸提

[緣起]佛在毘蘭若夏安居竟婆羅門請佛及僧食訖施衣佛聽諸比丘受夏衣六羣聞知即一切時常乞衣安居未竟亦乞衣亦受衣又跋難陀在一處安居竟聞異處大得衣乃處處分得衣分持入祇桓少欲比丘知已白佛佛但呵責未與結戒時波斯匿王遣梨師達多富那羅二大臣往征反逆二大臣受命已自念往征未知得還不當預為僧設食施衣諸比丘以安居未竟不敢受衣白佛佛聽諸比丘受急施衣由是結戒

[釋義]文分二節十日未竟下明聽受畜若過下結成所犯律云急施衣者受便得不

受便失此為檀越有急務公出若當時施衣在現前便得不在現前便失衣者有十種如上衣時者自恣竟不受迦絺那衣一月受迦絺那衣五月自恣十日在即七月初五日未至十五日故云十日在若比丘得急施衣知是急施衣當受受已即十日應畜到自恣竟不受迦絺那衣一月受迦絺那衣五月若自恣九日在八日在七日在乃至若自恣一日在即十月十四日未朝方十五故云一日在得急施衣知是急施衣應受受已應畜到自恣竟不受迦絺那衣一月受迦絺那衣五月

【結罪】是中犯者若比丘得急施衣若過前過後俱捨墮若七月初五日已前受謂之過前犯不受功德衣者畜至八月十五日則犯受功德衣者畜至十二月十五日若過則犯此二謂之過後畜此戒捨懺還衣等法於作持中明若捨衣竟不還等得罪如上　此戒具三緣方成本罪一是急施衣二心存貪慢三受畜過前後

【兼制】比丘尼捨墮同制同學式叉摩那沙彌沙彌尼突吉羅是為犯

【隨開】不犯者得急施衣不過前後不犯若為賊奪衣失衣燒衣漂衣過前不犯作奪失燒漂等想若嶮難道路不通多諸賊盜惡獸難若河水大漲王者所執閉命難梵行難若彼受寄比丘或死或出行或賊獸所害或為水所漂過後無犯及最初未制戒等是為不犯

【會採】根本律云急施衣有其五種或為自病故施或為他病者故施或將死時施或為死亡故施或將行時施若在夏中或時

施主欲得自手而行施者取亦無犯　若其差得藏衣苾芻或施主作如是語我行還自手當施雖過時分畜亦無犯

薩婆多論云急施衣者若王施若夫人施若王子施大官鬬將施衆僧以諸貴人善心難得又女欲嫁時以至壻家不自在故令得自在以物施僧若病人施令存亡有益如是等盡名急施衣　除急施衣一切安居衣必待自恣時分若安居中分突吉羅

此戒大乘為衆生故得畜然須如法淨施准前所論

第二十九後月離衣過六夜戒

若比丘夏三月竟後迦提一月滿在阿蘭若有疑恐懼處住比丘在如是處住三衣中欲留一一衣置舍內諸比丘有因緣離衣宿乃至六夜若過者尼薩耆波逸提

緣起佛在給孤獨園諸比丘夏安居竟後迦提一月滿在阿蘭若處住時多有賊盜劫奪衣鉢皆来趣祇桓精舍聚住佛知其故聽在是處住留一一衣置舍內時六羣比丘聞佛開聽即便留衣置舍內囑親友比丘已出行受囑者出衣日中曬之諸比丘詰問其故白佛結戒因癡慢煩惱制斯學處

釋義文分三節夏三月竟下明移居滿夏若有疑恐懼下明難開聽若過下結成所犯夏三月竟者謂四月十六日至七月十五日訖後迦提一月者迦提此翻昴星謂昴星直此月故即七月十六日至八月十五日是夏四月之後一月也滿者謂後安居人於五月十六日始未結坐然雖隨前安

居人於七月十五日已自恣其一夏之功未圓必須滿此一月生令足成九十日而不破夏制故律云阿蘭若處者去村五百弓遮摩羅國弓長四肘用中肘量中人一肘度尺一尺八寸五百弓即五里也有疑恐怖者疑由有盜賊恐怖比丘在如是處住三衣中欲留一一衣置舍內者三衣謂僧伽黎鬱多羅僧安陀會舍內謂村聚也五分律云一一衣者若僧伽黎若優多羅僧隨所量寄一衣不得寄安陀會以著身故不得寄二以禮拜入僧乞食不得单著故有因緣離衣宿者有因緣謂有擯事和尚阿闍黎事友以他事總而言之乃三寶病緣及看病等事離衣者謂離所寄之衣也乃至六夜者薩婆多論云從七月十六日次第六夜聽阿練若安居比丘得離衣宿所以聽者此六夜中間是賊發時是故聽也彼六夜竟第七夜明相未出前若捨三衣若手捉衣若至擲石所及處此云擲石所及處者非是阿蘭若界是以所寄衣之村舍外界而論

【結罪】是中犯者若比丘六夜竟第七夜明相未出前不捨三衣不手捉衣不至擲石所及處住第七夜明相出離衣宿一切犯捨墮

此戒捨懺還衣等法於作持中明若捨竟不還等得罪如上　此戒具四緣方成本罪一期至六夜二慢教不往衣所三不作心念法捨四明相已現

【兼制】比丘尼突吉羅同制不同學式叉摩那沙彌沙彌尼突吉羅是為犯

【隨開】不犯者劫奪想失想燒想漂想若船濟不通路道嶮難多盜賊有惡獸河水暴漲強力所執或繫閉或命難或梵行難如是等不捨衣不捉衣不至擲石所及處並最初未制戒等是為不犯

【會採】五分律云不聽近聚落住離衣宿

不聽阿蘭若無恐怖處離衣宿 若一宿二宿乃至五宿事訖不還突吉羅

律攝云本心暫去即擬還來因事稽留不至衣所無犯離衣過

善見律云若阿蘭若處衆僧多房舍堅密不須寄衣聚落寄衣已六夜一往看見衣已還阿蘭若處

此戒大乘比丘同學

附考 僧祇律云佛在舍衛祇桓精舍時沙祇園夏安居中衆僧有諍事起佛敕優波離滅諍尊者因僧伽黎重若被雨者不可勝而令半安居中若留衣則犯捨墮是以不去佛聽留衣得齊六夜復以諍事非可卒斷佛言從今聽一月不失衣宿白二羯磨是以除僧羯磨得一月不失衣也

僧祇律云夏三月未滿 五分律云安居三月未滿八月 十誦律云三月過未至八月未滿歲 根本律云在阿蘭若處作後安居故今滿字讀聯下句者准餘四部事義方順由本律譯文之古一往讀聯上句大乘制意實不相宜故引諸部不無所據

第三十迴僧物入已戒

若比丘知是僧物自求入已者尼薩耆波逸提

緣起 此戒有二制佛在舍衛國祇樹園中有一居士信好惠施欲飯佛及僧兼施好衣時跋難陀聞知即往彼居士家語言衆僧有大善利威力福德施衆僧者多汝今施衆僧衣可施我居士可之便不復與衆

僧衣具唯設種種飲食次日請僧至家見衆僧威儀具足發大聲言我云何為如是嚴整衆僧衣而作留難諸比丘問知其故訶責跋難陀云何斷衆僧利而自入已以此因緣白佛此初結戒也時諸比丘不知是僧物非僧物為許僧不許僧後乃知是僧物已許僧或有作捨墮懺悔或慚愧者佛言不知無犯此第二結戒也由貪煩惱制斯學處乃初篇盜根本種類

【釋義】律云僧物者為僧故作已與僧已許僧物者衣鉢坐具鍼筒下至飲水器（律攝云利物有二種一衣利二食利凡衣服飲食臥具衣藥皆從他得故言利物此中利者據衣物利故言求入已者謂知是僧物而攝為私物也）

【結罪】是中犯者若知是僧物求入已者捨墮若物許僧轉與塔突吉羅若物許塔轉與僧亦爾　若物許四方僧轉與現前僧突吉羅若物許現前僧轉與四方僧亦爾　若物許比丘僧轉與比丘尼僧突吉羅　若物許比丘尼僧轉與比丘僧亦爾　若物許異處轉異處突吉羅

若已許作許想者捨墮　若已許心疑未許作已許想　未許疑皆突吉羅

此戒捨懺還物等法於作持中明若捨竟不還等得罪如上　此戒具四緣方成本罪一聞施起貪二物已許僧三許想故迴四得物入已

【兼制】比丘尼捨墮（同制同學）式叉摩那沙彌沙彌尼突吉羅是為犯

【隨開】不犯者若不知是僧物若已許作不許想若許少勸令與多若許少人勸與多

人若許惡勸與好者或戲笑語若誤語若獨處說或眠中語或欲說此乃說彼及最初未制戒等是為不犯

【會採】僧祇律云若有人来欲布施問比丘言應施何處答言隨汝心所敬處便與復問何處果報多答言施僧果報多復問何等清淨持戒有功德僧答言僧無有犯戒不清淨　若人持物来施比丘應語言施僧者得大果報若言我已曾施僧今正欲施尊者受之無罪　若有人問比丘言我欲以此物布施為置何處使我此物長見受用爾時應語某甲比丘是坐禪誦經持戒若施彼者長得受用見　若知物向僧廻向已捨墮是物僧不應還僧應受用若廻與餘人波逸提物非入已故無捨也知物向此僧廻與餘僧者越毘尼　若知向此衆多人廻與彼衆多人越毘尼　若知物向此畜生廻與餘畜生越毘尼心悔

根本律云若苾芻知屬一苾芻物自廻入已廻時得惡作罪得便捨墮　乃至知物屬二人三人或屬僧自廻入已得罪如前　若與此貧人物廻與彼貧人得惡作罪若覓不得者廻與無犯

五分律云若施主自廻欲以物與已不犯

薩婆多論云若物向僧與前人說法令物自入捨墮物則還僧　若比丘知檀越以物施此墖廻向彼墖物即入彼墖不須還取以福同故比丘作突吉羅懺　若知檀越以物施此僧祇廻向餘僧祇此物入餘僧祇不須還取以僧祇同故比丘作突吉

羅懺　若知檀越以自恣臘與此衆僧迴向餘僧自恣物應還與此僧以自恣物所屬異故比丘作突吉羅懺本律僧祇但明迴此僧物與餘僧得罪而未判物當與誰今准薩婆多則不須還取無復疑矣

此戒大乘同制三十捨墮法竟

五波逸提法有九十條然此波逸提究體則總攝前章列名則別居第五前論物為重此以行為非論物要先捨所貪物而後求悔行非必須決心説懺乃可得除故前明三十尼薩耆波逸提法竟今復明九十波逸提法也

律攝云波逸底迦者謂是燒煮墮惡趣義雖復餘罪皆是其墮此但目於墮燒煮指其墮處也又諸學處於方便位皆悉許有不敬聖教波逸底迦據斯少分墮義皆通文准此則深窮犯源由心不敬聖教故所多有違犯所犯若成隨事輕重結歸本罪然於最初少分墮義一一俱通

第一故妄語戒

若比丘知而故妄語者波逸提

緣起佛在釋翅瘦迦維羅衛國尼拘類園中釋子象力比丘善能談論與外道梵志論議若不如時便違反前語若僧中問是語時即復違反前語梵志譏嫌諸比丘白佛世尊集十句義為僧結戒此是性罪由詐妄事覆藏煩惱制斯學處乃初篇妄根本種類

釋義律云知而妄語者不見言見不聞言聞不觸言觸不知言知見言不見聞言不聞觸言不觸知言不知見者眼識聞者耳

識觸者鼻舌身三識知者意識（此以六識束為四名以眼耳意三根性利力用偏多又能遠取境界故各分為名鼻舌身三根性鈍力用處少又唯近取境界故合名為觸律攝云故者是決定心表非錯誤妄語者謂對了知人違心異說作詭誑言名為妄語善見律云妄語者口與心相違亦名空語也）

結罪是中犯者若不見不聞不觸不知彼如是言我見聞觸知知而妄語者波逸提

若不見不聞不觸不知是中見想聞想觸想知想彼便言我不見不聞不觸不知知而妄語者波逸提

若不見不聞不觸不知意中生疑彼作是言我無有疑便言我見我聞我觸我知知而妄語者波逸提

若不見不聞不觸不知意中有疑便言我是中不疑便言我不見不聞不觸不知知而妄語者波逸提

若不見不聞不觸不知意中無復疑便言我有疑我見我聞我觸我知知而妄語者波逸提

我不見我不聞我不觸我不知意中無疑便言我有疑我不見不聞不觸不知知而妄語者波逸提

本作是念我當妄語妄語時自知是妄語妄語已知是妄語故妄語波逸提

本作是念我當妄語妄語時知是妄語妄語竟不自憶作妄語故妄語波逸提

本不作是念我當妄語妄語時知是妄語妄語竟知是妄語故妄語波逸提

本不作妄語意妄語時知是妄語妄語已不憶是妄語故妄語波逸提

所見異所忍異所欲異所觸異所想異所

心異如此諸事皆是妄語一一說而了了者波逸提　說而不了了者突吉羅　若說戒時乃至三問憶念有罪而不說突吉羅

此九十波逸提懺悔法總於作持中詳明自斯以降不再繁贅　此戒具四緣方成本罪一有妄語心二說事不實三言說了了四前人領解

【兼制】比丘尼波逸提（同制）式叉摩那沙彌（同學）沙彌尼突吉羅是為犯

【隨開】不犯者據實說意有見聞觸知想依想而說及最初未制戒等是為不犯

【會採】根本一切有部云若苾芻凡有所語違心而說皆得波逸底迦罪　若不違心而說者皆無犯

薩婆多論云或有妄語入波羅夷實無過人法說有過人法故或有妄語入僧伽婆尸沙以無根法謗他比丘故或有妄語入偷蘭遮如說過人法不滿以無根法謗他不滿（不滿者謂說不具足）或有妄語入波逸提如無根僧殘謗他故及此戒中所犯或有妄語入突吉羅如三衆妄語或有妄語無罪如先作如在家無師僧本破戒還作比丘（既無師僧未曾受戒若破戒已更無戒體可護是以二皆無犯戒罪然作惡業難免若報）

若遣使妄語若書信妄語盡突吉羅　若先無心妄語誤亂失口妄語者盡突吉羅

若說法義論若傳人語若凡說一切是非莫自攝為是常令推寄有本則無過也

此戒大乘同制為救濟衆生故得開謂之方便語利益語若非濟救利益者仍犯

附考律攝云佛弟子言常說實不應為盟自雪表他不信故設被誣謗亦不應作㨨（雪者洗也）十誦律云不得自呪呪他不得以物自㨨㨨他不得自投竄令他投竄呪與投竄一種故

第三分云時六群比丘有小事至便作呪詛（作呪詛者即今投狀訴神等事）言我若作如是事當墮三惡道不生佛法中若汝作如是事亦當墮三惡道不生佛法中佛言不應爾聽作如是語若我作如是事南無佛若汝作如是事亦南無佛　若居士嚏及來禮足應呪願言長壽若下座嚏時應呪願言無病若上座嚏時應言南無

第二毀呰戒

若比丘種類毀呰語者波逸提

緣起佛在舍衛國給孤獨園時六羣比丘鬭諍事種種罵比丘比丘慚愧忘失前後不得語諸比丘聞知白佛世尊為僧結戒此是性罪由出家人事不忍煩惱制斯學處乃初篇妄根本種類

釋義律云種類毀呰人者卑姓家生卑行業卑伎術工巧卑者旃陀羅種除糞種竹師種車師種卑姓者拘湊（此是天竺卑小之姓）拘尸婆蘇晝（此是天竺卑下種族）婆羅墮（此是婆羅門十八姓中之一姓元居卑末者）若本非卑姓習卑伎術即是卑姓卑業者販賣猪羊殺牛放鷹鷂獵人網魚作賊捕賊者守城知刑獄　卑伎者鍛作木作瓦陶作皮韋作剃髮作竹作或言是犯過人（謂犯七聚罪）多結使人禿盲人禿瞎

人躄跛聾瘂及餘衆患所加若面罵言汝是旃陀羅家生乃至衆患所加人等　若喻罵言汝似旃陀羅家生乃至衆患所加人等若自比罵言我非旃陀羅家生乃至衆患所加人等　若以善法面罵汝是阿蘭若乞食補納衣乃至坐禪人若喻罵汝似阿蘭若乃至坐禪人若自比罵我非阿蘭若乃至坐禪人根本律云毀呰語者謂於他人為毀事出言彰表也所以意和則悅口和不諍此皆遠和非律語也

【結罪】是中犯者若比丘種類毀呰語若面罵若喻罵若自比罵說而了了者盡波逸提　說而不了了者盡突吉羅

若比丘說善法面罵人喻罵自比罵說而了了不了了者盡突吉羅　此戒具四緣方成本罪一要有毀呰心二所毀者須是比丘及他父母三必以下賤言毀四說聽了了

【兼制】比丘尼波逸提同制同學式叉摩那沙彌沙彌尼突吉羅是為犯

【隨開】不犯者相利故說為法故說為律故說為教授故說為親厚故說或戲笑故說或因語次失口說或獨說或夢中說或欲說此而誤說彼及最初未制戒等是為不犯

【會採】僧祇律云種類毀呰有七事種姓業相貌病罪罵結使今因時當末運人多鬬諍是故廣引僧祇詳明犯相莫厭其繁此中凡云偷蘭遮罪皆是獨頭下品與罵僧同科非初二篇從生也種姓有上中下下者汝是旃陀羅毛師織師瓦師皮師若作此語使彼慚羞者得波夜提　若言汝父母如是波夜提　若言

汝和尚阿闍黎如是得偷蘭遮　若言汝同友知識如是越毘尼罪　中者汝等是中間種姓（謂非貴姓所生亦非下流之子）作是語欲使彼慚羞者得偷蘭遮　汝父母如是得偷蘭遮　汝二師如是越毘尼罪　汝同友知識如是越毘尼心悔　上者語其人言汝是剎利婆羅門種作是語欲使彼慚羞者越毘尼罪　汝父母二師如是種皆越毘尼罪　汝同友知識如是種越毘尼心悔

業者有下中上下者汝是屠兒賣猪人魚獵人捕鳥人張㨶人守城人魁膾人作是語欲使彼慚羞者波夜提　汝父母如是波夜提　汝二師如是偷蘭遮　汝同友知識如是越毘尼罪　中者汝是賣香人坐店肆人田作人種菜人通使人作是語欲使彼慚羞者偷蘭遮　汝父母如是偷蘭遮　汝二師如是越毘尼罪　汝同友知識如是越毘尼心悔　上者汝是金銀摩尼銅店肆人作是語欲使彼慚羞者越毘尼罪　汝父母二師如是越毘尼罪　汝同友知識如是越毘尼心悔

相貌者有下中上下者汝是瞎眼曲脊跛脚鋸齒等作是語使彼慚羞者波夜提　汝父母如是波夜提　汝二師如是偷蘭遮　汝同友知識如是越毘尼罪　中者汝是大黑大白大黃大赤作是語使彼慚羞者偷蘭遮　汝父母如是偷蘭遮　汝二師如是越毘尼罪　汝同友知識如是越毘尼心悔　上者汝有三十二相圓光金光若作是語欲使彼慚羞者越毘尼罪

汝父母二師如是皆得越毘尼罪　同友知識如是越毘尼心悔病者無有下中上一切病盡名下汝等癬疥癩病癰疽痔病黃病瘧病痟瘦顛狂如是等種種病作是語欲使彼慚羞者波夜提　汝父母如是波夜提　汝二師如是偷蘭遮　汝同友知識如是越毘尼罪

罪者無下中上一切罪盡名下汝犯波羅夷乃至越毘尼罪若作是語使彼慚羞者波夜提（此中言犯棄罪者是以輕心毀呰非同無根謗毀故不結重）　汝父母如是波夜提　汝二師如是得偷蘭遮　同友知識如是越毘尼罪罵者無上中下一切罵盡名下作世間罵婬逸污穢一切惡罵作是語欲使彼慚羞者波逸提

若言汝父母如是波夜提　汝二師如是偷蘭遮　汝同友知識如是皆得越毘尼罪

結使者無上中下一切結使盡名下汝是愚癡闇鈍無知等作如是種種語使彼慚羞者波夜提　汝父母如是波逸提　汝二師如是偷蘭遮　汝同友知識如是越毘尼罪

五分律云比丘毀呰比丘尼式叉摩那沙彌沙彌尼突吉羅　比丘尼毀呰比丘波逸提毀呰餘三衆突吉羅

此戒大乘同制若但毀呰無事謗他良人即攝謗毀戒結輕若兼自讚即攝自讚毀他戒結重若增上煩惱犯者失菩薩戒

第三兩舌戒

若比丘兩舌語者波逸提

【緣起】佛在舍衛國給孤獨園爾時六羣比丘傳此屏語向彼說傳彼屏語向此說如是不息遂至衆中未有鬬事而生鬬已有鬬事而不滅諸比丘知已白佛結戒此是性罪由畜衆煩惱制斯學處乃初篇妄根本種類

【釋義】律云兩舌者比丘鬪亂比丘比丘尼式叉摩那沙彌沙彌尼優婆塞優婆夷國王及大臣外道異學沙門婆羅門如是乃至外道異學沙門婆羅門還鬬亂種種外道婆羅門比丘比丘尼等亂者某甲說是言汝是旃陀羅乃至婆羅墮種販賣猪羊乃至剃髮師汝犯七聚戒結使人禿盲瞎等衆病人若有比丘破皆是比丘鬬亂准薩婆多論此戒亦名離間語所謂離間恩義挑唆鬬諍令衆不和妨修道業

【結罪】是中犯者兩舌語說而了了者波逸提　說不了了者突吉羅　此戒具四緣方成本罪一有起事心二往来傳語三人是比丘四說聽了了

【兼制】比丘尼波逸提同制式叉摩那沙彌沙彌尼突吉羅是為犯同學

【隨開】不犯者破惡知識惡伴黨二人三人非法非律羯磨破與僧與㙜與和尚阿闍黎知識親友數數語作無義無利者及最初未制戒等是為不犯

【會採】僧祇律云若作是念欲別離彼令向已若彼離不離波夜提

薩婆多論云是中犯者有八種一種二伎三作四犯五病六相七煩惱八罵此八事中種伎作三事傳向剎利婆羅門估客子

突吉羅 若以八事傳向四衆突吉羅 四衆者謂尼及小三衆 傳向在家無師僧若遣使書信盡突吉羅

根本律云若苾芻先無讎隙偶爾聞之或復聽已欲令鬬諍方便殄息者無犯

十誦律云若白衣於寺中欲作惡事侵惱比丘應苦切語令其折伏若不折伏不應直向王言先與是惡人知識次語王夫人及王子大臣等若是人捨便止莫令得事

此戒大乘同制梵網經云鬬遘兩頭謗欺賢人罪結輕垢

毘尼止持會集卷第九

音義

挼 音那又曰以兩手切摩也 梨師達多富那羅 梨師達多此云仙授或翻仙施又云仙餘謂從仙人邊求得子故也富那羅又名富蘭那此翻故舊或云宿舊是仙授之兄此兄弟二人是波斯匿王大臣於拘薩羅國錢財巨富無與等者而能於佛及四部衆等共受用不計我所雜阿含經云富蘭那常修梵行離欲清淨不著香華遠諸凡鄙持戒為勝梨師達不常精梵行然其智足達四聖諦智慧為勝後時二俱命終佛記二人一持戒勝一智慧勝二俱同生一趣同一受生同於後世得斯陀含生兜率天一來世間盡苦邊際具德經云而於信心中能具大智慧仙授烏波薩哥是於信心中能持梵行布羅拏烏波薩哥是烏波薩哥即優婆塞布羅拏即富那羅 象力比丘 舍衛國有象首聚落或名象首又名法手彼因稱名也是釋種子雜阿含經佛記云此人犯三種非法所謂慳貪愚癡瞋恚當墮於地獄中偈云 若生不善心成就貪瞋癡此身自作惡還復害於己如芭蕉生實自害於其身若無貪瞋癡是名為智慧不害於己身是名勝丈夫是以應除斷貪瞋癡大悲 嚏 音帝鼻塞噴嚏也西域凡僧俗禮敬時若嚏皆願言長壽無病如此方小兒若嚏僉願言百歲 毀呰 口毀曰呰根本律云毀呰語者謂於他人為毀辱事 皮韋作 柔皮熟曰韋生皮曰草作乃畀伎也 躄跛 上音碧兩足俱廢曰躄一足偏廢曰跛 距脚 距音匡距躟行步急卒貌 阿蘭若 亦名阿練若翻云遠離處又云閒靜處又云空寂處 魁膾 亦云旃陀羅又云旃荼羅

應法師言此翻云嚴熾二云主殺人乃西方屠殺之輩以惡業自嚴行時摇鈴執竹以為標幟故以為名若不爾者王必罪之或翻可畏法顯傳云名為惡人與人別居若入城市則擊竹以自異人則識而避之不相搪揬

毘尼止持會集卷第十

清金陵寶華山弘律沙門讀體集

第四與婦女同室宿戒

若比丘與婦女同室宿者波逸提

【緣起】佛在舍衛國給孤獨園阿那律從舍衛國向拘薩羅國中路至無比丘住處村聞知有一婬女家常安止賓客即往寄宿門下時諸長者有行緣之便亦来投宿坐相逼近婬女愍念尊者令入舍內尊者結加趺坐繫念在前婬女於初夜来求作夫默然不答亦不觀視到後夜婬女復脫衣来前捉之尊者湧身空中婬女慚愧著衣合掌懺悔至三尊者下在本處為說微妙法婬女得法眼淨受三皈五戒為優婆夷次日尊者受其供養說法而去到僧伽藍以此因緣向衆僧說衆中有少欲比丘譏嫌白佛結戒由女人事婬染煩惱制斯學處乃初篇婬根本種類

【釋義】律云女者人女有知命根不斷室者四周牆壁障上有覆蓋或前敞而無壁或雖覆而不徧或覆徧而有開處

【結罪】是中犯者若比丘先宿婦女後至或婦女先至比丘後到或二人俱至若攲臥隨脇著地波逸提（攲音溪不正也）隨轉側波逸提若天龍夜叉鬼神女同室宿者突吉羅與畜生中女能變化不能變化者同室宿突吉羅　晝日婦女立比丘臥者突吉羅

此戒具三緣方成本罪一是人女二同室無隔三脇臥地

【兼制】比丘尼波逸提（同制同學）式叉摩那沙彌

沙彌尼突吉羅是為犯

隨開不犯者若比丘不知彼室内有婦女而宿若比丘先至而婦女後至比丘不知若屋有覆而無四邊障或半障少障若盡障而無覆或少覆半覆或露地此室中若行若坐若頭眩倒地或為强力所捉若為人所縛若命難淨行難及最初未制戒等是為不犯

會採僧祇律云一房有隔别户無罪異房無隔波夜提　共房共隔波夜提别房異户無罪　比丘室内女人半身在屋内越毘尼罪　女人屋内比丘半身在屋内越毘尼罪

律攝云若女在閣上苾芻在下或復翻此若有梯除去有户牢閉若不去梯應安關鑰或雖同室以物遮障使絶行路若不爾者明相出時咸得墮罪　小旁生女不堪行婬者無犯　若有父母夫主等守護者同宿無犯

五分律云若同覆異隔若大會説法若母姊妹近親病患有知男子自伴不卧皆不犯

十誦律云通夜坐不卧不犯

此戒大乘同學

第五與未受大戒三宿戒

若比丘與未受大戒人共宿過二宿至三宿波逸提

緣起此戒有二制佛在曠野城六羣比丘與諸長者共在講堂止宿時六羣中有一人散心睡眠無所覺知轉側露形有比丘

以衣覆之復更轉側露形如是至三長者譏嫌調弄知足比丘慚愧白佛此初結戒也爾時佛在拘睒毘國諸比丘言佛不聽我曹與未受大戒共宿當遣羅云出時羅云無屋住往厠止宿世尊知之詰厠引入自房共止一宿明日清旦集僧告諸比丘言汝等無慈心乃驅出小兒是佛子不護我意耶故開其二宿此第二結戒也由眠宿事不寂靜煩惱制斯學處

【釋義】文分二節與未受大戒共宿明其正制過二宿下結成所犯律云未受大戒人者除比丘比丘尼餘未受大戒人是（此攝小三衆及白衣等）同室宿者如上（薩婆多論云若不聽二宿必有種種惱事及失命因緣以憐愍心故得共二宿以護佛法故不聽三宿）

【結罪】是中犯不犯悉同上　此戒具四緣方成本罪一彼是未受具人二自身無病更無難緣三共房至三宿四明相未出不離

【兼制】比丘尼波逸提（同制同學）式叉摩那沙彌沙彌尼突吉羅是為犯

【會採】僧祇律云若與未受具人同屋宿第三宿時當異房若露地露地風雨雪寒時當還入房坐至地了（地了即明相也）若老病不堪坐者當以縵障若齊項若齊掖縵下至地當用繳物作不得容猫子過　若道行時無帳縵者若未受具人可信應語言汝眠我當坐比丘欲眠時當喚使覺我眠汝坐若眠汝無福德　此同室宿戒罪未悔過後共宿者罪轉增長悔過已當別房宿更得共宿

薩婆多論云若共宿過二夜已第三夜更共餘人宿波逸提以前人相續故　若共宿二夜已移在餘處過一宿已還共同宿無過　若通夜坐無犯

律攝云至第三夜令出宿時不應遣出寺外及離簷前但可離自房勢分若恐惡苾芻為破戒緣者至第三夜應令求寂向善友房此若無者應共擯出罪惡苾芻或自將求寂餘處而卧若自安居已不得往者應生心念為防護故於三月中與求寂同宿者無犯

根本律云若安居後有惡苾芻來入寺中師主應與求寂同房宿至夏終勿致疑惑或夏罷已能驅者可擯斥之不可擯者應將求寂別詣餘寺　如在行路雖過二宿通夜應眠勿生疑惑

十誦律云有病比丘使沙彌供給雖卧無犯是中有不病比丘不應卧

根本目得迦云不合與俗人求寂授學人別住人等同坐必有難緣無犯

此戒大乘同學

附考律攝云若有難緣無餘牀席應疊七衣為四重而卧其上以大衣疊安頭下或用覆身五衣以充內服凡卧息時右脇著牀兩足重累身不動搖作光明想安住正念情無嬈惱衣服不亂於睡知量念當早起初夜後夜恒修善品此是沙門睡息之法若無病苦晝不應卧若眠息時有人相惱應向餘處

第六與未受戒人共誦戒

若比丘與未受戒人共誦者波逸提

【緣起】佛在曠野城六羣比丘與諸長者共在講堂誦佛經語聲高大如婆羅門誦書聲亂諸坐禪者有知足比丘白佛結戒由教授事制斯學處乃初篇妄根本種類

【釋義】律云未受戒人者除比丘比丘尼餘者是誦者句義非句義字義非字義句義者與人同誦不前不後諸惡莫作衆善奉行自淨其意是諸佛教　非句義者如一人說諸惡莫作未竟第二人抄前言諸惡莫作　字義者二人共誦不前不後諸惡莫作　非字義者如一人未稱諸第二人抄前言諸（僧祇律云雖比丘尼受具戒亦不得教若授弟子經應教言待我誦斷汝當誦若不受語者不復得教）法者佛所說聲聞所說仙人諸天所說佛印可之皆名為法（薩婆多論云為諸比丘結戒者為異外道故為與弟子差別故為分別言語令分了故為實義不貴音聲故）

【結罪】是中犯者與未受戒人共誦若口授若書授了了波逸提　不了了突吉羅　共天龍鬼子及畜生能變化者說而了了不了了者盡突吉羅　若師不教言我說竟汝可說者師突吉羅　此戒具三緣方成本罪一前人未近圓二先不教誨三同誦高聲

【兼制】比丘尼波逸提（同制同學）式叉摩那沙彌沙彌尼突吉羅是為犯

【隨開】不犯者我說竟汝說一人誦竟一人書若二人同業同誦或疾疾說乃至錯說及最初未制戒等是為不犯

【會採】五分律云若教未受具戒人經並誦

波逸提並誦者俱時誦或授聲未絕彼已誦或彼誦未竟此復授句句波逸提

十誦律云若以不足句法教未受具戒人若偈說偈偈波逸提(以四句為一偈)若經說事事波逸提(謂法喻中一段之事)若別句說句句波逸提(別句謂四句偈中但說一句)不足味不足句亦如是(味句不足謂一句亦未全)

律攝云若語喋若性急言若同誦為正文句若教授時先告彼言汝勿與我同時而說雖同無犯

此戒大乘同學

【引證】戒因緣經云若比丘向未受戒者說一句戒法波逸提(由六羣比丘向沙彌說毘尼語佛知故制)

律攝云若有俗人為求過失或偷法心或無信敬或是外道以與律相應之說令彼聽者彼若聞時皆得墮罪

善見律云若法師所撰文字共同誦者不犯(准斯二律制意惟重毘尼並五篇之名是大僧法具沙彌等必不可令聞也)

【附考】律攝云有五種人不應為說毘奈耶藏謂性無所知強生異問或不為除疑而發於問或試弄故問或惱他故問或求過失故問返上五人為說非犯　其受法者具三威儀為敬故不應眠授弟子之法若老若少到彼師所合掌鞠躬方申請問四大安不應生敬仰直心無諂請決所疑一心善領不令忘失若無疑者如常受法禮足而退　若師出行隨後而去若師坐者自應蹲踞或處卑坐其師亦應敬彼學徒勿生輕懱虛心授與於法無悋善領善答有忍有悲無懷恚恨令受業者情無疲惱

常給侍者應數教授性愚鈍者亦應偏教若作吟詠之聲而授法者得惡作罪若說法時或為讚歎於隱屏處作吟諷聲誦經非犯　不應讃誦外書典籍若為降伏異道自知有力日作三時兩分勝時應學佛法一分下時應習外典不應記年月以為三分夜亦三時初後習禪誦經中間繫心寢息若作婆羅門誦書節段音韻而讀誦者得越法罪若方言若國法隨時吟詠為唱導者斯亦無犯　苾芻尼律亦應習學尼來請學如法教示若有疑問善為開釋　若講誦時忘其所在方處者於六大城隨一應說若忘國王並大地主及鄔波斯迦名者應隨意稱勝光大王給孤獨長者毘舍佉鄔波斯迦　又苾芻住處常月八日及十四日至小食時鳴揵椎集大衆設香華聽經法有外道來應設方便令彼出去應請耆宿情存虔敬善威儀者宣說聖言不應求利以為活命得惡作罪若說非法上座應遮　又說法人不應多領門徒以為侍從彼自遮行者無犯遮道要也既至彼處說法之師踞師子座前置高案用承經典嚴設香華若不請輙為人說得越法罪

第七說他麤罪戒

若比丘知他有麤惡罪向未受大戒人說除僧羯磨波逸提

緣起此戒有三制佛在羅閱城耆闍崛山中時有行波利婆沙摩那埵比丘在下行坐六羣語諸白衣言此等犯如是事故僧罰使在下行坐有過比丘聞之慚愧彼樂

學戒者譏嫌六羣往白世尊此初結戒也與結戒已時諸比丘或不知麤惡不知不麤惡或有作波逸提懺悔者或有畏慎者佛言不知不犯此第二結戒也爾時舍利弗為衆所差在王衆中及諸人民中說調達過調達所作者莫言是佛法僧當知是調達所作舍利弗聞制戒已便生畏慎心諸比丘白佛佛言衆僧所差無犯故有除僧羯磨之語此第三結戒也由未近圓事不忍煩惱制斯學處乃初篇妄根本種類

【釋義】文分二節知他有下明其所犯除僧下以顯開聽律云未受戒者如前麤惡罪者波羅夷僧伽婆尸沙向未受大戒人說者（謂對彼陳說彰露前人所犯過也）除僧羯磨者僧謂同一羯磨同一說戒（除僧和集公差說罪不犯此法於作持中明）

【結罪】是中犯者若說了了者波逸提　不了了者突吉羅　除麤惡罪更以餘罪向未受大戒人說者突吉羅　自犯麤惡罪向未受大戒人說突吉羅　除比丘比丘尼以餘人麤惡罪向未受大戒人說突吉羅（餘人謂三小衆及在家受戒二衆也）麤惡罪麤惡想波逸提　麤惡罪疑　非麤惡麤惡罪想　非麤惡疑皆突吉羅　此戒具七緣方成本罪一要有故說心二是麤罪作麤罪想三他人先本不知作不知想四非奉僧差五犯者是受大戒人六向未受戒者說七說聽了了

【兼制】比丘尼波逸提（同制同學）式叉摩那沙彌沙彌尼突吉羅是為犯

【隨開】不犯者若不知若衆僧差麤惡非麤

惡想若白衣先以聞此麤惡罪及最初未制戒等是為不犯

【會採】僧祇律云比丘尼雖受具戒亦不得向說（以比丘尊勝恐尼輕慢之佛慈護僧故遮不向彼說）

根本律云若於不知俗家作不知想疑向彼說他麤罪得墮罪　若於知俗家作不知想疑向彼說者得惡作　無犯者於不知俗家作先知想若大衆詳說其事或時人衆普悉聞知猶如壁畫人所共覩非我獨知說皆無過（人衆普悉聞知謂所集僧衆非指世俗未近圓人也）

五分律云教向甲說而向乙說教說此罪而說彼罪皆波逸提

十誦律云若羯磨此比丘作說罪人餘比丘說者突吉羅（此由未被僧差而受差者轉請彼說既越毗尼難免無過）　若令向此人說此處說向餘人餘處說者突吉羅　若僧作隨意隨時隨處說罪羯磨者無犯（五分教向甲而向乙說以其心存損陷念無利益是故結重十誦令向此而向彼說皆由誤聽羯磨錯其趨向所以結輕）

薩婆多論云與諸比丘結戒者為大護佛法故若向白衣說比丘罪惡則前人於佛法中無敬信心寧破壞像不向未受具戒人說比丘過惡若說過罪則破法身故若說二篇罪名得波逸提說罪事得惡作（罪事者即隨犯婬盜等事）

此戒大乘同制梵網義疏云說過者有兩一陷沒心欲令前人失名利等二治罰心欲令前人被繫縛等此二心皆是業主必犯重戒若獎勸心說及被差說罪皆不犯又犯七逆十重前人失戒失戒後說但犯輕垢

第八向外人說法戒

若比丘向未受戒人說過人法言我見是我知是實者波逸提

緣起此戒起自婆裘園比丘如初篇中廣說於間異者在虛實之別故犯分重輕也律攝云先所未得而今得之以上人法向未近圓者說因未近圓人似求名利似有貪故制斯學處乃初篇妄根本種類按戒因緣經原為向沙彌說故制

釋義律云人法者人界人陰人入上人法者諸法出要自言有念善思惟有戒有欲有不放逸有精進有定有正定有道有修行有智慧有見有得有果諸言有等如初篇內廣釋此中但云過人法而不言過天法者謂佛出於人間於人中結戒以人中有波羅提木叉戒故又人勝於天故以人能修習善法多證聖道諸天著樂不能勤修是以但言過人則其間已攝過天矣實者謂自身眞實證得此法

結罪是中犯者若眞實有此事向未受大戒人說了了者波逸提　說不了了者突吉羅　若手印書若作知相遣人了了波逸提　不了了突吉羅　若向天龍鬼子及畜生能變化者說了了不了了盡突吉羅　若向受大戒人非同意者說突吉羅

此戒具四緣方成本罪一實有過人法二有貪名利心三向未受戒人說四前人領解

兼制比丘尼波逸提同制同學式叉摩那沙彌沙彌尼突吉羅是為犯

隨開不犯者若增上慢若自言是業報不言是修得若實得向同意比丘說或戲說獨語夢中語及最初未制戒等是為不犯

【會採】薩婆多毘婆沙云若實得四果乃至得不淨觀向他說盡波逸提　若為名利故言我清淨持戒實誦得三藏及隨所誦經隨所解義隨能問答向人說者盡突吉羅

僧祇律云現阿羅漢相越毘尼心悔

五分律云若受大戒人不問而向說語語突吉羅　不犯者若泥洹時說若受具戒人問而後說

律攝云對俗人現神通得惡作罪　不犯者為顯聖教現希有事或欲令彼所化有情心調伏故雖說無犯

摩得勒伽云向狂人散亂心人重病人說突吉羅

此戒大乘同學

第九與女人過說法戒

若比丘與女人說法過五六語除有知男子波逸提

【緣起】此戒有三制佛在舍衛國給孤獨園迦留陀夷乞食詣長者家在姑前與兒婦耳語說法姑見生疑云若說法者當高聲說令我等聞何乃耳中獨言耶有乞食比丘聞知訶責黑光往白世尊此初結戒也時有諸女人請比丘說法因佛制戒不敢為說故開聽說不得過五六語此第二結戒也諸比丘復有畏慎心以無有知男子便休不與女人說法又加除有知男子之語故有第三結戒也　此是遮罪因說法事譏嫌煩惱制斯學處乃初篇婬根本種類

【釋義】律云五語者色無我乃至識無我六語者眼無常乃至意無常律攝云五六相應所有言語名五六語過者謂應五過五至六應六過六至七有知男子者解麤惡不麤惡事僧祇律云若盲若聾若瘂亦名無知男子有知男子者若減七歲若過七歲不解好惡語義味不名有知若七歲若過七歲解好惡義味是名有知

【結罪】是中犯者若為女人說法過五六語除有知男子說而了了者波逸提　說不了了突吉羅　若天龍鬼女及畜生女能變化者說過五六語了了不了了盡突吉羅　此戒具四緣方成本罪一必是在家非幼小人婦女二無在家有知男伴三說法過五六語四言辭了了

【兼制】比丘尼波逸提同制同學式叉摩那沙彌沙彌尼突吉羅是為犯

【隨開】不犯者若五六語說若有知男子前過五六語說若無有知男子前授優婆塞五戒及說五戒法授八關齋及說八關齋法說八聖道法說十善法若女人問義無有知男子應答若不解者得廣為說並最初未制戒等是為不犯

【會採】五分律云為女人說五六語竟語言法正齊此從坐起去更有因緣還復來坐為說不犯　若說五六語竟更有女人來為後女人說如是相續為無量女人說皆不犯　若自誦經女人來聽若女人問義要使得解過五六語皆不犯

薩婆多論云女謂能受婬欲者若石女若小女未堪任作婬欲者突吉羅　若說世間常事突吉羅　若說布施福報呪願不

犯　得為尼說法一切尼衆以教誡故無過

律攝云或男無欲意女有染心或時翻此皆得惡作縱是聰敏亦不應說　雖曰女人智同男子由對此女無邪說故亦不犯

此戒大乘同學護譏嫌故必若不起譏嫌方可隨機廣略無犯

第十掘地戒

若比丘自手掘地若教人掘者波逸提

【緣起】此戒有二制佛在曠野城六羣比丘與佛修治講堂周匝自掘地諸長者見皆譏嫌斷他命根此初結戒也六羣更教人掘地言掘是置是長者復譏嫌此第二結戒也此是遮罪由作鄙業妨廢正修制斯學處

【釋義】律云地者已掘地未掘地若已掘地經四月被雨漬還如本十誦律云地有二種生地不生地多雨國土八月地生此謂驚蟄後立冬前也少雨國土四月地生此夏四月也除是名不生地律攝云生地者謂未曾掘若曾經掘被天雨濕或餘水霑時經三月是名生地若無雨濕及水霑潤時經六月亦名生地異此非生善見律云若地四分石一分土及被燒皆非生地

【結罪】是中犯者若用鋤或以钁斸或以椎打或鎌刀刺乃至指爪掐傷地打橛入地地上然火一切波逸提　若不教言看是知是突吉羅比丘法不得直言掘是置是此是淨語令淨人自知看所應掘所應置也五分律云一一所須語淨人言汝知是若不解復語言汝看是若不解復語言我須是若不解復語言與我是　此戒具三緣方成本罪一是生地二無教教心三自掘教他

【兼制】比丘尼波逸提同制同學式叉摩那沙彌

沙彌尼突吉羅是為犯

隨開不犯者若語言知是看是若曳材木曳竹若籬倒地扶正若反塼石取牛屎（西域建壇及燒多取用故）取崩岸土若取鼠壞土若除經行處土若除屋內土若往來經行若掃地若杖築地若不故掘及最初未制戒等是為不犯

會採僧祇律云若河邊坎上以脚蹋隨蹋蹋波逸提坎岸邊行土崩無罪　若營事比丘多有墖物僧物欲藏地中若在露處生地不得自掘當使淨人知若在覆處死地得自掘藏　若地打栓（古橛字）越毘尼罪傷如蚊脚波逸提拔栓亦爾　若死土被雨已比丘不得取使淨人取盡雨所洽際然後自取無罪　掘地波逸提半沙越毘尼罪純沙無罪　若土塊一人不勝破者波逸提破減一人重者無罪　石薑石糞灰准此應知

十誦律云若掘不生地隨一一掘突吉羅　若掘生地隨一一掘波逸提　若掘泥處乃至沒膝處隨一一掘突吉羅　若手畫地乃至沒芥子一一畫突吉羅　若生金銀等鑛處若雌黃赭土白墡處生石處黑石處沙處鹽處掘者不犯

根本律云若營作苾芻欲定基時得好星候吉辰無有淨人應自以橛釘地記疆界深四指者無犯

五分律云餘三衆無事掘地突吉羅若取燥土不犯（准此應知三衆有事不禁下斷草木例斯亦爾）

此戒大乘同學

第十一壞鬼神村戒

若比丘壞鬼神村波逸提

緣起佛在曠野城有一比丘修治屋舍自手斫樹佛知訶責為僧結戒此是遮罪因種子及鬼神村事以譏嫌無悲煩惱制斯學處

釋義律云鬼者非人是婆沙論云鬼者畏也謂虛怯多畏故又威也能令人畏其威故神者能也大力者能移山填海小力者能隱顯變化村者一切諸草木是若斫截墮故名壞村有五種本律五種梵語未翻今准根本律云一根種謂香附子菖蒲薑等此物皆由根種乃生故二莖種即枝種也謂石榴楊柳菩提貝多蔔萄等樹此等皆由莖生故三節種謂苷蔗竹葦等此等皆由節生故四開種謂蘭香橘柚等此等諸子皆由開裂乃得生故五子種謂稻麥豆芥等此等皆由子還生子故然斯五種鬼神託之棲止猶若人之依村落也故名鬼神村　戒因緣經云有神依樹根有神依樹根有依樹皮裹有依樹皮裂中有依樹蓓蕾有依樹葉有依樹華有依樹果一切藥草樹木盡有神神所以依住者貪其香故　正法念處經云樹下住鬼者由見人種樹為施人作善惡心斫伐取材而用故墮樹中常被寒熱

結罪是中犯者於五生種若生生想自斷自炒自煮教他斷炒煮盡波逸提　若生疑自斷炒煮教他斷炒煮突吉羅　生非生想　非生生想　非生疑盡突吉羅

若生草木生草木想自斷炒煮教他斷炒煮盡波逸提　生草木疑自斷乃至教他煮突吉羅　生草木非生草木想　非生草木生草木想　非生草木疑盡突吉羅

若釘橛著樹上若以火燒著生草木上若斷多分生草木盡波逸提　斷半乾半生草木突吉羅　若不言看是知是突吉羅

此戒具四緣方成本罪一知是生草木二生草木作生草木想三欲自壞或非淨語教他壞四必斷巳

兼制 比丘尼波逸提（同制同學）式叉摩那沙彌沙彌尼突吉羅是為犯

隨開 不犯者言看是知是若斷枯乾草木若於生草木上曳材曳竹正籬障若撥塹塼石若取牛屎若生草覆道以杖披遮令開若以瓦石柱之而斷傷草木若除經行地土若掃經行來往處地誤撥斷生草木及最初未制戒等是為不犯

會採 第三分云不應不淨果便食應作五種淨法食一火淨（乃至以火一觸）二刀淨（以刀損壞）三瘡淨（果上自有壞處）四鳥啄淨（鳥曾啄傷）五不中種淨（不任為種或未成熟）是中初後兩種淨巳都食餘三種淨應去子食 復有五種淨法若皮剥（剥去少皮）若剥皮（皮盡剥去）若腐（爛壞）若破（劈裂）若瘀燥（自蔫乾）不應噉不淨果菜不應自作淨不應自手捉令人作淨應置地使人作淨作淨巳不應不受而食

律攝云若葡桃瓜果總為一聚於三四處以火拄之（拄音主剌傷也）此便為淨若刀爪一一皆須别淨若自將刀等作淨者食時無犯淨時波逸提

五分律云若食根種亦應五種淨謂剥截破洗火若食莖葉應三種淨謂刀火洗若作淨時應作總淨於一聚一器中若淨一名為總淨 餘三衆無故殺生草木突吉羅 若為火燒若折若斫知必不生不犯

若比丘住處庭中生草聽使淨人知（知乃）

令彼自知除去

僧祇律云有國土作穀聚畏非人偷以灰火燒上作識此即為淨　若摩摩帝有倉穀未淨畏年少比丘不知法使淨人火淨至倉穀盡比丘恒得語言春去不犯　若拾乾牛屎合生草者波逸提

摩得勒伽云以灰土沙覆生草突吉羅　若語餘人言取是果我欲食突吉羅　生果未淨全咽突吉羅（全咽謂口含也）咬破波逸提　取木耳突吉羅　打熟果落突吉羅　打生果落波逸提

善見律云若火淨已後生芽生芽處便淨非生芽處得食　若須華果得攀樹枝下使淨人取不犯不得令枝折　若樹高淨人不及比丘得抱淨人取之不犯　若木倒笮比丘而不死雖手中有刀斧等寧守死不斫木掘土以脫自命何以故掘土斫木得墮罪智慧人寧守戒而死不犯戒而生　若樹押人比丘得斫樹掘地以救其命不犯（須知為己違制勿犯運悲救生聽開全同大乘教意）若人放火燒寺為護住處得剗草掘土以斷火不犯

根本律云若於生草及青苔地經行之時起念令草損壞者隨所損壞波逸提　若但作經行心者無犯　若拔地菌突吉羅

薩婆多論云有三戒大利益佛法一不得擔二不殺草木三不掘地若不制三戒國王當使比丘種種作役有此三戒國王息心三衆是淨人故不犯（本律並諸部式叉尼沙彌沙彌尼皆犯惡作者是制彼等隨律威儀也今云不犯者正明別開非類大僧也）

此戒大乘同學
【引證】根本雜事云得义尸羅國有醫羅鉢龍王化身為摩納婆形持滿篋金徧遊諸處說偈問言何處王為上於染而染著無染而有染何者是愚夫何處愚者憂何處智者喜誰和合別離說名為安樂若有解者即以金篋供養然無有人能解釋者漸行至婆羅尼斯國復如是唱有人報言有上智人住阿蘭若名那剌陀當解斯義未幾那剌陀至龍王以偈問彼聞記憶告言十二年後當為汝釋龍言太長太久漸求減至七日時那剌陀即往告五苾芻苾芻答言汝可問佛即詣鹿林禮佛足而坐佛為說法證預流果願求出家佛言先為摩納婆解釋頌義然後出家應如是答第六王為上染處即生著無染而起染說此是愚夫愚者於此憂智者於此喜愛處能別離此則名安樂彼若不解更為說頌若人聞妙語解已修勝定若聞不了義彼人由放逸彼若更疑汝可對彼以爪截葉若問世尊出世報言已出若問何處報言在施鹿林時摩剌陀受佛教已至彼龍所具答如上彼龍化作金轉輪聖王往世尊所佛言汝愚癡人於迦攝波佛時受佛禁戒不能護持感此下劣長壽龍身今者何故還起詐心汝今可復本形龍言世尊我是龍身多諸怨惡恐有衆生共相損害佛敕金剛手為之守護龍王別至一處遂復本形身有七頭頭尾相去有二百驛（謂二百由旬也）一一頭上各生一醫羅大樹被風搖動膿血

皆流震汙形骸臭穢可惡常有蠅蛆諸蟲徧其身上晝夜唼食是時龍王即以本身詣世尊所禮足卻住白言惟願世尊為我授記當於何日捨此龍身佛言當來人壽八萬歲時有佛出世號曰慈氏為汝授記當免龍身龍王悲哭諸頭眼中一時淚出成十四河駛流驚注佛令裁止勿致損國龍禮佛足忽然不現大衆問其往因佛言迦攝佛時此龍於佛法中出家修行善閑三藏具習定門經行翳羅樹下以自策勵樹葉打頭即便忍受後時繫心疲倦從定而起策念經行葉還打頭極痛發瞋恚心以兩手折其樹葉擲地作如是語迦攝波佛無情物上見何過咎而制學處令受斯苦彼猛毒瞋心毀戒命終墮此龍中

附考　根本律云凡授事苾芻為營作故將伐樹時於七八日前在彼樹下設諸祭食誦三啟經（謂三誦也）耆宿苾芻應為咒願說十善道讚歎善業復應告言若於此樹舊住天神應別求居止此樹今為三寶有所營作過七八日已當使淨人斬伐之若伐樹時有異相現者應為讚歎施捨功德說慳貪過若仍現異相則不應伐若無別相應可伐之（要令淨人知非自伐也）

毘尼止持會集卷第十

音義

六大城（佛生迦羅衛成道摩竭提說法波羅奈入滅俱尸羅並王舍城毘耶離城此六城乃西域十六大國之首）五戒法（佛初為提謂等在家弟子受三皈已即授五戒為優婆塞優婆夷若在家弟子破此五戒則非清淨士女故經云五戒者天下大禁忌若犯五戒在天則違五星在地則違五嶽在方則違五帝在身則

違五賊如是等世間違犯無量若約出世犯五戒者則破五分法身一切佛法何以故五戒是一切大小乘尸羅根本若犯五戒則不得更受大小乘戒者若能堅持即是五大施此五通名戒者以防止為義能防惡律儀無作之非能止三業所起之惡故通名防止

八關戒法 諸經論中或名八關齋戒或名八關戒或名八戒齋又名八種長養功德法如是名雖不一而戒則同也謂以前八法名為關戒關謂閉八惡不起也過後一不非時食名之為齋齋以齊中為義即是禁止八惡而令修中道故也

十善法 能反殺盜邪婬妄語兩舌惡口綺語貪欲瞋恚邪見十不善法即名十善法或名十善道天台云十善有二種一止二行止則但止前惡不惱於他行則修行勝德利樂一切此二通稱善者善以順利為義息倒歸真曰順理止則息於重倒之惡行則漸歸勝道之善故止作二種皆名曰善或以加道名以能通至樂果也

鋤 音狙與鉏同去穢助苗也又誅也斫也　**鑁** 匡入聲大鉏也　**剅** 音卓削也　**鎌** 音廉鈎刀亦名梆子　**掐** 苦洽切爪刺也　**赭** 音者赤土　**墡** 音善白土　**柚** 音右小者為橘大者為柚　**蓓蕾** 上音倍下音壘謂始花也　**笮** 音責壓也　**剗** 音產削平也　**菌** 音郡蕈之小者　**得叉尸羅國** 未見翻譯　**醫羅鉢龍王** 亦云醫羅鉢羅醫羅樹名此翻云臭氣鉢羅此翻云樹由此龍王往昔損此樹葉故致頭上生此臭極之樹也　**摩納婆** 此翻儒童　**篋** 音怯箱篋也　**婆羅尼斯國** 舊云波羅奈河名也去河不遠造立王城或翻為江遶城　**那剌陀** 未見翻譯　**駛** 音使又去聲馬行疾也　**五苾芻** 即憍陳如等五人也

毘尼止持會集卷第十一

清金陵寶華山弘律沙門讀體集

第十二異語惱他戒

若比丘妄作異語惱他者波逸提

【緣起】此戒有二制佛在拘睒毘國瞿師羅園中闡陀犯罪諸比丘問言汝自知犯罪不耶卽以餘事報言汝向誰語爲說何事爲論何理爲語我爲語誰耶是誰犯罪罪由何生我不見罪云何言我有罪諸比丘譏嫌白佛佛令僧爲作餘語白乃初結戒云若比丘餘語者波逸提後便觸惱衆僧喚來不來不喚來便來應起不起不應起便起應語不語不應語便語佛令僧復爲作觸白此第二結戒也（餘語觸惱二種單白羯磨法於作持中明）此是性罪由違煩事嗔恚煩惱制斯學處乃初篇妄根本種類

【釋義】律云餘語者汝向誰語乃至我不見犯此罪（餘語卽異語也　僧祇律云異語惱他有八事一者作羯磨時比丘和集作折伏乃至別住羯磨　二者如法論時說非常非斷是名如法論　三者論阿毘曇時九部修多羅是名阿毘曇　四者論毘尼時廣畧波羅提木叉是名毘尼　五者不異論不得離所論更論餘事是名不異論　六者不異人不得離先問人更問餘人是名不異人　七者停論當說法時語言住後當更論是名停論　八者異語惱他如尊者闡陀異語惱他是名八事）

【結罪】是中犯者若僧未作餘語白便作餘語汝向誰語等者一切盡突吉羅　若作白已作如是餘語者一切盡波逸提　若僧未作觸惱白喚來不來等一切盡突吉羅　若作白竟作如是觸惱僧者一切盡波逸提　若上座喚來不來突吉羅

此戒具四緣方成本罪一自身有過二覆

藏違諫三僧曾作白四語默觸惱
兼制比丘尼波逸提同制同學式叉摩那沙彌
沙彌尼突吉羅是爲犯
隨開不犯者重聽不解或人語有參差汝
向誰說乃至我不見此罪不犯異語若欲作非
法非毘尼羯磨若僧若塔寺若和尚同和
尚若阿闍黎同阿闍黎若新舊知識等若
爲作無利益羯磨不與和合喚來不來若
一坐食不作餘食法若喚起不起或舍崩
火燒惡獸賊難等教莫起便起若惡心問
上人法說是不與說不犯觸惱若小語疾疾語
夢中語獨自語欲說此錯說彼及最初未
制戒等是爲不犯
會採僧祇律云若僧中問異答異得波逸
提　若多人中和尚阿闍黎前諸長老前

問異答異得越毘尼罪
律攝云若於僧伽及尊重類稱理之教垢
心違亦得墮罪　非稱理教作違惱言得
惡作罪　若向不解語人而違惱者亦惡
作罪　若差知衆事以垢惡心應作不作
不應作而作皆得墮罪　若無垢心得惡
作罪
根本律云若苾芻見獵人逐麞鹿等入寺
内彼問頗見有鹿從此過不不應言見若
是寒時報言可入溫室向火若是熱時報
言可入涼室飲水若彼云我不疲倦爲問
走鹿應先自觀指甲報言我見指甲若更
問者應觀太虛報言我見太虛若彼云我
不問指甲及太虛然問可殺有情於此過
不卽應徧觀四方作如是念於勝義諦一

切諸行本無有情報言我不見有情此皆

無犯　若餘問時不如實答得墮罪

五分律云若輕三師及戒一一波逸提

輕餘比丘突吉羅　師令掃地不掃教順

掃而逆掃皆突吉羅（不恭敬戒諸部皆有唯本部無大意與此同今故揀集以入其中俾不漏過也）

此戒大乘同學

第十三嫌罵戒

若比丘嫌罵波逸提

【緣起】此戒有二制佛在羅閱城耆闍崛山中沓婆摩羅子爲差使知僧臥具及差僧食時慈地比丘於眼見耳不聞處自相謂言沓婆摩羅子有愛恚怖癡餘比丘語言莫作是說報言我不面說在屏譏嫌耳佛知初爲結戒云若比丘譏嫌波逸提復更於耳聞眼不見處自相謂言有愛恚怖癡諸比丘語言佛不制戒云譏嫌波逸提報言我不嫌是罵耳故有第二結戒也此是性罪由謗讟事瞋恨煩惱制斯學處乃初篇妄根本種類

【釋義】律云若面譏嫌齊眼見不聞處言有愛等若背面罵齊耳聞不見處言有愛等

【結罪】是中犯者若比丘嫌罵比丘說而了了者波逸提　不了了者突吉羅　若上座教汝嫌罵若受教嫌罵突吉羅（其教者例推亦難逃此罪）

此戒具四緣方成本罪一有瞋恚心二是僧所差人三出言嫌罵四說而了了

【兼制】比丘尼波逸提（同制同學）式叉摩那沙彌沙彌尼突吉羅是爲犯

隨開不犯者其人實有是事恐後有悔恨語令如法發露或戲語或夢中語欲說此乃錯說彼及最初未制戒等是爲不犯

會採僧祇律云嫌而不訶責者得越毘尼罪　訶責而不嫌者得越毘尼罪　亦嫌亦訶責者得波逸提罪　嫌非訶責者持巳器中食比比座器中食作如是言平等不是嫌而非訶責　訶責而非嫌者但言有愛恚怖癡不以所分得物相比也（亦嫌亦訶准此可知）

善見律云譏嫌被僧差人波逸提　嫌餘人突吉羅

摩得勒伽云罵畜生突吉羅

此戒大乘同制

第十四敷僧臥具不舉戒

若比丘取僧繩牀木牀若臥具坐褥露地敷若教人敷捨去不自舉不教人舉波逸提

緣起佛在舍衛國給孤獨園時城中有長者飯僧十七羣比丘取僧坐具在露地敷而經行望食時到時到巳不收攝便赴食僧坐具即為風塵土坌蟲鳥啄壞汚穢不淨諸比丘譏嫌白佛結戒此是遮罪因臥具事由輕慢心制斯學處

釋義文分二節取僧繩牀下明僧物僧用若教敷下結成所犯律云衆僧物為僧屬僧物者巳捨與僧為僧者為僧作未捨與僧也屬僧者巳入僧巳捨與僧繩牀者有五種旋脚直脚曲脚入陛無脚木牀有五種亦如是臥具者或用坐或用臥褥者是坐褥也在露地（謂無覆蓋揀非屋內）若自敷教人敷

數謂安布也若去彼有舊住比丘若摩摩帝若經營人當語言我今付授汝汝守護看此謂教人舉也舉者謂好收攝若都無人者當舉著屏處而去若無屏處自知此處必無有破壞當安隱已持麤者覆好者上而去此謂自舉也若即時得還應去若疾雨疾還不壞坐具者應往若中雨中行及得還者應往若少雨少行少行謂徐徐行也及得還者應去毘尼母云如來所以教諸比丘襞數具者見五種過一不欲令風吹二不令日曝三不令天雨四不令塵土坌之五不令蟲鳥數具上放不淨

結罪是中犯者若不作方便而行初出門波逸提本因露地數具今制約門者是就彼時給孤獨園祇桓太子所建之都門而言其中寬廣不無露地可知如依此時論但出僧伽藍之大門為准若一足在外一足在內欲去而不去還悔一切突吉羅若二人共一牀坐下座應收而去下座謂上座當收而上座竟不收下座犯波逸提復以非威儀突吉羅此謂下座禮失尊卑所以更加一非威儀罪上座謂下座當收而下座不收上座犯波逸提此謂上座應敎下座既自不舉復不敎舉縱是上座亦結本罪若二人不前不後俱不收二俱波逸提若餘空繩牀木牀踞牀若几浴牀或臥具表裏若地敷若取繩索氈貯衣露地不收便去突吉羅若敷僧臥具在露地不收而入房坐思惟突吉羅思惟乃習觀坐禪也此戒具四緣方成本罪一私用僧物二敷於露地三不收而去四兩脚出門

兼制比丘尼波逸提同制同學式叉摩那沙彌沙彌尼突吉羅是為犯

隨開不犯者如上付授乃至少雨少行得還者諸餘空牀等收已而去若為力勢所

縛若命梵二難不作次第而去若二人共坐下座應收若收已入房思惟及最初未制戒等是為不犯

【會採】善見律云他人私物不舉突吉羅

摩得勒伽云自臥具不舉不使人舉突吉羅

十誦律云諸比丘食竟有諸白衣即坐僧臥具牀上應待白衣食竟若有病者不能久待應去隨見者應舉　若失户鉤户鑰無舉處若八難中一一難起不舉不犯

律攝云若無苾芻應告求寂此若無者囑近施主無施主者應觀四方密藏户鑰方隨意去若憶而不舉得本罪　若忘念者但得惡作罪　若路逢苾芻來者應須指的告户鑰處有五種人不堪囑授謂無慚愧有讐隙年衰老身帶病未圓人　若苾芻路中許他舉來至寺内初夜不舉乃至明相出不損而舉得惡作罪　若損而舉得墮罪

【附考】律攝云凡是僧伽所有衣服不將餘物而襯替者不合受用是所替物亦非踈破　若用僧敷具有損壞者不應默然捨不料理有破穿處應須縫補若斷壞者應為連接若不堪修補者用充燈炷或為拂帚或斬和泥用塗墻壁或填孔隙令施福增　門人弟子每於月八日十五日二十三日月盡日應觀師主臥具拂拭晒曝若不爲者咸得惡作若無門徒自須料理　凡聽法時不應與苾芻尼及俗人求寂同一氈席相近而坐授學之人亦不同座有

難緣非犯　無夏苾芻不應共三夏者同
座而坐一夏者不應與四夏者同座二夏
以去得共大三夏者同座　若白衣舍處
所迮時雖鄔波馱耶同座非犯鄔波馱耶此翻親教師即和尚也於一牀上聽坐三人　不應一牀
二人同臥有慚愧者無犯　若在行途得
大帔中間衣隔同臥非犯　若有施主以
衣物布地延請法衆願爲蹈者或寶莊飾
師子座上以俗人衣敷設者苾芻應生慇
念起無常想蹈坐非犯爲令外道生信敬
故　若施主借僧褥席應與事了應令送
歸有汚應洗　若火燒寺先出已衣鉢次
出常住貲財令無力人一處看守言無力人者意在能守不能持行也其火若滅不應輙入大水漂亦
應准此

此戒大乘同學

第十五僧房不舉臥具戒

若比丘於僧房中敷僧臥具若自敷若教人
敷若坐若臥去時不自舉不教人舉波逸提

【緣起】佛在舍衛國給孤獨園時有客比丘
語舊住比丘言我在邊僧房中敷臥具宿
後異時不語舊比丘便去僧臥具爛壞蟲
咬色變舊住者久不見客比丘到房看之
見已譏嫌白佛結戒此是遮罪由敷具事
不敬煩惱制斯學處

【釋義】文分二節於僧房中下明僧用僧物
體通四方物局住處去時下結成所犯律
云僧物臥具付授護舉如上若無人付授
不畏失當移牀離壁高支牀脚持枕褥臥
具置裏以餘臥具覆上而去若恐壞敗當

收臥具氈褥枕擧置衣架上竪牀而去前戒露地此以僧房爲異十誦律云房者或屬衆僧或屬一人極小乃至容容比丘四威儀行住坐臥

【結罪】是中犯者不作如是方便而去若出界外波逸提　一脚在界外一脚在界內還悔而不去一切突吉羅　若期去而不去突吉羅若卽還二宿在界外至第三宿明相未出若不自往房中不遣使語摩摩帝及知事人言掌護此物者波逸提　此戒具三緣方成本罪一受用僧物二去不自擧復不語主三兩脚出界

【兼制】比丘尼波逸提同制同學式叉摩那沙彌沙彌尼突吉羅是爲犯

【隨開】不犯者作如上次第事去若舍壞崩落火燒若有難緣第三宿明相出不自往不遣使語及最初未制戒等是爲不犯

【會採】善見律云內房敷僧臥共若無籬障去離一擲石外還惡作此以中人擲石處二擲石還墮罪

僧祇律云若欲去時房舍內當洒地令淨枕褥晒令燥語知牀褥人知　若在俗家宿去時應示語若草敷者去時應問此草欲安何處隨主人語安之若主言但去我自料理應少斂一角而去

根本律云苾芻雖在俗舍用草敷時亦應除去所臥之草白施主知彼云留卽留若違得越法罪

此戒大乘同制

第十六强奪止宿戒

若比丘知先比丘住處後來强於中間敷臥

具止宿念言彼若嫌迮者自當避我去作如是因緣非餘非威儀波逸提

【緣起】此戒有二制佛在舍衛國祇園精舍時六羣比丘與十七羣比丘在拘薩羅國道路行至無比丘住處村十七羣與六羣言汝是我等上座應先求住處我等當後求六羣報言汝等自去我不求住處十七羣即往求住處自敷臥具止宿六羣知已乃往語言汝等起當以大小次第止十七羣不允即强在座間敷臥具十七羣高聲言諸尊莫爾衆中有少欲比丘譏嫌往白世尊此初結戒也於是諸比丘不知先住處非先住處後乃知是先住處或有作波逸提懺者或有畏慎者佛言不知不犯故復爲僧第二結戒也此是性罪由臥具事情生不忍制斯學處

【釋義】文分二節知先比丘下恃尊强宿作如是因緣下結成所犯知者（或自了知或他告知顯非不知）先比丘住處者（謂彼比丘先已在中安靜止宿）後來者（謂後至比丘恃勢强爲故意放肆於彼臥具中間更重敷已臥具縱身其上坐臥也）律云中間者若頭邊若脚邊若兩脅邊臥具者若草敷若葉敷乃至地敷臥具念言等者（念言挾非口語乃意內生不善之念謂被迮苦所逼不樂彼自當避我遠去何必加以言遣）作如是因緣非餘者（謂作如上强緣令他自避非爲餘事因緣也）非威儀者（謂先止者未曾遂請後來者必欲安宿四儀紊亂非僧所宜也）

【結罪】是中犯者隨轉側脅著牀波逸提此戒具三緣方成本罪一處先有人二心存惱亂三强敷具竟

【兼制】比丘尼波逸提（同制同學）式叉摩那沙彌

沙彌尼突吉羅是爲犯

【隨開】不犯者先不知若語已住若寬廣不相妨礙若有親舊人教於中敷若倒地若病轉側墮上若被繫閉若命難若梵行難及最初未制戒等是爲不犯

【會採】僧祇律云若住處少一比丘當一住間敷牀褥尼師壇覆上已向和尚阿闍黎或禮拜問訊或受經去後比丘來卻先尼師壇自敷尼師壇坐已作細聲唄先住比丘來見已作是念誰能斷他法即自持尼師壇去是後比丘波逸提坐禪病亦如是　若後來眠他牀上若是上座者應語言長老不知世尊制戒耶若眠比丘是下座者應訶責汝不善不知戒相汝不知世尊制戒云何後來眠他牀上　若比丘在他處經行者見先比丘來應當避去（他處者謂有先他比丘於此處經行後來比丘亦經行此）若比丘夜眠時雖振動竊語不作擾亂意無罪擾亂比丘波逸提

十誦律云若能數者波逸提　不能數者突吉羅　若為惱他故閉户開户閉向開向（向謂窗牖也）然火滅火然燈滅燈梵唄讀經說法問難隨他不喜事作一一波逸提

【附考】律攝云大小便室不依大小在前至者即應先入便利既了不應久住　洗足之處須依長幼　僧伽器物下至染器在前用者皆待事畢不應依年大小奪先用者亦不應器中安少染汁作留滯心廢他所用　讀誦經時先來已坐不應依大小令彼起避　僧伽剃刀既用已了應復本

處不應停留更備後須此等不依行者咸得惡罪

此戒大乘同學

第十七牽他出房戒

若比丘瞋他比丘不喜在僧房舍中若自牽出教他牽出波逸提

緣起佛在祇桓精舍六羣及十七羣行處同前十七羣入寺掃洒房舍敷臥具止宿已六羣知之即往入房令起隨戒次坐十七羣報言長老實是我等上座然已先語令不能起六羣强牽瞋不喜驅出房佛為結戒此是性罪由臥具事瞋惱他人制斯學處

釋義瞋他等者謂情懷不悅於他不安惡行所為故牽出者根本律云或言驅出或以手牽自作使人

結罪是中犯者若自牽若教人牽若牽多人出多户多波逸提　若牽多人出一户多波逸提　若牽一人出多户多波逸提　若牽一人出一户一波逸提

若持他物出若持物擲著户外若閉他著户外盡突吉羅　此戒具三緣方成本罪一有瞋他心二彼是無過比丘三牽出户外

兼制比丘尼波逸提同制同學式叉摩那沙彌沙彌尼突吉羅是為犯

隨開不犯者無瞋恨心次第出若共宿二夜至三夜遣未受戒人出若破戒破見破威儀若為所擯謂僧已滅擯之若應擯謂比丘所犯事是應滅擯者僧未與作滅擯羯磨也若有命難梵行難驅逐如此等人及最初未制戒等是為不犯

會採五分律云若將其所不喜人來共房住欲令自出若出若不出皆突吉羅　牽比丘尼及餘三衆出突吉羅　若牽無慚愧人若欲降伏弟子而牽出者不犯

律攝云若有苾芻是鬭諍者戒見軌式多有虧違如此之人瞋而或出若無善心亦得惡作瞋而或出者乃現權折伏而非實瞋故無罪無善心者謂絕憐愍不以折伏心故得罪　若於非僧房處曳出清淨苾芻得惡作罪　若破戒人大衆應共驅出若倚門若抱柱咸應斫去并推出之事殄息後所斫截處僧應修補　若門徒等冀其懲惡牽出房時無犯然不應令出其住處若無破戒罪但難共語者應爲曳轄法而折伏之言曳轄法者謂暫捨置不與共語同事如惡馬難調應合轄杙而捨棄之　若於住處龍蛇忽至應彈指語曰賢首汝應遠去勿惱苾芻若告已不去應持軟物而羂去之勿以毛繩等繫勿令傷損於草叢處安詳解放待入穴已然後捨去若棄蚤虱等應於故布帛上觀時冷熱而安置之此若無者應安壁隙柱孔任其自活

僧祇律云若駱駝牛馬在塲寺中畏污壞塲寺驅出者無罪

此戒大乘同制

第十八重閣坐脱脚牀戒

若比丘若房若重閣上脱脚繩牀木牀若坐若臥波逸提

緣起佛在舍衛國給孤獨園諸比丘在重閣上住坐脱脚牀坐不安詳閣薄牀脚脱墮下止宿比丘上傷身血出有慚愧比丘

嫌責佛爲結戒由臥具事及不愼威儀制斯學處

【釋義】律云房者若僧房若私房重閣者立頭不至者是脱脚牀者脚入陛（謂脚入陛孔不以楔堅故所脱脚薩婆多論云凡坐臥法一切安詳若不審詳者必有所傷蕪壞威儀）

【結罪】是中犯者若坐若臥隨脇著牀隨轉側波逸提　除脱脚巳若在獨坐牀或一板牀或浴牀一切突吉羅　此戒具四縁方成本罪一住閣板薄二閣下有人三牀壞脱脚四不安詳坐臥

【兼制】比丘尼波逸提（同制同學）式叉摩那沙彌沙彌尼突吉羅是爲犯

【隨開】不犯者坐旋脚直脚曲脚無脚牀若重閣上有板覆若反牀坐若脱去牀脚坐及最初未制戒等是爲不犯

【會採】僧祇律云閣下無人坐無犯

此戒大乘同學

第十九蟲水澆泥草戒

若比丘知水有蟲若自澆泥若草若教人澆者波逸提

【縁起】此戒有二制佛在拘睒彌國闡陀起大屋以蟲水和泥教人和諸居士見以無慈心害衆生命譏嫌此初結戒也時諸比丘有疑不知有蟲無蟲或有作波逸提懺或有畏愼者佛言不知不犯復與第二結戒也此是性罪由用水事無慈悲煩惱制斯學處乃初篇殺根本種類

【釋義】知者（或自察知或他語知）水者（謂河池井水乃至漿等類）蟲者（五分律云有蟲水者囊漉所得肉眼所見）澆者（水濾也亦是用水之異名五分律云用有内外内用者飲食之屬外用者澆灌浣濯洗浴之屬此間爲外用故制）

其內用如後所禁此二用皆顯於慈護有情之微細也

【結罪】是中犯者若知水有蟲用澆泥草若以草若土擲有蟲中者波逸提　除水已若有蟲酪漿清酪漿若漬麥漿以澆泥若草若教人澆者波逸提　若以土若草著如上有蟲等漿中若教人者波逸提

若蟲水有蟲水想波逸提　蟲水疑　無蟲水有蟲水想　無蟲水疑盡突吉羅

此戒具三緣方成本罪一知水有蟲二作有蟲想三自教澆用

【兼制】比丘尼波逸提（同制同學）式叉摩那沙彌沙彌尼突吉羅是爲犯

【隨開】不犯者不知有蟲作無蟲想若蟲大以手觸水令蟲去若漉水灑地教人灑及最初未制戒等是爲不犯

【會採】善見律云自澆者隨息一一波逸提（息者止也）若教他澆隨語語得波逸提

根本律云河池水處多有蟲魚苾芻殺心決去水隨有蟲魚命斷之時皆得墮罪若不死者皆得惡作　若於此水處堰之令斷於其下半隨蟲命斷或時不死得罪同前

此戒大乘同制

【附考】僧祇律云若比丘營作房舍須水若河若池若井漉取滿器看無蟲然後用若故有蟲當重囊漉諦觀之若故有蟲至三重若故有蟲當別作井如前諦觀若故有蟲當捨所營事至餘處去蟲生無常或先無今有或今有後無是故比丘日日諦觀無蟲便用

薩婆多論云殺生有三種有貪毛角及皮肉而殺衆生有怨憎恚害而殺衆生有無所貪利有無瞋害而殺衆生是名愚癡殺此戒用有蟲水是謂愚癡殺衆生

第二十覆房過三節戒

若比丘作大房舍户扉窗牖及餘莊飾具指授覆苫齊二三節若過波逸提

【緣起】佛在拘睒毘國美音園中闡陀起大房覆有餘草復更重第三猶有餘草彼作念言我不能常從檀越求索草爲更重覆不止屋便摧破諸居士見共皆譏嫌時有知足比丘聞之白佛結戒此是遮罪由房舍事貪慢煩惱制斯學處

【釋義】文分二節作大房下明其營造若過下結成所犯律云大舍者多用物（律攝云大住處有二種一形量大二施物大此據形大有主爲作）及餘莊飾者刻鏤綵畫覆者有二種縱覆橫覆（按西國所造室宇臺觀板屋平頭壁泥石灰覆以瓴甓或苫茅苫草及以板木户牖垣墻圖畫彫鏤種種奇製嚴飾不一今律云及餘莊飾者乃是總句也）彼比丘指授二節覆巳（節謂節度也）第三節未竟當去至不見不聞處

【結罪】是中犯者若二節覆巳第三節未竟不去至不見不聞處第三節竟波逸提若捨聞處至見處捨見處至聞處一切突吉羅　此戒具三緣方成本罪一作房廣求二貪造堅固三過覆看竟

【兼制】比丘尼波逸提（同制同學）式叉摩那沙彌沙彌尼突吉羅是爲犯

【隨開】不犯者若水陸道斷賊難惡獸難水大漲或爲勢力所持若被繫若命難梵行

難指授第二至第三節未竟不去至不見不聞處及最初未制戒等是爲不犯

【會採】薩婆多論云凡作房法有三上中下覆房法各自有限若下房以中上房覆法者以鎮重故兼頓成故若用草覆草草波逸提　若中房以上房覆法者亦以鎮重故若用草覆草草波逸提　若隨上中下覆法者以頓成故房成已一波逸提若不頓壘墻成無罪

根本律云若起墻時是濕泥者始從治地築基創起墻壁應二三重布其模墼過者墮罪　若是熟磚及以石木或可施主欲得疾成雖過重數竝皆無犯（按本部與十誦至第三節方成罪未竟捨去無犯餘部至第四節方成其罪今如本部之制餘部但可通曉）

此戒大乘同學

第二十一自往教尼戒

若比丘僧不差教誡比丘尼者波逸提

【緣起】佛在舍衛國給孤獨園大愛道比丘尼請佛聽諸比丘與尼教誡說法佛敕阿難隨次差上座往時次當般陀然尊者所誦唯一偈至往受尼禮請說一偈已即入第四禪六羣尼各相向調戲言我先有此語般陀比丘癡人唯誦一偈若來教我等說已更何所說今者黙然果如所言有諸阿羅漢比丘尼聞尊者所說皆大歡喜如是三番說偈三番入第四禪尊者出定觀衆尼心或有喜者或有不喜者即昇虛空現諸神變說法而去時六羣比丘自往教誡不說正法但說一切世論乃至笑儛跛行等六羣尼極大歡喜羅漢尼以恭敬心

故默然無言大愛道白佛佛制僧中差教授尼白二羯磨於是六羣比丘即出界外更互相差往大愛道重白佛佛制成就十法然後得教授尼一戒律具足二多聞誦二部戒相三決斷無疑四善能說法五族姓出家六顏貌端正七尼衆見便歡喜八堪任與尼衆說法勸令歡喜九不爲佛出家而被法服犯重法十滿二十歲若過二十歲即二十夏臘如此等可與尼教誡遂爲結戒此是遮罪由尼事貪心希望招世譏嫌待緣煩惱制斯學處乃初篇婬根本種類按根本律云具七法者僧應差教授尼一持戒二多聞三住耆宿位四善都城語五不曾以身汚尼六於八地勝法善能分別七於八尊重法善能解釋

【釋義】律云僧者一說戒一羯磨差者僧中所差白二羯磨此法於作持中判教授者八不可違法百臘比丘尼見初受戒比丘當起迎逆問訊禮拜請令坐一不得罵比丘不得誹謗言破戒破見破威儀二不得舉比丘罪作憶念作自言不得遮他覔罪遮說戒自恣比丘尼不得說比丘過失比丘得說比丘尼過失三已學於學式叉摩那從衆僧求受大戒四若犯僧殘應在二部僧中半月行摩那埵五於半月當從僧中求索教授人六不應在無比丘處夏安居七夏安居訖當詣衆僧中求三事自恣見聞疑八如此八事應尊重恭敬讚歎盡形壽不應違此八敬法尼初求度佛即先宣已令半月請僧教誡今大愛道復請者爲欲發起羯磨差往因緣故然所教者即此八不可違法也

【結罪】是中犯者若僧不差或非教授日而往與說八不可違法突吉羅　若僧差往

應尅時到尼亦尅時迎若尅時不到突吉羅尼應出半由旬迎供給所須若不爾者突吉羅　若僧不差而往與說法者波逸提　此戒具三緣方成本罪一必貪心違制二是教誡比丘尼三兩脚入門

【兼制】比丘尼突吉羅同制別學式叉摩那沙彌沙彌尼突吉羅是爲犯

【隨開】不犯者如上僧中差往尅時而至若諸難緣留阻不容尅時而至及最初未制戒等是爲不犯

【會採】僧祇律云教誡尼不得從日沒至明相未出不得深猥處不得露現處當在不深不露處若講堂若樹下不得十四日十五日月一日二日三日應從四日至十三日往教誡不得教誡不和合尼衆到已應問尼僧和合不若和合應遣使呼來若不得來者應與教誡欲不得偏教誡不得長語教誡

五分律云若不差教誡尼語語波逸提教誡式叉摩那沙彌尼突吉羅　若僧不差爲教授故入尼住處隨入多少步步波逸提　若一脚入門突吉羅除比丘尼病若說八敬已後說餘法不犯

善見律云若不說八敬先說餘法突吉羅

十誦律云比丘應誦尼戒莫令忌失何以故諸女人喜忌智慧散亂我泥洹後當從大僧問戒法

此戒大乘同學必若觀機知有大益不犯然在末法尤宜慎重

【附考】薩婆多論問云教誡教授有何差別

答曰遮無利益故名教誡與有利益故名教授又教住正念故名教誡教住正知故名教授乃至令修世間善法故名教誡令修出世間善法故名教授以是差別

第二十二教尼至暮戒

若比丘爲僧差教授比丘尼乃至日暮者波逸提

【緣起】佛在舍衛國祇桓精舍時難陀（薩婆多論云此非佛弟難陀）爲衆僧所差教授比丘尼教已默然而住大愛道重請乃至三教難陀好音聲聽者樂聞遂至日暮尼出祇桓入舍衛城城門已閉即依城塹中宿晨旦在前入城諸長者見已謗爲與比丘共宿佛知爲僧結戒因譏嫌事制斯學處乃初篇婬根本種類

【釋義】律云彼比丘僧所差教授比丘尼應乃至日未暮當還（此戒非爲比丘往尼寺而制所制者是比丘尼來僧寺暮歸也准前緣起據後開中可知）

【結罪】是中犯者若教授至日暮者波逸提　除教授若受經若誦經若問若以餘事乃至日暮突吉羅　除比丘尼已若爲餘婦女誦經若受經若問若以餘事至日暮突吉羅

若日暮日暮想波逸提　日暮疑　日暮不日暮想　不日暮疑盡突吉羅　此戒具三緣方成本罪一必在僧寺教授比丘尼二尼寺隔城三時至日暮作日暮想

【兼制】比丘尼突吉羅（同制別學）式叉摩那沙彌沙彌尼突吉羅是爲犯

【隨開】不犯者若船濟處說法尼聽共賈客

行夜說法尼聽若至尼寺中說法若說戒日來請教授人值說法便聽及最初未制戒等是爲不犯

【會採】律攝云雖在時中若諸尼衆立而不坐或復營務紛擾不息或身有拘礙而爲說法者亦名非時　若施主本意請法師通夜說法或尼寺近對城門或城門夜不關閉或尼寺在城中或尼衆在白衣舍此皆無犯　其教授尼人一被差已盡形壽教授更不須差

此戒大乘同學

毘尼止持會集卷第十一

音義

一坐食 謂此丘受頭陀法者不數數食及小食等唯受一坐食法於一坐中食令滿足更無坐食設未滿足有因緣起者亦無更坐食故名一坐食

十十

羣比丘 時羅閱城中有十七羣童子共爲親友最大者年十七最小者年十二最富者八十百千最貧者八十千有一童子名優婆離此翻上首最爲大者時諸童子要共出家即往僧伽藍中求爲見度諸比丘即度令出家與授具足多習嬉戲少學禪誦唯優婆離童子先斷煩惱證阿羅漢果此非持律優婆離尊者 啄 音捉鳥食物也 帔 音轡帬屬又衣帔也 寱 音義睡語也 懲 音呈止也戒也 堰

音燕塹水也 墼 音吉土墼未燒墼坯也 般陀 或云槃陀伽或云周羅般陀具云周利槃陀伽此云小路邊生又翻繼道以其兄生路邊弟生繼於道邊故名繼從其兄後來出家不久即得阿羅漢其弟後厭俗是兄出家兄教一偈四月不得忘前失後兄自念言此人於佛法無緣當遣還家即牽袈裟驅令出門門外啼哭不欲還家佛以天眼觀見般陀應可度緣往至其所問知安慰其心即以少許白氎與般陀捉此向日而曝當作如是念取垢取垢世尊教已入聚受請時臨日中觀般陀将得道果即說偈言入寂者歡喜見法得安樂世無瞋最樂不害於衆生世間無欲樂出離於愛樂若調伏我慢是爲第一樂般陀遥聞此偈即得阿羅漢果此據善見律略錄彼教授尼即此一偈薩婆多論云尊者小路於昔迦葉波佛法中具足持彼佛三藏由法慳垢覆蔽其心曾不爲他授文解義及理廢忘由彼業故今得如是

極闇鈍果

大愛道比丘尼

增一阿含經云我聲聞中第一比丘尼久出家學國王所教所謂大愛道瞿曇彌是瞿曇彌是其姓也

難陀

文句云亦名放牛難陀此翻善歡喜亦翻欣喜文句記云從初慕道爲名歡喜中勝故云善也本是放牛之人因問佛放牛十一事知佛具一切智出家獲阿羅漢果 根本律云難釋迦尊者佛遣彼爲尼衆說法教誡時五百苾芻尼聞法得阿羅漢果 薩婆多論云往昔惟衛佛出現於世爲衆生說法彼佛滅後有王起牛頭栴檀塔種種莊嚴此王有五百夫人供養此塔各發願言願我等將來從此王邊而得解脫爾時王者今難陀是爾時五百夫人者今五百比丘尼是以是本願因緣故應從難陀而得解脫

毘尼止持會集卷第十二

清金陵寶華山弘律沙門讀體集

第二十三譏論教尼戒

若比丘語諸比丘作如是語比丘爲飲食故教授比丘尼者波逸提

【緣起】佛在舍衛國給孤獨園時比丘尼聞教授師來半由旬迎安處房舍辦飲食洗浴處六羣不爲僧差生嫉妬心言諸比丘無有真實但爲飲食故教授尼有少欲比丘聞知嫌責六羣白佛結戒由懷嫉心制斯學處

【結罪】是中犯者言諸比丘爲飲食故教授比丘尼爲飲食故教誦經受經若問說而了了波逸提　不了了者突吉羅　此戒具四緣方成本罪一要有嫉妬心二必教誡比丘尼三妄語爲飲食故四說而了了

【兼制】比丘尼突吉羅同制別學　式叉摩那沙彌沙彌尼突吉羅是爲犯

【隨開】不犯者其事實爾爲飲食供養故教授尼爲飲食故教誦經受經若問若戲笑語獨處語夢中語欲說此乃說彼及最初未制戒等是爲不犯

【會採】僧祇律云若言爲醫藥者得越毘尼罪

五分律云若言爲供養故教誡比丘尼及式叉摩那沙彌沙彌尼突吉羅　若言比丘行十二頭陀行坐禪誦經作諸功德皆爲供養利故語語突吉羅

此戒大乘同學

第二十四與非親里尼衣戒

若比丘與非親里比丘尼衣除貿易波逸提

【緣起】此戒有三制佛在舍衛國給孤獨園城中有一乞食比丘威儀具足時有比丘尼見便生善心數請此比丘比丘不受請異時祇桓衆僧分衣物此比丘持衣分出門見彼比丘尼來欲酬前請意彼不受即以衣與彼尼輙便受之此比丘數數向人說嫌責有少欲慚愧比丘聞知啓白世尊此初結戒也後比丘不敢與親里尼衣佛言聽與第二結戒也時二部僧共分衣僧尼錯取白佛佛言聽貿易此第三結戒也因致譏嫌制斯學處乃初篇婬根本種類（須知僧尼衣分錯者爲檀越云此是比丘衣此是比丘尼衣然衣本無二式若式有二則不聽貿易披著今訛傳云僧衣邊縫向外尼衣邊縫向內諸部律制並無斯說）

【釋義】律云親里者如上衣者有十種如上貿易者（共相換易）以衣易衣乃至以非衣易衣鍼貿刀若縷線下至藥草一片

【結罪】是中犯者與非親里尼衣波逸提此戒具三緣方成本罪一必是無過非親里尼二物非貿易及餘因緣三衣財應量

【兼制】比丘尼突吉羅（同制別學）式叉摩那沙彌沙彌尼突吉羅是爲犯

【隨開】不犯者與親里共相貿易與塔與佛與僧及最初未制戒等是爲不犯

【會採】薩婆多論云若與應量衣波逸提與不應量衣物等突吉羅

五分律云若與破戒邪見親里比丘尼衣突吉羅　與非親里餘二女衆衣突吉羅

若爲料理功業事若爲善說經法若爲多誦經戒與衣皆不犯

根本律云若見遺難無衣服者與之或受戒施無犯

此戒大乘同學然在末法應須審慎

第二十五與非親尼作衣戒

若比丘與非親里比丘尼作衣者波逸提

緣起此戒有二制佛在舍衛國祇桓精舍時有比丘尼欲作僧伽黎持至寺中迦留陀夷善知作衣法卽與裁縫之作男女行欲像尼來卽襞衣授與之語言此衣不得妄解披看亦莫示人若白時到（謂檀越請僧白時到赴供也）著此衣在尼僧後行尼如其敎諸居士見拍手高聲大笑大愛道問知其故遂白諸比丘諸比丘轉白世尊此初結戒也時諸比丘畏愼不敢與親里比丘尼作衣佛聽此第二結戒也因致譏嫌制斯學處

釋義律云親里如上衣有十種如上（律攝云作衣者謂割剌浣染）

結罪是中犯者與非親里比丘尼作衣隨刀截多少波逸提隨一縫一鍼波逸提若復披看牽挽熨治以手摩捫若捉角頭挽方正若安帖若緣若索線若績線一切突吉羅　此戒具三緣方成本罪一尼非親里二心欲戲弄三自手作衣

兼制比丘尼突吉羅（同制別學）式叉摩那沙彌沙彌尼突吉羅是爲犯

隨開不犯者若與親里比丘尼作若爲塔若借著浣染治還主及最初未制戒等是爲不犯

會採五分律云取衣時突吉羅

薩婆多論云若尼遣使持衣財來與作衣

突吉羅　若使人與作突吉羅　若與作不應量衣突吉羅　若浣隨一一事突吉羅

此戒大乘同學

第二十六與尼屏坐戒

若比丘與比丘尼在屏處坐者波逸提

緣起佛在舍衛國祇桓精舍迦留陀夷顏貌端正偷蘭難陀比丘尼亦爾彼此皆有欲意時迦留陀夷清旦至偷蘭難陀所在門外共一處坐諸居士見咸共嫌之有知足慚愧比丘聞已白佛結戒因招譏嫌制斯學處乃初篇婬根本種類

釋義律云一處者一是比丘一是比丘尼屏處者見屏處聞屏處見屏覆者若塵若霧若黑暗中不相見聞屏覆者乃至常語不聞聲處是

結罪是中犯者若比丘獨在屏處與比丘尼坐者波逸提　若盲而不聾聾而不盲突吉羅　立住者突吉羅　此戒具三緣方成本罪一是屏處二唯一尼三身同坐

兼制比丘尼突吉羅同制別學　式叉摩那沙彌沙彌尼突吉羅是爲犯

隨開不犯者若比丘有伴若有智人智人謂在家知善惡語之男子也　若行過卒倒地或病轉倒或爲勢所持繫閉若命難梵行難及最初未制戒等是爲不犯

會採五分律云與餘二女衆屏處坐者亦波逸提

薩婆多論云經行已還坐波逸提　隨起還坐隨得爾所波逸提

律攝云此言坐者據起犯緣設餘威儀亦皆同犯

此戒大乘同學

第二十七與尼同行戒

若比丘與比丘尼期同一道行從一村乃至一村除異時波逸提異時者與估客行若疑畏怖時是謂異時

【緣起】此戒有三制佛在舍衛國給孤獨園六羣比丘與六羣尼在拘薩羅人間遊行諸居士見皆譏嫌此初結戒也時諸比丘不先與尼共期卒道路相遇畏慎不敢共行佛言不共期不犯故加期同一道行此第二結戒也時有僧尼二衆俱欲至毘舍離國以比丘不敢同行諸尼在後爲賊所劫因是復開異時故有第三結戒也此是遮罪由譏嫌故制斯學處乃初篇婬根本種類

【釋義】文分二節與比丘尼下明其所犯異時下明其隨開律云期者言共去至某村某城某國道者村間有分齊行處（言同一道行顯非異路也）異時者（謂在難緣有商客同行不犯）疑者疑有賊盜劫處畏怖者有賊劫盜（十誦律云疑有二種一疑失衣鉢二疑失糧食尼之衣食比丘應取持去至安隱處應還與言姉妹汝等隨意不得共行）

【結罪】是中犯者若與尼期同一道行乃至村間分齊處隨衆多少界多少一一波逸提　非村若空地行乃至十里波逸提　若減一村減十里突吉羅　若多村同一界行突吉羅　方便欲去共期莊嚴一切突吉羅　此戒具三緣方成本罪一有心

共期二躬同道行三村里越制

【兼制】比丘尼突吉羅（同制別學）式叉摩那沙彌沙彌尼突吉羅是爲犯

【隨開】不犯者不共期大伴行若爲力勢者所持若命難若梵行難及最初未制戒等是爲不犯

【會採】僧祇律云若共隨車伴行止息發去時喚尼來勿使不及伴波逸提　若言去去勿使失伴無罪　乃至問路檀越家亦爾

薩婆多論云不期而偶共同道當使相去語言不聞聲處若相聞已還突吉羅　若尼與比丘期比丘不許若比丘與尼期尼不許若相聞語聲突吉羅　若與式叉摩那沙彌尼議共道行同尼也

此戒大乘同學

【附考】律攝云凡苾芻苾芻尼將行之時預先一日應白和尚阿闍黎我今有事詣彼村坊聽不（坊者邑里之名）隨師不應違逆若無二師應白上座所有臥具囑他守護　苾芻有讐隙者不應共行若有因緣須共行時應懺摩已同去　凡涉路時應爲法語勿出惡言或爲聖默然勿令心散亂　若至天神祠廟誦伽陀（舊云偈也）彈指而進　苾芻不應供養天神若路次止息處或泉池取水之處皆誦伽陀其止宿處應誦三啓汲水繩索亦應持行　若有機緣與尼同行尼食苾芻應持食時更相授與　有病苾芻共舁去若人少者尼亦助舁若至村落爲覓醫藥若乞食時令人看物持食來與

若尼有病准此應知

第二十八與尼同船戒

若比丘與比丘尼共期同乘一船上水下水除直渡者波逸提

【緣起】此戒有三制佛在舍衛國祇桓精舍六羣比丘與六羣尼共乘船上水下水諸居士見皆譏嫌此初結戒也於是諸比丘不期而尼來畏慎佛言不期無犯此第二結戒也復有衆比丘及尼欲同渡恒水從此岸至彼岸比丘不允同船先渡尼衆在後天大暴雨江水泛漲船到彼岸未還間日已暮尼衆卽在岸邊止宿爲賊劫奪因開除直渡不犯故有第三結戒也此是遮罪譏過同前制斯學處乃初篇婬根本種類

【結罪】是中犯者若期同上水下水入船波逸提　若一脚在船上一脚在地若方便欲入而不入若共期莊嚴一切突吉羅

此戒具三緣方成本罪一有心期行二身已入船三順水上下

【兼制】比丘尼突吉羅（同制別學）式叉摩那沙彌沙彌尼突吉羅是爲犯

【隨開】不犯者不共期若直渡彼岸若入船船師失濟上水下水或爲力勢持縛或命難梵行難及最初未制戒等是爲不犯

【會採】薩婆多論云與式叉摩那沙彌尼共期載船同尼犯也　尼與比丘議載船突吉羅

根本律云若篙棹柁柝隨流而去或避灘磧或柁師不用其語此皆無犯

此戒大乘同學

第二十九尼讚得食戒

若比丘知比丘尼讚歎教化因緣得食食除檀越先有意者波逸提

【緣起】此戒有三制佛在舍衛國給孤獨園城中有一居士請舍利弗目犍連食於夜辦具種種美食晨旦露地敷衆多好坐具偷蘭難陀比丘尼先至其家毀謗二尊者是下賤人讚調達等五人是龍中之龍言語之頃二尊者至偷蘭難陀見已語居士言龍中之龍已至居士語比丘尼言向者言下賤人今云何言龍中之龍耶自今已去勿復來往我家二尊者食竟還白世尊世尊呵責調達部黨汝等云何遣尼勸化得食此初結戒也時諸比丘不知有勸化無勸化後乃知或作波逸提懺者或有疑者故開不知無犯此第二結戒也又羅閱城有大長者是黎師達親友待梨師達至供養衆僧後梨師達至城有比丘尼往語長者因卽設齋梨師達恐犯戒不受食故更除檀越先有意者此第三結戒也因不敬事制斯學處乃初篇婬根本種類

【釋義】文分二節知比丘尼下明其所犯除檀越先有意者明其隨開律云教化者阿練若乞食人著糞掃衣作餘食法不食一坐食一摶食塚間露地坐樹下坐常坐隨坐持三衣（此十二頭陀行）讚偈多聞法師持律坐禪也（以如是過分讚美其德令檀越生信敬心希冀其惠施也）食者從旦至中得食

【結罪】是中犯者彼比丘知比丘尼教化得

食食咽咽波逸提　除此飯食已教化得餘襯體衣燈油塗足油一切突吉羅　知教化教化想波逸提　教化疑　不教化教化想　不教化疑盡突吉羅　此戒具四緣方成本罪一知尼讚歎二讚歎想三自有貪心四食已入咽

【兼制】比丘尼突吉羅（同制別學）式叉摩那沙彌沙彌尼突吉羅是爲犯

【隨開】不犯者若不知若檀越先意若教化無教化想若比丘尼自作若檀越令比丘尼經營若不故教化而乞食與及最初未制戒等是爲不犯

【會採】五分律云以餘四衆讚歎因緣得食食突吉羅（餘四衆除比丘尼是）薩婆多論云若不曲讚功德但說布施沙門福德甚大食者無罪

僧祇律云若有如是讚歎食當展轉貿食不得捨食而去若比座垢穢不淨不喜與貿者當作是念此鉢中食是某甲比丘許我當食（此謂自具慚愧不退信心故開）

此戒大乘同制是邪命自活

第三十婦女同行戒

若比丘與婦女共期同一道行乃至村間波逸提

【緣起】此戒有二制佛在舍衛國祇桓精舍有毘舍離女嫁與舍衛國人後與姑共諍還詣本國時阿那律從舍衛至毘舍離彼婦女欲隨行尊者許之夫主追至謗打尊者幾死尊者下道在一靜處結跏趺坐入火光三昧夫主待其出定禮拜懺悔尊者

爲説法而去還告衆僧衆僧白佛此初結戒也時諸比丘不共期道路相遇有畏慎不敢共行佛知開聽故有期同一道行之語此第二結戒也由道行事譏謗煩惱制斯學處乃初篇婬根本種類

【結罪】是中犯相輕重及不犯等與尼同行戒無别此唯以白衣婦女爲異故不重釋此戒具三緣方成本罪一有心期約二自身同行三限滿村里

【兼制】比丘尼突吉羅（同制别學）式叉摩那沙彌沙彌尼突吉羅是爲犯

【會採】根本律云若他遣女人引道或迷於道路女人爲指授無犯

此戒大乘同學

第三十一過受一食施戒

若比丘施一食處無病比丘應一食若過受者波逸提

【緣起】此戒有二制佛在舍衛國給孤獨園爾時拘薩羅國有無住處村居士爲比丘作住處常供給飲食若在此住者常聽一食六羣比丘至彼處經一宿得美好飲食故復住第二宿復得美好飲食念言我等所以遊行者正爲食爾今者已得彼於此住處數數食居士譏嫌此初結戒也後舍利弗遊行詣此得病恐犯此戒扶病而去病遂增劇故更增無病之言此第二結戒也因宿食事招俗譏嫌制斯學處

【釋義】律云住處者在中一宿食者乃至時食（乃至者超略其五嚼也）病者離彼村增劇者是（十誦律云病者下至竹葉所傷）

結罪是中犯者若無病比丘於彼一宿處過受食咽咽波逸提　除食已更受餘襯身衣燈油塗脚油盡突吉羅　此戒具三緣方成本罪一無病難二有貪心三過受入咽

兼制比丘尼波逸提同制同學式叉摩那沙彌沙彌尼突吉羅是為犯

隨開不犯者一宿受食病過受食若諸居士請留食若檀越次第請食今日受此人食明日受彼人食或水陸道阻或諸難緣及最初未制戒等是為不犯

會採十誦律云過一宿不食突吉羅　餘處宿是中食波逸提

此戒大乘同學

第三十二展轉食戒

若比丘展轉食除餘時波逸提餘時者病時施衣時是謂餘時根本律云餘時者病時作時道行時施衣時此是時

緣起此戒有三制佛在羅閱城迦蘭陀竹園與諸比丘遊行人間有沙㝹婆羅門以五百乘車載滿飲食經冬涉夏隨逐世尊伺候空缺設供而不得便往語阿難為我白佛欲以飲食布地令佛僧蹈過則為受供佛乃聽作餅粥供僧時阿那頻頭國諸居士聞佛聽僧食粥及餅皆大歡喜快得作福有一少言大臣見佛及僧大得供養即生福田想辦肥美飲食請僧然僧先受他請復食濃粥不能多食大臣嫌之佛言不得先受請已食稠粥稠粥者以草畫之不合是也時佛還至羅閱城中有一少信樂師其事亦爾由是不聽展轉食亦名數數食

此初結戒也諸病比丘所請食處無有隨病藥食若有隨病美食及藥畏慎不敢食恐犯其戒佛聽病比丘展轉食此第二結戒也又有一居士亦請佛僧施食及衣比丘畏慎白佛佛聽施衣時展轉食故有第三結戒也（此戒雖開亦不得過午食於後會採中有據）此是遮罪因食事過分廢闕寂靜譏嫌煩惱制斯學處

【釋義】文分二節展轉食明其創制除餘時下明其隨開律云展轉食者請也請有二種若僧次請別請也食者飯麨餅等病者不能一坐食好食令足施衣者自恣竟無迦絺那衣一月有迦絺那衣五月若復有餘時食及衣（律攝云謂有施主施與浴衣及餘帔服或貝齒物等以充衣直）

【結罪】是中犯者若今日得多請食應自受一請餘者當施與人如是施與言長老我應往彼今布施汝若比丘不捨前請受後請食咽咽波逸提　若不捨後請受前請食者咽咽突吉羅　此戒具三緣方成本罪一無開緣二不捨前受後三食已入咽

【兼制】比丘尼突吉羅（同制別學）式叉摩那沙彌沙彌尼突吉羅是爲犯

【隨開】不犯者若請與非食或食不足或無請食者或食已更得食或一處有前食後食及最初未制戒等是爲不犯

【會採】十誦律云佛言從今日憐愍利益病比丘故聽三種足食應食謂好色香味若一請處不能飽應受第二請不應受第三請第二處不能飽應受第三請不應受

第四請　第三請處不能飽應受已漸漸食乃至日中所言日中者不聽過午明矣聽節日數數食下文共有九句初三句明有衣請食中三句明無衣請食後三句明衣不定請食而令比丘知除時因緣中復有遮禁先須酌量然後赴之可也

若比丘有衣食請彼有衣食來受請不犯食亦不犯

又有衣食請彼無衣食來受請不犯食者波逸提此謂先請時言有衣有食彼比丘來赴請時但有食而無衣是以受請時不犯若受食時即犯

又有衣食請彼有衣食無衣食來受請不犯食者波逸提此謂彼比丘知請有衣而作衣不定想來赴請到已食有衣無若食者即犯受請來不犯　此初三句竟

又無衣食請彼無衣食來受請突吉羅食者波逸提此謂請時無衣不合開緣理當善却請主以護信檀乃名持律清淨比丘設聞請即赴所以來並受食二俱有犯

又無衣食請彼有衣食來受請突吉羅食者不犯此謂請時主言無衣彼比丘作有衣想而來赴請到已有衣是故違制受請則犯有衣受食不犯

又無衣食請彼有衣食無衣食來受請突吉羅食者波逸提此謂請原無衣彼比丘作衣不定想而來既到已無衣敢食所以二俱有犯　此中三句竟

又有衣食無衣食請彼有衣食無衣食來受請突吉羅食者波逸提此謂施主請時言衣恐有無不定是以非應開緣彼比丘亦作衣不定想而來到已無衣受食二皆成犯

又有衣食無衣食請彼有衣食來受請突吉羅食者不犯此謂請時雖言其衣不定彼比丘作有衣想而來到已有衣有食是以皆開受請則犯有衣受食無犯

又有衣食無衣食請彼無衣食來受請突吉羅食者波逸提此謂明知白請不定自作無衣想而來到已若無衣受食者兩罪俱犯　後三句竟

不犯者若得多有衣食請一一有衣食來悉皆不犯

摩得勒伽云若先受無衣請食後受有衣請食不犯

律攝云若於一舍或在寺中或阿蘭若爲求肥悦或樂美食而數食者得惡作罪若輕賤心矯詐不食者亦得惡作

五分律云若僧所差若別房食若白衣來受八戒設供養若常食不犯

根本律云作時道行時展轉食皆無犯

僧祇律云一切菜一切麨一切果非處處食非別衆食非足食多積舍里不犯

此戒大乘同學

引證　毘尼序云阿難先受他請時忘不憶復同佛受波斯匿王請以食入口乃憶知有二請不與他一請不敢吐食爲恭敬佛故又不敢咽食爲持戒故佛知阿難心悔告令心念與他便食優波離問佛餘人亦得爾不佛言除五種人一坐禪人（專心在道諸念不生故）二獨處（蘭若自居無人可對說故）三遠行（造次就路容有忘念故）四長病五饑餓時依親里住餘悉不聽

第三十三別衆食戒

若比丘別衆食除餘時波逸提餘時者病時作衣時施衣時道行時乘船時大衆集時沙門施食時此是時

緣起此戒有八制佛在羅閲城耆闍崛山中爾時調達教人害佛復教阿闍世王殺父惡名流布利養斷絶通巳五人家家乞食故制不得別衆食此初結戒也有病比

丘畏慎不敢別衆佛知故聽此第二結戒也時自恣竟迦提月中比丘作衣諸優婆塞念衆疲苦來請與食報言但請三人我等不應別衆佛言作衣時聽此第三結戒也時有居士欲施食及衣來請報言但請三人與食我等不得別衆佛言受施衣時別衆食此第四結戒也有諸比丘與衆居士同行險道乞食時至語衆居士我欲請村乞食少見留待還當共俱居士白言此路有疑恐怖我當供給飲食莫在後來比丘云但與三人我等不得別衆食卽入村乞食伴便前進不及爲賊所劫衣服佛言若在險道中行聽別衆食此第五結戒也與諸居士乘船順流而去亦如是爲賊所劫故開此第六結戒也時衆多比丘遊行詣一小村諸居士念言衆僧多而村落小可與僧作食勿令疲苦卽至僧伽藍中白請明日受食比丘報言但請三人我等不得別衆佛言聽大衆集時別衆食此第七結戒也時瓶沙王姊子欲於外道沙門中出家設食已往白王王問言欲於何處出家答言於尼揵子中出家王復問言竟與我曹沙門釋子設食不因而設食請僧亦如上答不受佛言聽沙門施食時得別衆食乃第八結戒也此是遮罪因提婆達多制斯學處

【釋義】文分二節別衆食明其創制餘時等明其隨開律云別衆食者若四人若過四人五分律云若於界內別請四人已上名別衆食根本律云別衆食者謂別別而食　律攝云別衆者謂不同處食若四苾芻同一界內下至一人不共同食並名

（別衆）食者飯麨乾餅等（此中所制五正食餘食無犯）作衣時者自恣竟無功德衣一月有功德衣五月乃至衣上作馬齒一縫（薩婆多論云作衣時食難得者聽別衆食食若易得不聽）施衣時者如上一月五月及餘所施食及衣（根本律云施衣時者謂如拭巾裙量縷條量等）道行者下至半由旬內有來去者乘船行者下至半由旬內乘船上下大衆集者食足四人長一人爲患五人十人乃至百人長一人爲患（此謂人多食不足故薩婆多論云大衆集者或以法事或以餘緣衆僧集會極少舊比丘四人客比丘四人名爲大衆雖大衆集食不難得者不聽）沙門施食者在此沙門釋子外諸出家者及從外道出家者是　若比丘無別衆食因緣（因緣即餘時等）彼比丘即當起白言我於此別衆食中無因緣欲求出聽使出若二人三人隨意食若四人若過四人應分作二部更互入食　若比丘有別衆食因緣欲入尋當起白言我有別衆食因緣欲求入隨上座次入

【結罪】是中犯者若比丘別衆食者咽咽波逸提　若有因緣不說者突吉羅　此戒具三緣方成本罪一無別衆緣二滿衆而受三得食入咽

【兼制】比丘尼波逸提（同制同學）式叉摩那沙彌沙彌尼突吉羅是爲犯

【隨開】不犯者除餘時若三人四人更互食若有因緣去及最初未制戒等是爲不犯

【會採】善見律云別衆食有二種一請二乞如一居士至四比丘所以正食請言願大德受之是名請一時受一處食四人俱得罪（即墮罪也）若一時受請各去各受各食不得

罪若别請别去至居士家一時受食得罪是名受請得罪 從乞得罪者如四乞食比丘見居士語言與我等四人食或俱去或各去一時受食得罪是名從乞得罪若請四人有一解法者欲俱食畏犯即作方便行食時覆鉢不受居士問言何以不受答言但與三人食我欲咒願三人食竟後便受食不犯 若請與飯至家與粥不犯

十誦律云有二利故遮别衆食一者隨護檀越以憐愍故二者破諸惡欲比丘力勢故若三比丘别共一處食第四人取食分不犯 若道行乘船昨日來今日受食明日行今日食皆波逸提緣同行不及伴因日則非開緣雖許開若前日後受食故犯

僧祇律云若三人食一人不食若三圓具一未圓具皆無犯 若以食送彼乃至鹽一匙與彼衆處食皆無犯 或施主言但來入者我皆與食或施主别造房施住我房者我皆與食斯亦無過

律攝云若四苾芻同一界内若四人中一有開緣若僧伽食若私己食並皆無犯

薩婆多論云若僧伽食時應作四種相一打揵椎二吹貝三打鼓四唱令令界内聞知此四種相隨定作一勿使雜亂不成僧法若不作相而食僧伽食者食不清淨名爲盜僧伽食不名别衆罪盜僧伽食乃計錢多少犯盜也若作相食者設使界内有比丘無比丘若多若少若知有比丘無比丘若來不來但使不遮一切無咎若使有遮雖打揵椎食

不清淨名盜僧祇（遮謂遮外來客比丘也）若大界內有二處三處各有始終僧祇但一布薩若食時但各打揵椎一切無遮清淨無過若檀越請四人已上在布薩界內食應布薩處請僧次一人若送一分食不爾者墮罪若二處三處亦如是（此謂有多處共結法食二同界也）若各至布薩處僧中請一人若送一分食則清淨隨何處不請僧中一人不送一分食者墮罪　若聚落界內雖無僧界設二檀越請四人已上於二處食應打揵椎二處互請一人若送一分若有異處比丘應如法入乃至一人不爾者墮罪　若僧食時自在維那（自在者謂任其主宰也）以僧祇物別作肥美四人共食四人雖在二處無別衆食罪但食不清淨凡是別衆食盡是檀越食若僧祇食一切盡無別衆食但不如法食僧祇食者食不清淨多得盜僧祇罪若檀越舍內請四人已上食雖打揵椎若檀越遮者知一比丘不得食者盡得墮罪（遮者謂檀越雖遮未來比丘比丘不應別衆食若知一比丘不得食者得罪）

戒因緣經云毘舍佉母別請佛及五百阿羅漢食世尊知而故問阿難頗有一比丘於僧中唱使行否答言不也佛言愍此毘舍佉不獲一福云何不食一比丘食一比丘僧者得大福獲大果若比丘衆中不唱私會者犯墮

此戒大乘同學

附考 根本律云五因緣早請食來房中食一是客新來二將欲行去三身嬰病苦四是看病人五身充知事

摩得勒迦云若檢校人應於齋食先取自分食之無過

按此別衆其義有二一者別爲衆如四分等所明二者別於衆如律攝所釋然則乞食不得四人同行受請必須僧次差往僧中常食要打揵椎請食私房無緣不聽聖制昭然豈容廢越嗟今叢席私廚剏設美味任餐致令後學倣效而偭規也仰祈智者思幻質非堅美食難保恒壽師模任重嚴制豈可廢亡

毘尼止持會集卷第十二

音義

襞 音碧襞摺疊衣也

熨治 熨音畏謂以火申繒從上而按下也俗謂之火斗是也本作尉今俗作熨非

舁 音于亦音預對舉也

磧 音迹水渚有石者

黎師達 此云仙授亦云仙與又云仙施三義皆一謂從仙人求得之子也

火光三昧 即第四禪定

無住處村 時拘薩羅國有一村無僧伽藍及停留之舍有居士爲福德故造立住處備諸飲食供給往來衆僧唯施一食不能多供因以福德施設故餘律皆名福德舍

沙菟婆羅門 翻譯未見餘律多云阿耆達婆羅門

維那 梵語羯磨陀那此翻知事亦翻悅衆維那二字華梵雙舉維是綱維華言也那是梵語略去羯磨陀三字

偭 音麪背也偭規矩而改錯

毘尼止持會集卷第十三

清金陵寶華山弘律沙門讀體集

第三十四過三鉢受請戒

若比丘至白衣家請比丘與餅麨飯若比丘欲須者當二三鉢受還至僧伽藍中應分與餘比丘食若比丘無病過兩三鉢受持還至僧伽藍中不分與餘比丘食者波逸提

緣起　此戒有二制佛在舍衛國給孤獨園彼有大村女嫁鬱禪國還父母家施比丘食後於異時其夫遣使呼還即辦食莊嚴共往有諸比丘來至父家乞食時女見之即復以所辦食盡與方更辦具未還之間其夫已更取婦矣又波羅奈城外衆多商賈車伴共止宿有一乞食比丘於一信樂商賈處得食去展轉告餘比丘乞食令盡時商主方入城更市糴糧諸伴先去在後不及道路爲賊所劫諸比丘聞知白佛此初結戒也於是諸病比丘畏慎不敢過受食佛言聽諸病者過受食乃第二結戒也此是遮罪由食事多貪煩惱制斯學處

釋義　文分二節至白衣家下明受食法無病下結成所犯律云若比丘至白衣家請與餅麨食（請謂發言敬請與謂施與植福）當問其主若彼言是歸婦食商客道路糧者即應食已出還僧伽藍中白諸比丘某甲家有歸婦食有商客道路糧若欲食者食已應出若欲持食還者亦二三鉢我今不持食來（二三鉢是其限也鉢量有上中下如上）若持一鉢食還共分食之（謂一界同居利和均分也）當語餘比丘言若有至彼家者即於彼食若持食還者應取兩鉢我已

持一鉢還如若持兩鉢還共分食之復語諸比丘言若有至彼家乞者可即彼家食欲持來者應取一鉢還我今已持兩鉢還如若盡持三鉢還共分食之白餘比丘言若欲至彼家乞者可即於彼食若欲持還者慎勿持還我已持三鉢來

【結罪】是中犯者若比丘無病於彼家過兩三鉢受食還出彼門波逸提　若一足在門內一足在門外方便欲去而還住者盡突吉羅　若不問歸婦食賈客道路糧而取食者突吉羅　若持至僧伽藍中不分與餘比丘而獨食者若不語餘比丘盡突吉羅　此成具四緣方成本罪一是歸婦食及商客道路糧二自身無病三受過三鉢四持出彼門

【兼制】比丘尼波逸提同制同學式义摩那沙彌沙彌尼突吉羅是爲犯

【隨開】不犯者不違上制若彼自送至僧伽藍中得受若復送至比丘尼寺中得受及最初未制戒等是爲不犯

【會採】十誦律云若以上鉢取者應取一鉢不應取二若以中鉢取者極多取二鉢不應取三若以下鉢取者極多取三不應取四過取皆得墮罪

根本律云要而言之若苾芻取他食時過四升半米飯分量已上當得墮罪　若施主任取多少者無犯

律攝云若於非人及外道家過三鉢取咸得惡作　若即此座過三而食除餅麨但將餘物或施主歡喜隨意將去並皆無犯

有三種虛損信施一施主信心施持戒者受已與犯戒人二信心施正見者受已與邪見人三過量而受不自噉食乃至長受一掬之食除其施主先有隨意如斯三事並名虛損信施當招惡果（掬者爲兩手所奉也又撮也）

此戒大乘同學

第三十五不作餘食法戒

若比丘足食竟或時受請不作餘食法而食者波逸提

【緣起】佛在舍衛國祇桓精舍讚歎一食法諸比丘即隨所噉根葉華果飯麨乾餅若飲漿若服藥便當一食形體枯燥顏色憔悴佛乃聽於一座上食飯麨餅等令飽滿（律攝云一座食者若尊者來亦不應起既受食已不應離座下至行鹽及受食業皆不應起）病比丘不能一座食者聽數數食病人無足食法時諸病比丘若得好美食食不能盡瞻病人足食已不敢食便棄之衆鳥爭鳴復聽瞻病人足食已得食殘食時諸比丘清旦受食舉已入村乞食食已還舉所舉食與諸比丘彼已足食皆不敢食佛聽取所受食作餘食法應食有一長老多知識入村乞食大得積聚一處共食持還與諸比丘衆已足食亦不敢食佛聽從彼處持食還作餘食法而食之當作如是餘食法言大德我足食已知是看是此作餘食法彼應取少許食已當語彼比丘言我止汝取食之是名餘食法時舍衛國有一貪餮比丘不知足食不足食不知餘食不餘食得便食之諸比丘嫌責白佛結戒

此是遮罪由貪餮無厭制斯學處

【釋義】律云食者五正食於五食中若食一令飽足有五種足食一知飯（謂五正食餘不名足食律攝云粥若初熟豎匙不倒麨若和水指畫見跡此皆成足食異此不成）二知持來（謂有人授與從彼受持也）三知遮（謂足食竟心發言不須也）四知威儀（謂四儀中皆得受食也）五知捨威儀（謂坐者行住臥乃至臥者坐住行也）

【結罪】是中犯者若比丘足食已捨威儀不作餘食法而食咽咽波逸提　若佉闍尼枝葉華果食油胡麻黑石蜜磨細末食足食已不作餘食法得而食之咽咽波逸提　若足食已爲他作餘食法　若知他足食已向之作餘食法　若自手捉食作餘食法　若持食置地作餘食法　若使淨人持食作餘食法　若以不好食覆好食上作餘食法　若受他餘食法盡持去如是等不成餘食法一切盡突吉羅

若足食足食想波逸提　足食疑　不足食足食想　不足食疑盡突吉羅　此戒具五緣方成本罪一受食飽足二足食想三已捨威儀四不作餘法五復食入咽

【兼制】比丘尼突吉羅（同制別學准五分律尼亦同犯）式叉摩那沙彌沙彌尼突吉羅是爲犯

【隨開】不犯者食作非食想不受作餘食法非食不作餘食法自取作餘食法不置地作餘食法乃至手及處若與他他與已作餘食法若病若病人殘食不作餘食法及最初未制戒等是爲不犯

【會採】十誦律云以二利故聽受殘食法（即作餘食法也）一者看病比丘因緣故二者比丘有

因緣食不足故律攝云有五蒲膳尼即可噉食(此食取含噉之義也)一飯二麥豆飯三麨四肉五餅又五珂但尼即可嚼食(此食取嚼啮之義也)謂根莖葉華果若先食五嚼食及乳酪菜等後食五噉食無犯　若先食五噉食更食五嚼食及乳酪菜等名犯　應知有五未足之言謂授食時未即須者應報言且待且去且有且待我食且待我盡若兼且言名曰未足若無且聲便是遮足若未爲足意設作足言亦不成足得惡作罪由言不稱法故　若得餘食作法食者自身樂住施主得福欲作法時洗手受食持就一未足苾芻或雖已足未離本座者(謂不捨威儀也)對彼作法彼若自未遮足應取兩三口食已而報之曰此是汝物隨意應食此據前人自未遮足得食無犯若自足已便不合食應以手按如前報之　有五不成作餘食法一身在界內對界外人二不相及處三在旁邊四在背後五前人離座翻此便成

若一人作法設餘人食並皆無犯

僧祇律云聽一人作殘食餘人皆得食若比丘持食來欲作殘食時即於鉢上碗中作殘者正得碗中名作殘食鉢中食不名作若碗中食汁流入鉢中得俱名殘食

若並兩鉢求作殘食前人止食一鉢中食者正一鉢名作殘食　若或餅或菜遍覆橫二鉢上者二俱得名作殘食餘種種器亦爾　若比丘足食已有大檀越持種種飲食至應問有直月維那知事人未足食者從彼作殘食若彼已足食當從上座

未足者作若上座羞不能人中作者當合坐舉上座至屏處作　若上座已足食有客比丘來應問彼若未足食即向彼作若客已足食僧應作方便勿破檀越善心或衆中有大沙彌（大者謂年滿二十也）將至戒場與受具教作殘食法已然後當食（五分律與此同也其法儀准律於作持中詳明）

此戒大乘同學

【引證】毘尼母經云比丘受人施不如法爲施所墮墮有二種一者食他人施不如法修道放心縱逸無善可記二者與施轉施施不如法因此二處當墮三塗　應施者若父母貧苦應先受三皈五戒十善然後施與若不貧雖受皈戒不中施與　復有施處治墻人奉僧人治僧房人計其功勞當酬作價若過與爲施所墮　施病者食當作慈心隨所宜與之若錯誤與食爲施所隨　嬰兒牢獄繫人懐妊者當以慈心施之勿望出入得報　詣僧房乞者若自有糧不須施之若無糧食施之無咎　若比丘不坐禪不誦經不營佛法僧事受人施爲施所墮若前人無此三業知而轉施與者受者皆爲施所墮寧吞鐵丸而死不以無戒食人信施　若足食已更強食者不加色力但增其患是故不應無度食也

大涅槃經云若一切法無常苦空無我云何爲食起身口意三種惡業若爲貪食起三惡業所得財物衆皆共言後受苦果無共分者　復觀一切衆生爲飲食故身心受苦我當云何於是食中而生貪著　復

次因於飲食身爲增長我今出家受戒修道爲欲捨身今貪此食云何當得捨此身耶如是觀已雖復受食猶如曠野食其子肉其心厭惡都不甘樂深觀揣食有如是過次觀觸食如被剝牛爲無量蟲之所唼食次觀思食如大火聚識食猶如三百穳矛若有比丘乞食預作是念願得好者願必多得亦願速得不名於食得厭離想所修善法日夜衰耗不善之法漸當增長若欲乞食先當願言令諸乞者悉得飽滿其施食者得無量福我若得食爲療毒身修習善法利益衆生作是願時所修善法日夜增長不善之法漸當消滅

第三十六使他犯餘食法戒

若比丘知他比丘足食已若受請不作餘食法殷勤請與食長老取是食以是因緣非餘欲使他犯波逸提

緣起此戒有二制佛在舍衛國給孤獨園有一貪餮比丘被如法比丘所訶言未曾有汝今貪餮嗜食者不知足食不足食餘食不餘食聞此語已心懷恚恨後異時見彼比丘食已不作餘食法殷勤請與食欲令他犯戒彼即受食之貪餮比丘亦如上返訶詰過有少欲者白佛此初結戒也時諸比丘未知已食未食不知足食不足食後乃知已食已足食或作波逸提懺者或有畏慎者佛言不知無犯故更加知此第二結戒也由欲令他犯返詰過故瞋恚煩惱制斯學處

釋義律云食有五種如上殷勤請與食者

謂再三頻請强勸令噉嚼也心生悔惱此非餘時開聽因緣也欲使他犯者謂欲令彼比丘因此犯罪

結罪是中犯者若彼比丘即受食之咽咽二俱波逸提　若與令食彼不食棄之若受而不食舉置若受已轉與餘人其與者皆突吉羅　若不作餘食法與彼作餘食而食之與者突吉羅　若與病人食欲令他犯若持病人殘食與他欲令他犯若作餘食法已與他欲令他犯其與者皆突吉羅　足食足食想波逸提　足食疑　不足食足食想　不足食疑盡突吉羅　此戒具四緣方成本罪一彼足食已捨威儀二足食想欲使他犯三以未作法食慇勤請與食四彼受已不作餘食法而復食入咽

兼制比丘尼突吉羅同制式义摩那沙彌沙彌尼突吉羅是爲犯

隨開不犯者若先不知足食不足食若與令棄令舉置令遣與人而彼取食之若未作餘食法與令作已食彼不作食之若持病人餘食與不令他犯作餘食法與不令他犯及最初未制戒等是爲不犯

會採薩婆多論云若比丘見餘比丘食竟不囑食自恣請噉十五種食隨食何食皆波逸提　一切麥粟稻蔴菽未作麨飯餅盡名似食若變成麨飯餅盡名正食五不正食及此五似五正故名十五種

此戒大乘同學

第三十七非時食戒

若比丘非時受食食者波逸提

【緣起】佛在羅閱城耆闍崛山中時城中人民節會作衆伎樂難陀跋難陀往看衆人與食食訖故看向暮方還又迦留陀夷日暮入城乞食天陰闇至一懐娠婦家此婦持食出門值天雷電暫見其面謂言是鬼怖而墮身（由尊者面黑光故）報言我非鬼是迦留陀夷婦即恚言沙門釋子寧自破腹不應夜行乞食諸比丘嫌責難陀跋難陀及黑光具陳白佛爲僧結戒此是遮罪因長貪掐識制斯學處

【釋義】律云時者明相出乃至日中按此時法四天下食亦爾非時者從日中乃至明相未出食者有二種佉闍尼蒲闍尼如上（僧祇律云日中影過一髮一瞬即是非時）

【結罪】是中犯者若非時受食食咽咽波逸提　若非時藥過非時波逸提　七日藥過七日波逸提　盡形壽藥無因緣服者突吉羅　若非時非時想波逸提　非時疑　非時時想　時非時想　時疑盡突吉羅　此戒具三緣方成本罪一是非時食二非時想三食入咽

【兼制】比丘尼波逸提（同制同學）式叉摩那沙彌沙彌尼突吉羅是爲犯

【隨開】不犯者噉黑石蜜若有病服吐下藥聽煑麥令皮不破漉汁飲之若喉中哯出還咽及最初未制戒等是爲不犯

此戒大乘同學

【引證】婆沙論云世尊性離非時食故如來自誕生王宮以至涅槃於中曾無非時之餐謂諸佛性恒處中道不著二邊故離非

時食以表中道故制中食而中前得食者表前方便得有證義亦令身心獲現利故中後不食則少昏睡無宿食患身輕安隱心易得定有如是義故故令中食
毘尼三昧經云諸天早起食三世諸佛日中食畜生日西食鬼神日暮食是故佛制斷六趣因令同三世佛食
處世經云佛言中後不食有五福一少婬二少睡三得一心四無下風五身得安樂亦不作病起也舍利弗問經云舍利弗復白佛言有諸檀越造僧伽藍厚置資給供來世僧有似出家人非時就典食者索食與者食者得何等罪其本檀越得何等福佛言非時食者是破戒人是犯盜人非時與者亦破戒人亦犯盜人盜檀越物非施主意施主無福以失物故但有發心置立之善舍利弗言時受時食時不盡者非時復食或有時受至非時食復得福不佛言時食淨者是即福田是即出家是即僧伽是即天人良友是即天人導師其不淨者猶爲破戒劫盜餓鬼爲罪窟宅非時索者以時非時非時輒與是典食者是名退道惡魔名三惡道破器癩病人壞善果故諸婆羅門不非時食外道梵志亦不邪食況我弟子知法行法而當爾耶凡如此者非我弟子非法之人盜與盜受一團一撮片鹽片酢死墮燋腸地獄吞熱鐵丸從地獄出生猪狗中食諸不淨又生惡鳥人怪其聲後生餓鬼還伽藍中處都圊内噉食糞穢並百千萬歲更生人中貧窮下賤所可

言說人不信用不如盜一人物其罪尚輕
割奪多人福田故斷出世道故
附考毘尼序云比丘病服下藥中後心悶
佛令與熬稻華汁飲與竟悶猶不止佛令
與竹笋汁與竟不瘥佛令囊盛米粥絞汁
與飲病猶不瘥佛令將至屏處與米粥
根本尼陀那云有病苾芻醫令以水和麨
非時可食佛言有無齒牛食麥後時便出
其粒仍全用此爲麨非時應服服猶不瘥
用生麥麨多將水攪以物漉之然後應服
服猶不瘥佛言醫人處方令服麨飲若稠
若團隨意應服凡所有事我爲病人非時
開者於病瘥後咸不應作
根本百一羯磨云有五種果若時非時若
病無病並隨意食一訶棃勒此云天主持
來二毘醯勒三菴摩勒即嶺南餘甘子形
似梹榔食之除風四末栗者即胡椒五畢
茇利即蒟醬
四分隨機羯磨云有渴病因緣許受非時
漿謂果漿蜜漿等澄如水色以水滞淨受
之　有風熱病因緣許受五種七日藥
有諸病因緣聽受盡形壽藥謂一切鹹苦
酸辛不任食者如薑椒之類乃至白朮散
丸湯膏之類　若非時漿不得留至明日
若七日藥不得畜至八日
南海寄歸内法傳云牙中食在舌上膩存
未將淨水重漱已來涎唾必須外棄若日
時過更犯非時〻〻一往傳來以前展轉食
並別衆食戒中開緣言是非時食戒聽許
然前戒雖開亦在日中過午任啾訖之又

訛慨今久染邪風急難除蕩有云師命令開究詰無典可據有云叅學應須佛世尚無煙厨況今叢林與夫蘭若早則小飡晚則茶水備足倍於聖世精修焉及先賢不特西域釋子定日晷以奉行即此方古德淨齋法者尤多實行芳規俱載傳記願蹈先踪開發後學又若云晚食稱爲藥石者斯非法王永久之軌凡聖同遵莫過古人一時之權勿依恒用今附辯於此明知非有據言是無憑

第三十八殘宿食戒

若比丘殘宿食而食者波逸提（根本部云食曾經觸食者墮罪）

緣起　佛在羅閱城靈鷲山中時尊者迦羅亦在此住常坐禪思惟時到入城乞食易得作如是念我何爲日日入城乞食疲苦寧可食先得者後得食當持還即如所念時諸比丘於小食大食上不見迦羅疑是命終若遠行若罷道若爲惡獸所害後見問知其故白佛結戒此是遮罪由非法故制斯學處

釋義　律云宿食者今日受已至明日一切沙門釋子受大戒者皆不清淨食有二種正食非正食如上

結罪　是中犯者若舉宿食而食咽咽波逸提　非時過非時食者七日過七日食者皆波逸提　盡形壽藥無病因緣而服者突吉羅　宿作宿想波逸提　宿疑　非宿宿想　非宿疑皆突吉羅　此戒具三緣方成本罪一殘食共宿二殘宿食想三

復食入咽

【兼制】比丘尼波逸提（同制）式叉摩那沙彌（同學）沙彌尼突吉羅是爲犯

【隨開】不犯者宿受食有餘與父母與埨作人與作房舍人計價若鉢有孔鏬食入中如法洗餘不出及最初未制戒等是爲不犯

【會採】十誦律云大比丘未手受而共宿者名曰內宿噉者突吉羅　若已手受舉共宿者名殘宿食噉者波逸提　先自取果後從淨人受而食突吉羅　有二種觸食無罪一清淨比丘誤觸二破戒比丘無慚愧觸　天食過中可受可七日受

根本尼陀那云所餘餅果持與求寂明旦還得食之若有希望心與時惡作　食時犯墮　若總無希望心不犯

目得迦云若病者貧設是殘觸酥油服之無犯　苾芻行路令求寂持路糧亦得爲其擎舉擎下　又諸苾芻道行應持糧者既無俗人又無求寂應勸施主施主亦無應自持去後見俗人共換而食換處亦無分爲兩分告俗人曰汝取一分彼既入手應告彼曰汝取我食我取汝分換易而食此復難求於第一日應須絕食明日如有授人受取而食若無授者自取一彪拳許食之至第三日還無授者食二彪拳至第四日復無授人隨情自取飽食無犯於後路糧罄盡見有熟果墮地應取作淨受已而食若淨人難得者授已應食授者亦無應可自取作北洲想而食樹上果熟未落

地者應自上樹摇振令墮自取而食如上開者並爲難縁若無難時悉皆制斷善見律云若多比丘共行唯一小沙彌比丘各自擔糧至食時各自分分沙彌得分已語比丘言令持沙彌分與大德易得已復與第二座易展轉乃至衆多食皆無罪若沙彌不解法者比丘自持食分與沙彌展轉易得食不犯

此戒大乘同學

第三十九自取食戒

若比丘不受食若藥著口中除水及楊枝波逸提

【縁起】此戒有二制佛在舍衛國給孤獨園有一比丘常乞食著糞掃衣時城中諸居士爲命過父母及兄弟姊妹夫婦男女於四衢道頭或門下或河邊乃至樹下廟中作飲食祭祀供養彼比丘自取食之居士譏嫌有少欲者聞知白佛此初結戒也時諸比丘於中生疑不敢自取楊枝淨水佛言除水及楊枝不犯故有第二結戒也此是遮罪因其非法制斯學處

【釋義】文分二節不受下明其創制除水等明其隨開律云受者有五種受手與手受或手與持物受或持物與持物受或持物與手受或遥過物與與者受者俱知中無觸礙得墮手中復有五種受身與身受衣與衣受曲肘與曲肘受器與器受或有因縁置地與（根本律云佛作念言凡諸苾芻由不受食有此過生是故我今敕諸苾芻受取應食令他證知故如佛所教受取而食）藥者酥油生酥蜜石蜜楊枝者（第四分云佛言應嚼楊枝不嚼有五過一口臭

氣二不別味三增益熱陰四不引食五眼不明嚼楊枝有五利益反上可知楊枝極長者聽一磔手極短者聽長四指不應在多人處溫室食堂經行堂嚼應在屏處

【結罪】是中犯者若不受食自取著口中咽咽波逸提　非時藥過非時食者　七日藥過七日食者皆波逸提　盡形壽藥無因緣不受而食突吉羅不受不受想波逸提　不受疑　受不受想　若受有疑皆突吉羅　此戒具三緣方成本罪一是未受之食二作未受想三自取而咽咽已

【兼制】比丘尼波逸提同制同學式叉摩那沙彌沙彌尼突吉羅是爲犯

【隨開】不犯者若乞食比丘風吹鳥啣食墮鉢中除去乃至一指爪餘者食及最初未制戒等是爲不犯

【會採】五分律云聽嘗食知鹹淡但不得咽聽從天龍鬼獼猴受食以施主語受食不得受擲食四分遙過聽受爲有因緣五分擲食不聽由其輕慢其事是同開遮之緣有異也

薩婆多論云凡受食者一爲斷竊盜因緣故二爲作證明故從非人受食得成受食不成證明所以非人畜生邊受食者曠絕無人授食是故聽之若在人中非人畜生及無智小兒一切不聽也

根本目得伽云正受食時未及得遂使墮地應更受食授者若無應自取已除去多分可食之

此戒大乘同學

【引證】薩婆多論云昔有一比丘與外道同行至一樹下樹上有果外道語比丘言上樹取果比丘報言我比丘法樹過人不應

上又言摇樹取果報言我法不得摇樹落果外道上樹取果擲地與之語取果食報言我法不得不受而食外道生信敬心知佛法清淨即隨比丘於佛法中出家受具尋得漏盡

附考 内法傳云梵語憚哆家瑟詑憚哆譯之爲齒家瑟詑即是其木豈容不識齒木名作楊枝西國柳樹全稀譯者輙傳斯號佛齒木樹實非楊枝那爛陀寺目自親覩然五天法俗嚼齒木自是恒事三歲童子咸即教爲近山莊者則柞條葛蔓爲先處平疇者乃楮桃槐柳隨意或可大木破用或可小條截爲聖教俗流俱通利益

第四十無病索美食戒

若比丘得美飲食乳酪魚及肉若比丘如此美食無病自爲己索者波逸提

緣起 此戒有二制佛在舍衛國給孤獨園跋難陀有一商主爲檀越詣彼家索雜食商主問言今有何患乃思此食報言無所患苦但意欲得雜食耳商主譏嫌有乞食比丘聞知白佛此初結戒也時諸病比丘皆畏愼不敢乞不敢爲病比丘乞得已不敢食佛咸聽許此第二結戒也由生譏嫌制斯學處

釋義 律云美食者乳酪魚肉乳酪是飲魚肉是食病者乃至一坐間不堪食竟

結罪 是中犯者若無病自爲身乞如此美食食咽咽波逸提　此戒具三緣方成本罪一是美好雜食二無病自求三入口吞咽

【兼制】比丘尼突吉羅同制别學按尼律此犯可訶法式叉摩那沙彌沙彌尼突吉羅是爲犯

【隨開】不犯者病人自乞爲病人乞乞得而食或已爲他他爲已若不乞而得及最初未制戒等是爲不犯

【會採】十誦律云索得波逸提　不得突吉羅

根本律云無病時乞無病而食乞時惡作食便墮罪　無病時乞有病而食乞時惡作食時無犯　有病時乞無病而食乞時無犯食時墮罪　有病乞有病食無犯

若乞食時他持飯出欲須餘者勿受其飯默然而住彼問曰尊者欲何所須作此言時是表其隨情所欲若須者即可隨覓無犯　又施主見苾芻時語言有所須者隨意當索苾芻隨覓何物無犯

此戒大乘有病亦不得食魚肉若食者罪結輕垢

毘尼止持會集卷第十三

音義

揣食 揣吷上聲即博負亦名段食有形段故　觸食 前六識相應之觸心所對前境生喜樂如觀劇戲終日不食而自飽等又涼煖諸觸能滋養身　思食 第六識相應之思心所於可意境而生希望意思資潤諸根增長又思想飲食令人不死如小兒視梁上懸囊及望梅止渴等　識食 第八識執持之相由前三食勢分所資令此識增勝能持諸根大種故又第七識執第八識爲自内我此是三界衆生因名之爲食若入滅受想定令第七識染分心心所滅不復執第八識爲我便於三界不得久住故知識是食也若約六道分别者人畜具四食段食顯勝鬼神欲天除段食則具三食觸食顯勝禪天除段觸二食則具二食思食顯勝無想四空并無間獄除段觸思三食唯依識食而住　嗟 色洽切衫入聲嗟嗟水鳥聚食貌　犢 音纘與鐏同矛戟柄底鋭者　哯出 音衍不顧而吐也說文云不嘔而吐

也

貪饕 音鐵貪也貪財曰饕貪食曰餮 **嗜食** 音示欲也好也 **圊** 音清溷也厠也至穢之處宜常修治使淨潔也 **蒟** 音舉果也似王瓜蔞生子長大苗爲留藤實似桑椹皮黑肉白食之辛香今嶺南人取其葉合檳榔食之 **迦羅** 此翻黑或云哥羅是尊者巳得阿羅漢果 **錞** 鍛去聲裂也 **彪** 補尤切音髟小虎也 **柞** 音昨櫟也枝長葉盛叢生有刺櫟音歷 **詫** 嗏去聲 **荍** 音喬荍麥也俗作蕎非

毗尼止持會集卷第十四

清金陵寶華山弘律沙門讀體集

第四十一與外道食戒

若比丘外道男外道女自手與食者波逸提

緣起此戒有二制世尊將諸弟子從拘薩羅國遊行至舍衛城諸檀越供養佛僧大得餅食佛敕阿難分餅與衆僧分已故有餘在世尊復令以此餅與乞人彼乞兒衆中有一躶形外道女顏貌端正阿難付餅餅黏相著謂是一餅與此女人女得餅已即問旁人汝得幾餅如是轉相推問彼得一者遂生疑謗時會中有一梵志在此食已便向拘薩羅國道逢一篤信相士問從何來報言從舍衞國於禿頭居士邊得食來復問何者是禿頭居士報言沙門瞿曇是相士言汝是何人食他食已發此惡言篤信相士至僧伽藍中如所聞事語諸比丘以此二因緣佛故制云若比丘與躶形外道若男若女食者波逸提此初結戒也後諸外道等皆有怨言一二外道有過我曹復有何過而不得食耶佛知令置地與若使人與更加自手與之語此第二結戒也由外道事長物譏嫌制斯學處

釋義律云外道者躶形異學人薩婆多論云除佛五衆出家餘殘出家皆名外道言躶形者乃據緣起因人而制准薩婆多則無論躶形非躶形一切外道皆不聽自手與食自手與者謂自親手授與致令彼生憍慢而無慚恥也食者謂五王食非五正食也

結罪是中犯者若自手與外道男女食而受者波逸提　與而不受者突吉羅　方便欲與而不與還變悔者一切突吉羅

此戒具三緣方成本罪一是外道二親手與三彼已受之

【兼制】比丘尼突吉羅（同制別學按尼本律亦犯波逸提）式叉摩那沙彌沙彌尼突吉羅是爲犯

【隨開】不犯者若捨著地與若使人與若與父母與塲作人僧房作人計作食價與若勢力強奪及最初未制戒等是爲不犯

根本律云或欲以食因緣除彼惡見與亦無犯（此是四攝之一令彼反邪歸正與大乘善權同也）

【會採】十誦律云不犯者若彼有病若親里若求出家時與（謂於四月羯磨共住試採彼心之時也）未受食不應與他先受已後當與彼　若父母若繫閉人急須食人姙身女人應正觀多少與之　畜生應與一口

五分律云若外道來乞應以已分一摶別著一處使其自取不應持僧分與　若乞乞見乞狗乞烏應量已食多少取分然後減以乞之不得取分外爲施（若乞謂比丘乞食之時）

僧祇律云若比丘父母兄弟姊妹在外道中出家者亦不得自手與食當使淨人與食

此戒大乘同學或觀機得與

【引證】賢愚經云目連携福增比丘入海行次見一大樹多蟲圍唼其身乃至枝葉無有空處鍼頭許大呌震動如地獄聲比丘問目連目連告曰是瀨利吒營事比丘用僧祇物華果飲食送與白衣受此華報後墮地獄唼樹諸蟲即是得物之人

【附考】阿含經云若復有人以父著左肩上以母著右肩上至千萬歲衣被飲食牀榻

臥具病瘦醫藥即於肩上放屎溺而猶不能得報其恩

婆沙論云如經所説佛告苾芻當知若有孝子一肩擔父一肩擔母經於百年處處遊歷猶非眞實報父母恩若有孝子能勸父母於佛法僧因果等法未信者信信者增長無淨戒者勸受持戒有慳貪者勸行惠施無勝慧者勸修勝慧令善安住以自調伏乃名眞實報父母恩

第四十二詣餘家不囑授戒

若比丘先受請已前食後食詣餘家不囑授餘比丘除餘時波逸提餘時者病時作衣時施衣時是謂時

緣起此戒有六制佛在舍衛國給孤獨園城中有一長者是跋難陀親友爲跋難陀故設食請僧待跋難陀至乃行飲食而跋難陀小食時更詣餘家時垂欲過方來諸比丘飲食不得飽滿佛知制云先受請小食時至餘家者犯此初結戒也復有一大臣是跋難陀知舊遣使送新果至僧伽藍待跋難陀分與衆僧而彼後食已方詣餘家時過乃還使衆僧不得食新果故制先受請前食後食至餘家者犯此第二結戒也又羅閱城中衆僧大有請處諸比丘皆畏愼不敢入城受請白佛佛言聽相囑授入城此第三結戒也時病比丘先語檀越家作羮及粥飯畏愼不敢入城恐犯故開病時此第四結戒也又諸比丘作衣時到或須大小釜瓶杓等器皆畏愼不敢入城故開作衣時此第五結戒也又諸比丘施

衣時到或有已得施衣處或有方當求索彼畏慎不敢入城故開施衣時此第六結戒也由俗家事過限廢闕煩惱制斯學處

【釋義】文分二節先受請下明其所犯餘時者下明其隨開律云前食者明相出至食時後食者從食時至日中餘比丘者一界共住也病者如上作衣時者自恣竟無迦絺那衣一月有迦絺那衣五月乃至衣上作馬齒一縫是施衣時者一月五月亦爾除此已餘時勸化作食並施衣也若比丘囑授欲詣村而中道還失前囑授若欲去時當更囑授若囑授詣村乃更詣餘家若囑授至白衣家乃更往庫藏處或聚落邊房或比丘尼寺若即白衣家還出皆失前囑授應更囑授而往

【結罪】是中犯者若先受請已前食後食詣餘家不囑授比丘入村者波逸提　若一脚在門內一脚在門外方便莊嚴欲去而不去一切突吉羅（莊嚴者謂著衣整儀也）　此戒具三緣方成本罪一同衆受請而檀越爲已二不囑餘比丘而任意他往三兩脚出門

【兼制】比丘尼波逸提（同制同學）式叉摩那沙彌沙彌尼突吉羅是爲犯

【隨開】不犯者若無比丘不囑授至庫藏聚落邊房至所囑家若勢力所持或命難梵行難及最初未制戒等是爲不犯

【會採】薩婆多論云雖大界內近寺白衣家不白亦犯墮（所謂以有村來五意故除如作持結衣界中明）若白而還晚令僧惱者突吉羅

律攝云若語施主我設不來應與僧食勿

令廢闕若施主不以此人而爲先首並無犯

此戒大乘同學

第四十三食家強坐戒

若比丘在食家中有寶強安坐者波逸提

【緣起】佛在舍衛國給孤獨園迦留陀夷本處俗時同友白衣婦名齋優婆私彼此顔貌端正各相繫意時迦留陀夷著衣持鉢至家就座而坐時齋優婆私洗浴莊嚴其身夫主心極愛敬未曾相離夫主問迦留陀夷汝須何等報言須食即使婦與食食已坐住不去夫主云汝向者言須食已與食竟何以不去耶齋優婆私現相令其不去時夫主瞋恚言我今捨汝出去隨汝在後欲何所作諸比丘聞知白佛結戒由詣他家及婬煩惱制斯學處乃初篇婬根本種類

【釋義】律云食者男以女爲食女以男爲食故名食家寶者硨磲碼碯珍珠琥珀金銀強安坐者（謂他不許而自縱已情故名爲強放身就座名爲安坐　按此戒因知他男女有欲意時須交合故強安坐以妨他事令其所欲不得隨意致生恚恨得罪不從有寶得罪而言有寶者或有寶則是夫婦可行欲處故耳）

【結罪】是中犯者若在食家有寶強安坐者波逸提　若盲不聾　若聾不盲　若立不坐盡突吉羅　此戒具四緣方成本罪一必欲心染着二非斷欲食家三無有知男子四須有寶強坐

【兼制】比丘尼波逸提（同制同學）式叉摩那沙彌沙彌尼突吉羅是爲犯

【隨開】不犯者若入食家中有寶舒手及户

處坐若有二比丘爲伴或有客人在一處不盲不聾不聾不盲或從前過不住或卒病發倒地或爲勢力所持或被繫閉或命難梵行難及最初未制戒等是爲不犯

【會採】十誦律云若女人受一日戒男子不受若男子受一日戒女人不受是家中坐突吉羅　若二俱受者不犯

薩婆多論云若斷婬家若受齋家若自有所尊重人在座謂和尚阿闍黎父母若此舍多人出入處皆不犯

此戒大乘同學

第四十四食家屏坐戒

若比丘食家中有寶在屏處坐者波逸提

【緣起】佛在舍衛國給孤獨園迦留陀夷自念言世尊制戒食家中有寶不應安坐應在舒手及戶處坐即便往彼家在户扇後坐與齋優婆私共語有乞食比丘來至彼家聞迦留陀夷語聲嫌責言云何在食家有寶屏處坐令我等不知爲何所作白佛結戒由向俗家爲婬煩惱制斯學處乃初篇婬根本種類

【釋義】律云食家如上寶亦如上屏處者若樹墻壁籬障若衣障及餘物障

【結罪】是中犯者食家中有寶在屏處坐者波逸提　若盲而不聾　若聾而不盲若立而不坐盡突吉羅　此戒具四緣方成本罪一欲心染着二食家有寶三無伴獨入四屏坐共語

【兼制】比丘尼波逸提同制同學　式叉摩那沙彌沙彌尼突吉羅是爲犯

隨開不犯者若在食家中有實坐舒手得及户使乞食比丘見若有二比丘爲伴若有客在一處不盲不聾或從前過不住或卒病倒地勢力者所持或被繫閉若命難梵行難及最初未制戒等是爲不犯

此戒大乘同學

第四十五獨與女人坐戒

若比丘獨與女人露地坐波逸提

緣起佛在舍衛國給孤獨園亦起自迦留陀夷往彼齋優婆私家在露地共一處坐語有乞食比丘來至其家見已嫌責白佛結戒因招譏嫌制斯學處乃初篇婬根本種類

釋義律云女人者有智命根不斷獨者一女人一比丘露地坐者（揀非屏處）

結罪是中犯者獨與女人露地共一處坐波逸提　若盲不聾　若聾不盲　若立不坐盡突吉羅　此戒具三緣方成本罪一欲心染着二獨無伴侶三露坐共語（此並上二戒犯與不犯皆同今一一詳出者爲便初學故）

兼制比丘尼波逸提（同制同學）式叉摩那沙彌沙彌尼突吉羅是爲犯

隨開不犯者有二比丘爲伴或有識別人在邊不盲不聾或從過不住或卒病倒地或勢力所持或繫閉或命難梵行難及最初未制戒等是爲不犯

會採十誦律云相去一丈坐波逸提　相去丈五坐突吉羅　過二丈不犯

律攝云若與非人女半擇迦女及未堪行婬境若聾騃等共屏坐時咸得惡作

此戒大乘同學

第四十六故使他不得食戒

若比丘語餘比丘如是語大德共至聚落當與食彼比丘竟不教與是比丘食語言汝去我與汝一處若坐若語不樂獨坐獨語樂以此因緣非餘方便遣去波逸提

緣起佛在舍衛國給孤獨園跋難陀與餘比丘共鬪結恨在心後時語彼比丘言汝隨我行當與汝食俱入舍衛城將至無食處周遡遍行少時念言彼出城至祇桓中日時已過即與彼言未曾有汝是大惡人今由汝故并使我不得食可速去我共汝若坐若語不樂我獨坐獨語樂便自至有食家而食彼比丘出城至寺日時已過不得食乏極有少欲比丘聞已嫌責跋難陀白佛結戒由伴屬事不忍煩惱制斯學處

釋義文分二節語餘比丘下明其誑誘彼比丘竟不教與是比丘食下結成所犯律云聚落四種如上當與汝食者(謂欲惱他故作此誑言以誘戲之也)食者(謂時食非時不得食也)語言汝去者(是驅遣之詞)若坐若語不樂等者(是重彰驅遣令生困惱之義根本律云坐謂禪思語謂讀誦也)以此因緣非餘者(謂正由嫌恨故使他絕食以生惱爲緣非為餘利益事而遣去)方便遣去者(謂假坐語不樂等方便去之)

結罪是中犯者若方便遣去捨見聞處波逸提　捨見處至聞處　捨聞處至見處皆突吉羅　方便遣去自捨見聞處波逸提　捨見處至聞處　捨聞處至見處皆突吉羅　此戒具四緣方成本罪一心存舊恨欲使斷食二人須稟具三呼作伴往

四時將正午遺離見聞處

【兼制】比丘尼波逸提同制同學式叉摩那沙彌沙彌尼突吉羅是爲犯

【隨開】不犯者與食遺去若病若無威儀人見不喜者語言汝去我當送食至僧伽藍中彼若破戒破見破威儀若衆中所舉若被擯若應擯若見命難淨行難及最初未制戒等是爲不犯

【會採】五分律云作此惱餘四衆突吉羅　尼作此惱二衆波逸提　惱餘三衆突吉羅

薩婆多論云若來未入城門令還者突吉羅　若入城門令還者突吉羅　若未入白衣家外門中門內門令還者突吉羅　若入內門未至聞處令還者突吉羅　若至聞處令還者波逸提

律攝云若隨醫教爲病令斷食者無犯

此戒大乘同學

第四十七過受藥戒

若比丘受四月請與藥無病比丘應受若過受除常請更請分請盡形壽請波逸提

【緣起】此戒有六制佛在迦維羅衞國尼拘律園中釋種摩訶男請僧供藥六羣自相謂言摩訶男供衆僧藥恭敬上座施與好者求者亦與不求亦與於我等無恭敬心惡者施我等求索猶不見與況不求而得我等當詣其家求難得所無之藥即往索之摩訶男報言若家中有當相與若無者當爲詣市求買相給六羣即訶彼有愛及以妄語因是不復供給僧藥佛知制云應

受四月因緣請與藥不得過受此初結戒也時病比丘畏愼不敢過受藥白佛故開此第二結戒也時諸居士常請比丘受藥皆畏愼不敢受白佛故開此第三結戒也後時摩訶男復作念言我今不可以一人二人故斷衆僧藥耶當更請供給至僧伽藍中言願諸大德受我請供藥諸比丘畏愼不敢受白佛故開此第四結戒也時諸居士請比丘與分藥不敢受畏愼白佛故開此第五結戒也又諸居士請比丘與盡形壽藥畏愼不敢受白佛聽受此第六結戒也由他施事多求煩惱制斯學處

【釋義】文分二節受四月藥下明其所犯除常請等明其隨開律云四月者夏四月病者醫所教服藥也常請者其人作如是言我常與藥更請者斷已後復更請與不得計前日數應從斷藥還與日數分請者持藥至僧伽藍中分與盡形壽請者其人言我常盡形壽與藥　請有四種或請夜有限齊藥無限齊謂彼作夜分齊不作藥分齊我與如許夜藥　或請夜有限齊藥有限齊謂彼作夜分齊藥分齊如是言爾許夜與如是藥此二種請應夏四月受（所言夜者由日以該夜若其夜分未過猶非越限也）或請藥有限齊夜無限齊謂彼作藥分齊不作夜分齊作如是言我與如是藥　或請夜無限齊藥無限齊謂彼不作夜分齊藥分齊作如是言我請汝與藥此二種請應隨施時受

【結罪】是中犯者若過受咽咽波逸提　此戒具三緣方成本罪一是請藥二無開緣

三過受入咽

兼制 比丘尼波逸提同制 式叉摩那沙彌同學
沙彌尼突吉羅是爲犯

隨開 不犯者如上隨開及最初未制戒等
是爲不犯

會採 僧祇律云或夏四月冬四月春四月
檀越請不必定或四月或一月半月期滿
已不得更索 若請前食不得索後食前謂小食後謂時食若請後食不得索前食藥及餘物
亦爾 若言盡壽受我四事供養爾時得
隨意索

十誦律云索得波逸提 索不得突吉羅
索呵黎勒等若藥得不得盡突吉羅

律攝云四月未竟請麤食更求好者得惡
作食便得墮罪 請好食更索麤者索得
惡作食時無犯善見律云檀越施藥應作
藥用不得作食與油乞酥犯突吉羅

此戒大乘同學爲衆生故索不犯

附考 五分律云若人施僧藥執事比丘應
問爲留聚落中爲著僧坊內若言留聚落
中須時應語我須如是藥爲我辦勿使乏
若言留僧坊內應白二羯磨差五法比丘
不應愛恚怖畏癡知藥知非藥者作守僧
藥人彼應以新器盛訶梨勒訶摩勒鞞醯
勒畢跋羅乾薑甘蔗糖石蜜若器不漏應
盛酥油蜜應持物結口題上藥名若病比
丘須者應歡喜與若病者自知須此藥應
自取服若不知應問醫若無醫應問和尚
阿闍黎我如是如是病應服何藥若二師
不知應取藥再三服不差復取餘藥服

第四十八觀軍陣戒

若比丘往觀軍陣除時因緣波逸提

【緣起】此戒有二制佛在舍衛國給孤獨園波斯匿王征伐反叛六羣比丘往觀王言諸尊在此軍中欲何所爲報言我無所作來看軍陣時王聞已心甚不悅復問今何所至報言詣舍衛見佛王寄石蜜一裹奉上世尊教持己名禮拜問訊六羣以此因緣禮拜問訊佛知訶責此初結戒也後梨師達富羅那二大臣在軍中渴仰欲見比丘遣使來請諸比丘畏慎不敢往白佛故開除時因緣此第二結戒也由觀軍事情亂煩惱制斯學處（王寄石蜜以奉世尊者乃藉申信敬暗與制緣而爲往觀軍陣之證據也）

【釋義】律云陣者若戲若鬭（根本律云陣有四種一稍刃勢二車輮勢三半月勢四鵰翼勢）軍者有四種軍一象二馬三車四步（僧祇律云象軍者四人護象足馬軍者八人護馬足車軍者十六人護車步軍者三十二人執兵杖）

【結罪】是中犯者若往觀軍陣從道至道從道至非道從非道至道從高至下從下至高而去見者波逸提　不見者突吉羅若方便莊嚴欲觀而不去者皆突吉羅若比丘先在道行軍陣後至應下道避若不避者突吉羅　此戒具三緣方成本罪一有心觀看二無緣故往三見境明了

【兼制】比丘尼波逸提（同制同學）式叉摩那沙彌沙彌尼突吉羅是爲犯

【隨開】不犯者若有事往若彼請去或力勢者將去若先在前行軍陣後至下道避若水陸道斷賊獸水漲難若命難梵行難不

下道避及最初未制戒等是爲不犯

【會採】僧祇律云軍來詣精舍不作意看無罪作意者越毘尼罪　下至人口諍看者越毘尼罪

根本律云若見軍時不應説其好惡

尼陀那云有打鬭者不應往看若見諍者急捨而去

薩婆多論云若不故往以行來因緣道由中過不犯

此戒大乘同制

第四十九軍中過三宿戒

若比丘有因緣聽至軍中二宿三宿過者波逸提

【緣起】佛在舍衞國祇桓精舍六羣比丘有因緣至軍中宿時諸居士見自相謂言我等爲恩愛故在此宿耳而此沙門復在此爲何耶有知足比丘聞已白佛結戒由觀軍事及掉亂心招譏煩惱制斯學處

【釋義】有因緣者（謂有王臣兵將請喚或爲三寶有所啟白）軍中者（謂軍馬營寨欲戰之處）二宿三宿者（是制其止宿夜分聚齊也）過者（謂違越大聖教敕也）

【結罪】是中犯者若有因緣欲至軍中得二宿住至第三宿明相未出時應離聞處見處若不離至明相出波逸提　若離見處至聞處離聞處至見處皆突吉羅　此戒具三緣方成本罪一是有緣入軍二必宿至三宿三明相已出不離見聞

【兼制】比丘尼波逸提（同制同學）式叉摩那沙彌沙彌尼突吉羅是爲犯

【隨開】不犯者若第三宿明相未出離見聞

處若水陸道斷如上難事至第三宿明相出不離見聞處及最初未制戒等是爲不犯

〔會採〕律攝云苾芻有緣受請詣彼或有衣利引起貪心而彼軍營或整不整作整兵心停留觀察至第三夜明相出時便得墮罪設方便時亦惡作罪

五分律云雖有因緣若書信得了應遣書信若須自往然後往事訖便還勿經宿若不了應一宿一宿不了應再宿復不了應三宿　若了不了過三宿波逸提　不應宿而宿突吉羅

此戒大乘同學或觀機不犯

第五十觀軍事戒

若比丘二宿三宿軍中住或時觀軍陣鬭戰若觀遊軍象馬力勢者波逸提

〔緣起〕佛在舍衞國給孤獨園六羣比丘聞世尊制戒聽有因緣二宿三宿得在軍中住彼在軍中住觀軍陣鬭戰觀諸力人象馬時六羣中有一人爲箭所射同伴即以衣裹之輿還諸居士皆譏嫌有慚愧比丘聞知白佛結戒由觀軍事譏嫌煩惱制斯學處

〔釋義〕律云軍者或王軍賊軍居士軍陣者四方陣或圓陣或半月形陣或張甄陣或函相陣鬭戰者或戲鬭或眞實鬭遊軍者謂行軍也力勢者僧祇律云兩衆相交強弱相傾也

〔結罪〕是中犯者若往觀軍陣鬭戰象馬力勢者從道至道從道至非道從非道至道從高至下從下至高而見者波逸提　往

而不見者突吉羅　方便莊嚴欲往而不往者一切突吉羅　若比丘先在道行軍馬後至應避不避者突吉羅　此戒具三緣方成本罪如前無異

【兼制】比丘尼波逸提（同制同學）式叉摩那沙彌沙彌尼突吉羅是爲犯

【隨開】不犯者有時因緣若有所白若請喚若為勢力所持若命難梵行難若先行軍陣後至下道避若水陸道斷賊盜惡獸水大漲不避道及最初未制戒等是爲不犯

【會採】五分律云觀鳥獸鬪突吉羅（此防心隨境轉以動殺機而亂正念是故制之）此戒大乘同學

第五十一飲酒戒

若比丘飲酒者波逸提

【緣起】佛在支陀國與千二百五十大比丘俱尊者娑伽陀爲佛作供養人時詣辮髮梵志家借宿梵志言我不惜可宿爾但此中有毒龍恐相傷害娑伽陀言但見聽或不害我遂入其家自敷草蓐結跏趺坐繫念在前時彼毒龍見已即放火烟娑伽陀亦放火烟毒龍恚之復放身火娑伽陀亦放身火彼室然似大火娑伽陀自念言我寧可滅此龍火不傷龍身時彼毒龍火光無色娑伽陀火光轉盛有種種色其夜降此毒龍盛著鉢中明日清旦持往梵志所示之時值拘睒彌主在彼梵志家宿作如是念未曾有世尊弟子如是大神力何況如來即白娑伽陀言若世尊來至我國願見告敕欲一禮敬爾時世尊將千二百五

十弟子遊行至拘睒彌國王聞知往迎見已篤信心生頭面禮足聞法歡喜顧看衆僧不見娑伽陀問知尊者與六羣相隨在後尊者至王亦迎禮聞法得歡喜已白言何所湏欲說之尊者報言止止此即爲供養我已王復白何所湏欲六羣語王言汝知不比丘衣鉢六物易得更有與比丘難得者與之王問何者難得報言欲湏黑酒次日設供王出種種卄饍飲食兼與黑酒尊者飲飽足已從座起去於中路爲酒所醉倒地而吐衆鳥亂鳴世尊知而故問阿難具白所由佛訶云如今不能降伏小蛇況能降伏大龍凡飲酒者有十過失一者顏色惡二者少力三者眼視不明四者現瞋恚相五者壞田業資生法六者增致疾病七者益鬬訟八者無名稱惡名流布九者智慧減少十者身壞命終墮三惡道自今已去以我爲師者乃至不得以草木頭內入酒中而入口遂爲結戒此是遮罪由乞求事譏嫌煩惱制斯學處

釋義律云酒者木酒米酒大麥酒若有餘酒法作酒者是木酒者棃汁酒若以蜜石蜜雜作甘蔗蒲萄等酒亦如是有酒色酒香酒味

結罪是中犯者若酒酒煮酒和合若食若飲者波逸提　若飲甜味酒突吉羅　若飲酢味酒突吉羅　若食麪若食酒糟突吉羅　酒作酒想波逸提　酒無酒想波逸提　無酒有酒想　無酒疑皆突吉羅

此戒具三緣方成本罪一是能醉人酒

二自身無病三故飲入咽

【兼制】比丘尼波逸提（同制同學）式叉摩那沙彌沙彌尼突吉羅是爲犯

【隨開】不犯者若有病餘藥治不差以酒爲藥若以酒塗瘡及最初未制戒等是爲不犯

【會採】十誦律云飲酢酒甜酒若麴若糟一切能醉者咽咽波逸提　若但作酒色無酒香酒味不能醉人飲者無犯

律攝云凡作酒色酒香酒味或闕一闕二能醉人皆墮罪　不醉人得惡作　若酒被煎煮飲不醉人不犯　若酒變成醋不醉人澄清見面水解爲淨以羅濾之同非時漿隨意應飲佛言以我爲師而出家者不應飲酒不與他不貯畜乃至不以茅頭滴酒置口中

摩得勒伽云若以酒煮時藥非時藥七日藥無酒性得服

善見律云若酒煮食煮藥故有酒香味突吉羅　無酒香味得食（十誦飲酢甜麴糟因醉人結重本律結輕者雖有酒香味不醉人故與律攝相同）

此戒大乘同制

【引證】薩婆多論云若過是罪者此酒極重飲之者能作四逆除破僧逆以破僧要自稱爲佛故亦能破一切戒及餘衆惡也

婆沙論云若不防護離飲酒戒則總毀犯諸餘律儀曾聞有一鄔波索迦稟性仁賢受持五戒專精不犯後於一時家屬大小當爲賓客彼獨不往留食供之時至須食鹹味多故須臾增渴見一器中有酒如水

為渴所逼遂取飲之爾時便犯離飲酒戒
時有隣雞來入其舍盜心捕殺烹鬻而噉
於此復犯離殺盜戒隣女尋雞來入其舍
復以威力強逼交通緣此更犯離邪行戒
隣家憤怒將至官司時斷事者訊問所以
彼皆拒諱因斯又犯離誑語戒如是五戒
皆因酒犯故遮罪中獨制飲酒又酒令失
念增無慙愧其過深重故偏制立准大論
飲酒有三十五過失按律部有三十六失
此律論過失詳列後之音義中

毘尼止持會集卷第十四

音義

半擇迦 此云變令生變作不男者 騃 涯上聲癡也 波斯匿王 亦翻和悅亦翻勝軍 支陀國 或云支提或云制地然支提制地本是墖廟之名即浮圖別號義翻為積集亦云聚相今云國名疑是誤也 婆伽陀 或修伽陀亦云婆竭陀又云娑婆揭多此尊者初生時容儀可愛父見歡喜唱言善來故立為名 具德經云我聲聞中能具火界神通修伽陀苾芻是 辮髮梵志 辮與編同交也織也列也謂以項髮交列為紒紒同結也 草蓐 音肉薦也以茭蒲為薦蓆也 拘睒彌主 乃優填王也 鬻 音主烹也 大論云

飲酒有三十五過 一現世財物虛竭何以故飲酒醉亂心無節限用費無度故 二眾病之門 三鬥諍之本 四裸形無恥 五醜名惡露人所不敬 六無復智慧 七應所得物而不得已所得物而散失 八伏匿之事盡向人說 九種種事業廢不成辦 十醉為愁本何以故醉中多失醒則慙愧憂愁 十一身力轉少 十二身色壞 十三不知敬父 十四不知敬母 十五不敬沙門 十六不敬婆羅門 十七不敬叔伯及尊長何以故醉悶憒惱無所別故 十八不敬佛 十九不敬法 二十不敬僧 二十一朋黨惡人 二十二疎遠賢善 二十三作破戒人 二十四無慙愧 二十五不守六情 二十六縱色放逸 二十七人所憎惡不喜見 二十八貴重親屬及諸知識所共擯棄 二十九行不善法 三十棄捨善法 三十一明人智士所不信用何以故酒放逸故 三十二遠離涅槃 三十三種狂癡因 三十四身壞命終墮惡道泥犁中 三十五若得

為人所生之處常當狂騃如
是種種過失是故不飲酒

按律部飲酒有三十六失

一不孝父母　二輕慢尊長
朋友　三不敬三寶　四不
信經法　五誹謗沙門　六訐露人罪
七恒說妄語　八誣人惡事　九傳言兩
舌　十惡口傷人　十一生病之根　十
二鬬諍之本　十三惡名流布　十四人
所憎嫌　十五排斥聖賢　十六怨讟天
地　十七廢忘事業　十八破散家財
十九恒無慚愧　二十不知羞耻　二十
一無故搥打奴僕　二十二横殺衆生
二十三姦犯他妻　二十四偷人財物
二十五踈遠善人　二十六狎近惡人
二十七常懷恚怒　二十八日夜憂愁
二十九牽東引西　三十持南著北　三
十一倒溝臥路　三十一墮車墜馬　三
十三逢河落水　三十四持燈失火　三
十五暑月熱亡　三
十六寒天凍死

毘尼止持會集卷第十五

清金陵寶華山弘律沙門讀體集

第五十二水中戲戒

若比丘水中嬉戲者波逸提

【緣起】佛在舍衛國祇桓精舍十七羣比丘在河水中嬉戲時波斯匿王與末利夫人在樓上見之王語夫人言看汝所事者夫人報王此諸比丘是年少始出家者在佛法未久或是長老癡無所知爾時夫人即下樓遣使問訊世尊以此因緣白佛佛爲結戒由王見生譏制斯學處

【釋義】律云戲者放意自恣（嬉者戲也遊也又嬉戲笑也）

【結罪】是中犯者從此岸至彼岸或順流逆流或此沒彼出或以手畫水或水相澆灒乃至以鉢盛水戲一切波逸提　若酪漿若清酪漿若苦酒若麥汁器中戲弄者盡突吉羅　此戒具三緣方成本罪一是水中二有放逸心三嬉戲相見

【兼制】比丘尼波逸提（同制同學）式叉摩那沙彌沙彌尼突吉羅是爲犯

【隨開】不犯者若道路行渡水或從此岸至彼岸或水中牽材木若竹若簰順流上下若取石取沙若失物沉入水底此沒彼出或欲學知浮法擢臂畫水灒水及最初未制戒等是爲不犯

【會採】律攝云若以水灑弄他時隨滴多少水咸得墮罪　油等滴他者得惡作罪

十誦律云槃上有水若坐牀上有水以指畫之突吉羅

善見律云水深沒脚背於中戲波逸提

若摇船弄水突吉羅

五分律云搏雪弄草頭露突吉羅

此戒大乘同學

第五十三相擊攊戒

若比丘以指相擊攊者波逸提

【緣起】佛在舍衛國給孤獨園六羣比丘中有一人擊攊十七羣比丘中一人乃令命終諸比丘聞知白佛結戒

【釋義】律云指者手十脚十擊攊者以指挃其肉令癢而取笑也律攝云十七羣苾芻中有一人被惱不樂彼等共來愧謝以指擊攊因笑過分遂致於死制斯學處

【結罪】是中犯者若以手脚指相擊攊者一切波逸提 若杖若户鬮若拂柄及一切餘物相擊攊者一切突吉羅 此戒具三緣方成本罪一前人是僧二有故戲心三以指相擊

【兼制】比丘尼波逸提同制同學式叉摩那沙彌沙彌尼突吉羅是爲犯

【隨開】不犯者若不故擊攊若眠觸令覺若出入行來若掃地誤觸誤以杖頭觸及最初未制戒等是爲不犯

【會採】根本律云若苾芻以一指頭擊攊者得一墮罪 乃至五指便得五墮罪 若以拳擊攊得一墮罪 若以足准手應知

五分律云擊攊沙彌乃至畜生突吉羅

薩婆多論云若擊攊比丘尼三六法人即六罪人也五法人受破僧法狂心亂心病壞心在家無師僧等人盡突吉羅 若教人擊攊皆突吉羅

摩得勒伽云若身根壞指挃突吉羅

此戒大乘同學

第五十四不受諫戒

若比丘不受諫者波逸提

【緣起】佛在拘睒彌國瞿師羅園中闡陀欲犯戒諸比丘諫言汝莫作此意不應闡陀不從諫即犯戒有少欲者聞知嫌責白佛結戒由不忍煩惱制斯學處

【釋義】不受諫者（謂他以良言勸誡而不忍可亦不納受也）

【結罪】是中犯者若他遮言莫作是不應爾然故作犯根本不從語突吉羅　若自知我所作非然故作犯根本不從語波逸提（隨犯結其本罪不從諫得墮）　此戒具三緣方成本罪一自作非法二有違諫心三諫已不納

【兼制】比丘尼波逸提（同制同學）式叉摩那沙彌沙彌尼突吉羅是爲犯

【隨開】不犯者無智人來諫報言汝可問汝師和尚學問誦經知諫法然後可諫若諫者當用若戲笑語若獨處語若在夢中若欲說此乃錯說彼及最初未制戒等是爲不犯

此戒大乘同學

【附考】律攝云若尊人所說不應遮止有所言教不應違逆但應嘿然恭敬而住不嫉不恚除罪惡心恒爲敬養

毘尼母經云不應受五種人諫一無慚愧二不廣學三常覓人過失四喜鬬諍五欲捨服還俗

薩婆多論云若前所諫者有六種人一心有愛憎二鈍根無智三若少見聞四爲利養名聞五爲現法樂但欲自攝六新出家

愛戀妻子如是六種人諫則有損若發教諫出言無補應反語彼言但自觀身善不善行亦不觀他作以不作若反上六者則應展轉相諫也

第五十五恐怖他戒

若比丘恐怖他比丘者波逸提

緣起佛在波羅黎毘國尊者那迦波羅比丘常侍佛左右供給所須諸佛常法若經行時供養人在經行道頭立時初夜已過請佛入房世尊默然中夜後夜亦爾彼心自念言我今寧可恐怖佛令使入房即反被拘執毛衣也作非人恐怖聲沙門我是鬼世尊報言當知此愚人心亦是惡世尊清旦集僧訶責彼已爲諸比丘結此戒也由戲侮事不寂靜煩惱制斯學處按涅槃經中是善星比丘反被拘執怖佛疑此是梵語也

釋義律云恐怖者若以色聲香味觸法恐怖人色者或作象形馬形鬼形鳥獸等形聲者或貝聲鼓聲象馬等聲香者若根香皮華葉果等香及諸臭氣味者醋甜苦澀鹹辛等味觸者若以冷熱輕重細麤滑澀軟堅等觸法者語前人言我夢汝當死若失衣鉢若罷道汝和尚阿闍黎亦爾若父母病重若命終

結罪是中犯者若以色聲香味觸法恐怖人若說而了了者波逸提　說不了了突吉羅　此戒具五緣方成本罪一人必是比丘二作比丘疑想三舉意恐怖四作恐怖疑想五說聽了了

兼制比丘尼波逸提同制同學式叉摩那沙彌

沙彌尼突吉羅是爲犯

【隨開】不犯者或闇地坐無燈火或大小便處若以色等示人不作恐怖意若實有是事若見如是相或夢中見若當死若罷道若失衣鉢乃至父母病重當死應語彼言我見汝如是諸變相事若戲語若疾疾語若獨語若夢中語欲說此乃錯說彼及最初未制戒等是爲不犯

【會採】律攝云若以可惡色聲等事令生畏惱告彼人曰畢舍遮等欲來殺汝隨彼苾芻有怖無怖解其言義便得墮罪　若以可愛色聲等事謂王欲來殺害汝者得惡作罪　若於受學人（亦名得戒沙彌即學悔人）及於餘人處驚惱得惡作罪　若說地獄旁生餓鬼情存化導彼雖生怖者無犯　苾芻苾芻想　苾芻苾芻疑皆墮罪　非苾芻苾芻想　非苾芻苾芻疑　苾芻非苾芻想苾芻非苾芻疑皆惡作　恐怖恐怖想恐怖恐怖疑皆墮罪　非恐怖恐怖想非恐怖恐怖疑　恐怖非恐怖想　恐怖非恐怖疑皆惡作罪

此戒大乘同學或觀機折伏不犯

第五十六過洗浴戒

若比丘半月洗浴無病比丘應受不得過除餘時波逸提餘時者熱時病時作時風雨時道行時此是時

【緣起】此戒有六制佛在王舍城迦蘭陀竹園摩竭國有池水瓶沙王聽諸比丘常在中浴六羣於後夜入浴時瓶沙王與婇女亦至聞比丘浴聲便寂默以待之六羣用

種種細末藥更相洗乃至明相出王竟不得浴諸大臣皆共譏嫌故制半月洗浴此初結戒也諸比丘盛熱時身體炮痱畏慎不敢浴白佛佛聽熱時數數浴此第二結戒也又病比丘身垢臭穢大小便吐汚不淨畏慎不敢浴白佛佛聽病時數數浴此第三結戒也又諸比丘作時身體汗垢畏慎不敢浴白佛佛聽作時數數浴此第四結戒也又諸比丘風雨中行身體汗出塵坌畏慎不敢浴白佛佛聽風雨時數數浴此第五結戒也又諸比丘道行身熱炮痱汗垢塵土畏慎不敢浴白佛佛聽道行時數數浴此第六結戒也由洗浴事過分煩惱制斯學處

【釋義】文分二節半月洗浴下明其創制餘時等明其隨開律云熱時者春四十五日夏初一月是（謂從三月初一日至四月十五日此一月半是春末四十五日也從四月十六日至五月十五日此一月是夏初一月也此二月半總名為熱時薩婆多論云天竺早熱是名天竺熱時如是隨處熱時早晚數取二月半於中浴無犯）病者下至身臭穢是作時者下至掃屋前地是風雨時者下至一旋風一滴雨是道行者下至半由旬若來若往是（如是等時）（若不洗浴身心不安佛慈觀其機時聽開）

【結罪】是中犯者除餘時若過一遍澆身及半澆身皆波逸提　若方便莊嚴欲洗浴不去一切突吉羅　此戒具三緣方成本罪一自身無開緣二有慢教心三故過浴竟

【兼制】比丘尼波逸提（同制同學）式叉摩那沙彌沙彌尼突吉羅是爲犯

隨開不犯者，半月洗浴除餘時數數洗浴，若爲勢力所持強使洗浴及最初未制戒等，是爲不犯。

會採十誦律云：聅日來今日浴，明日去今日浴，波逸提（此約道行時也）。五分律云：若洗師及病人身體已濕因浴不犯（此非自浴所以隨開）。僧祇律云：若無上諸時當作陶家浴法，先洗兩胜兩脚，後洗頭面腰背臂肘胸腋。

此戒大乘同學。

附考准方等教中，若禮懺結壇日須洗浴，斯出聖言，不犯過浴。不應與白衣人共浴，除篤信三寶稱讚出家者聽同入浴（然今叢林普衆有湯，雖非餘時亦無所犯）。

第五十七露地然火戒

若比丘無病，自爲炙身故，在露地然火，若教人然，除時因緣，波逸提。

緣起此戒有三制。佛在曠野城，六羣比丘在上座前不得隨意言語，即出房在露地取諸柴草然火向炙。時空樹中有一毒蛇，得火氣熱逼，從樹孔出。諸比丘皆驚，取所燒薪散擲東西，迸火燒佛講堂。此初結戒也。有病比丘畏愼不敢然火、不教人然，白佛，故聽。此第二結戒也。復有欲爲病比丘煑粥若羹飯，若熏鉢染衣，若然燈燒香，皆畏愼不敢作，佛皆聽之。此第三結戒也。因掉戲煩惱制斯學處。

釋義文分二節：無病下明其所犯，除餘時明其隨開。律云：病者若須火炙身。除餘時因緣者，爲病比丘煑粥羹飯乃至燒香（第四

分云向火有五過一令人無顔色二無力三眼闇四令多人鬧集五多說俗事僧祇律云然火有七事無利益一壞眼二壞色三身羸四衣垢壞五壞牀褥六主犯因七增世俗言論

結罪是中犯者若在露地然草木枝葉牛屎糠糞掃麨等一切波逸提麨音亦麥麨也　若以火置草木枝葉乃至麨等中然者一切波逸提　若被燒半者擲火中者突吉羅　若然炭突吉羅　若不語前人汝看是知是者突吉羅　此戒具三緣方成本罪一是未經火然之露地二無開緣自然或非淨語教他然三所然是草木糠麨等焰火

兼制比丘尼波逸提同制同學式叉摩那沙彌沙彌尼突吉羅是為犯

隨開不犯者若語前人言汝看是知是如上除時因緣及最初未制戒等是為不犯

會採五分律云若為炙然火燄高至四指波逸提

薩婆多論云行路盛寒不犯

僧祇律云若旋火作輪波逸提　若持炬行欲抖擻不得在未燒地當在灰上若尾上若炬火自落地即在上抖擻不犯　若然髮馬尾毛等及燒皮餅毒藥皆越毘尼罪

根本律云若故燒林野得窣吐羅底罪

此戒大乘同學

第五十八藏他物戒

若比丘藏他比丘衣鉢坐具鍼筒若自藏教人藏下至戲笑者波逸提

緣起佛在舍衛國給孤獨園有居士請僧

明日食夜辦供已明日清旦往白時至爾時十七羣持衣鉢坐具鍼筒著一面經行彷徉望食時到六羣伺彼背向時取而藏之時到尋覓不得見六羣在前調弄餘比丘察知嫌責白佛結戒由調戲事不寂靜煩惱制斯學處乃初篇盜根本種類

【釋義】藏者（容舉也）衣者（三衣及餘衣也）鉢者（鐵瓦二種應量之器）坐具者（敷以坐臥）鍼筒者（貯鍼之器此等皆是比丘要用隨身之六物也）下至戲笑者（若故令他生惱而藏或戲弄取笑而藏）

【結罪】是中犯者若自藏若教人藏下至戲笑者波逸提　此戒具三緣方成本罪一調弄心藏二須是比丘六物三彼人尋覓不獲

【兼制】此丘尼波逸提（同制同學）式叉摩那沙彌沙彌尼突吉羅是爲犯

【隨開】不犯者若實知彼人物相體悉而取舉若在露地爲風雨所飄漬取舉若物主爲人性慢狼籍六物爲欲戒敕彼故而舉之若借衣著而彼不收攝恐失便舉之或以此衣鉢諸物故有命難梵行難及最初未制戒等是爲不犯

【會採】五分律云藏餘四衆乃至畜生物突吉羅　尼藏二衆物波逸提　藏餘三衆物皆突吉羅

十誦律云彼若覓得突吉羅　覓不得波逸提　若藏空鍼筒覓不得突吉羅

律攝云但是沙門合畜之物藏得墮罪不合畜者得惡作　若犯捨墮物及不淨三衣減量衣授學人物外道婆羅門等物輒藏舉者咸得惡作

根本律云若苾芻寄與餘苾芻彼但藏自衣不藏他衣被賊盜去不犯

此戒大乘同學

第五十九輙著淨施衣戒

若比丘與比丘比丘尼式叉摩那沙彌沙彌尼衣後不語主還取著波逸提

【緣起】佛在舍衛國給孤獨園六羣眞實施親厚比丘衣已後不語主還取著諸比丘聞有少欲慚愧者嫌責白佛結戒由衣事及廢闕煩惱制斯學處乃初篇盜根本種類

【釋義】文分二節與比丘下明施衣有主後不語下結成所犯律云衣有十種如上與衣者淨施衣有二種一者眞實淨施言此是我長衣未作淨今爲淨故與長老作眞實淨二者展轉淨施（展轉淨施法於作持中明此中約眞實淨施制也）

【結罪】是中犯者若眞實施衣不語主而取著者波逸提　此戒具三緣方成本罪一是眞實淨二不語主知三私取輙用

【兼制】比丘尼波逸提（同制同學）式叉摩那沙彌沙彌尼突吉羅是爲犯

【隨開】不犯者若眞實淨施語主取著展轉淨施語以不語隨意取著及最初未制戒等是爲不犯

此戒大乘同學

第六十衣不壞色戒

若比丘得新衣應三種壞色一一色中隨意壞若青若黑若木蘭若不壞色著餘新衣波逸提

【緣起】佛在舍衛國給孤獨園六羣比丘著白色衣時諸居士見共皆譏嫌謂如似王大臣有慙愧比丘聞知白佛結戒由衣服事譏嫌煩惱制斯學處

【釋義】文分二節得新衣下明其正制若不壞下結成所犯律云衣有十種如上新者若是新衣若初從人得者盡名新衣若青者（非大深青及純青也亦要壞其正青之色）若黑者（謂是泥染然亦不聽用純烏泥皂以類外道故宜兼赤土樹皮染之可也）若木蘭者（木蘭樹名也亦名林蘭其染衣色赤又云紫淡色非正赤色也）

【結罪】是中犯者若得新衣不染作三種色著者波逸提　若得重衣若得輕衣不作淨而畜者盡突吉羅　若非衣鉢囊革屣囊鍼線囊襌帶腰帶帽襪巾等不作淨畜者一切突吉羅（此謂非說淨是百一中數應點作淨也）　若以未染衣寄白衣家突吉羅　此戒具三緣方成本罪一是純白及正上色衣二不以三種色染壞亦不點淨而畜三作三衣中數於現處着用

【兼制】比丘尼波逸提（同制）式叉摩那沙彌沙彌尼突吉羅是為犯（同學）

【隨開】不犯者不遠上制若衣色脫更染及最初未制戒等是為不犯

【會採】十誦律云若得青衣應泥茜淨（泥即黑色也茜音倩染絳之草也）得泥衣應青茜淨得茜衣應青泥淨得黃衣赤衣白衣應青泥茜三種淨

五分律云應三種色作誌若不作誌著著波逸提　若不著宿宿波逸提

律攝云下至拭鉢巾拂足巾鉢囊腰絛等

咸須壞色點淨而畜

薩婆多論云除三衣餘一切衣但作三點淨著無過　若非純青淺青及碧作點淨得作衣裏舍勒外不現相得著（舍勒此云內衣似短裙也）若作現處衣盡不得著赤黃白色色不純大者亦如是　除富羅革屣餘一切衣臥具等盡應三點淨著不點淨著用皆墮罪　若如法色衣以五大色作點淨者惡作　除五大色有純黃藍鬱金青黛及一切青亦不得著　若黃赤白雜三點淨著亦惡作

僧祇律云作淨時極大齊四指極小如豌豆或一或三或五或七或九不得如華形　若得多雜碎新物合補一處者一處作淨各各補者一一作淨　若作新衣趣一角作淨　若一條半條補者亦作淨

此戒大乘同制

第六十一殺生命戒

若比丘故殺畜生命者波逸提

【緣起】此戒有二制佛在舍衛國祇園精舍迦留陀夷不喜見烏作竹弓射之時諸居士來入園中禮拜佛僧見已譏嫌云沙門釋子不知慙愧無有慈心諸比丘聞之啟白世尊此初結戒也佛結戒已時諸比丘坐起行來多殺細小蟲其中或有作波逸提懺者或有畏慎者佛言不知不犯更加故殺之語復爲僧第二結戒也此是性罪由生命事無悲煩惱制斯學處乃初篇殺根本種類

【釋義】律云畜生者不能變化者殺者謂斷

其命若自斷若教人斷乃至毒藥安殺具等（殺言故者謂有心害物非無意錯誤也）廣如初篇殺波羅夷中所釋

【結罪】是中犯者若故有殺心殺者波逸提　方便殺而不死突吉羅　此戒具四緣方成本罪一有殺心二是畜生三畜生想四必令命斷

【兼制】比丘尼波逸提（同制同學）式叉摩那沙彌沙彌尼突吉羅是為犯

【隨開】不犯者不故殺或以瓦石刀杖擲餘處而誤斷命若比丘經營作房舍手失瓦石而誤殺若土墼杖木若屋柱椽如是手不禁墮而殺者若扶病起卧出入房時一切無有害心而死及最初未制戒等是為不犯

【會採】五分律云畜生者除龍餘畜生是（龍雖是畜而能變化具神力守護國土保綏正去其功用與諸天相類故所殺龍者犯偷蘭遮本律亦云不能變化者義皆同此故爾除之）

根本律云若苾芻作殺害心乃至以一指損害旁生因此命終者得墮罪　或當時不死後時因此死者亦得墮罪　若後時不死者得惡作罪

律攝云若使癲狂者行殺害時彼雖無犯教者本罪　旁生旁生想墮罪　旁生疑旁生非旁生想　非旁生旁生想　非旁生疑皆得惡作罪

薩婆多摩得勒伽云欲斫藤誤斫蛇不犯　欲斫蛇誤斫藤惡作　欲殺此蟲而誤殺彼蟲　欲斫蟲而斫地　欲搦蟲而搦土皆得惡作罪

此戒大乘同制菩薩以護衆生凡有命者一切不得殺殺者犯重

附考律攝云若守房廊鳥雀棲宿爲喧閙者應使人檢察巢無兒卵應即除棄有者待去方除　若有蜂窠無兒應除有者以線縷纏之便不增長

大論云好殺之人有命之屬皆不喜見若不好殺一切衆生皆樂依附故持戒之人命欲終時其心安樂無疑無悔若生天上若在人中常得長壽是爲得道因緣乃至得佛住壽無量殺生之人今世後世受種種身心苦痛不殺之人無此衆苦是則殺他還是自殺其有智者肯自殺乎

第六十二飲用蟲水戒

若比丘知水有蟲飲用波逸提

緣起此戒有二制佛在舍衛國給孤獨園六羣比丘取雜蟲水而飲用諸居士見已譏嫌有少欲比丘聞知白佛此初結戒也爾時諸比丘不知有蟲無蟲後乃知或作波逸提懺者或有畏慎者佛言不知不犯故更加知水有蟲復爲僧第二結戒也此是性罪由受用水時害衆生命制斯學處乃初篇殺根本種類

釋義知者或自知或他告水有蟲者蟲有二種一謂纔觀即見二謂羅漉方見水謂一切河池泉井溝瀆等水用水有二一内受用謂是内身所有受用洗浴飲噉嚼齒木或洗手足此乃内用二外受用如前第十九戒中所明此准根本律釋之

結罪是中犯者知是雜蟲水飲用者及飲

用雜蟲漿醋等波逸提
有蟲水有蟲水想波逸提　有蟲水疑
無蟲水有蟲想　無蟲水疑皆突吉羅
此戒具四緣方成本罪一是雜蟲水二有
蟲想三不觀漉四飲用入咽
【兼制】比丘尼波逸提同制同學式叉摩那沙彌
沙彌尼突吉羅是爲犯
【隨開】不犯者若先不知有蟲無蟲想若麤
蟲觸水使去若漉水飲者及最初未制戒
等是爲不犯
此戒大乘同制
【引證】僧祇律云波羅脂國有二比丘共伴
來詣舍衛國問訊世尊中路渴乏無水前
到一井一比丘汲水便飲一比丘看水見
蟲不飲飲水比丘問言汝何不飲答言世
尊制戒不得飲蟲水故彼復勸言長老但
飲勿令渴死不得見佛答言我寧喪身不
毀佛戒遂便渴死飲水比丘漸到佛所佛
問汝從何來又問汝有伴不彼即具以事
答佛言癡人汝不見我謂得見我彼死比
丘已先見我十誦律云彼持戒者不飲便死即生三十三天得天身具足先到佛所禮佛聞法得法眼淨受三皈依故曰已先見我也根本律中其事亦同
若比丘放逸懈怠不攝諸根雖共我一處
彼離我遠彼雖見我我不見彼若有比丘
在海彼岸能不放逸精進不怠斂攝諸根
雖去我遠我常見彼彼常近我此約界論也未約世論則放逸之人雖生聖世不異末法不放逸者雖生末世不異正法佛身眞常本無出世及與滅度願深信智者莫起像法法滅盡想而自委棄誓當精進不懈善攝諸根嚴淨毘尼勿輕小過常如面奉慈顏親承明誨修持不已當見靈山一會儼然未散也

附考僧祇律云蟲者非魚鼈等謂小小倒孑諸蟲乃至極微細形眼所見者不應以天眼看亦不得使闇眼人看下至能見掌中細文者得使看水不得太速太久當如大象一廻頃若水中蟲極細不得就用洗手面及大小行（孑音結餘也說文云人無右臂今取義謂此蟲乃無足而倒行也）

律攝云有五種眼不應觀水一患瘡眼二睛瞖眼三狂亂眼四老病眼五天眼齊幾許時應觀水謂六牛車廻轉頃若順河流一度觀水無蟲齊一拘羅舍隨意飲用然須中間無別河入（一拘羅舍謂五里也或云二里）若下流水及逆流河一度觀時齊一尋內得用（八尺為一尋也）　有五種淨水一僧伽淨二別人淨二漉羅淨四涌泉淨五井水淨若知彼人是持戒者存護生命縱不觀察得彼水時飲用無犯凡一切觀水始從日出迄至明相未出咸隨受用　應知漉物有其五種一謂方羅二謂法瓶三謂君持四謂酌羅五謂衣角

第四分云不應無漉水囊行乃至半由旬若無應以僧伽梨角漉水

五分律云亦聽畜漉水筒用銅鐵竹木瓦石作之以細衣縵口不聽用糞掃衣

根本雜事云以絹繫君持口細繩擊項沉放水中擡頭半出（口若全沉水則難入）待滿引出仍須察蟲但是綽口瓶瓨無問大小以絹縵口隨時取水極是省事（綽昌入聲寬也瓨與缸同）

緇門警訓漉囊教意云出家之人修慈為本慈名與樂無殺為先物類雖微保命無

異此乃行慈之具濟物之緣大行由是而生至道因茲而尅所以匿王大將梨師達多及富羅那受居家五禁凡奉王命征討時弓稍恒掛漉水囊況僧慈護豈容乏之

毘尼止持會集卷第十五

音義

末利夫人 或云摩利此云鬘末利者花名也其花黃金色故翻云黃色此花堪作鬘故翻為鬘也然此夫人本守末利園善結花鬘又因末利園中將來故名末利增一阿含經云我聲聞中第一得證優婆斯篤信堅固所謂末利夫人是

浣灒 灒音贊汚灑也

箄 音牌大桴也今編竹木以水運為箄秦人謂之筏也

知浮法 根本律云苾芻應習浮恐有難緣不能浮渡

六罪人 謂犯四重破和合僧出佛身血

波羅梨毘國 未詳翻譯

那迦羅 或云那伽波羅此翻龍護亦云象護此比丘現生亦證淨法增一阿含經云我聲聞中第一比丘曉了星宿預知吉凶所謂那伽波羅比丘是也

畢舍遮 亦云毘舍遮又云毘舍支此啖精氣敝人及五穀之精氣乃顛鬼也

彷徉 上音旁下音羊彷徉猶徘徊也又彷徉以逍遥也

闟 與鑰同關令不能開

漉 音六淋也水下也

畜生 梵語底栗車此云畜生立世論云由因諂曲業故於中受生復說此道衆生多覆身行故名底栗車婆沙論云生謂衆生畜謂畜養謂彼橫生稟性愚癡不能自立為他畜養故名畜生問若以畜養名畜生者如諸龍水陸空行豈可為人所養名為畜生耶答養者義寬且滿人世及以六天不養者處狹唯在人中山野澤內又古昔諸龍亦為人養具在文史今從畜養偏多故名畜生

綏 音雖安也

搦 音諾按也

溝瀆 水注川曰谿注谿曰谷注谷曰溝注溝曰澮注澮曰瀆又田間之水曰溝又水瀆廣四尺深四尺曰瀆

一尋 四尺謂之仞倍仞謂之尋又云舒兩臂為一尋

天眼 此眼諸天因修禪定而得也能見遠近前後內外晝夜上下皆悉見之以無色質障礙故名天眼通非礙也

毘尼止持會集卷第十六

清金陵寶華山弘律沙門讀體集

第六十三故惱他戒

若比丘故惱他比丘令須臾間不樂波逸提

緣起 此戒有二制佛在舍衛國給孤獨園時十七羣比丘往問六羣長老云何入初禪第二第三第四禪云何入空無相無願云何得須陀洹果斯陀含果阿那含果阿羅漢果耶六羣報言如汝等所說者則已犯波羅夷法非比丘十七羣便往上座比丘所問言若有諸比丘作如是問云何入初禪乃至得阿羅漢果爲犯何罪上座報言無犯即察知此六羣與十七羣作疑惱往白世尊此初結戒也如是結戒已時諸比丘集在一處共論法律有一比丘退去而心有疑作是言彼諸比丘與我作疑諸比丘白佛佛言不故作者無犯此第二結戒也由戲弄事掉舉煩惱制斯學處（按根本律烏陀夷苾芻見十七羣受近圓已作惱亂心而告之曰汝等雖蒙作法實不得戒何用勞心更求學業故制）

釋義 律云疑惱者若爲生若爲年歲若受戒若爲羯磨若爲犯若爲法也爲生時疑者問言汝生來幾時耶報言我生來爾所時語言汝不爾所時生汝如餘人生非爾所時生是謂問生時疑　問年歲時疑者問言汝幾歲報言我爾所歲語言汝非爾所歲如餘受戒者汝未爾所歲是謂問年歲時生疑　問受戒生疑者問言汝受戒既年不滿二十又界內別衆是謂問受戒時生疑　問羯磨時生疑者問言汝受戒

時白不成羯磨不成非法別衆是謂問羯磨生疑　於犯生疑者語言汝犯波羅夷僧伽婆尸沙波逸提波羅提提舍尼偷蘭遮突吉羅惡説是謂於犯生疑　於法生疑者汝等所問法者則犯波羅夷非比丘是謂於法生疑令須臾間不樂者（三十須臾爲一晝夜謂令他少時間情不安隱也）

【結罪】是中犯者若比丘故爲比丘作疑若以生時若爲年歲乃至法時疑説而了了者波逸提　説而不了了者突吉羅　此戒具三縁方成本罪一前人是比丘二故有疑惱心三説聽了了

【兼制】比丘尼波逸提（同制同學）式叉摩那沙彌沙彌尼突吉羅是爲犯

【隨開】不犯者其事實爾不故作惱或戲笑語或疾疾語或獨語或夢中語或欲説此錯説彼及最初未制戒等是爲不犯

【會採】僧祇律云若有人來欲受具足戒若滿二十與受具足若不滿者語言且住待滿若彼便於彼處受具足來不得語疑悔語者越毘尼罪　若諸根不具及病亦爾（此上二句謂總攝遮等人是也）

五分律云令餘四衆疑悔突吉羅　尼令二衆疑悔波逸提　令餘三衆疑悔突吉羅

薩婆多論云若更以餘事欲令疑悔故語者突吉羅所謂語比丘言汝多眠多食多語等　是人非比丘非沙門非釋子令疑悔者突吉羅

此戒大乘同學

第六十四覆他麤罪戒

若比丘知他比丘犯麤罪覆藏者波逸提

【緣起】此戒有二制佛在舍衛國給孤獨園跋難陀數犯罪向一親厚比丘說之囑令勿語人後二人共鬭彼比丘即向餘比丘說其所犯餘比丘聞知白佛此初結戒也時有比丘聞佛結戒已不知犯麤不犯麤後乃知麤罪或作波逸提懺者或有疑者佛言不知無犯復更與結戒也此是性罪由舊伴屬事覆藏煩惱制斯學處

【釋義】律云麤罪者四波羅夷十三僧殘覆藏者（謂掩蔽其過而不說也薩婆多論云覆藏罪令佛法不清淨長養惡法故）

【結罪】是中犯者小食知食後說　食後知至初夜說　初夜知至中夜說盡突吉羅中夜知至後夜欲說而未說明相出時波逸提　除麤罪覆餘罪者突吉羅　自覆藏麤罪突吉羅（此是經夜展轉名從生小罪也）除比丘比丘尼覆餘人麤罪突吉羅（餘人謂出家下三衆及居家受戒者一衆）

麤罪麤罪想波逸提　麤罪疑　非麤罪麤罪想　非麤罪疑盡突吉羅　此戒具四緣方成本罪一是受具戒人二所犯是麤罪三麤罪想爲他人覆四覆經明相已出

比丘尼波逸提（同制同學）式叉摩那沙彌沙彌尼突吉羅是爲犯（問僧尼律比丘尼覆藏他尼棄罪犯波羅夷此定波逸提二義何從答少有差別若尼覆他尼行婬一事得重餘戒從輕故爾結墮）

【隨開】不犯者先不知麤罪不麤罪想　若

向人說或無人可向說發心言我當說未說之間明相已出若說或有命難梵行難不說及最初未制戒等是爲不犯

會採薩婆多論云覆他麤罪有三種一覆他四棄僧殘得墮罪　二覆出佛身血壞僧偷得對首偷蘭遮　三覆下三篇得突吉羅

十誦律云見他犯罪向一人說便止若聞若疑不須說

僧祇律云不得趣向人說當向善比丘說若彼罪比丘兇暴或依王力大臣力起奪命因緣傷梵行者應作是念彼罪行業必自有報彼自應知喻如失火但自救身焉知餘事斯則無罪

根本律云恐與爲障礙之事或緣此令僧破壞者覆皆無犯

此戒大乘同制與不教悔罪戒一也

附考第三分云內有五法應舉他以時不以非時眞實不以不實有益不以損減柔軟不以麤獷慈心不以瞋恚

第四分云佛告優波離身威儀不清淨言不清淨命不清淨寡聞不知修多羅寡聞不誦毘尼言辯不了喻若白羊是不應舉他若諸法具足應以時以法舉他罪又復此比丘有愛恭敬於我則應舉罪或無愛有恭敬或無恭敬有愛應舉或雖無恭敬能令捨惡就善應舉或彼有所重比丘尊敬信樂者能令捨惡行善應舉若都無者僧應都捨置驅棄語言長老隨汝所去處彼當爲汝作舉作憶念作自言遮出罪

遮說戒遮自恣譬如調馬師惡馬難調即合韁杙驅棄如此比丘不應先從其求聽即此是聽

薩婆多論云天眼舉他罪突吉羅天耳舉亦如是

第六十五授戒不如法戒

年滿二十應受大戒若比丘知年不滿二十與受大戒此人不得戒彼比丘可訶癡故波逸提

緣起 此戒有二制佛在羅閱城迦蘭陀竹園時城中有十七羣童子先爲親友最大者年十七最小者年十二共求出家諸比丘即度令出家與受大戒時諸童子小來習樂不堪一食至於夜半患饑高聲大喚啼哭言與我食來與我食來諸比丘語言少待須天明若衆僧有食當與共食若無食者當共乞此間都無作食處佛聞知而故問阿難具以事白佛言不應授年未滿二十者大戒此初結戒也時彼比丘聞結戒已不知年滿二十不滿二十後乃知不滿二十或作波逸提懺者或有疑者佛言不知無犯此第二結戒也由近圓事攝衆煩惱制斯學處

釋義 文分二節年滿二十應受大戒明其正制若比丘知年不滿下結成所犯律云年不滿二十者不堪忍寒熱饑渴暴風蚊䖟毒虫及不忍惡言若身有種種病苦痛不能堪忍又復不堪持戒不堪一食與受大戒者（與是能授之者謂壇上三師及七位證盟僧也受謂求具足戒之人）此人不得戒者（謂所受人年既不滿三師七證雖如法秉宣白四羯

磨而彼不成比丘性戒體不圓名非具足益佛為諸法之王深知衆生業性差別而諸佛子從佛口生從法化生是故依彼比制則比丘性具違教則戒法匪成也丘可訶癡故者謂不但所受者不得戒而能授者亦招愆以癡無智慧不知戒法故　律攝云滿足十夏方住師位復須成就五法一知有犯二知無犯三知輕四知重五於別解脫經廣能開解於諸學處創結隨開若遇難緣善知通塞常誦戒本能決他疑戒見多聞自他俱利威儀行法無有虧犯具如是德名親教師由其親能教出離法故　若苾芻雖近圓已於諸學處不識重輕設六十夏仍須依止明德依止而住若師小者唯除禮拜自餘咸作此即名為老小苾芻不得與他出家及受近圓也

結罪是中犯者和尚若知年未滿二十衆中問言汝年滿二十未受戒人報言或滿二十或未滿二十或疑或不知年數或黙然或衆僧不問授大戒三羯磨竟波逸提　白已二羯磨竟三突吉羅　白已一羯磨竟二突吉羅　白竟一突吉羅　和尚疑年未滿得罪亦爾　若未白為作方便若剃髮淨壇敷座是為作方便剃髮者非出家時凡登壇受具必須相同比丘不得長髮俗衣故當先剃髮也　若欲集衆若衆僧已集和尚一切突吉羅　衆僧若知若疑年未滿二十不問一切突吉羅　此戒具三緣方成本罪一是授具和尚二知年未滿三羯磨已竟

兼制比丘尼波逸提同制同學式叉摩那沙彌沙彌尼突吉羅是為犯下三衆犯突吉羅者彼非大僧無登壇作師之位若受居家八戒等法不違律制豈無違越毘尼之咎

隨開不犯者先不知信受戒人語若旁人證若信父母若受戒已疑聽數胎中年月及閏月若數一切十四日說戒以為年數半月半月說戒每年共有二十四次白月及黑月大皆十五日說戒若黑月小則十四日說戒一年僅有六次十四日說戒當有十八次是十五日說戒今以方便皆約

十四日說戒以筭日數則每年省出一十八日十年便有百八十日儻其人是十九歲共省三百四十二日又可筭作一年即可名爲滿二十歲矣

【會採】律攝云若有人近圓時年實未滿而作滿想後有親屬報云不滿應數胎月閏月若滿者善斯名善受若不滿者退爲求寂應更與受近圓若不爾者同前賊住若有人年滿十九作二十心而受近圓後經一年親屬來見報云不滿或自憶知不滿或年十八而受近圓後經二歲同前憶知斯等皆名善受正教難逢是開聽故本部未滿更開數一切十四日說戒律攝未滿但聽數胎月閏月以足之若不足者退爲求寂須知上根受具應准本部機若下劣律攝當依然斯乃受具已後有疑佛慈聽開若未登壇先筭此而爲滿歲者則法犯相似人墮全非斷不可例此宜應欽遵於此

此戒大乘比丘同學

第六十六發起諍事戒

若比丘知諍事如法懺悔已後更發起者波逸提

【緣起】此戒有二制佛在舍衛國給孤獨園時六羣比丘鬪諍僧如法滅已後更發起作如是言汝不善觀不成觀不善解不成解不善滅不成滅令僧未有諍事而有諍事起已有諍事而不除滅諸比丘察知其故具白世尊此初結戒也與結戒已時諸比丘不知諍事如法滅不如法滅後乃知如法滅或作波逸提懺者或有疑者佛言不知無犯此第二結戒也由起諍事不忍煩惱制斯學處

【釋義】律云諍者有四種言諍覓諍犯諍事諍詳如後七滅諍法中釋如法者如法如毘尼如佛

所教懺悔已者（謂善滅諍法）後更發起者（謂其諍已滅復以不善心而舉發令衆諍論不息也）

【結罪】是中犯者知如法滅已後更發起作如是言不善觀不成觀不善解不成解不善滅不成滅說而了了波逸提（言觀解者謂稱量得宜應與何法當與何法也不成觀解者謂法不應諍與毘尼相乖也）觀作觀想者波逸提　觀疑　不成觀有觀想　不成觀疑盡突吉羅　此戒具四緣方成本罪一是比丘諍事二如法滅已三觀作觀想而更發起四說而了了

【兼制】比丘尼波逸提（同制同學）式叉摩那沙彌沙彌尼突吉羅是爲犯

【隨開】不犯者若先不知若觀作不觀想若事實爾言不善觀乃至不成滅若戲笑語若疾疾語若夢中語欲說此錯說彼及最初未制戒等是爲不犯

【會採】律攝云若衆爲衆作羯磨得窣吐羅罪以是破僧方便故

薩婆多論云若是僧制不入佛法發起得突吉羅罪

此戒大乘同制爲菩薩不能善和鬬諍而反亂衆鬬諍罪結輕垢

第六十七同賊伴行戒

若比丘知賊伴結要共同道行乃至一村間波逸提

【緣起】此戒有二制佛在舍衛國給孤獨園有衆多比丘從舍衛至毘舍離有私度關賈客欲爲伴與之同行俱爲守關者所捉將至波斯匿王王問其故諸尊實知此人不輸王稅是賊賈不答言知王言若實知

者法應死復作念云豈宜殺沙門釋子耶但以訶責放去臣衆不服有少欲比丘聞知白佛此初結戒也時諸比丘不知是賊非賊伴行後乃知是賊伴或作波逸提懺者或生疑者佛言不知無犯故有第二結戒也此是遮罪由行路事譏嫌煩惱制斯學處乃初篇盜根本種類

【釋義】律云賊伴者若作賊還若方欲去結要者共要至城若至村道者村間處處道

【結罪】是中犯者知是賊伴共要同道行至村間處處道行一一波逸提　無村曠野無界處共道行波逸提　若無村曠野行減十里若共村間半道　若無村曠野行減十里皆突吉羅　若村間一道行　若方便欲去而不去　共要去而不去一切突吉羅

此戒具三緣方成本罪一實知是賊二結要同行三行處不減

【兼制】比丘尼波逸提同制同學式叉摩那沙彌沙彌尼突吉羅是爲犯

【隨開】不犯者若先不知不共結伴逐行安隱謂無恐怖也　若勢力所持若被繫縛將去若命難梵行難及最初未制戒等是爲不犯

【會採】僧祇律云若比丘欲行時當求車伴賊相貌有三事可知香色莊嚴香者在空處食生熟肉氣色者常恐怖色莊嚴者終日結束面黑髮黄兇惡似閻羅人若賊詐稱作好人著好衣服到空迴處展轉相語今日當入聚落破墻壁劫奪財物不問沙門婆羅門一切盡取當知是賊不得即便捨離宜隨順去若近聚落方便捨去若賊

覺者應語言長壽我正到比若與偷金賊共行波逸提（金乃七寶之首攝餘可知）與叛負債人共行越毘尼罪

十誦律云若險難處賊送度者不犯

根本律云若迷失道彼來指示雖同行不犯

五分律云共惡比丘期行突吉羅若諸難緣不犯

此戒大乘同制

第六十八惡見不捨戒

若比丘作如是說我知佛所說法行婬欲非障道法彼比丘諫此比丘言大德莫作是語莫謗世尊謗世尊者不善世尊不作是語世尊無數方便說犯婬欲是障道法彼比丘諫此比丘時堅持不捨彼比丘乃至三諫捨此事故若再三諫捨者善不捨者波逸提

【緣起】佛在舍衛國給孤獨園有阿梨吒比丘生是惡見諸比丘聞欲除去彼惡見故諫而不捨往白世尊世尊以無數方便訶責阿梨吒已告諸比丘聽衆僧爲彼作訶諫白四羯磨捨此事若有餘比丘作如是言亦應訶諫白四羯磨故結此戒由邪思事僻執煩惱制斯學處（此並下二戒於三破中皆名破見也）

【釋義】文分三節若比丘作如是說等明所生之惡見彼比丘諫此比丘言乃至犯婬欲是障道法等明所諫之詞彼比丘諫此比丘時堅持不捨等結成所犯作是說者（謂謬引佛語以證已見由見居家善信士女受持三皈五戒唯斷邪婬雖有妻室而亦能證須陀洹乃至亦得阿那含果故生如是惡見）我知者（謂自能解知非他告知也）佛所說法者（所說是彰義法有二種一是佛親說二是弟子

說雖弟于說由承佛教故亦名法也行婬欲者是鄙惡事也非障道法者謂習行其事而不能障礙諸賢聖道法也彼比丘諫此比丘言者謂作下別諫之詞大德者是如律尊稱之詞莫作是語者謂不可作是惡見之言也莫謗世尊者謂佛所說法雖欲清淨寂滅無爲若言欲非障道即違反佛說是誹謗世尊謗者謂出非理之言也不善者謂當來定招惡果報也世尊不作是語者謂佛不說婬非障道法也世尊無數方便說犯婬欲是障道者謂世尊以種種言訶說法教斷欲想除愛欲所燒度於愛結欲如火坑如火炬欲如枯骨如段肉如夢所見欲是不淨法是有漏法是障諸賢聖道果法彼比丘諫時堅持不捨者謂一比丘於屏處別諫之時固執邪見不受諫語也彼比丘乃至三諫等者謂別諫不從當鳴椎集僧白四羯磨其羯磨全法於作持中明自下唯明諫詞結罪

結罪是中犯者彼比丘諫此比丘言乃至無數方便說行婬欲是障道法汝今可捨此事莫爲僧所訶更犯重罪若受語者善此是一比丘別諫也不隨語者應白此是集僧訶諫凡作羯磨皆先有白白已當語言我已白竟餘有羯磨在汝可捨此事莫爲衆僧所訶責更犯罪若隨語者善言善者僅免本罪其方便罪仍當懺除不隨語者作初羯磨作初羯磨已當語言我已白初羯磨竟餘有二羯磨在汝當捨此事莫爲僧所訶責犯罪若隨語者善若不隨語者當作第二羯磨第二羯磨已當語言已作白二羯磨竟餘有一羯磨在汝可捨是事莫爲衆僧所訶犯罪若隨語者善

若不隨語者唱三羯磨竟波逸提　作白已二羯磨竟捨者三突吉羅　作白已一羯磨竟捨者二突吉羅　作白已捨者一突吉羅　若白未竟捨者突吉羅

若未作白作是語我知佛所說法行婬欲非障道法一切突吉羅（此謂別諫時及未曾別諫之前也）彼比丘諫此比丘時餘比丘遮若比丘尼遮者若有餘人遮汝莫捨此事衆僧諫與不諫遮者一切突吉羅　此戒具四緣方成本罪一堅持惡見二頻諫不捨三羯磨如法四三番白竟

【兼制】比丘尼波逸提（同制同學）式叉摩那沙彌沙彌尼突吉羅是爲犯

【隨開】不犯者若初語時捨（謂最初別諫時一聞諫語即捨）若非法別衆諫若非法和合諫法別衆法相似別衆法相似和合非法非毘尼非佛所教諫若無諫者及最初未制戒等是爲不犯

【會採】律攝云若苾芻心生惡見謂爲正見云我所解最爲殊勝實不從佛聞如是語但出自意說其文義不生慚愧邪說誑他餘苾芻見時應爲屏諫若不捨者得惡作罪次羯磨諫作初白竟乃至第二羯磨竟若不捨者一一皆得惡作之罪第三竟時便得墮罪應於衆中說悔其罪（然懺單墮皆對首作法即得除滅今准律攝云衆中說悔者其義有二一以衆爲證更不再生如是邪見故二治此一人以誡衆人令正思惟故）

此戒大乘犯重攝謗法戒故

【引證】大般若經云若染色欲於生梵天尚能爲障況得無上正等菩提是故菩薩斷欲出家能得無上菩提非不斷者　又云菩薩摩訶薩於五欲中深生厭患不爲五欲過失所染以無量門訶毀諸欲欲爲熾火燒身心故欲爲穢惡染自他故欲爲魁

膾於去來今常爲害故欲爲怨敵長夜伺求作衰損故欲如草炬欲如苦果欲如利劍欲如火聚欲如毒器欲如幻惑欲如闇井欲如詐親旃陀羅等舍利子諸菩薩摩訶薩以如是等無量過門訶毀諸欲

第六十九黨惡見不捨戒

若比丘知如是語人未作法如是邪見而不捨供給所須共同羯磨止宿言語者波逸提

【緣起】此戒有二制佛在舍衛國給孤獨園阿梨吒生惡見衆僧訶諫而故執不捨諸比丘嫌責白佛佛令僧與作惡見不捨舉白四羯磨此初結戒也（即前戒是）時六羣比丘供給所須共同羯磨止宿言語有知足頭陀比丘訶責白佛此第二結戒也亦由邪思事僻執煩惱制斯學處

【釋義】律云如是語者作如是語我聞世尊說法行婬欲非障道法未作法者若被舉未與解羯磨如是邪見不捨者衆僧訶責而未捨惡見供給所須者有二種若法若財法者教修習增上戒增上意增上智學問誦經財者供給衣服飲食牀座臥具病瘦醫藥同羯磨者同說戒止宿者屋有四壁一切覆或一切覆不一切障或一切障不一切覆言語者（謂教授及與評論善惡等事也）

【結罪】是中犯者若比丘先入屋後有如是語人來若如是語人先入比丘後來若二人俱入宿隨脇著地一切波逸提　此戒具三緣方成本罪一知是惡邪見人二知僧作舉不捨三供給所須止宿

【兼制】比丘尼波逸提（准尼律若隨順被舉比丘三諫不捨者波

羅夷是尼發起之本制也　此乃比丘發起之兼制也　式叉摩那沙彌沙彌尼突吉羅是爲犯

隨開不犯者不知有如是語人在中宿若屋不盡覆障若露地若病倒地若爲勢力所持若被繫閉或命難梵行難及最初未制戒等是爲不犯

會採五分律云共語語語波逸提共坐坐坐波逸提共宿宿宿波逸提共事事事波逸提　雖捨惡見僧未解羯磨亦波逸提　若作惡見僧未羯磨突吉羅　若不知及不如法羯磨不犯

十誦律云若教他法若從受法若與他財若取他財若共宿一切波逸提

根本律云若彼身病看侍無犯　或同居令捨惡見此亦無犯

此戒大乘同制

第七十畜被擯沙彌戒

若比丘知沙彌作如是言我從佛聞法行婬欲非障道法彼比丘諫此沙彌如是言汝莫誹謗世尊謗世尊者不善世尊不作是語沙彌世尊無數方便說婬欲是障道法彼比丘諫此沙彌時堅持不捨彼比丘應乃再三訶諫令捨此事故乃至三諫而捨者善不捨者彼比丘應語彼沙彌言汝自今已去不得言佛是我世尊不得隨逐餘比丘如諸沙彌得與餘比丘二三宿汝今無是事汝出去滅去不應住此若比丘知如是衆中被擯沙彌而誘將畜養共止宿者波逸提

緣起此戒有二制佛在舍衛國給孤獨園跋難陀有二沙彌共行不淨自相謂言我

等從佛聞法其行婬欲非障道法聞中有少欲比丘白佛佛敕諸比丘置此二沙彌於衆僧前眼見不聞處立作訶諫白四羯磨捨此事故而彼故不捨乃令僧如前置立作不捨滅擯白四羯磨（此乃不現前羯磨法也若諫訶則呼之近前而令聽若羯磨則遣之遠立而不聞）時六羣比丘知僧爲此二沙彌作惡見不捨滅擯羯磨而便誘將畜養同共止宿諸比丘嫌責六羣啟白世尊此初結戒也如是結戒已彼二沙彌城中擯出便往外村城外擯出還入城中時諸比丘亦不知此是滅擯不滅擯後乃方知是滅擯或作波逸提懺者或有疑者佛言不知者無犯此第二結戒也亦由邪思事僻執煩惱制斯學處

釋義文分四節若比丘知沙彌作如是言等明沙彌所起邪見彼比丘諫此沙彌如是言等明訶諫白四羯磨彼比丘應語沙彌言自今已去等明不捨滅擯白四羯磨若比丘知如是衆中被擯沙彌等結成所犯律云滅擯者僧與作滅擯羯磨（滅謂滅除擯謂擯棄）誘者若自誘若教人誘（謂以財法勸動引誘將去也）畜養者若自畜若與人畜（畜謂攝受與作依止養謂教授學問經法並給飲食也）共止宿者（謂同餘比丘一處居止共房二三宿也羯磨法於作持中明）

結罪是中犯者若比丘先入宿滅擯者後至若滅擯者先入比丘後至或二人俱至隨脇著地轉側一一波逸提　此戒具三緣方成本罪一是惡邪被擯二明知誘引三同宿畜養

兼制　比丘尼波逸提（同制同學）式叉摩那沙彌

沙彌尼突吉羅是爲犯

【隨開】不犯者先不知若比丘先至滅擯者後至比丘不知若房四無障上有覆若顛蹶倒地若病動轉或爲勢力所持被繫閉若命難梵行難及最初未制戒等是爲不犯

【會採】十誦律云通夜坐不臥亦波逸提

律攝云若與依止及教讀誦皆得墮罪

凡不見罪等被捨置人共爲受用皆得惡作罪（此謂凡是三舉二擯等人若共同受用皆不應故）

根本律云若是親族或時帶病或復令彼冀捨惡見雖權攝教並皆無犯

此戒大乘同制

【附考】僧祇律云若有人爲和尚阿闍黎所嫌餘比丘不得誘引言我與汝四事汝當在我邊住受經誦經　若觀彼人必當捨戒就俗者得誘取已當教言汝當知二師恩甚重難報汝應還彼目下住

毘尼止持會集卷第十六

【音義】

得法眼淨（證須陀洹果斷三界分別惑見真諦理名法眼淨）

阿梨吒比丘（阿梨吒亦名阿利吒此云無相是人所以生此邪見者言須陀洹斯陀含皆有妻室亦不障道牽此自比故生邪見言婬欲非障道法也薩婆多論云此人先是外道弟子外道邪見師遣入佛法中倒亂佛法其人聰明利根不經少時遍達三藏即便倒說云行障道法不能障道盡其智辯不能令成）

毘尼止持會集卷第十七

清金陵寶華山弘律沙門讀體集

第七十一拒諫難問戒

若比丘餘比丘如法諫時如是語我今不學此戒當難問餘智慧持律比丘者波逸提若爲知爲學故應難問

【緣起】佛在拘睒彌國瞿師羅園中時闡陀比丘餘比丘如法諫時作如是語（按僧祇律云我今不隨汝語我若見餘長老寂根多聞持法深解我當從咨問彼若有所說我當受行）諸比丘聞中有樂學戒者嫌責闡陀白佛結戒由違諫事不忍煩惱制斯學處

【釋義】文分二節若比丘下明其所犯若爲知下明實學隨開律云如法諫者如法如律如佛所教（此謂吐語皆如法律存心本爲利人）作是語我今不學此戒者（然非實不學戒而作抗逆語者意欲拒彼之諫言先緘其口也）難問者（謂以巧言詰問於他）智慧者（智即是慧若分別說智知也慧見也又決定審理曰智造心分別曰慧）持律者（謂嚴持佛制善閑律藏）爲知爲學者（謂欲廣博深義樂修梵行者斯到應當難問通達明了以便習行可免無罪）

【結罪】是中犯者若說而了了波逸提 說不了了突吉羅 此戒具三緣方成本罪一心存違諫二口出抗言三說解了了

【兼制】比丘尼波逸提（同制同學）式叉摩那沙彌沙彌尼突吉羅是爲犯

【隨開】不犯者彼比丘癡不解故此比丘作如是語汝還問汝和尚阿闍黎可更學問誦經若戲笑語若獨語或夢中語或欲說此而錯說彼及最初未制戒等是爲不犯

此戒大乘同制

【附考】律攝云有五種人不應爲說毘奈耶

藏謂性無所知强生異問或不爲除疑而問或試弄故問或惱他故問或求過失故問

第七十二輕訶說戒戒

若比丘說戒時作是語大德何用說是雜碎戒爲說是戒時令人惱愧懷疑輕訶戒故波逸提

緣起佛在舍衛國給孤獨園有衆多比丘集在一處誦正法毘尼時六羣自相謂言彼誦律通利必當數舉我等罪乃往語言長老何用此雜碎戒爲若必誦者當誦四事及十三事餘者不應誦若誦者使人懷疑憂惱諸比丘聞中有慚愧樂學戒者嫌責六羣白佛結戒此是性罪因輕毀事不忍可煩惱制斯學處

釋義律云說戒時者若自說戒時若他說時若誦時（自他說戒謂布薩之時誦戒乃讀學之時）雜碎戒者（善見律云從二不定乃至衆學是名雜碎薩婆多論云結此戒者爲尊重波羅提木叉爲長養戒故爲滅惡故以十二年前佛常說一偈今說五篇名爲雜碎戒又有云除前二篇後三篇名雜碎戒也）說是戒者令人惱愧等者（此乃敘述其情彰憂惱狀由自犯過故聞他說戒情生不喜由不喜故惱悶交胸名之爲惱追悔所犯名之爲愧不能自決其憂惱名之懷疑何用說此雜碎爲一句正是輕訶戒相也）

結罪是中犯者若說而了了者波逸提說不了了者突吉羅若毀呰阿毘曇及餘契經者突吉羅此戒具四緣方成本罪一自欲覆罪二令他厭學毘尼三所毀是比丘戒四說而了了

無制比丘尼波逸提（同制同學）式叉摩那沙彌沙彌尼突吉羅是爲犯

隨開不犯者若語言先誦阿毘曇或契經然後誦律若有病者須差然後當誦律語令先勤求方便於佛法中得果證後當誦律不欲滅法故作是語或戲笑語或夢中語或獨語欲說此乃錯說彼及最初未制戒等是爲不犯

會採五分云若欲令人遠離毘尼不讀不誦而毀呰者波逸提　若欲令波羅提木叉不得久住而毀呰者偷蘭遮（此攝上品獨頭偷蘭與破法輪僧同科應於一切僧中求悔）　毀呰經亦如是　毀呰餘四衆及在家二衆戒突吉羅　比丘尼毀呰二部戒波逸提毀呰五衆戒突吉羅　若恐新受戒人生疑厭退心教未可誦戒不犯（本律毀呰經論結突吉羅五分結偷蘭者在存心滅法之差別也）

此戒大乘同制菩薩戒本經云若菩薩如是見如是說言菩薩不應聽聲聞經法不應受不應學菩薩何用聲聞法爲是名爲犯衆多犯

引證薩婆多論云何以訶戒經罪重餘經罪輕以戒是佛法之平地萬善由之生又一切佛弟子皆依而住若無戒則無所依又入佛法之初門若無戒者無由入泥洹城又是佛法之瓔珞莊嚴佛法是故訶毀罪重

善見律云若學毘尼者一身自護戒二能斷他疑三入衆無畏四能伏怨家五令正法久住下至五比丘解律在世能令正法久住若中天竺佛法滅邊地有五人受戒滿十人往中天竺得與人具足是名令正

法久住如是乃至二十人得出罪是名令正法久住　又持律有六德一者守領波羅提木叉二者知布薩三者知自恣四者知授人具足戒五者受人依止六者得畜沙彌若不解律但知修多羅阿毘曇不得度沙彌受人依止以律師持律故佛法住世五千年

第七十三無知戒

若比丘說戒時作如是語我今始知此法戒經所載半月半月說戒經中來餘比丘知是比丘若二若三說戒中坐何況多彼比丘無知無解若犯罪應如法治更重增無知罪語言長老汝無利不善得汝說戒時不用心念不一心攝耳聽法彼無知故波逸提

【緣起】佛在舍衛國給孤獨園六羣中有一人犯罪當說戒時自知罪障恐清淨比丘發舉便先詰諸比丘所語言我今始知此法乃至戒經中來諸比丘察知其故白佛結戒由不敬事亂心煩惱制斯學處

【釋義】文分三節若比丘下明詐言逃過餘比丘下是證其虛詐彼比丘無知無解下明無益結犯我今始知此法戒經所載者由其自有所犯故作如是不實之語詐言云今日始知四棄乃至七滅諍法是戒經所載半月半月一說皆從戒經中來意謂一往不知戒免其過耳餘比丘知是比丘若二若三說戒中坐何況多者謂清衆之中知彼於布薩日共集說戒曾經二三次者應當知其戒相持犯何況爾等過二三次多經布薩而云今日始知其言詐矣無知無解者識不戒相名曰無知不別罪義名曰無解若犯罪應如法治更重增無知罪者謂不以不知故獲免當如所犯罪治之復更重增一不學戒無知罪長老汝無利不善得者此是勸誡之言謂不精攻

止作不得持戒之利益也汝說戒時不用心念者謂不善作意思惟也不一心攝耳聽法者謂由不善作意故不一其心以不一其心故耳緣他境由緣他境故不能采聽法音也彼無知故者此句結明所犯謂由輕慢心不學毗尼是故重增此一無知墮罪　薩婆多論云實先知言始知犯妄語墮此中正結不專心聽法罪也

結罪　是中犯者若自說戒時若他說時若誦戒時作是語者波逸提誦戒時揀非布薩日乃聞眾學誦時也若不與彼罪者突吉羅此治清淨作法比丘也

此戒具三緣方成本罪一多次在座而輕戒不聽二自知犯罪而復諱不露三詐言始知

兼制　比丘尼波逸提同制同學式叉摩那沙彌沙彌尼突吉羅是爲犯

隨開　不犯者未曾聞說戒今始聞若未曾聞廣說今始聞若戲笑語若獨語若夢中語欲說此錯說彼及最初未制戒等是爲不犯

會採　律攝云長淨時作不知語或由煩惱或由忘念若睡眠若亂意隨一一戒不聽聞者皆得墮罪　若聞苾芻尼不共學處作如是語得惡作罪若共學處便得本罪若老耄無所識知依實說者無犯　長淨之時應令純熟善誦戒經者爲眾誦之先鳴揵椎時諸苾芻應自憶罪如法說悔然後赴集

僧祇律云受具足已應誦二部毗尼若不能者當誦一部乃至若復不能當誦初篇戒及偈布薩時應廣說五篇乃至若復不能當誦初篇及偈餘者僧常聞不誦者越毗尼罪　僧中應使利者說餘人專心聽

不得坐禪及作餘業若於四事乃至七滅諍法中間隨不聽隨得越毘尼罪　一切不聽波逸提　此罪不得趣向人悔當衆中持戒有威德人所敬難者於前悔前人應訶言長老汝失善利半月說波羅提木叉時汝不尊重不一心念不攝耳聽法訶已波逸提悔過此中制意爲呵一人以警策衆人治一人無知不學戒而令衆人敬信毘尼樂學戒故所以必在衆中向戒德威嚴敬近難者前悔過也

此戒大乘同學

第七十四違反羯磨戒

若比丘共同羯磨已後如是言諸比丘隨親厚以衆僧物與者波逸提

緣起　佛在羅閱城耆闍崛山中尊者沓婆摩羅子衆中差令典知僧事彼以僧事墖事故有人初立寺初立房初作井而檀越設會布施不暇往赴衣服破壞異時有施僧貴價衣衆僧共議白二羯磨與之六羣亦在衆中後乃更作如是悔言謗僧佛爲結戒因鬬亂事不忍煩惱制斯學處僧祇律云典知有九事一典次付牀座二典次差請會三典次分房舍四典次分衣物五典次分香華六典次分菓蓏七典次知煖水八典次分雜餅食九典知隨意與墖事人典者主也

釋義　文分二節若比丘共同羯磨已明一衆和合所作事竟後如是言下明自違情反悔謗僧律云親厚者同和尚阿闍黎坐起言語親厚者是　僧物者爲僧故作巳與僧已許僧物謂衣鉢坐具鍼筒下至飲水器與者謂以僧物迴施一人也此白二羯磨與衣法作持中明

結罪　是中犯者先共衆中作羯磨已後悔言說而了了波逸提　不了了突吉羅

此戒具五緣方成本罪一自有貪心二前人當與三同衆羯磨四與後反遮五言說了了

【兼制】比丘尼波逸提同制同學式叉摩那沙彌沙彌尼突吉羅是爲犯沙彌等不得同僧羯磨若私識議大僧故亦也

【隨開】不犯者其事實爾或戲笑語乃至欲說此錯說彼及最初未制戒等是爲不犯

【會採】僧祇律云若僧中一切應分物來當次應取若意不欲者聽過不取若人問言汝何不取應答言此非我所須欲取餘物後來須者應取無罪　若行物者言隨意恣取須者自取無罪　遮有三種與時遮得越毘尼罪　未與時遮得越毘尼心悔與已遮者得波逸提

薩婆多論云凡僧中執勞苦人若大德其貧匱者僧和合與盡得與之但言不應與盡犯

此戒大乘同學

第七十五不與欲戒

若比丘衆僧斷事未竟不與欲而起去波逸提

【緣起】此戒有二制佛在舍衛國給孤獨園衆僧集一處共論法毘尼時六羣自相謂言看此諸比丘共集一處似欲爲我等作羯磨即從座起而去衆語言有僧事汝等且住勿去而彼故去其中有樂學戒者嫌責白佛此初結戒也時諸比丘或營僧事墖事或瞻病事疑佛言自今已去聽與欲故有不與欲而起之語此第二結戒也由

論法事不寂靜煩惱制斯學處

【釋義】律云僧者一說戒一羯磨　斷者謂評論也事者有十八破僧事法非法律非律犯非犯若輕若重有殘無殘麤惡非麤惡常所行非常所行制非制說非說與欲者於作持中詳明此一關三

【結罪】是中犯者若起出戶外波逸提　一足在戶內一足在戶外方便欲去而不去若期欲去而不去一切突吉羅　此戒具三緣方成本罪一是羯磨事同衆已集二不與欲而輒去三兩脚出戶

【兼制】比丘尼波逸提同制同學式叉摩那沙彌沙彌尼突吉羅是爲犯下三衆無斷事同僧與欲之理其所犯者准後五分律同制也

【隨開】不犯者有三寶及瞻病事與欲若口噤不能與欲若非法非毘尼羯磨或為壇僧二師親友作損減無利益如是不與欲去及最初未制戒等是爲不犯

【會採】五分律云若屋下羯磨隨幾過出一一出波逸提　若露地羯磨出去僧面一尋波逸提　若神通人離地四指波逸提　若僧不羯磨斷事出去突吉羅　若私房斷事來而去突吉羅　若僧不羯磨斷事及私房斷事沙彌得在其中起去突吉羅式叉摩那沙彌尼亦如是

僧祇律云若大小便須臾還不廢僧事無罪　若說法說毘尼聽多比丘誦經聽他受經聽他誦經盡應白去不白去者越毘尼罪　若誦經者止誦作餘語去者無罪若聽他受誦經典不白而去亦結罪者一由輕心慢信無敬教之念次以威儀鹵莽

鈌隨喜之緣

此戒大乘同學

第七十六與欲後悔戒

若比丘與欲已後悔波逸提

【緣起】佛在舍衛國給孤獨園六羣中有犯事者恐僧彈舉於一切時六人相隨不離使僧不得與作羯磨異時六羣作衣僧知得便即遣喚之報言我等作衣不得往僧言若不得來可令一二比丘持欲來彼即令一比丘持欲來僧即與此比丘作羯磨此比丘還語六羣六羣悔言彼作羯磨者非爲羯磨羯磨不成我以彼事故與欲不以此事諸比丘嫌責六羣遂往白世尊佛故結戒由悔恨煩惱制斯學處

【釋義】與欲已者謂僧有如法事先心樂欲許可已後悔者謂與欲後心生悔恨也此戒與前戒大同中有少別者前以先知具事共許羯磨而後悔誹僧此據不知後悔遮欲二戒俱欲毀破羯磨使先事不成也

【結罪】是中犯者與欲已後悔言說而了了者波逸提　不了了者突吉羅　此戒具四緣方成本罪一是如法僧事二與欲羯磨三心生悔恨四悔言了了

【兼制】比丘尼波逸提同制同學式叉摩那沙彌沙彌尼突吉羅是爲犯隨制沙彌等如前五分

【隨開】不犯者其事實爾非羯磨羯磨不成作如是言非羯磨羯磨不成若戲笑語獨語夢語欲說此錯說彼及最初未制戒等是爲不犯

【會採】律攝云已與他欲後生悔恨煩惱既生心無慚恥於可對境作苾芻想言告彼時便得墮罪

薩婆多論云除僧羯磨事僧凡所斷事和合作已後悔識訶突吉羅　若僧如法作一切羯磨已後訶言不可波逸提　除僧羯磨一切非羯磨事（謂不用單二白四羯磨法所辦之事也）衆僧和合共斷決之後更訶者若顧法順毘尼者波逸提　若雖見王制僧制不順毘尼者突吉羅　若僧作一切羯磨事作不如法當時力不能轉易故默然而不訶後言不可無犯

此戒大乘同學

第七十七屏聽諍後語戒

若比丘比丘共鬭諍已聽此語向彼說波逸提

【緣起】佛在舍衛國給孤獨園時諸比丘鬭諍六羣聽此語向彼說令僧未有諍事而有已有而不能滅諸比丘察知其故白佛結戒此是性罪由惱亂事不忍煩惱制斯學處

【釋義】律云鬭諍有四種言諍覓諍犯諍事諍聽此語向彼說者（謂於屏隱處竊聽他言求見過失而更相遂說令生忿競致小事始興而成大諍大諍既成而不能息也）

【結罪】是中犯者若聽他諍語從道至道從道至非道從非道至道從高至下從下至高從而聞波逸提　不聞突吉羅　若方便欲去而不去　若共期去而不去一切突吉羅　若二人共在闇地語或隱處語或在前行語當彈指若謦咳驚之若不爾者盡突吉羅　此戒具三緣方成本罪一知他比丘鬭諍二屏處往聽三聞說明了

【兼制】比丘尼波逸提（同制同學）式叉摩那沙彌

沙彌尼突吉羅是爲犯

隨開不犯者若欲作非法非毘尼羯磨若爲壇僧二師親友作損減無利益事欲得知之往聽及最初未制戒等是爲不犯

會採薩婆多論云往聽鬭諍犯者以能破佛法令僧爲二部是故制聽者犯所以在高下處聽犯者以諍事重故不同說戒布薩羯磨等也此中諍人及餘不諍人來聽及向人說不說皆犯

五分律云黙聽餘四衆語突吉羅

十誦律云爲和合故往聽不犯

善見律云往去步步突吉羅　至聞處波逸提　爲欲自改往聽不犯

僧祇律云二比丘在堂裏私語若比丘欲入應彈指動脚作聲若前人黙然者應還出若故語不止者入無罪　一比丘先在堂内坐二比丘私語從外來先坐比丘應作聲若彼黙然者堂内比丘應出前後行亦爾　若比丘共餘比丘鬭諍結恨作是罵詈我要當殺此惡人比丘聞已得語彼好自警備我聞有惡聲　若有客比丘作是言我等當盜某庫藏某壇物某僧淨厨某人衣鉢知事人聞已黙然應還僧中唱言諸大德某庫藏某壇物某僧淨厨某人衣鉢當警備我聞惡聲使前知　若比丘多有弟子日暮按行諸房知如法不若聞說世俗語不得便入訶責待自來已然後訶責言汝等信心出家食人信施應坐禪誦經云何論說世俗非法事此非出家隨順善法　若聞論經說義問難答對不得

便入讚歎待自來已然後讚美汝等能共論經說義講佛法事如世尊說比丘集時當行二法一者賢聖默然二者講論法義此戒大乘同制

第七十八瞋打比丘戒

若比丘瞋恚故不喜打比丘者波逸提

[緣起]佛在舍衛國給孤獨園六羣中有一比丘瞋恚打十七羣比丘其被打人高聲大喚諸比丘聞知嫌責白佛結戒由伴屬事不忍煩惱制斯學處乃初篇殺根本種類

[釋義]不喜者（謂忿恚纏心情生不悅也）律云打者若手若石若杖（僧祇律云打者若身身分身方便身者一切身是身分者若手若脚若肘若膝若齒若爪甲是名身分身方便者若捉杖木瓦石等打若遥擲是名身方便）

[結罪]是中犯者若以手石杖打比丘者一切波逸提　除杖手石若餘户鬭曲鉤拂柄香爐柄挃者一切盡突吉羅　此戒具三緣方成本罪一要有瞋恚心二自身行打三前人是比丘

[兼制]比丘尼波逸提（同制同學）式叉摩那沙彌沙彌尼突吉羅是爲犯

[隨開]不犯者若有病須人椎打若食噎須椎脊若共語不聞而觸令聞若睡時以身委他上（委者棄置也）若來往經行時共相觸若掃地時杖頭誤觸及最初未制戒等是爲不犯

[會採]薩婆多論云打得戒沙彌（即學悔沙彌也）盲瞎聾瘂波利婆沙摩那埵比丘盡波逸提（失雙目名盲失一目爲瞎若先有如是病者攝十六輕遮中不得受比丘戒若已近

圓後有此病者仍是比丘如是之輩宜當憐愍可也

摩得勒伽云打三種人突吉羅謂賊住即賊心入道也本不和合無師僧也本犯戒犯四棄失比丘性者若以把沙把豆等物擲衆比丘隨所著隨得爾所波逸提　不著突吉羅

律攝云若持戒若破戒有苾芻相起苾芻想或復生疑打者皆得墮罪　若非苾芻作苾芻想疑或於柱壁或於餘事作掉亂心而打拍者咸得惡作　不以瞋心爲利益事無犯

五分律云打餘三衆乃至畜生突吉羅

善見律云若欲心打女人僧殘罪

僧祇律云打尼偷蘭遮打三衆越毗尼罪下至俗人越毗尼心悔　若惡象馬牛羊猪狗等來不得打得捉杖木瓦石等打地作恐怖相　若畜生來入壇寺觸突形像壞華果樹亦得以杖木瓦石打地恐怖令去

此戒大乘同制若以打報打者罪結輕垢若無端起瞋及忿恨上品纏他人求悔而不受懺者此則犯重其爲菩薩應與一切衆生樂豈反瞋打之

第七十九瞋摶比丘戒

若比丘瞋恚不喜以手摶比丘者波逸提摶音博

緣起佛在舍衛國給孤獨園六羣以手摶十七羣其被摶人高聲大喚諸比丘聞問其所以白佛結戒由伴屬事不忍煩惱制斯學處乃初篇殺根本種類

釋義摶者擬也擬乃形像也謂舉手相向以現其打相而令他人恐怖也

前戒本心實欲打之打不著身不得本罪此戒心本無念直以掌擬擬便得本罪所以兩戒有異故別制之

【結罪】是中犯者瞋恚不喜以手搏比丘者波逸提　除手已若户閫拂柄香爐柄挃一切突吉羅　此戒具三緣方成本罪一有瞋他心二前人是比丘三以手脚掌搏及彼身

【兼制】比丘尼波逸提同制式叉摩那沙彌同學沙彌尼突吉羅是爲犯

【隨開】不犯者若他欲打舉手遮若惡獸盜賊來若持刺來舉手遮乃至一切不故作及最初未制戒等是爲不犯

【會採】十誦律云以手脚掌向他波逸提舉餘身分向他突吉羅

五分律云手擬及波逸提　不及突吉羅

律攝云作打心而擬其手初舉時便得本罪　若一舉手向多苾芻隨其多少准人得罪　若與苾芻相瞋恨時應往詣彼求其懺摩不應瞋心未歇往求辭謝彼亦不得同師子行爲堅硬心不相容恕若不肯忍應遣智人方便和解速令諍息小者到彼瞋苾芻邊至勢分時即應禮拜彼云無病　若見苾芻鬬諍之時無朋黨心而爲揮解　俗人鬬處不應往看恐引爲證故如上所說不順行者咸得惡作

此戒大乘輕重如上

第八十無根僧殘瞋謗戒

若比丘瞋恚故以無根僧伽婆尸沙謗者波逸提

【緣起】佛在舍衛國給孤獨園六羣瞋恚故

以無根僧殘謗十七羣諸比丘聞知白佛結戒此是性罪由同梵行事不忍煩惱制斯學處乃初篇妄根本種類

【釋義】律云根者有三謂見聞疑如十三事中釋（其間異者彼以四棄無根誹之此唯以十三事中一一事行謗也）

【結罪】是中犯者說而了了者波逸提　不了了者突吉羅　此戒具四緣方成本罪一彼是比丘二自有瞋心三以無根僧殘謗四說而了了

【兼制】比丘尼波逸提（同制同學）式叉摩那沙彌沙彌尼突吉羅是爲犯

【隨開】不犯者見聞疑根若說其實欲令改悔而不誹謗若戲笑語獨語夢中語欲說此錯說彼及最初未制戒等是爲不犯

【會採】僧祇律云謗比丘波逸提　謗比丘尼偷蘭遮（此偷蘭輕於波逸提）謗餘三衆越毘尼謗俗人越毘尼心悔

此戒大乘同制向同法者說犯輕若向外人說法重

第八十一輒入宮閾戒

若比丘剎利水澆頭王種王未出未藏寶而入若過宮門閾者波逸提

【緣起】佛在舍衛國給孤獨園時末利夫人禮佛聞法得果證已勸喻波斯匿王令得信樂聽諸比丘入出宮閤無有障礙迦留陀夷乞食次入王宮時王與夫人晝日共臥夫人遙見彼來即起披衣以所披衣拂座令坐夫人失衣露形慚愧而蹲尊者還僧伽藍語諸比丘波斯匿王第一寶者我今悉見諸比丘詰知嫌責尊者白佛結戒

由詣王宮並識染煩惱制斯學處律攝云烏陀夷有緣須詣摩利迦夫人所侵早入宮

釋義若比丘下明所行之處若過下結成所犯之罪律云刹利水澆頭王種者王紹位時取四大海水取白牛右角收拾一切種子盛滿中置金輦上使諸小王輿王與第一夫人共坐輦上大婆羅門以水灌王頂若是刹利種水灌頂上作如是立王故名爲刹利王水灌頂種刹利此云田主是劫初時有德之人衆立彼爲衆處分田土以其尊貴自在故相承以爲姓也若是婆羅門種毘舍首陀羅種以水灌頂作如是立王亦名爲刹利王水澆頭種未出者王未出婇女未還本處未藏寶者金銀眞珠硨磲碼碯水精瑠璃貝玉一切衆寶瓔珞而未藏舉十誦律云諸夫人次第直宿於王時末利夫人下著珠網衣上著磨貝衣内身外露現如共王宿時卽著是衣末藏寶者未藏此莊嚴具薩婆多論云王已出外夫人未起其進御時所著寶衣輕明照徹内身外現以發欲意未藏此衣名未藏寶又女爲男寶夫人未以餘衣覆身亦名未藏寶五分律云寶者所重之物及諸女色皆名爲寶

結罪是中犯者王未出寶未藏若過門閾者波逸提若一足在外一足在内發意欲去若共期而不去者一切突吉羅除王刹利種若入餘粟散小王豪貴長者家過門閾者一切突吉羅此戒具四緣方成本罪一必是大王宮二王未出寶未藏三須是内宮門四兩脚入内

兼制比丘尼波逸提同制同學式叉摩那沙彌沙彌尼突吉羅是爲犯

隨開不犯者若王已出若婇女還本處所有珍寶已舉藏若有所奏白若被請喚若

爲執力所執去若命難梵行難及最初未制戒等是爲不犯

【會採】律攝云門閫有其三種一城門閫二王家門閫三内宮門閫入初二門得惡作罪　入内宮門便得墮罪（閫者門橛也謂門兩旁挾門之短限也此與閾義同也）此戒大乘同制末世尤所當愼設令喚請亦不應輒入若具大神通威德不犯

【附考】根本律云入王宮者有十種過失一者王與夫人在一處住苾芻入時夫人便笑王即生疑豈非苾芻於私屏處行鄙惡事若不爾者何因見笑或可有心將爲惡事　二者苾芻入宮夫人有娠王生是念豈非苾芻共爲惡行令其有娠　三者苾芻入宮王失珍寶及諸寶類王作是念豈非苾芻偷竊我物　四者王有密語聞徹於外王作是念豈非苾芻傳通密語　五者苾芻入宮王瞋太子遷移職位太子念曰豈非苾芻於王讒搆令我今時致此憂慼　六者苾芻入宮太子於父爲不義事諸人聞已豈非苾芻傳通密語令失孝義　七者苾芻入宮王之所重尊勝大臣被黜職位便作是念豈非苾芻於王讒說令我墮在不如意處　八者卑位大臣王與重賞諸人議曰豈非苾芻爲其薦達　九者王數出師征伐餘國人皆議曰豈非苾芻共王論說數令我等征伐疲勞　十者苾芻入宮王出征伐告戰士曰其所得者悉皆自屬後既平殄王便却奪諸人議曰此是苾芻教王奪我佛告諸苾芻以此因

緣不應輙入宫内或令四兵不得安隱此非苾芻之所應作

第八十二捉寶物戒

若比丘若寶及寶莊飾自捉若教人捉除僧伽藍中及寄宿處波逸提若比丘在僧伽藍中若寄宿處捉寶若以寶莊飾自捉教人捉當作是意若有主識者當取作如是因緣非餘

緣起此戒有三制佛在舍衛國給孤獨園有外道弟子在路行止息道邊忘千金囊而去時有衆多比丘後來亦於道邊止息見此金囊自相謂言爲且持去若有主識者當還彼行數里乃憶疾還即出囊與之彼反謂少徃啓波斯匿王王審知其僞即税其家財並金入官有樂學戒慚愧者聞知嫌責諸比丘云何自手捉金銀使居士爲官治罪并税家財因是白佛此初結戒也時毘舍佉母入祇桓精舍脱身瓔珞置於樹下徃禮世尊佛爲説法心存於法忘取還家比丘見已畏恐犯戒不取白佛佛聽在僧伽藍内見有遺物爲不失故當取舉之復加除僧伽藍中之語此第二結戒也又衆多比丘遊路行次至一無住處村寄宿巧師空舍時彼巧師有已成未成金銀置舍而去諸比丘爲守護故竟夜不眠諸比丘以此因緣具白世尊佛聽在他家止宿時若屋中有物爲不失故應收舉復加及寄宿處之語乃第三結戒也此是遮罪由珍寶事止貪煩惱制斯學處

釋義文分二節若比丘下明其創制除僧

伽藍等明其隨開律云寶者金銀眞珠琥珀硨磲碼碯瑠璃貝玉生像金寶莊飾者銅鐵鉛錫白鑞以諸寶莊飾也根本律云寶類者謂諸兵器弓刀之屬及音樂鼓笛之流僧伽藍者此言衆園如上又翻為衆院院是順此方之稱乃舍宅庭館之名今稱僧伶處為寺者寺亦此方公院之名諸侯所止之處昔西僧初來權止鴻臚寺後造白馬精舍而請居之居止雖遷以不忘其本還標寺號自此以來皆稱曰寺寄宿處者謂寄宿白衣之舍也當作是念等者正明隨開之義謂在僧寺中及寄宿處雖聽自捉教人捉金銀七寶必要先存其念豪無貪愛之心若有主來識認者我便與之然後當取也作如是因緣非餘者謂除如是作念還主因緣更無餘方便得捉也

結罪是中犯者若自捉教人捉波逸提若在僧寺中共在俗舍內若寶若寶莊飾自捉若教人捉當識囊器相識裹相識繫相應解囊器看知幾連綴幾未連綴幾方幾圓幾故幾新若有求索者應問汝物何似若相應應還若不相應語言我不見如是物若二人俱來索亦如是問答若二人語俱相應應持物著前語言是汝等物各取若不爾者一切突吉羅　此戒具三緣方成本罪一是眞七寶及寶莊嚴具二無開緣三自捉教他捉

兼制比丘尼波逸提同制同學式叉摩那沙彌沙彌尼突吉羅是為犯

隨開不犯者若是供養塔寺莊嚴具為堅牢故收舉乃至最初未制戒等是為不犯

會採根本律云若自手使人捉諸寶物已磨治者皆得墮罪未磨治者皆得惡作乃至捉假瑠璃亦惡作　若捉嚴身瓔珞之具皆得墮罪乃至麥莛結為鬘者捉亦惡

作　若捉琵琶等諸雜樂具有絃柱者便得墮罪乃至竹筒作一絃琴執亦惡作若諸螺貝是堪吹者捉得墮罪不堪吹者亦得惡作諸鼓樂具堪與不堪得罪輕重亦同　若執弓時有絃弰者便得墮罪無者惡作　若刀有刃箭有鏃頭皆得本罪異斯惡作

十誦律云捉僞珠突吉羅　若人間金銀寶地牀座比丘不應行坐用天上金銀寶地牀座比丘應坐用

根本雜事云不應於寶器中食或往天上或至龍宮無餘雜器者設金寶器亦應取用

若果證無漏方能天上海中隨意赴供以其無餘雜器故開若在人間器多磁瓦是故全遮縱得無漏眞聖必須遵守佛制以凡聖同軌故

律攝云若月光珠及日光珠爲出水火觸亦無犯

此戒大乘爲衆生故不問處所但約機緣

引證　律攝云佛在鷲峰入城乞食遇大雨水蕩崖崩有伏藏現告阿難陀汝應觀此是大害毒阿難言實是可畏毒有一採根果人聞而往觀見是伏藏念言願此害毒恒蟄於我父母妻子眷屬亦不辭痛遂盡持歸隨意受用未生怨王見其富盛遣使往問汝於何處得王伏藏報言不得捉以送王王自問之亦云不得王即准法繫其眷屬將付屠人彼人悲泣隨屠者去高聲大喚阿難陀此是害毒此是害毒將刑有言法須返奏王便喚返問之彼人具答昔緣王時初信佛法不覺流淚告曰汝緣世尊獲斯珍寶罪雖合死我今釋汝并及眷

屬應將此物供養佛僧既蒙釋免遂辦上供奉請佛僧佛爲說法便獲初果緣此不聽比丘捉寶

附考律攝云若於寺外見他物時以葉草等蓋覆令密不應以此爲輕棄心無主來索收歸住處私自舉掌經七八日無人索者收貯僧庫經五六月又無索者應供僧伽買堅牢器具若後主索應勸諭彼令施僧伽若不肯施應酬本直若索利者應告之曰由佛制戒還汝本物更索其利是所不應

僧祇律云比丘見寶物若無人識者應停至三月已若塲園中得者即作塲用若僧園中得者當作四方僧用若來索者問答相應應集衆人出寶示言長壽此是汝物不若言是應教言汝歸依佛法僧若世尊不制戒者汝眼見猶不可得若云更有餘物應言長壽我止得此更不見餘汝是惡人汝但得此已爲過多云何方便妄索餘物謗人若世尊不制戒者汝尚不能見此物而況得耶若如是猶復不了者應將至優婆塞邊語言我本止得此物盡以還歸而今方見誣謗爾時優婆塞應罵言子汝得此物已爲過多而今反謗比丘汝但去我當與汝作對斷理此事若是貴重寶物無人來索者至三年如上隨所得處當界用之　若故壞僧房塲院欲更修治掘地得寶藏者淨人不可信應白王王若須應與若施應用設已用王知索者應乞塲物僧物還若有淨人可信者得取停至三年

已用作墖事僧事如上　若寳藏上有鐵券姓名亦應如實答作新僧房得物亦爾善見律云若寺内得遺寳爲掌護故若去時應付與知法畏罪者囑言有主來索當還若从無主得僧舍用後主來索應將示僧房言此是檀越物若不允施欲得木者應語信心居士及廣教化之

第八十三非時入聚落戒

若比丘非時入聚落不囑比丘者波逸提

緣起 此戒二制佛在舍衛國給孤獨園時跋難陀非時入村與諸居士共摴蒲（博戲也）居士不勝以慳嫉故便言比丘晨朝入村爲乞食故非時入村爲何事耶諸比丘聞嫌責跋難陀具白世尊此初結戒也復因比丘中或有僧事墖寺事或瞻病事等佛聽有事緣囑授已入聚落故加不囑比丘之語此第二結戒也由入村事招俗譏謗制斯學處

釋義 律云時者從明相出至中非時者從中後至明相未出（律攝云非時有二種分齊一過午二明相未出）聚落者有四種村如上不囑比丘者（謂不告知餘比丘也）若有僧事墖事瞻病等事當囑授餘比丘而去若獨處一房當囑授比房應作如是囑至一比丘所具儀云大德一心念我某甲比丘非時入聚落至某城邑聚落某甲舍前人答言可爾

結罪 是中犯者若非時入村不囑授動足初入村門波逸提　一足在門內一足在門外方便欲去而不去若期不去一切突吉羅　此戒具四緣方成本罪一心存放

逸二時已過午三無緣不白四已入聚落

【兼制】比丘尼波逸提（同制同學）式叉摩那沙彌沙彌尼突吉羅是爲犯

【隨開】不犯者若道由村過若有所啓白若爲喚若受請若爲勢力所執或被繫縛將去或命難梵行難及最初未制戒等是爲不犯

【會採】十誦律云餘比丘者謂眼所見（諸凡告白應與前人面對方成故云眼所見也）若白已入聚落還所住處即已先白復至聚落波逸提　若不白入聚落隨所經過大小巷隨得爾所突吉羅　隨入白衣家一一波逸提

若八難中一一難起不犯

薩婆多論云若寺在聚落外不白出寺至城門犯突吉羅

僧祇律云若二比丘在阿練若住欲行展轉相告若一人説已行後人復欲行應白餘比丘若無餘比丘應作是念若道中若門若聚落邊見比丘當白白已然後入

摩得勒伽云若無比丘應白比丘尼式叉摩那沙彌沙彌尼（此謂或遇尼三衆白之非是特往尼寺中白也）

律攝云若無苾芻囑餘俗人者無犯（謂寺家淨人也）

此戒大乘同學

第八十四作高牀戒

若比丘作繩牀木牀足應高如來八指除入陛孔上截竟若過者波逸提

【緣起】佛在舍衛國給孤獨園時迦留陀夷預知世尊必從此道來即於道中敷高好牀座請佛觀看佛集諸比丘告云此癡人

内懷獘惡數高廣大牀但自爲已訶責迦留陀夷與衆結戒由卧具事憍恣煩惱制斯學處

【釋義】律云牀者有五種旋脚牀直脚牀曲脚牀插脚牀無脚牀如來八指者薩婆多論云八指者如來一除入陛孔上者謂除牀脚上入陛木下高八指二寸也截竟旨謂量過八指應須截却已方受用也若過者高過八指即非應制也

【結罪】是中犯者自作教人作成者盡波逸提自作教人不成盡突吉羅　此戒具三緣方成本罪一慢教憍恣二過量愛好三作牀已成

【兼制】比丘尼波逸提同制同學式叉摩那沙彌沙彌尼突吉羅是爲犯

【隨開】不犯者若足高八指若減八指若他施已成者截而用之若脫却脚及最初未制戒等是爲不犯

第三分云除寶牀餘在白衣舍應坐西域國風無諸椅櫈唯以小牀於上趺坐牀言寶者乃王及大臣長者所用

【會採】十誦律云應截已悔過若未截僧應敕令截不敕不聽皆突吉羅

五分律云得高牀施應作是念此牀不如法我當更截不作是念受波逸提

僧祇律云若自作終日坐上一波逸提起已還坐一一波逸提　他牀而坐上越毘尼罪　若客比丘來次第付得過量牀應語知事言借我鋸來問作何等答言此牀過量欲截如法若言莫截檀越見或不喜若不久住鑿地埋脚齊量止若久住應齊埋處木筒盛脚勿使壞　若檀越家坐

牀脚高不得懸脚坐應索承機或索磚木承足若福德舍中牀高坐者無犯福德舍即施一食處此以護他心故爾隨開也薩婆多論云此所以不入捨墮者以截斷故截使應量入僧中悔

此戒大乘同學

第八十五兜羅綿貯褥戒

若比丘作兜羅綿貯繩牀木牀大小褥成者波逸提

緣起 佛在舍衛國祇桓精舍時六羣作兜羅綿貯繩木牀大小褥諸居士見譏謂無慈心斷衆生命亦如王臣諸比丘聞白佛結戒亦由臥具事憍恣煩惱制斯學處

釋義 律云兜羅綿者白楊樹華楊柳樹華蒲臺華兜羅綿或云妬羅綿妬羅是樹名綿從樹生因而立稱如云柳絮也薩婆多論云兜羅綿者是草木華綿之總名也所以本律以白楊華等釋之貯者律攝云謂於牀上散布其綿便用布襌隨時掩覆大褥者爲坐臥故小褥者爲坐故薩婆多論云兜羅綿以是貴人所畜故人所嫌故害生虫故又若臥軟緩上後得寒及粗硬不堪忍故所以制之不聽

結罪 是中犯者若自作教他作成者盡波逸提　自他作不成盡突吉羅　若爲他作成不成一切突吉羅　此戒具四緣方成本罪一有憍貪慢敖心二是兜羅綿三自他作貯已成

兼制 比丘尼波逸提同制同學式叉摩那沙彌沙彌尼突吉羅是爲犯

隨開 不犯者若鳩羅耶草文若草娑婆草若以毳劫貝碎弊物若用作支肩物及最初未制戒等是爲不犯

會採 五分律云若坐坐坐波逸提　若臥

臥臥波逸提　若他與受波逸提要先棄
然後悔過若不爾罪亦深
十誦律云摘破却之然後悔過若未破僧
應敕令破
根本律云若僧私牀座以木綿等散貯者
皆得墮罪　絮應撤去罪應說悔對說罪
者應可問言絮撤去未若不問者得惡作
罪
僧祇律云若貯枕枕頭支足越毗尼罪
若病無罪
此戒大乘同學

毗尼止持會集卷第十七

音義

挃 音質捶也謂手指觸挃也 閾 音域門限也謂門下横木爲内門之限也 閤 音蛤内中之小門也 輦 連上聲人步挽車駕人以行曰輦 輿 車也 黜 音出

臥斤也 莛 音亭草莖也 彇 音讚弓絃也 鏃 音贖利也今爲箭鏃 白楊樹華 楊樹畧有四種白楊葉圓如㮚皮白木似楊故名白楊其青楊葉長赤楊霜降則葉赤材理亦赤黄楊木性堅緻難長 楊柳華 是垂條細柳也本草云直木高丈餘許秋瘁春榮初生有黄蘂者是華華漸乾絮方出謂之柳絮人收取之以爲裀褥絮之下有黑子隨絮而飛得求濕處便生飛入池沼於陰暗處即爲浮萍人常以器盛水置絮其中數日覆之即成多積亦可以捍作氈以代羊毛也極柔輭清涼之甚宜與小兒臥加以性涼也 蒲臺華 或云蒲梨華蒲應作蒲臺應作薹也是夫須草也 禪 音單衣無裏也 鳩羅那草 未見翻文 若草 十誦律云文闍草五分律云文柔草皆一也 娑婆草 或云婆婆草此草甚柔輭翻云膩 支肩 支猶薦也

毘尼止持會集卷第十八

清金陵寶華山弘律沙門讀體集

第八十六作骨牙角鍼筒戒

若比丘作骨牙角鍼筒刳刮成者波逸提

【緣起】佛在羅閱城靈鷲山中時有信樂工師爲比丘作骨牙角鍼筒以是故廢家事業財物竭盡無復衣食世人譏其求福得殃有慚愧比丘聞知白佛結戒由鍼筒事譏嫌煩惱制斯學處

【釋義】作者（若自作若遣人作）骨牙角者（僧祇律云骨者象馬牛駝龍骨等牙者象魚豬牙等角者牛犀鹿羊角等）鍼筒者（是比丘六物中之一也有二種作一筒形二合形若用上三種作此二形皆不聽律攝云鍼筒有二種應畜一葦二鐵復有四種應畜謂銅鐵鍮石及以赤銅）刳刮者（刳謂剖內以空其中刮謂剗削其外以瑩其表也）

【結罪】是中犯者自作教他成者盡波逸提

若自若教他作作而不成盡突吉羅

此戒具三緣方成本罪一有貪愛心二是骨牙角三作成受用

【兼制】比丘尼突吉羅（同制別學）式叉摩那沙彌沙彌尼突吉羅是爲犯

【隨開】不犯者用鐵銅鉛錫白鑞竹木葦草作及最初未制戒等是爲不犯

【會採】十誦律云應破已悔過若未破僧應敕令破

根本律云應打碎其罪說悔其所對之人應問云爾鍼筒打碎未若不問者得惡作罪

薩婆多論云以是小物故所以不入三十事又應破故若還主主不受若與他則生惱施僧則非法惟毀棄也

此戒大乘同學

附考律攝云畜鍼筒者應客藏舉若無慚愧苾芻及未具人借不應與能善愛護者應與貯畜鍼刀恐鐵生垢應以蠟布裹之謂炙蠟拭布帛

第八十七過量作坐具戒

若比丘作尼師壇當應量作是中量者長佛二磔手廣一磔手半更增廣長各半磔手若過截竟波逸提

緣起此戒有二制佛在舍衛國給孤獨園安行僧房見衆僧臥具敷在露地不淨所汚諸比丘受供還園世尊以此因緣集僧告衆而訶責云當知此汚是有欲人是瞋恚人是癡人非是無欲無瞋癡人若比丘念不散亂而睡眠無有是事況阿羅漢自今已去聽諸比丘爲障身障衣障臥具故作尼師壇六羣便廣大作有慚愧者見知白佛此初結戒也時迦留陀夷體大尼師壇小不能坐向佛所從來道邊以手挽尼師壇欲令廣大佛知而故問乃聽更益廣長各半磔手此第二結戒也由臥具事制斯學處

釋義文分三節若比丘下明其創制更增下明其隨開若過者結成所犯尼師壇者亦云尼師但那唐言敷具或云隨坐衣又云襯足衣謂坐臥時敷於坐臥之上隨坐襯臥無令垢穢汚於臥具所以制意本爲障身障衣障臥具故　事鈔云爲身者恐坐地上有所損故次爲衣者恐無所替三衣易壞故爲臥具者恐身不淨汚僧牀褥故量者是所制數量以定廣長之式也長佛二磔手廣一磔手半佛一磔手唐尺一尺六寸謂長量三尺二寸廣量二尺四寸更增廣長各半磔手者半磔手八寸也謂廣長正量之外各增益

八丈此則長量有四尺廣量有三尺二寸足堪坐臥也截竟者謂不依量而作當令截却如量罪應求悔也

結罪是中犯者若長中過量廣中不過廣中過量長中不過廣長俱過量自作若教他使作成者盡波逸提　作不成者盡突吉羅　此戒具三緣方成本罪一心貪廣長二故慢聖制三作已成

兼制比丘尼突吉羅同制別學　式叉摩那沙彌沙彌尼突吉羅是爲犯

隨開不犯者應量作減量作若從他得已成者截割如量若疊作兩重及最初未制戒等是爲不犯

會採十誦律云應截斷已悔過若未截僧應敕令截

僧祇律云若過量者截已波逸提悔過不截而悔越毘尼罪此不截而悔罪治不敕不聽

此戒大乘同學

附考根本羯磨云時有苾芻以雜色物作尼師但那守持長留縷繢繢音衛織餘也時婆羅門及諸俗侶便生譏笑佛言凡爲坐具應作兩重染令壞色

第三分云必須截斷縫刺爲葉四邊帖緣

律攝云尼師但那應兩重作疊爲三分在下一分應截斷作葉與三衣葉同所以南山錯裁臥其天人指受蓋式如此也

十誦律云新者二重故者四重不應受單尼師壇先受者不應捨

僧祇律云聽兩重作不得趣爾厭課持小故氈覆課者試也謂厭用也及疊量縮量水濕量欲令乾已長大　若用欽婆羅一重作劫貝

二重作此是隨坐衣不得作三衣不得淨施取薪草醎雜物唯得敷坐若道路行得長疊著衣囊上肩上擔至坐處取坐之若置本處當中掩之欲坐徐舒先手按後方坐　義淨師注云此中制意者尼師但那本爲襯替臥具恐有所損不擬餘用然其大量與自身等頂上餘有一磔手在斯乃正與臥具相當若其量小不堪替臥　又按諸部多云長中增一磔手唯本律文云更增廣長各半磔令故贅之俾曉

根本律云長中更增一張手

十誦律云縷邊益一磔手

薩婆多論云聽益縷際者謂從織邊唯於一頭更益一磔

五分律云續方一磔手謂截作三分續長頭餘一分帖四角不帖則已

僧祇律云益磔者二重三重對頭却刺

第八十八過量作覆瘡衣戒

若比丘作覆瘡衣當應量作是中量者長佛四磔手廣二磔手截竟過者波逸提

緣起佛在舍衛國給孤獨園時諸比丘患種種瘡膿血污身污衣污臥具佛聽畜覆瘡衣所作衣麤多毛著瘡舉衣患痛白佛復聽以大價細輭衣覆瘡上後著衣裙若至白衣家請坐時應語言我有患若言但坐當褰上涅槃僧以此衣覆瘡而坐時六羣聞已便多作廣長覆瘡衣諸比丘見知白佛結戒由過量而作制斯學處

釋義文分二節若比丘下明制衣量截竟等結成所犯律云覆瘡衣者有種種瘡病

持用覆身長佛四磔手者（謂長量六尺四寸）廣二磔手者（謂廣量三尺二寸）截竟等如上

【結罪】是中犯者若長中應量廣中不應量長中不應量廣中應量若廣長俱不應量自作教人作成者盡波逸提　若不成盡突吉羅　若爲人作成不成盡突吉羅

此戒具三緣方成本罪一有貪慢心二過量作成三自他作竟

兼制比丘尼突吉羅（同制別學）式叉摩那沙彌沙彌尼突吉羅是爲犯

【隨開】不犯者應量減量作若從他得裁割如量若疊作兩重及最初未制戒等是爲不犯

【會採】僧祇律云此覆瘡衣是隨身衣不得作三衣及淨施乃至雜用瘡瘥已得作三衣及淨施餘用

十誦律云乃至瘡瘥後十日若過是畜波逸提（此恐譯筆之誤應同長衣犯捨墮）應截斷悔過若未截僧應敕令截

僧祇律云若過量截已悔過不截而悔越毗尼罪（不截亦兼能所）

此戒大乘同學

【附考】按根本部令如法受持既受持已則無長衣之過向一如法苾芻所具儀言云大德一心念我苾芻（某甲）此覆瘡衣應量作今受持（三說）彼應報言爾答云善（惟此則十誦筆誤可知）

第八十九過量作雨浴衣戒

若比丘作雨浴衣當應量作是中量者長佛六磔手廣二磔手半過者截竟波逸提

緣起佛在舍衛國給孤獨園時六羣比丘聞毘舍佉母請願佛聽諸比丘作雨浴衣輙多作廣大雨浴衣有樂學戒者嫌責白佛結戒由雨衣過量制斯學處

釋義律云雨浴衣者諸比丘著在雨中洗浴用覆身故長佛六磔手者(謂長量九尺六寸)廣二磔手半者(廣量四尺)截竟如上

結罪是中犯者若長中不應量廣中應量長中應量廣中不應量若廣長俱不應量自作敎他作成者盡波逸提　不成者盡突吉羅　若爲人作成不成盡突吉羅

此戒具三緣方成本罪一是雨浴衣二故過量作三作已成

兼制比丘尼突吉羅(尼無雨浴衣按尼律中唯聽畜浴衣若過量犯波逸提)式叉摩那沙彌沙彌尼突吉羅是爲犯

隨開不犯者應量減量作若從他得裁割如量若疊作兩重及最初未制戒等是爲不犯

會採十誦律云應截斷已悔過若未割截僧應敕令割截

僧祇律云不截而悔越毘尼罪

此戒大乘同學

第九十等佛衣量戒

若比丘與如來等量作衣或過量作者波逸提是中如來衣量者長佛十磔手廣六磔手是謂如來衣量

緣起佛在釋翅搜尼拘類園尊者難陀(此是佛弟難陀)短佛四指諸比丘遙見來皆謂是佛即起奉迎至乃知之彼此俱懷慙愧佛聽

難陀著黑色衣以別之謂以黑泥染成壞色薩婆多論云佛衣色如金詰施加毛氈色亦爾故難陀宜當覆沙覆沙此翻壞色時六羣與如來等量作衣或過量作諸比丘嫌責白佛結戒根本律云鄔波難陀作大支筏羅縫刺既竟但披一邊餘聚肩上詣諸住處因招譏過制斯學處此由身小衣大不相應故所以半披半聚肩上

釋義文分二節若比丘下明其所犯是中下正明衣量律云衣者有十種如上如來者是佛十號之首謂凡夫來而不如聲聞如而不來唯世尊來而能如如而能來有異凡夫聲聞也如來衣量等者長佛十磔手准今一丈六尺廣六磔手有九尺六寸寬薩婆多論云佛衣量佛身丈六常人半之衣量廣長皆應半也

結罪是中犯者若比丘等如來衣量長中不應量廣中應量廣中不應量長中應量若廣長中俱不應量自作敎他作成者盡波逸提　自他作不成盡突吉羅　若爲他作成不成盡突吉羅　此戒具三緣方成本罪一有慢敎心二貪廣長三過量作成

兼制比丘尼突吉羅同制別學式叉摩那沙彌沙彌尼突吉羅是爲犯

隨開不犯者若從他得作成衣當截割如量若不割截疊作兩重及最初未制戒等是爲不犯

會採十誦律云應截已悔過若未截僧應敕令截

僧祇律云若不截而悔過越毘尼罪

此戒大乘同學

附考僧祇律云當隨自身量僧伽梨有三種上者長五肘廣三肘肘者從臂節腕至舒指尖爲一肘中人一肘一尺八寸中者長五肘一不舒手謂四肘舒指尖

一肘拳手也廣三肘一不舒手　下者長四肘半廣三肘一不舒手　鬱多羅僧亦復如是　安陀會上中二種亦爾下者長四肘半廣二肘一不舒手

律攝云總有三品僧伽胝衣上者用自肘量竪三橫五下者各減半肘二內名中七條五條亦有二品並同此量　復有二種五條衣竪二橫五竪二橫四但蓋三輪是謂守持衣極之小量謂上但蓋臍下掩兩膝若肘長者則與此相當如臂短者不及於膝宜依肘長爲準若身長大而肘短者依身爲量不依肘量若翻此者亦依身量

五分律云肘量長短不定佛令隨身分量

本律云度身而衣五九十波逸提法竟

六波羅提提舍尼法有四條然此皆由貪故而長貪惑壞他信敬故佛禁之波羅提提舍尼者此無正翻事鈔准義翻云向彼悔然一切罪皆應向他說悔何故此中獨名向彼悔

根本律攝云謂於住處現有苾芻皆須一一別對陳說不同餘罪故受別名又犯罪已即須陳說不得停息亦異餘罪

按僧祇十誦及本部此罪應向一人邊一說發露悔過罪便得除也

經云犯波羅提提舍尼如三十三天壽千歲墮泥犁中人間一百年彼天一晝夜於人間數三千六百萬歲此泥犁即黑繩地獄謂以熱鐵繩絣量肢體後方斬鋸故

第一受非親里尼食戒

若比丘入村中從非親里比丘尼若無病自手取食食者是比丘應向餘比丘悔過言大

德我犯可訶法所不應爲我今向大德悔過是法名悔過法

【緣起】此戒有二制佛在舍衛國給孤獨園時世穀貴人民饑餓乞求難得蓮華色比丘尼初日乞所得食持與比丘二日三日亦如是復持鉢入城乞食路逢長者乘車覲王從者驅人尼因避道墮深泥中面掩地而臥長者慈愍敕人扶出問知其故乃嫌責比丘不知義讓即請尼還家浣衣供食語言自今已去可常在我家食勿復餘去若外有所得者隨意與人諸比丘聞知白佛世尊集十句義初爲僧結戒也時諸比丘皆有疑不敢取親里尼食復有諸病比丘不敢受非親里尼食佛皆聽之故有非親里及無病自手取食之語此第二結戒也由苾芻尼事譏嫌煩惱制斯學處乃初篇殺根本種類

【釋義】文分二節若比丘下明所犯之事是比丘下明悔過之法入村中者（言村中揀非村外空處村有四種如上明）非親里比丘尼者（親里如上尼既非親則不應向彼求索）無病自手受食者（無病則無開緣僧祇律云病者不謂小病謂疥癩黃爛瘡痍癰痤人所惡賤自手取食者揀非置地與使人授與謂是自手或持器從他受取二五食以吞咽也）是比丘者（即犯過之人）餘比丘者（謂善受具足持戒之人）可訶法者（謂所作非善是佛遮止既違所制理應訶責也）所不應爲者（謂非知是慚愧比丘所應爲也）今向大德悔過者（謂不敢隱覆自言以雪其所犯也）是法名悔過法者（此句結歸篇聚之名令知守持善見律云此戒體無罪名一人邊一說悔過）

【結罪】是中犯者若不病而自手受如是食食咽咽波羅提提舍尼　此戒具五緣方

成本罪一尼非親里二非親尼想疑三自身無病四村中自取五隨食入咽

【兼制】比丘尼突吉羅同制別學式叉摩那沙彌沙彌尼突吉羅是爲犯

【隨開】不犯者受親里尼食若有病若置地與若使人授與若在僧伽藍中若在村外在村外聽者由犯緣於城中發起也若在比丘尼寺内與及最初未制戒等是爲不犯

【會採】五分律云若比丘在村外尼在村内若比丘在村内尼在村外　若比丘在空尼在地若尼在空比丘在地皆突吉羅

薩婆多論云若一時取十五種食一波羅提提舍尼十五種食謂五正食非五正食及麥粟稻麻豉未作麨飯餅晝名五似食　若一一取十五波羅提提舍尼

律攝云實非親尼作親尼想及疑皆得本罪　親作非親想及疑皆得突吉羅　於親作非親想無犯

此戒大乘不問親里非親但觀可受不可受然在末法世更宜與尼踈絕爲善

第二不止尼代索食戒

若比丘至白衣家内食是中有比丘尼指示與某甲羹與某甲飯比丘應語彼比丘尼如是言大姊且止須比丘食竟若無一比丘語彼比丘尼如是言大姊且止須比丘食竟者是比丘應悔過言大德我犯可訶法所不應爲我今向諸大德悔過是法名悔過法

【緣起】佛在舍衛國給孤獨園有衆多比丘與六羣在白衣家内共座食時六羣尼與六羣索羹飯語言與此羹與此飯而捨中間不與乃越次與諸比丘聞中有少欲者

嫌責六羣白佛結戒由飲食事譏嫌煩惱制斯學處乃初篇妄根本種類

【釋義】文分三節若比丘下明受食之儀若無一比丘下明所犯之事是比丘下明悔過之法指示者(謂處分其事也)與者(謂非平等行食乃越次偏與也)羹飯者(顯非粗食也)大姊且止者(女兄曰姊律制比丘稱諸尼衆通言大姊且止二字是出訶止之言止其少停須待衆人食竟也)若無一比丘等者(謂現前大衆中乃至無一人訶止彼比丘尼是食比丘卽得本罪)向諸大德悔過者(謂是食比丘應對現前衆比丘說悔其罪不同餘三戒但對一人邊露悔即得除滅故云向諸大德悔過也)

【結罪】是中犯者若無一比丘訶止而食者咽咽波羅提提舍尼　此戒具四緣方成本罪一是白衣家二比丘尼指示三不遮令止四受食入咽

兼制比丘尼突吉羅(同制別學)式叉摩那沙彌沙彌尼突吉羅是爲犯

【隨開】不犯者若語言且止若比丘尼自爲檀越若檀越設食令比丘尼處分若不偏爲與此置彼及(最初)未制戒等是爲不犯

【會採】僧祇律云語言大姊小止須諸比丘食竟若止者善若不止者若二若三語若不語受者越毘尼罪　食犯悔過法

薩婆多論云若二部僧共坐一部僧中若有一人語是比丘尼者第二部僧亦名爲語　若別入別坐別食別出者是中入檀越門比丘應問出比丘何比丘尼是中教檀越與比丘食若言某應問約敕未答言已約敕是入比丘亦名約敕　有諸比丘出城門時有比丘入者應問出者若出未約敕入者應約敕若出約敕入者亦名約

敕

五分律云若式叉摩那沙彌尼教益食不語言小却者突吉羅

此戒大乘同學

附考 按本部及僧祇部若衆中無一比丘訶止一切比丘食者皆得罪而僧祇惟令向一人悔過准義須知若食者是下座應依本部若食者是上座當如僧祇

第三學家受食戒

若先作學家羯磨若比丘於如是學家先不請無病自手受食食是比丘應向餘比丘悔過言我犯可訶法所不應爲我今向大德悔過是法名悔過法

緣起 此戒有二制佛在羅閱城耆闍崛山中有居士家夫婦俱得信樂爲佛弟子然諸佛見諦弟子常法於諸比丘乃至身肉無所愛惜常與供養遂貧窮衣食乏盡比居諸人皆云家先大富從供養沙門釋子已來貧窮乃爾有少欲慚愧比丘聞知白佛佛聽僧與居士作學家白二羯磨（此羯磨法於作持中明）故制云若比丘知是學家與作羯磨竟而在其家受飲食食當向餘比丘悔過此初結戒也於是比丘中先受學家請皆有疑不敢往復有病比丘有疑不敢受學家請佛俱聽之故加先不受請無病自手受食之語此第二結戒也由乞食事譏嫌煩惱制斯學處乃初篇盜根本種類

釋義 文分二節若先作學家羯磨下明所犯之事是比丘下明悔過之法學家者（律攝云謂預流果一來果不還果以其初二三果惑漏未盡還須學斷故名爲學家乃

四姓之家惟此學人處在居家而獲果證若阿羅漢名無學人必要遠離欲愛盡諸有漏方證四果非處居家而能獲也羯磨者謂彼夫婦俱證聖果於三寶中無所慳惜家事貧乏僧乃爲作遮護法不至其家而受飲食不同治罪遮不至白衣家法也如是學家者謂僧已作羯磨之學家也先不受請無病者謂雖與作羯磨而彼未請亦非有病則無開緣也

【結罪】是中犯者先不受請又無病於如是學家中自手受飲食者咽咽波羅提提舍尼　此戒具三緣方成本罪一是羯磨學家二不請無病三受食入咽

【兼制】比丘尼突吉羅同制別學式叉摩那沙彌沙彌尼突吉羅是爲犯

【隨開】不犯者若先受請若有病若置地與若從人受取若學家施與後財物還多彼從僧乞解學家羯磨及最初未制戒等是爲不犯

此戒大乘同學

【附考】五分律云若婦是聖夫是凡或夫是聖婦是凡皆不應與作學家羯磨若夫婦俱是聖無慳貪心財物竭盡乃與作學家羯磨若僧有園田應與令知使畢常限餘以自供若無園田乞食得已就其家食與以所餘若不能爾應將至僧坊給其房舍臥具次第與食非時漿飲皆悉與之有可分衣亦應與分彼學家婦女諸尼亦應如是料理

第四恐處受食戒

若比丘在阿蘭若迥遠有疑恐怖處若比丘在如是阿蘭若處住先不語檀越若僧伽藍外不受食在僧伽藍內無病自手受食食者應向餘比丘悔過言大德我犯可訶法所不

應爲我今向大德悔過是名悔過法

【緣起】此戒有二制佛在釋翅搜國尼拘類園中時舍夷城諸婦女持飲食詣僧伽藍中供養盜賊聞之於道路嬈觸諸比丘白佛佛言自今應語諸婦女莫出道路有賊恐怖若已出城應語言莫至僧伽藍中道路有賊恐怖此初結戒也時諸檀越先知有疑恐怖而故持食來諸比丘有疑不敢受復有病比丘亦疑不敢受又有施主以食置地與若教人與諸比丘疑不敢受佛皆聽之更加先不語檀越及無病自手受食之語此第二結戒也由飲食事譏嫌煩惱制斯學處乃初篇婬根本種類

【釋義】文分二節若比丘下明所犯之事應向餘比丘下明悔過之法律云阿蘭若處者去村五百弓（謂一拘盧舍即五里也律攝云此據緣起作是言若更遠處亦同此處）疑恐怖者疑有賊盜恐怖檀越者（檀是梵語此翻爲捨越是華言謂其能破慳嫉行於捨施自可越渡貧窮之海後獲巨富而引生福德資糧也）病者（僧祇律云下病冷病風病不堪出外前之三戒由在聚落家內成犯此戒因在寺中生過故也）

【結罪】是中犯者若阿蘭若比丘在如是迥遠處住若先不語檀越於僧伽藍外不受食僧伽藍內無病自手受食食咽咽波羅提提舍尼　此戒具五緣方成本罪一是在寺內二路迥疑怖三不先語施主四身無病緣五自受食入咽

【兼制】比丘尼突吉羅（不制別學）式叉摩那沙彌沙彌尼突吉羅是爲犯

【隨開】不犯者若先語檀越若有病若置地與若教人與若來受教敕聽法時比丘自

有私食令授與及最初未制戒等是爲不犯

此戒大乘同學

附考 按根本部及十誦律倶令白二羯磨差一比丘爲觀察看守險路人

薩婆多論云若比丘受僧羯磨已是比丘知是中有賊入應將淨人是中立若是中見人有似賊者應取是食語諸持食人莫來是中有人似賊若是持食強來不犯所差羯磨人必使勇健多力能卻賊者若不能卻一切僧盡應至有賊處若復不能應語聚落檀越令多人防護也

因此戒中明阿蘭若故録阿蘭若行法第三分云清旦洗手取衣抖擻著大衣著頭上或肩上洗鉢放絡囊中取革屣打露杖持鑰出房閉户推看牢不若不牢應更安扂（音簟户牡所以閉户也）若牢應推繩著内四顧看若無人見應藏户鉤若有人見應更著隱處或持去在道路行應常思惟善法若見人應先問訊言善來若欲入村安鉢置地著大衣以革屣打露杖寄村邊入村時應看巷相若空處相市相門相糞掃相入白衣家應看第一門相乃至第七門相若欲正衣應向壁右手捉杖左手捉鉢不應當道住不應屏處住不應迎取食若喚應徃若得飯乾飯等不應并著一處若是一鉢應以物隔若樹葉皮若鍵鎔若次鉢若小鉢匙應手巾裹不應選大家乞不應強要得若知當得應待乞已出村下道安鉢置地襟大衣著頭上肩上行時常思惟善法

見人應先問訊善來至常所食處灑掃具水器殘食器牀座洗脚石水器拭脚巾若有餘阿蘭若比丘來應起遠迎爲取鉢與座與水器等乃至澡豆洗手巳淨潔別留殘食若有娑那來應與娑那此云賊次授水與彼阿蘭若比丘次授食與彼食時應看供給所須鹽醋菜水扇等若日時欲過應俱食食巳應爲取鉢與洗手若有餘食應與人非人等洗盛殘食器牀座等物復本處掃灑食處若有娑那來應語此是水此是洗足物此是食爲汝等故別留清潔欲食便食阿蘭若比丘應善知夜時節善知方相善知星不應敷好臥具應初夜後夜警心思惟

律攝云非愚癡人堪住阿蘭若處設非多聞但明戒相亦得住阿蘭若亦云精舍謂共處非粗暴者所止乃精練行者所居今人一無所知而云住靜深可嘆之六四可呵法竟

七衆學法共有百條事鈔云律言式叉迦羅尼義翻衆學法謂是應學事也

律攝云衆學法者謂於廣釋中所有衆多惡作惡說咸悉攝在衆學法中是故總言衆學法也

薩婆多論中問曰餘篇不言應當學而此戒獨爾答餘戒易持而罪重犯則成罪或衆中悔或對首悔此戒難持而罪輕脫爾有犯心悔念學罪即滅也以難持易犯故常慎心念學不結罪名直言應當學也

經云犯衆學戒如四天王天壽五百歲墮泥犁中人間五十年彼天一晝夜於人間數九百萬年

此泥犁即等活地獄謂諸罪人各各手生

鐵爪相摑肉墮或獄卒唱或吟風吹活二緣雖異等一活故

斯衆學法文句簡畧事多同軌不繁條列科名唯隨下贅其數目至於緣起釋義藏卷未全稽諸犍度皆由六羣所興此是行護威儀非類餘篇故諸部中開合不等數無一定或百十以外或五十以內獨本律文具足百法今就百法約爲九例一著衣事二入村事三坐起事四食噉事五護鉢事六說法事七塔像事八便利事九觀望事（此准律攝唯增塔像事以諸部中無故律攝不載）

【附考】應當學戒僧祇律六十七法　五分律一百八法　十誦律一百十三法　解脫戒本七十六法（此出迦葉毘部）　根本律四十三法

當齊整著涅槃僧應當學　第一

【緣起】佛在舍衛國給孤獨園時六羣比丘著涅槃僧或高或下或作象鼻或作多羅葉或時細襵諸居士見皆共譏嫌謂似國王大臣亦似節會戲笑俳說人著衣有少欲比丘聞知白佛佛集十句義爲僧結戒律攝云衆多學法等皆由法式事譏嫌煩惱制斯學處（於此總出下不別名）

【釋義】當齊整著涅槃僧者（涅槃僧亦云泥洹僧此翻云裙）（當齊整著者律攝云謂離不齊整著衣之過也）律云不齊整者或繫帶臍下或高褰齊腰或垂前一角如象鼻或垂前兩角如多羅樹葉或腰繞細襵（律攝云謂從裙邊細疊成襵腰間總擘形似多羅葉上聚下散者是也其如法著式詳載內法傳中）

【結罪】是中犯者若故作犯應懺突吉羅以

故作故犯非威儀突吉羅　若不故作犯突吉羅　善見律云突者惡也吉羅者作也應懺突吉羅是根本罪非威儀突吉羅是從生罪謂以故作犯本罪時有乖僧儀故又從本罪上犯一非威儀突吉羅須知若犯時則根本從生二罪皆成若懺時則根本滅從生隨滅以名殊體同法無兩懺今唯約不覆藏懺法論之若犯已覆藏或一日多日方說悔者理具八品詰問有無懺法非總應前後辨制有明文慎勿相參　若不故作犯突吉羅者此開誤犯不必對人求悔但自責其心更不再作罪則消滅　今於首條詳釋重輕以下結罪准此無異　此戒應懺故作法及不故犯責心悔法皆於作持中詳明

兼制 比丘尼並下三衆突吉羅

隨開 不犯者或時臍中生瘡下著或腳蹲有瘡高著若僧伽藍內若村外若作時若在道行及最初未制戒等是爲不犯

會採 律攝云苾芻不依佛教不顧羞恥欲爲非法者提衣開張得責心惡作　若披著身得對說惡作　若有順奉心而著衣不如法式或時忘念或是無知非法著者唯犯責心惡作如是於餘學處准此應知

五分律云若不解不問而作此著突吉羅若解不慎而作此著突吉羅　若解輕戒輕人而作此著波逸提

僧祇律云不得如婬女法賣色左右顧視爲好不好應看令如法齊整著若放恣諸根不欲學齊整著內衣者越學

事鈔云世尊處世深達物機凡所施爲必以威儀爲主故此百事大乘悉皆同學息譏生信自護護他倍應嚴淨除是諸大菩薩示現逆行在處不論若是學地凡夫難越準繩

附考 根本律云佛在施鹿林中初度五苾芻出家服飾尚俗佛作是念過去諸佛云

何教聲聞衆著衣服耶是時諸天前白佛言如淨居天所著衣服世尊即以天眼觀知如諸天所說事無差異即告苾芻曰汝從今後應同淨居天齊整著涅槃僧

薩婆多論問曰結既在初而在後也答曰佛在初結後集法藏者詮次在後何以故罪名雖一而輕重有五以重戒在前輕戒在後此戒於五篇中最輕是故在後又以一是實罪二是遮罪以實在初遮在後實罪即性罪也又以一是無殘二是有殘是故重者在初而輕者在後也　又問五篇戒中佛何以止制著涅槃僧及三衣觀去來現佛及淨居天耶答曰佛結五篇戒此最在初以此貫初故餘篇不説又此戒於餘篇是輕者將來弟子不生重是故如來以佛眼觀去來諸佛及淨居天而後結也又三世諸佛結戒有同不同於五篇中不必盡同此著泥洹僧袈裟三世諸佛盡同是故此戒觀諸佛及淨居天餘篇不觀也

當齊整著三衣應當學第二

釋義緣處發起招世譏嫌如上佛爲結戒

律云三衣者安陀會鬱多羅僧僧伽梨也不齊整者或下著過肘露脇或高著過脚蹲上或下垂一角作象鼻或垂前兩角後褰高作多羅樹葉或細襵巳安緣

結罪是中犯者並餘四衆悉皆同前　不犯者或肩臂有瘡下著或脚蹲有瘡高著若寺內若村外若道行若作時及最初未制戒等

會採僧祇律云若泥時作時手得抄舉

根本律云苾芻熱時於自房內但著下裙及僧脚崎隨情讀誦說法作衣服等於四威儀悉皆無犯（僧脚崎舊云僧祇支此翻掩腋衣用掩右腋覆左肩上）

舍利弗問經云修供養時應偏袒以便作事作福田時應覆兩肩現田文相云何修供養如見佛時問訊師僧時應拂牀掃地卷衣裳乃至移種種供養云何作福田時應時乞食坐禪誦經經行樹下人見端嚴有可觀也

不得反抄衣入白衣舍應當學（第三）

【釋義】緣處發起如上佛為結戒 律云白衣舍者村落也反抄衣者或左右反抄衣著肩上行也

【結罪】其中所犯並餘四衆悉皆同前 不犯者或脇肋邊有瘡若寺內村外作時道行及最初未制戒等

【會採】律攝云上下衣服不得偏抄一邊露現形體不得雙抄兩邊置於肩上凡是行步非大人相者皆應遠離

僧祇律云若風雨時得抄一邊 若偏袒右肩得抄左邊若通肩披得抄右邊不得令肘現 乞食畏污衣故得反抄不現肘無犯

不得反抄衣入白衣舍坐應當學（第四）

【釋義】緣處發起譏嫌等其中所犯不犯並餘四衆悉皆同前（前戒是行威儀此戒是坐威儀也在白衣家坐時應好遮身勿為撩亂失比丘儀當整衣如法直身正意生他信敬若放恣諸根抄衣露體令他譏謗則自損損他是以禁之）

【會採】僧祇律云若乞食若取食肘畏污衣

故得抄衣但莫令肘現　若精舍中和尚阿闍黎前坐不得抄衣若抄者得抄一邊不得抄兩邊　若偏袒者抄左邊若通肩披者抄右邊若見長老比丘應還下

不得衣纒頸入白衣舍應當學 第五

【釋義】緣處發起譏嫌等如上佛爲結戒　律云纒頸者總捉衣兩角著在肩上

【結罪】其中所犯並餘四衆悉皆同前　不犯者或時肩臂有瘡若寺內村外道行作時及最初未制戒等

不得衣纒頸入白衣舍坐應當學 第六

【釋義】緣處發起譏嫌等其中所犯不犯並餘四衆悉皆同前此中於坐有異前是行也

不得覆頭入白衣舍應當學 第七

【釋義】緣處發起如上見者譏嫌謂如盜賊佛爲結戒　律云覆頭者若以樹葉若以碎段物若以衣覆（律攝云以衣覆頭如新嫁女故招世譏嫌）

【結罪】其中所犯並餘四衆悉皆同前　不犯者或時患寒或頭上瘡生或命難梵行難覆頭而走若寺內若村外若道行若作時及最初未制戒等

【會採】僧祇律云若風寒雨及病不得全覆當覆半令一耳現若見和尚阿闍黎上座當却　不得覆頭入廁若在屏私房覆無罪（一往律家教授新受戒者令入廁時以巾覆項勿許露之然律中因比丘蹲踞小便俗人爲是尼僧窺視久至起身乃識比丘而生譏誚故制便利時尼則以巾覆頭而別知二部今令男僧覆巾訛之極矣明律者速當改革）

不得覆頭入白衣舍坐應當學 第八

【釋義】緣處發起譏嫌等其中所犯不犯並

餘四衆悉皆同前此唯異坐威儀也

不得跳行入白衣舍應當學 第九

【釋義】緣處發起如上見者譏嫌謂如鳥雀佛爲結罪 律云跳行者雙脚跳也

【結罪】其中所犯並餘四衆悉皆同前 不犯者或時有瘡若爲人所打若有賊若有惡獸若有棘刺或渡渠或渡坑塹或渡泥及最初未制戒等

【會採】僧祇律云不得先下脚指後下脚跟當先下脚跟後下脚指若脚心有瘡當側脚行作蔽物繫之

不得跳行入白衣舍坐應當學 第十

【釋義】緣處發起譏嫌等其中所犯不犯並餘四衆悉皆同前此别坐威儀也

不得白衣舍内蹲坐應當學 第十一

【緣起】佛在舍衛國住祇園中有居士請僧設供往白時到諸比丘到家就座而坐六羣蹲坐比座以手觸之即倒露形居士見譏嫌謂無慚愧如裸形婆羅門佛爲結戒 律云蹲坐者若在地若在牀上尻不至地也（尻考平聲脊骨盡處是也謂以雙脚蹈地兩膝並竪也）

【結罪】其中所犯並餘四衆悉皆同前 不犯者或時尻邊生瘡若有所與若禮若懺悔若受教誡及最初未制戒等

【會採】僧祇律云不得抱膝坐不得交脚坐若有病無犯

不得叉腰行白衣舍應當學 第十二

【釋義】緣處發起如上見者譏嫌謂如世人新婚娶得志驕奢佛爲結戒 律云叉腰者以手叉腰匡肘也（謂横舉手也）

【結罪】其中所犯並餘四衆悉皆同前　不犯者或時脇下生瘡若寺内村外道行作時及最初未制戒等

【會採】僧祇律云若腰脊痛若風腫者得叉腰若癰痤瘡癬以藥塗上畏污衣故叉腰無罪

不得叉腰入白衣舍坐應當學第十三

【釋義】緣處發起譏嫌等其中所犯不犯並餘四衆悉皆同前此但明坐威儀也律云以手叉腰匡肘白衣舍坐妨其比坐也縱無比坐而獨受請者更應嚴肅威儀惜護僧體

【會採】十誦律云不得掌扶頰坐

不得搖身行入白衣舍應當學第十四

【釋義】緣處發起如上見者譏嫌謂如王似大臣佛爲結戒　律云搖身者左右戾身趨行也戾音例斜也曲也字從犬出户曲戾也

【結罪】其中所犯並餘四衆悉皆同前　不犯者或有如是病或爲人所打迴戾身避杖或惡獸所觸或逢擔棘刺如是戾身或渡坑渠泥水處於中搖身過或著衣迴身看衣齊整及最初未制戒等

【會採】僧祇律云不得搖頭行若老病身振風雨寒雪搖無犯

不得搖身行入白衣舍坐應當學第十五

【釋義】緣處發起譏嫌等其中所犯不犯並餘四衆悉皆同前内不同者此是坐威儀也

毘尼止持會集卷第十八

音義

刳音枯剖也　剗音產剷平也　葦音委大葭也葭音嘉葦初生名葭稍大爲

蘆長成乃名爲葦其華遇風吹揚如雪聚地如絮取其莖以爲針筒**褰**音牵謂揭開衣也**涅槃僧**或云泥縛些那或云泥伐薮那此翻裙也**瘡**瘡痍傷也**痤**癤也癤音節癰也**機**左傳云設機而不倚**户牡**音畝門關鍵也關鍵即户鑰大抵關有鍵以止之又有鎖鑰以固之**三十三天**即忉利天大智度論云昔有婆羅門姓憍尸迦與知友三十二人共修福德命終皆生須彌山頂憍尸迦爲天主名帝釋天三十二人爲輔臣周圍列居獨帝釋處其中三十二天人名字經論不載唯正法念處經明之**四王天**東方持國天王謂能護持國土故居須彌山黄金埵南方增長天王謂能令他善根增長故居須彌山瑠璃埵西方廣目天王謂以淨天眼常觀擁護此閻浮提故居須彌山白銀埵北方多聞天王謂福德之名聞四方故居須彌山水晶埵**摑**音國批打也**淨居天**淨居天有五謂聲聞之人斷欲界九品思或盡證第二阿那含果而居其中亦名五不還天若據俱舍圖言此五天次第而上若據楞嚴經言此五天皆横在第四禪天中彼第四禪天但能聞此五天之名而不能知見如世間聖地道場多有羅漢所居而人不能見也一無煩天二無熱天三善見天四善現天五色究竟天**佛眼**謂具肉天慧法四眼之用無不見知如人見極遠處佛見則爲至近人見幽暗處佛見則爲明顯乃至無事不見無事不知無事不聞聞見互用無所思惟一切皆見也

襵皺上音摺衣襵也下音縐蹙也謂多作細襵也**腨**與腨同音軟腓腸即脚肚也**襻**音盼衣下系也**擪**音葉按也**矗**音畜齊也**踝**音化脛兩旁内外曰踝足骨也**怐紐**上音樞衫怐也下音鈕結會衫紐也**匡肘**謂横舉手也未詳字出如禮記云並坐不横肱是也**趨行**疾行曰趨疾趨曰走

毘尼止持會集卷第十九

清金陵寶華山弘律沙門讀體集

不得掉臂行入白衣舍應當學第十六

釋義緣處發起譏嫌如上佛爲結戒　律云掉臂者垂前却也

結罪其中所犯並餘四衆悉皆同前　不犯者或有如是病或爲人所打舉手遮或值惡獸盜賊或逢擔棘刺人來舉手遮或浮渡河水或跳渡坑塹泥水或共伴行不及以手招喚並最初未制戒等

會採根本律云不得附肩不應肩相接不應連手入白衣舍

僧祇律云若是王子大臣本習未除應當教言汝今出家當捨此俗儀從比丘法

若欲呼人不得雙舉兩手當以一手招

不得掉臂行入白衣舍坐應當學第十七

釋義緣處發起譏嫌等其中所犯不犯並餘四衆悉皆同前唯坐威儀別也

會採僧祇律云不得動手動足舞手舞足當安靖住若有所問當先護戒隨順而說

好覆身入白衣舍應當學第十八

釋義緣處發起如上見者譏嫌謂如婆羅門佛爲結戒　律云不好覆身者處處露現也

結罪其中所犯並餘四衆悉皆同前　不犯者或時有如是病或被縛或風吹衣離體及最初未制戒等

附考僧祇律云安陀會當用緻物作若疎者當二重三重若安陀會疎者鬱多羅僧當用緻物作若鬱多羅僧疎者僧伽棃當

用緻物作若僧伽黎疎者鬱多羅僧當用緻物文三衣而分疎緻聽用二三重作者所制元為禦寒障暑律中詳列十種衣財今有相傳云佛制三衣俱用粗麻布造止因世尊初出家時既脫珍御樹神獻一麻衣而此麻衣乃百年前辟支佛之留極為精細亦非粗疎由未稽考訛來久矣若云不許綿布唯許麻布者非制而制實非律文須知此方國風不同别有隨常衣服設無兩重三重亦可然受具名僧斷不可無守持之三衣

好覆身入白衣舍坐應當學 第十九

【釋義】緣處發起譏嫌等其中所犯不犯並餘四衆悉皆同前此殊坐也

【會採】僧祇律云坐時不得坐衣上當一手褰衣一手按坐具然後安詳而坐 若精舍中食上和尚阿闍黎若長老比丘前應好覆身坐

根本律云在白衣舍不累足坐不重內踝坐不重外踝坐不斂足坐不長舒足坐不露身坐

不得左右顧視行入白衣舍應當學 第二十

【釋義】緣處發起如上見者譏嫌謂似盜賊人佛為結戒 律云左右顧視者處處看也

【結罪】其中所犯並餘四衆悉皆同前 不犯者或有如是病或仰瞻日時節或命難梵行難左右處處伺求方便道欲逃走及最初未制戒等

【會採】僧祇律云諦視行時不得如馬低頭

行當平視行防惡象牛馬當如擔輦人行不得東西瞻視若欲看時迴身向所看處律攝云不高視者舉目視前一踰伽地一踰伽量者長四肘也

不得左右顧視入白衣舍坐應當學第二十一

【釋義】緣處發起譏嫌等其中所犯不犯並餘四衆悉皆同前所不同者唯坐也

【會採】根本律云在白衣舍他不請坐不應輙坐不應不善觀察而坐

僧祇律云坐時不得如馬延頸低頭當平視勿令不覺檀越持熱器來搪突手　若精舍內食上和尚阿闍黎上座前當平視坐

靜默入白衣舍應當學第二十二

【緣起】佛在舍衛國給孤獨園諸居士見六羣高聲大喚入白衣舍譏嫌謂似婆羅門佛爲結戒　律云不靜默者高聲大喚若囑授若高聲施食

【結罪】其中所犯並餘四衆悉皆同前　不犯者或時有如是病若聾不聞聲須高聲喚或高聲囑授若高聲施食若命難梵行難高聲而走及最初未制戒等

【會採】律攝云設有須喚他不聞時應請俗人爲其大喚

靜默入白衣舍坐應當學第二十三

【釋義】緣處發起譏嫌等其中所犯不犯並餘四衆悉皆同前唯異坐也

【會採】僧祇律云不得高聲大喚坐俗家內若欲喚者應彈指若前人不覺者高語近邊人　若精舍中食上若和尚阿闍黎上

座前坐不得聲大喚若欲語時語比座如是展轉第二第三令彼得知

不得戲笑行入白衣舍應當學第二十四

【釋義】緣處發起如上見者譏嫌謂如獼猴佛爲結戒　律云戲笑者露齒而笑也

【結罪】其中所犯並餘四衆悉皆同前　不犯者或脣病不覆齒或念法歡喜而笑及最初未制戒等

【會採】僧祇律云若有可笑事不得出齗現齒大笑應忍之起無常苦空無我想死想復不止者當以衣角掩口

根本摩得勒伽云欠時不遮口突吉羅

不得戲笑白衣舍坐應當學第二十五

【釋義】緣處發起譏嫌等其中所犯不犯並餘四衆悉皆同前所別坐也

用意受食應當學第二十六

【緣起】佛在舍衛國給孤獨園有居士請僧設供手自斟酌種種飲食六羣不用意受食捐棄羹飯居士見已自相謂言沙門釋子不知慚愧不用意受食貪心多受如穀貴時佛爲結戒　律云不用意受食者棄羹飯食也

【結罪】是中所犯並餘四衆悉皆同前　不犯者或鉢小故食時棄飯或還墮案上及最初未制戒等

【會採】五分律云一心受食者左手一心持鉢右手扶緣

當平鉢受食應當學第二十七

【緣起】佛在舍衛國住祇園中六羣赴請溢鉢受食諸居士見譏嫌謂如饑餓之人貪

多佛爲結戒　律云不平鉢者溢滿也其中所犯不犯並餘四衆悉皆同前

【會採】根本律云不得滿鉢受飯更安羹菜令食流溢於鉢緣邊應留曲指

平鉢受羹應當學 第二十八

【釋義】緣處發起譏嫌等其中所犯不犯並餘四衆悉皆同前

【會採】律攝云受食之時應觀其鉢勿令流溢所有羹菜不應多請後安鉢時恐溢出故

羹飯等食應當學 第二十九

【緣起】佛在舍衛國住祇園中有居士設供請僧自手斟酌下飯已入內取羹還六羣飯已盡居士與羹已復入內取飯還彼食羹已盡居士譏嫌謂似饑餓之人佛爲結戒　律云不等者飯至羹未至飯已盡羹至飯未至羹已盡也

【結罪】其中所犯並餘四衆悉皆同前　不犯者或時正須飯不須羹或時正須羹不須飯或日時欲過或命難梵行難疾疾食及最初未制戒等

【會採】僧祇律云不得先取羹後取飯當先取飯按已後取半羹　若國法先以羹後以飯者當取鍵鎡拘鉢受若無者得以鉢受羹但受飯者應以手遮徐徐下鉢中勿太令溢出　若病比丘宜取羹者多取無罪 拘鉢者是小鉢也謂取鍵鎡小鉢受之

以次食應當學 第三十

【釋義】緣處發起如上赴請譏嫌譬如禽畜佛爲結戒　律云不次第者鉢中處處

取食食也

【結罪】其中所犯並餘四衆悉皆同前　不犯者或特患飯熱挑取冷處食若日時欲過若命難梵行難如是疾疾食及最初未制戒等

【會採】僧祇律云不得徧刳食

十誦律云不得鉢中擿好食

根本律云不應憍慢食

不得挑鉢中而食應當學第三十一

【釋義】緣處發起譏嫌等其中所犯不犯並餘四衆悉皆同前　律云挑者置四邊挑中央至鉢底現空也

若比丘不病不得自爲已索羹飯應當學第三十二

【緣起】佛在舍衛國祇樹園住時有居士請僧自手斟酌種種飲食六羣自爲已索食如饑餓時居士譏嫌佛為結戒

【結罪】其中所犯並餘四衆悉皆同前　不犯者若病者自索若為他索他為已索若不求而得及最初未制戒等

不得以飯覆羹更望得應當學第三十三

【緣起】佛在舍衛國給孤獨園有居士請僧設供手自斟酌羹飯與一六羣比丘羹已識次更入內取羹彼於後即以飯覆羹居士問言羹在何處彼便默然居士譏嫌謂似饑餓人佛為結戒

【結罪】其中所犯並餘四衆悉皆同前　不犯者若請食或為同梵行者或為病者請食還與彼或時正須羹有時正須飯及最初未制戒等

會採僧祇律云若比丘迎食處污衣者不得盡覆當露一邊　若食盡者前人問得未應答已得　若比丘病宜多須羹者多取無罪

律攝云羹飯不得互掩覆者意欲多求長貪心故應於飲食生猒離想是為出家所應作事隨得隨食少欲為念

不得視比座鉢中應當學 第三十四

緣起佛在舍衛國住祇陀林有居士設供請僧手自斟酌飲食六羣中有一人得食分少見比座分多即語居士言汝有愛居士報言我平等相與耳何故言我有愛佛為結戒　律云視比座鉢中者誰多誰少耶

結罪其中所犯並餘四衆悉皆同前　不犯者若比座病若眼闇為看得食不得食淨不淨受未受及最初未制戒等

會採僧祇律云若監食人看食何處得何處不得無罪　若共行弟子若依止弟子病看其鉢中是應病食不看無罪　若看上下座為得食不無罪

當繫鉢想食應當學 第三十五

緣起佛在舍衛國給孤獨園有居士請僧諸比丘往詣其家就座而坐六羣受羹飯巳左右顧視不覺比座取羹藏之彼自看不見羹問言我向受羹今在何處比座比丘言汝何處來耶答言我在此置羹在前左右看視而今無爾佛為結戒　律云不繫鉢想者為左右顧視也

結罪其中所犯並餘四衆悉皆同前　不

犯者或比座眼闇為受取瞻看淨不淨得未得或自看日時或命難梵行難欲逃避左右看及最初未制戒等

【會採】僧祇律云當端心觀鉢食不得放鉢在前共比座語若有因緣須左右語者左手撫鉢上緣若食到第三人時當先將鉢預擎待食至

律攝云繫心而食充軀長道不得觀他生嫌賤心

【附考】勒伽論云若食一一食時當觀此食從何處來從倉中出倉從地出地以和合種子得生今復還養糞身舉摶時作糞想正念在前不以散亂心噉食當作逆食想從地得想病想等

智度論云思惟此食工夫甚重計一鉢之飯作夫流汗合集量之食少汗多此食辛苦如是入口即成不淨宿昔之間變為屎尿本是美味惡不欲見行者自思如是弊食我若貪著當墮三塗如是觀食當厭五欲

不得大摶飯食應當學 第三十六

【釋義】緣處發起如上赴供譏嫌謂似畜類佛為結戒 律云大摶者口不容受也

【結罪】其中所犯並餘四衆悉皆同前 不犯者或日時欲過或命難梵行難疾疾食及最初未制戒等

【會採】僧祇律云不得大摶亦不得小如婬女兩三粒而食當可口食 上座當徐徐食不得速食竟住看令年少狼狽食不飽

不得大張口待飯食應當學 第三十七

【釋義】緣處發起譏嫌等其中所犯不犯並餘四衆悉皆同前　律云大張口者飯未至先大張口以待也

【會採】僧祇律云比丘食時當如雪山象王食法食入口已以鼻作後口分齊前食咽已續內後團　若口有瘡得預張無罪

不得含食語應當學第三十八

【釋義】緣處發起譏嫌等如上佛為結戒　律云含飯語者飯在口中語不分明令人不解也（此據緣起但云含飯語須知食有二五凡食噉一切皆不得含口而語含食語乃白衣法及諸婆羅門無慚受施非比丘赴供之儀也）

【結罪】其中所犯並餘四衆悉皆同前　不犯者或噎而索水或命難梵行難作聲食及最初未制戒等

【會採】僧祇律云和尚阿闍黎上座喚若咽未盡能使聲不異者得應若不能者咽已乃應前人嫌者答言我口中有食故不即應

五分律云益食時聽言須不須不嫌訶食

不得摶飯遙擲口中應當學第三十九

【釋義】緣處發起如上赴供譏嫌謂如幻師佛為結戒　律云遙擲者先張其口乃以飯摶遙擲而入也

【結罪】其中所犯並餘四衆悉皆同前　不犯者或被繫縛擲口中食及最初未制戒等

【會採】僧祇律云若酸棗若蒲萄如是種種乃至熬豆挑擲噉無罪

不得遺落飯食應當學第四十

【緣起】佛在舍衛國住祇陀林城中有居士

請僧手自斟酌飲食六羣手把飯摶齧半食居士譏嫌佛為結戒　律云遺落者半入口半在手中唯犯緣據西域食儀結戒今東土應鉢用匙若遺落者事同此治

結罪 其中所犯並餘四眾悉皆同前　不犯者或噉薄餅焦飯若瓜甘蔗菜果及最初未制戒等

會採 僧祇律云若麨團大當手中分令可口餅亦如是

不得頰食食應當學第四十一

釋義 緣處發起如上赴請譏嫌謂似獼猴佛為結戒　律云頰食者令兩頰鼓起如似獼猴也

結罪 其中所犯並餘四眾悉皆同前　不犯者或有如是病或日時欲過或命難梵行難疾疾食及最初未制戒等

會採 僧祇律云不得口中迴食食謂含飯團從一頰迴至一頰當一邊嚼即嚼邊咽

不得嚼食作聲應當學第四十二

釋義 緣處發起亦如上赴供生俗譏嫌佛為結戒

結罪 其中所犯並餘四眾悉皆同前　不犯者或嚼乾餅焦飯或嚼瓜果甘蔗及最初未制戒等

會採 僧祇律云不得噂噍作聲食　不得全吞嗗嗗作聲若咽喉病無罪　十誦律云啜粥不得作聲噉根莖等勿令大作聲

不得大嗡飯食應當學第四十三

釋義 緣處發起譏嫌如上佛為結戒　律

云嗡飯者張口遙呼嗡也

【結罪】其中所犯並餘四衆悉皆同前　不犯者若口痛若食羹若食一切漿及最初未制戒等

【會採】僧祇律云若食薄粥羹飲不得嗡使作聲當徐徐咽

根本律云不彈舌食不嘽嗏食不訶氣食不吹氣食（若實口病當依本部聽開若口無病宜遵僧祇根本）

不得舌舐食應當學（第四十四）

【釋義】緣處發起譏嫌如上佛爲結戒　律云舌舐者以舌舐飯揣食也（揣者試探也）

【結罪】其中所犯並餘四衆悉皆同前　不犯者或被縛或手有泥或垢膩汚手舌舐取及最初未制戒等

【會採】僧祇律云不得舐手食若酥油蜜石蜜著手者當就鉢緣上摡取一處然後取食　不得嗽指食若蜜鹽著指頭得嗽無罪

不得振手食應當學（第四十五）

【釋義】緣處發起如上譏嫌謂似王如大臣佛爲結戒振者（謂以手動搖也）

【結罪】其中所犯並餘四衆悉皆同前　不犯者或有如是病或食中有草有虫或時手有不淨欲振去之或未受食手觸而汚手振去之及最初未制戒等

【會採】僧祇律云若振手時不得向比座振若食著手當巳前振若鉢中抖擻

根本律云以鉢水振灑餘人汚彼衣服見他好衣生嫉妬故如是等皆不應作

不得手把散飯食應當學（第四十六）

釋義緣處發起如上譏嫌謂似雞鳥佛爲結戒（手把散飯謂不摶食之令此方受食俱用匙鉢無手摶儀式或落有之）其中所犯不犯並餘四衆悉皆同前

會採僧祇律云受食時不得令一粒落地若淨人瀉時墮地無罪　食著口中時勿令落地誤落者無罪　若噉瓜果甘蔗時皮核滓不得縱橫棄地當聚足邊

十誦律云食墮所受草葉上者應食若有土者吹去却而食或有多土著者水洗得食

不得污手捉飲器應當學第四十七

釋義緣處發起如上譏嫌謂似國王大臣佛爲結戒　律云污手者膩飯著手也

結罪其中所犯並餘四衆悉皆同前　不犯者或草上受葉上受洗手受及最初未制戒等

會採五分律云不曲指收鉢食不齅食食不嫌訶食

不得洗鉢水棄白衣舍內應當學第四十八

緣起佛在舍衛國住給孤精舍時六羣在居士家食已洗鉢棄洗鉢水乃至餘食在地居士見已譏嫌謂多受飲食如饑餓之人而捐棄狼藉如王大臣佛為結戒　律云洗鉢水者雜飯水也

結罪其中所犯並餘四衆悉皆同前　不犯者若澡槃承取水持棄外及最初未制戒等

會採十誦律云問主人棄不犯

僧祇律云食時當稱腹而取不得多受若淨人卒多與者未噉時應減與比座若比

座不取應與沙彌及園民　若洗鉢時不應一粒瀉棄地若有者應聚板上葉上

【附考】五分律云有諸白衣新作屋欲得比丘洗鉢水灑地以為吉祥佛聽以鉢中無食水灑地

根本律云有人來乞鉢水時應洗淨鉢置清淨水誦伽陀三徧授與彼人或洗或飲能除萬病不得以殘食置鉢水中伽陀云以世五欲樂或復諸天樂若比愛盡樂千分不及一由集能生苦因苦復生集八聖道能超至妙涅槃處所為布施者必獲其義利若為樂布施後必得安樂（佛雖親說此伽陀必要真正清淨持戒之者持鉢三誦方療萬病若無戒德縱誦千徧亦難感應）

十九

不得生草菜上大小便涕唾除病應當學（第四）

【緣起】此戒有二制佛在舍衛國住祇園中六羣大小便涕唾生草菜上諸居士見譏嫌謂如畜生佛為僧初結戒也如是結戒已有病比丘不堪避生草菜疲極故復隨開除病無犯乃第二結戒也

【結罪】是中所犯並餘四眾悉皆同前准尼律中比丘尼犯波逸提（僧戒結在先其間乃兼制四眾故結輕尼戒結在後一一皆正制本部故結重）不犯者在無草菜處大小便流墮生草菜上或時為風吹或鳥所啣而墮生草菜中及最初未制戒等

【會採】僧祇律云若夏月生草普茂無空缺處者當在駱駝牛馬等行處及甎瓦石上乾草葉上如上次第無者當以木枝承令糞先墮木上後墮地　若大小便涕唾污手脚得拭生草

律攝云若棘刺叢處無犯　若大林中行枝葉交茂應離人行處　若涉生田間無空處應持乾葉布上便利若不可得者無犯

不得水中大小便涕唾除病應學第五十

釋義緣處發起譏嫌如上其中所犯並餘四衆悉皆同前　不犯者若有病或於岸上大小便流墮水中或風吹鳥啣墮水及最初未制戒等

會採僧祇律云若雨時水卒浮滿當在土塊上及瓦石竹木上先令墮木上後落水中　若大小便汚手脚得水中洗　若入水浴時不得唾中若岸遠者當唾手中然後棄

善見律云若水人所不用或海水不犯水雖中用曠遠無人用不犯

律攝云凡為洟唾時勿令大聲亦不應數為洟唾若性多洟唾者應向屏處

不得立大小便除病應當學第五十一

釋義緣處發起譏嫌如上佛為結戒其中所犯並餘四衆悉皆同前　不犯者若有病若被繫縛或時脚蹲有垢膩若泥及最初未制戒等（然此一戒五天竺境小行之時人皆蹲踞至於海洲諸國亦符此也其惟震旦方處不同事非一定立者多而蹲者寡若非蹲之鄉蹲者譏為不男設非立之地立者便以為怪於斯兩途理應通決葢律依西制結集時仍列開遮故無移漏法流東夏受持者宜隨國風以護譏嫌據教善行庶無疑矣）

引證五分律云佛言雖是我所制餘方不以為清淨者皆不應用雖非我所制餘方必應行者皆不得不行

根本羯磨云時佛臨欲涅槃告諸苾芻曰

我先為汝等廣已開闡毘奈耶教而未略說汝等今時宜聽略教且如有事我於先來非許非遮若於此事順不清淨違清淨者此是不淨即不應行若事順清淨違不清淨者此即是淨應可順行問曰何意世尊將圓寂時說斯略教答曰大師滅後乃至聖教未沒已來莫令外道作斯譏議世尊既是具一切智世間有事不開不遮諸弟子輩欲如何行為遮斯難遠察未來利益故制又復欲令諸弟子於事無疑得安樂住是故須說凡諸司律幸勿纔聞斯說便取餘之定禁妄符聖教是即非制而制是制而開慶斋毘尼其罪孰代

附考佛言不應久忍大小便去時應捉廁草若在前去者當在前行至廁房應安衣著杙上若架上樹石上至廁外應彈指若謦欬令人非人知手堅捉衣不令觸廁兩邊應堅安脚當先看有蛇虫應驅出不應未蹲便舉衣應並蹲漸舉衣蹲已當看勿令前却近兩邊使大小便洟唾汚廁孔不應高聲大嗚廁草極長一磔手極短四指已用草未用草應别安處便已徐起漸下衣至洗淨處應彈指令人非人知應先看毒蛇漸褰衣蹲不應就水器中洗洗時勿使有聲洗已應以手若葉若弊物拭身上水應以鹵土若灰若泥若牛糞若土墼若澡豆洗手洗已應漸下衣起見廁上有不淨應掃除毘尼母經云應用二指頭洗之謂無名指及小指也

不得與反抄衣不恭敬人說法除病應當學第五十二

緣起此戒有二制佛在舍衛國住祇園中六羣與反抄衣不恭敬人說法諸比丘聞有知慚愧樂學戒者嫌責六羣白佛此初結戒也時諸比丘疑不敢為病反抄衣者說法佛言病者無犯故加除病之語乃第二制也（向下除病說法諸條咸皆准此）

結罪其中所犯並餘四衆悉皆同前　不犯者若為王王大臣說法及最初未制戒等（雖曰王臣世所尊貴宜當深重佛法若生憍慢縱閑奚益為法忘軀上古皆然況靈山會上親以付囑是故特須尊敬其說者愈當以法自重苟彼此不恭二皆失利若夫誘進攝化之權必須隨機稱量不可直爾造為向下說法諸戒准此應知）

會採十誦律云諸佛常法不一心衆生不為說法

不得為衣纏頸者說法除病應當學（第五十三）

釋義緣處發起如上佛為結戒（根本部云按西域俗儀所著衣裳無所裁製本自織成一幅之氎價貴鮮白輕輭雜彩男則繞腰絡腋橫巾右袒女則襌衣下垂通肩總覆今故制云纏頸此方若以巾帕及餘物繞頸者例制可知若外儀不恭則內念不虔是亦不應為說）　其中所犯不犯並餘四衆悉皆同前

不得為覆頭者說法除病應當學（第五十四）

釋義緣處發起如上佛為結戒（覆頭者謂以衣物蓋頭也西竺以露頂跣足表至敬東土以冠履備整顯極恭然禮隨國制所以便為處敬之儀此方除冠巾外若用餘物覆頭者俱不應為說）　其中所犯不犯並餘四衆悉皆同前

會採僧祇律云若比丘為塔為僧事詣王若地主時彼言比丘為我說法若邊有淨人當立意為彼人說王聽無罪　若比丘在怖畏險道行時防衛人言尊者為我說法彼雖覆頭為說無罪

不得為裹頭者說法除病應當學（第五十五）

【釋義】緣處發起如上佛為結戒（裹謂包裹纏裹與覆義不同）其中所犯不犯並餘四衆悉皆同前

【會採】僧祇律云若比丘為塔事僧事詣王若地主乃至在怖畏險道行時開說同上

不得為叉腰者說法除病應當學（第五十六）

【釋義】緣處發起如上佛為結戒（叉腰者或一手叉或兩手叉俱不應為說）其中所犯不犯並餘四衆悉皆同前

【會採】僧祇律云不得為抱膝人說法除病

不得為翹脚人說法除病

不得為著革屣者說法除病應當學（第五十七）

【釋義】緣處發起如上佛為結戒梵語亟縛屣或名革屣此翻云靴乃皮屬之履也（東土雖無跣足聽法之儀若著不淨鞋履還須更却餘義通塞准略教應知）其中所犯不犯並餘四衆悉皆同前

【會採】五分律云若多人著革屣不能令脫但因不著者說無罪

不得為著木屐者說法除病應當學（第五十八）

【釋義】緣處發起如上佛為結戒（草作者名屝皮作者名履麻作者名屩木作者名屐亦有帛屐以帛為之西域王臣長者俱著金銀寶屐准義悉皆不聽為說若隨機權攝如上應知）其中所犯不犯並餘四衆悉皆同前

【會採】僧祇律云若比丘為塔為僧事詣王若地主所彼言比丘為我說法不應語令脫屐恐生疑故若邊有淨人應作意為淨人說王雖聽無罪

不得為騎乘者說法除病應當學（第五十九）

【緣起】十誦律云波斯匿王自作制限若佛在祇園我當日日自往由是乘乘向祇園見佛六羣為王說法諸比丘聞有行頭陀

樂學戒者嫌責六羣白佛結戒故制人前巳後人在道巳非道人坐巳立人高座巳下座人卧巳座持杖持劒持鉾持刀持蓋不應為説法緣起並同（此中乘者謂象馬牛車等乘也）其中所犯不犯並餘四衆悉皆同前

【會採】僧祇律云若比丘為塔為僧事詣王若地主彼言比丘為我説法不應語令下乘恐生疑故若邊有淨人者應作意為淨人説王雖聽無罪　若在怖畏險道行時防衛人言尊者為我説法彼雖騎乘為説無犯

十

不得在佛塔中止宿除為守護故應當學（第六）

【緣起】佛在舍衛國住給孤園六羣止宿佛塔中諸比丘聞有少欲者嫌責六羣白佛結戒時諸比丘疑不敢為守護故止宿佛亦聽允乃第二制也

【釋義】梵語塔婆亦云浮圖新云窣堵波又曰制底別名支提此翻為方墳或翻為圓冢正譯為聚相謂如來衆德俱聚於此人天所共瞻仰即瘞佛舍利處也若佛説法經行之處皆建浮圖雖無舍利亦名為塔僧祇律云有舍利名曰制底無舍利名曰支提（舍利義有二種一全身二碎身碎身者有三種一骨舍利其色白二肉舍利其色赤三髮舍利其色黑菩薩羅漢皆有此三種唯佛舍利五色不定神通變化而有光明經無量劫常在具足利益衆生乃戒定慧之所熏修妙功德之所共集希有難得為像末法中最上福田也　魏書釋老誌云佛既謝世香木焚屍靈骨粉碎大小如粒擊之不壞焚之不焦而有光明神驗謂之舍利王臣收奉竭香花致敬墓建宮宇謂之為塔猶宗廟也故時稱為塔廟此言佛塔揀非菩薩聲聞之塔縱非佛塔即一切聖賢浮圖亦應恭敬皆不得於中止宿等事）除為守護故

者（謂以恭敬心晨昏灑掃塵坌晝夜然供香燈並防無信白衣褻慢招愆故聽於中止宿而守護之即今香燈殿主之類是也）

【結罪】其中所犯並餘四衆悉皆同前　不犯者或時有如是病或為強力者所執或命難梵行難止宿及最初未制戒等

【引證】第四分云佛在王舍城時恭敬世尊無敢與佛剃髮者只有一小兒名優波離無知未有所畏為佛剃髮其父母在世尊前合掌白言小兒為世尊剃髮為好不佛言善能剃髮乃使身安樂而太曲身父即語兒言汝莫太曲身令世尊不安復問佛言好不佛言善身太直父語子言汝莫太直身令世尊不安復問佛言好不佛言善而入息太麤父語兒言汝莫麤入息令佛不安復問佛言好不佛言善而出息太麤父語兒言汝莫出息太麤令佛不安時小兒優波離入出息盡入第四禪爾時世尊告阿難言此小兒已入第四禪汝取彼手中刀阿難即受教取刀持故盛髮器收世尊髮佛言不應金器盛應用新器新繒綵新衣裹盛時有王子瞿波離將軍欲往征西方索佛髮持行供養佛聽不知云何安處佛言聽安金塔中若銀塔若七寶塔繒綵衣裹不知云何持佛言聽象馬車乘若輦輿若頭上若肩上擔時王子持世尊髮去所往征討得勝還國為世尊起髮塔此是世尊在世時塔也時諸比丘亦請世尊髮持行不知云何安處佛言聽安金塔等不知持行乃至肩上持行時諸優婆塞作是念若佛聽我等及世尊現在起塔者我

當起立佛聽作而不知云何作佛言應四方若八角若圓作不知何物作佛言應以甎石若木作一切如上法乃至地敷亦如上彼欲作幢四邊籬障及莊嚴供養佛一一皆聽幢作師子時諸比丘在世尊塔內宿乃至安佛塔在下房已在上房等二十六事緣發起佛皆云不應爾一一制之如下所列

目得迦云給孤長者請世尊曰我以如來髮爪造窣堵波若佛聽者我當營造佛告長者隨意應作不知云何作佛言始從覩史多天下生贍部化導有情乃至涅槃本生聖跡隨意應作（諸部咸缺此佛塔等事惟本部有制今詳錄者以防佛現在世有塔之疑據此以為證也）

【附考】十二因緣經云有八種塔並有露盤佛塔八重菩薩七重辟支六重四果五重三果四重二果三重初果二重輪王一重凡僧但蕉葉火珠而已輪王雖是一重比丘見之不得為禮以非聖塔故凡僧隨次應禮

涅槃經後分云佛塔高十三層上有輪相衆寶莊嚴辟支佛十一層羅漢四層亦以寶嚴飾輪王雖亦寶成無復層級未脫三界諸有苦故（輪相者僧祇律云佛造迦葉佛塔上施盤蓋長表輪相經中多云相輪以人仰望而瞻相也露盤即輪相名別爾）

不得藏財物置佛塔中除為堅牢故應當學（第六十一）

【釋義】緣處發起如上佛為結戒時諸比丘疑不敢為堅牢故藏財物著佛塔中佛復開聽乃第二制也（財物者謂衣具器物也若為貪積藏中則不可

以重已物而輕佛塔若供養塔及形像之物或僧祇物為守護堅牢不令有失權可藏舉

【結罪】其中所犯並餘四衆悉皆同前　不犯者為堅牢藏著或還者所執或命難梵行難及最初未制戒等

不得著革屣入佛塔中應當學第六十二

【釋義】緣處發起如上佛為結戒皮熟曰韋生曰革凡是皮履通名革屣也

【結罪】其中所犯並餘四衆悉皆同前　不犯者或時有如是病或為強者所執喚入塔中及最初未制戒等

【附考】第三分云佛在王舍城時瞻波城有長者子字守籠那其父母唯有一子甚愛念之生來習樂未曾躡地而行足下生毛時摩竭國王欲見之敕瞻波城主使諸長者各將兒來彼城主奉敕與諸長者將兒到已乞王以衣敷地守籠那行詣王所頭面作禮王見歡喜賜以金寶語言我已與汝現世利益世尊在耆闍崛山中汝可往禮覲問訊當與汝後世利益諸長者如教禮佛聞法得法眼淨受三皈五戒為優婆塞時守籠那求佛出家因父母不聽佛不許可彼還家以方便求其二親七日不食遂聽捨家為道於精進經行之處血流污地如屠殺處後得漏盡證阿羅漢果佛告守籠那汝生習樂不慣涉苦聽汝於寺內著一重革屣即白佛言我捨五象王出家為道或致人難言貪一重革屣世尊聽諸比丘畜者我亦當畜佛時默然可之即以是因緣集比丘僧為隨順說法無數方便

稱讚頭陀行少欲知足樂出離者告諸比丘聽為護身護衣護卧具故聽在寺內著一重革屣時諸比丘著一重革屣不久便穿壞聽以樹皮若皮補之當以縷縫聽畜錐若在邊國多瓦石聽著兩重革屣以皮為卧具若得未治皮聽柔不聽一手捉革屣及鉢一切大皮不得畜謂師子虎豹獺野狸野狐黒皮等不得坐皮錦褥雜色卧具大小便洗足聽著革屣在和尚等前阿闍黎等前應偏露右肩脫革屣有所取與除在白衣舍及在道行若夜暮畏毒蟲聽著不應以皮作鉢並鍼線等囊若帽腰帶禪帶一切不淨可惡皮及皮器不應畜聽畜浮囊若住處有塵不得以皮作地敷

不得手捉革屣入佛塔中應當學 第六十三

【釋義】緣處發起其中所犯不犯並餘四衆悉皆同前（前既不聽著入彼復捉持而進故制革屣乃是履踐之物不淨所汙故亦不聽持入塔中也）

不得著革屣繞佛塔行應當學 第六十四

【釋義】緣處發起其中所犯不犯並餘四衆悉皆同前（繞有二種一路由塔邊過故繞一為表敬故繞此言繞者是路由邊過）

【附考】義淨律師云原西天致敬之儀有於多種或以禮拜為恭或復旋繞為敬禮則品列九等旋乃分於左右右繞為吉左繞為凶匝數則從一二三乃至百千隨各所表且如常行三匝者表供三尊止三毒淨三業然諸所表但不外於法數合乎聖教可爾而言九等者一發言慰問二俯首示敬三舉手高揖四合掌平拱五屈膝六長

跪七手膝踞地八五輪俱屈九五體投地凡斯九等極唯一拜跪而讚德謂之盡敬遠則稽顙拜首近則舐足摩踵凡其致詞受命褰裳長跪尊賢受拜必有慰詞或摩其頂或拊其背善言誨導以示親厚出家沙門既受敬禮唯加善願不止跪拜此方禮數乆乖智者宜當奉教勿順人情而虧聖制也

不得著富羅入佛塔中應當學（第六十五）

釋義 緣處發起其中所犯不犯並餘四衆悉皆同前梵語富羅此譯為短靿靴

會採 五分律云富羅不應深作鞾聽至踝上不得鞾如靴應開前

附考 寄歸傳云准如聖教若對形像及近尊師除病則徒跣是儀無容輒著鞋履偏露右肩衣掩左膊首無巾帕自是恒途餘處遊行在開非過若是寒國聽著短靴諸餘履屣隨處應用既而殊方異域寒煖不同准如聖教多有違處理可隆冬之月權可養身春夏之時須依律制履屣不旋佛塔數已先明富羅勿進香臺須之自乆然有違教之類即是強慢金言

不得手捉富羅入佛塔中應當學（第六十六）

釋義 緣處發起其中所犯不犯並餘四衆悉皆同前（前禁著入此制不得捉入也）

不得塔下坐食留草及食污地應當學（第六十七）

緣起 此有二制佛在舍衛國住祇陀園六羣在塔下坐食已留殘食及草污地而去有知足比丘嫌責白佛結戒與結戒已時諸比丘作塔已施食作房已施食衆集坐

處窄狹不敢塔下坐食佛言聽坐食不得留草及食汚地時有病比丘不敢留殘食草汚地佛言聽聚著脚邊出時持棄之乃第二制也

結罪 其中所犯並餘四衆悉皆同前　不犯者或時有如是病或時聚一處持出棄及最初未戒制等

不得擔死屍從塔下過應當學 第六十八

緣起 佛在舍衛國住給孤園六羣比丘擔死屍從塔下過護塔神瞋諸比丘中有樂學戒慚愧者嫌責六羣白佛結戒（死者盡也謂氣盡命終屍者故形也在牀曰屍在棺曰柩）

結罪 其中所犯並餘四衆悉皆同前　不犯者或從此道過或强力者所將去及最初未制戒等

附考 寄歸傳云死喪之際僧尼漫設禮儀或復與俗同哀將為孝子或房設靈几用作供尊或披黲布而乖恒或垂長髮而異則或拄哭杖或寢苫廬斯等咸非教儀不行無過理應為其亡者淨飾一房或可權施葢幔讀經念佛具施香花冀使亡魂托生善處方成孝子始是報恩豈可泣血三年將為賽德不餐七日始符酬恩者乎斯乃重結塵勞更嬰枷鎖從闇入闇不悟緣起之三節從使趣使詎證圓乘之十地歟然依佛教苾芻亡者觀知決死當日輿向燒處尋即以火焚之當燒之時親友咸萃在一邊坐或結草為座或聚土作臺或置甎石以充坐物令一能者誦無常經半紙一紙勿令疲久然後各念無常還歸住處

寺外池內連衣並洗其無池處就井浴身皆用故衣不損新服別著乾者然後歸房地以牛糞用塗餘並皆如故衣服之儀曾無片别或有收其設利羅（設利羅此翻身骨）為亡人作塔名為俱儸形如小塔上無輪蓋豈容棄釋父之聖教逐周公之俗禮號咷數月布服三年者哉（無常經出北藏孝字函南藏當字函）

不得塔下埋死屍應當學（第六十九）

釋義　緣處發起其中所犯不犯並餘四衆悉皆同前（埋者瘞也凡比丘身亡當依佛教四種瘞法謂焚燒水殯地埋棄林如此四法必依處所不可輒爾便為違乖聖教須當慎之）

附考　根本雜事云苾芻身死應可焚燒鄔波離白佛言如佛所說於此身中有八萬屍蟲如何得燒佛言此諸蟲類人生隨生人死隨死身有瘡者應觀無蟲方可燒殯無柴可得可棄河中若無河者穿地埋之地多蟲蟻可於叢薄深處令其北首右脇而卧以草稕支頭若草若葉覆其身上送喪苾芻可令能者誦三啓無常經並說伽陀為其咒願事了歸寺應可洗身若觸屍者連衣俱浴其不觸者但洗手足還至寺中應禮制底

不得在塔下燒死屍應當學（第七十）

釋義　緣處發起其中所犯不犯並餘四衆悉皆同前經律云荼毘或云闍維此翻為焚燒

不得向塔下燒死屍應當學（第七十一）

釋義　緣處發起其中所犯不犯並餘四衆悉皆同前（向者謂不得正對塔前而燒也）

不得佛塔四邊燒死屍使臭氣來入應當學

第七十二

釋義緣處發起其中所犯不犯並餘四衆悉皆同前前禁正向此制四面如來浮圖不淨豈容四方焚熏須覓僻靜處以燒化之可也

附考法華經云一切衆生喜見菩薩服諸香油焚身臂供佛用酬法乳弘恩光明徧照八十億恒河沙世界其中諸佛同聲讚善然以聖人見道理證性空三業純淨無諸雜穢雖焚肉身是名真法供養此則當爲凡流不淨是故遮止

不得持死人衣及牀從塔下過除浣染香熏應當學第七十三

緣起佛在舍衛國給孤獨園六羣持死人衣及牀從塔下過彼所住處神瞋諸比丘聞嫌責白佛結戒時諸糞掃衣比丘疑不敢持死人衣塔下過佛言聽浣染香熏已持過是故開除乃第二制也

結罪其中所犯並餘四衆悉皆同前　不犯者若或時有如是病若浣染香熏者及最初未制戒等

會採毘尼母云若得糞掃衣若水中久漬用純灰浣淨以奚黑伽香塗上然後得著入塔中衣著糞掃是慚愧頭陀浣染香熏乃淨潔無穢聖慈開聽得著入塔者一令貪好之流自厭一令頭陀之衆增修其意深矣

附考僧祇律云病時不服蒜不差者聽服服已不應繞塔若塔在露地者得下風遥禮

毘尼止持會集卷第十九

音義

搪突搪觸也　齗音銀齒根肉也　斟酌盞也　欠時欠伸即嚬伸也　狼

狽下音輩狼前二足長後二足短狽前二足短後二足長狼無狽不立狽無狼不行若相離則進退不得矣今取喻上年少比丘不相離上座出入也

嚩噍上音博下音集

嗗音宅飲聲

啜穿入聲同歠

蹲音傳腓腸也

齧音孽噬也

痤坐平聲小腫也

頰音劫面旁也

摡音戲又音蓋取也

屝音費

屩音覺

瘞音義埋也藏也

覩史多天即兜率陀天此翻知足涅槃經云此天欲界最勝故補處菩薩皆示生此天為教化眾生故

襜諂平聲衣之遮蔽前者

彊音强暴也

守籠那根本律云說籠挐此翻二百億瞻波城有長者豪貴晚得繼嗣時有報者輒賜金錢二百億因名其子聞二百億有云父聞歡喜施子金錢二百億二百億形貌端嚴人所希見足下毛長四指同黃金色增一阿含經云勇猛精勤堪任苦行所謂二十億比丘是

狸狐狸也

狐音呼獸名鼻尖尾大善為妖魅性婬多疑名山記云狐者先古之婬婦其名曰紫化為狐多自稱紫

獺灘入聲獸名形如小狗水居食魚正月祭魚獺不祭魚國多盜賊

韉音雍軌韉也

驂音慘淺青黑色

賽腮上聲報也

不悟緣起之三

節謂無明不覺生三細此業轉現次第而生故云三節

萃音悴聚也

咷音陶號咷哭聲也

稕肫去聲束悍也

毘尼止持會集卷第二十

清金陵寶華山弘律沙門讀體集

不得佛塔下大小便應當學第七十四

【釋義】緣處發起如上其中所犯不犯並餘四衆悉皆同前凡大小便應遠塔所在於常處不得處處漫為便利

【引證】優鉢祇王經云伽藍法界地漫大小行者五百世身墮拔波地獄後經二十小劫常遺肘手抱此大小便處臭穢之地乃至黃泉

不得向佛塔大小便應當學第七十五

【釋義】緣處發起如上其中所犯不犯並餘四衆悉皆同前前制不聽塔下此中雖遠塔處而不應在前對向須知塔影輪相乃如來衆德所聚人天瞻仰善神守衛宜加深敬可爾為比丘者豈得褻慢

不得繞佛塔四邊大小便使臭氣來入應當學第七十六

【釋義】緣處發起如上其中所犯不犯並餘四衆悉皆同前前制四方此中兼其四隅故曰繞也則塔之周圍勿論遠近皆不得汚穢使不淨之氣而熏褻也

不得持佛像至大小便處應當學第七十七

【釋義】准佛像例之則菩薩聲聞一切聖賢等像及三藏法寶皆不得持於穢處往來

【結罪】其中所犯並餘四衆悉皆同前　不犯者或道由中而過或强力者所持呼去及最初未制戒等

不得在佛塔下嚼楊枝應當學第七十八

不得向佛塔嚼楊枝應當學第七十九

不得佛塔四邊嚼楊枝應當學第八十

【釋義】此上三戒緣處發起其中所犯並餘四衆悉皆同前　不犯者或為大鳥啣置

塔邊或為風吹去及最初未制戒等律云嚼楊枝有五利益一口無臭氣二能別味三不增益熱癊四能引食五眼明若不嚼有五過反上可知

會採十誦律云佛前和尚阿闍黎一切上座前佛塔前聲聞塔前俱不得嚼楊枝嚼者突吉羅同歲比丘前不犯

律攝云嚼頭寸許令使柔輭然後徐徐揩齒齗牙皆使周徧

僧祇律云若楊枝難得者當截所嚼處棄之洗已殘者明日更用

寄歸傳云每日旦朝須嚼齒木揩齒刮舌務令如法盥漱清淨方行禮敬若其不然受禮禮他悉皆得罪

不得在佛塔下洟涶應當學第八十一

不得向佛塔洟唾應當學第八十二

不得塔四邊洟唾應當學第八十三

釋義此上三戒緣處發起佛為結戒如前洟唾者乃身中流液不淨從鼻出曰洟從口出曰唾凡為洟唾當在屏處仍須彈指謦欬而棄若老病者聽安唾器然於僧房且禁不汚況乎佛塔而不嚴慎

結罪其中所犯並餘四衆悉皆同上　不犯者或有如是病或大鳥啣置塔邊或爲風吹去及最初未制戒等

會採根本雜事云寺中四角柱下各安唾盆雖聽安置以備衆用然須葢掩不宜恒現

不得向塔舒脚坐應當學第八十四

釋義緣處發起如前佛爲結戒舒脚者乃縱情放逸大失威儀全無畏敬故爾禁之

結罪其中所犯並餘四衆悉皆同前　不犯者或時有如是病若中有間隔或爲强者所持及最初未制戒等

第四分云若僧伽藍內塔滿聽在中間舒脚坐（西域比丘凡得向果者涅槃皆收靈骨以建制底於寺供養故爾伽藍塔滿也）

不得安佛塔在下房已在上房住應當學（第八十五）

【緣起】佛在拘薩羅國遊行向都子婆羅門村爾時六羣比丘安佛塔在下房已在上房諸比丘聞嫌責六羣白佛結戒（上房有二種一者處所高顯為上二者妙好嚴麗為上下房亦有二種一者處所低下名下二者麤弊名下亦可以指重樓為上房）

【結罪】其中所犯並餘四衆悉皆同前　不犯者或時有如是病持如來塔在下房已在上房住或命難梵行難及最初未制戒等

第四分云六羣安如來塔置不好房中已在上好房中宿佛言不應爾應安如來塔置上好房中已在不好房宿（此言妙好嚴麗為上房）彼安如來塔置下房已在上房宿（此言重樓為上房）佛言不應爾應安如來塔在上房已在下房中宿　彼共如來塔同屋宿佛言不應爾有比丘為守護堅牢故而畏慎不敢共宿佛言聽安杙上若頭邊而眠　彼腋下挾如來塔行反抄衣纏頸裹頭通肩披衣著革屣擔如來塔佛言不應爾應偏露右肩脫革屣若頭上若肩上擔如來塔行

【附考】僧祇律云起寺時先規度好地作塔處應在東應在北僧地佛地不得相侵不得使僧地流水入佛地佛地水得流入僧地塔應在高顯處作不得在塔院中洗染曬衣著革屣覆頭覆肩涕唾地不得塔池

中浣衣洗浴浣手面洗鉢下頭流出水得隨意用

人坐已立不得爲說法除病應當學第八十六

釋義 緣處發起如上佛結戒已時諸比丘疑不敢爲病人說法故開除病乃第二制也下皆准此說法者以法自尊不爲利養而弘化聽法者信樂至誠因聞解義而入理斯則兩皆獲益若說者聽者二俱失儀則彼此招過故佛大慈一一禁之

結罪 其中所犯並餘四衆悉皆同前 不犯者或有如是病或爲王王大臣捉去及最初未制戒等

會採 僧祇律云若放恣諸根立爲無病坐人說者越學法 若比丘爲塔事爲僧事詣王若地主彼言爲我說法不得語令起恐生疑故若邊有立人者卽作意爲立人說雖王聽比丘無罪

人卧已坐不得爲說法除病應當學第八十七

釋義 緣處發起其中所犯不犯並餘四衆悉皆同前卧者偃卧也縱身慵傲全無信敬故爾不得爲說

人在座已在非座不得爲說法除病應當學第八十八

釋義 緣處發起所犯不犯並餘四衆悉皆同前座者乃正座也非座者不正座也乃至木枯土塼並地下皆攝非座

人在高座已在下座不得爲說法除病應當學第八十九

釋義 緣處發起其中所犯不犯並餘四衆悉皆同前高座者僧祇律云高有二種高大名高妙好者亦名高准義則下座例可分二卑小名下麤弊者亦名下

引證 善見律云世尊訶責六羣云何自在下人在高而爲說法佛語比丘往昔於波

羅奈國有一居士名曰車波迦其婦懷姙思菴羅果夫曰此非菴羅果時復思云唯王園中有夫夜入王園偷取未得明相出不得出園卽於樹上藏住時王與婆羅門入園欲食菴羅果婆羅門在下王在高座婆羅門爲王說法偷果人在樹上心自念言我今偷果事應合死我今得脫我無法王亦無法婆羅門亦無法何以故我爲女人故而偷王果王猶憍慢故師在下自在高座而聽法婆羅門爲貪利養故自在下座爲王說法我與王婆羅門相與無法我今得脫卽下樹向王說偈云一人不知法一人不見法教者不依法聽者不解法爲食粳米飯及諸餘餚饍是爲餐食故我言是無法爲以名利故毀碎汝家法我爲凡人時見人在上說法者在下言其非法何況我今汝諸弟子爲在高人說法而自在下時偷果人者卽如來是

人在前行已在後行不得爲說法除病應當學第九十

釋義緣處發起其中所犯不犯並餘四衆悉皆同前若在道行而人前已後此中除病准義應是說者或眼目失明或身足有疾須人相牽故爾在後說法或強力者將去於行次間教令說法比丘故在後也

會採僧祇律云若比丘眼患前人捉杖牽前爲說無罪

人在高經行處已在下經行處不應爲說法除病應當學第九十一

釋義緣處發起其中所犯不犯並餘四衆悉皆同前此中高有二種一者本自高二者壘石爲基所以顯高也經

行處者如佛聽作經行堂有五事利一好堪遠行二能思惟三少病四消餐食五得定久住

人在道巳在非道不應為說法除病應當學第九十二

[釋義]緣處發起其中所犯不犯並餘四衆悉皆同前道者正路也非道者乃左右之旁路也

不得攜手在道行應當學第九十三

[緣起]佛在舍衛國住給孤園六羣比丘攜手在道行或遮男女諸居士見巳皆譏嫌謂攜手道行如王王大臣豪貴長者諸比丘聞有樂學戒者嫌責六羣白佛結戒攜手者謂連手也比丘之儀不宜連手在道並行也

[結罪]其中所犯並餘四衆悉皆同前　不犯者或時有如是病或有比丘患眼闇須扶接及最初未制戒等

不得上樹過人除時因緣應當學第九十四

[緣起]佛在舍衛國住祇陀林有一比丘在大樹上受夏安居於樹上大小便下樹神瞋恚諸比丘聞有知慚愧者嫌責白佛佛告比丘自今巳去不得樹上安居不得繞樹大小便若先有大小便大小便無犯故為結戒時有衆多比丘向拘薩羅國遊行於道中值惡獸恐怖上樹齊人不敢過上卽為惡獸所害故加除時因緣之語乃第二制也

[結罪]其中所犯並餘四衆悉皆同前　不犯者或命難梵行難及最初未制戒等此中兼制小衆為無開緣若為大僧取楊枝及華果等沙彌沙彌尼上樹無罪安居揵度云欲取樹上乾薪聽作鉤鉤取作梯取若繩取若樹通身乾聽上樹乾則無神依

故開

不得絡囊盛鉢貫杖頭著肩上而行應當學第九十五

【緣起】佛在舍衛國給孤獨園時跋難陀絡囊盛鉢貫杖頭肩上擔諸居士見已謂是官人皆下道避於屏處看之乃知是跋難陀故生譏嫌有知足者聞白佛結戒

【結罪】其中所犯並餘四衆悉皆同前　不犯者或爲强力者逼若被縛若命梵二難及最初未制戒等

第四分云不應背負物行除寺內有老比丘須杖絡囊聽與作白二羯磨此法於作持中明

人持杖不恭敬不應爲說法除病應當學第九十六

【釋義】緣處發起如前佛爲結戒時諸比丘疑不敢爲病人持杖者說法又開除病乃第二制也

【結罪】其中所犯並餘四衆悉皆同前　不犯者或爲王王大臣及最初未制戒等

【會採】僧祇律云若比丘在怖畏險道時防衞人言尊者爲我說法彼雖持杖爲說無罪

人持劒不應爲說法除病應當學第九十七

【釋義】緣處發起其中所犯不犯並餘四衆悉皆同前劒者檢也所以防檢非常也或有病心亂神虛怖畏者以劒防身爲說法開導安慰無犯下二戒亦爾

人持鉾不應爲說法除病應當學第九十八

【釋義】緣處發起其中所犯不犯並餘四衆悉皆同前鉾乃兵器之屬如鋋而作三廉也

人持刀不應爲說法除病應當學第九十九

釋義緣處發起等一一同前刀者有種種形亦防衛之器也

人持蓋不應爲說法除病應當學一百

釋義緣處發起等悉同上蓋者傘蓋也

會採僧祇律云種種能遮雨日者皆名爲蓋　若比丘爲塔事若僧事詣王若地主彼言比丘爲我說法不得令却蓋恐生疑故若邊有淨人應作意爲淨人說王雖聽無罪　若法師若律師風雨寒雪大熱時捉蓋爲說無罪此開法律之師者爲弘化功博時逢寒熱若爲顯異邀名以謀利養者豈同斯例所以有蓋方開無功不聽非一槩允也

第四分云跋難陀在道行持好大圓蓋諸居士見謂是王王大臣皆避道去不遠諦視乃知比丘佛因是譏嫌故制不聽持亦不應畜　有諸比丘天雨時往大小食上若布薩時雨漬衣壞聽護衣故在寺內持以樹皮若葉若竹作蓋　不應捉王大圓扇若得已成者聽受與塔　若患熱聽以樹葉若枝若草若衣作扇衣謂衣財乃布帛也　鼻中毛長聽以鑷拔　若爪極長如一麥應剪　不應綵色染爪　不應以剪刀剪鬚髮　應鬚髮盡剃　髮極長長兩指若二月一剃　不應梳鬚髮　不應油塗髮　不應畫眼臉患眼痛聽著藥　不應以鏡若水照面若面患瘡著藥聽獨在一房以水若鏡照根本雜事云若爲觀瘡或窺昔時老少形狀者覽鏡無咎　不應著耳璫耳環頸瓔臂脚釧指環指印　不應作鉛錫腰帶　不應用五色線絡腋繫腰臂

十誦律云聽載犍牛車當使餘人御不得

自御梳頭刷頭突吉羅　頂留少髮突吉羅留髮令長突吉羅若阿蘭若比丘長至二寸無罪　若頭有瘡當以剪刀剪手摩鬚髮突吉羅　洗脚時不得共他語 七衆學法竟

八七滅諍法 諍者第三分中佛言有四種諍一言諍二覓諍三犯諍四事諍云何言諍若比丘共比丘諍言引十八諍事法非法律非律犯非犯若輕若重有殘無殘麤惡非麤惡常所行非常所行制非制說非說若以如是相共諍言語遂彼此共鬬是爲言諍 僧祇律名相言諍律攝名評論諍 云何覓諍若比丘與比丘覓罪以三舉事破戒破見破威儀見聞疑作如是相覓罪是爲覓諍 僧祇律名誹謗諍五分律名教誡諍律攝名非言諍 云何犯諍犯七種罪波羅夷僧殘墮罪悔過法偷蘭遮突吉羅惡說是爲犯諍　云何事諍言諍中事作覓諍中事作犯諍中事作是爲事諍

滅法者言諍以二毘尼滅謂現前多人語或一毘尼滅謂現前　覓諍共四毘尼滅謂現前憶念現前不癡或現前罪處所 罪處所即覓罪相 犯諍共三毘尼滅謂現前自言治或現前草覆地　事諍以一切毘尼滅隨所犯 一切者即七種滅法也隨所犯者謂於言覓犯三諍中隨作何諍之事即隨事與法也 令以所起之四種諍能滅之七種法合而爲名故云七滅諍法也若准犯結罪正攝第五波逸提爲順戒相是以科列第八也

十誦律云有六諍本 本即因也 一瞋恨不語二惡性欲害三貪嫉四諍曲五無慚愧六惡

欲邪見是爲六也

僧祇律云比丘成就五法能滅諍事知是實非是不實一是利益非不利益二得伴非不得伴三得平等伴非不平等伴四得時非不得時五

現前滅諍法第一

應與現前毘尼當與現前毘尼

緣起佛在舍衛國給孤園迦留陀夷與六羣在河中浴浴竟先上岸著六羣衣謂是已衣不看而去六羣上岸不見衣即謂彼偷去彼不現前便作滅擯羯磨迦留陀夷聞已有疑以此因緣白佛佛問汝以何心取答言謂是我衣不以賊心取佛言無盜心不犯不應不看衣而著不應人不現前而作羯磨自今已去爲諸比丘結現前毘尼滅諍

釋義律云現前者謂法毘尼人僧界也云何法現前所持法滅諍者是（謂滅諍時現前有所受持之七滅諍法可據）云何毘尼現前所持毘尼滅諍者是（謂現前有所持學之毘尼藏滅諍非捨正義而用餘滅）云何人現前言義往返者是（謂諍者滅者現在前言義往返問答）云何僧現前同羯磨和合集一處不來者囑授在現前得訶而不訶者是（反此為不現前）之云何界現前在界內羯磨作制限者是（謂四方唱相曰二作法已僧局法食出入有限）應與當與者（應者料度也當者理合如是也若明止作臨機秉御先須料度得宜然後准事施法若不當與而與者背由罔諳毘尼不先稱量縱強施功無益招咎豈但滅諍之法應與當與凡一切作持亦復如是）

若一比丘在一比丘前好言教語如法如毘尼如佛所教彼作如是言此是法是毘

尼是佛所教彼即勸諍者而云是法等乃信其言教心欲捨也復語云汝當受是忍可此句正是善能滅諍者誡令息諍勸其衆僧和合也若作如是諍事得滅是爲言諍以一滅滅現前毘尼不用多人語也

【結罪】若比丘諍事如法滅已若更發起者波逸提若後來比丘新受戒者謂是初諍若更發起者波逸提

若一比丘爲二比丘爲三比丘及爲僧亦如是

若二比丘爲一比丘爲三比丘及爲僧亦如是

若三比丘爲二比丘爲一比丘及爲僧亦如是

若僧爲一比丘爲二比丘爲三比丘及爲僧亦如是是中現前義若能滅者四人已上其法毘尼人僧界五種一不現前則不名現前毘尼也若能滅者或但二比丘三比丘一比丘唯以法毘尼人三種現前僧界二種不現前亦名現前毘尼也　上所明者是本處僧中滅法下復明異住處僧中滅法然往異處復有中途滅法及到彼處滅法由言諍難滅現前事繫是以依律詳録

若諍比丘不忍可僧作如是滅聞異住處有好僧好上座智人彼比丘以此諍事故應往彼住處若在道路能得如法如毘尼如佛所教滅諍者是爲言諍以一滅滅爲現前毘尼不用多人語

若道路不能得如法滅至彼僧中上座有智慧人前作如是言我此諍事如是起如是實因是好僧作如是滅我不忍可是故來至長老所善哉長老爲我如法如毘尼如佛所敎滅此諍事若長老能爲我等滅此諍事者我等當於長老前捨此諍事若

長老不能如法如毘尼如佛所教滅此諍事者我自在作諍更令罪深重諸比丘住止不安樂彼諍比丘應如是在僧前捨諍事此僧應語彼言長老諍事若如是起如實如所因起如彼衆僧滅諍若能如實說者我等當量宜能滅此諍不若不如實說此諍事更深重非法非毘尼非佛所教諍事不得滅諸比丘不得安樂住彼僧應作如是受諍已應斷決若彼諍比丘是下座者應語言小出我等自共平此事如法律教若比丘是上座者僧應白避至餘處共平斷僧作是念我等若在僧前平此事恐更有餘事起令彼此善惡言說不了我等寧可與諸智慧人別集一處共平此事即應作白平斷此事此是作持中单白羯磨綱目內所列簡集智人法作前方便已白云

大德僧聽若僧時到僧忍聽僧今集諸智慧者共別平斷事白如是

白已平斷若比丘有十法者應差別平斷一持戒具足二多聞三誦二部毘尼極利四若廣解其義五若善巧言語辭辯了了堪任問答令彼歡喜六若諍事起能滅七不愛八不恚九不怖十不癡斷事比丘中有不誦戒者不知戒毘尼便捨正義作非法語者僧應白遣此比丘出應如是白此是作持中遣不誦戒者出单白法

大德僧聽彼某甲比丘不誦戒不知戒比丘便捨正義作非法語若僧時到僧忍聽僧今遣此比丘出白如是白已遣出

彼座斷事比丘中有誦戒不誦戒毘尼彼

捨正義說少許文僧應作白遣出應如是白此是作持中遣不誦戒毘尼者出单白法大德僧聽彼某甲比丘誦戒不誦戒毘尼彼捨正義說少許文若僧時到僧忍聽僧今遣此比丘出白如是白已遣出

若平斷事比丘中有法師在座彼捨正義以言辭力强說着僧應作白遣出作如是白此是作持中遣捨正義者出单白法大德僧聽此某甲比丘法師捨正法義以言辭力强說若僧時到僧忍聽僧今遣此比丘出白如是白已遣出

若斷事比丘座中誦戒誦毘尼順正義如法說僧應佐助之若彼僧不如法律教滅諍者此指前本處僧而言今僧應如法律教滅此指後異住處僧言若彼僧如法律教滅今此僧亦忍可此事此所謂律無二制滅法相應也僧應語彼諍比丘言若彼僧如法律教滅此諍事我等亦忍可此事如法滅諍今我等亦當作如是滅諍若作是得滅諍者是爲言諍以一滅滅現前毘尼不用多人語

結罪若比丘諍事如法滅已後更發起者波逸提若後來比丘新受戒者謂是初諍而更發起者波逸提與欲已後悔者波逸提此中因有關集人单白羯磨法所以同界住者必須依律與欲

若彼諍比丘不忍可第二僧作如是滅聞異住處有衆多比丘持法持律持摩夷共論也應往彼所若至中道能滅者是爲言諍以一滅滅現前毘尼不用多人語

若中道不能如法滅應到彼持法律論等比丘所言長老我此諍事因如是起如是

實因是起僧作如是滅第二僧亦作如是滅我不忍可故來至長老間善哉長老能如法律教滅此諍事者我當於長老間捨此事若長老不能如法律教滅我等便自在作諍更令罪深重諸比丘住止不安樂彼諍比丘應在衆多比丘前捨此事衆多比丘應語此諍比丘言若長老此諍事如實所因起如第二僧滅如實說說已捨諍我等當量宜能滅不若不如實說者此諍事自在作罪更深重諸比丘住止不安樂衆多比丘應作如是受諍受已決斷彼諍比丘若是下座若應語言小避我等欲平斷事若是上座者應自避餘處共平若彼僧不如法律教滅第二僧亦不如法律教滅衆多比丘應如法律教滅若彼僧及第二僧如法律教滅衆多比丘亦應忍可此事應語諍比丘言如彼僧滅諍我等亦忍可今當作如是滅諍是爲言諍以一滅滅現前毘尼不用多人語是中現前者法毘尼人如上

【結罪】若比丘諍事如法滅已若更發起者波逸提若後來比丘新受戒者謂是初諍若更發起者波逸提

若往一比丘持法律論住處及至中道亦如上

往二比丘持法律論住處及至中道亦如上

比丘尼同學

【會採】十誦律云現前毘尼有二種非法若非法者約敕非法者令折伏若非法者約

敕如法者令折伏　有二種如法若如法者約敕如法者令折伏若如法者約敕非法者令折伏

大乘比丘同學應善和鬬諍故

附考薩婆多摩得勒伽云十種不現前作羯磨一覆鉢二捨覆鉢謂俗人罵謗比丘等僧應與作羯磨不相往來然後自見過行隨順心求僧乞解僧應羯磨爲解捨即解也三學家四捨學家如悔過法中所明五作房謂以故廢寺地羯磨施與居士任其更爲僧修造房舍六沙彌謂擯惡見沙彌已上皆未受大戒人不得聞羯磨法故不須現前其二解及作房擯沙彌令在眼見耳不聞處立七狂謂無知故不須現前八不禮拜九不共語十不供養謂比丘非法觸惱比丘尼不得面治大僧唯遵佛制遥作此三種羯磨除是十法餘咸現前明矣於作持中詳顯

第四分云比丘以二十二種行知是平斷事人一具足持二百五十戒二多聞三善解阿毘曇毘尼四不與人諍五亦不堅住此事六應訶者訶然後住七應教者教然後住八應擯者擯然後住九不愛十不恚十一不怖十二不癡十三不受此部飲食十四不受彼部飲食十五不受此部衣鉢坐具針筒十六不受彼部衣鉢坐具針筒十七不供給此部十八亦不供給彼部十九不共此部入村二十亦不共彼部入村二十一不與作期要二十二亦不至彼後來後坐

僧祇律云有七事非他邏吔似他邏吔亦作闥賴吒薩婆多論云闥賴名地吒利名住智勝自在於正法不動如人住地無傾覆也何等七或有狂故不著此衆不著彼衆謂是他邏吔是最初非他邏吔似他邏吔如是心亂鈍癡病病故不著此衆不著彼

衆　復次或有人爲利故作是念若我著此衆失彼利著彼衆失此利是二俱不著　復次或有人得二衆利故作是念我爲得二邊利故不著此衆不著彼衆是名非他邏吔似他邏吔　有二他邏吔一者自護心見他是非作是念業行作者自知譬如失火但自救身焉知他事　二者待時見他諍訟相言作是念此諍訟相言時到自當判斷是二他邏吔共此衆法食味食亦共彼衆法食味食或請斷當事或不請而斷當事

十誦律云闥利吒比丘取諍時應以五事觀此中誰先來持戒清淨誰多聞智慧善誦阿含誰於師如法誰信佛法僧誰不輕佛戒　烏廻鳩羅比丘有十事僧應差（薩婆多論云烏廻名二鳩羅名平等心無二其平如稱）知諍來往處根本善知諍能分別諍知諍起因緣知諍義善滅諍滅已更不令起持戒清淨多聞多智　闥利吒比丘行有二十二法當知是利根多聞一善知事起根本二善分別事相三善知事差別四善知事本末五善知事輕重六善知除滅事七善知滅事更不起八善知作事人有事人九有教敕力十能使人受力十一有方便軟語力十二亦能使人受十三有自折伏力十四亦能使人受十五知慚愧十六心不憍慢十七無憍慢語十八身口意業無偏著十九不隨愛行二十不隨瞋行二十一不隨怖行二十二不隨癡行

憶念滅諍法第二

應與憶念毘尼當與憶念毘尼

【緣起】佛在王舍城沓婆羅子不犯重罪諸比丘皆言犯重罪問言汝犯重罪波羅夷僧殘偷蘭遮彼不憶犯便答言我不憶犯如是重罪長老莫數數詰問我而諸比丘故詰問不止彼作如是念我當云何諸比丘白佛佛言自今已去與諸比丘結憶念毘尼滅諍白四羯磨（此羯磨法於作持中詳明）

【釋義】律云憶念毘尼者彼比丘此罪更不應舉不應作憶念者是（憶者記憶也念者明記不忘也由諸比丘數數令其憶念不止佛聽僧作憶念毘尼已使諸比丘不得數數詰問故）作如是諍事滅是爲覓諍以二滅滅現前毘尼憶念毘尼不用不癡毘尼罪處所是中現前法毘尼人僧界如上

【結罪】若比丘諍事如法滅已後更發起者波逸提比丘尼同學

【會採】十誦律云憶念毘尼有三非法有比丘犯無殘罪自言犯有殘罪從僧乞憶念毘尼若與者非法應滅擯故　有比丘狂癡還得心從僧乞憶念毘尼若與者非法應與不癡毘尼故　有比丘有見聞疑罪自言我有是罪後言我無是罪從僧乞憶念毘尼若與者非法應與實覓毘尼（即覓罪相）有三如法有比丘被無根謗若人常說是事應與憶念毘尼　有比丘犯罪已悔除若人猶說是事應與憶念毘尼　有比丘未犯是罪將必當犯若人說犯是事應與憶念毘尼

薩婆多論云此法是守護毘尼五衆五篇盡與憶念必要白四羯磨小三衆不現前

不癡滅諍法第三

應與不癡毘尼當與不癡毘尼

緣起佛在王舍城難陀比丘癡狂心亂多犯衆罪後還得心諸比丘詰問不止以此因緣白佛佛言自今已去與諸比丘結不癡毘尼滅諍白四羯磨此羯磨法於作持中詳明

釋義律云不癡毘尼者彼比丘此罪更不應舉不應作憶念者是若如是滅者是爲覔諍以二滅滅現前毘尼不癡毘尼不用憶念毘尼罪處所是中現前如上五種

結罪彼比丘諍事如法滅已後更發起者波逸提比丘尼同學

會採十誦律云不癡毘尼有四種非法有比丘不癡狂現癡狂相問時答言我憶念癡故作一他人教我使作二憶夢中作三憶裸形東西走立大小便四是人乞不癡毘尼若與者非法　有四種如法有比丘實狂癡心顛倒問時答言不憶念一他不教我二不憶夢中作三不憶裸形東西走立大小便四是人乞不癡毘尼若與者如法

薩婆多論云此亦是守護毘尼五衆盡與不癡毘尼必要白四小三衆不現前

自言治滅諍法第四

應與自言治當與自言治

緣起佛在瞻波城十五日布薩時衆僧圍繞在露地坐初夜已過阿難起座禮畢白言初夜已過願世尊說戒世尊黙然阿難却座中夜後已過明相已出阿難復請世尊說戒佛告阿難衆不清淨欲令如來於

中羯磨說戒無有是處目連以淨天眼觀察衆中見彼比丘去佛不遠坐非沙門非淨行自言是沙門是淨行起座往彼比丘所語言汝今可起世尊知汝見汝出去滅去便捉臂牽出門外還白世尊衆已清淨願世尊說戒佛告目連不應如是若於異時亦不應如是令彼伏罪然後與罪不應不自伏罪而與罪自今已去爲諸比丘結自言治滅諍

【釋義】律云自言者說罪名說罪種懺悔者是云何治自責汝心生厭離者是五篇禁制爲之罪名也一一戒中所犯不同各有罪種也

若比丘犯罪欲在一比丘前懺悔應至一清淨比丘前偏袒右肩若是上座禮足胡跪合掌說罪名說罪種作如是言長老一心念我某甲比丘犯某罪今從長老懺悔不敢覆藏懺悔則安樂不懺悔不安樂憶念犯發露知而不敢覆藏願長老憶我清淨戒身具足清淨布薩如是三說受懺者應語言自責汝心生厭離答言爾　若作如是諍事滅者是爲犯諍以二滅滅現前毗尼自言治不用如草覆地是中現前者法毗尼如上人現前者受懺悔者是也

【結罪】若比丘諍事如法滅已後更發起者波逸提若欲二比丘前懺悔者唯異受懺者應先問彼第二比丘若長老聽我受某甲比丘懺者我當受第二比丘應言可爾餘詞同上　若三比丘前懺亦如是　若僧中懺者其受懺者應先作白餘詞同上更有八品小罪及心念責心等法此不繫於作持中詳明

比丘尼同學

【會採】十誦律云自言滅諍有十種非法若犯五篇罪自言不犯又不犯五篇罪自言犯　有十種如法若犯五篇罪自言犯若不犯五篇罪自言不犯

薩婆多論云自言滅諍法五衆有事及五篇戒有犯不犯事盡自言治而滅之

覔罪滅諍法第五

應與覔罪相當與覔罪相

【緣起】佛在釋氏國象力比丘喜論議共外道論得切問時前後言語相違於僧中問時亦復如是言語相違在衆中故作妄語外道譏嫌諸比丘白佛佛言自今已去為諸比丘結罪處所滅諍法白四羯磨（此羯磨於作持中詳明）

【釋義】律云覔罪相亦名罪處所云何罪處所彼比丘此罪與作舉作憶念者是（根本律作求罪自性　十誦律作實覔罪　勒伽論云實覔罪者先犯罪已發露後覆藏　五分律作本言治）若如是諍事滅是爲滅諍以二滅滅現前毘尼罪處所不用憶念毘尼不癡毘尼現前義如上五種

【結罪】若比丘諍事如法滅已後更發起者波逸提

比丘尼同學

律云有三非法與罪處所毘尼不作舉不作憶念不自言（有三如法反上即是）復有三非法無犯犯不可懺罪若犯罪已懺（有三如法反上是）復有三非法不舉非法別衆不作憶念非法別衆不現前非法別衆（三如法反上即是）

【會採】十誦律云實覔滅諍有五非法有比

丘犯五篇罪先言不犯後言犯若與實覓毘尼者非法應隨所犯治故　有五如法有比丘犯五篇罪先言犯後言不犯是人應與實覓毘尼

僧祇律云與覓罪相羯磨已此人盡壽應行八事一不得度人二不得與人受具足三不得與人依止四不得受比丘按摩五不得受比丘供給六不得作比丘使七不得次第差會八不得爲僧作說法人

薩婆多毘婆沙云此覓罪相是折伏毘尼一切五篇一切五衆盡與實覓毘尼白四小三衆不現前

多人語滅諍法第六

應與多人語當與多人語

〔緣起〕佛在舍衛國比丘共諍時舍衛衆僧如法滅諍彼諍比丘不忍可僧滅諍事聞異住處僧及衆多比丘住處滅諍皆不忍可（如現前毘尼中往返由現前毘尼不能滅故復制此法）便至佛所禮足已具白不忍滅諍因緣佛種種訶責已告諸比丘應求多人覓罪自今已去爲諸比丘結用多人語滅諍法

〔釋義〕律云用多人語者用多人知法者語聽行籌（薩婆多論云多覓毘尼者多求因緣斷諍謂廣尋三藏決了是佛非佛多處求斷謂徧詰諸僧伽藍處所是佛非佛從多處斷謂以如法籌者爲是所以行籌者以籌表語也）應差行籌人白二羯磨（此法於作持中詳明）有五法不應差有愛有恚有怖有癡不知已行未行反上爲五如法應差（十誦律云一切應和合集一處不得取欲）有三種行籌一顯露二覆藏三就耳語

云何顯露行籌若衆中雖如法比丘多然

彼和尚阿闍黎皆如法又上座智人持法持毘尼持摩夷皆如法説應顯露行籌應作二種籌一破二完應作白此即受差人於衆僧前正中而立手捧籌盤口白衆云作如是語者捉不破籌謂言是法是毘尼是佛所教者捉此不破籌作如是語者捉破籌謂言非法非毘尼非佛所教者捉此破籌行已應別處數於屏處先數所捉完破之籌多少其諍能滅不能滅唯行籌者審諳若法不審恐事增紛若如法語比丘多者彼應作白云作如是語者諍事滅此處准義加儀彼行籌者於衆中作是白已僧中上座應讚言善哉今諍已滅住止安樂諸長老一齊起座作禮三拜各歸本所勤修道業普衆作禮已散去若法語比丘少者卽應作禮已便起去應遣信往比丘住處僧中白言彼住處非法比丘多善哉長老能往至彼若如法語比丘多諍事滅功德多此比丘聞應往若不往如法治

若作如是諍事滅者是爲言諍以二滅滅現前毘尼用多人語現前義五種如上

云何覆藏行籌謂蓋覆非顯露籌盤而行使衆不見若衆中雖如法比丘多而彼二師不如法又上座智人等皆住非法若顯露行籌恐諸比丘隨二師上座等捉籌應覆藏行籌應作白作如是語者捉不破籌作如是語者捉破籌行已應別處數乃至此比丘聞應往若不往如法治　若作如是諍事滅者是爲言諍以二滅滅現前毘尼用多人語現前義如上

云何耳語行籌若衆中雖如法比丘多而彼二師非法説及上座等皆住非法應耳語行籌應作白作如是語者捉不破籌作如是語者捉破籌行籌時應稀坐間容一

人身小障翳（此爲行籌人便於曲身就耳語以遮障捉籌者令彼二師上座等不能見籌及聞聲故）語言汝和尚同和尚阿闍黎同阿闍黎親厚知識等已捉籌（此籌指不破者）言善哉汝亦當捉籌若如法比丘多諍事得滅功德多（此乃方便勸誘之令捉如法籌也）行捉已在一面數之乃至諍事滅功德多此比丘聞應往不往如法治

若作如是諍事滅者是爲言諍以二滅滅現前毘尼用多人語現前義如上五種

【結罪】若比丘行三種籌如法滅諍已後更發起者一一波逸提

比丘尼同學

律云有十種不如法捉籌　一不解捉籌於此諍事不決了不知是法非法乃至是說非說　二不與善伴共捉籌若比丘多聞持法持毘尼持摩夷不與作伴法非法乃至說非說　三欲令非法者多捉籌彼比丘作念此諍事多有如法比丘我今當捉非法籌令非法者多　四知非法多捉籌彼比丘作念此諍事非法比丘多爲非法伴捉籌　五欲令僧破捉籌彼作念此諍事如法者多我令捉非法籌令僧破　六知衆僧當破捉籌彼比丘知非法者多爲非法伴黨捉籌　七非法捉籌白二白四羯磨白異羯磨異　八別衆捉籌同一界羯磨不盡集應囑授者不囑授現前應訶者便訶　九以小犯事捉籌或念犯罪或不故犯或發心作如是捉籌　十不如所見捉籌異見異忍是爲不如所見（此十種中一一皆以越毘尼治之）有十種如法捉籌反上即是

會採十誦律云說如法者爲作長籌說非法者爲作短籌說如法者爲作白籌說非法者爲作黑籌說如法籌以右手捉說非法籌以左手捉先行說如法籌後行說非法籌一切僧應和合集一處不得取欲僧祇律云行籌訖若非法籌乃至多一者不應唱非法人多如法人少當作方便解坐或前食欲至者應唱令前食或後食時或浴時說法時說毘尼時隨應唱之若非法者覺言我等得勝爲我等故解坐我等令不起即要此坐決斷是事爾時精舍邊若有小屋無蟲者應使淨人故放火已唱言火起火起卽便散起救火乃往覓如法伴

附考五分律云若如法人多應白二羯磨滅之唱言　大德僧聽若僧時到僧忍聽僧今以多人語滅此諍事白如是

大德僧聽僧今以多人語滅此諍事誰諸長老忍僧以多人語滅此諍事者默然誰不忍者說僧已忍僧今以多人語滅此諍事竟僧忍默然故是事如是持

草覆地滅諍法第七

應與如草覆地當與如草覆地

緣起佛在舍衛國諸比丘共諍多犯衆罪非沙門法亦作亦說出入無限後諸比丘作是念我曹若還共問此事或能令此諍轉深重經歷年月不得滅令僧不得安樂住以是白佛佛言應滅此諍事自今已去爲諸比丘結如草覆地滅諍法

釋義律云草覆地者不稱說罪名罪種懺

悔者是（五分律云草布地者彼諸比丘不復說鬬原僧亦不更問事根本）彼一衆中有智慧堪能比丘從座起偏露右肩右膝著地合掌作如是言　諸長老我等此諍事多犯衆罪非沙門法言無齊限出入行來不順威儀若我等尋究此事恐令罪深重不得如法如毘尼如佛所教諍事滅令諸比丘住止不安樂若長老忍者我今爲諸長老作如草覆地懺悔此罪

第二衆中亦如是說（彼兩衆比丘各向大衆說已俱還本座）　彼諸比丘應作如是白（即此衆中能羯磨者坐白此法是作持中之草覆地單白羯磨法也）

大德僧聽若僧時到僧忍聽僧今此諍事作草覆地懺悔白如是

白是已作草覆地懺悔是一衆中有智慧堪能者（仍是前人）從座起右膝著地合掌作如是白諸長老我今此諸諍事已所犯罪除重罪遮不至白衣家羯磨若諸長老聽者爲諸長老及已作草覆地懺悔（此處宜會十誦五分用之以法喻雙明則草覆地之名愈顯矣推本律義足文缺故當補）第二衆亦應作如是說（是中言除重罪等者謂一切因諍所犯波逸提突吉羅惡說等罪以草覆地懺悔悉皆除滅唯除前二篇及遮不至白衣家羯磨此則或擯或治不以草覆地而能同懺解也）　若作如是諍事滅者是爲犯諍以二滅滅現前毘尼草覆地不用自言治現前義如上

【結罪】若比丘諍事如法滅已後更發起者波逸提

比丘尼同學

【會採】十誦律云草覆地有二義一鬬諍數起諍人亦多其事轉衆推其原本難可知處佛聽布草除滅如亂草難可整理亂來

棄之二者有德上座勸諭諍者使向兩衆羊皮四布悔過即五分律所謂皆舒手脚伏地今云羊皮四布者是喻也兩衆者各有所助故令各在一處此謂會集作法皆令兩分各衆

五分律云若有比丘鬬諍相罵作身口意惡業後欲於僧中除罪作草布地悔過應三乞已皆舒手脚伏地向羯磨者一心聽受彼爲白四羯磨

又十誦律云有五事諍難滅不求僧斷一不信佛語二不如法白三二衆諍心不息四所犯不求清淨五反上五事者易滅

根本目得迦云有二苾芻共生瑕隙種種異言互相讟謗於此二人應信持戒者若二俱持戒應信多聞者若二俱多聞應信少欲者若二俱少欲應信極少欲者若二俱極少欲而生瑕隙無有是處此顯凡情未盡習氣全存遇境逢緣寧不嚴慎若無欲情亡則是非絕諍

八七滅諍法竟

毘尼止持會集卷第二十

音義

都子婆羅門村五分律云都夷婆羅門聚落在拘薩羅國界舍衛大城西北六十餘里元是迦葉佛本生之處也

菴羅果亦云菴婆羅亦云菴摩羅舊翻爲奈新翻難分別其果似桃非桃似柰非柰又生熟難分

鋋音禪小矛也

臉音檢目上下臉也

栿音亦櫪也門中櫪爲閫又木段卽栿也曲禮云大夫士入君門由闑右闑音孽

曇無德部四分律刪補隨機羯磨

唐京兆崇義寺沙門道宣　撰集

清金陵華山後學比丘讀體　續釋

清刻龍藏佛說法變相圖

敘

夫戒爲通修之元基者由其能淨無量之染業能立無量之梵行故若無戒德則染心何以皎潔梵行何以克成故云戒爲無上菩提本應當一心持淨戒然持戒之心要唯二轍一止持二作持止持則自唐迄今代有人弘作持則數百餘載寂無提舉余自乙亥春納戒潤州恒侍先老人輔化諸方每以作持扣請老人云汝既志存毘尼願維絶紐藏内有曇無德部删補隨機羯磨迺南山律祖之所撰集事法兼備誠爲典型但以久湮卒難力振俟汝異日爲衆闡揚於戲諄諄師訓尤在耳也至乙酉夏老人掩室委付棲山念顧命之難違感慈恩之當報焚膏繼晷窮律部之奥微率衆躬行闡羯磨之洪範是制必遵干

非即華但羯磨藏本有綱目列而法不全復有文句古而義不顯因憐初學臨卷罔措故余依律廣其事法釋其隱微題云毗尼作持續釋使諸展卷成壞了然所冀同志諸仁知止作明是非臨事稱量應爲當爲共沐戒海而盡浣凡心俱踐道階而紹繼聖種又豈例圖銜虛談空盈卷軸哉

時

康熙乙巳歲前安居日毗尼後學滇南讀體識於金陵寶華山之觀西軒

毘尼作持續釋

凡例

一律制羯磨一切僧事依之成就若靡羯磨作辦不成故律云有秉羯磨有説行者斯則名爲正法住世又曰不誦白羯磨者終身不得離依止是知比丘要務莫先於此宜勉攻持

一羯磨諸法始緣隨事漸制後因結集類分揵度雖斂用討文浩若不精徹非過難逭上古諸大律師匡維正法嚴淨毘尼者咸皆從廣採畧恒誦不遺今藏中曇無德部有三集其二未融諸部法儀欠備唯南山宣祖撰集删補隨機羯磨四卷於對首心念會取他宗僧法羯磨具如本部施法應事隨機准義加儀便用有異餘二故今特紹行持

一詳稽原卷前列綱目百八十四法合復畧六十有五既云補集鈌意爲何及至文中贅曰縱舒撰次非學不知徒廢時功未辨前事故闕而不載必臨機秉御大鈔詳委嗟夫大鈔世沒覓訪絶聞是故研窮廣部校讐作持應准目續法者上標一續字應依律釋義者上標一釋字應顯過出非者上標一非字應附證及便行者上標一附字若無續釋非附四科悉是藏卷原文凡秉白之法皆書頂格餘下一字俾明古本以別新續儻讀懷疑請閱北藏存字函昭然可據别集戒相題曰毘尼止持會集若彼應秉白羯磨者咸示於作持中詳明爲分

止作故不相兼今此卷内原題如舊外權更云毘尼作持續釋以便簡討一宗紹作持本欲重光息熖必也前行後效故體躬操二十餘年稿成不速刋行者爲令依學練知見聞堅信今已信樂欽行故爾壽梓流布將來藉此以報佛恩用酬師德若受具已一徃不知由失所傳學而不行其過何辭設未受具者窺閱律部理當誠訶如謂律法先知而後受具此則以毒飮人寧不愼歟

曇無德部四分律删補隨機羯磨原序

釋此原序分三　初明如來出世說法制戒之由　二明滅度教法流傳分律之端　三明撰集羯磨删補隨機之意

○今初

原夫大雄御寓豈惟拯拔一人

【釋】原夫二字是推原發語之詞寓者天地四方爲之曰寓大雄者乃讚佛因修萬行斷五住煩惱二死永亡果證十號滿兩足莊嚴三身圓現應迹示成道於中天居無上法王之極位故云大雄御寓然佛御寓統化三千大千世界本爲普度衆生咸令解脫豈惟拯拔一人而出現世間拯謂救昏迷之失性拔謂濟滯溺之沉流此明化利之廣也

大教膺期總歸爲顯一理

（釋）大教者釋迦世尊五時說法三百餘會為之曰一大時教膺者當也期者從旦至旦復其時也然雖教設五時言詮半滿皆是善巧以就三根當其時宜而為說法至於一期佛事將終演妙法華則無二三令捨化城直趨寶所總收權小並歸大乘為顯一實相理此明說法之妙也

但由羣生著欲欲本所謂我心故能隨其所懷開示止心之法

（釋）此申明開權之意也如來不即說一佛乘而等濟之必先以權教攝化者但由羣生迷真已久癡無正智貪欲深著難語大法諦審貪欲之本所謂第六意識妄執我故我執有二一俱生我謂凡夫於色受想行識五蘊法中强立主宰妄執為我與身俱生名曰俱生我執二分別我謂於計我法中分別我能行善行惡等事而起執著名曰分別我執因執二我引生煩惱作種種業繫縛生死不能解脫唯佛智知之觀諸衆生種性樂欲故能隨其所懷而開示止心之法也

然則心為生欲之本滅欲必止心元止心由乎明慧慧起假於定發發定之功非戒不弘是故特須尊重於戒

（釋）此明斷證非戒無託也止者止息情慮澄靜昏煩元即本也謂第六識心既為生欲之本若滅貪欲必止息此心澄靜情煩以空慧觀照了知五蘊無我俱生分別不執則十使頓除永斷欲本證無我理名曰生空觀亦名人空所以止心由乎明慧然此真

明空慧乃自性德用非正定之力莫能現起定力弘大非淨戒之功莫能發生是故特須尊重於戒

故經云戒爲無上菩提本應當一心持淨戒

釋此引華嚴經爲證明特尊於戒也無上菩提四字乃華梵雙舉梵語具云阿耨多羅三藐三菩提阿耨多羅翻云無上三藐翻云正三翻云等菩提翻云覺無上是理正等覺是智正謂正中即一切種智寂滅相等謂平等即行類相貌如實知故然此極果理智非亞位所獲唯佛與佛乃能證知今以引證此者謂非獨人天樂報權乘取果功唯在戒即諸佛如來圓滿萬行所證無上菩提亦以戒爲本因凡諸真修行者應當一心奉持淨戒而云一心者斯有

大小之别大乘一心持戒者是自性戒真如不變本無染淨真如隨緣修證不無所謂已知法性無染污隨順修行尸羅波羅蜜是稱性起修全修在性之旨也聲聞乘一心持戒者是别解脱戒憑師秉受識相護體少有染污即干聖制若心不專一精窮律學則名相茫然持犯焉曉貪欲之念易興我執之妄難除縱有禪定智慧非淨戒所發真無漏故必落魔邪是以引經爲證復恐大小混糅不明持戒之心故下文示其嚴持身戒之宗也

持戒之心要唯二轍止持則戒本最爲標首作持則羯磨結其大科後進前修妙宗斯法故律云若不誦戒羯磨盡形不離依止

釋要謂宗要也轍乃車輪所輾之跡若依

第六識心起三毒煩惱則成染根本是生死因若依之修三無漏學則成淨根本是出世因今就此心持戒而論宗要唯二猶車兩輪合轍方能任載至遠偏則難免折軸之憂持戒止作並行庶幾塵勞逥脫昧則反招違破之苦今人受戒欲淨而多染者良由未明二持之宗故示云止持則戒本最爲標首者止謂禁止身口不造諸惡則四分戒本最爲詳備名標五篇類分六聚隨業心輕重定犯相開遮乃比丘淨身樹德之首務也作持則羯磨結其大科者作謂作辦事法不越毘尼准事大畧一百八十有四約法量度僧數衆多一人總收羯磨以結大科更無有餘是比丘施造成濟之秘術也然斯止作已往賢聖奉持而早獲無漏未來僧伽依修而必紹聖種捨此通途則入道無由故云後進前修妙宗斯法向下結證顯宗有據故律云若不誦戒謂不攻習其止持若不羯磨謂不精練其作持二持罔諳佛訶啞羊故制盡生形壽不得離於依止唯聽人爲已師而不聽已師於人也

○二明滅度敎化流傳分律之端

自慧月西隱法水東流時兼像正人通淳薄初則二部五部之殊中則十八五百之別末則衆鋒亙舉各競先驅人或從緣法無傾墜

釋初二句法喻雙舉慧者如來以實智自證真理以權慧說法利生今在應迹利生邊論故但云慧也月取清涼解脫之義以喻如來於三界火宅中施清涼微妙法滌

除衆生熱惱令得解脱諸苦也月輪雖有東昇西沒之狀未曾離於太虚則隱而不隱佛應身雖有降生涅槃之相未曾離於真際則滅而不滅故云慧月西隱也如來在世教談權實言詮半滿乃至結集三藏法海汪洋浥潤五天恩波浩溢衍澤震旦故云法水東流也時兼像正人通淳薄者此二句嗟時世不古以起分律之端佛生周昭王甲寅年二月八日入滅於周穆王壬申年十二月十五日以入滅日爲始正法一千年像法一千年末法一萬年自漢明帝永平七年教法流入東土至唐高宗丁卯年則正法千年已過像法又經六百餘年矣既時不同於佛世故人亦非真淳體權達道之者由通澆薄致興異執自正法百十六年間阿育王治國時分裂毘尼以水投乳初則二部乃結集窟内窟外之分從此二部出生十八部其五部即十八所攝五百者大約言部類名數之多也詳釋如止持會集所明文中雖序三時其義所重在末因兩土傳持多沿譌故鋒者刀劍之芒也軍前鋒曰先驅若以此方律學論之則僧祇肇弘於曹魏四分濫觴於大唐中歷晋宋齊梁隋代以來十誦五分俱有司持而諸部繼宗者不無矜己抑他致令諍鋒互舉各欲爭競先驅以顯化導之勝在人或可從緣易攝於法自無傾隆廢興

然則道由信發弘之在人人幾顛危法寧澄正

釋弘者大也此有二義一能弘二所弘能弘之人有二一自持二轉化所弘有四謂教理行果上就理法而論則理法湛然故無傾墜廢興此依教行而言則信智無偏方可弘道若能弘之人知見尚且顛危所弘之法寧得無紊而保其澄正

所以羯磨聖教綿歷古今世漸增繁徒盈卷軸考其實錄多約前聞覈其宗緒無本據師心制法者不少披而行誦者極多輕侮聖言動絓形綱

釋此申明人法不能澄正之義也世有二論一以王者易姓受命爲一世二以師資相傳爲一世羯磨自佛金口親宣僧伽依奉行持乃至歷於大唐古今不絕咸尊藏文世有撰集漸增繁雜既無益裨於成濟之功但徒勞盈其卷軸而已向下出陳增繁無益之過考其實錄多約前聞者謂若考究其錄實出何部則正制無憑多約聞前人口語即以爲是也覈其宗緒無本據者謂覈定其宗所尚何律則頭緒錯亂大畧因源流失傳無本可據也如是考覈師心妄制僞法者不少披覽不擇是非誦行者極多縱雖遇事彷行凡諸施爲莫不輕侮聖言自將身形投入非法羂網矣（絓音卦絓結羂也）增一中佛言比丘非制而制是制便斷如是漸令戒法毀壞而令多人不得利益作衆苦業蓋斯之謂也

皆務異同之見競執是非之迷不思反隅更增昏結致使正法與時潛地矣

釋此復申明動絓形綱之因以歎其法道

也務者專力於事以非制爲是制謂曰異見以是制爲非制謂曰同見同異即是非也不思反隅者此引儒書舉一隅以三隅反謂物之有四隅舉一以知三反者還以相證也佛制羯磨過有七非舉一非以六非反今不但愚反而且更增昏煩結惑迷障愈深致使如來正法與競執同異之時潛藏於地矣

故佛言若作羯磨不如白法作白不如羯磨法作羯磨如是漸令正法疾滅當隨順文句勿令增減違法毘尼當如是學慈誥若此妄指實難

釋此引第三分瞻波揵度以證不得增減羯磨當隨順如來所說文句違者犯越法毘尼罪當如是學者乃教誡之語慈者佛爲一切衆生大慈悲父誥者以上發下曰誥妄指實難者謂非制言制決無允肯之理也

○三明撰集羯磨删補隨機之意

昔已在諸關輔撰行事鈔其羅種類雜相畢陳但爲機務相訓卒尋難了故畧舉羯磨一色别標詮題若科擇出納與廢是非者彼鈔明之此但約法被事援引證據者在卷行用

釋准别傳云撰集此羯磨在唐太宗詔住崇義寺時撰行事鈔在唐高祖武德年間故言昔也諸關輔者關謂長安有四關唐都於内故稱關内亦名關中四關者東有函谷關南有嶢關西有散關北有蕭關輔者漢武帝立右扶風即鳳翔府扶風縣左馮翊即西安府同州京兆居中而爲三輔

今以漢唐兼稱其處故云諸関輔撰行事鈔者撰謂造也鈔謂謄寫也行事者乃律學所行等事其間羅列各分種類斂歸施爲雜相通塞俱已畢陳但爲機務决疑相扣訓答准律撰文其秉白聖教故未録載若夫作辦卒尋難了故畧舉羯磨一色别標能詮之題若今科内凡揀擇出入興廢是非者臨文並示彼鈔明之此但約一百八十四法以被時非時事皆引有證據者在卷行用則非同無據者可知矣

然律藏殘闕義有遺補故統關諸部撮畧正文必彼俱無則理通決例並至篇具顯便異古藏迹夫

〔釋〕律藏殘闕義有遺補者律藏二字單言本宗四分律藏然此四分律藏久於五印傳持緣尊者佛陀耶舍先在本國誦四分律後入東土不齎梵本而來姚主請譯流通耶舍口誦梵音佛念筆授成文殘闕者殘謂零落也闕謂減少也此有二論一結集法藏律無多部後因異見遂爾漸分既取捨非同則殘闕不無二譯傳此土翻梵成華筆授潤文擬或遺漏統關諸部撮畧正文者統謂總也關者要會也諸部者今藏中有摩訶僧祇部律四十卷薩婆多部律名十誦六十五卷彌沙塞部律名五分三十卷並善見薩婆多論等故云諸部其根本一切有部於後方來故爾不序南山宣祖慧見超羣弘振頹綱閱本藏文味諸揵度逢事當作義合秉法而羯磨不載難於應用故總會諸部若制有者撮取正文

以補其遺必彼俱無則理應通决准例餘法便其時機並至篇具顯由便於今故與古藏卷文迹有異於文末夫字乃語巳之辭

羯磨雖多要分爲八始從心念終乎白四各有成濟之功故律通標一號敢就其時用顯要者類聚編之文列十篇義通七衆豈今傳諸學司將以自明恒務也

（釋）此段乃分科謙結之文也謂聖制羯磨雖多其義大要分八一但心念羯磨二對首心念羯磨三衆法心念羯磨四但對首羯磨五衆法對首羯磨六單白羯磨七白二羯磨八白四羯磨而以後三爲本前五爲開若以五四爲本三二是開各有成濟之功者謂僧衆一人有異秉白辦事無殊但揀壞緣俱成利濟也敢就其時用顯要者敢謂勇敢乃進取之義就者從也准舍利弗問經中佛言摩訶僧祇部其味純正其餘部中如添甘露諸天飲之但飲甘露而棄於水人間飲之水露俱進或時消疾或時結病其讀誦者亦復如是多智慧人能取能捨愚癡之人不能分別今宣祖獨善採補遺軌准例闕範而南山律宗赫赫傳芳諸佛正法湛湛住世非如來所使孰能勇敢以符聖意哉編者次簡也篇者簡成章也豈今傳諸學司將以自明恒務者此二句乃謙結之文也豈者非然之辭司者主也今者即彼時諸司律學宗匠也謂斯羯磨豈因當今律司而輒撰集本欲將以自明無昧終身願爲恒務也此則德碩

而不矜學博而不負謙恭善導愍物情切皆由弘法之願深爾 畧釋原序竟

篇目

集法緣成篇第一
諸界結解篇第二
諸戒受法篇第三
衣藥受淨篇第四
諸說戒法篇第五
諸衆安居篇第六
諸自恣法篇第七
諸衣分法篇第八
懺六聚法篇第九
雜法住持篇第十

篇目終

曇無德部四分律刪補隨機羯磨卷第一

唐京兆崇義寺沙門道宣 撰集

清金陵華山後學比丘讀體 續釋

今釋此羯磨大科分三

初釋本題 次釋人題 三隨文續釋

○今初

曇無德部四分律

釋題中首標部名次出律者爲別他宗特顯本部故詳釋如止持會集所明茲不再繁

刪補隨機羯磨

釋刪者謂刪去緣起之繁撮取正制之法補者謂補足本部之遺准例餘軌之式若詳明刪補義如原序隨機者謂就其時用也梵語羯磨此翻辦事亦云作法若能如制秉白施造遂法皆有成濟之功故律總標羯磨乃作持之都名也然羯磨制宣廣長舌相博應聖凡捨之則涅槃無徑依之則菩提有基後進前修妙宗斯法宣祖撰集藏卷有四今新續釋文成十五卷茲當第一畧釋題竟

○次釋人題

唐京兆崇義寺沙門道宣撰集

釋唐者以別代世也李淵於隋煬帝十二年中封唐國公爲太原留守使後舉義兵入關中遥尊煬帝爲太皇立代王爲恭帝淵進爵唐王後受隋禪而有天下稱高祖國號唐也京兆者數名也十萬爲一億十億爲一兆十兆爲一京天子所居必以衆大而言者蓋輦轂之下聲名文物之所大

聚也故云京兆猶京都京師之稱即今陝西西安府是舊曰長安周秦漢晋以至隋唐並都於此崇義寺乃京兆之首刹今以京寺兼名者舉京令遠人知京是總名舉寺令近人知寺是別故沙門者是釋子之通稱謂勤修戒定慧息滅貪瞋癡識心達本源故號爲沙門道宣二字是律祖之尊諱祖乃隋吏部尚書錢申之子生於隋高祖開皇十六年九歲徧覽羣書十二歲善習文墨十五厭俗依智首律師受業十七落髮二十依智頵律師受具三衣唯布常坐一食唐高祖武德四年再依智頵律師習律性樂禪那期修正定武德七年晦迹隱於終南山紵麻蘭若始製行事鈔貞觀十九年奉太宗詔住持崇義寺玄奘法師翻經弘福筆授潤文推爲上首唐高宗永徽元年復居終南山乾封二年春天人報祖歸彌勒內院（乾封即高宗所改之號當永徽十七年）十二月三十日衆見天上幡花交列異香天樂天人同聲請祖覲彌勒上聞之詔天下寺院圖形奉祀後唐懿宗謚號澄照律師塔名淨光由其始終隱居終南故世多以南山律師稱焉自唐迄今律學咸紹其宗撰者述也造也集者聚也成也畧釋人題竟

毘尼作持續釋卷第一

音義

凡例（凡者大槩也例者比例也左傳序云發凡而起例也）斂（廉上聲收也聚也）討（尋也）逭（逃也）浩（浩浩大水貌況文言之深廣也）贅（附贅也）秉（窮究也）御（謂須宣佛制如宣人王之旨也）委（謂原委原泉所出也委流所聚也）研 校讐（兩本相對覆校如仇也）窺（小視也）搜（求也索也）足

滿也無次也**遂**隨去聲就也因也**博應聖凡**博者普也羯磨是法王嚴制普被僧徒縱是無漏聖僧殘質木謝或菩薩示跡僧倫莫不欽遵無敢違者**禪**蟬去聲傳與也**輦**連上聲步挽車**轂**音谷轂者車輪之正中而輻之所湊也**諱**生曰名死曰諱**孕**音亂懷姙也**頵**音均**諡**音示行之跡也謂行立號以易其名也自周公始古者卿大夫歿則君命有司累其功德爲文以表之謂曰謂行之諡故唐懿宗欽祖之德諡號澄照律師塔名淨光也謂同誄音磊**序五住煩惱**一一切見住地惑即三界分別見惑謂諸衆生由意根對法塵分別起諸邪見住著三界由二欲愛住地惑即欲界思惑謂諸衆生由五根對五塵境起貪愛心而於欲界住著生死三色愛住地惑即色界思惑由諸衆生不了此惑住著禪定不能出離四有愛住地惑即無色界思惑由諸衆生不了此惑住於禪定不能出離五無明住地惑即根本無明惑謂聲聞緣覺未了此惑沉滯真空住方便土方便土者謂修方便道斷見思惑所居之土也大乘菩薩方能除斷由餘惑未盡住實報土實報土者稱實感報也故名無明住地若總而言之則三界見惑爲一住三界思惑爲三住根本無明爲一住故云五住**二死**一分段生死分即分限段即形段謂六道衆生隨其業力所感果報身則有長有短命則有壽有天而告流轉生死故名分段生死二變易生死謂聲聞緣覺菩薩雖離三界內分段生死而有方便等土變易生死如初住爲因後位爲果又後位爲因後後位爲果以其因移果易故名變易生死**三身**身即聚集之義聚集諸法而成身也一理法聚即法身謂始從初住顯出法性之理乃至妙覺極果理聚方圓是理法聚名法身佛二智法聚即報身謂始從初住終至妙覺極果智聚方圓由智契理報得此身是智法聚名報身佛三功德法聚即應身謂始從初住終至妙覺極果功德聚方圓故能隨機應現種種說法度諸衆生是功德聚名應身也**汪洋**浩瀚深廣也**浥潤**上音邑溼潤也**溢**盈滿也**濫觴**上音爛下音商謂泉始流不過杯水泛濫而斷至橫流也**碩**音石大也

曇無德部四分律删補隨機羯磨卷第二

唐京兆崇義寺沙門道宣　撰集

清金陵華山後學比丘讀體　續釋

○三隨文續釋准原篇目大科分十

○集法緣成篇第一之一

【釋】一切所作事業因緣成就方可克辦今但云緣成不言因者緣謂人法事事内攝因故由先起心辦事後方秉白作法即以辦事之心爲因故立集法緣成冠之於首篇者編也出情鋪事明而徧也文列十篇

兹當第一

事法兼通大小𠫊降故前舉綱領未振毛目

【釋】初二句事謂僧事准律有二一者時事佛制比丘一年二十四次布薩每逢夏際九旬安居不得越前過後縱聽開緣亦有定期故名時事二者非時事除時事外一切成善治罰等事隨緣即辦不局時節故名非時事法謂一切羯磨葢法不孤起事不自辦法因事制事依法成舉事則兼法舉法則兼事也大謂二部大僧小謂下三小衆及近事男女𠫊者等也降者歸也今斯羯磨正爲大僧辦事撰集其居家出俗禀受歸戒及小三衆安居自恣等統歸於中以彰戒爲七衆修行之本因也故云事法兼通大小𠫊降次二句謂一百八十四種僧法羯磨成濟之功無殊秉白之用有别故前詳列俾其舉綱得目挈領全裳也綱乃舉網之總繩目乃網孔之細數綱雖大小不等一綱一綱已定孔雖多少不同

亦必各有其數此羯磨綱目亦復如是今文首標集法緣成篇之一名乃全部羯磨之總綱也一百八十四種羯磨及十如七非是全部微細之孔目也若隨法分類者舉單白羯磨爲綱所攝三十九法是其細目舉白二羯磨爲綱所攝五十七法是其細目舉白四羯磨爲綱所攝三十八法是其細目又若舉但對首羯磨爲綱所攝三十一法是其細目舉衆法對首羯磨爲綱所攝五法是其細目舉但心念羯磨爲綱所攝三法是其細目舉對首心念羯磨爲綱所攝七法是其細目舉衆法心念羯磨爲綱所攝四法是其細目也若隨事分類者如第二篇之名乃諸界結解之總綱十二白二羯磨結法十一白二羯磨解法是此一綱所攝之細目也至於後八篇其說亦然故云前舉綱領未振毛目毛謂微細又緣通成壞敎相須張並如後例義無紊亂也

釋成則如律如法壞則非律非法須者用也張者開也謂作白羯磨雖藉緣成方辦前事又復應知所集緣中通乎於壞若弗預研難明非過故准制敎成壞之相開列篇首庶幾臨境不昧以便察是揀非並如後文准例遵行義無紊亂

〇一僧法羯磨畧有一百三十四原本分科合三開八此云一者乃合三中之第一科也

佛言有三羯磨攝一切羯磨謂單白羯磨白二羯磨白四羯磨

釋此總標僧法文引增一揵度謂僧常所

行時非時事大畧有一百三十四法以此三種羯磨攝盡無餘故云一切所言白者有白不是羯磨有白即是羯磨准十誦律佛言白衆是事故名白（此是乞白如乞罪乞解等但名乞非羯磨是一人之私事也）有僧事初向僧說故名白（此是布薩自恣等先白僧知集於某處乃衆之公事也）白羯磨者受具足戒布薩說戒自恣等是名白羯磨（此謂單白即是羯磨也）白二羯磨者若白已一唱說是二羯磨白四羯磨者若白已三唱說是三羯磨並白爲四是名白四羯磨也

○單白羯磨畧有三十九法（此乃開八中之第一科也）

[釋]上總標名此下分列綱目也若原卷法目全者如舊列之若有綱目而無法者今隨類下云此法續入某篇俾知類斂有歸不致目法錯亂

三十中二十七受懺悔（謂三十捨墮中除雜野蠶綿作具自手捉錢寶種種賣買三戒餘二十七皆有受懺主單白法）　行鉢法　餘語法　觸惱法（已上三法續入第九篇中）　與剃髮法　與出家法　差教授法　喚入衆法

○對衆問難法　說戒和法　僧發露法　非時和合法　諍滅說戒法（上非時諍滅二法續入第五篇中）　自恣和合法　難事畧自恣法　修道增自恣法　諍事增自恣法　第二諍增自恣法　受功德衣和法　捨功德衣法（已上三增二衣法續入第七篇中）　第一增說戒法　第二增說戒法（此二增法續入第五篇中）　簡集智人法　斷事遣不誦戒不誦毘尼者出二法　遣捨正義者出一法　草覆地法（簡集乃至草覆等五法已於滅諍中明）　差往王城結集法　迦葉論法毘尼法　問優波離法毘尼

法　優波離答法　問阿難法毘尼法
阿難答法　七百中論法白　差比丘論
法白　正論法毘尼法　問一切去上座
白　上座答白　行舍羅應有白（此一法明於第六篇中）

釋 差往王城結集乃至阿難答法此六單白羯磨按五百結集云如來涅槃七日已大迦葉知之領五百比丘奔詣鶴林皆欲見佛未燒舍利於途次間聞跋難陀釋子在衆中語諸比丘言長老且止莫大憂惱啼哭我等今者得其解脱彼在時數數教我等是應是不應當作是不當作是我等今者便得自任欲作便作欲不作便不作大迦葉聞之不悦乃至鶴林禮佛足時世尊足還内棺中不現大迦葉哀歎説偈遶棺七帀火不燒自然大迦葉燒舍利已以先途中所聞因緣告其大衆我等今可共論法毘尼勿令外道以致餘言譏嫌沙門瞿曇法律若烟其世尊在時皆共學戒而今滅後無學戒者諸長老今可科差比丘多聞智慧是阿羅漢者結集法藏故有此六法　七百中論乃至上座答白此五單白羯磨按第四分云世尊涅槃後百歲毘舍離城跋闍子比丘行十事言是法清淨佛所聽謂足食已捨威儀不作餘食法得二指抄食食一足食已捨威儀不作餘食法兩村中間得食二在寺内得別衆羯磨三在界内別衆羯磨聽可四此作是已言是本來所作彼答言比丘知不應觀修多羅毘尼檢校法律五足食已捨威儀以酥

油蜜生酥石蜜酪和一處得食（六）得用共宿鹽著食中食（七）得飲闍樓羅酒（八謂黑酒也）得畜不割截坐具（九）得受取金銀（十）有耶舍伽那子比丘聞知不與跋闍子比丘同行即往諸國覓如法多聞廣解毘尼智慧上座問之以證是制非制得一切去上座是閻浮提中第一上座即居第一座三浮上座居第二上座離婆多上座居第三上座沙留上座居第四上座此四上座阿難皆為和尚一切去上座知僧事即作白差次平論有七百阿羅漢比丘在毘舍離城集論法毘尼離婆多上座問一切去上座答如是一一檢校乃至十事皆非法非毘尼非佛所教各下一籌復往僧中亦如是檢校令衆人知故有此五法然前六法是大迦葉准例聖制單白羯磨其後五法是遵效最初結集也佛世未制此事今無故不續入廣載律藏請閱自知

○白二羯磨（五十七法此乃開八中之第二科也）

作小房法　作大房法　差分臥具法（已上三法續入第十篇中）　差說麤罪法（續入第九篇中）　二十七還衣法　離衣法　減六年臥具法（離衣臥具二法是從僧乞求羯磨聽者續入第十篇中）　護鉢法（續入第九篇中）　差教授尼師法（續入第五篇中）　制不往學家法并解（此二續入第九篇中）　畜衆法（即與度人法也）　尼差求教授法　尼差自恣人往大僧中法　與外道住法（此一法續入第三篇中）　結受戒小界法并解　結說戒堂法并解（此法續入第二篇中）　結大界法并解　結戒場法　結不失衣界法并解　結說戒小界法并解

結二同界法　結一同界法一謂法同　結食同法上三并有解此三結解續入第二篇中　與癡狂法并解續入第五篇中　受日法　差受自恣人法　結自恣小界法并解　分四方僧物法　賞看病人法　分亡人輕物法　結庫藏法　差人守藏法此結守二法續入第二篇中　結淨地法并解　差人守功德衣法　付功德衣法此差付二法續入第七篇中　差人懺白衣法續入第九篇中　差人行籌法續入第十篇中　遣信受戒差使尼法續入第三篇中　尼與僧作不禮法并解此二法續入第九篇中　差比丘料理房法　持故房與道俗經營二法上三法續入第十篇中　與覆鉢法　差使告覆鉢家法　解覆鉢法上三法續入第九篇中　杖絡囊法　律文具出如上應有差分粥分小食分法

闍尼此五不正食有五種謂枝葉華果細末食　差請敷臥具分浴衣分衣可取與差比丘沙彌使

【釋】此差分粥等法出第四分房舍揵度之末後於第十篇中續例

○白四羯磨三十八法此乃開八中之第三科也

諫破僧法　諫助破僧法　諫擯謗法擯謗是二法也　諫惡性法已上五法是僧殘後四用　諫惡邪法　諫擯惡邪沙彌二法已上三法是破見單墮中用　諫隨舉比丘尼法此是尼八棄中一也　諫習近法　諫勸習近住法　諫瞋捨三寶法　諫發諍法已上四法是尼僧殘後八所用　諫習近居士子法此是比丘尼單墮法用　式叉學戒法　受具戒法此一法僧尼二部受具通攝也　學悔法犯重不覆者開用　訶責法并解喜鬬諍罵起諍不滅者用　擯出法並解此污他家戒中用　依止法并解癡無所知多犯衆罪者用

遮不至白衣家法并解（此法若以下賤言罵淳善居士者用）　不見舉法并解（犯言不犯應三舉令言罪性用）　不懺法并解（犯罪令懺答言不懺者用）　不捨法并解（若起惡見不捨者用）　與覆藏法　本日治法　摩那埵法　出罪法（已上四法僧殘所用）　憶念法　不癡法　罪處所法（此即覓罪相也　内缺滅擯法）

釋目列三十八種白四羯磨法除式叉學戒及受具戒法此二屬成善羯磨原卷已備餘三十六法盡是治罰羯磨皆續入第九篇中義通淨染染淨淨染染也

○二對首羯磨（畧有三十六　此乃合三中之第二科也）

佛言三語受戒已名善作羯磨說戒法中亦爾

釋前集僧法非衆莫秉此列對首隨事故開對首者謂各共面對同秉法也初二句引受戒揵度律云佛初出世先度陳如等五人爲首乃至百一十人皆是善來比丘得證阿羅漢果佛令各各敎化諸方勿二人行衆奉佛敎遊行說法時有聞法得信欲受具戒者諸比丘將詣佛所未至中途失本信意諸比丘以此因緣白佛佛言汝等就彼即與出家受具謂剃髮受三歸也後制十僧白四受具諸比丘有疑白佛云何三歸即是受具佛言歸依三寶即是出家三歸竟即是受具今故云三語受戒已名善作羯磨也次句引說戒揵度律云若一比丘至布薩日應先淨處及備衆具若僧數不滿若二若三各各相向三語說戒亦名清淨布薩故云說戒法中亦爾

十誦律云對首心念分衣已名作羯磨後

來比丘不與分

釋此復引十誦廣明對首也彼律云有一住處諸人爲夏安居僧故布施諸衣應分物雖爲夏安居僧施應分若一比丘獨安居應受二比丘三比丘四比丘亦爾後來比丘不與分此是現前僧時物也義分二別一但對首法二衆法對首法文通諸部並如下列

釋謂准上所引二律三法之義名立對首法非一槩應分爲二若不別曉機法俱非

○但對首法三十一此乃開八中之第四科也

受三衣法並捨　受鉢法並捨　受尼師壇法並捨　受百一衣物法並捨後二法續入第四篇中　捨請法於止持單墮中已明　捨戒法於止持初重中已明　受請依止法　衣說淨法　鉢說淨法　藥說淨法　受三藥法謂非時七日盡形三藥也　受七日法　安居法　與欲法　懺波逸提法　懺提舍尼法　懺偷蘭遮法此一法續入第九篇中　懺重突吉羅法　吉羅六聚法吉者意同也露者發露也謂入品小罪六聚意同發露所犯先須問明即後文懺從生根本小罪法是也　露地重罪法此乃二不定也重罪初三露地次二　捨僧殘行法　白行人法即六夜行日日白法　白僧殘諸行法已上三法續入第九篇中　白入聚法　尼白入僧寺法續入第十篇中　尼請教授法續入第五篇中　作餘食法

○衆法對首法有五此是開八中之第五科也

捨墮法　說戒法　自恣法　受僧得施法續入第五篇中　受亡五衆物法

釋一往師家無論所犯輕重但敎彼此相向作禮求發喜悅名曰對首懺悔不思事

分成善治罰機開二人三人皆由罔攻制典失傳作持之故

○三心念羯磨畧有十四此乃合三中之第三科也

義分三別一但心念法二對首心念法三衆法心念法並通諸部至文自須准僧法羯磨獨四分一律

釋心念者謂發心念境口自傳情非謂不言而辦前事此法正制一人二三聽者緣開不恒前對首法中已明文通諸部至此復云並通諸部如是重重引證者爲顯採補殘闕唯對首心念五十法末二句明僧法本律無遺故弗採補也

○但心念法有三此是開八中之第六科也

懺輕突吉羅法　六念法　說戒座中發露諸罪法

○對首心念法有七此乃開八中之第七科也

安居法　說淨法　受藥法　受七日藥法　受持三衣法　捨三衣法　受持鉢法此中受二藥鉢三法續入第四篇中

○衆法心念法有四此即開八中之第八科也

說戒法　自恣法　受僧得施法續入第八篇中

受亡五衆衣物法

已前畧明緣集已後辯緣成壞

釋上句結前所列合三開八羯磨之綱目釋事法兼通等畧明緣集也下句起後廣引教相稱量作法之定制釋緣通成壞等以振毛目也標文分前中後者爲對前一二三之科故前綱目中列所兼能此辯緣内能所雙彰須善味之

○前明僧法

律中佛言有四種僧一者四人僧除受戒自恣出罪餘一切羯磨應作二者五人僧除中國受戒出罪三者十人僧除出罪四者二十人僧一切羯磨應作况復過二十若少一人非法非毘尼不成

(釋)上列僧法一百三十四種未知何等僧作何等法今故詳明能作之僧及所作之法也此引第三分中瞻波揵度緣六羣比丘或一人或二人或三人舉一人二人三人或僧舉僧佛訶責已故有此制僧者具云僧伽此翻和合衆和合有二義一理和謂同證無生二事和謂戒和同修見和同解身和同住利和同均口和無諍意和同悅四人已下不成僧數自制白四受具之後中國定滿十僧邊國開聽減半若安居竟坐草自恣座中應差二五德人衆但五人前後單差六人同集一時雙牒凡爲僧殘行滿出罪事重法嚴衆須二十是故四人僧除此三法不得作餘一百三十一羯磨應作若五人僧除中國受具並出罪餘一百三十二羯磨應作若十人僧除出罪餘一百三十三羯磨應作若二十人僧一百三十四種羯磨應作而况過二十乃至百千人僧此則多多益善也須知四種僧應辦之事如數不足少一人者即犯非法非毘尼作法不成向下文分十科總名僧法也

○一稱量前事

(釋)稱者量度也作持稱量大約有二一者應於一事中稱量人法事三種非二者應

隨一一羯磨稱量人法事三種緣若善稱量則功歸自他法弘永久不善稱量則過責臨衆事無克成是故首明稱量一貫作持乃律宗之秘要也

毘尼母論云事謂人法也

釋凡所作辦人法事三現前今科目但云前事而隱於人法者葢事因人起人能秉法辦事故引母論以發其隱論文云事是人亦謂法也

律云稱量比丘及白衣稱量羯磨及犯事也

釋此明一事中稱量人法事三種非也凡有事起臨作法時先當稱量事之輕重是屬公是屬私應云何作法之三種是成善是治罰應云何行人之可否是同衆是異衆應云何集若論事起由非其一斯文獨引增一揵度中遮不至白衣家一事者爲此事人具僧俗二流三非稱量明顯故所取例於餘也佛言比丘有十法應與作遮不至白衣家羯磨一惡說罵白衣家二方便令白衣家損減三作無利益四作無住處五鬬亂白衣六於白衣前謗佛七謗法八謗僧九於白衣前作下賤語罵十如法許白衣而不實如是十法少多有者與作羯磨故云稱量比丘若白衣有五法不應與比丘羯磨一不恭敬父二不恭敬母三不恭敬沙門四不恭敬婆羅門五所應持者不堅持若白衣有五法應與比丘作羯磨反上五法是故云稱量白衣若作此羯磨者集僧已爲作舉作舉已爲作憶念作憶念

已與罪先若不三舉羯磨不成故云稱量羯磨凡所犯事有見聞疑三根自言破戒破見破威儀若無三根不自言犯不成所犯故云稱量犯事此謂一事中稱量三非餘事准例

然所爲之緣不出三種謂人法事也如受戒懺悔差使治擯等爲人故作如說戒自恣等爲法故作如結界攝衣淨地庫藏等爲事故作

（釋）此明隨一一羯磨稱量三種緣也謂所制羯磨既有一百八十四法作辦之事使有一百八十四種事緣雖多不出人法事三之外其中有羯磨發起因緣屬本羯磨者有羯磨發起因緣屬他羯磨者如受戒羯磨集僧秉四沙彌即成比丘懺悔羯磨生慚發露立誓責心仍淨差使羯磨具德堪能僧命應辦其事治擯羯磨量情調伏折攝改往修新因緣本是爲人發起故云爲人如說戒羯磨半月長淨單白即誦木叉自恣羯磨安居期竟一秉隨次恣舉因緣本是爲法發起故云爲法此爲人法者皆屬本羯磨也唯結界發起因緣屬他羯磨若無他緣何須結界如結大界戒場本爲衆僧一切羯磨事起依託而結如結攝衣本爲令人離過事故結如結淨地本爲煮畜飲食事故結如結庫藏本爲貯積物事故結所以界因有事方結豈結界即名曰事故言因緣屬他羯磨也又文雖分差使爲人莫過以其大槩而論非一切差使亦爾於中不無爲法事者此但畧舉三緣

故末皆以等字攝之餘諸羯磨後文隨釋自顯

或具或單時離時合並先須量據使成應法之緣示也

〔釋〕羯磨雖分人法事三行用復有具單離合之別宣祖婆心訓後而令精持毘尼者並先量度爲據使成應法之緣故爾垂示也或具或單者指法而言時離時合者指人法而言謂一切羯磨各各用處有必具必單或具或單由其施法隨事有已定未定不同凡一事中用一二三四法名之爲具唯用一法名之爲單言定具者如受比丘具戒一事中單白有三白四秉一如尼在本部受具一事法同比丘無殊如五人以上僧自恣一事中單白有二白二亦二

如三十捨墮中除五長及三壞捨第二十二畜鉢減五綴更求新鉢此一事中單白有一白二有二餘二十一每一事中單白有一白二亦一如上所具羯磨必在一番集僧秉宣決無單作之制是爲已定屬具之法也又受具初集僧秉四法全具次後畧去差教不須更差壇壇唯具三法又本部尼往大僧中受大戒但具後二以男女兩異律無屏問故缺差喚二法是爲必具中之差别也如犯十三僧殘覆則有三白四無覆有二白四或覆與無覆二罪同時發露此皆隨各犯緣必然一一單秉無二可具是爲已定單之法也言未定者如半月說戒和僧單白人多則白二差人單白行籌或尼請教誡或曾已受差四三二法

同時隨秉若但四人一白說戒由人增減法亦未定故名或具或單也復有通單具者如結解說戒等三小界以其問答非具理無雙答論其一坐結解法復非單也若總判具單者單白羯磨三十九法如二十七受懺法行籌法差教授法喚入衆法對衆問法說戒和法自恣和法受功德衣法此八屬具餘三十一法屬單也白二羯磨五十七法如二十七還衣法護鉢法差受自恣人法賞看病人法分輕物法差守付功德衣二法差人行籌法此八屬具餘四十九法屬單也白四羯磨三十八法唯受具戒一法屬具餘皆屬單也又但對首羯磨三十一法皆屬單也衆法對首五法如懺捨墮法及自恣法人滿四五則同僧法

人減二三唯用對首是故此二亦名或具或單餘三屬單也又但心念對首心念衆法心念此三種羯磨共十四法皆屬單也以上百八十四種羯磨或具或單其間差別唯制如此而言時離時合者欲詰其雜先量其合若昧於合離從何有譬俗家父子兄弟同居名合出外名離如清淨比丘一界共住名合有事遠衆名離離合是羯磨之名能離合者却是比丘謂有羯磨能使人離復有羯磨能使人合離合因緣各有其時時有久近故云時離時合也然離非一有令永離有暫時離有定期離有不定期離及但名離離非離等多種離法如滅擯羯磨能使永離如遣不誦戒毘尼二法令暫時離事畢非離餘法同僧不來別

衆如受日出界及二篇覆藏等法離有定期期滿非離如擯出等法由不伏首求解不得滿衆如舊此則離無定期又如解界等法但名屬離無界可攝故又如學悔羯磨具戒已失非大僧數法應名離既聽布薩自恣學比丘戒此復非離乃離而非離也所言合者如摩那埵羯磨雖非别住尚未出罪是合而非合如與出罪解擯等法皆名屬合仍同淨衆法食故是爲百八十四種羯磨中時離時合之差别也

○二法起託處

釋起者興立也託者寄託也謂凡作法必有託處前已詳明稱量示作法有據若託處乖制則法亦難興故第二復明法起託處

僧祇律云非羯磨地不得受欲行僧事律中若作羯磨必先結界

釋文引僧祇謂一切僧伽藍大小不一處無定限若未結界前名非羯磨地不得在中受欲行僧事非法所託之處此明遮制也復引本律謂一切僧伽藍若作羯磨行僧事者必先和合白二聖敎縱廣方隅有限僧居作法託中有緣受欲無事親臨不得别衆此明定制也

然託處有二種若自然界中唯結界羯磨一法自餘僧法並作法界中

釋託處有二者謂作法界自然界也葢事因人起法假人弘人有行住不定之緣故作法託處亦不定矣如作法界本爲住比丘秉法依託而結倘遘緣出界不能隨倏

爾事起豈置之不行名持戒比丘所以世尊應機立法復有四種自然界之設若人乘舟而往則有擲水約界之法若從陸路而行則有六百步中之限遇聚落則有可分別不可分別之定制逄蘭若則有有難緣無難緣之邊畔由不須竪標唱相作法而結各有已定限齊盡名爲自然界亦名爲不作法界此爲行比丘作法依託之處也若託此自然界中作法者唯除結界羯磨一法不得作自餘一切僧法羯磨並同作法界中秉白無有異也

若對首心念二法則通二界

釋此明託通法揀也恐後人疑謂二界中不能別衆作法故即隨云若但對首及心念法託處則通二界別衆作如法同衆秉非法若僧法於二界中同衆秉如法別衆作非法故贅而論之

○三集僧方法

釋集者聚也僧謂四種滿數上引律證已知託處有二僧法和集若無准約則聚會何憑故第三復明集僧方法

律云佛言當敷座打揵槌盡共集一處

釋此引第二分說戒揵度敷座者西域僧集寺無椅櫈凡欲會聚年少比丘先淨其處就地敷具以待衆坐揵槌者無正飜譯至呼名時自從聲論也

五分律云隨有木瓦銅鐵鳴者令淨人沙彌打之若無沙彌者比丘亦得不得過三通

釋復引五分者以釋揵槌從聲之義兼明

能打之人鳴者凡物有聲皆曰鳴如擊鐘撾鼓敲板扣磬隨打何物有聲者即是集僧楗槌也淨人乃僧伽藍民恒爲僧使緣從王施依棲淨衆故號淨人沙彌有形法二同此謂法同非形同者雖聽比丘打是命初夏非令臘長以三通爲定不得過者此明佛制如斯不得越故越則以違毘尼罪治之

付法藏傳中令有長打之法

釋此傳四卷後魏時出彼中因他請陞座故令長打猶今陞堂講法受戒等方丈傳爐座前伐鼓之儀今所引者俾知講法莫用三通集僧不可長打也

三千威儀中具明杵下之數

釋上云三通未言下數故復明之此威儀三卷後漢安世高譯杵者砧杵也彼中以五十四下爲一通所云具明者除集僧三通若無常時隨打（即送亾僧也）若縣官至大火大水賊盜此四亦隨時打不定下數若會沙彌打三下會優婆塞打二下呼私兒打一下言私兒者揀非王施僧伽藍民是衆私畜爲執勞之行童也

薩婆多論云夫集僧楗槌必有常准不得互易

釋復引斯論者恐紊杵數以明僧約必不可更也常准者謂一定之恒規若通數互易則集此彼至信約既失有誤羯磨所以增一阿含經云阿難陞講堂擊楗槌者是如來之信鼓也

○四僧集約界

釋約者期約也上明作法託界界總標二集僧有方方定楗槌今詳分界別集亦不同故第四復明僧集約界

夫界有二若作法界則准三種謂大界戒場小界若論小界無外可集若戒場大界並須盡唱制限集之

釋夫界有二此句總標下別釋之准律則作法界有三一謂大界就中復分六種一單大界二攝衣大界三内有戒場大界四法食二同大界五法同食別大界六食同法別大界第二戒場者此因大界邊際寬廣衆集疲極聽結即今受戒公所是也第三小界者若論小界界非恒存僧不住中本爲衆不同意暫開作法更無外來可集若是戒場及大界者結時所唱方隅各有齊畔並須盡此制限内僧集之唯食同法別大界若在此作僧法者此處僧應集若在彼作僧法者彼處僧應集以法別不名別衆若受僧施衆應均分不得別衆

若自然界則分四別謂聚落蘭若道行水界初言聚落則有二種若聚落界分不可分別者准僧祇七樹之量通計六間六十三步若無異衆得成羯磨

釋若依律制自然界則分四別謂聚落等此標下釋聚落者謂人所聚居猶村落也此有二種若聚落界限博大不可分別准僧祇七樹之量爲分齊彼律云佛在舍衛時有婆羅門名生聞請問世尊云何種菴婆羅樹使根莖堅固枝葉茂盛華果成就扶踈生長不相妨礙佛言以五肘弓七弓

種一樹如是種者能令根莖堅固乃至不相妨礙彼聞歡喜作禮而去有優波離知時啓白佛言已聞種樹分齊今復請問若城邑聚落界分不可知若作羯磨應齊幾許名爲善作羯磨不犯别衆佛言齊七樹之量得作羯磨雖有異衆相見而無别衆之罪故今文云七樹之量通計六間六十三步今若准數約之以五肘弓七弓一樹共計四十二弓一肘一尺八寸五肘爲一弓每弓九尺共該三十七丈八尺此乃西域之弓量也若較此方唐時丈田積步之量而言以六尺爲一步六十三步正合西域七樹之量四十二弓於此量中無有異衆得成羯磨若此量外雖有異衆相見而無别衆之罪此明不可分别聚落自然界中得作僧法之制也

若可分别聚落者准十誦律盡聚落集之

釋可分别者謂聚落非廣分齊可知十誦律云時諸比丘於無僧坊聚落中初作僧坊未結界爾時界應幾許佛言隨聚落界是僧坊界諸比丘不應别布薩及僧羯磨若作者犯如根本百一羯磨中佛言不作法界若諸比丘在村者齊墙栅内並外勢分應盡集一處爲長淨事及作隨意單白白二白四悉皆應作若不集者作法不成得别住罪此明可分别自然界中得作僧法之制也

二言蘭若亦有二種若無難者諸部多云一俱盧舍按雜寶藏云五里是也相傳以此爲定

〔釋〕初二句總標下文別釋蘭若亦名阿練若此飜云空寂又飜閑寂以空閑則無諍乃絕喧幽靜之所也一者無難蘭若謂處無惡獸盜賊出入平安諸部多云一俱盧舍者如十誦云時諸比丘於無聚落空處作僧坊未結界爾時界應幾許佛言方一拘盧舍是中諸比丘不應別衆布薩及僧羯磨翻譯集云梵語拘盧舍此云五百弓又云大牛吼或云一鼓聲俱舍論云二里今按雜寶藏經云五里一往譯家相傳以此爲定故所准用此明無難蘭若自然界中得作僧法也

若難事蘭若如善見論云七槃陀之量相去五十八步四尺八寸得作羯磨

〔釋〕難事蘭若者謂處多獸賊道路恐怖不得例無難蘭若之界此界如善見論所明梵語槃陀此云二十八肘七槃陀之量共計一百九十六肘每肘一尺八寸共該三十五丈二尺八寸每步六尺以三十五丈二尺八寸不滿五十九步故云五十八步四尺八寸也於此量中得作布薩羯磨此明有難蘭若自然界中得作僧法也

三明道行界准薩婆多十誦律縱廣六百步

〔釋〕道行界者准十誦律有二因緣開聽一爲布薩日二爲自恣日諸比丘同道行不及至僧中故令方便在道結界布薩自恣東西曰廣南北曰縱方圓六百步每步六尺共計三百六十丈於此量中得作布薩自恣按五百問結道行界時須斷兩頭行

人除去取水地及田處所彼乃俗人往來處若窮路無人行不可爲相以不知也若斷路有人車行雖斷三四村亦可爲相此明道行自然界中得作僧法也

四明水界如五分律船上衆中有力人以水若砂四面擲所及處

釋五分律云諸比丘同船行遇布薩日欲說戒故聽船内說戒令就淺水泊船已定衆中命一有力比丘出立船頭以水四面灑擲隨水所至之處爲界餘者在内隨觀四方若擲砂亦爾此明水行自然界中得作僧法也

此之六相皆謂身面所向方隅齊限之内集僧無人方可應法也

釋此文結上謂上所明六種自然界相不同唱相立標作法界之邊畔也皆以彼時身面所向方隅爲界相故盡此内集僧布薩自恣若一人不集則布薩及自恣不成無人方可應法也

○五應法和合

釋上云僧集約界唯戒場大界盡集若集而不和仍同别衆故第五復明應法和合也

律云應來者來應與欲者與欲來現前得呵人不呵是名和合反上三成别衆者爾

釋此引第三分呵責揵度謂界内揵搥一鳴同居聞聲即至乃名如法應僧前事初句謂身心俱集者次句謂身有事緣開心集者第三句身心現前縱得呵人而意悦忍可黙然不可是名和合反上三種則成

別衆者爾

毘尼作持續釋卷第二

音義

鶴林　世尊於拘尸城娑羅林間入般涅槃林木皆白故稱鶴林也

初度陳如等百一十人　謂陳如等五人耶輸伽並友五十人波羅柰國同婚姻者五十人出家此乃世間最初之一百一十僧寶俱證阿羅漢果者幾尚也

曇無德部四分律删補隨機羯磨卷第三

唐京兆崇義寺沙門道宣　撰集

清金陵華山後學比丘讀體　續釋

○集法緣成篇第一之二

○六簡衆是非

釋簡者簡別也衆者謂出家五衆並白衣人也上云應法和合應來者來然恐來中雜其非衆故第六復明簡衆是非

律云未受具戒者出等

釋此引第二分說戒揵度未受具戒者乃小三衆由沙彌盜聽比丘羯磨說戒同僧法事名曰賊住於受具時便成遮難故當令出五分律云若布薩時遣沙彌著不見不聞處應看牀下以燈火徧照而云等者攝白衣人也緣平沙王信敬三寶差人守僧伽藍於布薩日恐違王命不敢遠去佛言當方便使白衣人出者善若不爾者諸比丘出界布薩不得白衣人前作羯磨說戒

又云有四滿數一者有人得滿數不應呵若爲作呵責擯出依止遮不至白衣家羯磨如是四人者是也

釋此引第三分呵責揵度明滿呵四料簡也初句總標向下別釋若僧已爲作呵責羯磨者此因鬭諍駡詈於衆中起諍事故若已爲作擯出羯磨者此因依聚落住行惡行污他家故若已爲作依止羯磨者此因癡無所知多犯衆罪共諸白衣雜住親附不順佛法故若已爲作遮不至白衣家羯磨者此因以下賤言譏駡信樂檀越故

如是四人雖經羯磨乃若切治罰容有乞解未破根本仍共僧住若與衆同集但得滿現前之數而已不得遮僧羯磨若遮者則犯所奪事中之一呵即遮也故云有人得滿不應呵

二者有人不得滿數應呵謂若欲受大戒人也

釋若欲受大戒人是謂沙彌也故不得滿僧數應呵者彼臨受戒正秉白四時言我不受大戒此即名遮令僧羯磨不可作故此據十誦毘尼序中佛言沙彌受具戒時心悔不用受具作是言我不用受具戒是言遮故云有人不得滿數應呵

三者不得滿數不得呵者若爲比丘作羯磨以比丘尼式叉摩那沙彌沙彌尼足數

釋此第三中廣引律證先明尼及小三衆若大僧界内和集爲比丘作羯磨者多是舉過治罰等事其比丘尼並小三衆不得作滿數人不得呵遮大僧羯磨

若言犯邊罪等十三難人

釋十三難者一犯邊罪二犯比丘尼三賊心受戒四破内外道五黄門六殺父七殺母八殺阿羅漢九破羯磨轉法輪僧十出佛身血十一非人十二畜生十三二根若有此等事者謂之十三難人儻受戒時知有無容受戒設有衆不知受已後若知者即當滅擯不與共住今言犯者是受後有犯犯則非僧故不得滿四種僧數不得衆中遮僧羯磨

若被三舉若滅擯若應滅擯若别住

釋三舉者謂不見舉不懺舉不捨惡見舉若滅擯者絶其形跡曰滅棄之界外曰擯法食無分永不共住由犯不可悔罪法當如是應滅擯者謂事露實犯法應滅擯尚未集僧秉宣白四言别住者謂一界同居知集作法别住一邊而不現前和會如是之人不得滿僧數不得遮羯磨

若戒場上若神足在空隱沒離見聞處若所爲作羯磨人

釋已上滿呵雙明此下唯明不滿也戒場大界標相各别神足在空非地所攝衆中隱沒顯異無形離聞在見秉白莫聽離見在聞自身屏障若爲他人作法現前僧不滿數欲將彼等爲滿數者不得故云若所作羯磨人

如是等二十八種不足數

釋此句結上謂尼及小三衆十三難人三舉二擯别住戒場在空隱沒離見離聞是二十八等人於四種僧中皆不得足數故

又云行覆藏本日治摩那埵出罪人十誦云行覆藏竟本日治竟六夜竟此上七人佛言不相足故

釋此引第三分覆藏揵度因六群所制彼等自行覆藏本日治摩那埵而與他人覆藏本日治摩那埵及足二十人與他出罪

十誦緣起亦爾謂行覆藏竟行本日治竟還有六夜及出罪在行六夜竟尚未出罪不應作足數人與他覆藏羯磨乃至出罪本律中文闕行竟故引十誦以補之

十誦又云睡眠人亂語人憒鬧人入定人

瘂人聾人啞聾人狂人亂心人病壞心人樹上比丘白衣如是等十二人不成受戒足數

〔釋〕睡眠者心落無記身徒臨座亂語者口無禁忌言多擾衆憒閙者心亂不靜意緣别境入定者攝心反觀問答不覺瘂者應成白四言不能證聾者難於察聽是非罔諳啞聾者言聽雙闕無益前人狂者失却本心知覺昏昧亂心者語言顛倒坐起乖儀病壞心者四大相違自無主宰樹上比丘謂樹上作安居者託處有異遠衆非同白衣者謂雖已剃髮戒品未沾此十二種人中邊國土受戒不得足師僧之數豈但受戒即一切羯磨亦不得滿數故

摩得勒伽論云重病人邊地人癡鈍人如是等三人不成滿衆

〔釋〕重病者心緣痛苦難候事畢邊地者國語有殊言説不解癡鈍者愚無所知不誦毘尼如是三人亦不成受具滿衆

僧祇律云若與欲人若隔障若半覆露中間隔障若半覆露申手不相及若一切露地坐申手不相及

〔釋〕若與欲人者謂凡滿衆之人皆爲作法中證明一人秉白羯磨餘衆察其是非如法則忍可非法即應遮故須本人現前餘衆與欲則可若以與欲人滿中邊授具師僧者不許若隔障者謂其人雖集復有屏風簾幔等隔障視聽非明故不得滿衆若半覆露者謂半隱半顯仍同異衆非現前數故不聽滿衆中間隔障者謂人已來集

身無遮隱中間復有物隔彼此面障各不相覩故不得滿衆若半覆露申手不相及者雖無物隔覆露仍異故不成滿衆若一切露地坐申手不相及者雖無覆障坐處是一與衆復遠手不相及故亦不聽滿衆

又云若衆僧行作羯磨坐則非法乃至住坐卧互作亦爾第四分云我往說戒處不坐爲作別衆佛言非法

釋凡入衆爲足數僧者坐起行來同衆不異異則不和在衆非衆而云卧者爲足四儀不闕法數故下引本律申明僧祇別衆之由事因六羣比丘彼於布薩日作念云我往說戒處不坐恐餘比丘爲我作羯磨若遮說戒令衆羯磨不成遮故佛知呵責六羣云如是作者非法

五分云病人皆羯磨說戒

釋彼律云布薩日病人若來僧中若病者多不能來僧應盡病人所羯磨說戒此明別衆病尚無開況餘小緣而違聖制

佛言別衆義如醉人等或自語前人不解心境不相稱等並名非法故律中受戒捨戒法內云若眠醉狂恚不相領解如前緣者並不成故

釋初三句准律出義下依律釋明受戒揵度云時諸比丘有與眠人受具覺已還家諸比丘言止莫還家汝已受戒答云我不受戒有與酒醉人受具有與狂人受具有與瞋恚人受具其酒醒已得本心已瞋恚止已亦爾此謂正受戒時心境不稱受已還家非僧所攝故云別衆義如醉人等初

篇捨戒法云若於顛狂人前捨戒亂心人前痛惱人前聾瘂人前中國人在邊國人前邊國人在中國人前捨戒此謂正捨戒時自語前人不解雖未成捨捨念已決體非比丘也末二句總結第三不得滿數不得呵者謂如前廣引毘尼詳明所遮等緣並不成應法滿數僧故

又須知別衆不足數等四句差別臨機明練成壞兩緣

釋前文唯簡滿數之僧此復兼明別衆故云又復須知別衆不足數等四句差別初句謂有人不得於受戒出罪受懺治罰等羯磨僧中足數以被治罰尚未求解所犯之罪未曾懺悔故餘羯磨中得足僧數若離見聞處乃至申手不相及非足數僧犯別衆過此即被呵責等四種人是也二句謂有人於受戒乃至一切羯磨中皆不足數雖在界內不犯別衆此即比丘尼等四人及十三重難三舉二滅擯等人是也三句謂有人於受戒及一切羯磨中皆不得足數若不來不與欲犯別衆罪此即瘂聾癡鈍亂心重病邊地等人是也爲彼不能證明是非故皆不聽足數由本是比丘故不來犯別衆四句謂有人於受戒乃至於一切羯磨中皆得足數不來不與欲犯別衆此即清淨無過比丘是也若能如是一一簡之如法是謂羯磨成也不能如是一一簡之非法是謂羯磨壞也斯乃四句差別之義若和集秉白以便臨機明曉是爲善閑毘尼熟練成壞兩緣

四者有人得滿數亦得呵若善比丘同一界住不離見聞處乃至語傍人如是等人具兼二法

【釋】此謂如法比丘同一界住作法來集不離見聞乃至傍近羯磨人令語可聞是故稱名善也由善而無過亦得滿僧數亦得遮羯磨故云如是等人具兼二法

○七説欲清淨

【釋】前應法和合是非已簡若有應與欲者與欲來不知與説軌則爲何故第七復明説欲清淨

律云諸比丘不來者説欲及清淨於中有三謂與欲受欲説欲等法

【釋】此中總引第二分説戒揵度先標三法後别明之俱攝但對首内與欲法屬公私也

○一明與欲法

【釋】與者付授也欲者樂欲也若在一界同居凡行如法僧事此則人人樂欲和合共辦由被縁務所羈不能躬詣故將自已樂欲之心對一知法比丘具儀説之乞彼至時傳向僧中俾知心同不異以准現前集衆設若有縁不開心集則機敎莫同將何拯濟故聽傳心口應僧前事方能彼此俱辦縁斯故開與欲之方便也

若有佛法僧事病人看病事者並聽與欲唯除結界一法

【釋】此按本律聽三寶及病事與欲然於法病二事開縁未詳今採根本部明之彼云若羯磨與欲或現有病或恐病將生或遇

新病差或瞻病人疲困或遭饑渴寒熱或禀性多有闇睡修餘善品冀遣惛沉或於靜房自誦戒本或於他聽受戒義或守文句人繫心思義恐其廢忘或創始修得妙觀現前爲伏心故或於覺分善品不令間雜若雜緣恐失正念或時見諦得斯皆與欲無犯若與欲者多同集者少老苾芻當廢餘善事當赴其處若苾芻懈怠及爲鄙法而與欲者得突色訖里多罪（即突吉羅）唯除結界一法者凡作一切僧法必具十緣方成唯結界羯磨只具七緣一者無處可託二者無界可約既無界攝故不說欲又則結界先唱方隅必知縱廣創立之限應須盡集故亦不聽與欲據滅諍揵度中用多人語及草覆地滅諍亦不聽與欲恐不現前後更發起諍事故

有五種與欲若言與汝欲若言我說欲若言爲我說欲若現身相若廣說欲成與欲若不現身相不口說者不成應更與餘者欲

（釋）現身相者時有病比丘於布薩日不能口說清淨欲諸比丘白佛佛言應與身清淨欲若舉手若舉指若搖身若搖頭乃至舉一眼名與清淨欲若病者不現身相若四種口說言音不明等皆不成與欲應更與餘者欲謂待病人惛沉甦惺再現身相及餘四再向他人言說明了俱成與欲

又云欲與清淨一時俱說不得單說

（釋）律中制緣因六羣比丘與欲不與清淨僧中事起不得說戒彼持欲比丘言我持

欲來不得清淨而羇留羯磨說戒以此白佛佛言與欲時應云我與欲清淨准此謂一令告其自已樂欲之心一令告其半月清淨無過雖不現前亦不碍於衆僧作法故云與欲清淨一時具說不得單說也若欲廣說者應具修威儀至可傳欲者所如是言

大德一心念（某甲）比丘如法僧事與欲清淨（一說便止）

（釋）具修威儀者具謂無闕修謂整飾凡入僧中及對一人作法時應整衣肅容三業必恭以表至誠也向下具儀准此不繁大德者梵語婆檀陀律攝云是相敬言於苾芻若少若老不應呼名及姓氏等老呼小者爲具壽小稱老者云大德而言一心念者是乞其慈愍注念於已也如法僧事者此是總句律中因六羣稱事與欲言我以此事與汝欲及清淨僧中事起持欲比丘言我持某事欲清淨來不持餘事欲清淨來故所羇留僧事諸比丘白佛佛言不應稱事與欲自今已去聽如法僧事與欲清淨此乃定制也

佛言若能憶姓相名類者隨意多少受之若不能記者但云衆多比丘與欲清淨亦得

（釋）此引開緣備用律中因比丘受一人欲已疑不受二人欲乃至受三人欲已疑不受四人欲佛言若能盡記識字者隨意多少受不能憶字者當稱姓不能記識姓者當稱相不能記相貌者但言衆多比丘如

法僧事與欲清淨亦得
續僧祇律云當明日布薩今日與欲不名與欲又云時集應與清淨欲非時集應與羯磨欲文原文唯引本律明時欲若尋常僧事准僧祇云如法僧事與欲羯磨餘詞同上

○二明受欲法

釋受乃領納憶持也若與者能廣畧如法與其受者不善憶持及身有犯皆不成受佛言若受欲者受欲已便命過若出界外去若罷道入外道衆别部衆至戒場上若明相出等七緣若自言犯邊罪等十三難人三舉二滅擯在空隱沒離見聞處如是等通前二十八緣並不成受欲若至中道若至僧中亦爾應更與餘者欲

釋受欲已便命過者生死呼吸不與人期出界去者倏爾緣牽身逐事往若罷道者貪欲熾盛戒羸還家入外道衆者知見顛倒棄正從邪别部衆者四諍反和部黨各分至戒塲者異界經行忘誤所受明相出者後夜已過時屬次朝律中有如是七緣諸比丘與欲已一一上疑作念爲失欲不失欲往白世尊佛言皆失欲十三難人乃至離見聞處義准前釋通前命過等七種此二十八緣並不成受欲如此人等受既不成縱然持欲若至中道若至僧中皆不成就故云亦爾應當更與餘者欲僧祇云五種失欲如不足數中説又云在界外受欲持欲者出界外與欲人出界與欲已自至僧中還出衆第五持欲在僧中

因難事驚起無一人住者如是等並名失欲

【釋】不足數中說五種失欲者謂若與欲人若隔障若半覆露若中間隔障若半覆露申手不相及若一切露地坐中申手不相及是名五種失欲在界外受欲者律制依界集僧界內與欲非界所攝不在集中若布薩日先有事緣出界界外不須與欲受欲持欲者出界外此乃自爲因緣有誤他欲與欲人出界者法因人開人去法失與欲已自至僧中還出衆者律中時有病比丘與欲已聞僧中說法毘尼自力就聽坐久疲苦以先與欲默然離座去若持欲在僧中因難驚起無一人住者謂持欲人已至僧中與衆同遭水火賊獸等難一齊驚起四散各避界内無一比丘如是等並名失欲

十誦云與覆藏等三人失欲等其本日治及摩那埵人

五分云與尼等四人狂等三人或倒出衆人皆不成欲

【釋】尼等四人謂式叉摩那沙彌沙彌尼狂等三人謂癡狂人亂心人愚鈍人倒出衆人者謂受欲人欲令羯磨不成持欲已至僧中復倒出去如是等皆不成受欲

十誦云取欲清淨人若取時若取竟自言非比丘者不成清淨欲

【釋】取者索也謂比丘正索彼人欲時彼言我已捨戒作沙彌作優婆塞作白衣我已入外道我非比丘彼既自言非僧則布薩不共所以與時欲不成故若索竟如是言

亦爾

(續)僧祇律云若上座應言我是僧上座不應受若教授尼人若誦戒人應各自說不應受若守房人若病人應言我不至僧中更與餘人若言我是乞食我是阿練若我是糞掃衣我是大德人不取欲者越毘尼罪

(釋)上座者夏臘超羣德業無等律制僧中序四上座凡說法開導應供受施一切作爲衆皆恭敬若教授誦戒者具德受差已有其任如是三人理無受欲若守房及病自尚與欲故宜善却若言我是乞食等此謂自彰頭陀矜己慢他不取故犯

律云持欲比丘自有事起不及詣僧聽轉授與餘比丘應作如是言

大德一心念我某甲比丘與衆多比丘受欲清淨彼及我身如法僧事與欲清淨一說便止

(釋)若自身緣絆他欲在已則兩皆失欲僧事羈遲故聖慈應機復開轉授今文爲受多人欲若但受一人欲者更衆多二字作某甲餘詞無異

○三明說欲法

僧祇云不得趣爾與人欲應與堪能持欲僧中說者

(釋)此明不得疾與無智者欲應與堪能持欲者謂詣一往守護戒品智憶不忘人所具儀與之如是之人方知時欲非時欲善能持至僧中如法爲說此引僧祇者爲顯前失欲諸緣皆由與者倉卒不擇其人故若有說者羯磨人如上問已彼持欲者應

答是也

釋羯磨是總稱凡時集誦戒者非時集秉法者是如上問已謂如上應法和合簡衆是非羯磨人問云僧集否和合否未受具戒者出否不來說欲及清淨有否若有者彼持欲人於本座合掌答云是答已起座具修威儀至羯磨者前作禮一拜長跪合掌如是言

大德僧聽某甲比丘我受彼欲清淨彼如法僧事與欲清淨一說便止

若自恣時應言與欲自恣餘詞同上

釋准義說竟理無默然諸部文闕答辭唯根本部百一羯磨云凡作法了時及隨時白事皆應答云奥箄迦此翻云好又云爾答云娑度此翻云善若不作是說者得越法罪故今說竟羯磨者答善彼說者答爾一拜起已歸復本座此就坐聽誦戒之儀若是常時立作羯磨則出入不離本位向下准此爲式

佛言若受欲人若睡眠若入定若忘若不故作並成若故不說得突吉羅若病重者應舉至僧中恐病增重者僧就病者所或出界作不合別衆故若中道逢難界外持欲來得成

釋此引開緣睡眠是五葢煩惱入定乃剎那三昧暫忘由專念善品既非有意並成說欲若存心故不說者成犯彼如法與者無別衆過若病重者爲不能現身相故若中道逢難者律云時有受欲比丘遇道路隔塞賊獸及河水大漲不得至更從界外

來至僧中諸比丘生疑白佛爲失欲不失佛言成與欲清淨不失此謂界寬路遠者引據便用

○八正陳本意

釋陳者敷告也意者心之所向也上引律制緣開與欲僧無別衆身心既集意欲何爲故第八復明正陳本意

謂僧私兩緣僧中或創立法處則竪標唱相或常所集用則行籌告白等

釋初句總標本意謂所爲之事無越僧私兩緣向下分釋若就僧中公事大約有二一者或始擇淨地創立伽藍以爲法起託處必結場界攝衣此則竪三重之標唱四方之相俾共任者知其疆畔以便出入經行次者或尋常集僧作法辦事如布薩安居受施滅諍等此則先須行籌次方告白若餘僧事唯以告白不用行籌斯陳僧中公緣之本意也

私事亦二若違情治罰則作舉乞罪若順情請許多須乞詞並至文具顯上乞音氣與也下乞音詰求也

釋就私事中亦有二種特爲一人非公名私情者理也若共衆居違理縱意不守禁戒者律有明條必依治罰或作三舉與罪白四羯磨作舉唯是七法與罪通乎篇聚順者不逆也若善順治罰如教改悔僧中請解羯磨伏罪誓不更作衆慼聽許作法仍淨此則多用求詞事有巨細並至文具顯斯陳一人私緣之本意也

○九問事端緒

【釋】端緒猶頭緒也上陳本意事有僧私凡會作辦委僧量宜必先對衆問其所以故第九復明問事端緒

律云僧今和合何所作爲事合通別臨時唯一通問

○十答所成法

【釋】問則唯言端緒律教勿紊答則當依事說法施有據若事未確法亦徒宣故第十復明答所成法

律云應答作某羯磨然事有先後法緣通別說戒自恣應在後作受戒捨隨義兼通別若結界捨界理無雙答並先須詳委然後問答

【釋】初句正明問答次二句總標答中之差別下三句隨事別釋末二句乃叮嚀之語然事有先後此但指說戒自恣二法而言如五分律云先作諸羯磨然後說戒又如十誦律云一切事先作竟僧應說戒自恣今文符此二律所說皆是露罪懺悔之法不同餘事集僧便作必須清淨方堪誦聽故先令發露作法懺悔已次後方可說戒自恣故云事有先後也然雖今非昔比不能當下作法懺除預期懺摩即名先事發露無覆亦名清淨說戒自恣又云受戒捨隨義兼通別者謂此二種答法義兼通別不同餘法唯一別名而已如受戒羯磨若在一切羯磨中論其名各別若但於受戒中論其名是通以戒有多種不同故凡遇作法問答時不得但以通名答受戒羯磨應兼通別答云受某戒羯磨又如捨墮羯

磨通別亦爾倘懺第一畜長罪者不得以通名答懺捨隨羯磨亦不得以別名答受畜長衣懺悔羯磨應兼通別答云受畜長衣波逸提懺悔羯磨如是則事與罪名兩得無遺乃名如法善答故云受戒捨隨義兼通別也又云結界捨界理無雙答者謂解舊結新雖在一時其結解事異豈可將兩事於一問中雙答哉理應先答解界作法解已更問方可答結如是隨事問答使法無缺若不詳知原委則有三過一人非堪任二於事有缺三作法不成故復叮嚀云並先須詳委然後問答

已上十科總明僧法前方便凡作法時先當稱量(即第一稱量前事)欲作僧法必有所託(即第二法起託處)臨行僧事先鳴楗槌(即第三集僧方法)楗槌既鳴盡界僧集(即第四僧集約界)任羯磨人問僧集否和合否(即第五應法和合)問未受具戒者出否(即第六簡衆是非)問不來說欲及清淨有否(即第七說欲清淨其第八正陳本意攝稱量中)僧今和合何所作爲(即第九問事端緒)僧中維那合掌答云作某羯磨(即第十答所成事)然此前方便制有增減非十科一切僧法全用若布薩時於簡衆下加云誰遣比丘尼來請教誡若自恣時問攺請教誡作請自恣若結界及滅諍時不問說欲凡後文書云作前方便者皆准斯義初明僧法竟

○中明衆多人法

【釋】前列對首羯磨綱目法有三十六種今

復申明便於稱量

若作但對首法如持衣說淨等通二界人唯是別若作衆法對首法如捨墮說戒等二界盡集人非別衆法則兩異並前須明識義無雜亂

釋此文將二種對首此論令曉所託中之差別也若但對首三十一法必須別衆二人屛作對衆犯非若作衆法對首五法隨界盡集不應別衆別則犯非是謂二種對首並通二界法則兩異如斯制義無容雜亂

○後明一人法

若但心念法事通二界人唯獨秉若對首心念及衆法心念界通二處有人不得並如前集法中列三相應然不容臨機致有乖殊法式不成

釋此申明三種心念也謂但心念有三法若作此者二界俱通不禁正制人唯自秉對首心念有七法衆法心念有四法若作此二者論界則二處隨依秉法則量度現前若果無二人三人四人且作心念以辦前事斯乃開中復開貴乎用時善用並如集法中所列三種心念名相各各分別已定作法自然不同行者不容臨機致有乖殊法式不成

已上畧辯成法具緣後明非法之相

釋篇首標云緣通成壞敎相須張故上句結前僧法稱量十科及對首心念五種引制詳辯成法之緣已竟此後復明非法之相俾知緣壞准律可憑

○僧法羯磨具七非

佛言有七羯磨非法不應作之

釋此引第三分瞻波揵度中所制緣六羣比丘發起六羣或云六衆謂聚集成衆羣出隊入作諸非威儀事一難陀二跋難陀三迦留陀夷四闡陀五馬宿六滿宿此之六人無法不曉通達三藏内教精諳五明百藝之術俱是豪族共相影響契交爲反宣通佛教内爲法門之棟梁外作佛教之大護興起制緣建立毘尼所謂大權示現人各弟子九人共爲六十故號六羣比丘也先標七非之名隨依揵度釋之

一者非法非毘尼羯磨

謂一人舉一人乃至僧舉僧一白衆多白一羯磨衆多羯磨單白白二白四羯磨交絡互作

釋一人舉一人乃至僧舉僧者此制文繁依律畧爲四句收之初句謂一人舉一人舉二人舉三人舉僧　二句謂二人舉二人舉一人舉三人舉僧　三句謂三人舉三人舉二人舉一人舉僧　四句謂僧舉僧此第四句以四種僧互舉作句如上復成四句一白衆多白乃至交絡互作者謂若作白二羯磨者作一白已一唱說是二羯磨若作一白二白三白衆多白不作羯磨若作一白二羯磨三羯磨衆多羯磨　若作二白二羯磨三羯磨衆多羯磨　若作三白一羯磨二羯磨三羯磨衆多羯磨　若作衆多白一羯磨二羯磨三羯磨衆多羯磨　若作一羯磨二羯磨三羯磨衆多羯磨不作白　若作

一羯磨二白三白衆多白皆非法非毘尼不應作故云一白衆多白一羯磨衆多羯磨其單白白四各有七句唯除本法餘句亦爾故云單白白二白四羯磨交互聯絡而作也

若有病無藥有藥無病有事有法施不相當毘尼母云若說羯磨言不明了如是等人法事相並非所攝也

釋上二句設藥病不投之喻以明有事有法施不相當結顯非法非毘尼不應作之義復引母論者謂羯磨一句說不明了致人法事三相皆非一者人不堪任是人相非二者言不明了使法相非三者於事無成故事相非所以言如是等人法事相並非所攝也此即一事中具人法事三非更顯非法非毘尼羯磨作法不成故

二者非法別衆羯磨

謂白此事爲彼事作羯磨名爲非法應來者不來應與欲者不與欲來現前得呵人呵者是名別衆

釋凡秉羯磨先白僧知所作之事次方准白牒事羯磨以如是法辦如是事故若白此事爲彼事作羯磨者非法若鳴槌集衆聞聲不來及不與欲雖來同集現前然意不喜悅所爲得呵人便呵而不忍者是名別衆

三者非法和合衆羯磨

非法同前和合反上

釋此則人雖共秉信鼓無違法不如制非過難追

四者如法別衆羯磨

如法反非法別衆同前

釋此則法遵定制人乖准約事無成濟罪有所歸

五者法相似別衆羯磨

謂先作羯磨後作白名法相似別衆同前

釋羯磨問忍據白憑僧以後作前理逆緣壞名曰相似毘尼過在秉法輕侮別衆同前無慈體以背六和也

六者法相似和合羯磨

法相似如上和合同前

七者呵不止羯磨

謂如法羯磨須僧同秉今得呵人呵若住應法違呵不止即名非法

釋初二句標定僧不同意必不可作羯磨也今得呵人呵者正顯不同意之人此人非是被治罰乃是無過之比丘若彼意不忍可遮羯磨者衆僧應住而莫强作若住已不作則於法相應若彼遮而不止縱然作竟亦名非法由非同意秉故如根本百一羯磨中佛言云何不和合羯磨謂諸苾芻同一界內作羯磨時衆不盡集合與欲者不與欲雖然總集應遮者遮而不止强爲羯磨如是名爲不和合羯磨反此即名和合羯磨與今文呵不止羯磨第七非一也

義立七非

謂律據事隨事分七今以義求收非斯盡謂單白羯磨三十九種各有非相義同過別白二白四類亦同之若不別明成非莫

顯

釋此明准上制義立下七非謂上列僧法七非律載瞻波揵度據六羣所作事起故佛隨事分七今以此七義求覓一切羯磨之非則收斯盡矣謂單白羯磨三十九種各有非相然非法之義是同而犯過之相復別白二羯磨五十七種白四羯磨三十八種亦爾若不一一辯別分明臨時成非莫能顯了

今且就單白說戒具解七非餘之二種例之可曉

釋上准一僧法之非義立一切羯磨之非此解一單白之非義例一切羯磨之非也

一人非

謂識過不懺疑罪不露界內別衆人非應法等

釋律制犯者不得聽戒懺悔已聽若誦戒時憶識所犯不懺而集於犯有疑不露而聽同界不來及不與欲不簡小衆集離見聞坐誦立聽故云人非應法等

二法非

謂三人以下單白說戒顛倒錯脫有可不止說不明了等

釋律制四種僧滿單白羯磨說戒但有三人二人唯聽對首布薩若三人以下單白說戒或文句顛倒錯脫遺忘或戒文生澁說不明了若有可不止此釋同前皆名法非

三事非

謂時非正教廣畧無緣衆具有闕界非聖

制

釋言時非正教者顯人尠决信作事多任情也廣誦者乃一定恒規畧誦者因難緣故聽難謂水火賊獸重病非人及王等緣謂衆多座少露濕天雨闘諍已久説法夜半等衆具謂座敷水器燈火舍羅等界非聖制謂結小界屋内不解或場界之相互亂如是皆違律制名曰事非

四人法非

謂具二非准事依法

釋此立人法非不言准人而云准事薀義用母論事謂人法今合顯之則事如無過人法准前

五人事非

法雖應教人事乖越

釋謂法雖應教廣畧知時秉誦文純無諸顛脱唯人乖衆事越常准如上一三非相自曉

六法事非

人雖應律二乖名壞

釋謂人雖清淨法食俱同其羯磨誦戒尚未通諳非界而託衆具有闕故云法事二乖名曰緣壞

七人法事非

三相並非如前類取理須條貫諸緣明曉成敗

釋理須條貫諸緣者謂緣據律制總攝人法事三今以此三理須條貫合具互顯七非則一百三十四種僧法一一明曉方能獲益離過名善作羯磨也

故佛在世一事五處作之並成非法況今像末烏可輕哉義無怠慢

【釋】此引古勉今誡其精學也按瞻波揵度云時有異住處衆僧與比丘作訶責羯磨乃作非法別衆餘衆僧聞彼作非法別衆羯磨不成我曹當與作訶責羯磨即作非法和合復有餘處僧聞彼衆僧作非法和合羯磨不成我曹當爲作訶責羯磨即作法別衆餘處僧聞彼衆僧作法別衆羯磨不成我曹當爲作訶責羯磨即作法相似別衆餘處僧聞彼衆僧作法相似別衆羯磨不成我曹當爲作訶責羯磨即作法相似和合羯磨彼比丘作如是念我當云何諸比丘白佛佛言諸如是羯磨不成就如是一切羯磨亦不成就故云一事五處作之並成非法此引古也況今像末烏可輕哉義無怠慢此正勉今也像末者祖以唐高宗當代而言如前序明謂況今像末毘尼是住持之本凡爲比丘何肯輕視而不學哉更當精攻守持故云義無怠慢

○對首羯磨亦具七非

就中分二若但對首法准取持衣一法以顯非相餘說淨等法類解於緣有異

【釋】但對首三十一法今准義且取受持三衣一法用顯非相俾知其成餘說淨等三十法類解無殊於所犯緣復各有異

一人非

謂受對之人犯重遮難有呵者呵或對僧俗而作作

【釋】律制犯者不得受他懺懺者不得對犯

者悔今犯者但舉重以攝輕也而云有呵者呵此法界通兩處唯是二人别作對首不聽三人已上今云有呵者呵則現前有多人明矣對僧謂於界内集衆對俗謂向寺内淨人皆名人非

二法非

謂持法錯脱說非明曉

(釋)謂守持三衣條相各異如缺從長受法名殊或衣相錯稱或受法脱忘雖知相法說不明了等皆犯法非

三事非

謂犯捨異財不合聖教或五大上色受持不成

(釋)財者凡入所用皆曰財異者謂非同清淨衣物律制不得以犯捨墮物及邪命得者作衣故云不合聖教五大上色者佛識將來弟子分律爲五以衣表部雖云青黄赤皂木蘭然青非東方之青黄非中央之黄須壞正色去其愛好又母論云色中上色衣不應畜謂錦文𩯭華等衣受持不成皆名事非

四人法非五人事非六事法非七人法事非

並如上例知交絡識相

○衆法對首亦具七非

今摘取捨墮一法條然具解餘者例同有異也

(釋)衆法對首有五今取捨墮一法條謂條貫人法事三具解七非之義餘者四法例非是同示過有異

一人非

謂界内别衆人非應法呵人設呵置止即非

釋此法二界盡集人非别衆若謂衆法對首唯是三人界内有衆不集故别豈名和合若集同居僧中捨懺來者不來與欲不與容小衆見聞不遣白衣人出此謂人非應法呵人設呵置止即非者謂知他有事設欲要呵理當即呵若覆心中置止不呵便犯人非

二法非

捨懺還財諸法乖正

釋謂捨財求懺請乞顛倒懺主不秉單白小罪八品未悔是五長者無緣即還非五長者隔宿作法或捨已不還任其雜用斯皆法非大乖正制

三事非

犯過衣財如律所斷必非聖制理無懺捨並識相而加法非有疑而過分有違加無知罪亦爾

釋謂犯過衣財如律所斷唯聽三九僧中捨懺若用雜野蠶綿作具者自以斤斧細斬和泥塗其壁堙若自捉金寶及種種賣買者應對俗捨彼與淨物或令與僧或還本主此三設類餘法決不可爲故云必非聖制理無懺捨然三十捨墮罪種名相各異不同八品小罪全闕未定有兼著用復不兼者並皆先識種相而後加法非容有疑不識而過分加懺斯由不學毘尼有違正制當於本罪外更加一無知波逸提故

云亦爾

四人法非乃至第七具三非　顯相如上

○心念羯磨亦具七非

就中有三初但心念法唯取懺輕突吉羅罪具解餘異例同

釋謂此有三法餘二緣異例非是同

一人非

謂對人懺悔體非佛教也

釋此法乃正身誠意獨秉無人若具儀向他則乖制體非佛所教故名人非

二法非

謂但心念而口不言雖言而非明了或增減錯忘

釋但心念者發心念境口自傳情非謂不言以辦前事雖言制唯一說便止若音不明了或增三減句錯忘犯緣皆名法非

三事非

由事緣故悞犯則輕重或境通衆多未了前相

釋由事緣故悞者謂作事隨緣造業在心如有心故爲犯則成重失意悞作犯則成輕若以輕爲重將重作輕是名事非或境通衆多者謂衆學百條事非一槩並須識相以牒名入品隨生故犯不無必當詳詰而露懺若不明了盡屬事非也

四人法非乃至第七具三非　顯相如上

若對首心念及衆法心念各具七非人通別衆界緣兩處並須准例隨事曉知之

釋此二心念人通別衆衆有不別界緣兩

處處定身棲對首心念有七衆法心念有四並須准上例非各隨事緣明曉方稱善知作持堪尸律學 已上宣祖各取一法類例於餘緬思羯磨弛廢已久雖云類例恐未能徹今於後諸篇文中隨法立非誠太瑣瑣爲便初學閱者勿厭 第一集法緣成篇竟

毘尼作持續釋卷第三

音義

神足力 即五神通也神名天心遍名慧性天然之心徹照無礙故名神通乃欲界中之五通一足不履地身能飛行二知人心命三回眼千里四呼名即至謂呼一切男女巨細衆生聞呼即至五石壁無礙 五明 一聲明聲即聲敎明即明了謂世間文章筭數建立之法悉皆明了二因明因即萬法生起之因謂世間種種言論及圖書印璽地水火風萬法之因悉皆明了 三醫方明醫方即醫治之方謂世間種種病乃至神鬼咒詛皆悉明了其因通達對治 四工巧明工即工業巧即巧妙謂世間文詞讚詠乃至營造城邑農田商賈種種音樂卜筭天文地理一切工巧等業悉皆明了 五內明內即佛法內敎謂持戒治破戒禪定治散亂智慧治愚癡乃至善修行種種染淨邪正生死涅槃對治之法悉皆明了 摩得勒伽 此云智母 練 此同煉煆練也 五蓋 蓋即蓋覆義一貪欲善貪欲者引取無厭曰貪希須樂慕爲欲謂諸衆生貪愛世間男女色聲香味觸法乃財寶等物無有厭足 二瞋恚蓋瞋恚者即忿怒之心謂諸衆生或於違情境上或追憶他人惱我及惱我親而生忿怒 三睡眠蓋睡眠者意識惛熟日睡五情闇冥日眠 四掉悔蓋掉悔者掉動也身無故遊行爲掉掉已思唯心中憂惱爲悔 五疑蓋疑者猶豫不決之義即癡惑也無明暗鈍不別真僞猶豫之心常無決斷諸衆生由此五蓋等蔽覆心識而於正道不能明了禪定善法不能發生沉滯三界不得出離故名爲蓋 末法五百年 謂末法萬年之初五百年也此五百年中比丘雖無修無證亦有解脫禪定持戒多聞布施者佛知其法漸衰故說次第也 第一一百年堅固解脫 第二一百年堅固禪定 第三一百年堅固持戒 第四一百年堅固多聞 第五一百年堅固布施 弛廢 上音始謂不遵禮慶也 慣 關去聲習也幼成若天性習慣如自然 瑣瑣 繁碎也 尸 主也 趣爾 上音婜疾也

曇無德部四分律删補隨機羯磨卷第四

唐京兆崇義寺沙門道宣　撰集

清金陵華山後學比丘讀體　續釋

○諸界結解篇第二之一

釋於首篇中前舉綱領畧明緣集後辯緣成壞廣引教相是非既彰理應作辦律云若作羯磨必先結界故第二篇復明諸界結解俾作法有依而界言諸者文中詳列十二種結法十一解法故

界別有三攝僧界攝人以同處令無別衆罪

釋此明結界之宗意也初句總標向下分釋第一攝僧界者初始登壇羯磨成就即名得處所比丘謂得與僧同一界住同誦戒羯磨也若不結界以收攝之則西竺五天沙門難共東土九州比丘焉同故制結界集僧界外不攝故別衆罪者若同一界違和不集得越毘尼罪若一界内別作羯磨誦戒得偷蘭遮罪是破僧方便故

攝衣界攝衣以屬人令無離宿罪

釋第二攝衣界者佛言比丘護衣如已皮護鉢如眼目三衣一鉢恒隨其身猶鳥二翼飛往無礙故制攝衣界爲令人住衣隨不得離宿若三衣中離一一衣以捨墮罪治若離鉢以突吉羅罪治

攝食界攝食以障僧令無宿煮罪宗意如此

釋第三攝食界者食乃資生飲食是助道要緣即二五食等並羹粥之類律制比丘不得界内共殘食宿及自燒煮後因病緣

聖愍開聽於僧界中別結淨地令看病人並病者共宿煑若無病比丘共宿煑者犯波逸提罪故云障僧然審結界宗意大約如此

○僧界結解法第一

有三種僧界一者大界二者戒場三者小界今就大界內又有三種謂人法二同法食二同法同食別初准本制後隨緣別開

○結初大界法

時四方僧集會疲極佛言聽隨所住處結界應盡集不得受欲是中舊住比丘應唱大界四方相若有山樹林池城塹村舍隨有稱之應須義設方法如前僧法中具七緣已一比丘告僧云

釋此引說戒揵度明其本制之緣也時佛在鷲嶺山中聽諸比丘詣羅閱城說戒在諸方聞者來集疲極諸比丘白佛佛言自今已去聽隨所住處若村若城邑境說戒聽白二羯磨結界當唱四方相因是發起者謂初篇僧法稱量前事等十緣中除法文云應須義設方法如前僧法中具七緣所以凡初結界除其二四七唯具七緣也文云一比丘告僧者此處儀式不顯作法失次今准根本部百一羯磨加儀彼云結大界法舊住苾芻先共觀大界四方相旣知相已鳴楗槌作前方便衆皆盡集舊苾芻稱大界四方標相衆知相已令一苾芻作白羯磨文故今採效若依城邑村落境

內僧伽藍住欲行僧法創結大界者隨此境內比丘若干應須往約結期先共觀其標相各須明記無忘俾臨時聞唱告之聲心中憶想標相隨現至期鳴槌盡集不得不來受欲若有沙彌及淨人等應遣離見不聞處衆中能唱大界四方相一舊住比丘出衆向上座作禮一拜告白云

大德僧聽我舊住比丘爲僧唱四方大界相此句立白已轉身至東南面向大衆云從東南角某處標大衆俱隨方轉面向彼方憶想標相儼然在前下皆准此唱者轉身至西南立面向大衆云至西南角某處標轉身至西北立向大衆云從此至西北角某處標唱已至西北向大衆云從此至東北角某處標唱已至東北立面向大衆云從此還至東南角某處標唱已至東南立合掌向火衆云此是大界外相一周訖第二第三亦如是唱

釋唱者三訖向上座一拜仍復本位立下皆准此然唱相但言隅者易就地故若唱正方難取便故善見律中明五種界相一方二圓三鼓形四半月五三角蓋謂此也必有屈曲隨事稱之並須別指分齊尺寸處所由不知制限結既不成羯磨虛設受戒等法俱是空作故須如上分明唱相三遍已佛言衆中應差羯磨人若上座若次座若誦律堪能作羯磨者問答已如是白

釋凡秉羯磨必聽僧差若非量宜委任不得衆中秉宣上座者謂上更無人故名僧中上座母論云從無夏至九夏是下座自十夏至十九夏名中座自二十夏至四十夏名上座事鈔以十夏爲上座五夏爲次座由隨時壽故誦律者謂廣誦二部毘尼

堪能者謂精徹作持也無論座之上下但堪能者應差羯磨受差人作前方便問已一知僧事比丘合掌答云結大界羯磨羯磨者出衆立前合掌作白（下儀皆准此）

大德僧聽此住處比丘唱四方大界相若僧時到僧忍聽僧今於此四方相内結大界同一住處同一説戒白如是

大德僧聽此住處比丘唱四方大界相僧今於此四方相内結大界同一住處同一説戒誰諸長老忍僧今於此四方相内結大界同一住處同一説戒者黙然誰不忍者説（至此少停待僧稱量凡秉羯磨皆准此）僧已忍於此四方相内同一住處同一説戒結大界竟僧忍黙然故是事如是持

釋此一羯磨爲僧居一切法事所託故作是屬公也

非一人非遥想與欲集離見聞餘衆不遣犯者秉法　二法非方唱四正前無問答秉白錯遺言句不明　三事非標相非恒衆不先觀　四人法非五人事非六法事非七具三非准三例四互合可知

○解大界法

時諸比丘意欲廣作者狹作者佛言欲改作者先解前界然後廣狹作從意當如是解

釋當如是解者謂鳴槌集衆差羯磨人作前方便答云解界羯磨堪能羯磨者儀准上作如是白

大德僧聽此住處比丘同一住處同一説戒若僧時到僧忍聽解界白如是

大德僧聽此住處比丘同一住處同一説戒今解界誰諸長老忍僧同一住處同一説戒解界者默然誰不忍者説僧已忍聽同一住處同一説戒解界竟僧忍默然故是事如是持

此一羯磨通解有戒場大界者由文無偏局故得

(非)一人非反和集少現前呵人餘足滿數異僧不遣二法非不問集和解結雙答白秉互錯説不明了三事非緣無舒縮棄處任解一四人法非乃至七具三非准上合顯

○結同法利界法

爾時有二住處別説戒別利養欲得共説戒同利養佛言聽各自解界應盡集一處不得受欲當唱方相結之結文與前畧同唯有僧於此彼二處結大界同説戒利養異

(續)此但引制緣畧明結義今依説戒揵度續入免致類取各解本界白二羯磨法如上若結界者佛言應唱界方相如東方若有阿蘭若樹下空處山谷巖窟塚間河側荆棘渠池村舍等隨有稱之餘方亦爾此法唱相但堪能者不論彼此仍准根本部應二界中同住之僧先約共觀彼此所立標相各各明了齊畔至期鳴槌二界比丘盡集一處無受欲法一能唱相舊比丘出衆禮儀並唱相旋轉皆如上合掌告僧云大德僧聽我某甲比丘爲僧唱法利二同四方大界相從東南角某處標至西南角某處

標從此至西北角某處標從此至東北角某處標從此還至東南角某處標此是法利二同大界外相一周訖二三亦如是說

堪能羯磨者作前方便知僧事者答云結法利二同界羯磨羯磨者具儀作如是白

大德僧聽如所說界相若僧時到僧忍聽於此處彼處結同一利養同一說戒白如是

大德僧聽如所說界相今僧於此處彼處結同一說戒同一利養誰諸長老忍僧於此處彼處結同一說戒同一利養結界者默然誰不忍者說僧已忍於此處彼處同一說戒同一利養結界竟僧忍默然故是事如是持

【釋】此結二同界羯磨爲法事作是屬公也

【非】一人非二僧欠集受欲乖體犯者爲衆秉宣異僧故容視聽　二法非答辦相錯白唱增減文涉脫遺不周言音含吐未明　三事非八隅唱相標非恒久　四人法非乃至七具三非取上聯絡合具爲四

○結同法别利界法

爾時有二住處别說戒别利養欲同說戒别利養佛言當各解通結文畧同前

【續】此畧引開緣無法今依說戒揵度續入欲同說戒謂自界衆中少誦毘尼者難於布薩欲共他界半月集聽漸學精通揵度中佛言聽彼此各解界然後結白二羯磨解法如上若結應集一處不得受欲當唱方相若阿蘭若乃至村舍隨有稱之衆中應差堪能羯磨者秉法今准義加儀應先共約往觀二界方相明了至結期鳴椎集二界僧衆中一舊住能唱相比丘如前唱

相三周已羯磨者作前方便答云結法同利別大界羯磨秉法者作如是白

大德僧聽如所說界方相若僧時到僧忍聽於此彼處結同一說戒別利養白如是

大德僧聽如所說界方相今僧於此彼處結同一說戒別利養誰諸長老忍僧於此彼四方相内結同一說戒別利養者默然誰不忍者說僧已忍於此彼四方相内結同一說戒別利養竟僧忍默然故是事如是持

釋此一羯磨二界通結成一爲法事故作皆屬公也

非准義立非七皆如上

○結法別利同界法

又有二住處欲別說戒同利養爲守護住處故佛言聽之此四方僧物和合

續此法今依說戒揵度續入本律緣未詳今引根本部云因時世饑饉處處比丘皆集王舍城所住僧房俱空無人守護諸比丘欲得別說戒同利養爲守護僧房故佛聽此是四方僧物應和合各解本界已白二羯磨結之所言四方僧物者謂四方僧所住之房應同四方僧利均以守護也解法如上若結者准律無唱相不遮受欲雖解二共結莫過和合集僧通白利均之故應鳴槌集二界僧會一處羯磨者作前方便答云結法別利同大界羯磨羯磨者如是白

大德僧聽若僧時到僧忍聽於此彼住處結別說戒同一利養爲欲守護住處故白如是

大德僧聽今僧於此彼住處結別說戒同一

利養爲守護住處故誰諸長老忍僧於此彼住處結别說戒同一利養爲守護住處故者默然誰不忍者說僧已忍於此彼住處結别說戒同一利養爲守護住處故竟僧忍默然故是事如是持

釋此一羯磨爲守護物事故作是屬公也

非一人非身心不集現前呵人離見聞等二法非效餘唱方秉白錯忘說不明了等三事非彼此界畔互亂標相不顯四人法非乃至七具三非貫前成後

○結戒場法

時諸比丘有須四人衆羯磨事起五比丘衆十人衆二十人衆羯磨事起是中大衆集會疲極佛言聽結戒場稱四方界相若安橛若石若標畔作齊限已毘尼母云必以大界圍繞五分等律須在大界前結

釋此法本部譯文遺畧不明結之何所大界並此孰爲前後故引律論以明場處在内結之於前也場者除地爲場於中受戒故曰戒場後因樓至比丘請佛立壇受戒佛聽建壇於場自後通遵所以受具謂曰登壇也

若欲作者先安三重標相内裏一重名戒場外相中間一重名大界内相最外一重名大界外相立三相已盡自然界内僧集在戒場標内先令一比丘唱戒場外相作如是言

釋應集當處僧已先觀三相明了並在戒場相内不得出標畔外衆中令一如法舊比丘唱戒場相其出衆具儀唱相立旋並

准上合掌作如是唱言

大德僧聽我此住處比丘爲僧稱四方小界相從此住處東南角某標至西南角某標從此北迴至西北角某標從此東迴至東北角某標從此南迴還至東南角某標此是戒場外相一周訖如是三說

若有曲斜隨事稱之羯磨者如上應知已白言

釋如上應知者謂准唱秉白先作前方便答云結界羯磨不必分別戒場大界唯此總答由後結有戒場大界亦通此故作白云

大德僧聽此住處比丘稱四方小界相若僧時到僧忍聽僧今於此四方小界相內結作戒場白如是

大德僧聽此住處比丘稱四方小界相僧今於此四方小界相內結戒場誰諸長老忍僧於此四方相內結戒場者默然誰不忍者說僧已忍於此四方相內結戒場竟僧忍默然故是事如是持

結已牓示顯處令後來者知諸界分齊餘條准此也

釋此謂結已應書牓示明三相方隅二界內外令後來住此者知於同中取別而云顯處謂不可示之屏處也　此一羯磨發起如上大界是屬公也

非一人非集立二重標內傳心應法不臨餘人不簡犯重足僧　二法非不先唱相唱錯方隅多白二三羯磨增減　三事非標相交互中不顯通　四人法非乃至七

具三非取單合具後四了然

○解戒場法

律無正文准諸解界翻結即得今亦例出理通文順應作是言

(釋)意謂結由緣故開後有緣必解所以例之備用也羯磨者應作前方便答云解戒場羯磨應作是言

大德僧聽僧今集此住處解戒場若僧時到僧忍聽解戒場白如是

大德僧聽僧今集此住處解戒場誰諸長老忍僧集此住處解戒場者默然誰不忍者說僧已忍僧集解戒場竟僧忍默然故是事如是持

(非)此中非相准前解界無異

○結有戒場大界法

佛言不得合河水結除常有船橋梁又不得二界相接應留中間從戒場外相東南角標外二尺許其標者此約當時有者言之不必誦文若欲唱相應將四五比丘出戒場外盡標相內集僧然後唱二重標相也五分云不唱方相結戒不成律文少略應如是唱相也

(釋)准根本部佛言結大界者得齊兩踰膳那半淨律師云踰膳那無正翻義當東夏一驛可三十餘里舊云由旬者訛略爾本律中因諸比丘隔河水結同法大界時暴雨河水大漲不得往集布薩佛言不得合河水結除常有船橋濟渡許結根本律云橋梁若破齊七日不作捨心我當料理此橋不失界若不爾者其界便失又時諸比

丘相接而結故制不得二界相接當作標式又時有結界共相錯涉故制應留中間從戒場外相東南角標二尺許至大界内相東南角標止餘方亦爾而云某標者不必依文誦句此約當時有者隨事唱之此先引開遮分別成壞文云欲唱相者此句義攝上結戒場法謂先結戒場三重標相已立白二僧忍結戒場竟今欲結大界唱内外相者不須更作前方便衆僧仍集戒場相内不得四散而立諦聽唱大界内外二重標相若往來有路通標相者僧中方便差四五比丘出戒場外於標相路口守之倘有比丘來者令暫停待作法畢入恐羯磨不和事無成濟故云盡標相内集僧然後唱二重標相也復引五分律者爲證明唱相必不可無亦不可紊此唱相比丘即前唱者律本文畧准義加儀如是合掌唱言此中唱相與前小異故復釋之

大德僧聽我比丘爲僧唱四方大界内外相先唱内相此句立唱已轉身至内相東南背方面内云此是大界内相東南角某標從此西迴至西南角某標餘比丘隨方面轉下皆准此唱者至西南背方面内立云從此北迴至西北角某標至西北背方面内立云從此東迴至東北角某標至東北背方面内立云從此南迴還至東南角某標至東南背方面内立云次唱外相唱已轉身背内相面東南立云從此住處東南角某處標西迴至西南角某處標唱此外相時諸比丘各應憶想先所觀相身雖未到於彼其標相如對目前唱者至西南背内面外相立云從此北迴至西北角某處標至西北背内面外相立云從此東迴至東北角某處標至東北背内面外相立云從此南迴還至東南角某處標至東南轉

面向衆立云彼爲内相此爲外相此是大界内外相一周訖

如是三唱已僧中加羯磨其文如初結大界法無異故不出之

釋此一羯磨爲一切僧事故作與夫顯非並同上戒場是屬公也

○結三小界法

釋此三小界結法彼時行律者彷彿未明自謂如法故宣祖顯正辯謬以示將來文中先引開緣次明界體後出非相

此三小界並爲難事故與律云不同意者未出界聽在界外疾一處集結小界受戒又言若布薩日於無村曠野中行衆僧不得和合者隨同師善友下道各集一處結小界説戒又言若自恣日於非村阿蘭若道路行若不得和合者隨同師親友移異處結小界自恣故知非難無緣輒結類諸難開若違制犯

釋此文先引開緣也謂如結受戒小界者是就作法大界中開允如結説戒自恣二小界者是就道行自然界中開聽據律所明若非大界内之難緣有碍無途道中之行伴不和設有師心立法比類開緣執以爲是輒結如是小界者此則違佛制意干犯禁章故今引律爲證須善攻持

又皆無外相即身所坐處以爲界體故受戒中云此僧一處集結小界説戒中云令爾許比丘集結小界自恣中云諸比丘坐處已滿齊如是比丘坐處僧於中結小界等故知俱無外相爲遮呵人即小界受戒

法云界外呵不成呵也此文釋無外相明矣

釋此明界體也謂結三小界即以當時若干比丘行立坐處爲體不假標相表顯内外分齊縱有不同意人來呵遮羯磨彼在界外呵不成呵此准律文釋成無外相明矣

今有立界相房院於中結者羯磨不成以大界立相不唱非法小界無相若立非法故大界别人唱相羯磨文中牒之小界既無唱法羯磨自顯標相故重委明示庶無疑濫脱隨而結則成多犯一非是開緣二輙立相三處留久固文云不應不解而去等四妄通餘法即非制而制其羯磨文如常云

釋此出非相也有立界相房院於中結者非云結戒場建壇垂永遺範此謂結三小界立相存房故所羯磨不成何也以大界立標相不唱白者非法其結小界無相若立相唱非法故爾結大界别令一人唱相秉白羯磨文中牒云此住處比丘唱四方界相小界既無唱相之軌羯磨自顯標相如後三法所云者是故重委明示庶無疑濫此二句乃結誡之詞謂羯磨功能成濟殊勝片乖佛旨無益反損是故重重引證委曲詳明則示之極矣幸無復疑仍濫正制若輕易隨心而任結者則成多犯故出四過文云不應不解而去等等者謂小三界俱有解法其羯磨文如常云者此句唯示大畧羯磨如常白二未明全法故今續

以備用

○結受戒小界法並解

續此二法准白二綱目今依受戒揵度續入如開緣須約十同意清淨比丘若邊國期五人將欲受戒人出界外安離聞所衆僧速至一處結小界作前方便答云結小界受戒羯磨作如是白言

大德僧聽此僧集一處結小界若僧時到僧忍聽結小界白如是

大德僧聽此僧集一處結小界誰諸長老忍僧集結小界者默然誰不忍者說僧已忍僧集結小界竟僧忍默然故是事如是持

此一羯磨爲人故作是屬私也

非一人非師僧不足受干難遮 二法非秉白錯脫 三事非無緣不解 後四准知

○解受戒小界法

作辦已竟隨即應解更作方便答云解界羯磨雖衆未散以結解不同其文改結爲解餘詞不異下解二小界准例可知

○結說戒小界法並解

續此二法准白二綱目今依說戒揵度續入開緣如上文應作前方便答云結小界說戒羯磨如是白云

大德僧聽今有爾許比丘集若僧時到僧忍聽結小界白如是

大德僧聽爾許比丘集結小界誰諸長老忍爾許比丘集結小界者默然誰不忍者說僧已忍爾許比丘集結小界竟僧忍默然故是事如是持

此一羯磨爲法故作是屬公也

[非]人非謂不和糅集等 餘壞同上

若解此界者更文秉法准上

○結自恣小界法並解

[續]此二法准白二綱目今依自恣揵度續入開緣亦如文說應作前方便答云結小界自恣羯磨作如是白

大德僧聽諸比丘坐處已滿齊如是比丘坐處若僧時到僧忍聽僧於此坐處結小界白如是

大德僧聽諸比丘坐處已滿僧今於此坐處結小界誰諸長老忍僧於此坐處結小界者默然誰不忍者說僧已忍於此坐處結小界竟僧忍默然故是事如是持

[釋]此一羯磨爲法故作是屬公也 其中顯非同上

○結說戒堂法並解

[續]此二法准白二綱目今依說戒揵度續入

律本云佛聽諸比丘一處說戒或在山中相待或在林中或在塚間或在大堂食堂經行堂河邊乃至輭草處相待而衆疲倦以此白佛佛言若大堂若閣上若經行堂乃至草處當稱處所名聽白二羯磨衆中差堪能者秉法應作前方便答云結說戒堂羯磨羯磨人作如是白言

大德僧聽若僧時到僧忍聽在某處作說戒堂白如是

大德僧聽今衆僧在某處作說戒堂誰諸長老忍僧在某處作說戒堂者默然誰不忍者

說僧已忍聽在某處作說戒堂竟僧忍默然故是事如是持

釋此一羯磨爲法故作是屬公也 其中顯非同上

○解說戒堂法

續時諸比丘於耆闍崛山中先結說戒堂後欲在迦蘭陀竹園結以此因緣白佛故聽解前更結白二羯磨衆中應差堪能者作前方便答云解戒堂羯磨問答已如是白

大德僧聽若僧時到僧忍聽解某處說戒堂白如是

大德僧聽今解某處說戒堂誰諸長老忍僧解某處說戒堂者默然誰不忍者說僧已忍聽解某處說戒堂竟僧忍默然故是事如是持

釋揀過出非七皆准前

又據律云時有住處布薩日衆集而說戒堂小不相容受諸比丘具白世尊佛言僧得自在若結不結得說戒

釋此謂在作法界内不須更結綱目所列爲不遺僧法故今亦續法爲知其開聽故

○結解衣界法第二

有三種僧伽藍若大界共伽藍等或界小於伽藍並不須結若界大於伽藍者依法結之則隨界攝衣也

釋此謂僧伽藍或大或小建造於先已定倘日後結界限齊不等故有三異若隨伽藍基址立標結界者是名界共伽藍等若一大寺内有多小菴人各異居者各隨住

基立標結界是名界小於伽藍此二並不須結若伽藍之外寬博無礙或有相隣靜室及俗家村落任結於界内者隨其遠近立標通結是名界大於伽藍當依法結之則隨界攝衣也

然有羯磨立無村結者若准律文先結衣界村内攝衣後因事起方乃除村今通立一法不問有村無村法爾須除

釋上明伽藍有三此引律證以定法式也有羯磨立無村結者乃曹魏曇諦律師所集羯磨云若有村須除村若無村不須唱除村村外界若准律文先結衣界村内攝衣後因事起方乃除村本律云聽諸比丘先結不攝衣界村内攝衣後因比丘脫衣置白衣舍著脱衣時形露招譏以此白佛佛言自今已去聽諸比丘結不失衣界除村村外界白二羯磨故今通會諸部立定一法不問結時有村無村法爾須除法爾者謂理自然也

薩婆多論正立此義以有村來五意故除

釋此引論證明所立之法不無據也五意者一聚落散亂不定衣界是定二爲除譏謗故三謂除鬭諍故四爲護梵行故五爲除嫌疑故下文准論詳示有村故除之制意

若先無村作法結已淨人住處外村來入隨所及處皆非衣界

釋此明先無後有之義也謂僧結界已後有白衣發心願爲大衆執勞入界依棲初起房舍隨彼住居所及之處皆非比丘衣

界攝故此義准論文云王來入界內施帳圍住近左右作食處盡非衣界

若本村還出衣界仍攝

釋此明先有後無之義也准論文云若本有聚落結衣界已移出界去即此空地名不離衣界

若先有村在非攝村去地空衣界還滿

釋此明先有後增減之義也上句准論文云若先結衣界有聚落本小後轉大隨聚落所及處盡非衣界下句准論文云若聚落先大結界已聚落轉小隨有空地盡是衣界

由村去來非結解故五分律中咸有斯意

釋此結上論義也謂村落之有無大小由村來去增減不定非結已復解解而復結衣界是定故末引五分律者五分羯磨是唐開業寺愛同律師所錄彼文云四分十誦並悉除村今不除者宗旨有殊故此則從不除而反證有除結之制旣云宗旨各殊今立除村村外復何疑哉

○結攝衣界法

時有厭離比丘見阿蘭若處有一好窟自念言我若得離衣宿者可即依此窟住佛言聽結不失衣除駛流水

釋此先明制緣也厭離者謂觀五蘊無我身世非常樂是苦因厭離不着遠家獨棲攝心坐禪以期正定乃頭陀行者窟謂巖石之孔穴也窟言好者准律云起不礙頭坐趣容膝亦足障水雨方可於中坐如是窟者佛聽結不失衣界然此攝衣界方相

即准大界外相更無增减根本部結衣界文云若僧伽時至聽者僧伽今於此大界上結作苾芻不失衣界與本律云此處同一住處同一說戒無異但彼顯此順文故駛流者謂疾流也律中有隔駛流河水外結不失衣界時比丘往取衣爲水所漂佛知故不聽隔流水結除常有橋也結時集衆羯磨人作前方便答云結不失衣界羯磨若與大界同時結者准前問答不須更作方便羯磨人如是白云

大德僧聽此處同一住處同一說戒若僧時到僧忍聽結不失衣界除村村外界白如是

大德僧聽此處同一住處同一說戒僧今結不失衣界除村村外界誰諸長老忍僧於此處同一住處同一說戒結不失衣界除村村外界者默然誰不忍者說僧已忍此處同一住處同一說戒結不失衣界除村村外界竟僧忍默然故是事如是持

結已准上牓示顯處

釋此一羯磨雖攝衣爲事衣不離人准義應爲人事故作是屬公也

非七非唯異事非謂別立標相駛流在中

○解攝衣界法

佛言應先解不失衣界却解大界應作如是解

釋初結時先戒場次大界後攝衣界若解時先攝衣界次大界後戒場羯磨者應作前方便答云解界羯磨應作如是白

大德僧聽此住處同一住處同一說戒若僧時到僧忍聽僧今解不失衣界白如是

大德僧聽此住處同一住處同一說戒僧今解不失衣界誰諸長老忍僧同一住處同一說戒解不失衣界者默然誰不忍者說僧已忍同一住處同一說戒解不失衣界竟僧忍默然故是事如是持

（非）此法非相唯異事非謂解同結次標相仍存餘非同前

毘尼作持續釋卷第四

音義

九州禹貢治水分九州也謂荊梁雍豫徐揚青兖冀　羹墼塊羹熟不和汁者是　羅閱城即王舍城也　疲勞力之倦也　塹鑯去聲坑塹也又遶城水也　邑凡有宗廟先君之主曰都無曰邑古以四井爲邑也　創始造也　訖音吉盡也　饑饉穀不熟曰饑菜不熟曰饉　橛音掘杙也即木段　漲水泛溢也　輙音聶擅專自是也